Der Jäger

예쁘고 빨간 심장을 둘로 잘라버린

Der Jager

안드레아스 프란츠 지음

서지회 옮김

예문

이른 아침부터 내리기 시작한 비는 이제 세찬 돌풍에 의해 그
의 자동차 앞 유리창에 찰싹 내리치고 있었다. 와이퍼의 단조로
운 움직임을 지켜보던 그는 브람스 CD를 틀었다. 오늘은 온종일
날이 어스름했고, 겨우 4시 반이 지났으니 아침부터 계속된 어스
름이 완전한 어둠으로 바뀌려면 두 시간 이상은 더 걸릴 터였다.
모든 게 잿빛으로 음침한 기운을 풍겼고, 이상하게도 사람들까
지 우울해 보였다. 비 오고 바람 부는 가을날이면 항상 그렇듯이,
도로 위의 차들은 가다 서다를 반복하며 힘겹게 앞으로 나아갔
다. 날씨는 궂었지만 그는 부모님 산소에 가볼 생각이었다. 20여
년 전 안개가 짙게 끼었던 어느 날, 그의 부모님은 비극적인 교통
사고로 세상을 떠났다. 한 부주의한 트럭 운전사가 돌진해 와 부
모님이 탄 차가 그 자리에서 전소했던 것이다. 당시 그는 사고 현
장에 없었으나, 아직도 이따금 부모님의 필사적인 절규가 귓가에
들려오는 것만 같았다.

　묘지에 도착한 그는 차에서 내려 우산을 편 뒤 바람이 들이치지

않도록 받쳤다. 그러고는 재빠른 걸음으로 질척해진 땅을 걸어 부모님 묘소 앞에 다다랐다. 잠시 그대로 서서 무덤을 살펴보던 그는 다 시든 풀을 보며 이삼 주 내로 벌초하고 서리가 내리기 전에 전나무 가지로 덮어야겠다고 마음먹었다. 5분쯤 지난 뒤 그는 이번에는 우산을 머리 뒤쪽으로 받치고 걸어갔다. 차를 뺀 그는 가던 방향으로 좀 더 직진하다가 그다음 교차로에서 우회전하고, 곧바로 좁은 골목으로 다시 우회전했다.

양쪽으로 멋진 단독주택들이 줄지어 서 있는 그 골목의 맨 끝에는 5층짜리 신축 아파트가 서 있었다. 그는 그 건물 앞에 차를 세웠다. 올려다보니, 그녀의 집 창문에는 불빛이 보이지 않았다. 대문으로 걸어간 그는 초인종을 눌렀다. 두 번의 시도에도 아무런 반응이 없자, 주머니에서 열쇠를 꺼내 문을 열고 건물 안으로 들어갔다. 엘리베이터를 타고 5층으로 올라가 다시 초인종을 눌렀다. 집 안에서는 아무 소리도 들리지 않았다. 열쇠를 문고리에 넣고 두 번 돌리자 문이 열렸다. 조명 스위치를 켠 그는 눈을 찌푸리며 천천히 복도를 지나 거실로 걸음을 옮겼다. 그리고 거실 안을 둘러본 순간 그 자리에 우뚝 서고 말았다. 그 안에는 아무것도 없었다. 의자도, 테이블도, 진열장도, 텔레비전도, 아무것도. 심지어 커튼까지도 가져가 버린 것 같았다. 발코니가 내다보이는, 대리석으로 된 창문턱 위에 그의 이름이 적힌 편지 봉투 하나가 놓여 있었다. 그는 봉투를 뜯고 안에 든 편지를 꺼내 읽었다.

안녕. 보다시피, 난 떠나요. 변명은 하지 않을게요. 우린 끝났어요. 당신도 알다시피 나 같은 여자가 당신 같은 남자와 함께하는 게 쉬운 일은 아니잖아요. 난 아직 젊고 삶을 즐기고 싶어요. 어쩌다 한 번 욕구를 충족시켜 주는 게 전부인 남자에게 내 젊음을 허비하고 싶진

6

않다고요. 내 말이 무슨 뜻인지는 당신도 알 거예요. 당신은 그럴 수 있겠지만 난 그러고 싶지 않아요. 이런 말을 하게 돼 유감이지만, 이게 나를 위한 최선이에요.

나를 찾으려고 하지 마세요. 그건 당신에게도, 당신의 커리어에도 좋지 않을 거예요. 당신은 몰라도, 내 앞날은 아직 창창하다고요.

아 참, 당신이 준 선물들은 가져갈게요. 그간 내가 당신에게 보여줬던 천사 같은 인내심을 고려하면 그 정도는 받을 가치가 있다고 생각해요.

나는 이 집을 떠나는 순간 당신을 잊을 거예요. 그러니 부탁인데, 당신도 날 멀리해줘요. 당신 부인이 누군지는 몰라도, 그녀가 지난 2년 동안 우리 사이에 있었던 일들을 알기를 원하진 않겠죠.

잘 지내요, 나도 그럴 거니까.

추신: 혹시라도 내가 당신에게 어떤 감정을 가졌다거나 당신을 사랑한다고 생각했다면, 안됐지만 그건 당신의 착각이에요. 내가 당신에게 느낀 감정이라곤 동정밖에 없었어요. 내게 당신은 그저 불쌍한 남자였을 뿐이에요. 하지만 어떤 여자가 당신처럼 모든 걸 다 주는 남자를 마다할 수 있었겠어요?!

서명은 없었다. 그는 편지를 다시 접어 봉투에 집어넣고 잠시 창가에 그대로 서 있었다. 빗줄기는 아까보다 약해져 있었다. 한 손으로 이마를 짚은 그는 고개를 살짝 가로저었다. 기분 나쁜 하루를 보낸 탓에 저녁 시간만큼은 즐겁게 보내기를 간절히 바랐는데. 2년! 그녀는 2년 동안이나 마치 그를 사랑하는 것처럼 속여 왔던 것이다. 그녀에게 사랑해달라고 매달린 적도 없었고, 그녀의 사랑이 거짓이란 것도 잘 알고 있었다. 알면서도 기꺼이 눈감아주고 싶은 거짓. 그에게 그녀의 과거 따위는 아무 상관 없었지만, 지난 2년간 그녀는 그가 자기 삶의 유일한 남자라고 누누이 말했었다. 2년 동안 그는 그녀를 위해서라면 뭐든 했다. 이 집과, 불과 몇 시간 전까지만 해도 이 안을 채우고 있었던 물건들도 전부 그가 사준 것이었다. 하지만 그를 아프게 만든 건 잃어버린 돈이 아니라 그녀의 글을 읽고 느낀 굴욕감이었다. 그가 살면서 경험했던 다른 일들과 마찬가지로 이 굴욕감도 언젠가는, 어떻게든 극복해낼 수 있으리라. 만나자고 할 때마다 그녀가 이런저런 변명을 대며 피하는 횟수가 점차 늘어갔다. 사실 그도 그녀와의 관계가 끝나는 건 시간문제라고 생각하던 터였다. 이제 그녀는 정말 떠나버렸다. 어디로 갔는지는 그녀만이 알 것이다.

그는 그녀를 사랑했다. 그녀의 방식, 그녀의 미소, 그리고 무심한 성격까지도. 그녀의 육체, 타는 듯 붉은 머리카락에서 나던 향기. 그를 쓰다듬던 그녀의 손, 그에게 키스하던 그녀의 입술. 이제 그 모든 것을 다시는 경험할 수 없겠지. 언제나 그래왔듯이 이번에도 실패였다.

그는 뒤돌아 조명 스위치를 끄고 문을 닫은 뒤 아파트를 나섰다. 계단으로 걸어 내려간 그는 차를 몰아 집으로 향했다. 그의 집은 드넓은 부지 위에 세워진 커다란 빌라였다. 여름에 쓸 수 있는 콩팥 모양의 수영장이 있었고, 날이 쌀쌀한 때에는 지하에 있는 좀 더 자그마한 수영장을 이용했다. 많은 사람이 그가 가진 것들을 부러워했지만, 정작 그는 이것들을 대수롭지 않게 생각했다. 그가 동경하는 것은 돈으로는 살 수 없는 것이었다.

가정부도 쉬는 날이라 집에는 아무도 없었다. 집 안에서는 피운 지 얼마 안 된 담배 냄새가 났고, 거실 테이블 위에는 메모 한 장이 놓여있었다. '여보, 나 안나 좀 만나고 올게. 좀 늦을지도 몰라.

8

사랑해.' 그는 생각에 잠긴 얼굴로 피식 웃으며 메모지를 구겨 바지 주머니에 집어넣었다. *아니, 안나를 만나러 간 게 아냐, 어디 다른 데 간 거지.* 그는 아내에게 뭐라고 할 처지가 아니었다. 그는 외투를 벗어 옷걸이에 걸고 의자에 앉아 머리를 뒤로 기댔다. 관자놀이 부근이 쿵쿵 뛰는 게 느껴졌다. 아무 생각도 하지 않고 오늘 하루를 기억에서 지우려 애썼지만, 그건 불가능한 일이었다.

몇 분 뒤 다시 자리에서 일어난 그는 홈바로 가서 위스키병을 꺼내 잔에 반 정도 따랐다. 단숨에 마신 그는 곧바로 한 잔을 더 따랐다. 그때 전화벨이 울렸고, 그는 자동응답기가 켜질 때까지 물끄러미 전화기를 바라보았다. 다시 전화해 달라는 여동생의 목소리. 그는 무척 피곤하고 지친 상태였다. 깊고도 어마어마한 공허함이 엄습해왔다. 이미 그에게는 일종의 동반자와 같이 익숙해져 버린 공허함. 그 공허함 때문에 더는 명확하게 생각하기가 어려웠다.

잔을 반쯤 비운 그는 텔레비전을 켰다. 언젠가는 그에게도 좋은 날이 오겠지. 하지만 그게 과연 언제일까?

2년 후
10월 22일, 금요일

에리카 뮐러는 어느 신축 아파트 앞에 자신의 벤츠를 세웠다. 오후부터 시작된 비는 서늘한 북서풍에 떠밀리듯 내리고 있었고 전조등 불빛을 받은 아스팔트가 반짝였다. 에리카는 라디오를 켜고 볼륨을 줄였다. 멈춰 선 몇 분 동안 그녀의 차 앞으로 지나간 사람은 얼마 안 되었다. 이런 날씨에는 사람들이 집에 있는 걸 선호하기 마련이다. 그녀의 왼쪽으로는 그뤼네부르크 공원(프랑크푸르트 시내에 있는 대형 공원 ―역주)이 펼쳐져 있었는데, 이곳은 분주한 도심 한가운데서 특히 여름이면 많은 사람의 휴식처로, 또 야외 콘서트장으로 애용되는 곳이었다. 9시가 조금 넘자 포르셰 한 대가 그녀의 차 옆에 멈춰 섰다. 차에서 내려 문을 잠근 그녀는 그 포르셰에 올라탔다. 20분쯤 뒤 포르셰는 19세기 말경에 지어진 어느 오래된 3층짜리 집 앞에 도착했다. 빛이라고는 전조등의 희미한 불빛뿐인 어둠 속에서도 고상함과 기품을 풍기는 집이었다. 포르셰는 좁은 대문을 지나 앞뜰로 들어갔고, 곧 전조등이 꺼졌다. 창문으로 비친 집 안은 깜깜했지만 지금 이 순간 두 사람은 그런 데에는 전혀 신경을 기울이지 않았다. 오는 동안 내내 서로 손을 잡아가며 웃고 떠들던 두 사람은 이제 차에서 내려 집으로 들어갔다. 집 안은 호화롭게 꾸며져 있었다. 발이 푹푹 들어가는 카펫, 벽에 걸린 값비싼 그림들, 비싼 가구들. 그곳은 돈, 부(富), 권력과 소유의 냄새로 가득했다.

"편하게 있어, 마실 것 좀 가져올게. 오늘 밤에 우리 시간 많잖아. 당신 남편이 의심하는 건 아니겠지?"

"아냐, 보나 마나 벌써 자고 있을걸." 에리카 뮐러는 이렇게 대답하며 버터처럼 부드러운 빨간 가죽 소파에 앉았다. 그녀가 손으로 소파 팔걸이를 쓰다듬고 있을 때, 조용한 음악이 흘러나오기 시작했다. 부드러운 조명과 잘 어울리는 음악이었다. 에리카는 집 안을 빙 둘러보며 자기 능력으로는 결코 이런 집을 살 수 없을 거라고 생각했다. 가구들, 귀한 그림들은 물론이고 카펫만 해도 그 가격이 어마어마할 터였다.

"좋아, 곧 돌아올게."

몇 분 뒤, 카라라대리석(이탈리아의 카라라 부근에서 나는 대리석 —역주)으로 상판을 댄 테이블 위에 돔 페리뇽(고급 샴페인 브랜드 —역주) 한 병과 이미 채워진 두 개의 잔이 놓였다.

"우리가 처음 만난 날을 위해 건배하지. 그리고 우리의 우정을 위해서도. 그 옷, 마음에 드는걸. 새로 샀어?"

"응." 에리카는 사춘기 소녀처럼 부끄러운 듯 미소 지으며 대답했다. 그녀는 잔을 들어 반쯤 비웠고, 술에 익숙지 않은 탓에 얼마 되지 않아 몸이 가벼워지는 걸 느꼈다.

"침실을 보여줄까?"

"그렇지 않아도 기대하고 있었어." 에리카는 마치 영혼이 날개를 단 듯 점점 더 몸이 가벼워지는 것을 느끼며 말했다. 몸속의 모

11

든 것이 살살 기어 다니는 느낌이었다. 흥분감과, 남편을 배신하는 건 처음이라는 생각에 조금 어지럽기까지 했다. 자리에서 일어난 그녀는 침실로 따라갔다. 파란색과 장미색으로 꾸며진 침실은 그녀가 항상 꿈꾸던 그대로였다. 커다란 침대, 부드러운 카펫. 간접조명이 로맨틱함을 더하는 그 방은 마치 그녀에게 어서 들어오라고 손짓하는 것만 같았다.

"옷을 벗지 않겠어? 당신은 정말 아름다워."

그녀는 수줍게 미소 지었다. 누군가가 아름답다고 말해준 게 얼마 만인지. 정확히 말하면 아름답다는 말은 처음이었다. 귀엽다는 말은 들어봤지만, 아름답다는 말은……. 클라우디아 쉬퍼, 신디 크로퍼드, 마돈나, 나오미 캠벨 같은 여자들이 아름다운 거지……. 나, 에리카 밀러가? 특색 없는 이름만큼이나 그녀는 지금껏 자신이 아무런 매력이 없다고 느껴왔다. 아무도 원치 않는, 시시한 여자. 그런데 지금 갑자기 누군가가 그녀에게 예쁘다고, 정말 아름답다고 말하고 있는 것이었다. 그녀는 공중에 둥둥 뜬 것 같은 기분이었다.

"잠깐, 내가 술을 가져올게. 그럼 더 편안해질 거야. 침대에 앉아봐, 기분이 끝내줄 테니. 얼마나 푹신한지 한번 느껴봐."

에리카는 침대에 앉았다. 정말 끝내주는 침대였다. 그대로 침대에 누운 그녀는 팔을 쭉 뻗고 조용히 속삭였다. "난 아름다워, 난 아름다워." 불안감과, 남편을 배신했다는 죄책감이 작고 날카로운 이빨처럼 그녀의 내면을 갉아먹는 한편, 견딜 수 없는 행복감이 밀려와 그녀는 소리라도 지르고 싶은 심정이었다.

"자, 한 모금 더 마셔."

그녀는 잔을 들어 단숨에 비운 뒤 침대 옆 작은 테이블 위에 올려놓았다.

"내 사랑, 그럼 이제 이 밤을 즐겨볼까."

에리카는 오늘 밤을 위해 특별히 사 입은 속옷만 빼고 옷을 모두 벗었다. 그녀의 풍만한 가슴에 비하면 다소 작아 보이는 검정 레이스 브래지어, 그리고 그와 한 세트인 팬티. 그녀에게 맞춘 듯 딱 맞는 그 팬티는 허리와 배의 군살을 교묘하게 감춰주고 있었다. 잠시나마 그녀는 첫 경험을 앞둔 순진한 소녀마냥 수줍고, 조금은 불안한 기분이 들었다. 흥분되면서도 좋은 느낌이었다.

"당신은 정말 아름다워, 내가 생각했던 것보다 더."

"그런데 넌 계속 그렇게 옷을 입고 있을 거야?" 에리카는 상대방을 쳐다보며 물었다.

"아니, 물론 아니지. 하지만 우선 난 당신에게 이제껏 경험하지 못했던 즐거움을 일깨워주려고 해. 앞으로는 그걸 당신이 원하는 만큼 할 수 있을 거야. 자, 나를 믿고 침대 한가운데에 누워 봐. 잊지 못할 밤이 될 테니. 그 전에 한 잔 더 하겠어? 돔 페리뇽 두 잔은 마셔야 이제부터 일어날 일을 제대로 즐길 수 있거든. 이걸 경험하고 나면 다른 건 전혀 생각나지 않을걸. 중독성이 있다고나 할까. 마약을 쓰는 것도 아닌데 말이야."

에리카는 상대방이 시키는 대로 침대 한가운데에 누웠다. 낯설지만 일순간 익숙해져버린 손길이 그녀의 몸 위를 한 번은 부드럽게, 한 번은 강하게 쓰다듬었고, 손가락들이 그녀의 허벅지를, 음부를, 가슴을 어루만졌다.

"완전히 벗은 모습을 보고 싶어. 그러면 더 많은 걸 느낄 수 있을 거야."

"지금도 전부 느끼고 있는 걸." 에리카가 속삭였다.

"그건 아직 이 게임이 뭔지 몰라서 하는 얘기야."

그녀는 옷을 모두 벗었다. 에리카는 아름다웠고, 상대방의 애무로 유두는 단단해져 있었다.

"긴장 풀어. 눈을 감고 그냥 몸을 맡겨봐. 따뜻한 바다와 파도를 생각하면서."

에리카는 기꺼이 두 눈을 감았다. 그리고 살면서 단 한 번, 카나리아 제도로 신혼여행 갔을 때 봤던 바다를 떠올렸다.

"조금만 위로 올라가 봐, 아주 조금만. 그리고 팔을 벌려봐."

에리카는 시키는 대로 했다. 손목에 수갑이 채워지는 것도, 자신이 얼마나 무방비 상태로 누워있는지도 잘 몰랐지만 그런 건 아무 상관 없었다. 안정감과 아늑한 기분이 들었고 끝없이 펼쳐진 바다, 그 바다 위를 따스한 바람에 밀려 둥둥 떠다니는 그녀 자신, 그리고 푸른 하늘과 따뜻한 햇살 외에는 아무것도 생각하고 싶지 않았다. 그녀는 부드러운 입술이 선사하는 키스와 또 다른, 더 좋은 세계로의 표류를 즐기고 있었다.

그녀는 표류하고, 표류하고, 또 표류했다. 그때 갑자기 복부에 느껴진 강한 충격으로 에리카는 숨이 턱 막히고 말았다. 소리를 지르려 했지만 입에서는 아무 소리도 나오지 않았다. 그녀는 놀람과 고통으로 눈을 번쩍 떴고, 이번에는 가슴에 충격이 느껴졌다. 순간 차갑고 무자비한 눈빛을 본 그녀는 수갑이 채워진 자신의 손을 끌어당겼고, 그러자 상대방은 또다시 그녀의 팔꿈치 윗부분이 으스러질 정도로 주먹질을 했다. 그녀는 여기서 빠져나가고 싶었다. 집으로, 남편과 아이들에게로 돌아가고 싶었다. 그녀는 사랑하고 사랑받기 위해 여기 온 것이지, 구타당하려고 온 게 아니었다.

"제발, 날 좀 보내줘." 그녀는 눈물이 맺힌 눈으로 신음했다. "부탁이야, 내가 너한테 무슨 짓을 했길래 이러는 거야? 날 보내주기만 하면, 약속하는데, 아무한테도 말하지 않을게. 맹세해." 그녀는 상대방을 쳐다보았다. 잠시 침묵이 흘렀다.

"허튼소리 말고 조용히 있어."

"난 아직 죽고 싶지 않아, 제발!"

"그걸 네가 어떻게 알아?"

곧 그녀의 입에는 접착테이프가 붙여졌고, 두 다리에는 족쇄가 채워졌으며, 눈을 가린 흰 천은 목덜미 뒤로 묶였다.

"겁나지 않아?" 불과 조금 전까지만 해도 그토록 부드럽고 따뜻했던 목소리가 한순간에 거칠고 무자비하게 들렸다. "내가 말했잖아, 전례 없는 경험을 하게 해준다고. 이게 바로 그거야. 아프게 해서 미안하지만 나도 어쩔 수 없어. 내가 널 아프게 해야만 삶이 얼마나 소중한지 네가 깨달을 테니까. 여자들이 어떤데? 난 강력한 한 방을 원하는 여자들에게 그걸 제공해주지. 쾌감을 원하는 여자들에게는 쾌감을 제공하고. 하지만 마지막 작별은 언제나 죽음이야. 그런데 죽음은 끝이 아니라 시작이지. 새롭고, 더 나은 삶의 시작. 그런 삶을 이제 곧 경험하게 될 테니 넌 행운을 잡은 거야. 난 네가 그럴 수 있도록 도와주는 거고. 아 참, 소리 질러봤자 나 말고는 아무도 살지 않으니 들어줄 사람도 없을 거야. 사실 나도 이 집의 소유주일 뿐 여기 사는 건 아니지. 조만간 이곳을 싹 고칠 생각이야. 내가 무슨 말을 하고 있담, 너 같은 창녀는 관심도 없을 텐데. 이 추하고 늙은 창녀야!"

에리카는 상대방이 하는 말은 거의 알아듣지도 못한 채 숨을 쉬어보려 애썼다. 그러나 복부의 통증이 너무 심해 그저 가쁜 숨만 헐떡일 뿐이었다. 그녀는 얼음처럼 차가운 물이 가슴 위로 뚝뚝 떨어지는 것을 느꼈다. 혀와 이빨이 곤두선 그녀의 유두를 가지고 놀더니, 경험했던 것 중 가장 끔찍한 고통이 그녀를 기절 직전으로 몰아갔다. 조금 전까지 유두가 있던 자리에는 이제 두 개의 작은 상처만이 남아 피가 흐르고 있었다. 그녀는 신께 울며불며 애원하는 동시에 수갑을 마구 끌어당겼다. 곧이어 여러 개의 바늘이 그녀의 몸을 찔러댔고, 강한 통증은 점차 잦아들었다.

그녀는 다시 둥둥 떠다니는 기분을 느끼며 눈을 감았다. 바늘은 콕콕 쑤셔대고, 이따금 주먹이 날아왔다. 하지만 이제 그런 건 아무 상관 없었다. 몇 분, 아니 몇 시간이나 지났을까(그녀는 시간 감각을 잃은 상태였다), 눈을 가렸던 천이 풀렸다. 방 안의 희미한 불빛 속에서 그녀는 자신을 바라보는 동정의 눈빛을 보았다. 그리고 그 동정은 몇 초 지나지 않아 냉정함으로, 결국에는 끓어오르는 증오로 변했다. 그녀는 어떤 움직임도 인지하지 못한 사이 또다시 턱부위에 강렬한 충격을 느끼며 정신을 잃었다.

다음 날, 에리카는 아침인지 대낮인지 모를 시각에 어둑어둑한 방에서 깨어났다. 몸에 감각이 없었을 뿐 아니라 지금이 몇 시인지, 여기가 어딘지도 알 수 없었다. 그녀의 팔은 여전히 침대에 묶여있었고 접착테이프 때문에 말을 할 수도 없었다. 만성 축농증으로 코점막이 부어올라 숨 쉬는 것도 고통스러웠다. 빨리 물약을 넣지 않으면 질식할 수도 있기에 그녀는 두려워졌다.

방 안에는 그녀뿐이었다. 위장에서는 꼬르륵 소리가 났고, 유일하게 통증이 느껴지는 곳은 가슴이었다. 침대 위에는 그녀의 소변 자국이 나 있었다. 허기와 갈증이 느껴졌으며, 혀는 부어오른 것 같았고 목은 바짝바짝 말랐다. 그녀는 자기가 죽으리란 걸 알았지만 언제, 어떻게 죽을지는 알 수 없었다. 차라리 죽었으면, 그래서 다른 세상으로 갔으면 싶었다. 이런 고통을 더 겪으니 죽는 게 나았다. 2년 전에는 자살할까 생각했지만 그럴 만한 용기가 없었는데, 지금 누군가가 그 힘든 일을 대신해 주려 하고 있었다. 그녀가 잘 알지도 못하는, 처음에는 그토록 믿었던 그 사람이.

그녀는 그 사람이 자신을 죽이리라고는 꿈에도 생각지 못했다. 그 사람을 처음 만난 건 1년 전 돈 많은 괴짜 친구를 따라 어느 파티에 갔을 때였다. 당시 그녀의 남편은 여느 금요일 저녁때처럼 약속이 있어서 나간 줄로만 알고 있었다. 사실 처음에는 에리카도 따라갈 생각이 없었다. 하지만 그녀의 친구가 약해빠진 남편에게서 벗어나 그녀만의 삶을 살 때가 왔다고 설득했던 것이다. 파티에는 그녀가 살아생전 대면할 수 있으리라고는 상상도 못했던 사람들, 즉 배우, 가수, 그 밖의 유명 인사들도 와있었다. 영화에서나 봤던, 뷔페까지 제공되는 성대한 파티였다. 모두가 웃고 떠들며 술을 마셨다. 수많은 유명 인사가 코앞에 있었지만, 먼저 다가가 말을 걸 용기가 나지 않았던 그녀는 샴페인 잔을 손에 들고 멀찌감치 서서 사람들을 바라보고만 있었다. 얼마 후 다른 사람들이 먼저 그녀에게 자신을 소개하며 말을 걸어왔다. 처음에는 잡담으로 시작했던 것이 시간이 지나 밤이 되자 좀 더 은밀한, 성적인 대화로 이어졌고, 여자들 다수는 야한 속옷을 보이며 이걸 보면 남자들이 혹할 거라고 말했다. 그녀는 얼굴이 붉어지는 동시에, 미처 알지 못했던 욕망이 깨어나는 기분이었다.

그날 밤 두 사람은 처음 만났고, 그녀는 자신감 있고 배려심 많은 그 사람에게 빠져들었다. 그 이후 둘은 신과 세상에 대해, 점성술과 그 밖의 다른 비밀스러운 것들에 관해 대화를 나누었다. 심지어 그녀는 며칠 뒤 그 사람이 알려준 점성술사를 찾아가 별점을 보기도 했다. 250마르크를 썼지만, 그 돈이 아깝다는 생각은 들지 않았다.

난생처음 에리카는 자신이 누구인지, 그리고 무엇보다도 어떤 상태에 놓여있는지를 알 수 있었다. 몇 년 전 그녀는 카펫을 사라고 강요하는 어느 집시 여인을 만난 적이 있었는데, 그 집시는 그녀의 손금을 보더니 아무리 믿을 만해 보이더라도 낯선 사람은 경계해야 한다고 경고했었다. 잘못하면 죽을 수도 있다고 히며 특정 연도를 언급했는데, 그게 바로 1999년이었다. 그 나이 든 집시는 그 해가 그녀의 삶과 죽음이 결정되는 해라고 말했다. 그녀는 정신 나간 소리라고, 카펫을 사지 않은 데 대한 보복심으로 겁을 주려는 거라고 생각했다. 이제 와 불현듯 그 집시와, 핏대를 세우며 경고하던 근심 가득한 두 눈이 떠올랐지만, 때는 이미 너무 늦었다. 이 일이 일어나기 전까지만 해도 그녀는 점성술이나 손금 같은 것을 믿지 않았다. 그녀의 상상력으로는 한 인간의 운명이 별이나 손금에 달려있다는 것을 이해하기 힘들었으니까.

시간이 얼마나 되었는지도 알지 못한 채 두 눈을 감고 힘겹게 숨 쉬며 몽롱한 상태에 빠져있는데, 배 위에 부드러운 입술이 와 닿는 것이 느껴졌다. 눈을 떠보니 그 사람이 코에 넣는 약을 스포이트로 천천히 그녀의 콧속에 밀어 넣고 있었다. 점차 숨쉬기가 편해졌다. 그리고 이어지는 몇 번의 키스. '뭐 이런 게임이 다 있담. 이게 우리가 말했던 둥둥 떠다니기 게임인가?' 키스 후에는 또다시 무자비한 구타와 바늘로 찌르기가 이어졌다. 그리고 그녀는 다시 혼자가 되었다. 그녀는 남편과 아이들을 생각했고, 이제 정말 그들을 다시는 볼 수 없으리라 확신했다. 가장 가슴 아픈 건 아이들을 떠올릴 때였다. 아직 어려서 엄마가 필요할 텐데. 그녀는 생각했다. '내가 왜 그랬을까? 이번 약속에 나가지 말라던 내면의 목소리에 왜 귀 기울이지 않았을까? 다른 때에는 항상 마음이 하는 말을 들었었는데! 왜 이번에는 안 그랬지?' 그녀는 대답을 찾을 수 없었다. 어쩌면 살면서 한 번쯤 희열을 맛보고 싶어서, 한 번쯤은 단조로운 일상에서 벗어나보고 싶어서였을 것이다. 단한 번의 일탈로 죽음에 이르게 될 줄은 꿈에도 상상하지 못했다.

그녀는 이루 말할 수 없는 고통에 신음하며 깼다가 선잠이 들기를 반복하며 또 한 번의 밤과 한 번의 낮을 보냈다. 밤이 되면 다시 키스, 구타, 그리고 찌르기가 이어졌다. 발에 묶였던 족쇄가 풀리더니, 그녀의 다리가 양쪽으로 벌어졌다. 그녀는 음부에 난 털이 면도기로 제거되고, 곧이어 금색 바늘이 그녀의 음순을 뚫는 것을 보았다. 이제는 고통도 느껴지지 않았다. 저항할 힘조차 없었고, 눈이 저절로 감겼다. 그녀는 자신의 목에 철로 된 올가미가 둘리고 힘 있게 조여지는 것도 거의 느끼지 못했다. 에리카 뮐러는 죽었다.

월요일

오전 8시 30분

율리아 뒤랑은 어젯밤에 잠을 설쳤다. 집 정리, 빨래, 다림질과 텔레비전 시청 외에는 별다른 일이 없었던 지난 주말만큼이나 뒤숭숭하고 불쾌한 밤이었다. 친구인 수잔네 톰린과의 전화통화만이 유일하게 기분 전환거리가 돼 주었다. 수잔네는 제2의 고향이나 마찬가지인 남프랑스에 서점을 낼 거라고 했다. 그러면서 언제 다시 만날 수 있느냐는 질문을 빠뜨리지 않았다.

지난 몇 주간 율리아는 의미를 알 수 없는 악몽에 시달렸고, 어젯밤도 예외는 아니었다. 악몽 가운데 하나는 생생하게 기억났는데, 그녀가 자신의 코르사(오펠사의 자동차명 —역주)를 타고 어느 지하 주차장으로 들어가는 꿈이었다. 주차장 안에는 아무도, 그 어떤 차도 보이지 않고 그녀 혼자만 덩그러니 있었다. 그녀는 필사적으로 출구를 찾으려 노력했지만 천장에 난 자그마한 창문 외에는 아무것도 보이지 않았다. 한쪽 벽에 붙은 사다리로 천장까지 올라갔지만, 창문 밖에는 쇠창살이 설치되어 있어 밖으로 나갈 수가 없었다. 그 감옥에서 벗어나는 데 실패한 그녀는 6시 반에 잠에서 깨어났다. 벌떡 몸을 일으켜 다리를 끌어안고 머리를 무릎에 파묻었다. 심장이 쿵쾅대고 왼쪽 관자놀이가 콕콕 쑤셨으며 입이 바짝바짝 말랐다. 그녀는 침대 옆에 놔두었던 물병을 들고 뚜껑을 열어 한 모금 들이켰다.

그녀는 마음을 조금 진정시킨 뒤 자리에서 일어나, 화장실에 들렀다가 옷을 입고 우유에 콘플레이크와 설탕을 넣어 커피 두 잔과 함께 아침을 먹고는 골루아(프랑스의 담배 상표 —역주) 한 개비를 피웠다. 7시 반이 조금 넘은 시각, 율리아는 경찰청으로 가기 위해 집을 나섰다. 라디오 뉴스에서는 프랑크푸르트에서 여러 번의 살인을 저지른 혐의로 구금 중인 리비아의 어느 테러리스트에 대한 소식이 흘러나왔다. 그 리비아인은 자신이 정부의 위임을 받아 상인의 지위로 이곳에 왔다며 무죄방면을 요구했지만, 이미 그의 유죄를 증명하는 확실한 증거가 나온 상태였다. 독일 연방 정부는 그의 추방을 거부했고, 이에 리비아를 비롯한 다른 아라비아 출신 테러 단체들은 당장 그를 풀어주지 않으면 테러를 벌이겠다고 위협하고 있었다. 율리아는 어깨를 으쓱하며 중얼거렸다. "멍청한 것들, 붙잡았으면 당장 쏴 죽이지 않고 뭐하는 거야?" 그 밖의 다른 뉴스는 별 볼 일 없는 것들뿐이었고, 여느 월요일 아침과 마찬가지로 교통상황에 관한 소식이 장황하게 이어져 일기예보까지는 들을 수가 없었다.

율리아가 경찰청 3층에 있는 사무실에 들어섰을 때, 동료인 프랑크와 페터, 그리고 베르거 반장은 이미 출근해있었다.

"안녕하세요." 그녀는 웅얼거리듯 말하고 가방을 의자 팔걸이에 걸었다.

"어서 오게, 뒤랑 형사." 베르거는 심각한 눈빛으로 그녀를 보며 나소 이상한 말투로 대답했다. 몇 년간 그와 함께 일해온 율리아는 그 눈빛의 의미를 잘 알았기에, 베르거 반장이 뭔가 불쾌한 소식을 전하리라 예상할 수 있었다.

"안녕, 율리아." 프랑크 역시 심각한 목소리로 말하며 자기 책상 쪽에서 걸어 나왔다. "주말은 어떻게 보냈어요?"

"엉망이었죠." 그녀는 이렇게 대답하며 자리에 앉았다. "뭐 새로운 소식 있어요?"

"여기." 베르거가 책상 위로 그녀에게 파일 하나를 건넸다. "직접 읽어보게."

아무 말 없이 파일을 읽은 그녀는 입을 삐죽이며 베르거와 프랑크를 차례로 보았다.

"역겹기 짝이 없군." 그녀는 중얼거리며 다시 파일로 눈을 돌렸다. 그녀의 눈길이 여러 각도에서 촬영된 피살자의 사진들에 한참 머물렀다. 잔인하게 살해된 사람의 사진을 보는 일은 아무래도 익숙해지지 않았고, 오히려 보면 볼수록 더 소름 끼치고 끔찍한 기분이 들었다. 피살자는 교살되었다. 옷을 입은 채로 한쪽 팔은 몸 옆에, 다른 쪽 팔은 위로 뻗어 있었으며 두 다리는 구부러져 있었다. 금발, 풍만한 몸매.

"오늘 새벽 1시 45분경 그뤼네부르크 공원에서 발견. 이 에리카 뮐러라는 여자는 대체 누구고, 또 누가 처음 발견했죠?" 율리아는 이렇게 물으며 담배에 불을 붙였다. 살인에는 조직 간에 일어난 전쟁에서 누군가가 총이나 칼을 맞아 숨지는 일처럼 자세히 알아볼 필요도 없는 종류가 있는가 하면, 목이 졸려 죽는 경우도 있었다. 이런 때에는 피살자의 죽기 전 행적을 추적해볼 필요가 있는데 이번이 그런 경우였다. 비록 피살자는 옷을 다 입고 있었지만, 율리아는 이것이 평범한 살인사건이 아님을 당장에 알 수 있었다. 어쩐지 이 모든 것이 익숙한 느낌이었지만, 지금으로서는 다른 살인사건들과의 연관관계를 파악해낼 수 없었다.

"주부일세. 기혼이고, 애가 둘이지. 남편은 충격을 받은 상태라 아직 심문을 못해봤네만, 그래도 자네가 지금 가서 그를 만나보는 게 좋겠어. 여기 주소가 있네. 어느 젊은 부부가 개를 끌고 공원을 나서는데 개가 냄새로 시체를 발견했다더군. 피살자의 남편은 토요일 오전에 실종신고를 했어. 아내가 금요일 저녁에 친구들을 만난다며 집을 나갔고 늦어도 11시까지는 돌아온다고 했대. 그런데 11시가 지나도 오지 않자 남편은 먼저 잠자리에 들었고, 다음 날 아침에 일어났을 때도 아내가 없어서 16구역 경찰서에 실종신고를 했다는 거야. 확인해본 결과 그의 말대로더군. 지금까지 그에게서 알아낸 건 이게 다야. 가능하다면 지금 당장 그에게로 가서 좀 더 캐물어 보도록 해. 아 참, 그 여자, 핸드백이 없더군. 범인이 시체와 함께 남겨둔 건 그녀의 신분증뿐이야."

"우리의 시체 전문가는 뭐라고 하시던가요?" 율리아는 조용히 물었지만, 속은 부글부글 끓고 있었다.

"아직 아무 말도 듣지 못했어. 오전 중으로 보고받을 수 있을 것 같네."

"다른 단서는요?" 율리아는 이렇게 묻고는 담배를 한 모금 깊게 빨았다.

"그것도 아직이야." 베르거는 율리아를 보지 않고 머뭇거리듯 대답했다.

"이 여자는 발견된 장소에서 살해된 게 아니에요." 율리아는 조용히 말했다.

"왜 그렇게 생각하나?" 베르거는 마치 지루한 이야기를 듣는 사람처럼 손가락으로 펜을 빙빙 돌리며 물었다.

"시체만 그곳으로 운반된 거죠. 아니면 이 공원에서는 훨씬 더 일찍 발견됐을 거예요."

"그저께부터 거의 쉬지 않고 비가 온 데다, 춥고 바람까지 불었어요." 프랑크가 말하며 말보로 담배에 불을 붙였다. "이런 거지 같은 날씨에 누가 공원에 오겠어요?"

"상관없어요. 시체가 발견된 장소는 탁 트인 곳이라 잘하면 차를 타고 가다가도 보인다고요. 범행이 일어난 장소는 여기가 아니에요. 내 생각에는……. 하지만 그 전에 이 여자의 남편이 뭐라고 하는지부터 들어보죠. 프랑크," 율리아는 프랑크를 보며 말했다. "나랑 같이 가요. 혼자 가기 싫거든요." 그녀는 담배를 눌러 끈 뒤 가방을 집어 들었다. "한 주를 이렇게 시작하는 것도 이제 별로 놀랍지 않네요." 그녀는 한숨을 푹 내쉬었다.

"아 참." 베르거는 막 사무실을 나가려던 율리아와 프랑크를 불러 세웠다. 그는 여전히 율리아를 보지 않은 채로 말했다. "또 한 가지 말해둬야 할 게 있네. 사소한 부분인데……, 그 여자의 음순에 금색 바늘이 꽂혀 있었다는군."

"뭐라고요?" 율리아는 눈을 치켜뜨며 다시 사무실 안으로 들어왔다. "사진에도 있어요?"

"아니. 땅이 너무 질척한 데다 시체에 옷이 다 입혀져 있어서 곧장 법의학연구소로 이송되었네. 거기서 그걸 발견한 거지. 미리 말해둬야 할 것 같아서."

"제기랄." 율리아는 조용히 내뱉었다. "그렇다면 이건…… 1년 전과 같잖아요! 언제였더라? 10월, 11월이었나요?"

"10월 28일과 11월 13일이었지. 자네가 무슨 생각을 하는지 아네. 자네 말이 맞아."

"요안나 알베르츠, 그리고 카롤라 바이트만 사건과 같아요. 그러면 범인은……." 율리아는 눈알을 굴리며 다시 자리에 앉았다.

"왜 이제야 말씀하시는 거예요?" 율리아는 화를 내며 물었다.

"미안하네, 정말이야. 난 그저 조심하려던 건데……."

"지금 조심하고 안 하고가 문제가 아니잖아요! 그 빌어먹을 놈이 다시 활동하기 시작했다고요! 우리는 작년에 그 둘을 누가 죽였는지 일말의 단서도 찾지 못했고요! 1년 전부터 특별수사팀이 그 사건을 맡았지만 아무런 진척도 없었죠. 그놈이 또다시 일을 벌일 줄은 몰랐어요. 이래서 사람 일은 모른다니까." 그녀는 골루아에 불을 붙이고 연기를 깊게 들이마셨다. 그녀는 베르거와 프랑크, 페터를 차례로 보았다. "그러니 내 말대로 이 여자는 살해당한 뒤에 이리로 운반된 거예요. 요안나와 카롤라도 둘 다 집과 멀리 떨어진 곳에서 발견되었잖아요. 부검 결과가 기대되네요." 그녀는 말을 멈추더니 번득이는 눈으로 베르거를 쏘아보고는 두 손으로 책상을 받치고 서서 씩씩대며 말했다. "반장님이 정말 제 상사라면, 앞으로는 처음부터 모든 걸 다 말씀해주세요. 제가 무섭기라도 하신 거예요?"

"그래서 미안하다고 했잖아."

"좋아요, 그럼 이제 제 입장도 잘 아시겠네요. 우린 지금까지 요안나 알베르츠와 카롤라 바이트만, 두 사건이 서로 관계가 있는지 알지 못했어요. 관련성을 암시하는 단서가 하나도 없었으니까요. 범인이 누군지 밝혀낼 만한 단서도 전혀 없었죠. 그런데 이제 세 번째 피살자가 나온 거예요. 일이 점점 더 수상해져 가고 있다고요. 그놈이 계속 살인을 저지른다면……."

"그건 아직 모르는 일이네." 베르거는 율리아를 진정시키려고 애썼다. "그래도 자네가 화를 내는 건 이해해, 정말이야."

"그럴 리가요! 그랬다면 반장님이 이렇게 가만히 앉아계시지 않았겠죠! 이 사건 뒤에 뭐가 숨어있는 건지 진심으로 알고 싶네요. 이제 우린 뭘 하죠?"

"우선 에리카 뮐러의 남편을 만나보죠. 다른 일은 나중에 상의하기로 하고. 자, 율리아, 그리 심각하게 생각하지 마요. 살인사건 한두 번 겪어본 것도 아니고." 프랑크는 이렇게 말하며 율리아의 어깨를 붙잡았다.

"하지만 이런 건 아니었어요! 이번 건 완전히 다르다고요."

율리아와 프랑크가 음산한 느낌을 주는 긴 복도를 걸어가자 그들의 발소리가 벽에 울려 퍼졌다. 프랑크는 입을 열었다. "지금 당신이 무슨 생각 하는지 알아요."

"됐어요! 아무것도 모르면서. 어쨌든 반장님한테 화가 나요."

"반장님 일은 잊어버려요. 우리가 알고 지낸 시간이 얼만데 척하면 척이죠. 작년 일은 시작, 그러니까 서막에 불과했다고 생각하고 있죠? 이제 본격적으로 일이 벌어질 거라고. 내 말이 틀려요?"

"모르겠어요, 그런 것 같기도 하고, 아닌 것 같기도 하고. 내 생각이 틀렸기를 바랄 뿐이죠. 그것도 간절히. 단순 교살이었다면 굳이 작년 사건들과의 관련성을 알아볼 필요가 없을 거예요. 하지만 음순에 바늘이 꽂혀있었다니……. 그게 대체 무슨 의미일까요?" 율리아는 숨을 깊이 들이마셨다. "그 빌어먹을 자식이 다시 일을 시작했어요! 여자들에게 그런 짓을 하는 더러운 자식이요! 그게 화가 날 뿐이에요."

프랑크는 어깨를 으쓱해 보이며 문을 열었고, 두 사람은 밖으로 나왔다. 란치아(이탈리아의 자동차 브랜드 —역주)를 타고 경찰청을 나선 그들은 신호등에서 잠시 멈췄다가 마인처 간선도로 방향으로 우회전했다. 곧이어 갈루스바르테에서 전차 선로를 건넌 뒤 클라이어 가를 따라 그리스하임까지 가서는, 오메가 教(橋)를 건너고 역을 지났다. 율리아는 담배를 끝까지 피운 뒤 꽁초를 창밖으로 던졌다.

오전 9시 20분

"여기예요. 게마인데가르텐 5번지." 프랑크가 어느 집 앞에 란치아를 세우며 말했다. 다리 아래에는 사방이 격자로 둘러싸인 자그마한 어린이용 축구장이 있었고, 그로부터 몇 미터 떨어진 곳에는 노란색으로 칠한 제2차 세계대전 당시의 벙커가 서 있었다. "아담한 집이군요. 근데 너무 시끄러워요. 코앞에 철로에다 다리까지 있으니. 이런 데 살라고 하면 사양하겠어요."

"당신더러 이런 데서 살라고 한 적 없으니 신경 끄시죠."

베른트 밀러의 집은 건물 맨 꼭대기 층인 3층에 있었다. 초인종을 누르고 잠시 기다리자, 윙 하는 소리와 함께 문이 열렸다. 1920년대에 지어진, 오래되었지만 잘 손질된 건물에 들어서자 양파, 마늘, 그리고 이국적인 향신료 냄새가 풍겨왔다. 1층에는 터키인 가족 두 가구가, 2층에는 이탈리아인이 살고 있었다. 왁스 칠을 한 지 얼마 안 된 계단은 밟을 때마다 삐걱댔다. 베른트 밀러는 자기 집 현관에 서 있었다. 어두운색 머리카락은 다 헝클어졌고, 마치 큰 짐이라도 지고 있는 것처럼 어깨가 앞으로 구부정했으며, 두 눈은 충혈돼 있었다. 그는 청바지에 체크무늬 셔츠 차림이었다. 여섯 살 정도 되어 보이는 어린 남자아이 하나가 파자마를 입은 채 밖으로 머리를 쏙 내밀었다.

"네 방에 가 있어." 뮐러는 힘겨운 목소리로 말했다. "가서 문 닫고 들어가 있으렴. 아빠가 곧 갈게."

"저는 율리아 뒤랑 형사, 이쪽은 제 동료 프랑크 헬머 형사입니다. 조용히 얘기 좀 하실 수 있을까요?"

"들어오시죠." 그는 한 걸음 물러서서 두 형사를 맞아들였다. 율리아는 그의 키가 185센티미터 정도 될 거라고 생각했다. "저 안쪽에서 오른쪽으로 가면 거실입니다. 편하게 앉으십시오."

작지만 안락하고 우아하게 꾸며진 거실은 어질러져 있는 모습이었다. 테이블 위에는 수북이 쌓인 재떨이와 거의 다 마신 레미마르탱(코냑의 브랜드 ―역주)병, 그리고 맥주 몇 병이 놓여있었다. 지난 며칠간 잠을 제대로 못 잔 탓인지 다크서클이 짙고 신경이 곤두서 보이는 뮐러는, 한 손은 바지 주머니에 넣고 다른 한 손으로 머리를 쓸어 넘기며 창가에 섰다.

"왜 제 아내죠?" 그는 이렇게 물으며 고개를 가로저었다. "왜 하필 제 아내냐고요? 그 사람은 남한테 나쁜 짓을 한 적이 없습니다. 형사님들이 제 아내가 어떤 사람인지 아셔야 하는 건데. 아내는……, 제 아내는 어떻게 보면 꼭 이 세상 사람이 아닌 것 같았어요. 뭔가 특별했죠. 제가 항상 원했던, 함께 늙어가고 싶은 그런 여자였어요. 함께 아이들이 자라는 걸 지켜보고, 언젠가 손주가 생기면 함께 손주 바보도 되어보고, 무엇보다도 나중에 같이 이 세상을 떠나고 싶었다고요. 그런데 지금은요? 앞으로 어떻게 해야 좋을지 모르겠습니다. 모든 게 한순간에 아무 의미도 없어져 버렸어요. 이제 미래란 없습니다. 다시는 함께 잠들 수도, 함께 아침을 먹을 수도 없어요. 사흘 전과 같은 건 아무것도 없습니다. 어떤 저주받을 놈이 제 아내에게 그런 짓을 한 겁니까?" 그는 뒤돌아 대답해보라는 눈빛으로 율리아와 프랑크를 바라보았다. 지난

밤 하도 운 탓에 이제는 눈물도 나지 않는 모양이었다. 율리아는 그런 상황을 잘 알고 있었다. 울고, 술 마시고, 담배를 피우고, 잊으려 노력하기를 반복한다. 적어도 그녀가 수년간 봐온 유족 중 다수는 그랬다.

"밀러 씨, 몇 가지 여쭤볼 게 있어서 왔습니다. 질문을 드려도 괜찮을까요?"

그는 고개를 끄덕이는 둥 마는 둥 하며 두 개의 가죽 소파 중 하나에 앉아 담배에 불을 붙였다. 그는 손가락을 덜덜 떨며 불안한 눈빛으로 율리아와 프랑크를 번갈아 쳐다보았다. 그때 삐걱 소리를 내며 거실 문이 열렸다. 한 소녀가 호기심에 찬 눈으로 두 형사를 바라보고 있었다. 긴 빨간 머리에 말똥말똥한 초록색 눈이 인상적인 그 아이는 입고 있는 남색 스웨터에 달린 끈을 만지작거렸다.

"지금은 안 돼, 율리아. 오빠한테 가 있어." 밀러가 말했다.

"심심해. 엄마는 언제 와?" 소녀가 물었다.

"글쎄." 밀러는 미소를 지어 보이려 애쓰며 대답했다. "언젠가는 오겠지. 자, 이제 가보렴."

율리아 뒤랑은 마음이 편치 않았다. 다른 때 같았으면 '나도 이름이 율리아야'라고 말하며 아이에게 말을 걸었겠지만, 지금은 그럴 수가 없었다.

"아이들이 몇 살인가요?" 율리아가 물었다.

"토마스는 여섯 살, 율리아는 네 살입니다. 아직 제 엄마가 돌아오지 못하리라는 것도 모르고……." 그는 아직도 흘릴 눈물이 남았는지, 얼굴을 양손에 파묻고 훌쩍거렸다. 잠시 후 어느 정도 진정된 그는 다시 고개를 들고 코냑을 한 잔 더 따르며 형사들을 바라보았다. "저도 도대체 어떻게 된 일인지 모르겠습니다. 무슨 일이 있었던 겁니까?"

"저희도 그걸 알아내려고 노력 중입니다. 그러기 위해서는 몇 가지 질문에 대답해주셔야 해요. 토요일 오전에 실종신고를 하셨죠."

"네, 제 아내는 금요일 오후 7시경에 친구 두 명을 만난다고 집을 나갔습니다. 11시쯤 돌아온다고 했고요. 하지만 이런 이야기는 이미 경찰서에서 다 했는데요."

"다시 한 번 말씀해주세요. 부탁드립니다. 그날 오후에는 무슨 일이 있었나요?"

밀러는 어깨를 으쓱하며 거의 다 피운 담배에 새 담배를 맞대어 불을 붙였다. "저는 5시가 되기 조금 전에 은행에서 돌아왔고……."

"은행에서 일하시나요?"

"네, 법무팀에서요. 금요일에는 4시 15분 전부터 이미 창구를 닫습니다. 어쨌든, 제가 집에 돌아왔을 때 아내는 외출 준비를 하려고 욕실에 있었어요. 맙소사, 딱 일주일만 더 있으면 그녀 생일이 돌아오는데……."

"계속 말씀해주시죠."

"저는 거실에 앉아서 아내가 준비를 마칠 때까지 기다렸습니다. 그런 뒤에 우리는 몇 분간 대화를 나눴고, 아내는 7시가 되기 조금 전에 집을 나섰어요. 11시가 되어도 그녀는 돌아오지 않았고, 저는 샤워한 뒤에 침대에 누웠습니다. 텔레비전을 보다가 잠이 들었죠. 토요일 아침에 잠에서 깨어보니 옆에 아내가 없는 거예요. 침대에 누웠던 흔적도 없었고요. 그때부터 이상한 느낌이 들기 시작했습니다. 곧장 레나테와 잉에한테 전화를 걸었지만 둘 다 에리카가 10시 반에 집으로 출발했다고 하더군요."

"부인께서 차를 타고 나갔다고 하셨죠. 그 차는 어디 있나요?"

밀러는 힘없이 어깨를 으쓱해 보였다. "모르겠어요. 어쩌면 그 빌어먹을 놈이 그 차 때문에 제 아내를 죽였는지도 모르죠. 저흰 자가용을 두 대 가지고 있습니다. 하나는 벤츠 190이고, 또 하나는 폭스바겐 루포예요. 아내는 평소 폭스바겐을 주로 탔는데 그날은 벤츠를 타고 나갔더군요. 하지만 차 같은 건 어찌 됐든 상관없습니다. 그런다고 아내가 살아 돌아오는 건 아니니까요."

"경찰서에서도 차에 대해 말씀하셨나요?"

"그랬을 거예요." 그는 생각에 잠겨 대답했다. "확실합니다. 조서에 기록되어 있을 거예요."

"차량 등록번호가 어떻게 되죠?" 율리아가 물었다. 밀러는 번호를 불러주었고, 율리아는 잠시 경찰청에 전화를 걸어 베르거에게 사라진 벤츠에 대한 분실신고를 내달라고 부탁했다.

"좋습니다." 율리아는 휴대폰을 다시 가방에 집어넣으며 말했다. "이제 부인께서 만난다던 두 친구분의 정확한 이름과 주소를 알려주시겠어요?"

"잠시만요, 주소록에 있을 겁니다." 그는 몸을 일으켜 비틀거리는 걸음으로 복도를 걸어갔다가(율리아는 그의 불안한 움직임을 계속 주시하고 있었다), 잠시 후 다시 돌아왔다. "레나테 슈바프, 니더 키르히 가 13번지, 그리고 잉에 슈펠링, 호스타토 가 29번지입니다. 하지만 지금은 만나실 수 없을 겁니다. 제가 알기로 둘 다 일을 하거든요. 여기 전화번호가 있으니 전화해보시던가요."

"어디서 일하나요?"

"거기까지는 저도 모릅니다. 아내의 친구들이라 몇 번 얼굴을 본 적이 있을 뿐이니까요."

"그분들은 서로 어떻게 알게 된 사이죠?"

뮐러는 차마 말할 용기가 나지 않는 듯 머뭇거리다가 입을 열었다. "알아논(Al-Anon)에서요."

"어디요?" 율리아는 이마를 찌푸리며 다시 물었다.

"알아논이요. 그건……, 그러니까……. '익명(Anonym)의 알코올중독자들'이라고 들어보셨죠? 알아논은 알코올중독자 가족 모임입니다. 일주일에 한 번씩 만나죠. 주로 금요일에요."

"실례되는 질문인 줄은 알지만, 그럼 부인께서 뮐러 씨 때문에……?"

"아뇨, 장인어른 때문입니다." 그는 재빨리 대답했다. "사실 저는 술이라고는 거의 입에 대지 않았어요. 무슨 행사가 있을 때에 와인 한 잔 정도면 모를까. 제 아내는 장인어른 때문에 엄청나게 고생했습니다. 장인어른은 자신의 삶뿐만 아니라 장모님의 삶까지도 다 망쳐버렸죠. 어젯밤 제가 술을 마신 일에 대해서는 형사님들도 충분히 이해해주시리라 생각합니다. 아무튼 장인어른은 돌아가실 때까지 술을 입에 달고 사셨어요. 30년간의 음주 때문에 결국 돌아가시고 말았죠. 사실 그게 장인어른에게도, 제 아내에게도 최선이었습니다. 이제 1년 정도 지났군요. 아내는 결혼 전부터 그 모임에 나갔었고 저 역시 아내가 거기 나가는 걸 반대하지 않았습니다. 아내에게 좋은 일인 것 같았으니까요."

"슈바프 부인과 슈펠링 부인도 뮐러 씨 부인의 사망 소식을 알고 계신가요?"

"아뇨. 두 사람 다 그제와 어제 전화로 아내에게서 소식이 있었는지 물었던 게 전부입니다. 정말 걱정하는 것 같았어요. 금요일에 무슨 일이 있었는지 물었지만, 모든 게 다른 때와 똑같았다고 하더군요. 모임 후에 뒤풀이를 가졌다고요. 매번 이탈리아 음식이나 그리스 음식을 먹으러 가곤 했어요."

"그럼 부인은 보통 11시쯤 집에 돌아왔나요?"

"11시나 11시 반, 가끔은 신 나게 놀다가 자정이 넘을 때도 있었어요. 그랬기 때문에 11시에 아내가 돌아오지 않았는데도 걱정하지 않았던 겁니다. 그 모임이라면 안전했으니까요."

"최근에 무슨 이상한 일이 일어난 적은 없었나요? 이상한 전화라든가 협박 같은?"

"없었습니다."

"그럼 최근 며칠 또는 몇 주 사이에 부인게 무슨 변화는 없었습니까? 그러니까 제 말은, 혹시 부인께서……."

뮐러는 심각한 얼굴로 율리아를 뚫어져라 쳐다보았다. 일순간 냉정하고 거칠어진 모습이었다. "무슨 대답을 원하는지 잘 모르겠군요. 그만하십쇼! 우린 서로 사랑했고, 아내가 다른 남자를 만날 이유는 전혀 없습니다. 누구에게든 한 번 물어보세요. 아내 인생에 저 말고 다른 남자는 없으니까요."

"두 분이 결혼하신 지 얼마나 되었죠?"

"8년이요. 하지만 알고 지낸 지는 10년도 더 됩니다. 게다가 아내에게는 제가 첫 남자였고요. 무슨 말인지 잘 아시겠죠." 그는 담배를 눌러 끈 뒤 곧바로 또 한 개비에 불을 붙였다. "이제 어떻게 해야 할지 모르겠어요. 모든 게 악몽 같고, 깊고 어두운 수렁에 빠져 버린 것 같아요. 누군가 제 아내를 죽이고, 두 어린아이에게서 엄마를 빼앗아 갔습니다. 어떤 추악한 놈이 우리 삶을 빼앗아 갔다고요." 그는 말을 끊고 바닥을 내려다보며 담배를 길게 한 모금 빨았다. 그의 코에서 연기가 새어 나왔다. "한 가지 여쭤봐도 되겠습니까?"

율리아와 프랑크는 고개를 끄덕였다.

"그놈이 아내를, 그러니까 제 말은, 아내가 강간당했습니까?"

"아뇨. 부인께서는 발견 당시 옷을 완전히 입고 있었습니다. 성폭행당한 흔적은 없었어요." 율리아는 그녀의 음부에 꽂힌 바늘과, 1년 전 비슷한 두 건의 사건이 있었다는 사실에 대해서는 일부러 말하지 않았다. 앞으로도 그런 이야기는 그에게 하지 않을 작정이었다.

"그렇다면 정말 차 때문이군요. 요즘에는 별의별 이유로 살인을 하니까요. 돈 몇 푼, 재킷 한 벌, 잘못된 말 한마디, 혹은 자동차 때문에 말입니다. 돈 많은 부자들은 탐욕스럽게 돈을 축적하느라 수단과 방법을 가리지 않고, 가난한 사람들은 정당한 방법으로는 결코 손에 넣을 수 없는 것을 가지려고 폭력을 쓰죠. 그게 이 썩어 문드러진 사회의 현실입니다. 힘 있는 자들이 먼저 그러니까, 힘 없는 자들도 그대로 따라가는 거예요. 그럼 결국 이 모든 게 그 빌어먹을 자동차 때문이었군요."

"앞으로 괜찮으시겠습니까?" 얼마 후 프랑크는 담배에 불을 붙인 뒤 말했다.

뮐러는 피식 웃었다가 이내 다시 무표정이 되었다. "괜찮겠느냐고요? 맙소사, 저도 잘 모르겠습니다. 정말 모르겠다고요. 아이들을 어떻게 해야 할지도 모르겠어요. 제 주위에는 돌봐줄 만한 사람이 아무도 없거든요."

"부모님이나 친척분들이 계시면 당분간만이라도……."

뮐러는 고개를 가로저었다. "제 어머니는 제가 어렸을 때 돌아가셨고, 아버지는 독일 북부 어딘가에 살며 재혼하셔서 연락을 끊은 지 몇 년 됐습니다. 저에겐 형제자매도, 삼촌이나 이모도 없어요. 장모님은 요양원에 계시고 유일한 친척이라고는 에리카의 언니뿐인데, 캐나다에 사는 데다 자기 아이만 해도 다섯 명이나 된다고요. 그러니 이 상황은 저 혼자 해결해야 합니다. 방법을 알 수만 있다면 좋으련만. 정말 거지 같은 인생이군요. 율리아와 토마스는 토요일부터 끊임없이 엄마가 언제 오느냐고 물어대고 있어요. 언젠가는 아이들에게 사실을 말해야겠죠. 하지만 어떻게 그 어린 것들한테 엄마가 다시는 돌아오지 않는다고 말할 수 있단 말입니까? 엄마가 침대에 눕혀줄 일은 앞으로 없을 거라고, 이제 엄마 없이 살아야 한다고, 어떻게 말하죠? 형사님들은 경험이 있으실 거 아닙니까, 아니에요? 어떻게 하느냐고요?"

아니, 율리아는 그런 경험이 전혀 없었다. 어린아이에게, 어떤 사람이 너희 엄마가 더는 이 세상을 살아가는 걸 원치 않았기 때문에 엄마는 이제 돌아올 수 없다고, 그래서 그 사람은 너희 엄마의 목에 올가미를 두르고 마지막 남은 숨이 끊어질 때까지 꽉 졸랐다고 설명해야 했던 적은 아직 단 한 번도 없었다. 율리아는 고개를 절레절레 흔들며 동정 어린 눈빛으로 뮐러를 보았다. "아뇨, 저도 잘 모릅니다. 저는 아이도 없는 데다, 아직 한 번도 어린아이에게 그런 소식을 전한 적이 없거든요. 죄송합니다."

"괜찮습니다, 저도 뭘 기대하고 말씀드린 건 아니니까요. 죄송합니다만 이제 아이들과 조용히 있고 싶습니다."

"여기," 율리아는 테이블 위에 명함을 올려놓으며 말했다. "혹시 뭔가 생각나는 게 있으시면 언제든 연락 주세요. 다시 한 번 말씀드리지만, 부인 일은 정말 유감입니다. 이런 말이 도움이 되지는 않겠지만요. 아 참, 사적인 질문이지만, 혹시 부인께서 일기를 쓰셨나요?"

뮐러는 머뭇거리며 굳은 눈빛으로 율리아를 보았다. "아뇨, 제가 알기에는 안 썼습니다. 왜 그러시죠? 뭘 알아내려고 하시는 겁니까?"

"지금으로서는 그런 거 없습니다. 하지만 때로는 일기장이 수사에 큰 도움이 되곤 하거든요."

"설령 있다 해도 그건 사적인 부분입니다!" 뮐러는 격분하며 말했다.

"그렇지만 그 덕분에 수사가 진전되는 것도 사실입니다. 뮐러 씨도 부인을 살해한 범인을 찾고 싶지 않으신가요? 저희는 일기장에 적힌 사적인 내용 같은 건 관심 없습니다. 단지 단서를 찾는 것뿐이에요. 그러니 부디 협조해주시기 바랍니다. 저희가 뭘 읽든 대중에 공개되지 않을 테니 걱정하실 필요 없어요."

"아뇨, 제 아내는 일기를 쓰지 않았습니다." 뮐러는 갑자기 무뚝뚝한 목소리로 말했다. "안녕히 가세요. 그리고 그런 짓을 한 놈을 빨리 잡아주십쇼. 혹시 경찰보다 먼저 그놈을 잡게 되면 내 손으로 그놈을 죽일 겁니다."

"그런 사적 제재는 불법입니다."

"그런 건 눈곱만큼도 상관 안 해요. 진심입니다."

"뮐러 씨 심정을 이해 못하는 바 아닙니다. 하나만 더 여쭤보죠. 요안나 알베르츠와 카롤라 바이트만이라는 이름을 들어보신 적 있나요?"

"아뇨, 왜요?"

"혹시나 해서요."

"그 두 사람이 제 아내와 무슨 관련이 있습니까?"

"아니, 절대 아닙니다. 그냥 한 번 여쭤본 거예요."

오전 11시 10분

율리아와 프랑크는 계단을 걸어 내려와 란치아에 올라탔다.

두 사람은 잠시 서로를 바라보았고, 프랑크는 어깨를 으쓱했다.

"나 같아도 내 아이한테 뭐라고 말해야 할지 몰랐을 거예요. 당신도 그 여자가 자동차 때문에 살해당했다고 생각해요?"

"절대 아니에요. 이 사건에는 뭔가 더 큰 게 숨겨져 있어요. 요안나 나나 카롤라의 경우에도 없어진 물건은 없었어요. 대체 왜 음순에 금색 바늘을 꽂아둔 걸까요? 단순히 차를 훔치려 했던 거라면 살해한 뒤 차 열쇠만 빼앗아서 도망갔을 거예요. 하지만 피살자는 토요일 오전에 실종신고된 이후 오늘 새벽이 되어서야 발견되었어요. 지난 이틀간 그녀는 어디 있었던 거죠? 남편에게 뭘 숨기고 있었던 거냐고요? 이건 작년과 완전히 똑같아요. 작년 두 사건 모두 시체가 발견되기까지 이틀이 걸렸잖아요."

"집에 돌아가는 길에 강도를 만나 납치된 거라면? 범인이 피살자를 강간하고 고문하다가 곧 흥미를 잃고 살해했을 수도 있잖아요. 그러고는 어둠을 틈타 시체를 공원에 내다 놨겠죠. 아직 부검 보고서도 안 나왔어요."

"공원으로 가 보죠. 현장을 자세히 보고 싶어요. 당신은 시체가 발견된 장소를 정확히 알고 있죠? 피살자는 고문은 당했을지 몰라도 강간당하지는 않았어요. 그런 놈들은 자기만의 방식을 고수하기 마련이거든요. 이번 놈은 나로서도 처음 보는 경우지만."

"당신이 그렇다면 그렇겠죠."

프랑크는 시동을 걸었다. 금요일 이후로 처음 비치는 햇살이 점차 얇아져 가는 구름층을 뚫고 땅 위에까지 줄기를 내리고 있었다. 도로 위는 아직도 비에 젖어있었고 날은 추웠다. 일주일 전부터 이미 기온은 10도를 밑돌았다. 길고 무더운, 때로는 못 견딜 것처럼 느껴졌던 여름을 보낸 뒤였지만 율리아는 벌써부터 그 길고 따뜻했던 여름이 그리울 지경이었다. 30분 정도 지났을까, 그들은 그뤼네부르크 공원에 도착했다. 지스마이어가 오른편에 있는 주차장에 차를 세운 그들은 차에서 내렸다. 햇볕 덕분에 공기는 조금이나마 따뜻한 기운을 품고 있었다.

"그래, 어디에요?" 율리아가 물었다.

"바로 저 앞이에요."

"여기 표지판이라도 세워봐야 하는 거 아니에요? 이러다 사람들이 차를 끌고 공원으로 들어가기라도 하면 어쩌려고."

"그러게요. 내가 시청에 문의해보죠. 혹시 범인이 표지판을 뽑아버린 거 아닐까요? 지난 토요일에?"

"공원 관리소에 한 번 물어보죠."

그들은 50미터쯤 걸어서 에리카 뮐러의 시체가 발견된 덤불 앞에 도착했다. 주차장 쪽을 돌아다 본 율리아는, 어두울 때는 차를 끌고 여기까지 들어와도 눈에 잘 띄지 않으리라고 확신했다.

"범인은 바로 여기에 시체를 버렸어요. 목격자는 아무도 없었던 것 같고. 어쩌면 목격자가 있었는데도 범인에게 별 주의를 기울이지 않았을지도 모르죠."

"요즘 누가 남 일에 신경이나 쓰나요?" 프랑크는 냉소적으로 물었다. "아무것도 못 봤다, 못 들었다 하면서 아무 말도 안 하려 들겠죠. 모두가 익명성을 추구하고 튀지 않으려 하니까 말입니다. 상황이 이런데 남이 차에서 뭘 꺼낸다고 해서 누가 관심이나 있겠느냐고요?"

"여기서 제일 가까운 집이라고 해봐야 한참 떨어져 있어요." 율리아가 말했다. "누가 뭘 꺼내는지 보려면 망원경이라도 들어야 할 거예요. 게다가 새벽 1시 45분이면 대부분의 사람이 이미 잠들었을 때죠. 만약 그 개가 없었다면……."

"…… 피살자는 아마 아직도 여기 누워있겠죠."

"자동차 바퀴 자국 본 거 있어요?" 율리아가 물었다.

"비가 너무 많이 와서 우리도 영 손을 쓸 수가 없었어요."

"아까 그 사진들에서 뭔가 이상한 점 없었어요?" 율리아는 몸을 구부리고 혹시라도 못 보고 지나친 단서는 없는지 이리저리 살피며 물었다.

"무슨 말이에요?"

"그러니까, 자세 말이에요. 좀 이상하다고 생각하지 않아요? 범인은 시체를 그냥 바닥에 던져 버린 게 아니라 특정한 자세로 눕혀놨다고요. 사진으로 봤을 땐 입관하는 모습 같기도 했어요. 그때처럼 말이에요. 그 바늘과 시체의 자세에는 어떤 의미가 담겨 있는 게 분명해요. 대체 무슨 의미일까요?"

"기다려보자고요."

"뭘요?"

"아, 아무것도 아니에요. 신경 쓰지 마요. 자, 이제 경찰청으로 돌아가죠. 가서 그 슈바프와 슈펠링에게 전화나 해봅시다. 별 기대는 하지 않지만."

"프랑크, 이 사건, 뭔가 냄새가 나요. 실종신고 들어온 게 또 있을까요? 여자들 말이에요."

"모르겠어요. 경찰청에 가면 알 수 있겠죠."

오전 11시 45분

베르거는 커피잔을 한 손에 든 채 통화 중이었다. 그는 율리아와 프랑크에게 고개를 끄덕해 보이고는 책상 앞에 놓인 의자들을 가리켰다. 율리아와 프랑크는 자리에 앉았고, 잠시 후 베르거는 전화를 끊었다. 그는 뜨거운 커피를 한 모금 마신 뒤 잔을 책상 위에 올려놓았다.

"복에게서 걸려온 전화야. 방금 보고서를 컴퓨터로 보냈다니 직접 읽어보게."

"혹시 실종된 여자들이 더 있나요? 현재 진행 중인 사건 중에서요." 율리아는 베르거의 말에 대꾸하지 않고 물었다.

"그건 왜?"

"있어요, 없어요?"

"잠깐, 내가 한 번 물어보지."

통화는 2분 정도 걸렸고, 베르거는 뭔가를 메모했다. 전화를 끊은 그는 몸을 뒤로 기대고 두 손을 툭 튀어나온 배 위에서 맞잡은 채 생각에 잠긴 얼굴로 율리아와 프랑크를 바라보았다.

"어떻게 됐어요?" 율리아가 물었다.

"항상 자네 예상이 맞아떨어지는군, 그래. 또 한 여자가 실종되었네, 여기." 베르거는 메모지를 책상 위로 넘겨주며 말했다.

율리아는 그것을 받아들고 읽었다. "유디트 카스너, 25세. 오늘 오전에 경찰청에 실종신고가 접수되었군요. 내가 이럴 줄 알았어, 이럴 줄 알았다고, 빌어먹을!" 그녀는 잠시 말을 멈추고 담배에 불을 붙인 뒤 자리에서 일어나 창가로 갔다. 창밖으로 마인처 간선도로가 보였고 그 왼편 공화국광장에서는 건설 작업이 마무리되어 가고 있었다. 그 작업은 그녀가 프랑크푸르트에 왔을 때부터 시작되었는데, 늦어도 12월 초부터는 이 부근의 교통이 다시 정상화될 터였다. 특히 여름에는 창문을 열어놓으면 공기 해머의 소음 때문에 힘들었다. 하지만 그보다 더 견디기 힘든 건 기온이 30도까지 올라가는 날씨에 에어컨도 없는, 아침부터 찜통이 되어버리는 이 방에서 창문을 꼭꼭 닫아놓는 것이었다. 방 안에는 침묵이 흘렀고, 잠시 후 율리아는 뒤돌아 창턱에 몸을 기대고 담배를 한 모금 길게 빨아들였다.

"실종신고서류가 필요해요." 율리아는 아주 조용한 소리로 말했지만, 그녀의 마음속은 부글부글 끓고 있었다. "이 젊은 여자에 관한 모든 정보가 필요하다고요. 누가 실종신고를 냈는지, 그녀가 어떻게 살았고 직업이 뭐였는지 등등……. 그것도 당장이요. 복 박사님 보고서는 이미 도착했다고 하셨죠?"

율리아는 그 보고서의 내용이 뭔지 예감할 수 있었다. 우선 작년 부검보고서를 다시 한 번 읽어본 그녀는 형언할 수 없는 분노가 솟아오르는 걸 느꼈고 살해당한 여자들이 겪었을 고통이 느껴지는 것만 같았다. 수년 전에는 어떤 사건이든 이성적으로 대하리라, 감정의 지나친 개입을 배제하리라 다짐했던 그녀였다. 물론 그 다짐대로 된 사건들도 있었지만, 이번에는 달랐다. 그녀는 설명할 수 없는 분노, 화, 무력감, 고통과 함께 '그가' 다시 일을 저질렀을지 모른다는 두려움을 느꼈다.

자기 자리로 돌아간 율리아는 보고서 파일을 열었다. 그러고는 또다시 담배에 불을 붙이고 프랑크에게 커피 한 잔만 갖다달라고 부탁했다. 프랑크가 커피를 들고 돌아왔을 때 그녀는 슬퍼 보이는 눈을 크게 뜨고 들릴 듯 말 듯한 소리로 중얼거렸다. "똑같아. 그놈은 이번에도 작년에 두 여자에게 했던 것과 똑같은 짓을 했어. 전형적인 사디스트야."

프랑크는 의자 하나를 끌어당겨 말없이 그 보고서를 읽었다. 얼마 후 그들은 보고서를 가지고 베르거에게로 갔고, 율리아는 주요 내용을 읽어주었다. "에리카 밀러, 1963년 11월 1일 플렌스부르크에서 출생. 키 163센티미터, 금발, 68킬로그램. 담석 몇 개를 제외하면 건강상태는 양호. 복부와 가슴, 양팔과 양다리, 그리고 얼굴에서 혈종이 발견됨······. 그러니까 누군가에게 세게 구타당한 거예요. 손목과 발목에도 혈종이 있군요······. 아마 수갑으로 채워진 손과 발을 잡아당기다가 생긴 거겠죠. 입가와 입술에서는 접착테이프를 붙였다 뗀 흔적이 발견되었고요. 양쪽 유두는 물어 뜯겨 있었대요. 가슴과 음부에는 바늘로 수차례 찌른 자국이 있는데, 음부의 경우 찌르기 전 제모가 되었고요. 금색 바늘은 질 입구 바로 앞쪽 음순에 꽂혀있었어요. 질에도 항문에도 성폭행의 흔적은 없고, 정액이나 기타 분비물도 발견되지 않았어요. 몸이 씻긴 상태였는데 죽기 전인지 후인지는 알 수 없대요. 손톱 밑에서는 그 어떤 섬유조직이나 피부조직도 발견되지 않았고요. 올가미 같은 것으로 교살당했다······. 요안나와 카롤라의 경우와 똑같네요. 제기랄, 때리고 찔러서 이미 반죽음을 만들어놓고! 인간이 이 정도의 고통까지 견디는 걸 보면 놀라울 따름이에요. 저는 치과 대기실에만 앉아있어도 기절할 지경인데 말이에요. 그리고 이 여자는 발견되기 전 한 시간 이내에 살해당했답니다. 그러니까 일요일 밤까지만 해도 살아있었다는 얘기죠."

"맙소사!" 프랑크가 불쑥 끼어들었지만 율리아는 그의 말을 막았다.

"이 여자 역시 이틀 동안 지옥을 경험했던 거예요. 범인은 왜 피살자들의 유두를 물어뜯었을까요? 바늘은 또 뭘 의미하는 거죠? 그들은 범인과 아는 사이였을까요? 남자친구, 또는 잘 알던 사람이라 그와 함께라면 안전하다고 생각했던 걸까요? 아니면 납치? 그렇다면 왜 카롤라나 요안나와 마찬가지로 이 여자도 성폭행을 당하지 않은 거죠? 뭐 특별한 이유라도 있을까요? 혹시 이 여자들 간에 어떤 관계가 있는데, 그 관계라는 게 너무 뻔해서 오히려 우리가 간과했던 건 아닐까요? 나무만 보고 숲을 보지 못하는 것처럼 말이에요."

프랑크가 검지를 입술 위에 갖다 대며 말했다. "어쩌면 범인이 성불구자일 수도 있어요."

"그래서요?"

"자기가 성불구라는 데 수치심을 느껴서 거기에 대해 앙갚음을 하는 거죠. 그런 일은 전에도 있었어요."

"그럼 왜 하필 에리카 밀러죠? 그 여자는 애가 둘인 유부녀인 데다 바람을 피우지도 않았던 것 같은데. 게다가 남자들이 특별히 좋아할 만한 타입도 아니잖아요. 그냥 평범한 얼굴에 통통한 편인 평범한 여자라고요. 요안나 알베르츠도 그랬고."

"하지만 카롤라 바이트만은 확실히 평균 이상이었어요." 프랑크가 끼어들었다.

"그건 맞아요. 요안나와 에리카는 그다지 눈에 띄지 않았지만 카롤라는 정말 예뻤죠, 인정해요. 외적으로는 비슷한 점이 전혀 없어요. 내 기억이 맞는다면 머리카락 색도, 키도 다르고요. 작년 파일을 다시 한 번 살펴봐야겠어요."

"그렇지만 대부분의 경우 그런 평범한 사람들이 희생양이 된다고요. 눈에 잘 안 띄는 사람들 말입니다. 범인은 그 여자들을 자기 차로 끌어들여 어딘가로 데려가 제 분노를 표출한 거예요. 성범죄의 피살자들은 보통 범인과 전혀 모르던 사이인 경우가 많아요. 그러니 이런 종류의 범죄는 우연히 이루어지는 게 대부분이죠. 어떤 여자, 여기서는 에리카 밀러겠죠, 그녀가 우연히 특정 시간에 특정 장소, 즉 범인이 있던 장소에 있었기 때문에 범인은 그 순간에 옳다구나 하고 제 욕망을 채울 기회를 움켜잡은 겁니다. 범인과 피살자가 전부터 알던 사이인 경우는 거의 없어요. 보통은 범인의 증오심이 절정에 달하는 순간에 그저 무작위로 희생양을 찾게 되죠. 그 증오가 무엇에 대한 것인지에 관계없이.”

“이틀 동안 비교적 젊은 여자가 두 명이나 실종되는 게 흔한 일인가요?” 율리아는 냉소적으로 물었다. “여자들이 음순에 바늘이 꽂힌 채 살해되는 일이 흔하냐고요? 살해되기 전에 잔인하게 고문당하고, 유두를 물어뜯기는 일은? 그럼 요안나와 카롤라도 그냥 우연히 범인과 마주치게 되었다는 거예요? 말해 봐요, 그런 우연이 일어날 확률이 대체 얼마나 되죠? 여기서는 바늘이 사건을 해결하는 열쇠예요. 그리고 살해된 여자들은 범인과 뭔가 관계가 있었던 게 분명해요. 대체 무슨 관계일까요? 그리고 그 카스너라는 여자는…….”

“그렇게 앞서가지 마요. 카스너야말로 전적으로 우연일 수도 있잖아요. 이제 스물다섯 살밖에 안 됐고…….”

“에리카 밀러는 다음 주에 서른여섯 살 생일을 앞두고 있었어요. 요안나는 서른 살이었고 카롤라는 스물세 살이 채 안 됐고요. 사춘기 시절은 이미 다 지난 나이죠. 더 이상 소녀가 아니라 성숙한 여자들. 대체 그 빌어먹을 서류는 어디 있는 거예요?” 율리아는 화를 내며 물었다.

“이미 책상 위에 놓여있네.” 베르거는 차분하게 말했다. “자네가 부검보고서를 보고 있을 때 도착했지. 자, 여기.”

“유디트 카스너. 1974년 10월 23일 프랑크푸르트 출생. 오늘 오전에 룸메이트인 카밀라 파운이 실종신고를 했군요. 키 167센티미터, 마른 체형에 갈색 피부, 어깨 길이의 단발, 초록색 눈, 그밖에 특이사항은 없고요. 수학과 물리학 전공으로 일곱 번째 학기를 수강 중이었고 그래프 가에 거주. 어머니는 현재 연락이 안 되고 아버지 연락처는 모른답니다.” 율리아는 그 서류를 손가락 사이에 낀 채 잠시 눈을 감고 생각에 잠긴 듯 고개를 갸우뚱했다. 결국 그녀는 침묵을 깨고 입을 열었다. "앞으로 며칠 혹은 몇 주, 아니, 어쩌면 몇 달간 할 일이 엄청 많아질 거예요. 기적이 일어난다면야 안 그럴 수도 있지만, 우리한테 기적 같은 게 일어날 리 없잖아요." 율리아는 잠시 말을 멈추고 혀를 쏙 내밀었다. "프랑크, 당신이 그 두 여자, 슈바프와 슈펠링에게 연락 좀 해봐요. 오늘 중으로 그들과 이야기를 나눠봐야 하니까. 나는 카밀라 파운에게 연락할게요. 슈바프와 슈펠링이 당장 연락이 안 될 경우에는 파운에게 먼저 가보자고요. 맙소사, 정말 정신없는 날이야! 왜 꼭 이런 사건은 전혀 예기치 않았던 순간에 일어나는 걸까? 누가 그 이유 좀 알려줄래요?"

"뒤랑 형사," 베르거는 웬만해서는 잘 보이지 않는 미소를 지으며 말했다. "자네의 마지막 질문에 대답할 수는 없네만, 한 가지는 알고 있지. 누군가 에리카 뮐러 사건을 해결하게 된다면 그건 바로 자네와 자네 동료가 될 거라는 걸……."

"그 사건뿐만이 아니에요." 율리아는 날카로운 목소리로 그의 말을 가로막았다. "에리카, 요안나, 카롤라, 그리고 유디트 사건이죠. 내기하실래요?" 그녀는 베르거를 뚫어져라 쳐다보았다.

"그런데 제가, 아니면 우리가 요안나와 카롤라 사건을 해결했던가요? 저는 초인이 아니에요, 그렇게 될 수도 없고요. 이 살인사건들의 배후에 누가 있든, 그는 굉장히 영리하고 아마 앞으로도 한참 동안 우리를 가지고 놀려고 들 거예요."

"너무 비관하지 말게."

"비관하는 게 아니에요. 현실을 직시하는 거죠. 그리고 저는 이게 연쇄살인이라는 걸 알 수 있어요. 아, 또다시 연쇄살인이라니! 이 모든 건 우연이 아니에요. 그래도 뭐 어쩌겠어요, 전화나 돌려보자고요."

율리아는 몸을 일으켜 자기 책상으로 돌아가서는 수화기를 들고 카밀라 파운에게 전화를 걸었다. 벨이 두 번 울린 뒤 카밀라가 전화를 받았다. 율리아는 신분을 밝힌 뒤, 가능한 한 빨리 동료와 함께 그리로 갈 테니 시간을 내달라고 말했다. 그때 프랑크가 율리아에게로 왔다. "슈펠링의 집 전화는 아무도 안 받고, 슈바프는 집에 있대요. 언제든 오라더군요."

"그럼 우선 파운에게 갔다가 슈바프의 집으로 가죠. 파운의 집은 이 근처에 있거든요."

"그 전에 요기 좀 하고요. 커리 소시지 하나면 충분해요." 프랑크는 씩 웃으며 말했다.

"당신이 정 그렇다면야." 율리아는 대답했다. "근데 나는 입맛이 없어요."

"왜 그래요, 처음 있는 일도 아닌데…… 어쩌면 아주 간단하게 해결될 수도 있잖아요. 만약 에리카 뮐러가 남편 손에 살해당했다면 어떨까요?"

"당신도 그렇게 생각하지 않잖아요. 배우자를 살해하는 것, 그러니까 남편이 아내를 죽이는 일은 주로 충동적으로 일어나곤 해요. 난 이 사건처럼 이상한 방법으로 남편이 자기 아내를 죽이는 건 단 한 번도 본 적이 없어요. 아니, 그건 아니에요. 그렇다면 그 남자가 요안나와 카롤라도 죽였을 거라는 얘기잖아요. 자, 이제 출발하죠. 오늘 안에 해야 할 일들이 많으니까."

율리아와 프랑크가 막 사무실을 나서려던 찰나, 베르거의 전화벨이 울렸다. 통화는 불과 몇 초밖에 걸리지 않았다. 수화기를 내려놓은 베르거가 말했다. "벤츠를 찾았대. 그뤼네부르크 공원 코앞에 있는 펠트베르크 가에서. 차는 곧장 과학수사반으로 보내지. 그럼 행운을 빌겠네."

밖으로 나가던 길에 그들은 페터와 거의 부딪힐 뻔했다. "어떻게 됐어요?" 페터가 물었다.

"반장님한테 들어요. 그리고 요안나와 카롤라 사건 파일들을 꺼내서 에리카 뮐러에 관한 보고서와 비교해 봐요. 그 여자들의 이력이나 외모, 키, 나이 등을 보고 뭔가 공통점이 있나 찾아보고요. 박사논문을 쓴다고 생각하고 꼼꼼하게 해야 해요."

"거 참, 무슨 일인데 그래요?" 그는 어리둥절한 듯 말했다.

"반장님께 물어봐요. 그럼 우리는 이만 가보죠."

오전 11시

비올라 클라이버가 그녀의 메탈릭 블루 색상의 재규어를 타고 대문 안으로 들어섰을 때는 하늘에 구름이 대부분 걷히고 해가 나고 있었다. 주말 내내 지겹게 내린 비는 이제 물러갔고, 일기예보에서는 앞으로 적어도 사흘간은 해가 나고 10~15도 정도의 비교적 따뜻한 기온이 유지될 거라고 했다. 시동을 끈 뒤 차양을 내리고 거울에 얼굴을 비춰 본 그녀는 살짝 고개를 끄덕인 뒤 가방을 들고 차에서 내렸다. 느리고 우아한 걸음걸이로 흰색 저택 앞까지 걸어가서는, 문 앞에서 잠시 시간을 끌다가 초인종을 눌렀다. 그러자 들릴 듯 말 듯 웡 하는 소리가 나며 문이 열렸다. 그녀는 집 안으로 들어갔다. 샛노란 블라우스와 남색 정장을 입고 있었는데, 치마는 무릎 위로 10센티미터 정도 올라오는 길이였다. 어깨까지 내려오는 밤색 머리는 그녀의 흠 잡을 데 없는 얼굴을 감싸고 있었다. 크고 어두운색의 눈과 도톰하고 관능적인 입술, 마치 값비싼 그림 속에서나 볼 법한 얼굴이었다. 그녀는 한 치의 머뭇거림도 없이 문이 열려있는 방으로 걸어갔다. 세계적으로 인정받는 심리분석가이자 치료사인 알프레드 리히터 박사가 책상 앞으로 걸어 나오며 웃는 얼굴로 비올라 클라이버에게 손을 내밀었다. 그는 그녀보다 머리통 반 정도가 더 컸고, 풍성한 회색 머리는 언제나처럼 잘 손질되어 있었다. 그의 청록색 눈에 잠시 반짝이는 빛이 서렸다.

"어서 오세요, 클라이버 부인." 그는 편안한 느낌을 주는 저음의 목소리로 말했다. "자, 앉으세요. 뭐 마실 것 좀 갖다 줄까요? 커피, 차, 아니면 주스?"

비올라는 고개를 가로저었다. "감사하지만 지금은 괜찮아요."

"좋아요." 알프레드 리히터는 이렇게 말하며 노트와 펜을 들고 그녀 옆에 있는 갈색 가죽 의자에 다리를 꼬고 앉았다. 방 안이 꽤 더웠기에 비올라는 블레이저를 벗어서 허벅지 위에 올려놓았다. 그녀는 손가락이 길고 날씬했고, 일주일에 한 번씩은 네일케어를 받고 있었다. 얼마 되지 않아 샤넬 넘버19 향수 냄새가 방 안을 가득 채웠다. 방에는 육중한 책상과, 한쪽 모퉁이에 ㄱ자로 놓인 천장까지 닿는 책장이 있었는데 그보다 더 눈에 띄는 것은 한쪽 면에 통째로 나 있는 창문이었다. 그 창문을 통해 수영장이 딸린 넓은 정원의 멋진 경관이 한눈에 들어왔다. 잔디밭 밖으로는 솜씨 좋게 손질한 덤불과 관목, 그리고 사람 키 높이만 한 울타리가 둘러져 있었다. 그리고 그 부지 둘레에는 커다란 단풍나무 한 그루, 자작나무 두 그루, 오리나무 두 그루가 가지런히 세워져 있었는데, 잎은 대부분 떨어져 나간 뒤였다.

"제가 어떻게 지냈는지 궁금하시겠죠." 잠시 후 입을 연 비올라는 파란색 매니큐어를 칠한 손톱을 내려다보며 말했다. 그녀는 결혼반지를 빙빙 돌리며 계속 아래를 보고 있었다. "그럭저럭 지냈어요." 그녀는 마치 리히터의 반응을 살피듯 눈을 들어 그의 얼굴을 바라보았다.

리히터는 이마를 살짝 찌푸리며 그녀를 마주 보았다. "그게 정확히 무슨 말입니까?"

"정확히 말해, 변한 게 없다는 거예요. 그저 하루하루 살아가지만, 왜 사는지는 모르겠어요. 차를 타고 동네를 돌아다니고, 카페나 레스토랑에 가고, 담배도 아주 많이 피우고 발륨(정신안정제의 일종—역주)도 아주 많이 먹어요. 제가 뭐 빼먹은 거 있나요?" 그녀는 은근히 빈정대는 듯한 말투로 물었다.

리히터는 그녀의 그런 이야기를 수십 번도 더 들어서 잘 알고 있었다. "술은요?"

"아 참, 저는 코냑을 좋아해요. 잠을 자고 싶을 때는 발륨과 코냑을 섞어 마시면 최고죠."

"잠을 자고 싶지 않을 때는요?"

"그럴 때는 밖에 나가요. 어디든지요."

"그게 어딘데요?"

"여기저기요."

"그럼 남편께서는 부인을 보고 뭐라고 하시나요?"

비올라는 피식 웃었다가 이내 무표정을 되찾으며 고개를 가로저었다. "제 남편이 뭐라고 하냐고요? 아무 말도 안 해요. 그이와 저는 서로 자유롭게 행동하도록 놔두거든요. 그것에 관해서는 이미 서로 무언의 합의를 했죠."

리히터는 뭔가를 메모하더니 입을 앙다물었다. 비올라 클라이버는 말이 많은 환자가 아니어서 대부분의 경우 그가 먼저 나서서 캐묻곤 했는데, 이번에는 달랐다. 오늘로 그녀와 열두 번째 만남인데, 그녀가 처음부터 이렇게 말을 많이 한 것은 처음이었다.

그는 이제부터 어떤 대화가 진행될지 기대감에 부풀었다.

"무인의 합의요? 그게 어떤 건가요?"

그녀는 어깨를 으쓱하고 입을 삐죽 내밀고는 잠시 후 알 수 없는 미소를 지으며 말했다. "그는 일이 많고, 저는 집에 있는 시간이 너무 많아요. 그 말은, 제가 주로 집에 있어야 하는데 저는 그러기 싫다는 거예요. 아무리 금으로 된 새장이라도 제 삶을 그 안에 갇혀 보내기는 싫어요. 저는 그 새장 속의 새나 마찬가지인데, 새들은 자유롭고 싶어 하잖아요. 바람이 이끄는 대로 어디론가 날아가고 싶어 한다고요."

"그렇다면 최근에는 그 바람이 부인을 어디로 이끌었나요?" 그는 웃으며 물었다.

"선생님, 그건 제 작은 비밀로 남겨두겠어요." 그녀 역시 웃으며 대답했다.

잠시 두 사람 모두 아무 말이 없었다. 비올라 클라이버는 자리에서 일어나 블레이저를 의자에 걸고는 창가로 걸어가 정원을 내다보았다. 물이 다 빠진 수영장 바닥의 타일이 햇빛을 받아 반짝였다. 잔디는 지난 며칠간 내린 비 때문에 아직도 젖어있었고, 잔디밭이 끝나는 곳에는 나무에서 떨어진 낙엽이 땅을 덮고 있었다. 리히터는 마치 동상처럼 꼿꼿하게 서서 멍하니 밖을 보고 있는 비올라의 뒷모습을 쳐다보았다. 검은색 실크스타킹을 신은 길고 날씬한 다리, 하이힐, 엉덩이, 이것만으로도 뭇 남성들의 이성을 잃게 할 만한 광경이었다. 하지만 이게 다가 아니었다. 비올라에게는 사람을 잡아끄는 마력 같은 게 있었는데 그게 그녀의 눈 때문인지, 말투 때문인지는 알 수 없었다. 어쩌면 그녀의 얼굴, 입술, 옷 속에 숨겨져 있어서 볼 수는 없지만 완벽할 게 분명한 몸매, 그리고 손과 다리 등이 모두 합쳐져 그런 분위기를 풍기는 걸 수도 있었다. 그의 환자들은 대부분 스스로 자초한 문제들 때문에 그를 찾아오곤 했지만, 비올라는 달랐다. 뭔가 신비스러운 데가 있는 그녀는 마치 고대 이집트 여왕이 환생한 듯 지배적이고 다가가기 힘든 사람이었다. 리히터는 그녀가 자기 집에서는 어떻게 행동할지 자문해본 적이 한두 번이 아니었다. 그녀가 사람들에게 상냥한지, 아니면 전형적인 졸부 여성들이 그러하듯 아이들과 남편, 그리고 가정부에게 제 기분 내키는 대로 대하는지 궁금했다. 하지만 그가 보기에 그녀는 다른 사람과 거리를 두는 성격일지는 몰라도 유별난 기분파는 아닐 것 같았다. 게다가 그녀에게는 아이도 없었고, 그녀의 말에 따르면 집에는 가정부 한 명과 정원 손질, 세차, 전기설비 등을 비롯한 잡다한 일을 하는 남자 한 명, 이렇게 두 명의 종업원만이 있을 뿐이었다.

비올라는 뒷짐을 지고 몸을 돌리더니 창턱에 앉아 다리를 꼬았다. 그리고 질문을 해주길 기다리듯이 그를 쳐다보았다. 그녀의 눈빛은 또다시 그가 익히 봐왔던, 빈정대는 듯한 도전적인 눈빛으로 변해있었다. 리히터는 자신이 과연 그녀를 치료할 수 있을지 확신이 서지 않았다. 그에게 진찰받는 다른 여자들과는 달리 그녀는 때로는 마음을 열었다가도 또다시 마음을 꼭 닫아버리곤 했기 때문이다. 경력이 25년에 달하는 그에게도 그녀의 속을 꿰뚫어보기란 쉬운 일이 아니었다. 비올라는 마치 보호색을 자유자재로 바꿔가며 각각의 환경에 완벽하게 적응하는 카멜레온 같아서, 그는 그녀가 대체 왜 자신을 찾아오는지 이해가 되지 않을 때도 있었다. 그녀는 결코 마음을 완전히 열지 않았다. 한 번은 그녀가 내면세계로 들어오게끔 허락하는 것 같다고 느끼기도 했지만, 그가 안으로 한 발짝을 들이려던 찰나 그 문을 도로 닫아버렸다. 그녀는 마치 자기 자신과 상대방을 마음대로 조종하고 있는 것만

51

같았다. 하지만 그가 그녀를 지배적이라 함은, 다른 사람들에게 사용하는 지배적이라는 말과는 좀 다른 의미였다. 보통은 자신의 말이 황금 지휘봉이라도 되는 양 어떤 반대 의견도 못 견디고, 모두가 자기 말대로 행동하기를 기대하며, 남을 비판하면서도 자신에 대한 비판은 못 참는 사람을 지배적이라고 하는 반면, 그녀는 삶을 하나의 게임으로 생각하는 듯 보였다. 흥미진진하면서도 동시에 위험한, 무기 없이 눈빛과 몸짓, 말로 하는 게임. 그는 비올라만큼 언제 어떻게 무슨 말을 해야 하는지 잘 아는 사람을 본 적이 없었다. 지금 같은 순간이면 그는 비올라가 자신을 시험하고 있다는, 자신에게 게임을 걸며 도전하고 있다는 기분이 들었다. 그러나 그게 어떤 게임인지는 아직 알 수가 없었다.

그녀가 그를 찾아왔던 이유는 명목상 우울증이었다. 하지만 그는 믿지 않았다. 그녀가 뭘 숨기고 있던 간에, 그건 결코 우울증이 아니었다. 그는 우울증의 다양한 증상들을 잘 알고 있었지만 그중 하나도 그녀에게서 찾아낼 수 없었다. 자신의 저서인 《우울증과 불안─과거의 출현인가》에서 그는 이 주제에 관해 3백 쪽이 넘게 다뤘었다. 내생적 우울증, 조울증 증상, 심기적 우울증 등등. 하지만 그녀는 그 어디에도 속하지 않았다. 그가 아직 유일하게 배제하지 않은 가능성은, 정신을 완전히 억압하는 심적 갈등에 기인한 심인성 우울증이었다. 하지만 지금까지 그는 그녀의 과거에 대해 아는 것이 없었고, 그녀가 입을 꾹 닫아버리는 탓에 그에 관해 말을 꺼낼 수도 없었다. 누구나 마음을 괴롭히는 문제 한두 가지쯤은 안고 살아간다. 리히터는 그렇게 생각했지만, 그녀의 증상이 어린 시절이나 사춘기 때의 안 좋은 경험으로 생긴 신경증적 우울증은 아닐 거라고 믿었다. 그는 그녀의 과거 이야기를 듣고 싶었지만 그녀는 마치 자신의 과거가 귀한 책, 또는 그녀 자신도 감히 볼 용기가 나지 않는 책이라도 되는 것처럼 꼭 닫아두었다.

그의 저서는 베스트셀러가 되었고, 그는 이제 새 책을 쓰는 중이었다. 아니, 비올라 클라이버는 우울증이 아니었다. 조금 우울하거나 기분이 저조할 때는 있겠지만, 그것도 그녀 마음대로 조절할 수 있을 터였다. 자기가 우울하고 싶으면 우울해지고, 충분히 우울했다 싶으면 곧바로 다시 평소처럼 돌아가는 것이다. 마치 조명 스위치를 켰다 끄듯이.

리히터는 발륨과 코냑에 관한 그녀의 이야기도 믿지 않았다. 그녀와 같은 여자는 알약을 마구 삼키지도 않거니와 알코올중독과는 거리가 멀었다. 그녀는 눈빛도 또렷한 데다 말을 더듬거나 혀 꼬부라진 소리를 하지도 않았다. 또 술 냄새가 난다거나, 알코올중독자들에게서 흔히 나타나는 손 떨림, 산만함, 건망증 같은 증상을 보인 적도 없었다. 오히려 그녀는 극기의 화신이라 할 만했다. 하지만 그녀가 그를 찾아오는 데는 분명 이유가 있을 터였다. 일주일에 한 번, 매번 한 시간씩. 그건 그녀가 부탁한 것이었다. 그녀는 시간당 8백 마르크를 지불하는 데 대해 아무런 불만이 없었고 이에 그도 그녀를 받아주었다. 사실 그에게도 8백 마르크는 몇 푼 안 되는 돈이었고, 그는 몇 년 전부터 자신의 환자를 아주 까다롭게 심사하여 특별히 흥미로운 경우에만 받고 있었다.

하지만 비올라는 다른 경우와는 좀 달랐다. 2년 전쯤 그녀를 처음 만났을 때부터 리히터는 그녀의 상황보다는 그녀 자체에 더 흥미를 느꼈다. 수년 전부터 그의 주업무는 전 세계를 돌며 심리학 세미나에 참석하거나, 전문서나 일반인들도 볼 수 있는 심리학 서적을 집필하거나 잡지에 기고하는 일 등이었다. 그리고 8년 전부터는 그가 항상 관심을 가져왔던 범죄심리학과 관련된 일도 하고 있었는데, 그는 이 분야에 점점 더 큰 매력을 느끼고 있었다. 그중에서도 그는 폭력범죄자, 특히 연쇄살인범에 대한 이야기와 그들의 성격을 연구하는 일에 매료되었다. 범행방식, 범행동기, 출신과 교육 등. 사실상 그들의 삶 전체가 그의 관심 대상이었다. 경찰대학에서 몇 번 강의한 이후 그는 프랑크푸르트 경찰청의 요청을 받아 프로파일러로서 특히 까다로운 사건의 자문을 여러 번 맡았고, 그중 다섯 번은 운 좋게도 그가 작성한 프로파일이 정확히 맞아떨어져 경찰이 용의자의 범위를 줄이고 나아가 범인을 체포하는 시간을 대폭 단축하는 데 일조했다.

그는 한 저명한 잡지사의 의뢰로 범죄심리학에 관해 일반인들도 읽기 쉽게 쓴 글을 기고하고 있었다. 이 분야에 대한 대중의 관심도 더해가고 있어서, 언젠가 자료가 충분히 모이면 책으로도 낼 생각이었다.

"부인이 저를 찾아오신 지 오늘로 12주째입니다." 마침내 그는 그녀를 바라보며 말했다. "하지만 제가 부인에 대해 아는 내용은 첫날이나 지금이나 별반 차이가 없군요. 무엇이 부인의 마음을 짓누르고 있는지, 왜 제게 말씀하시지 않는 겁니까? 저를 못 믿으시겠어요? 저에게는 침묵의 의무가 있다는 걸 잘 아실 텐데요. 이 방 안에서 우리 둘 사이에 오간 대화는 밖으로 새어 나갈 일이 없습니다."

비올라는 피식 웃으며 고개를 가로저었다. "선생님을 못 믿어서가 아니에요. 걱정 마세요, 저는 믿을 만한 사람과 그렇지 않은 사람 정도는 구분할 줄 아니까요. 저는 선생님을 믿어요. 하지만 선생님처럼 세계적으로 존경받는 전문가라면 왜 제가 선생님을 골랐는지 알아낼 수 있으실 줄 알았어요. 아마 제가 착각했나 보네요." 그녀는 입술을 삐죽 내밀며 창턱에서 미끄러지듯 일어나 치마를 똑바로 폈다. "이런, 우리 만남도 이만 끝내야겠네요."

"잠깐, 서두르지 마세요. 적어도 힌트는 주셔야죠. 부인이 하필 저를 찾아오시는 데는 분명 이유가 있을 겁니다, 그렇죠?"

"물론이에요." 그녀는 그의 앞까지 다가와 그를 올려다보며 섰다. "이유가 있죠, 그것도 아주 적절한. 그게 뭐라고 생각하세요?" 그녀는 이렇게 물으며 다시 의자에 앉았다.

"부부관계입니까?"

"그렇기도 하고, 아니기도 해요. 하지만 방향을 잘 잡으신 것 같군요."

"불안감?"

그녀는 다시 웃음을 터뜨렸다. 따스함이 느껴지는, 목구멍 깊은 곳에서 우러나오는 웃음. 빈정대는 말투를 쓸 때만 아니면 그녀의 목소리와 눈빛에서는 따스함이 느껴졌고, 그처럼 다가가기 어려운 그녀에게서도 어떤 따뜻한 기운이 발산되는 것만 같았다.

"불안이요?" 그녀는 지루하다는 듯 어깨를 으쓱해 보이며 고개를 가로저었다. "다른 사람들에 비해 특별히 더 불안하지도, 덜 불안하지도 않은걸요."

"하지만 부인은 처음 저를 찾아왔을 때 불안과 우울증에 시달리고 있다고 하셨잖아요. 그럼 이제 그렇지 않다는 말인가요?"

비올라는 숨을 깊이 들이쉬었다. 리히터가 곁눈질로 그녀를 보았고, 그녀도 그것을 눈치챘지만 아무것도 모르는 척하며 속으로 그것을 즐겼다. 그녀는 리히터를 둘러싼 소문, 즉 그가 예쁜 여자를 마다하는 일은 결코 없다는 말을 이미 들은 터였다. 그를 아는 사람이라면 누구나, 심지어 그의 아내인 클라라도 그 사실을 알고 있었지만 눈에는 눈, 이에는 이라고 나이가 남편의 반 정도밖에 안 되는 클라라 역시 끊임없이 젊은 남자들과 놀아나고 있었다. 그러나 클라라는 바로 리히터가 원했던 젊고 매력적인, 함께 다니면 어깨가 으쓱해질 만한 여자였고 반면에 클라라는 물질적인 풍요를 누리고 있었다. 지난 화요일, 리히터는 또 한 번 클라라와 함께 토크쇼에 출연했다. 그는 여기저기서 터져 나오는 감탄사와 다른 남자들의 질투 어린 시선을 즐겼고, 남들이 가지고 싶어 하는 것을 자신이 가졌다는 기분을 만끽했다. 비올라 클라이버는 리히터가 기회만 있으면 기꺼이 자기와 자리라는 걸 잘 알고 있었지만, 그녀로서는 그런 호의는 베풀 생각도 없었고 베풀지도 않을 터였다. 그는 준수한 외모에, 나이에 비해 무척 매력적인 남자였지만 비올라는 그의 많은 여자 중 하나가 되는 것이 싫었다. 그가 정복했던 여자들을 열거하자면 책 한 권은 되겠지만, 그 안에 그녀의 이름은 실리지 않을 것이다.

"아주 비참한 기분이 드는 날이 있어요. 정말 불쾌한 기분이죠. 아침에 일어나면 대체 산다는 게 뭔지 스스로에게 묻곤 해요. '나는 왜, 무엇을 위해 사는 걸까? 이 세상에서 내가 하는 일이 뭘까? 내 삶에 활력을 줄 만한 일은 대체 뭐가 있지?' 라고요. 그런 날이면 끝도 없이 깊은 시커먼 수렁으로 떨어지는 기분이에요. 끝도 없이 계속 아래로, 아래로 떨어지는 거죠." 그녀는 잠시 말을 멈추었다가 물었다. "혹시 마실 것 좀 부탁해도 될까요? 코냑 한 잔 주시겠어요?"

"그럼요. 잠시만 기다리세요." 리히터는 자리에서 일어나 술병들이 놓인 진열장을 열며 문득 '내 생각이 틀렸나?' 하고 생각했다. 그는 코냑병과 유리잔 두 개를 꺼내 코냑을 따른 뒤 한 잔을 비올라에게 건넸다. 비올라는 단숨에 잔을 비우고 손가락으로 잔을 빙빙 돌렸다.

"지난 주말에 또 한 번 그 시커먼 수렁으로 떨어지는 기분을 느졌어요. 제 남편은 집에 있어도 있는 게 아니랍니다. 몸은 집에 있지만 영혼은 자기 소설에 푹 빠져서 다른 데는 눈길조차 주지 않죠. 저는 외로워요. 그 저주받을 큰 집에 살면서도 외롭다고요. 제 삶의 의미는 뭘까요? 선생님이 좀 말씀해주실래요?"

"계속 말씀해보시죠."

"저는 불만이에요. 모든 게 다 불만이에요. 그게 남편 때문인지, 저 자신 때문인지는 모르겠지만요. 때로는 뭔가 해보려고 목표를 세울 때도 있지만 그걸 이루기 위한 노력은 전혀 하지 않죠. 모든 게 저절로 될 거라고 생각하나 봐요. 한 걸음도 나아가지 않고 그 목표가 이루어질 거라고 생각하는 걸지도요. 제 문제가 뭔지 잘 모르겠어요."

"그것만으로도 하나의 원인이 될 수 있겠군요……."

"어쩌면요. 하지만 제가 선생님을 찾아오는 데는 뭔가 다른 원인들이 있을지도 모르죠." 시계가 11시 반을 가리키는 걸 본 그녀는 재빨리 그의 말을 가로막으며 말했다. "아, 죄송하지만 오늘은 좀 일찍 가봐야 해요. 절대로 어기면 안 되는 약속이 있거든요. 물론 비용은 다른 때와 똑같이 낼 거예요." 자리에서 일어난 그녀는 블레이저를 입은 뒤 바닥에 놓여있던 핸드백을 들었다. 그녀가 막 나가려던 찰나, 리히터가 그녀를 불러 세웠다.

"가시기 전에 뭐 하나 여쭤봐도 되겠습니까?"

비올라는 다소 놀란 얼굴로 그를 쳐다보며 고개를 끄덕였다.

"남편께서는 여기 오는 것에 대해 뭐라고 하시나요?"

"그이는 몰라요. 저도 그이가 아는 걸 원치 않고요. 이건 제 문제니까요." 그녀는 냉정하게 대답했다.

"남편을 사랑하십니까?"

비올라는 아주 잠시 두 눈을 가늘게 떴다가 이내 미소 지으며 대답했다. "저는 사랑한다고 생각해요. 하지만 사랑이란 건 존재하지 않는 공상일 뿐인지도 모르잖아요? 사랑을 누가 정의할 수 있겠어요? 선생님은 할 수 있으세요……? 그럼 다음 주에 뵙죠." 밖으로 나가려던 찰나, 그녀는 다시 한 번 걸음을 멈추고 뒤돌아 말했다. "혹시 이번 주 내로 한 번 더 와도 될까요?"

"음, 예약이 다 차긴 했는데. 잠깐만 기다려보세요." 리히터는 일정표를 넘겨본 뒤에 고개를 끄덕이며 말했다. "목요일 10시에 시간을 낼 수 있겠네요."

"잘됐네요, 그럼 목요일 10시에 올게요."

리히터는 자리에서 일어나 밖에까지 그녀를 배웅했다. 그녀의 향수 냄새가 그의 코를 자극했다. 그 향수는 여느 고급 향수가게에서 살 수 있는 것이었지만 마치 그녀만을 위해 특별히 제작된 것처럼 잘 어울렸다.

문 앞에 멈춰선 그녀는 다시 한 번 뒤돌아보며 물었다. "저기, 혹시 선생님은 점성술을 믿으시나요? 별들의 힘을 믿으세요?"

"점성술이요? 그런 쪽으로는 깊이 생각해본 적이 없어서……. 아뇨, 믿지 않습니다."

"안타깝네요." 그녀는 이렇게만 말하고는 차를 세워둔 곳으로 갔다.

리히터는 그녀가 차를 타고 떠나는 모습을 지켜보고는, 생각에 잠긴 얼굴로 다시 집에 들어왔다. 창가로 간 그는 담배에 불을 붙인 뒤 정원을 내다보았다. 비올라는 그에게 열두 번 찾아왔고, 그때마다 그는 그녀의 몸을 느껴볼 수 있다면 어떨지 상상했다. 어쩌면 언젠가는 그녀와……. 하지만 그녀는 다른 여자들과는 달랐다. 따뜻하고, 냉정하고, 빈정대고, 가까이 다가갈 수 없게 만드는, 게다가 그가 이제껏 봐온 여자들 가운데 가장 육감적인 여자였다. 물론 그의 아내 클라라 역시 육감적이었다. 침대에서는 정열적이고 탐욕적이며, 그것이 지나쳐 그 하나로는 만족을 못하고 끊임없이 새 애인을 찾기는 했지만. 그는 이 사실을 알면서도 너그러이 눈감아 주었는데, 그도 아내 못지않은 호색가였기 때문이다. 그에게는 공식적인 애인은 물론 가끔 만나는 여자도 있어서 그녀가 프랑크푸르트에 올 때마다 만났고 같이 잠을 자는 것 외에 아내와는 나눌 수 없는 지적인 대화를 나누기도 했다. 그러나 클라라도 클라우디아도 자네트도, 비올라 클라이버와는 상대가 되지 않았다. 그는 클라라가 여러 모로 부족함에도 불구하고 젊고 아름다웠기 때문에 그녀와 결혼했다. 그녀는 여느 젊은 여자들처럼 얼굴은 예뻤지만 어딘가 멍청한 데가 있었다. 예술과 문화에 대해서는 피상적인 관심만 보일 뿐, 그런 데 심취하는 것은 시간낭비라고 생각하는 것 같았다. 그는 클래식 음악을 좋아하는 반면, 그녀는 강한 비트의 테크노 음악을 크게 듣는 걸 좋아했다. 그가 보기에 아내는 몸매를 관리하고 피부관리실과 피트니스센터에 다니는 데 지나치게 많은 시간을 보냈다. 프랑크푸르트는 물론 밀라노, 파리, 뉴욕 등으로 쇼핑 다니기를 즐겼고, 때로는 그가 2년 전 결혼선물로 사 준 토스카나의 별장에 며칠씩 가기도 했다. 그녀 혼자 가는지는 확실치 않았지만(그는 아내가 항상 남자를 데리고 가리라고 확신했는데, 하루라도 섹스 없이 사는 건 그녀에게 고문이나 마찬가지였기 때문이다), 아무래도 그에게는 별 상관없었다. 그녀는 자기 방식대로 삶을 살아가고 있었고, 그래도 그녀 덕분에 리히터는 쉰 살의 나이에도 아직 육체적으로 젊다는 기분을 느낄 수 있었다.

그의 아내는 심도 있는 대화를 나눌 만한 상대는 아니었다. 부부의 대화는 대개 피상적이고 지루했다. '여보, 좋은 아침. 잘 잤어요?' '응, 당신은?' '오늘은 분명 좋은 날이 될 거예요. 참, 난 이제 곧 시내에 나가봐야 해요.' '쇼핑?' '특별한 건 아니고, 봐 둔 옷이 하나 있는데…….' '언제 돌아오는데?' '모르겠어요, 어 쩌면 친구를 만날 수도 있어서.' 아침이든 점심이든 저녁이든, 이 와 비슷한 대화가 오갔다. 그가 지켜본 바, 클라라의 삶을 윤택하 게 해주는 건 오직 쇼핑과 섹스뿐이었다. '날씨가 정말 좋지 않아 요? 이런 날은 밀라노에 가야 하는데.' 아내와 나누는 대화는 지 루하고 무의미하고 단조로웠다. 반면에 그녀와 잠자리를 함께하 는 건 그야말로 최고였다. 그녀가 그에게 너무 많은 걸 바라지만 않는다면.

그러나 리히터는 그것만으로는 만족을 느낄 수 없었고 이는 그 가 겪었던 세 번의 결혼생활에서 항상 마찬가지였다. 때때로 그 는 클라라에게 지적이기를 요구하는 게 너무 많은 걸 바라는 건 아닌가 자문했다. 하지만 비올라 클라이버를 알게 된 후로는 그 에게 도전하는, 그와 대등한 여자도 있다는 걸 알게 되었다. 그는 지금껏 수많은 여자를 가져왔지만, 비올라 클라이버 같은 여자는 처음이었다. 손에 넣을 수 없는 여자. 클라라와의 결혼생활이 얼 마나 갈지는 알 수 없었지만, 죽을 때까지 지속되는 일은 절대 없 을 터였다. 클라라와 비올라를 비교할 때마다 그는 그 둘 사이의 어마어마한 차이를 느꼈다. 2년여 전 영화제작자인 그의 친구 반 다이크가 신작 발표회를 기념해 연 파티에서 비올라를 처음 만났 을 때부터 그는 그녀에게 끌렸다. 그 이후 두 사람은 또 다른 파티 장에서 몇 번 마주쳤는데 그럴 때마다 비올라는 그녀의 남편, 즉 저명한 베스트셀러 작가인 막스 클라이버와 함께였고 그는 아내 클라라와 함께였다. 그리고 한참이 지난 어느 날, 갑자기 비올라 가 그의 앞에 나타나 치료를 받을 수 있겠냐고 물었던 것이다. 그런 여자를 거절할 리 없는 그는 그 자리에서 승낙했다. 비올라의 비밀스러운 분위기와 환상적인 몸매의 조합 때문인지 몰라도, 그는 전에 만났던 다른 여자들과는 달리 그녀라면 죽는 날까지 함께할 수 있을 것 같다고 생각했다. 하지만 불행히도 그녀는 결혼한 상태였고, 비록 그녀가 불행하다 해도 그것을 해결해줄 수 없는 상황이었다.

아니, 오히려 그는 그녀가 자신을 가지고 놀고 있다는 기분에 종종 사로잡히곤 했다. 그러나 그것은 평범한 놀이가 아니었다. 그녀가 자신의 삶에서 아주 본질적인 무언가를 숨기고 있음을, 또 그녀에게 짐이 되고 그녀를 억압하는 것이 있음을 그는 알았다. 다만 그녀의 비밀을 어떻게 알아낼 것인가가 문제였다. 만일 그 비밀을 알아낸다 해도, 그다음엔 어떻게 될까? 그때가 되면 그녀를 완전히 다른 시선으로 보게 될까? 그 비밀스럽고 다가가기 힘들게 만드는 매력이 단숨에 사라져서 비올라 역시 그저 평범한 장단점을 지닌, 일상적인 여자가 되어버릴까? 그는 정말 그 비밀을 알아내고 싶긴 한 걸까?

그리고 왜 그녀는 그에게 점성술을 믿느냐고 물었을까? 왜 그는 안 믿는다고 대답했을까? 그는 코냑 한 잔을 더 따라서 책상 앞에 앉았다. 그리고 몇 광년이나 떨어져 있는 별처럼 닿을 수 없는 여자를 동경하고 있는 자신에게 대고 바보라고 꾸짖었다.

그때 전화벨이 울렸다. 맞은편에서 여자 목소리가 들렸다.

"안녕, 자네트예요. 지금 뭐 해요?"

"자네트! 목소리 들으니 좋은데. 음, 사실 별거 안 하고 있어." 그는 대답했다. "클라라도 없고. 당신은?"

"막 프랑크푸르트에 왔는데, 오늘은 일이 없어요. 심심하기도 하고. 게다가 이렇게 쌀쌀한 시월만 되면 꽤 우울해지기도 하고요." 이렇게 말한 그녀는 온화하고 매력적인 목소리로 웃었다. 그 소리를 듣자 리히터는 지금 당장 그녀의 얼굴을 보고 싶은 심정이었다. "내가 우울증에 걸리기를 원하지는 않겠죠?"

"그럼, 그런 일이 생기면 절대 안 되지. 이쪽으로 오겠어?"

"당신 집으로요? 부인이라도 오면 어쩌려고요?"

"뒤셀도르프에 갔으니 밤늦기 전에는 돌아올 일이 없을 거야."

"좋아요, 30분 안에 갈게요. 샴페인이나 시원하게 준비해둬요. 그럼 이따 봐요, 자기."

"잠깐, 잠깐만." 그가 말했다, "그건 너무 빨라. 아직 예약된 환자 한 명이 더 있어. 하지만 1시 반 이후로는 괜찮아."

"알았어요, 그럼 1시 반에 갈게요."

리히터는 수화기를 내려놓은 뒤 두 손을 목 뒤에 괴고 몸을 뒤로 기댔다. 두 눈을 감은 그의 얼굴에 미소가 번졌다. 그의 애인 중 한 명인 자네트 리버만. 다혈질에 계산적인 별종. 하지만 지적이고 매력적인 데다 한편으로는 현명하기도 했다. 사실 그녀는 전형적인 미인이라고 할 수 없었지만 자신만의 아름다움과 카리스마, 명성을 가진 여자였다. 눈이 모였고 코는 다소 긴 편인 데다 손가락도 비올라나 그의 아내처럼 가냘프지 않았지만, 사악하게 들리는 허스키한 목소리와 아주 특별한 카리스마를 지녔다. 거칠고, 독특한 미인이라 할 수 있었다. 종잡을 수가 없어서 함께 사는 건 생각도 못하지만, 침대에서만큼은 강렬한 경험을 선사해주는 여자였고, 리히터로서는 그거 하나면 충분했다.

그가 자네트 리버만에 대한 생각에 빠져 있었을 때 초인종이 울렸다. 문 열림 버튼을 누르자 카르멘 마이바움이 안으로 들어왔다. 대단히 젊고 매력적인 데다 지적인 그녀는 프랑크푸르트 대학교의 학장과 결혼한 사이로 아직 아이는 없었다. 그녀의 아버지는 대기업을 이끄는 기업가로, 일흔 살의 나이에도 회사 일을 꼼꼼히 돌보고 있었다. 카르멘 마이바움은 누구든 주목할 만한 미인이었고, 비록 그의 이상형에 딱 들어맞지는 않았지만 그녀와 함께라면 뭔가 건수를 만들어볼 수 있을 것 같았다. 사실 보통의 경우라면 리히터는 그녀를 환자로 받지 않았어야 했다. 그녀가 주장하는 병명이 너무 뻔했기 때문이다. 그녀 말로는 그것이 우울증이라고 했다. 그의 환자 대부분이 겪고 있는 것과 같은 우울증 또는 불안증세. 어떤 종류의 우울증인지 아직 파악하지는 못했지만 잘하면 오늘 알아낼 수도, 아니면 영영 못 알아낼 수도 있을 터였다. 어쩌면 그녀는 우울증에 걸린 시늉만 하는 것일지도 몰랐다.

그러나 그는 오래전부터 마이바움 가문과 잘 알고 지내왔으며, 특히 카르멘의 남편인 알렉산더 마이바움과는 결코 가볍게 보는 사이가 아니었다. 이처럼 그는 마이바움 가문과의 친분 때문에 카르멘의 치료를 수락하게 된 것이었다. 리히터는 과거 몇 번인가 친분이 있는 남자들의 아내와 정사를 즐기곤 했는데, 그것은 어떤 의무도, 사랑도 없는 그저 섹스에 불과했다. 만나서 자고 몇 마디 대화나 나누다가 헤어지는 관계. 그중에는 단조로운 일상과 부부관계에 지루함을 느낀 여자도 있고, 아침마다 딸기잼을 바른 빵을 찾듯 습관적으로 섹스를 갈망하는 여자도 있었다. 남편이 종종 며칠 또는 몇 주씩 집을 비우면 여자들은 믿음이란 걸 그리 심각하게 생각하지 않게 된다. 이를 아는 리히터가 그런 좋은 기회들을 놓칠 리 없었다.

카르멘 마이바움이 그를 찾아온 건 오늘로 두 번째였다. 관능적이고 동양적인 향의 향수를 뿌리고 온 그녀는 브래지어도 하지 않은 채 몸매를 드러내는 무릎길이의 얇은 초록색 원피스를 입고 있었다. 리히터는 그녀의 옷 안으로 비쳐 보이는 탄력 있고 예쁜 가슴과 단단하게 곤두선 유두를 보지 않으려 안간힘을 써야 했다. 그는 그녀에게 자리에 앉기를 권했다. 카르멘은 아주 출중한 외모를 지니고 있었지만 역시 그가 아는 다른 여자들과 마찬가지로 비올라 클라이버에 비할 수는 없었다. 담배에 불을 붙인 그녀는 잠시 말없이 앉아있었고, 리히터는 그녀가 살짝 떨고 있다는 걸 알 수 있었다. 그녀는 담배를 다 피우고 나서야 조용히 입을 열었다. "저는 정말 형편없는 인간이에요."

오전 11시 55분

율리아와 프랑크가 49번지 집 앞에 도착하기까지는 채 10분도 걸리지 않았다. 그 집은 지은 지 1백 년은 된 여러 채의 다세대주택 중 하나로, 거기 사는 사람들은 서로 왕래가 거의 없을 게 분명해 보였다. 프랑크는 '카스너/파운'이라고 적힌 문패 옆에 있는 초인종을 눌렀고, 잠시 후 문이 열리는 소리가 들렸다. 그들은 대낮에도 어둑어둑한 계단을 걸어 올라가 4층으로 갔다. 문은 열려 있었다.

"들어오세요." 밝은 목소리가 들렸다. "저는 거실에 있어요."

한 젊은 여자가 피아노 앞에 앉은 채 율리아와 프랑크 쪽으로 고개를 돌렸다. 긴 금발머리가 찰랑거렸고 손가락은 길고 날씬했으며 앉아있는데도 키가 크다는 것을 한눈에 알 수 있었다. 그녀는 노르웨이 풀오버와 청바지, 리넨 운동화 차림이었다.

"카밀라 파운 씨 되시나요?" 율리아는 다가가며 물었다.

"네. 뒤랑 형사님이시죠? 목소리를 듣고 알았어요."

"여기, 제 신분증입니다."

카밀라 파운은 빙긋 웃었다. "그냥 넣어두세요, 안 보여주셔도 돼요. 어차피 읽을 수도 없는걸요."

"네?" 율리아는 놀라며 물었다.

"저는 앞을 못 봐요. 그 사실이 방해가 안 된다면 좋겠어요."

"방해야 되지 않지만……." 율리아는 말문이 막혔다. 저렇게 아름다운 푸른 눈으로 앞을 볼 수가 없다니. 그녀의 눈은 마치 고양이 같았고 뭔가 알 수 없는 기운을 뿜어내고 있었다. 맹인들의 눈은 대부분 흐리멍덩하고 텅 비어 보이는 데 반해, 그녀의 눈에는 활기와 호기심이 어려있었다. "실례지만, 겉모습만으로는 앞을 못 보시리라고 전혀 생각지 못했어요."

카밀라 파운은 미안하다는 듯 미소 지었다. "어서 앉으세요. 대부분 사람들이 제가 앞을 못 본다고 하면 형사님처럼 깜짝 놀라곤 하죠. 그들이 눈으로 보는 것보다 어쩌면 제가 세상을 더 잘 볼 텐데 말이에요……."

"질병 때문인가요?" 율리아가 물었다.

"저도 정확히는 몰라요. 정신과 의사들 말로는, 제가 기억하지 못하는 뭔가 끔찍한 경험을 했을 거라더군요. 최면술도 여러 번 써봤지만 눈이 먼 원인을 알아낼 수는 없었어요. 저도 정말 알고 싶어요. 그들 말로는, 제가 어떤 엄청난 충격을 받아서 이렇게 되었대요. 다른 식으로는 설명할 수가 없다고요."

"그럼 아무것도 기억나지 않으세요?"

"안타깝게도 그래요. 열한 살 때 갑자기 앞을 못 보게 되었어요. 하지만 제 이야기를 하려고 오신 건 아닐 테죠." 그녀는 피아노 의자에서 일어나(키가 크고 날씬한 체형이었다) 양손을 더듬거리며 의자까지 조심스럽게 걸어가 앉았다. 방 안은 깨끗이 치워져 있었

65

고 전체적으로 청결하고 말끔한 인상을 주었다. 창턱에 있는 녹색식물, 널조각을 이어 붙인 마루, 밝은색상의 가구들, 파란색 소파. 텔레비전, 값비싼 스테레오 기기와 클래식 음반이 대부분인 CD장도 있었다. 창문은 깨끗이 닦여있고 바닥에도 먼지 하나 보이지 않았다. 율리아는 유디트 카스너와 카밀라 파운 중 누가 이렇게 집 청소를 제대로 하는지 궁금해졌다.

"멋진 집이군요." 율리아는 인정하듯 말했다.

카밀라는 다시 미소를 지었다. "감사해요. 여긴 우리의 작은 왕국이나 마찬가지예요. 저는 이 집에 있으면 아주 편하고 왠지 보호받고 있다는 느낌이 든답니다. 안정감이라고나 할까요. 유디트가 이리로 이사를 오고 나서야 이 집이 완벽해졌어요. 비록 유디트가 다소 삐딱한 시선으로 세상을 보는 면이 있긴 하지만, 그래도 저는 유디트를 좋아해요. 사람이 다 똑같은 생각을 할 수는 없는 거잖아요? 유디트는 지금도 그렇지만 앞으로도 제 단짝친구일 거예요. 유디트가 곧 프랑크푸르트를 떠나리라는 걸 알고 있지만요."

"카밀라 씨, 오늘 아침에 친구분의 실종신고를 하셨죠. 친구분이 언제부터 실종된 건가요?"

"유디트는 어제 정오에 집을 나가서 저녁 6시면 돌아온다고 했어요. 그 애가 시간 약속을 어기는 일이 자주 있긴 하지만, 자정이 되어도 돌아오지 않자 걱정이 되더라고요. 그래서 오늘 아침에 경찰서로 갔던 거예요. 어제 유디트는 오늘 꼭 봐야 하는 중요한 필기시험이 있다고 했어요. 어떤 면에서는 다소 못 미더운 모습을 보이기도 하지만, 공부는 정말 열심히 한다고요. 유디트는 미래를 위한 큰 계획을 세워놨거든요."

"그게 어떤 계획인데요?"

"대학을 졸업하고 내년에 연구직으로 가려고 마음먹고 있어요. 막스-플랑크 연구소와 좋은 관계를 맺고 있으니, 사실 유디트의 앞날은 탄탄대로죠. 유디트는 정말 뛰어난 학생이에요. 반면에 저는 수학과 물리에는 문외한이죠. 피아노를 치는 게 훨씬 더 좋아요. 참, 저는 음악 전공이에요."

"친구분의 사진을 가지고 계신가요?" 율리아가 물었다.

"장 위에 있어요."

프랑크가 자리에서 일어나 그 사진을 가지고 왔다. 카밀라와 유디트가 함께 찍은 사진이었다. 사진 속의 두 사람은 소파에 앉아 서로 꼭 붙어서 어깨동무를 하고 있었다. 유디트는 한눈에 보기에도 카밀라보다 키가 작았지만, 여느 이과 여학생들에게서는 찾아볼 수 없는 열정과 호기가 느껴졌다.

"정말 예쁘게 생겼네요." 잠시 후 율리아가 말했다. "저희가 이 사진을 가져가도 될까요? 물론 유디트 씨를 찾고 난 뒤에는 다시 돌려드릴게요."

"네, 가져가셔도 돼요. 형사님 말씀처럼 유디트는 굉장히 예쁘죠." 카밀라는 웃으며 대답했다. "비록 한 번도 본 적은 없지만, 그래도 유디트가 예쁘다는 건 알 수 있어요. 티 없이 매끄러운 얼굴, 따뜻하고 부드러운 입술, 그리고 머리에서는 아주 독특한 향기가 나요. 손가락은 길고 날씬해서 가냘픈 느낌을 주고요. 목소리는 또 얼마나 듣기 좋은데요. 제가 볼 때, 유디트가 무슨 말을 하면 남자들은 완전히 흥분할 거예요."

"유디트 씨는 키가 얼마나 되죠?"

"경찰서에서 말씀드렸던 것 같은데요. 167센티미터에 58킬로그램이에요."

"어제는 어디 간다고 하던가요?" 율리아가 계속 물었다.

"그냥 약속이 있다고만 했어요. 어디서 누굴 만났는지는, 안타깝지만 저도 몰라요."

"약속이 있었다고요?" 율리아는 다소 놀란 모습이었다.

"유디트는 언제든 약속을 잡곤 하거든요. 토요일이든 일요일이든, 저녁이든 밤이든……. 그때마다 뭘 하는지는 모르지만요."

"얼마나 자주 그런 약속에 나갔나요?"

"천차만별이에요. 어떤 때에는 일주일에 한 번 나가기도 하고, 어떤 때에는 서너 번도 나가요."

"그럼 그때마다 행선지는 모르셨어요?"

"네, 이제 잘 묻지도 않게 되었거든요. 물어봐도 대답을 안 하거나 거짓말을 하니까요."

"유디트 씨에게 남자친구가 있나요?"

"아뇨. 딱 한 번 남자를 만난 적이 있긴 한데, 안정적인 관계는 아니었어요. 3개월 정도 만나다가 유디트가 먼저 끝냈고요. 하지만 그것도 벌써 3년 전 얘기예요. 그 이후로는 남자친구를 사귄 적이 없고요."

"유디트 씨가 쓰는 수첩이나 일기장, 일정표 같은 게 있나요?"

"모르겠어요. 직접 한번 찾아보세요. 유디트의 방은 복도 오른쪽 첫 번째 문이에요."

"감사합니다. 그 전에 한 가지 더 여쭤볼게요. 최근에 유디트 씨에게 뭔가 달라진 점은 없었나요? 카밀라 씨의 기분을 상하게 할 생각은 없지만, 앞이 안 보이는 사람들은 안 좋은 일에 대한 예지력이 유독 발달해서……."

카밀라 파운은 무슨 말인지 알겠다는 듯 웃음을 터뜨리며 말했다. "네, 맞아요. 우리 같은 사람들은 내면의 눈으로 세상을 보죠. 하지만 형사님 질문에 대답하자면, 저는 아무것도 눈치채지 못했어요. 유디트는 다른 때와 똑같았거든요. 사생활과 학업을 철저히 분리했죠. 아니, 저는 아무 변화도 못 느꼈어요. 유디트는 언제나처럼 자유분방하고 편안한 모습이었어요."

"유디트 씨의 가족에 대해서도 아시나요?"

순간 카밀라의 얼굴이 굳어졌다. 잠시 대답을 망설이던 그녀는 검지로 입술을 몇 번 쓰다듬었다. "가족에 대한 얘기는 잘 하지 않았어요. 유디트는 아버지가 누군지도 모른대요. 어머니가 혼전 임신을 한 사실을 알고는 도망가 버렸다고 들었어요. 그리고 어머니는 엄청난 부자인 은행가와 결혼해서 토스카나에 사시는데, 용돈을 두둑이 챙겨주는 것 말고는 유디트와 별다른 왕래를 하지 않아요. 이 집에도 한 번도 안 와보셨죠. 유디트가 말은 안 하지만 분명 힘들 거예요. 아버지가 누군지도 모르고, 어머니는 자기를 돌봐줄 생각을 하지 않으니까요."

"어머니 성함이 뭐죠?"

"죄송하지만, 저도 몰라요. 그건 형사님들께서 직접 알아보셔야 할 거예요. 운이 좋으시다면 유디트의 물건을 찾으시다가 어머니 성함이나 주소를 발견하실 수도 있겠죠."

"유디트 씨 앞으로 우편물이 많이 오나요?"

"그리 많지는 않아요. 저희에게 오는 우편물은 대부분 청구서예요. 아니면 친구들에게서 온 카드나 편지죠."

"아까 유디트 씨가 용돈을 두둑이 받는다고 말씀하셨죠. 두둑이라면 얼마 정도 되는 건가요?"

"한 달에 5천 마르크 정도 받는다고 했던 것 같아요."

"꽤 많은 돈이군요." 율리아는 고개를 끄덕였다. "집세는 나눠서 내시나요?"

"제가 이 집에서 먼저 살기 시작했어요. 그러다가 집세가 너무 비싸다는 생각에 다른 방법을 찾던 중에 유디트가 나타난 거죠. 유디트는 자기가 집세를 더 많이 내겠다고 우겼고, 게다가 인테리어 비용도 꽤 많이 냈어요. 그저 안락한 집이면 좋겠다고 하면서요. 저는 학교 가는 시간을 빼고는 피아노와 기타 강습으로 돈을 벌었지만, 그래도 이 집에 혼자 계속 살기는 힘든 상황이었어요. 제가 처음 이사 왔을 때는 집세를 7백 마르크만 내면 됐는데, 집주인이 갑자기 거의 두 배를 요구했거든요. 저로서는 아무리 해도 충당할 수 없는 금액이었죠."

"일단 이걸로 된 것 같네요. 협조해주셔서 고맙습니다. 괜찮으시다면 지금 바로 유디트 씨 방을 좀 둘러보고 싶은데요."

"그렇게 하세요. 유디트에게 아무 일 없어야 할 텐데. 대개는 많이 늦게 되면 꼭 전화를 하거든요. 벌써부터 걱정돼요. 이렇게 말없이 잠적해버리는 건 유디트가 할 만한 행동이 아니에요."

"유디트 씨에게 자가용이 있나요?"

"네, 오펠 티그라예요. 6개월 전에 샀고, 차 번호는 F-JK 2310이고요. 그건 유디트의 생일이에요."

"아, 그렇군요. 그럼 그저께 생일이었단 말이네요. 파티는 하셨나요?"

"그럼요, 성대한 파티였죠. 일생에 단 한 번 있는 스물다섯 살 생일인데요. 친구, 지인 할 것 없이 전부 여기 모였고, 새벽 네 시까지 그 난리법석이 계속됐어요. 정말 좋았죠. 가끔은 그렇게 아무 생각 안 하고 노는 게 좋더라고요. 시끄러운 음악 속에서 웃고 떠들고. 그런 기회가 흔치는 않잖아요. 뭐, 마음대로 다 하고 살 수는 없겠죠."

유디트 카스너의 방은 거실과 마찬가지로 안락하고 깨끗했다. 벽 쪽으로 깔끔하게 정돈된 침대가 붙어있었고, 그 위에는 아인

슈타인이 혀를 내밀고 있는 모습이 담긴, 흔히 볼 수 있는 포스터가 있었다. 문 오른쪽에는 옷장과 거울이 달린 자그마한 장이 나란히 놓여있었다. 널조각을 이어 붙인 마루 대부분은 두꺼운 카펫으로 덮여있었다. 집 뒤편이 내다보이는 창문 옆 한구석에는 흔들의자와 할로겐 조명이 있었고, 책상 위에는 전공서적들과 글씨가 적힌 종이 몇 장, 그리고 비교적 새것인 듯한 컴퓨터가 보였다. 이 풋내기 자연과학자의 방은 율리아가 예상했던 차갑고 절제된 분위기와는 다르게, 오히려 로라애슐리(Laura-Ashley, 영국의 홈인테리어 브랜드로 사랑스럽고 여성스러운 색감이 특징이다. ―역주)의 커튼과 침대보만으로도 발랄함이 느껴지는 공간이었다. 천장에 달린 모빌은 부드럽게 흔들리고 있었다.

율리아와 프랑크는 책상 서랍을 모두 열고 수첩이나 주소록 같은 것이 없는지 찾았지만 얼마 되지 않아 포기했다. 이어서 옷장을 열어본 그들은 그 자리에 우뚝 서서 잠시 아무 말도 하지 못했다. 율리아는 안에 든 옷들을 이리저리 둘러보았다.

"와우!" 그녀의 입에서 탄성이 터져 나왔다. "이거 돈깨나 되겠는걸요." 그리고 빨간색 원피스 하나를 꺼내 들며 말했다. "파코 라반." 그녀의 목소리는 들릴 듯 말 듯했다. "아무리 한 달에 5천 마르크씩 받는다지만 그래도 이런 옷들을 쉽게 사기는 힘들 거예요. 이것도 파코 라반, 베르사체, 샤넬, 디오르……. 이걸 다 어떻게 샀을까요? 평범한 청바지도 몇 벌 있긴 하지만, 이렇게 옷장 안을 디자이너의 옷들로 꽉 채워놓고 사는 여학생은 본 적이 없어요. 당신은요?"

"나도 마찬가지예요. 나딘에게도 샤넬과 디오르 옷이 몇 벌 있기는 하지만 이건……."

"그건 다른 얘기죠. 당신네 부부는 돈이 많잖아요……. 여기 이 속옷들 좀 봐요. 검은색, 파란색, 빨간색 실크스타킹, 거기에 어울리는 브래지어와 팬티까지, 최고급들뿐이에요. 젊은 어학생이 이런 속옷을? 이 돈이 다 어디서 났을까요?"

"몰라요, 그걸 내가 어떻게 알겠어요?" 프랑크가 되물었다.

침대에 앉은 율리아는 머리맡 자그마한 테이블 위에 꽁초가 든 재떨이가 놓인 것을 보고는 가방에서 담배를 꺼내 불을 붙였다. 잠시 말이 없던 그녀가 얼마 후 입을 열었다. "좋아요, 프랑크. 여기 5천 마르크가 있다고 쳐요. 그중 약 1천 마르크는 집세로 나가고, 백 마르크 정도는 전기와 전화요금으로, 그리고 3백~4백 마르크는 자동차 유지비로 쓰이겠죠. 만일 자동차를 할부로 샀다면 그보다 더 많은 돈이 나갈 거고요. 이걸 다 합하면 최소 1천6백 마르크예요. 게다가 식비 같은 다른 지출들까지 감안하면 2천5백 마르크는 될 거고요. 그럼 2천5백 마르크가 남아요. 자, 그럼 말해 봐요. 고작 2천5백 마르크를 가지고 어떻게 저런 옷들을 다 살 수가 있었던 거죠? 그 돈으로는 저 샤넬 옷 한 벌도 못 산다고요. 그 돈이 어디서 났을까요? 뭔가 수상해요! 안 그래요? 화장대에는 또 뭐가 들었을지 궁금하군요."

화장대 맨 위 서랍을 연 율리아는 금목걸이 하나를 꺼내며 고개를 절레절레 흔들었다. 그녀는 두 눈을 가늘게 뜨고 목걸이 잠금 고리에 새겨진 글씨를 읽더니 나지막이 말했다. "이럴 수가. 이거 진짠데요. 14K 금 체인에 보석이 가득 박혀있어요. 게다가 이 팔찌와 반지들은……. 이렇게 값비싼 물건들이 잠금장치도 없는 서랍에 놓여있군요. 대체 유디트 카스너라는 여자는 어떤 사람일까요? 수학과 물리학을 전공한다면 분석적이고 이성적으로 생각할 텐데, 귀중품들을 이런 식으로 관리하다니요. 도무지 이해가 안 돼요."

그녀는 담배를 한 모금 깊게 빨아들인 뒤 재떨이에 비벼 끄고는 다시 거실로 나갔다. 카밀라 파운은 하이든 교향곡 104번 CD를 막 틀려던 참이었다.

"카밀라 씨, 패션에 대해서 좀 아시나요?"

"그건 왜 물으시죠?" 카밀라는 마치 율리아를 볼 수 있는 것처럼 뒤돌아서 되물었다. "무슨 뜻으로 하시는 말씀인지 잘……."

"단도직입적으로 말씀드리자면, 유디트 씨 옷장에 값비싼 옷과 소품이 가득하더군요. 장신구도 있었고요. 유디트 씨가 그것들에 대해 이야기한 적이 있나요?"

"아뇨. 유디트는 외출할 때면 자주 그런 옷을 입고 나가곤 해요. 촉감이 좋아서 좋은 옷인가 보다, 하는데 그것 말고는 특별히 아는 바가 없네요. 죄송해요."

"그럼 유디트 씨가 그런 옷을 사는 비용을 어떻게 충당하는지에 대해서도 아는 바가 없으신가요?"

"어쩌면 어머니가 사주셨을 수도 있죠, 누가 알겠어요."

"그럼 차는 일시불로 산 건가요, 할부로 산 건가요?"

"제가 알기에는 일시불이었을 거예요."

"고맙습니다. 그럼 조금만 더 둘러볼게요."

"저는 괜찮으니 천천히 하세요."

율리아가 유디트의 방으로 돌아갔을 때 프랑크는 컴퓨터 전원을 켜고 있었다. 다행히 유디트의 컴퓨터는 비밀번호로 잠겨있지 않았다. 프랑크는 프로그램 몇 개를 열어보다가, 마침내 주소관리 프로그램을 찾아냈다.

"빙고! 유디트는 주소와 전화번호를 컴퓨터에 저장해뒀어요. 수학자들의 버릇이죠. 이걸 인쇄해야겠어요."

프린터가 돌아갈 동안, 율리아는 창밖을 내다보았다. 작은 뜰에는 자전거 여러 대가 세워져 있었고, 자그마한 정원은 시월 말이 다돼서인지 우울하고 초라해 보였다. '어떻게 평범한 학생이 저런 옷과 장신구들을 사게 되었을까?' 율리아는 속으로 생각했다. 그녀가 생각에 잠겨있는 사이 프랑크가 곁으로 다가와 인쇄물을 보여주었다. "정확히 112명의 이름이 있는데, 그중 대부분은 이니셜로 쓰여 있어요. 전화번호는 다 있고요. 어떻게 생각해요?"

"남자들?" 율리아는 아랫입술을 깨물며 대답을 구하는 듯한 눈빛으로 프랑크를 쳐다보았다. "이니셜과 전화번호라. 내 개인 주소록에는 한 스무 명 정도 있을 거예요. 그런데 유디트는 그보다 다섯 배나 더 많아요. 혹시 이게 저 옷과 장신구들에 대한 해명이 될 수 있을까요? 약속이 많았던 것도 그래요. 카밀라가 모르게 매춘부로 일한 거라면요?"

"그랬을 수도……. 하지만 그냥 매춘부가 아니라 고급 매춘부라고 하는 편이 더 맞을 것 같군요. 이 번호들로 전화를 걸면 누가 받을지 정말 궁금하군요." 프랑크는 씩 웃으며 말했다. "개중에는 프랑크푸르트가 아닌 지역 번호들도 있어요."

"유디트가 정말 콜걸로 일했다면," 율리아는 생각에 잠긴 채 말했다. "어디서 일을 했을까요? 호텔? 내 말은, 저런 옷을 입고 있으면 아무도 매춘부로 생각하지 않았을 거라고요."

"어쩌면 프랑크푸르트의 다른 곳에 집을 가지고 있을 수도 있죠. 이런 호화로운 옷과 보석을 살 수 있는 걸 보면, 분명 집 한 채 더 마련할 돈 정도는 있을 테니까요. 어쩌면 어느 돈 많은 남자가 대신 내줬을 수도 있고요. 하지만 아직 추측에 불과해요."

"이 전화번호들을 전부 조사해봐요. 컴퓨터도 마찬가지고요. 어쩌면 평범한 학생 신분으로 컴퓨터에 메모나 일기를 남겨뒀는지도 모르니까요. 난 다시 한 번 카밀라 씨와 얘기해보죠. 룸메이트에게서 정말 이상한 점을 못 느꼈는지 물어봐야겠어요."

프랑크는 어깨를 으쓱했다. "만약 유디트 카스너가 그저 며칠 집을 비운 거라면요?"

"내가 그런 말에 신경이나 쓸 것 같아요? 젊은 여자가 실종됐어요. 그러니 이 일은 끝까지 파봐야 한다고요. 특히 그녀가 범죄의 희생양이 될지도 모르는 이런 급박한 상황에서는 말이에요." 율리아는 혀를 삐죽 내밀며 프랑크를 보았다. "게다가 저 밖에 있는 여자는 뭔가 수상하다는 걸 눈치채고 있어요. 자기 친구를 걱정하고 있고요. 사실 나도 그래요."

"그럼 원하는 대로 해요. 나는 컴퓨터나 좀 더 살펴보고 있을 테니까."

율리아가 거실로 갔을 때 카밀라는 마치 창밖을 바라보는 듯한 모습으로 의자에 앉아있었다.

"카밀라 씨, 몇 가지 더 여쭤볼게요. 좀 불편하더라도 최대한 정확하게 대답해주세요."

"그럼요. 제가 도움이 될지는 모르겠지만요. 저는 형사님이 뭘 알고 싶으신지 알 것 같아요. 어떤 예감이 들거든요, 아주 이상한 예감이요. 어쨌든 말씀해보세요."

"어떤 예감이 든다는 거죠?" 율리아는 카밀라의 맞은편에 앉으며 물었다.

"며칠 전 이상한 꿈을 꿨어요. 제 꿈은 보통 아주 강렬해요. 비록 맹인이지만, 저는 꿈속에서 색깔이나 사람도 본답니다. 어쩌면 열한 살 이후에 눈이 멀어서 그럴 수도 있겠죠. 그런데 그 꿈을 한 번도 아니고 사흘을 연달아 꿨어요. 제 생각에, 유디트는 돌아오지 못할 것 같아요. 무슨 일이 생긴 게 틀림없어요. 뭔가 아주 끔찍한 일. 저는 알 수 있어요."

"유디트 씨의 어머니와도 이야기해봐야겠어요. 그분에 대해 아는 게 있나요?"

"아뇨, 전혀요. 유디트와 알고 지낸 지 3년은 족히 되는데, 그 애가 어머니 얘기를 한 적은 거의 없거든요. 제가 먼저 얘기를 꺼내도 유디트는 말하고 싶어 하지 않아요. 뭔가 잘못되었죠. 유디트는 집세 대부분을 내고, 필요한 것은 고민 없이 사들여요. 그러면서 전부 어머니에게서 받은 돈이라고 했지만, 전 그 말을 믿지 않아요. 이제는 정말 못 믿겠어요."

"이제 못 믿겠다니, 그게 무슨 뜻이죠?"

"유디트의 방에 있는 옷과 장신구들이 어떤 거죠?"

"아주, 아주 비싼 것들이에요. 어머니로부터 한 달에 5천 마르크씩 받아서는 절대 살 수 없을 만큼요. 유디트 씨는 전화 통화를 많이 했나요?"

카밀라는 잠시 생각하더니 이내 고개를 가로저었다. "아뇨, 그리 많이 하지 않았어요. 전화요금이 1백 마르크를 넘는 일은 거의 없거든요. 오히려 제가 더 많이 할걸요. 어머니가 슐뤼히테른에 사시는데 일주일에 두 번은 통화하니까요. 어떤 때는 어머니가, 어떤 때는 제가 전화를 걸죠. 아니, 사실 유디트는 거의 전화기를 쓰지 않았어요. 휴대폰은 가지고 있지만요."

"번호를 알고 계신가요?"

"네. 잠시만요, 적어드릴게요." 그녀는 메모지를 가져와 율리아의 예상보다 더 빠른 속도로 번호를 적었다. "여기요." 그녀는 율리아에게 종이를 내밀었다. "하지만 받을 거란 기대는 하지 마세요. 제가 이미 스무 번도 넘게 걸어봤거든요. 계속 자동응답기로 넘어가더라고요."

"휴대폰 요금 청구서는 어디 있나요?"

카밀라는 어깨를 으쓱했다. "몰라요, 유디트 방에 있겠죠."

"유디트 씨 방에는 청구서 꾸러미 같은 건 안 보이던데요. 컴퓨터에 저장된 전화번호만 가득하더라고요."

"그렇다면 저희 둘이 청구서를 모아두는 파일에 있을지도 몰라요. 저쪽 선반 맨 아래에 있어요." 그녀는 마치 앞을 볼 수 있는 사람처럼 선반을 손으로 가리켰다.

자리에서 일어난 율리아는 그 파일을 가져와 넘겨보았다. 모든 청구서는 날짜순으로 정확히 분류되어 있었고, 언제 돈을 냈는지까지 잘 기록되어 있었다. 하지만 이동통신사에서 온 청구서는 단 한 장도 찾을 수 없었다.

"뒤랑 형사님, 유디트에게 무슨 일이 일어난 걸까요?"

"저도 아직은 모릅니다. 하지만 컴퓨터에서 찾은 전화번호들을 조사하면 유디트 씨의 소재를 알거나 혹은 유디트 씨와 만났던 사람을 찾을 수 있겠죠." 잠시 말을 멈춘 율리아는 테이블 위에 꽁초 두 개가 든 재떨이가 놓여있는 것을 보았다. "담배 좀 피워도 될까요?"

"그럼요, 저도 피우는 걸요. 건강에 해로운 건 알지만요. 잠깐만 기다려주세요, 제 것도 좀 가져올게요."

잠시 침묵이 흘렀다. 두 사람 모두 담배를 피웠고, 율리아는 카밀라를 찬찬히 살펴보았다. 자신이 무엇을 걱정하는지 카밀라에게 이야기해줄 수도 있었지만, 더는 카밀라를 놀라게 하기 싫어서 말하지 않기로 마음먹었다. 아직 카밀라는 아무것도 모르고 있지만, 율리아가 두려워하는 그 일이 현실로 밝혀진다면 카밀라는 한 발 앞서 그것을 예감할 수 있을 터였다.

"카밀라 씨, 이제 저희는 이만 가보겠습니다. 더 이상 질문드릴게 없네요. 새로운 걸 알게 되면 언제든지 전화주세요. 전화번호를 기억할 수 있으세요?"

카밀라는 웃으며 말했다. "물론 점자로 써 둘 수도 있지만, 걱정 마세요, 전화번호만큼은 그 무엇보다 잘 기억하니까요. 한 번 들으면 절대 안 잊어버려요."

"좋아요." 율리아는 카밀라에게 전화번호를 일러준 뒤 말했다. "이만 돌아가볼게요. 협조해주셔서 고맙습니다. 유디트 씨의 소재가 파악되는 대로 연락드릴게요. 아 참, 이 사진은 저희가 가져가도 될까요?"

"그럼요. 빨리 찾아와주셔서 오히려 제가 감사해요. 형사님들이라면 유디트를 꼭 찾으실 것 같네요." 차분하게 말하는 카밀라의 목소리가 우울하게 들렸다. 마치 유디트 카스너가 다시는 돌아오지 않으리란 걸 아는 것처럼.

오후 1시 35분

집 밖으로 나오자 프랑크가 율리아에게 물었다. "혹시 유디트도 죽었을 거라고 생각하는 거예요?"

"살아있다면 오히려 더 놀랄 일이죠." 율리아는 체념하는 듯한 말투로 대답했다. "카밀라 씨 말대로 최악의 상황부터 고려해봐야 해요. 자, 우선 경찰청으로 돌아가서 그 전화번호들부터 조사해보죠. 어떤 놈들이 전화를 받는지 보자고요. 그런 다음에는 슈바프 씨에게 가보고요." 그녀는 말을 멈추었다가 다시 입을 열었다. "예감이 아주 안 좋아요. 뭐라고 설명할 수는 없지만, 끝나려면 멀었다는 생각이 든단 말이죠. 오늘 같은 날이면 정말 이 빌어먹을 경찰 짓을 아주 그만둬버리고 싶다니까요. 피곤해서 탈진

할 지경이에요. 왜 요 몇 년 새에 연쇄살인이 판을 치는 걸까요? 범인들은 이제 한 번의 살인으로는 만족하지 못하고 몇 번씩 똑같은 짓을 저지르고 있어요. 수법은 점점 더 영리해지고요. 이 상황이 이해가 돼요? 대체 세상이 어떻게 돌아가는 거죠? 사람들이 다 미쳐가고 있는 건 아닐까요?"

경찰청 안으로 차를 몰던 프랑크가 고개를 가로저었다. "말도 안 되는 소리……."

"뭐가 말도 안 된다는 거예요? 이게 정상이라고 생각해요? 요즘처럼 연쇄살인이 흔하게 일어난 적은 없었다고요. 제기랄, 이런 생각 해봐야 골치만 아프고 아무 소용도 없는걸."

그들은 아무 말 없이 경찰청 앞마당을 지나 건물 3층으로 올라갔다. 베르거는 책상에 앉아 살해당한 세 여자의 사진들을 보고 있었다. 그 옆에 앉아있던 페터는 율리아와 프랑크가 들어오는 소리에 고개를 들었다.

"어때요?" 율리아가 물었다. "박사논문은 잘 돼 가요?"

"눈에 보이는 연관성은 찾을 수 없는데요." 페터는 어깨를 으쓱하며 말했다. "외모가 비슷한 것도 아니고, 이력에 공통점이 있는 것도 아니고, 이 여자들을 한데 묶을 만한 관련성은 아무것도 없어요. 한 명은 유부녀, 한 명은 이혼녀, 한 명은 약혼한 상태였던 데다 나이, 키, 체격, 생김새, 머리카락 색깔, 눈 색깔, 생활환경, 습관 등도 다 다르니…… 아니, 눈 씻고 봐도 비슷한 데를 찾을 수 없어요! 동기가 뭐든 간에 범인은 그걸 우리에게 알려 줄 생각이 없는 겁니다. 자기 패를 쉽게 내보이기 싫은 거겠죠."

율리아는 페터 곁에 서서 생각에 잠긴 얼굴로 피살자들의 사진을 들여다보았다. "발견 당시 모두 옷을 입고 있었어요." 그녀가 말했다. "몸 여기저기에 혈종이 나 있었지만 성폭행의 흔적은 없었고요. 하지만 몸은 씻겨 있었죠. 이 자세는 뭘 의미하는 걸까요? 한쪽 팔은 몸 옆에 붙이고, 다른 쪽 팔은 위로 쭉 뻗어 있잖아요. 제일 골치 아픈 건 이 바늘이에요. 바늘이나 입관식이라도 한 것 같은 시체의 자세로 미루어보아, 범인은 우리에게 뭔가 말하려고 하는 것 같아요. 그게 뭘까요? 음순에 꽂아둔 금색 바늘이 뭘 의미하는 거냐고요?"

"하나의 상징이죠." 페터는 흰 담배 연기에 둘러싸인 채 한쪽 팔로 턱을 괴고 껌을 씹으며 율리아를 쳐다보았다.

"하하, 웃겨서 눈물이 다 나네요! 당연히 상징이겠죠. 하지만 무슨 상징이냐고요!" 그녀는 냉소적으로 대답했다.

"그렇게 우스우면 어디 웃어보시죠." 페터는 차분하게 대답했다. "우리가 그 바늘의 상징적인 의미에 관해 추측이라도 해봤던 가요? 지금 실마리를 전혀 발견하지 못하는 건, 작년 그 두 사건에 아무런 신경도 안 썼기 때문입니다. 그저 미치광이의 소행이려니 생각했던 거죠. 율리아 당신도 그랬고, 반장님도 그랬고, 나도 그랬어요. 이제야 비로소 이걸 단순한 미치광이의 소행으로 보면 안 된다는 확신이 든 거예요. 누가 이런 짓을 했든 간에, 그놈은 미친 것과는 거리가 멉니다. 범인은 계획적으로 범행을 저지르고 있어요. 비록 이 금색 바늘이 사건 전부를 해결할 열쇠는 아닐지 몰라도, 놈의 계획 속에서 중요한 부분을 차지하고 있는 것만은 분명합니다. 범인이 피살자를 수없이 구타한 건 그저 부수적인 일이었을 뿐이에요. 상징적인 행동에 속하는 건 유두 물어뜯기, 보…… 아니, 질 면도, 목욕 의식, 옷 입힌 채로 자세 잡기, 그리고 음순에 바늘 꽂기입니다."

페터는 잠시 말을 멈추고 심각한 표정으로 율리아를 보며 말을 이었다. "자, 이제 맘껏 웃어보시죠. 당신이 자리를 비운 사이에

나는 머리가 깨지게 고민한 끝에 이 사건에는 어떤 체계가 있다는 결론을 내렸어요. 그게 어떤 체계인지는 이제부터 알아봐야겠죠. 아 참, 한 가지 잊어버릴 뻔했는데, 범인은 피살자를 항상 같은 자세로 눕혀놨어요. 한쪽 팔은 몸 옆에 붙이고 다른 팔은 위로 올리고, 마치 특정 방향을 가리키는 것처럼 말이죠. 이제 이 사진들 다시 찬찬히 보고, 그 외에 또 뭘 알아낼 수 있는지 한번 말해 보시죠."

율리아와 프랑크는 사진들을 자세히 들여다보고는 고개를 절레절레 저었다. 페터는 카롤라 바이트만의 사진 중 하나를 손으로 가리켰다. "이 사진에서 가장 정확하게 나타납니다. 위로 뻗어 있는 손을 좀 보십쇼. 검지를요."

율리아는 눈을 가늘게 떴다. "검지가……. 제기랄, 왜 이걸 지금까지 몰랐지?"

"그러게 내가 찾아내지 않았겠습니까?" 페터는 빈정대듯 씩 웃었다가 이내 심각한 얼굴로 돌아갔다. "엄지, 중지, 약지와 소지는 안쪽으로 구부러져 있어요. 검지까지 구부러져 있다면 주먹을 쥔 형태가 될 텐데, 검지는 밖으로 뻗어있죠. 요안나와 에리카의 사진에서도 분명히 보이지는 않지만 똑같이 되어있습니다."

"정말 뭔가 말하거나 가리키려 한 것 같군요. 대체 그게 뭐죠?" 프랑크는 긴장한 듯 묻고는 담배에 불을 붙였다. "우리에게 전하려고 하는 게 뭘까요? 손가락은 어디를 가리키고 있는 겁니까?"

"발견 장소." 율리아가 말했다, "시체가 발견된 장소를 다시 살펴봐야 해요. 페터 형사, 부탁인데 누구 한 명 데리고 그리로 좀 가줘요. 피살자들의 정확한 자세를 알아봐야 하니 이 사진들도 가져가고요. 가능하면 오늘 어두워지기 전에 다녀와요."

"알았어요, 곧 처리하죠. 그런데 장소들이 서로 꽤 멀리 떨어져 있어요. 하일리겐슈톡 공원묘지, 그뤼네부르크 공원, 로틀린트가.” 페터는 시계를 봤다. 2시가 조금 넘어있었다. “어두워지기 전에 끝내야 해요. 베르크만을 데리고 가죠. 아 참, 그럼 이제 나한테 박사 학위라도 주는 겁니까?” 그는 빙긋 웃으며 말하고는 사무실을 나갔다.

“정말 잘하셨어요, 감사해요.” 율리아는 웃으며 말한 뒤 베르거 쪽으로 몸을 돌렸다. “저희도 사람이 몇 명 더 필요해요. 실종된 유디트 카스너의 컴퓨터에서 주소록을 찾아냈는데, 거기 적힌 전화번호로 일일이 전화해봐야 하거든요. 대부분 이니셜과 전화번호뿐이고 주소가 없어요. 어쩌면 유디트는 매춘부로 일하고 있거나 과거에 일했던 경력이 있는 것 같아요. 그 전화번호들의 주인과, 될 수 있으면 그들의 주소까지도 알아봐야 해요.”

“뭐라고?” 베르거가 말했다. 그는 몸을 뒤로 기대고 두 손을 맞잡아 배 위에 올려놓았다. “난 그 여자가 학생인 줄 알았는데…….”

“학생은 학생이죠. 반장님이 그 옷장을 보셨어야 하는데. 샤넬, 디오르 같은 최고급 브랜드뿐이었다니까요. 물론 학교에 갈 때 입을 만한 평범한 청바지도 있긴 했지만요. 게다가 그 장신구들은 또 어떻고요. 정말 말도 안 되는 일이에요.” 그녀는 골루아에 불을 붙여 깊이 들이마시며 창가로 가서 밖을 내다보았다. “그녀는 두 개의 인생을 살았던 거예요. 학생으로서의 삶과 또 다른 삶. 그녀는…….”

“꼭 과거 얘기하듯 하는구먼.” 베르거가 말했다.

“반장님도 그녀가 아직 살아있을 거라고 생각하지는 않으시겠죠. 적어도 저는 그래요. 그 여자의 룸메이트가 한 얘기를 듣고 나니 더 그렇다고요. 그저 최대한 빨리 이 전화번호들의 주인이 누군지 알고 싶을 뿐이에요. 대부분이 휴대폰 번호더군요. 만일 그녀가 정말 매춘부로 일했다면 몇몇 사람에게는 우리의 전화가 아주 불편한 일이 되겠죠."

"번호가 몇 개나 되는데?" 베르거가 물었다.

"백 개도 넘어요. 그러니 될 수 있으면 곧장 일을 시작해야 해요. 유디트의 컴퓨터를 조사해 줄 전문가도 필요하고요. 프랑크와 저는 이제 슈바프 씨한테 가볼게요. 어쩌면 뮐러 부부에 대해 뭔가 쓸 만한 정보를 얻을 수도 있겠죠. 그리고 6시쯤 사무실에서 간단하게 회의하기로 하죠. 그 시각까지 모두 모이도록 해주세요."

"그렇게 하지." 베르거는 씩 웃으며 말했고, 율리아와 프랑크는 사무실을 나섰다.

"조금 전에 반장님이 왜 웃으신 거죠?" 율리아가 물었다.

"왜냐고요? 당신이 상관인 반장님한테 지시를 내렸잖아요. 하지만 내가 보기엔 말이죠, 당신이 이 사건에 열의를 보여서 기뻐하시는 것 같더군요." 프랑크 역시 미소 지으며 말했다.

율리아는 눈알을 굴리며 웃고는, 곁눈질로 프랑크를 보았다.

"모든 게 다 나한테 걸려 있잖아요. 반장님이야 종일 저 펑퍼짐한 엉덩이로 의자에 앉아서……."

"알았어요, 알았어, 끝까지 말할 필요 없어요. 이번만큼은 페터가 맡은 일을 잘해냈다는 걸 당신도 인정할 수밖에 없겠죠. 어떤때 보면 천재 같다니까요."

"그렇게 오락가락하지만 않는다면 크게 성공할 텐데 말이에요. 하지만 그 검지에 대한 것만큼은," 그녀는 고개를 절레절레 흔들며 말했다. "페터가 아니었다면 여전히 눈치 못 챘을 거예요."

오후 2시 40분

레나테 슈바프는 어느 다세대주택 2층에 살고 있었다. 형사들이 오기를 기다리고 있었는지, 초인종을 누르자 금방 문을 열어주었다. 선머슴 같은 인상에 눈가와 입가에는 주름이 많았는데, 율리아는 그녀가 마흔 살 정도이리라 추측했다. 검정 레깅스에 분홍색 스웨트 셔츠를 입은 그녀는 헐렁한 셔츠로도 잘 가려지지 않는 풍만한 몸매의 소유자였다. 머리카락은 아주 짧게 자른 밝은색 금발이었고, 목소리는 허스키한 데다 저음이라 꼭 남자 목소리 같았다.

"경찰청에서 오셨죠?" 그녀는 이렇게 물으며 의심 어린 눈초리로 두 형사를 쳐다보았다.

"네, 좀 전에 전화드렸었죠. 들어가도 될까요?"

"들어오세요, 근데 집이 좀 어수선해요. 요 며칠 일이 너무 많았던 데다 에리카까지 그렇게 돼서……. 부엌으로 가시죠, 거기가 제일 나을 거예요. 딸은 숙제하고 있고 아들은 텔레비전을 보고 있거든요."

부엌은 청소가 안 된 정도가 아니라 정말 혼돈 그 자체였다. 싱크대에는 닦지 않은 그릇들이 탑처럼 쌓여있었고 곳곳에 널린 음식 찌꺼기, 신문지, 넘쳐나는 재떨이 두 개도 눈에 띄었다. 창문은 안 닦은 지 몇 달은 된 듯 보였고, 커튼은 누렇게 바래있었다.

율리아와 프랑크는 그런 혼돈 속에서 각자 의자를 찾아 앉았다. 레나테 슈바프는 담배에 불을 붙이고 창가에 서 있었다.

"슈바프 부인," 율리아가 말했다. "뮐러 부인에게 무슨 일이 있었는지는 이미 들으셨겠죠?"

"아뇨." 레나테는 눈에 띄게 긴장한 얼굴로 대답했다. "그렇지 않아도 에리카에게 전화했는데 아무도 안 받던데요."

"뮐러 부인은 돌아가셨습니다. 오늘 새벽에 시체가 발견되었어요."

순간 눈이 휘둥그레진 레나테는 서둘러 담배를 한 모금 피웠다.

"세상에, 에리카가 죽었다고요?" 그녀는 더듬더듬 말했다. "어떻게……. 무슨 일이 있었던 거죠?"

"살해됐습니다. 자세한 건 말씀 드릴 수 없어요. 저희가 알고 싶은 건 지난 금요일에 무슨 일이 있었느냐는 겁니다. 그 남편께서는 뮐러 부인이 알코올중독자 가족모임에 소속돼 있었다고 하던데, 그게 사실인가요?"

"네, 왜요?" 레나테 슈바프는 율리아를 보지 않고 물었다.

"이건 중요한 일이거든요. 몇 시부터 몇 시까지 뮐러 부인과 함께 계셨나요?"

"모임은 7시 반에 시작됐어요. 그다음에는 항상 그렇듯이 그리스식 식당에 갔고요." 레나테는 계속 바닥을 응시하며 대답했다.

"그럼 그 음식점에서는 다 같이 나오셨나요?" 레나테가 뭔가 숨기고 있는 것 같다는 느낌을 받은 율리아가 캐물었다. 레나테는 머뭇거리며 대답했다. "네, 왜요?"

"질문마다 왜냐고 물으시는군요. 저희가 알아야 할 사실이 있나요? 식당에서는 몇 시에 나오셨죠?"

"10시 반, 11시쯤이요. 시계를 안 봐서 정확히는 몰라요."

"다 같이 나와서 각자 차로 가셨다는 건데, 그럼 뮐러 부인이 자신의 폭스바겐 루포를 타고 그곳을 떠나는 것도 보셨나요?"

"네, 정확히 봤어요."

율리아는 레나테 슈바프를 뚫어져라 쳐다보았다. "이상하군요, 그날 뮐러 부인은 평소와는 달리 루포가 아니라 남편분의 벤츠를 타고 나가셨거든요. 어때요?"

"지는 거기에 별 주의를 기울이지 않았어요." 재빠른 대답이 돌아왔다. 레나테는 담배를 눌러 끈 뒤 곧바로 새 담배에 불을 붙였다. 처음보다 더욱 긴장한 듯한 그녀는 감히 율리아를 바라볼 엄두를 내지 못하는 것 같았다.

"슈바프 부인, 저희는 장난이나 하려고 온 게 아닙니다. 살인사건을 해결하러 온 거예요. 그것도 꽤나 잔인한 살인사건을요. 이제 금요일 밤에 있었던 일을 사실대로 이야기해주시죠."

"이미 말씀 드렸잖아요……."

"지금까지는 없었던 일만 말씀하셨죠. 자, 금요일에 무슨 일이 있었죠? 왜 부인의 친구분께서는 평소와 달리 벤츠를 끌고 나오셨나요? 그리스식 식당에 정말 동행하기는 하셨나요? 부인께서 말씀 안 하셔도 다른 사람에게서 들을 수 있어요. 부인이나 슈펠링 부인 말고도 그 식당에 있었던 사람은 많을 테니까요."

레나테 슈바프의 몸이 덜덜 떨리면서 담뱃재가 바닥으로 떨어졌다. 그녀는 눈물을 참으려 애쓰고 있었다. "알았어요, 알았다고요. 에리카는 모임에 나오기는 했는데 한 시간쯤 뒤에 먼저 갔어요. 다른 약속이 있다고 하면서, 남편에게는 말하지 말아달라더군요. 무슨 약속이냐고 물어봤지만, 나중에 때가 되면 말해준다고만 했어요. 꽤 서두르는 것처럼 보였죠. 그래서 저는 또다시 물어봤어요, 혹시 다른 남자 만나는 것 아니냐고요. 에리카의 남편을 보면 그리 놀랄 일은 아니지만……."

"그게 무슨 뜻이죠?" 율리아는 잔뜩 긴장하며 물었다.

레나테는 무뚝뚝하고 냉소적으로 웃으며 고개를 절레절레 흔들었다. "에리카의 남편은 술꾼이에요. 제 남편도 그런데, 한 번 보실래요? 오늘도 아침부터 술을 마셔대더니 침대에서 곯아떨어졌지 뭐예요. 그저 술 마시는 것밖에 모른다니까요. 짜증 나서 정말……."

"뮐러 씨는 부인께서 아버지 때문에 그 모임에 나간 거라고 하던데요. 자기는 술을 아주 가끔 마실 뿐이라고요."

레나테 슈바프는 서글픈 눈으로 율리아를 보았다. "형사님은 한 번이라도 알코올중독자들과 대면해본 적 있으세요? 아뇨, 분명 없으시겠죠. 그랬다면 그들이 항상 거짓말을 한다는 걸 모르실 리가 없으니까요. 그들은 자신에게는 물론 다른 사람에게도 거짓말을 해요. 에리카의 아버지가 알코올중독자였던 건 맞지만, 최악인 건 그런 아버지를 가진 여자들은 꼭 결혼도 그런 남자와 한다는 거예요."

그녀는 한숨을 내쉬며 고개를 가로저었다. "에리카의 남편은 술에 관해서라면 제 남편과 다를 게 없어요. 물론 알코올중독자에도 여러 부류가 있겠죠. 어떤 사람들은 끊임없이 술을 입에 달고 살고, 또 어떤 사람들은 밤에만, 혹은 주말에만 마시고. 하지만 알코올중독자라는 사실 자체는 전부 다 같잖아요. 그런데 이 모임이 저를 구해줬어요. 딸을 낳고 나서는 자살 시도까지 했었는데, 다행히도 그때 에리카를 통해서 이 모임을 알게 되었던 거예요. 모임을 통해 저는 다시 일어설 수 있었고 제가 가치 있는 사람이란 걸 알게 되었어요. 그리고 남편이 알코올중독인 건 제 탓이 아니라는 것도요. 그 인간은 항상 저 때문에 술을 마신다고 했거든요. 책임은 그 인간에게 있어요. 술을 마시는 건 제가 아니라 그 사람이니까. 지금 일주일간 휴가를 받아 집에 있는데, 그 일주일을 술 퍼마시는 데 다 쓰고 있다니까요. 술이란 술은 다 내다 버리는 일도 저는 일찌감치 포기해버렸어요. 그러면 뭐해요, 매번 새로 사다 놓는걸. 다 그 인간 인생이고, 죽어도 그 인간이 죽는 건데. 에리카나 잉에가 자기 남편에게 했듯이 저도 제 남편을 도우려 애써봤지만, 이미 너무 심해져서 손을 쓸 수가 없더라고요. 남편한테 한 대 맞기 전에 그만 말해야겠어요."

"유감입니다." 율리아가 말했다. "그런데 정말 뮐러 씨가 알코올중독이에요? 은행에서 일한다면서요."

"그래서요?" 레나테는 냉소적으로 웃음을 터뜨리며 대답했다. "은행가를 비롯해 고위직에 있는 사람 중에 알코올중독자가 얼마나 많은지 아세요? 저희 모임에는 여자들뿐인데, 그 남편들은 기업가, 예술가, 은행가, 지극히 평범한 회사원, 일용직 노동자 등 각계각층에 흩어져 있어요. 어떤 이의 남편은 40년 넘게 술을 마시고 있는데 간경변이 생긴 걸 아는데도 멈추지를 못한대요. 그래서 단기기억력이 심하게 악화되었고 죽는 건 시간문제인 상황이죠. 또 다른 여자는 결혼을 세 번 했는데, 세 번 모두 남편이 알코올중독자였대요. 이 모든 게 그저 역겨울 뿐이에요."

"그냥 남편을 떠나면 어때요?"

레나테 슈바르프는 다시 웃음을 터뜨렸다. "그냥 떠나라고요? 저는 결혼한 지 18년이나 됐어요. 안 그래도 남편이 못 찾을 만큼 아주, 아주 먼 곳으로 도망가 버릴까 하는 생각도 했죠. 그런데 그 인간이 도망갈 생각이라도 했다가는 저와 아이들을 다 죽여 버리겠다고 협박하더군요. 제가 볼 때 충분히 그럴 수 있는 인간이에요. 결국 이제는 그 인간이 쓰러져 죽기만을 기다리고 있죠. 이미 심장마비도 한 번 왔고 간도 많이 손상돼서 아마 그리 오래 걸리지는 않을 거예요. 그때까지는 참고 살아야지 어쩌겠어요. 휴, 사는 게 이렇답니다. 집 안도 이렇게 돼지우리 꼴이 되어 버렸고요. 삶이 아무런 재미도 없고, 아이들에게 허구한 날 소리만 지르게 되고, 이게 전부 다 빌어먹을 상황 때문이에요. 때로는 그 인간이 내 기력을 다 빨아 마시는 것 같은 기분이 들지만, 쉽게 굴복하지는 않을 거예요."

"남편께서는 그 모임에 나가는 것에 대해 뭐라고 하나요?"

"처음에는 욕하고 때리기까지 했는데 제가 잘 견뎌냈죠. 그 인간은 계집들끼리 모여서 뭘 하겠느냐고, 기껏해야 남자들 흉이나 보지 않겠느냐고 했어요. 그래도 저는 꿋꿋이 모임에 나갔고, 얼마 전부터는 아무 말 안 하더라고요. 참고로 저희 모임에서는 남편을 흉보지 않아요. 다들 알코올중독이 일종의 병이라고 보고 있으니까요. 누군가는 그 병을 이기지만, 누군가는 그 병으로 망하게 되는 거죠."

"다시 친구분 얘기로 돌아가 보죠. 정말 말씀하신 게 다인가요? 혹시 저희가 알아야 할 사항을 또 숨기고 계신 건 아닌가요?"

레나테는 고개를 가로저었다. "아뇨, 더는 없어요."

"뮐러 부인께서 혹시 남편 외에 다른 남자를 만나셨나요?"

"에리카는 그런 일에 대해서는 단 한 번도 언급하지 않았어요. 하지만 금요일에는 좀 의심스럽긴 했어요. 어쩌면 정말 남자가 있었을 수도 있죠. 조용한 물이 깊다고 하잖아요. 에리카야말로 정말 조용한 물 같은 여자였거든요. 그런데 얼마 전부터 기분이 좀 좋아 보였어요. 에리카가 특별한 말이 없기에 저도 별 신경 쓰지는 않았지만요."

"뮐러 부인과는 얼마나 가까운 사이인가요?"

"일주일에 두세 번 정도 통화하고, 아시다시피 매주 금요일마다 만나요. 가끔은 다른 요일에도 보고요."

"혹시 뮐러 부인이 일기를 쓴다고 말한 적 있나요?" 율리아는 본능에 이끌린 듯 질문했다.

레나테는 고개를 끄덕였다. "네. 심지어 한 번은 그 내용을 보여준 적도 있는 걸요. 그런데 그건 왜 물으시죠?"

"아닙니다. 일단은 이것으로 된 것 같아요. 협조해주셔서 고맙습니다. 기운 내세요, 곧 좋은 날이 올 거예요."

"똑같은 일이 계속 반복되는 걸요. 저는 이제 서른여덟인데 저기 저 인간은," 그녀는 고갯짓으로 침실을 가리켰다. "벌써 쉰이에요. 영원히 저렇게 살 수는 없겠죠. 그러고 나면 새로운 삶이 시작될 거예요."

레나테는 두 형사를 문 앞까지 배웅하며 그들이 계단을 내려가는 모습을 지켜보았다.

밖으로 나온 율리아가 말했다. "엉망진창이에요, 안 그래요? 경찰청으로 돌아가기 전에 뮐러의 집에 잠깐 들렀다 가요. 그 일기장을 꼭 손에 넣고 말겠어요."

"뮐러가 정말 알코올중독자라면 이제 정말 술을 퍼마실 이유를 찾게 되었군, 안 그래요?" 프랑크가 말했다.

"그렇겠죠. 그가 술에 취해 처박혀있다면, 아이들이 안전하게 지낼만한 곳도 알아봐야겠어요."

그리스하임으로 가는 길에 베르거에게서 연락이 왔다. "잠깐 전할 말이 있어서. 아까 준 전화번호 중 3분의 1 정도 조사가 완료됐는데, 담당자중 한 명이 두 번째 통화에서 벌써 쓸 만한 단서를 찾았나 봐. 헤르만 크로이처라는 사람이 1년 전 니더라트의 켈스터바허 가에 있는 어느 집에서 유디트 카스너를 만났었다고 진술했다네."

"다른 말은 없었대요?" 율리아는 잔뜩 긴장해서 물었다.

"처음에는 머뭇거리더니 우리 쪽에서 어쩌면 범죄와 관련됐을을 수도 있다고 하자 갑자기 말이 많아지고 흥분하기 시작하더래. 게다가 이 일을 비밀로 해줄 수 있느냐고, 자기는 유부남이라

아내가 알면 안 된다고 했다는군. 유디트는 매춘을 통해 그 돈을 벌어들인 게 맞았어. 니더라트에 집도 있었고 남자의 집이나 호텔로 직접 가기도 했나 봐."

"그럼 그 크로이처란 사람은 1년 전에 유디트를 마지막으로 본 거예요?"

"그 사람 말로는 그래. 그의 집이 자네가 있는 곳 근처니까 올 때 한 번 들러봐. J. K.라고 쓰인 문패를 찾게나."

"알겠어요. 지금 다시 뮐러의 집 쪽으로 가고 있으니, 거기 먼저 들렀다가 니더라트로 넘어갈게요. 늦어도 6시까지는 사무실로 돌아갈 수 있을 거예요. 더 하실 말씀 있으세요?"

"흥미로운 이름들이 몇 개 있는데, 이건 나중에 얘기하기로 하지. 그럼 이따 보자고."

율리아는 담배에 불을 붙였다. "예상대로 유디트는 매춘부였어요. 그것도 아주 인기 많은 매춘부."

"자기가 그럴 만한 외모가 된다는 걸 알았겠죠. 그런데 그처럼 전도유망한 여학생이 왜 몸 파는 일을 했는지 이해가 안 가요. 몸을 팔았던 남자가 불쑥 나타나 자기 앞길에 걸림돌이 되지는 않을까 항상 걱정하면서 살아야 하잖아요."

"왜 그렇게 생각해요?"

"그게, 보아하니 그 여자는 꽤나 재력이 있는 남자들을 만났던 것 같은데, 나중에 그들 중 누군가를 만나기라도 한다면……."

"만나면요? 그 남자들 대부분은 유부남인 데다 스캔들이 나는 걸 그 누구보다 두려워하는 사람들이라고요. 내가 볼 때 유디트는 그런 걸 다 계산하고 있었던 거예요. 여차하면 외모를 바꾸는 일도 충분히 가능하고요."

오후 3시 25분

프랑크는 분홍색으로 전면을 칠한 뮐러의 집 앞에 차를 세웠다. 초인종을 눌러도 아무런 반응이 없더니 다시 한 번 누르자 그제 야 창문 하나가 열렸다. 그 사이로 고개를 내민 뮐러의 머리카락 은 헝클어져 있었고, 눈빛은 멀리서 봐도 흐리멍덩했다.

"또 왔습니다. 몇 가지 여쭤볼 게 있어서요." 율리아가 말했다.

뮐러는 뭔가 알 수 없는 말을 지껄이더니 창문을 닫고 들어갔 다. 잠시 후 문이 열리는 소리가 들렸다. 어린 남매가 제 아버지 뒤에 서 있었다. 남자아이는 아직도 잠옷을 입고 있었고 여자아 이는 스웨터 차림이었다.

"무슨 일입니까?" 뮐러가 물었다. 그의 눈은 멍했고, 몸에서는 싸구려 술 냄새가 풍겼다.

'맙소사, 온 집 안에 술 냄새가 진동하는군. 대체 얼마나 마신 거 야?' 율리아는 생각했다.

"뮐러 씨, 조용히 말씀 좀 나누고 싶은데요."

"거실로 가시죠. 너희는 방에 들어가 문 닫고 있어." 뮐러가 엄한 말투로 말하자 아이들은 곧장 그의 말을 따랐다.

거실 테이블에는 곡주 두 병(한 병은 비었고 다른 한 병은 반쯤 찬)과 맥주병들, 그리고 오전에 봤던 레미 마르탱이 빈 채로 놓여있었 다. 율리아는 레나테 슈바프의 말이 사실임을 깨달았다. 의자고 바닥이고 할 것 없이 담뱃재가 여기저기 떨어져 있었고, 난방마 저 켜져 있어서 실내 공기는 참을 수 없을 정도로 답답했다.

"술을 많이 드셨나요?" 율리아가 물었다. 그것은 질문이라기보 다는 확신에 가까운 말이었다. 그녀와 프랑크는 소파에 나란히 앉았다.

"그래서요? 아무 상관 없지 않습니까." 그는 혀 꼬부라진 소리로 중얼거리며 의자에 털썩 주저앉았다. "쥐뿔도 상관없다고요!"

"이런 상황에서 아이들을 돌보실 수 있으시겠어요?"

"그게 형사님과 무슨 상관입니까?"

"현재로서는 아주 큰 상관이 있죠. 제가 보기에는 그럴 수 없으실 것 같으니까요. 친척이나 지인, 혹은 친구분 중에 당분간 아이들을 돌봐줄 분은 안 계신가요?"

"우린 친척도 지인도, 친구도 없어요. 우리끼리 잘해나갈 수 있습니다. 지금까지도 그래왔으니까."

"그 문제는 두고 보기로 하죠. 다른 이야기로 넘어갈게요. 오늘 오전에 부인께서 일기를 쓰셨느냐고 여쭤봤었죠. 뮐러 씨는 아니라고 하셨고요. 그런데 그 사이 저희는 뮐러 씨의 말이 사실이 아니라는 걸 알게 되었습니다. 부인의 일기장을 보여주시겠어요?"

뮐러는 깜짝 놀라며 몸을 앞으로 기울였다. "누가 그런 말을 합디까? 그 두 여자 중 하나인가요?" 그는 경멸조로 툭 내뱉듯 말하며 한 손으로 헝클어지고 기름 낀 머리카락을 쓸어 넘겼다.

"우리가 안다면 아는 겁니다! 일기장만 주시면 바로 떠나드리죠. 하지만 어쩔 수 없이 아동복지국에는 연락을 취해야겠어요. 뮐러 씨의 현재 상태를 봐서는 아이들의 안전을 확신할 수 없으니까요."

"그 빌어먹을 현재 상태라는 게 대체 어때서요?" 뮐러는 다시 의자에 털썩 몸을 기댔다.

"본인이 더 잘 아실 텐데요. 알코올중독이시잖아요. 그저 부인을 잃은 슬픔 때문에 마신 거라면, 이만한 양으로도 이미 목숨이 위태로웠을 거예요. 부인은 아버지 때문이 아니라, 바로 뮐러 씨 때문에 알코올중독자 가족모임에 나가셨더군요. 게다가 자녀분들은 아직 스스로 돌보기에는 너무 어린 나이에요. 그러니 이제 일기장을 저희에게 주시죠."

"입 다물어요! 그만 가십쇼, 난 화장실에 가야 하니까."

"일기장이 어디 있는지 말씀해주시지 않으면 온 집 안을 뒤져서라도 찾아낼 겁니다."

뮐러는 배를 긁으며 벌게진 눈으로 율리아를 보았다. 갑자기 정신이 번쩍 든 얼굴로 그는 씩 웃었다.

"영장이라도 가져오셨나요?"

"전화 한 통이면 15분 만에 나올걸요. 그때까지 저희는 여기서 기다리면 되고요."

"당신들이 지금 날 얼마나 짜증 나게 하는지 압니까? 하지만 뭐, 정 그러시다면 침대 옆 테이블이나 옷장을 뒤져보시죠. 당신들이 직접 말이오! 이제 만족하십니까?"

"아직 아니에요. 아이들을 데리고 있으시려면 금주 클리닉에 나가셔야 합니다. 그것만이 아이들을 되찾는 길이 될 거예요."

뮐러는 혼란스러운 얼굴로 웃음을 터뜨리며 고개를 가로저었다. "이게 다 무슨 일이랍니까? 아내는 어떤 정신 나간 놈에게 살해당했는데, 이제는 아이들까지 빼앗아 가려 하다니! 어디 당신들 원하는 대로 한 번 해보시죠. 다 가져가란 말입니다. 난 이제 소변이나 보러 가야겠으니까. 그 빌어먹을 일기장이나 찾아서 당장 나가요. 하지만 제발 나한테 열쇠가 어디 있는지까지 묻지는 마쇼." 그는 자리에서 일어나 비틀거리며 욕실로 들어가 문을 쾅 닫아버렸다.

프랑크는 침대 옆 테이블의 서랍을 열어보았지만 아무것도 없었다. 다음으로 옷장을 열어 속옷들 사이를 비집고 보니, 스타킹 뒤에 일기장 세 권이 들어있었다. 율리아는 베르거에게 전화를 걸어 아동복지국 직원을 보내달라고 부탁했다. 마침내 집 밖으로 나온 두 사람은 잠시 집 앞에 멈춰 섰다.

"항상 불쌍한 건 애들이라니까. 저렇게 취해서야 어디 제대로 대화나 하겠어? 제기랄." 프랑크는 발끈하며 말했다. 그가 어느 정도 평정을 되찾고 나서 두 사람은 차에 올라탔다.

"이제 니더라트로 가요. 뭐가 우리를 기다리고 있을지 한번 보자고요."

오후 4시 30분

니더라트, 켈스터바허 가. 두 형사가 오래됐지만 잘 관리된 건물 앞에 차를 세웠을 때, 저 멀리 떠 있는 해는 구름 뒤에 가려져 있었다. 율리아는 심호흡을 몇 번 크게 하고는 프랑크를 보았고, 그는 어깨만 으쓱해 보일 뿐이었다. 그들은 여섯 가구가 모여 사는 그 건물로 걸어갔고, 프랑크는 J. K.라고 쓰인 문패 옆 초인종을 눌렀다. 대답이 없자 그는 다시 한 번 초인종을 눌렀지만 여전히 문은 열리지 않았다.

"좋아, 다른 집에 한번 해보죠." 그는 아무 초인종이나 골라 하나를 눌렀고, 그러자 잠시 후 스피커에서 어떤 여자 목소리가 들려왔다.

"실례합니다, 경찰에서 나왔는데요. 유디트 씨를 찾고 있습니다. 문 좀 열어주시겠어요?"

"경찰이요? 잠시만 기다리세요, 곧 내려갈게요."

목소리의 주인공은 20대 후반의 젊은 여자였다. 그녀는 프랑크가 내민 신분증을 흘긋 보고는 물었다. "무슨 일이 생겼나요?"

"아직 모릅니다. 그래서 저희가 온 거고요. 유디트 씨를 아십니까?"

"J. K.라는 문패를 쓰는 젊은 여자 말씀이세요?"

"네, 맞습니다."

"아뇨, 얼굴만 몇 번 봤을 뿐이에요. 대화해본 적은 한 번도 없고요. 3층에 살아요."

"혹시 이 건물에 비상 키를 가진 관리인이 있나요?"

"관리인은 아니지만 노이게바우어 씨가 비상 키를 가지고 있어요. 바로 저기 오른쪽 문이 그분 집이에요."

"감사합니다."

키는 작지만 어깨가 넓고 다부진 체격에 억센 느낌을 주는 노이게바우어는 청바지 위에 회색 작업복을 입고 있었다. 그는 잠시 머뭇거리더니, 곧 커다란 열쇠 꾸러미를 들고 나와 자기를 따라오라고 말했다.

"그 여자가 뭐 나쁜 짓이라도 저질렀습니까?" 그는 투덜거리는 말투로 물었지만 은근히 궁금한 눈치였다.

"말씀드릴 수 없습니다."

"그렇지 않아야 할 텐데요. 이런 좋은 집에 살면서 말입니다."

"이 집들은 전세인가요, 아니면 각자 주인들이 살고 있나요?"

"두 가지 경우 다 있어요." 노이게바우어는 중얼거렸다. 3층에 도착하자, 그는 열쇠를 꽂고 문 손잡이를 돌렸다. 그가 앞서 집 안으로 들어가려 하자, 프랑크가 멈춰 세웠다.

"도와주셔서 감사합니다. 이제부터는 저희끼리 하겠습니다." 프랑크는 문을 밀어 꽉 닫았다. 블라인드가 다 내려져 있어서 실내는 어두웠다. 프랑크가 조명 스위치를 켜자, 넓고 우아한 집의 모습이 드러났다. 마호가니로 만든 옷걸이가 있는 널찍한 복도에는 금테를 두른 커다란 거울과 키가 큰 녹색식물 화분 두 개가 놓여 있었다. 열려 있는 오른쪽 문으로 들어가 보니 거의 사용하지 않은 듯한 부엌이 나왔다. 욕실 문 역시 열려 있었는데, 그 안으로 들어가자 왼편 뒤쪽으로 커다란 검은색 타원형 욕조가 있었고, 그 옆에는 역시 검은색인 비데와 변기가 있었다. 욕실 문 오른쪽으로는 너비가 2미터쯤 되는 거울장이, 그 오른쪽 뒤편 구석에는 빨간색 의자와 작은 탁자가 놓여있었다. 거실은 디자이너 가구들로 꾸며져 있었다. 번쩍이는 크롬 다리가 달린 빨간색 가죽 소파 세트, 흰색 유리 진열장, 〈타임 투 세이 굿바이〉가 조용히 흘러나오고 있는 아주 비싼 음향기기, 그보다 더 비싼 플라스마 벽걸이 텔레비전, 멋스럽게 배치된 녹색 식물들. 대리석 바닥 대부분은 발이 푹푹 들어갈 정도로 두꺼운 카펫으로 덮여있었다. 그리고 부엌, 욕실과 마찬가지로 거실에도 천장에 박힌 할로겐 조명들이 커다란 원형을 만들어내고 있었다.

방문들은 열려 있었지만, 복도 왼쪽에 있는 문만이 닫혀있었다. 율리아는 순간 심장이 쿵쾅대는 것을 느끼며 소맷단으로 조심스럽게 손잡이를 잡고 돌렸다.

"어서 열어봐요." 프랑크가 재촉했다. "유디트가 안에 있으면 어차피 우리는 아무것도 할 수 없다고요."

율리아는 다시 한 번 숨을 깊게 들이마시고는 문을 열었다. 그 방 역시 블라인드가 전부 내려져 있었다. 왼쪽에 있는 조명 스위치를 켠 순간, 두 사람은 숨이 멎는 기분이었다. 천장에 설치된 할로겐 조명은 약 25제곱미터 크기의 침실을 밝혀주고 있었다. 금속으로 만들어진 침대와 남색 침구, 안쪽에 불이 들어와 정면이 밝게 빛나는 여러 가지 파스텔 색상이 칠해진 옷장, 파란색 의자와 작은 탁자, 그리고 옷장과 잘 어울리는 모양의 서랍장. 침대 앞 바닥에는 거의 바닥을 드러낸 돔 페리뇽 병과 유리잔 두 개가 놓여있었는데, 그중 한 잔은 반쯤 차있었다. 창문 앞에는 우아한 흰색 커튼과 파란색 덧커튼이 드리워져 있었다.

율리아는 그 젊은 여자에게서 눈을 떼지 않으며 방 안으로 걸어 들어갔다.

여자는 가로세로 2미터씩은 되는 침대 위에 누워있었다. 엉덩이를 덮을락 말락 한 길이의 검정 민소매 원피스와 검정 스타킹, 잘 보이지도 않을 정도로 작은 팬티를 입고 검정 펌프스를 신은 차림이었다. 길고 고른 손가락과 가녀린 손이 돋보이는 그녀의 왼쪽 팔은 몸 옆에 딱 붙어있었고, 오른쪽 팔과 검지는 위로 쭉 뻗어있었다. 커다랗게 뜬 충혈된 눈은 멍하게 천장을 응시하고 있었고, 목에는 올가미로 졸린 자국이 선명했다. 상처 부위는 그새 거의 검은색으로 변해 있었다.

"이것 봐요." 율리아는 나지막이 말했다. "내가 뭐랬어요? 이제 그놈이 정말 일을 시작한 거예요. 24시간도 안 됐는데 두 여자가 죽었어요. 왜일까요? 그놈은 대체 무슨 생각을 하는 거죠?"

프랑크는 시체로 가까이 다가가 찬찬히 들여다보았다. "반장님께 전화해서 사람들을 보내달라고 해요." 율리아와 베르거의 통화가 끝나자, 그는 다시 물었다. "뭐 떠오르는 거 있어요?"

"무슨 말이에요?" 율리아가 휴대폰을 가방에 넣으며 물었다.

"피살자의 자세 말이에요. 그냥 침대에 누워 있는 게 아니에요. 그러니까, 머리가 위로 가도록 중앙에 누운 게 아니라 살짝 비스듬히 누워있다고요. 방해하는 사람이 없으니 시간도 많았을 텐데, 베개를 놓고 중앙에 눕히지 않고 이렇게 독특한 자세로 눕혀 놨잖아요. 왜일까요? 이유를 설명할 수 있겠어요?" 프랑크는 생각에 잠겨 손으로 턱을 쓰다듬었다.

율리아는 고개를 가로저었다. "아직 모르겠어요. 하지만 페터 형사가 돌아오면 알 수 있을지도요." 그녀는 잠시 말을 끊었다가 다시 입을 열었다. "대체 어디를 가리키고 있는 걸까요?"

"나라고 그걸 알겠어요? 여길 봐요, 이 여자도 수갑을 찼어요. 여기, 분명히 보이죠." 프랑크는 시체의 손목을 가리키며 말했다. "장담하는데, 똑같은 자국이 발목에도 있을 거예요. 옷을 벗겨 보면 어떨지는 불 보듯 뻔하고요."

율리아는 가방에서 고무장갑을 꺼내 낀 뒤 조심스럽게 시체를 만졌다. "정말 예쁘게 생겼네요. 이런 순간에도 말이에요. 이상하죠, 이런 잔인한 방식으로 죽음을 맞이하면 어떤 사람들은 굉장히 비참해 보이는 반면에 또 어떤 사람들은……. 뭐 어쨌든, 내가 보기에 죽은 지 적어도 열두 시간은 된 것 같아요. 사후경직이 완전히 이루어졌거든요. 이른 새벽에 살해당한 것 같은데……."

"그럼 그놈이 네다섯 시간 만에 두 여자를 죽였다는……?"

"안 될 건 뭐예요? 범인은 우리가 이 집을 금방 찾아내리라는 걸 예상했을 거예요. 그러니까 에리카 뮐러의 경우처럼 느긋하게 범행을 저지를 여유가 없었겠죠. 놈이 금요일부터 토요일 밤까지 에리카를 어디다 가둬놨는지는 모르지만, 어쩌면 여기 누워있는 이 여자에게는 어제 오후부터 폭력을 휘둘렀을 수도 있어요. 수갑을 채우고, 재갈을 물리고……. 약이나 폭행으로 기절시켰을 지도 모르죠. 그런 다음에 다시 에리카 뮐러에게 가서 그녀를 죽이고 시체를 그뤼네부르크 공원에 갖다 둔 다음, 어둠을 틈타 이리로 돌아와 이 여자를 계속 괴롭혔을 테고요. 그놈은 자신의 범행을 아직 경찰이 모른다고 확신했을 거예요. 확신하건대, 놈은 동이 트기 전에 이 집에서 빠져나갔어요. 마치 유령처럼 그 누구도 목격하거나 마주치지도 못한 거라고요. 게다가 지금 흘러나오는 이 노래요, 그놈이 반복재생 버튼을 눌러 놨어요. 보나 마나 지난밤부터 계속 재생되고 있는 거겠죠. <타임 투 세이 굿바이>라니, 정말 소름 끼쳐요." 율리아는 고개를 흔들며 한 손으로 머리카락을 쓸어 넘겼다. "복도로 나가서 담배나 한 대 피우죠. 아무리 강심장이라도 이런 상황은 견디기 힘들 거예요."

"당신은 훨씬 더 심한 것도 많이 봐왔으면서……."

"심하기야 항상 심하죠. 어쩌면 내가 이런 일에 점점 더 무뎌지는 건지도 몰라요. 그래도 하루 만에 두 여자가 죽다니, 이건 해도 너무 하잖아요. 자, 이제 갈래요?"

"그럽시다."

프랑크는 부엌에서 안 쓴 재떨이를 가지고 온 뒤, 문이 저절로 닫히지 않도록 접는 우산 하나를 끼워 놓았다. 율리아는 벽에 기대어 조용히 담배를 피웠다. 겉으로는 잘 드러나지 않았지만, 그녀는 긴장한 나머지 덜덜 떨고 있었다.

"저 여자가 열두 시간 전에 이미 죽은 거라면 이번에는 범인이 수법을 바꾼 건가. 다른 피살자들은 전부 발견되기 얼마 전에 살해당했잖아요." 프랑크는 누가 듣기라도 하는 듯 조용한 목소리로 말했다.

"다른 대안이 없었겠죠." 율리아는 이렇게 속삭이고는 입과 코로 연기를 내뿜었다. "낮에는 사람들의 눈에 띌 테니 밤 동안 범행을 마쳐야 하잖아요. 저 여자를 이틀이나 고문하며 살려두는 건 그놈에게는 큰 위험이었을 거예요."

"정말 나쁜 놈이에요. 게다가 믿을 수 없을 만큼 냉혈한이고."

"그거야 모를 일이죠." 율리아는 이렇게 대답하고는 담배를 눌러 껐다. "다만 왜 그가 저 여자를 바로 여기, 그녀 집에서 죽였는지 궁금할 따름이에요. 다른 세 명은 밖에다 버렸잖아요."

"나도 그 이유를 모르겠어요." 프랑크 역시 담배를 비벼 끄며 말했다. "어쨌든 그놈 같은 냉혈한은 찾기 힘들 거예요."

"그럴 수도 있지만 어쩌면 그렇지 않을지도……."

"그게 무슨 뜻이에요?" 프랑크는 눈을 가늘게 뜨며 물었다.

"그저 범인의 동기가 궁금해서요. 증오, 분노, 복수……."

"어쨌든 계획적으로 살인을 저지른 놈이에요. 살인을 계획하고, 그 계획대로 실행에 옮기는 놈인데 냉혈한이 아니면 대체 뭐란 말입니까?"

율리아는 어깨를 으쓱할 뿐이었다. 두 사람은 다시 방으로 돌아가 문을 닫았다.

"지금으로서는 범인이 어떤 놈인지 전혀 감이 안 잡혀요. 어떻게 생겼을지, 범행동기가 뭔지, 왜 이런 이상한 방법으로 살인을 저질렀는지……. 꼭 유령 같아서 도무지 윤곽조차 잡을 수가 없다고요. 이전 사건들에서는 마음속으로나마 범인에 대한 특정한 인상이 있었는데, 이번만큼은 아무것도 없어요." 율리아는 도움을 요청하는 듯한 눈빛으로 프랑크를 바라보았다. "내가 본능이나 직감을 잃은 걸까요? 경찰 일을 하다 보니 오로지 머리만 쓰고 가슴으로 생각하는 법은 잊은 걸까요? 전에는 마음이 하는 말에 귀를 기울이고 그걸 머리로 처리하곤 했는데 말이에요. 이제 그런 능력을 잃어버린 것 같아요. 오늘 페터 형사가 한 일을 생각해봐요. 내가 이삼 년 전에 바로 그랬다니까요. 제기랄!"

"율리아, 당신이 잃은 건 아무것도 없어요. 당신이라고 완벽할 수 없고, 누구든 이런 일을 오래 하다 보면 어느 정도 무뎌지는 건 당연하다고요. 지난 몇 년간 당신이 한 일들은 절대 쉽지 않았잖아요. 하지만 이제 봐요, 곧 그 직감이 돌아올 테니."

율리아는 힘겹게 미소 지으며 프랑크보다 앞장서서 다시 한 번 침실을 구석구석 훑어보았다.

"유리잔 두 개, 하나는 안 쓴 것처럼 보이네요. 그러니까 이 여자는 범인을 알았다는 거예요. 만일 급습당한 거였다면 잔이 두 개일리가 없겠죠. 게다가 샴페인은 아무하고나 마시는 술이 아니잖아요. 어떻게 생각해요?"

"잘 알고 지내던 사람일까요?"

"그럴지도요. 나머지 세 여자와도 잘 알던 사람일 수도 있고요. 그 여자들이 무조건 믿었던 사람. 결코 이런 짓을 저지르리라 생각도 못했던 사람. 그런 사람이 누굴까요?"

"나는 심리 전문가도, 프로파일러도 아니에요. 이거, 당장 그런 사람 한 명 불러야겠군요. 범인의 프로파일이 필요해요."

"물론이에요." 율리아는 생각에 잠긴 채 말했다. 거실로 간 그녀는 안을 빙 둘러보고는 창가에 서서 옆 건물과 맞닿은 뒤뜰을 내려다보았다. 생각을 정리하려 애써봤지만 잘되지 않았다. 다른 피살자들의 사진을 머릿속에 펼쳐놓고 서로 간의 연관성을 찾아보려 했지만, 마치 커다란 벽이 앞을 가로막고 있는 듯 아무것도 알아낼 수가 없었다. 진열장 앞으로 걸어간 그녀는 조심스럽게 서랍을 하나씩 열어봤지만 양초와 냅킨 몇 장 말고는 아무것도 보이지 않았다. 선반에는 값비싼 유리잔들, 접시, 찻잔과 책 몇 권이 놓여있었다.

초인종이 울리고, 과학수사반원들과 사진사, 법의학연구소의 모르프스 박사가 불과 몇 분 차이로 속속 도착했다. 법의학연구소장인 모르프스는 그 분야의 전문가 중 전문가라 할 수 있었다.

"또 같은 사건입니까?" 그는 그만의 투덜대는 듯한 말투로 물었다. 여느 때처럼 짜증스러운 표정인 그에게 프랑크는 고개만 끄덕일 뿐이었다.

침실로 들어간 사진사는 비디오카메라를 꺼내 약 5분간 방 전체 모습을 녹화했다. 그런 뒤에는 반사식 카메라와 폴라로이드 카메라를 차례로 들고 사진을 찍어댔다. 사진사가 자기 일을 모두 끝마치자 이번에는 모르프스가 가방을 들고 방으로 들어왔고, 율리아와 프랑크도 그의 뒤를 따랐다. 프랑크는 양손을 바지 주머니에 반쯤 찔러 넣고 있었고, 율리아는 옷장에 기대어 섰다.

모르프스는 잠시 말없이 시체를 바라보았다. "참 예쁘군. 이미 죽었는데도 말이야." 그는 잠시 말을 끊었다가 덧붙였다. "이제 검시를 시작하겠소." 고무장갑을 낀 그는 죽은 유디트 카스너의 옷을 모두 벗겼다. 그러고는 녹음기를 손에 들고 첫인상에 대해 녹음했다. 그는 시체의 체온을 쟀고, 또 시체의 아래턱을 움직여 보려 했지만 그것은 움직일 생각을 하지 않았다. 신체치수를 기록한 그는 팔, 다리, 가슴을 살펴본 뒤 시체를 옆으로 돌리더니 아무 말 없이 고개를 끄덕였다. 다음으로 시체의 다리를 쫙 벌린 그는 두 형사가 있는 쪽을 흘긋 보고는 가까이 와보라고 했다.

"여기," 그가 말했다. "바늘이 있소. 지금까지 살펴본 바로 추측하건대, 에리카 밀러의 경우와 똑같아요. 다만 여기 이 젊은 여자는 죽은 지 열 시간에서 열네 시간쯤 됐는데, 정확한 시간은 부검 후에 알려주리다. 어쨌든 시반은 고정된 상태예요. 자, 그럼 데려가서 부검을 해보도록 하죠."

"보고서는 언제 받을 수 있나요?" 율리아가 물었다.

"내일 일찍이요. 하지만 에리카 밀러와 다른 점은 별로 없을 거요. 이거, 정말 수사하시기 힘드시겠소." 그는 장갑을 벗어 가방에 넣은 뒤 일어났다. "헌데 신문 보셨소? 어젯밤 사건에 대한 짧은 기사가 났던데."

"네, 그 기자는 자세한 정보를 얻진 못했어요. 그냥 한 여자가 교살당했다는 게 디였는 걸요. 이제 과학수사반에게 자리를 내줘야 하니, 그럼 내일 오전까지 보고서 부탁드려요……. 아 참, 피살자가 성관계를 가진 흔적이 있는지 좀 알아봐 주세요. 그러니까 정액 검사랑, 에이즈 검사도요."

"이 여자가 아무리 매춘부라 해도 그런 걸 발견할 수 있을 것 같소?" 모르프스는 냉소적으로 물었다. "요즘에는 이런 사람들도 콘돔 없이는 일 안 해요."

"그래도 부탁드릴게요, 아셨죠?"

"알겠소. 하지만 곧 아무것도 없다는 소리만 듣게 될 거요."

방에서 나가던 모르프스는 갑자기 우뚝 멈춰 서더니 한 손으로 턱을 짚고 뒤돌아 율리아를 보았다. "그런데 요즘 여자들은 전부 레이스로 된 속옷만 입나요?"

"무슨 말씀이시죠?" 율리아는 이마를 찌푸리며 물었다.

"그게, 내가 작년 사건도 기억하는데……. 네 명의 피살자 전부 그런 비싼 속옷을 입고 있었소. 매춘부는 그렇다 치더라도, 평범한 가정주부와 세무공무원이……. 좀 이상하다는 생각이 들었어요. 부검 때문에 시체의 옷을 벗길 일이 많은데, 그렇게 눈에 띄는 속옷을 입은 여자는 몇 안 되거든요."

"말씀해주셔서 감사합니다. 피살자들 모두 고급속옷을 입고 있었다고 확신하시는 거죠?"

"아마 보고서에도 적혀있을 거요. 안 적혀있다면 누군가 일 처리를 꼼꼼하게 못 한 거고요. 그럼 난 이만 가볼 테니 재미들 보시오." 그는 씩 웃으며 말했다.

"농담도 참!"

율리아와 프랑크는 아래층으로 내려가 차로 돌아갔다. 경찰청으로 가는 길에 프랑크가 말했다. "율리아, 오늘 좀 화난 것처럼 보이는데? 무슨 일 있어요?"

"나 참, 아무 일 없어요! 다 괜찮다고요."

"왜 모르프스한테 정액이 있는지 검사해달라고 한 거예요?"

"돈만 더 주면 콘돔 없이 하는 매춘부들도 있거든요. 당신이 잊었을까 봐 하는 말인데, 난 풍기단속반에서 제법 오래 있었다고요."

잠시 침묵이 흘렀고, 프랑크가 먼저 물었다. "그럼 카밀라 파운에게는 누가 이 소식을 전하죠?"

"내가 아니면 누가 하겠어요." 율리아는 억지 미소를 지으며 대답했다. "회의가 끝난 다음에 할 거예요. 그다음엔 진탕 마실 거고요. 모든 게 지긋지긋해요. 더는 못 버틸 것 같아요. 비참한 기분이 든다고요."

그들이 경찰청에 도착했을 때, 그날의 마지막 햇살이 프랑크푸르트 시내에 내리쬐고 있었다.

오후 6시

경찰청. 화장실에 다녀온 율리아가 막 커피를 따르고 있을 때 페터와 베르크만이 들어왔다. 모두 열한 명의 경찰이 회의실에 모였다.

베르거가 입을 열려는 찰나, 율리아가 그를 가로막았다. "여러분, 우리는 사망한 네 명의 여자에 관해 이야기 나누기 위해 이 자리에 모였습니다. 지금까지 알게 된 사실들을 종합해서 그림을 만들어보자고요. 누가 시작하겠어요?"

의자를 앞뒤로 움직이며 앉아있던 페터가 손을 들더니 수첩을 흘긋 보며 말했다. "베르크만과 저는 시체가 발견된 현장을 다시 살펴보고 왔습니다. 카롤라 바이트만, 작년 10월 28일 7시 15분경 하일리겐슈톡 공원묘지에서 발견. 범행시각은 새벽 2시경. 요안나 알베르츠, 작년 11월 13일 5시 25분경 로틀린트 가에서 발견. 범행시각은 새벽 1시경. 에리카 밀러, 어제 새벽 1시 45분에 그뤼네부르크 공원에서 발견. 범행시각은 새벽 12시 45분경. 저희는 작년과 어젯밤에 찍은 사진들을 참고하여 범인이 왜 피살자들을 항상 같은 방법으로 눕혀놨는지 알아내려고 했습니다." 그는 잠시 말을 멈추고 문에 기대어 다리를 꼬고는 한 손으로 창문 쪽을 가리켰다. "적어도 한 가지는 알아냈습니다. 쭉 뻗어있는 팔과 검지가 모든 사건에서 남동쪽을 가리키고 있었어요. 남동쪽이 무슨 의미인지는 전혀 모르지만요. 지금으로서는 이것밖에 말씀드릴 게 없군요."

"남동쪽이요?" 율리아는 이렇게 물으며 프랑크를 보았다. "잠깐, 우리가 아까 유디트 카스너를 발견했을 때 그녀는…… 프랑크, 나 좀 도와줘요. 켈스터바허 가…… 마인 강은 동쪽에서 서쪽으로 흐르고…… 카스너의 집은 3층이었고 침실은…… 마인 강을 기준으로 볼 때 남향이에요. 유디트는 정확히 남쪽이 아니라…… 그래요, 남동쪽 방향으로 누워있었어요! 안 그래도 범인이 왜 그녀를 침대 가운데 눕히지 않고 비스듬히 눕혔을까 생각했거든요. 남동쪽, 남동쪽이라, 남동쪽에 뭐가 있죠?"

"그걸 알아내려면 수천 킬로미터는 뒤져야겠는걸." 누군가 불쑥 말하자, 다른 몇몇 사람이 낄낄댔다.

"이것 봐요." 율리아가 화난 목소리로 말하자 순간 웃음소리가 뚝 끊겼다. "농담이나 하려거든, 제발 부탁인데, 딴 데 가서 하시죠. 분명히 말하는데, 오늘 제 기분이 전혀 좋지 않거든요. 지금 우리는 잔인하게 살해당한 네 명의 여자들에 대해 이야기하고 있어요. 그들은 남을 고통스럽게 하는 걸 즐기는 어떤 놈 때문에 바늘로 고문당하고, 온몸에 혈종이 생길 정도로 짐승처럼 얻어맞고, 살아있는 채로 유두를 물어뜯기기까지 했죠. 이런데도 아직 · 웃을 수 있다면 여기 있을 필요 없어요!" 그녀는 좌중을 둘러보았다. 모두 당황한 눈치였다. 조금은 진정된 목소리로 그녀가 말을 이었다. "좋아요. 우리가 지금까지 알아낸 바로는 이 여자들은 서로 관련 맺은 적이 없어요. 눈에 띄는 연관성이 전혀 없다고요. 하지만 찾아보면 뭔가 있을 게 분명해요. 그리고 범인이 피살자들을 무작위로 고른 게 아니라 계획적으로 살해했다는 것도 분명하고요. 대체 이 여자들의 공통적인 특징이 뭘까요? 비슷한 점, 더 나아가 같은 점이 뭘까요?"

율리아는 말을 멈추고 담배에 불을 붙인 뒤 다시 좌중을 둘러보았다.

"같은 애인?" 조금 전만 해도 낄낄대고 웃었던 한 경찰이 머뭇거리며 말했다.

율리아는 고개를 갸우뚱거렸다. "그건 우리가 작년부터 생각해왔고, 앞으로도 고려해봐야 할 문제예요. 하지만 그렇다고 하기에는 피살자들이 너무 각양각색이에요. 요안나 알베르츠는 서른 살의 이혼녀고 회색빛을 띤 금발에 녹색 눈동자, 키 172센티미터에 몸무게는 63킬로그램이죠. 열 살짜리 딸과 병 든 어머니와 함께 살고요. 평범한 느낌을 주는 외모고, 그녀의 동료들은 그녀가 친절하고 성실하긴 하나 아주 내성적이었다고 진술했어요. 어머니의 말에 따르면 그녀는 작년 4월에 이혼한 뒤로 남자친구가 한 명도 없었대요. 세무공무원이었고, 아침 7시면 집을 나갔다가 오후 4시에 정확히 집에 돌아왔고요. 지나칠 정도로 정확하고 절제된 여성이었죠. 일주일에 한 번, 토요일 오후에는 피트니스센터에 다녔고 친구를 만나는 일도 아주 드물었다더군요. 그녀는 작년 11월 11일 수요일 저녁 7시경에 친구와 저녁을 먹는다며 집을 나갔고, 그 이후로는 그녀가 살아있는 모습을 본 사람이 없어요. 이상한 점은, 우리가 만나봤던 그녀의 친구 중 누구도 그녀와 만날 약속을 하지 않았다는 거예요. 대체 그녀는 누굴 만나기로 했던 걸까요?"

"피트니스센터에서 만난 사람이었을 수도 있잖아요? 아니면 직장에서?" 청바지와 빨간색 체크무늬 셔츠를 입은 마약수사반 소속의 한 젊은 경찰이 물었다. 수염이 듬성듬성 난 그는 길고 어두운색 머리카락을 어깨까지 기르고, 커다란 십자가 귀걸이를 하고 있었다. 그는 주로 잠복근무 요원으로 일하곤 했는데, 여기에는 그의 다소 허름한 겉모습도 한몫했다. 그와 2년 전부터 알고 지낸 율리아는, 그가 여러 명의 거물급 마약거래상을 감옥에 보냈을 정도로 능력 있는 경찰이라는 걸 잘 알고 있었다.

"아니에요." 율리아는 고개를 가로저으며 대답했다. "당시에 그 피트니스센터에 다니는 사람들을 만나 이야기를 나눠봤지만 아무런 소득도 얻지 못했어요. 수줍음이 대단히 많아서 직장에서도 자기 일만 하고 곧장 집으로 돌아가곤 했다더군요. 그녀는 술집에 앉아있거나 피트니스센터에서 만난 사람들과 사적인 만남을 가질만한 성격이 아니에요. 직장동료들을 심문했을 때도 눈에 띄는 점은 없었고요.

그럼 다음 피살자로 넘어가죠. 카롤라 바이트만, 스물두 살, 약혼한 상태였고 머리카락은 어두운 갈색, 눈동자도 어두운색에 키는 176센티미터, 몸무게는 62킬로그램. 괴테 가에 있는 부티크를 소유하고 있었어요. 약혼자와 부모의 말에 따르면 그녀는 젊고 활달하긴 했지만 가벼운 사람은 아니었대요. 당시 심문했던 사람 대부분도 그녀를 굉장히 믿음직하고 절제된 사람이라고 했고요. 파티에 가는 것보다는 집에 있기를 즐겼답니다. 취미도 없었고 요. 요안나와 마찬가지로 가끔 친구들을 만나는 정도였대요. 그녀는 작년 10월 26일, 역시 친구와 식사 약속이 있다며 나갔어요. 하지만 그녀의 친구들을 심문하자 아무도 그날 그녀와 약속을 하지 않았다고 했죠. 그녀는 누구와 만났던 걸까요?

세 번째. 에리카 뮐러, 서른다섯 살, 기혼, 자녀 둘, 가정주부, 금발, 푸른 눈동자, 키 173센티미터, 66킬로그램. 남편은 알코올중독자. 그녀는 일주일에 한 번, 금요일마다 알아논이라는 알코올중독자 가족들의 모임에 나갔는데, 그 모임 구성원의 대부분은 여자였어요. 그녀는 저녁 7시 조금 전에 집을 나서며 남편에게 11시쯤 돌아올 거라고 했대요. 그 모임은 보통 대화 후에 다 함께 음식점에 가곤 했기 때문이죠. 그런데 그녀는 8시 반경에 다른 약속이 있다며 먼저 자리를 떠났고, 다른 사람들은 무슨 약속인지 물어보지 않았어요. 그녀는 슈바프 부인에게 남편에게는 아무 말말아 달라고 부탁했고 이에 슈바프가 누굴 만나길래 그러냐고 묻자 다음에 말해준다고만 했어요. 이틀 뒤 그녀는 살해당했습니다. 저는 그녀의 일기장을 가지고 있는데 오늘 집에 가져가서 읽어보려고 해요. 지금으로써 에리카 뮐러는 일기를 썼다는 게 확인된 유일한 피살자예요.

그럼 이제 네 번째로 가보죠. 유디트 카스너, 스물다섯 살, 미혼, 갈색 머리칼, 키 167센티미터, 몸무게 약 58킬로그램. 수학과 물리학을 전공하며 매춘부, 정확히 말하면 고급 매춘부로 일해 아주 호화로운 생활을 하고 있었습니다. 음악을 전공하는 어느 여

학생과 그래프 가에 있는 집을 함께 썼는데, 그 밖에도 켈스터바
허 가에 집이 또 하나 있었고 이곳에서도 매춘을 했던 것 같습니
다. 현재까지 그녀에 관해 알려진 것은 아버지는 누군지 모르고
어머니는 한 은행가와 결혼하여 토스카나에 살고 있다는 것뿐이
에요. 유디트 카스너는 어제 낮 1시쯤 같이 사는 친구에게 6시경
에 돌아온다고 하고는 집을 나갔답니다. 지금까지 알아낸 사실은
이게 다예요." 막 자리에 앉으려던 율리아는 한 손을 들며 말했
다. "아 참, 한 가지 더요. 모르프스 박사님이 아까 말씀하셨는데,
피살자 모두 발견 당시 비싼 속옷을 입고 있었답니다. 그런 속옷
을 입는 여자들도 물론 있지만, 네 명 다 그랬다는 게 과연 우연일
까요? 네 명의 피살자들에 관한 보고서들을 다시 한 번 보고, 그
들이 어떤 속옷을 입고 있었는지 말해주세요. 가능하다면 브랜드
까지도요. 어떻게 생각해요, 페터? 이건 당신 전문 분야잖아요."
"기꺼이 하죠." 그는 씩 웃으며 대답했다.

율리아는 마지막을 한 모금을 들이마시고는 담배를 재떨이에
눌러 껐다. 베르거는 다시 한 번 좌중을 둘러보며 미소 띤 얼굴로
말했다. "자, 이제 내가 말해도 되겠지?"

율리아 역시 미소 지으며 대답했다. "물론이죠."

"한 가지 가설이 있네. 여기 생활방식도, 나이도, 학업수준도, 관
심분야도 서로 완전히 달랐던 네 여자가 있어. 에리카 밀러부터
시작하지. 남편이 알코올중독이라 좌절하고 있던 그녀는 어느 다
정다감한 남자를 알게 되고, 그녀도 그 남자도 자기들의 관계를
비밀에 부치고자 해.

요안나 알베르츠, 이혼녀. 여자로서 아직 빛날 나이인 서른 살,
어쩌면 강압적인 어머니 밑에서 아주 보수적으로 자랐을 그녀 역
시 어느 다정다감한 남자를 알게 되고, 사정상 아픈 어머니한테

는 비밀로 하게 돼.

카롤라 바이트만, 약혼했고 아버지는 엄청나게 돈이 많은 기업가로 그녀의 부티크 역시 아버지가 사준 것이지. 어쩌면 그녀도 보수적인 환경에서 자란 것 같아. 적어도 열 살부터 열여덟 살까지 미국의 기숙학교에 다녔으니까. 이런 환경에서 벗어나고 싶던 차에 그녀는 어느 다정다감한 남자를 만나게 돼. 약혼한 상태이니 그 관계를 숨길 수밖에 없지. 즉, 이 세 여자는 모두 베일에 싸인 한 남자와 몰래 만나게 된 거야. 그 남자를 좋아한 나머지 그를 만날 때면 특별히 값비싼 속옷을 입고…….”

“다 좋은데요,” 율리아가 베르거의 말을 끊었다. “그럼 유디트 카스너는요? 그녀에 대해서는 출신도, 교육도 아는 바가 전혀 없어요. 과거야 어쨌든 그녀는 대학에 다니는 동시에 매춘부로 일했으니, 반장님이 생각하시는 그 그림에 맞지 않는다고요. 그녀라면 아마 제대로 된 연애를 해본 적도 없을 테니 그런 만남을 숨길 이유가 전혀 없잖아요. 그녀는 자유를 추구했고, 게다가 매춘부로 일하려면 솔로일 수밖에 없어요. 반장님의 가설을 뒤집는 것 같아 죄송하지만, 반장님이 세 여자에 대해 말씀하신 내용은 유디트와는 맞지 않아요. 만에 하나, 그녀가 같이 사는 친구한테 정숙해 보이고 싶어서 숨긴 거라면……. 아니에요, 그건 뭔가 앞뒤가 안 맞아요.” 율리아는 생각에 잠긴 채 고개를 가로저었다.

“그거야 상황에 따라 다르지.” 베르거는 몸을 앞으로 숙이며 말했다. “유디트는 어떤 부자를 만나 한동안 매춘 일을 관뒀을지도 몰라. 상대가 유부남이라 그런 사실을 비밀로 했을 수도 있지. 아무에게도 둘의 관계에 대해 말하지 않기로 맹세까지 했는지도. 그러면 그림이 딱 들어맞지 않아.”

“전화번호를 조사하는 일은 어떻게 됐어요?” 베르거의 생각은 말 그대로 가설에 불과하다고 느낀 율리아는 그의 말을 못 들은 체하고 물었다.

"흥미로운 이름이 몇 개 나왔지. 잠깐만, 여기 있네. 프랑크푸르트와 그 주변에 사는 인물들로 범위를 좁혔어. 그중에는 영화제작자인 올리버 반 다이크도 있더군. 작가 막스 클라이버 같은 유명인사도 있어. 심리학자이자 심리치료사인 알프레드 리히터도 있는데, 그는 프랑크푸르트에 살고, 최근에는 우리가 범인 프로파일을 만드는 데 도움을 주기도 한 인물이지. 만일 그가 유디트 카스너와 가끔 만나 섹스나 즐기던 사이였다면 그에게 조언을 구해도 무방하겠지만, 그게 아니라면 다른 방법을 찾아야 할 거야. 그리고 프랑크푸르트 대학교의 학장, 알렉산더 마이바움도 있고 지멘스의 이사, 은행장, 목사, 배우 두 명, 최고경영자 여러 명도 있네. 이렇게 눈에 띄는 인물들이 한둘이 아니야. 그들 중 라인─마인 지역에 사는 사람은 60명 정도 될 걸세. 여자가 전화를 받은 경우는 한 번도 없었고. 명단을 전부 한 장씩 나눠줄 테니까 정보가 누설되지 않도록 각별히 신경들 쓰도록."

명단을 넘겨보던 율리아의 얼굴에 일순간 웃음이 번졌다. 그 모습을 본 베르거는 몸을 뒤로 기대고 팔짱을 끼고는 말했다. "자네가 무슨 생각 하는지 아네. 그래, 벤첼 판사도 명단에 있지. 내가 보기에 그는 빼고 생각해도 될 것 같네만. 아니면 자네는 그의 성생활에 관한 질문으로 그를 곤란하게 만들 작정인가?"

"다른 대안이 없다면야……"

"벤첼은 그냥 놔둬, 그는 기혼인 데다 연쇄살인을 저지르고 다닐 만한 나이도 아니잖아. 하긴, 자네는 불가능한 일은 없다고 믿고 있으니. 이거 얼굴 반반한 젊은 여자 때문에 나이 든 남자 한 명 곤란해지게 생겼구먼." 그는 잠시 말을 멈추었다가 곧 다시 입을 열었다. "다른 질문이나 할 말 있나?"

"그 바늘은 어떻게 되었습니까?" 율리아가 이제껏 한 번도 본 적 없는 한 젊은 경관이 물었다.

"그건 아직 몰라. 하지만 자네들의 도움으로 최대한 빨리 알아내기를 기대하고 있네. 내일 우리는 60명 규모의 특별수사반을 구성할 거야. 앞으로 며칠간은 수많은 사람을 심문해야 하고 그 밖에도 할 일이 아주 많을걸세."

"그럼 피살자 가운데 다만 두 명이라도 서로 알았다는 증거는 전혀 없는 건가요?" 율리아를 제외하면 유일한 여자인 크리스티네 귀틀러 형사가 물었다.

"지금까지 알려진 바로는 그래요." 율리아가 대답했다. "물론 서로 알았을 가능성은 있지만 아직은 연관성을 알아내지 못했습니다. 다만 에리카와 유디트 사건은 불과 몇 시간 전에 일어난 일이라 아직 뭔가를 단언하기란 불가능한 상황이에요. 제가 강조하고 싶은 건, 반장님께서도 동의해주셨으면 좋겠는데, 언론에는 이 살인사건에 관해 알리지 않았으면 하는 겁니다. 언론에 공개되는 순간부터 우리가 마음 편히 수사하기란 물 건너가는 거니까요."

"내 생각도 같네, 내가 기자 놈들을 어떻게 생각하는지는 자네들도 잘 알겠지. 좋아." 베르거가 몸을 일으키며 말했다. "그럼 오늘은 이것으로……."

"잠깐만요." 율리아가 끼어들었다. "유디트 카스너에 대한 모든 정보가 필요해요. 출생에서부터 사망까지 단 한 가지도 빠짐없이 말이에요. 누가 이 일을 맡을지 모르지만, 늦어도 내일 정오까지는 그녀에 관한 자료를 제 책상에 올려놔 주세요. 정보를 어떻게 얻었는지는 묻지 않을 테니 어쨌든 갖다 주기만 하세요. 켈스터바허 가에 있는 그녀의 집에 다시 가서 샅샅이 뒤져보고, 일기장이나 메모장처럼 보인다 싶으면 일단 가지고 오라고요! 그리고 아까 그 명단 말인데요, 전 프랑크푸르트는 물론이고 그 외 지역에 사는 사람들까지 전부 조사할 생각이에요. 이렇게 일관성 없이 범행을 저지르는 놈을 잡아야 하는 상황에서, 그 누구도 배제할 수 없죠."

"누가 자원하겠나?" 베르거가 물었다.

율리아가 언젠가 복도에서 마주쳤던 기억이 있는 서른 살 정도된 남자 한 명과 크리스티네 귀틀러가 손을 들었다.

"좋아. 빌헬름과 귀틀러 형사가 카스너에 대해 조사하도록. 그럼 각자 돌아가서 남은 하루 잘 보내고, 내일 다시 만나자고. 참, 뒤랑 형사. 자네 대기 근무 차례가 3주 후나 되어야 돌아오는 건 아네만, 프랑크, 페터 형사와 함께 오늘부터 대기 근무를 시작해주게. 미안하지만 상황이 이런 걸 어쩌겠나. 난 지금 최정예 요원들이 필요해."

"그렇게 봐주시다니 감사하네요." 율리아는 눈알을 굴리며 중얼거렸다. "범인이 이런 식으로 계속 범행을 저지른다면 꽤나 즐거운 대기 근무가 되겠군요. 별수 없죠. 저는 그럼 카밀라 파운에게 들러서 친구가 죽었다는 '좋은' 소식을 전해야겠네요. 그런 다음에는 집에 가서 에리카의 일기장을 살펴보고요. 당분간 제대로 자는 건 꿈도 못 꾸겠어요."

"어쩌면 작년처럼 두 명 죽인 걸로 끝낼 수도……."

"그러지 않을 거예요." 율리아는 확신에 차서 말했다.

"어떻게 그리 확신하나?"

"작년에는 두 살인사건이 2주도 넘는 간격을 두고 일어났어요. 하지만 이번에는 몇 시간 만에 벌써 두 명이 죽었다고요. 그놈은 우리 손에 잡힐 때까지 계속 범행을 저지를 거예요. 이제 피 맛을 봤으니 한참 더 그것에 목말라하겠죠. 그럼 내일 봬요." 율리아는 가방과 일기장을 들고 사무실을 막 나가려다가 뒤돌아보며 물었다. "그런데 유디트의 컴퓨터는 누가 맡는 거예요?"

베르거는 안타깝다는 듯 고개를 가로저었다. "안타깝지만 오늘은 그 일을 할 만한 사람이 없네. 두 명은 아프고, 두 명은 세미나에 갔고……. 하지만 내일 오전에 일찍 사람을 보내 갖고 오도록 하겠네, 약속하지."

"이 사건은 무조건 최우선이 되어야 합니다." 그녀는 이렇게 단언한 뒤 사무실을 나섰다. 프랑크가 그녀를 따라 나왔다. "저기, 나딘이 언제 한 번 집에 오라던데, 어때요?"

"물론 좋죠, 하지만……."

"하지만 뭐요? 자, 맛있는 저녁을 먹고 나면 새로운 생각이 떠오를 수도 있다고요. 나딘도 기뻐할 거예요. 어서 온다고 말해요."

율리아는 프랑크를 보며 웃었다. "당신이 그러는데 어떻게 내가 거절할 수 있겠어요? 언제 갈까요?"

"내일 저녁? 맛있는 음식이 준비되어 있을 겁니다. 우리 꼬마 공주님이 얼마나 컸는지도 볼 수 있을 거고요. 매일 쑥쑥 큰다니까요."

"좋아요. 그럼 7시 어때요?"

"우리야 괜찮죠. 우리는 매일 다 함께 즐거운 저녁 시간을 보내니까."

"그럼 난 이만 가볼게요. 나딘에게 안부 전해줘요. 그리고 내가 지금 어디 가는지 잊지 말라고요. 형사로 일하면서 가장 하기 싫은 게 바로 이런 일이라니까요. 하지만 결국 누군가는 말해야 하는 거니까 어쩔 수 없죠. 안녕, 내일 봐요."

보켄하임, 그래프 가. 율리아는 그 집 앞에 자신의 코르사를 세웠다. 도시 위에는 어둠이 내렸고 동쪽에서는 돌풍이 불어왔으며 하늘에는 별이 반짝였다. 경찰청에서 오는 길에 이미 골루아 한 개비를 피운 율리아는 또다시 담배에 불을 붙였다. 차에서 내리자 어느 음식점에서 흘러나오는 시끄러운 음악 소리가 들렸다. 순간 뱃속이 살짝 뒤틀리는 느낌이 들었는데 그것이 배고픔 때문인지(그녀는 점심 이후로 아무것도 먹지 않고 있었다), 아니면 카밀라 파운과의 대면에 대한 두려움 때문인지는 알 수 없었다. 대문까지 걸어가는 동안 그녀의 가슴은 쿵쾅거렸고 관자놀이 부근이 콕콕 쑤시는 느낌이 들었다. 초인종을 누르자 윙 소리와 함께 문이 열렸다. 그녀는 문을 열고 건물 안의 조명 스위치를 켰다. 그리고 느린 걸음으로 오래되어 닳고 닳은 나무 계단을 오르며 무슨 말을 할지 마음속으로 준비했다. 그러나 남겨진 사람들의 반응은 전혀 예측할 수가 없어서 할 말을 준비해봤자 꺼내지도 못하는 경우가 많았다. 카밀라 파운은 문가에 서 있었다. 율리아는 다시금 그녀가 자기를 바라보고 있다는 느낌을 받았다.

"형사님이시군요." 카밀라가 대답했다, "들어오세요. 유디트에게서는 소식이 있었나요?" 그녀는 이렇게 물으며 문을 닫았다.

"거실로 가서 말씀드리고 싶은데요."

"무슨 일인가요?"

"일단 앉으시죠."

카밀라는 의자에 앉아 담배에 불을 붙였다. 그녀는 앞으로 듣게 될 말을 예감이라도 하는 듯 긴장된 모습이었다.

"이런 말씀을 드리게 되어 저로서도 정말 힘들지만, 유디트 씨가 살해되었습니다."

카밀라는 아무 말도 못하고 담배만 피웠다. 그녀는 담배연기를 코로 뿜으며 오른손 검지로 엄지의 굳은살을 벗겨댔다.

"유디트가," 한참이 지나 마침내 그녀는 조용히 말했고 눈에서 는 눈물방울이 떨어졌다. "그러니까 유디트가 죽었다고요? 왜 하 필 그 애죠?"

"그건 저희도 잘 모르겠습니다."

"어디서 그 애를 찾으셨어요?" 카밀라는 더듬거리는 목소리로 물었다.

율리아는 숨을 깊이 들이쉬며 두 눈을 꼭 감고 말했다. "니더라 트에 있는 어느 집에서요."

"집이라고요?"

"네, 유디트 씨 소유로 추정되는 집에서요. 문패에 유디트 씨의 이름이 붙어있었어요."

"다른 집이 있다는 말은 한 번도 한 적이 없었어요. 뭐가 뭔지 하 나도 모르겠군요."

"카밀라 씨, 저희도 카밀라 씨처럼 이해가 안 되는 점이 많답니 다. 계속 제 얘기를 들을 마음의 준비가 되셨나요?"

카밀라는 고개를 끄덕이며 눈물을 훔쳤다.

"카밀라 씨의 친구분은 이중생활을 하고 있었던 것 같습니다. 카밀라 씨는 그중 한 면만 알고 계셨던 거죠. 여학생인 유디트 카 스너, 착하고 사랑스럽고 열정적인 젊은 여성. 하지만 또 다른 면, 즉 유디트 씨가 샤넬이나 디오르과 같은 옷과 값비싼 보석들을 살 수 있게 해주었던 그녀의 생활에 대해서는 전혀 모르셨겠죠. 당신이 모르셨던 바로 그 삶 속에서 유디트 씨는 매춘부로 일했 습니다. 저희는 오늘 낮에 유디트 씨의 컴퓨터에서 1백 개가 넘는 전화번호를 찾아냈고, 그것이 그녀의 고객 명단이라는 사실을 알아냈……."

"유디트가……? 아니, 저는 그 말을 믿을 수 없어요. 보통 매춘부라고 하면……."

"유디트 씨는 성매매업소에서 일했던 게 아니에요. 아주 좋은 집을 소유하고 있었고 게다가 그곳뿐만이 아니라 집이나 호텔로 직접 방문하기도 했던 것으로 밝혀졌습니다. 이런 말씀을 드리게 돼 유감이지만, 카밀라 씨는 학생 신분의 유디트 씨 모습만 알고 계셨던 거예요."

카밀라 파운은 조급하게 담배를 피운 뒤 재떨이에 비벼 끄고는 곧장 새 담배에 불을 붙였다. 그녀는 몸을 앞뒤로 움직이며 한참 아무 말도 하지 않다가, 결국 입을 열었다. "그럼 어머니에 관한 이야기는 다 거짓말이었겠네요. 그런데 왜 그런 짓을 한 거죠? 이 집은 그 애한테 전혀 필요치 않았던 거잖아요!"

"그렇지 않아요, 카밀라 씨. 유디트 씨에게는 이 집이 필요했어요. 진짜 사는 곳은 여기고, 다른 집에서는 일을……."

카밀라는 쓴웃음을 지었다. "그 일을 아주 잘 했나 보네요, 나 원 참, 끝내주게 잘 했나 봐요! 유디트, 맙소사! 어떻게 다른 것도 아니고 그런 일을. 알지도 못하는 남자와 자다니요! 그것도 모르고 저는 유디트에게 남자친구가 없다는 걸 항상 이상하게 여겼지 뭐예요. 이제야 왜 남자친구가 필요 없었는지 알겠네요. 낯선 남자들과 잠자리나 하고, 사랑 같은 건 원하지 않았던 거겠죠." 순간 그녀는 부드러운 미소를 지으며 말을 이었다. "있잖아요, 뒤랑 형사님. 저는 유디트에 대해 깊이 생각해 본 적이 몇 번 있어요. 그럴 때면 그 애가 꼭 자유로워지고 싶어 하는 새 같다는 생각이 들곤 했죠. 유디트는 그 어떤 것에도 구속되거나 끌려다니고 싶어

하지 않았고, 한 번은 그런 얘기를 직접 한 적도 있었어요. 지난 겨울 어느 날, 좋은 음악을 틀고 향초를 켜놓은 안락한 분위기에서 인생에 관해 이야기를 나눈 적이 있었거든요. 밤새도록 별의별 이야기를 다 했던 것 같아요. 삶과 죽음, 신의 존재, 사후세계, 인간이 싸우는 이유, 이 세상에서 정의가 잘 이루어지지 않는 이유 등등. 그렇게 집중해서 대화를 나눴던 건 그때가 처음이자 유일한 날이었죠. 저는 아직도 그때 유디트가 했던 말과, 그 애가 제 손을 잡았던 일을 정확히 기억해요. 만일 자기한테 무슨 일이 생기면……." 그녀는 말을 더듬으며 당황한 표정을 지었다.

"무슨 일이 생기면요?" 율리아가 물었다.

"아니, 별일 아니에요. 그날 유디트는 자신이 아버지를 한 번도 본 적이 없고 어머니는 돈 많은 은행가와 결혼하셨다는 이야기를 했어요. 지금으로서는 그 모든 게 지어낸 이야기 같지만요. 어쩌면 그 애 어머니는 아예 실재하지 않는 사람인지도 몰라요. 이제는 뭘 믿어야 좋을지 전혀 모르겠어요. 그래도 유디트는 저에게 최고의 친구였어요. 저를 많이 도와주었고 제가 필요할 때 항상 곁에 있어줬거든요. 이제 어쩌죠? 유디트가 세상을 떠났다니, 정말 끔찍해요. 앞으로 다시는 그런 친구를 못 만날 거예요." 카밀라는 말을 멈추고 담배를 비벼 끈 뒤 몸을 뒤로 기댔다. 그러고는 다리를 꼬고 고개를 갸우뚱했다.

"이제 어떻게 하실 생각인가요?" 율리아가 물었다.

카밀라는 어깨를 으쓱해 보였다. "모르겠어요. 좋든 싫든 새로 살 집을 구해봐야겠죠. 어머니 집으로 이사 가도 되지만, 그러면 더 이상 프랑크푸르트에서 학업을 계속할 수가 없어요. 어머니가 돈이 많아서 제가 살 집을 따로 구해주실 수 있는 것도 아니고요. 저는 장학금을 받고 있고 피아노 레슨으로 돈도 조금 벌고, 가끔은 어머니한테 용돈을 받기도 해요. 하지만 그 돈을 다 합해도 이 집에서 사는 긴 무리예요. 물론 이 집이 좋긴 하지만요."

율리아는 유디트의 장신구들과, 보나 마나 돈이 제법 들어있을 은행계좌를 머릿속에 떠올렸다. 만일 정말로 그녀에게 아버지나 어머니, 형제자매가 없다면⋯⋯.

"어쩌면 그 문제를 해결할 방법이 있을 것도 같군요." 율리아가 말했다. "유디트 씨에게 형제자매가 있나요?"

"아뇨. 자기는 외동딸이라고 항상 말했어요. 매번 어머니 얘기만 했고요."

"너무 체념하지 마세요. 이 집에서 계속 살 방법이 분명 있을 테니까요. 아니면 편법을 쓰면 되죠."

"그게 무슨 말씀이세요?"

"잠깐 기다려보세요."

'이건 범법행위야, 이래서는 안 돼.' 율리아는 생각했다. 자리에서 일어난 그녀는 유디트 카스너의 방으로 가서 화장대 맨 위 서랍을 열고 그 안에 든 장신구들을 바라보았다. 잠시 후 목걸이 한 개와 팔찌 두 개를 꺼낸 그녀는 카밀라에게로 돌아갔다.

"카밀라 씨, 잘 들으세요. 제가 도와드릴게요. 유디트 씨가 가지고 있던 장신구가 많은데, 이제 유디트 씨에게는 그것들이 필요 없게 되었어요. 여기 제가 목걸이 한 개와 팔찌 두 개를 가지고 왔으니, 이것들을 잘 숨겨두세요. 조만간 제 동료들이 다시 와서 이 집을 한바탕 뒤질 거거든요. 이 목걸이와 팔찌면 꽤 큰돈이 될 거예요. 저로서는 이렇게 도와드릴 수밖에 없네요. 아마 유디트 씨 역시 카밀라 씨가 이것들을 갖기를 원했을 거예요. 만일 가족이나 친척이 아무도 없다는 게 확인되면 나머지 유품들도 카밀라 씨가 받을 수 있도록 손을 써볼게요. 약속해요."

"형사님, 제가 어떻게 해야 좋을지······."

"지금은 아무 말 마세요. 저도 평소 같으면 이런 행동 절대 안 하는데, 이번만큼은 카밀라 씨가 이 집에 계속 살면서 학업을 이어 갔으면 해요. 명심해요, 이건 제가 원해서 하는 일이에요."

"왜 이렇게까지 해주시는 거죠?" 카밀라는 그녀만의 독특한 미소를 지으며 물었다.

"당신을 좋아하니까요. 그냥 이유 없이 그런 느낌이 들어요. 언젠가 제가 카밀라 씨 신세를 지게 될지 누가 알아요. 혹시 친구분에 관해 달리 생각나는 것이 있으면 아무리 사소해 보이는 것이라도 꼭 저한테 연락 주셔야 해요, 아셨죠?"

"어떻게 감사를 드려야 할지······."

"하던 공부만 열심히 하세요. 그러면 돼요."

"하지만 저는 이걸 팔 수가 없는 걸요. 어디로 가져가야 하죠?"

"적당한 때에 제가 처리해드릴게요."

"감사합니다. 지금으로서는 다 잘 견뎌낼 수 있을 것만 같아요." 카밀라는 또다시 잠시 쉬었다가 말을 이었다. "이상한 일이죠, 이런 상황에서는 울어야 하는데 그럴 수가 없네요. 제가 유디트를 아주 그리워하리라는 걸 잘 알지만, 거스를 수 없는 운명 같은 게 있는 것 같아요. 우리의 시간은 우리 스스로 정할 수 있는 게 아니라, 막강한 누군가가 부르는 때에 그저 끌려가는 거니까요. 비록 유디트가 다른 사람 손에 죽었다 해도 그것만은 변함없는 것 같아요. 유디트의 시간이 다 되었던 거죠······. 그런데 유디트는 어떻게 살해당한 거죠?"

"교살되었어요."

"범인에 대한 단서는 찾으셨나요?"

"아뇨, 아직이요. 연쇄살인범이라고 추측만 할 뿐이에요. 다른 세 건의 살인사건에서 똑같은 수법이 나타났거든요."

"정말 끔찍한 일이네요. 대체 인간이 얼마나 잔인해질 수 있는 건지. 그런 인간들은 평범하게 이 세상을 사는 것만으로는 충분하지 않은가 봐요. 세상이 흉흉해질수록 사람들 마음도 각박해져 가고, 아무도 다른 사람 일에 관심을 갖지 않죠. 그저 자기밖에 모르고 인정이라고는 찾아볼 수 없는 사람들 때문에 결국 이 세상은 멸망하고 말 거예요."

"카밀라 씨, 죄송합니다만 저는 이만 가봐야겠어요. 오늘부터 대기 근무를 해야 하는 데다 할 일이 많아서 말이에요. 그래도 카밀라 씨 연락은 언제든 환영입니다. 아 참, 잊어버리기 전에, 내일 오전 일찍 제 동료 한 명이 컴퓨터를 가지러 올 거예요. 저희는 거기에서 전화번호부 말고 다른 쓸 만한 자료를 찾을 수 있기를 기대하고 있어요."

"네, 그렇게 알고 있을게요. 도와주셔서 정말 감사합니다. 안녕히 가세요."

율리아는 차로 걸어가는 동안 안도감을 느꼈다. 물론 프랑크에게는 이 일에 대해 이야기할 생각이었지만, 그러면 그녀의 행동을 충분히 이해해줄 터였다. 얼음처럼 찬바람이 거리를 가로질렀고, 율리아는 히터를 최대로 올렸다. 본 조비 카세트테이프를 틀고 볼륨을 높인 그녀는 가는 길에 주유소에 들러 기름을 넣고 맥주 세 캔과 골루아 두 갑, 초콜릿 한 개와 큰 봉투에 든 감자칩을 샀다. 집에 도착하니 9시 15분 전이었다.

그들이 저녁 식사를 마치자 가정부가 식탁을 치웠다. 그는 거실로 가서 텔레비전을 켜고 소파에 앉았다. 눈으로는 텔레비전 화면을 응시했지만 거기에 뭐가 나오는지에는 집중하지 않고 있었다. 그는 오늘 하루, 그리고 지루한 대화만 오고 갔던 저녁 식사에 대해 생각했다. 위층으로 올라갔던 그녀는 곧 다시 내려와 소파 대각선 쪽에 놓인 의자에 앉았다. 짧은 남색 원피스가 그녀의 풍만한 몸매를 더욱 돋보이게 했다. 그에게 그녀는 열망과 동경의 대상이었고, 때때로 그녀는 그의 혼을 쏙 빼놓을 만큼 매력적이었다. 바로 지금처럼. 잠시 후 그녀는 다시 자리에서 일어나 홈바로 가서 스카치 병을 꺼냈다.

"당신도 한잔할래요?" 그녀가 물었다.

"그러지." 그는 텔레비전에 눈을 고정한 채 대답했다.

그녀는 얼음을 넣은 유리잔에 스카치를 따른 뒤 선 채로 말했다. "자기, 우리 애기 좀 해요."

"무슨 애기?" 그는 이렇게 물으며 그녀를 흘긋 쳐다보았다.

"우리 애기죠, 또 뭐가 있겠어요?"

그는 웃음을 터뜨리더니 잔을 단숨에 비우고는 그대로 손에 들고 있었다.

"우리 애기라! 더 할 애기가 뭐가 있나?"

그녀는 그의 옆에 앉아 그의 머리를 쓰다듬으며 말했다. "많죠. 내가 당신을 얼마나 사랑하는지, 당신도 알잖아요. 난 세상 그 어떤 것보다 당신을 사랑해요. 설령 당신이……." 그녀는 말을 멈추고 애정 어린 눈빛으로 그를 보았다.

"설령 뭐? 우리 인생은 뭔가 잘못됐어, 이제 제발 현실을 인정해.

나도 당신을 사랑하지만, 때로는 당신이 마치 신기루처럼 여겨져. 분명히 뭔가가 잘못된 거야. 그게 뭘까?"

"잘못된 건 아무것도 없어요. 아무것도. 그저 몇 가지 문제가 있었을 뿐, 그 이상은 아니에요. 게다가 우리는 다 큰 어른이니 뭐든 서로 얘기할 수 있어요."

"이제 다 끝났어. 이제 내가 당신에게 줄 수 없는 걸 주는 남자를 찾아보는 편이 나을 거야. 당신은 아직 젊고, 아름다운 데다 머리도 나쁘지 않지. 그리고 그 카리스마는……. 그것에 비하면 난 아무것도 아니야. 절대로 당신을 행복하게 해줄 수 없다고."

"난 매일 당신을 볼 때마다 행복한 걸요. 아침에 일어나서 당신이 내 옆에 누워있는 걸 보는 것만으로도 행복하다고요. 이제 더 이상 날 사랑하지 않아요?" 그녀가 물었다.

"오히려 너무 사랑해서 가슴이 찢어질 지경이야. 내 말 믿어. 세상 그 무엇보다 더 사랑해. 그래서 당신이 행복해지길 바라는 거야……."

"하지만 난 당신 곁에 있어야만 행복할 수 있다고요. 당신은 내가 원했던 바로 그 남자고, 그 사실은 지금까지도 변함없어요. 당신이 나를 문밖으로 쫓아내지 않는 이상 내가 나가지 않을 거라는 걸 당신도 알잖아요. 설마 나를 쫓아내려는 건 아니죠?"

그는 고개를 가로저으며 몸을 앞으로 숙이고 두 손으로 유리잔을 움켜잡았다. "그렇게는 절대 못하지." 조용히 말하는 그의 눈에 눈물이 맺혔다. "내가 어떻게 강제로 당신을 끌어낼 수 있겠어? 당신은 정말 아름답고, 난 그저 늙은 남자에 불과해."

"늙다니요? 당신은 늙지 않았어요. 지팡이를 짚고, 기억이 가물가물하고, 몸에서 냄새가 나고, 심술 사납고, 아이처럼 행동하는 사람들을 보고 늙었다고 하는 거예요. 당신은 젊고, 또 변함없는 내 남편이에요." 그녀는 다리를 구부려 소파 위에 올린 뒤 스카치를 한 모금 마셨다. "오늘 어떤 사람을 알게 되었어요. 그가 말하길, 상황에 따라서는 가능성이 있을 수도 있다고⋯⋯."

"누굴 만났는데?" 그가 물었다.

"지인이 추천해준 사람이에요. 뮌헨 근처에서 개인 클리닉을 운영하는데 그 분야에서는 대단히 뛰어나다고 평가받는 사람이래요. 우리 상황에 관해 이야기했더니⋯⋯. 적어도 시도는 해봐야 하잖아요. 당신 아까 가슴이 찢어진다고 말했는데, 잘 들어요, 나도 당신과 똑같아요. 우리 한 번 시도해 봐요."

"그게 될 거라고 생각해? 이미 수도 없이 시도했잖아!"

"난 절대 희망을 잃지 않아요. 당신이 무슨 짓을 한다 해도 난 당신 곁을 떠나지 않을 거예요. 차라리 날 죽여요. 당신은 내 남편이고, 앞으로도 계속 그럴 거라고요. 내 인생에 다른 남자는 없을 거예요."

그는 자리에서 일어나 창가로 갔다. 창밖의 정원은 달빛 속에서 어렴풋한 형태만 보였다. 그는 많은 것을 이뤘고 많은 사람의 존경을 받았지만, 그의 마음속에서 어떤 일이 벌어지고 있는지 아는 사람은 아무도 없었다. 돈과 명예를 다 가졌으나, 그의 내면은 비참했다. 결혼하고 처음 4년간은 천국이 따로 없을 정도로 행복했다. 그러나 그 끔찍한 날, 모든 것이 엉망이 되어버리고 말았다. 아니, 그는 그녀를 떠나지 않을 터였다. 그녀도 마찬가지고. 삶은 지금처럼 계속될 것이다. 그리고 정말 도움이 된다면 그는 그 클리닉에도 가볼 생각이었다. 잘못은 그에게 있었으니까.

오후 8시 45분

율리아는 집에서 30미터쯤 떨어진 곳에 차를 세웠다. 너무 피곤하고 지치고 배가 고팠다. 어서 빨리 집으로 돌아가 뜨끈하게 목욕한 뒤 아무 꿈도 꾸지 않고 푹 자고 싶은 생각뿐이었다. 우편함에는 전화요금 청구서와 은행에서 온 거래명세서, 아버지의 편지, 새로 발간된 포쿠스(독일의 시사주간지 —역주)가 들어있었다. 율리아는 그것들을 주유소에서 산 물건들이 들어있는 봉투에 모조리 집어넣었다. 그리고 느린 걸음으로 위층으로 올라가 발로 문을 툭 차서 연 다음, 부엌으로 가서 봉투를 내려놓았다. 과일이 담긴 대접에서 바나나 한 개를 꺼내 선 채로 먹고는 재킷을 벗어 의자에 걸었다. 냉장고를 열어 살라미와 피클이 든 병을 꺼내고, 빵두 쪽을 잘라 버터를 바른 뒤 그 위에 소시지를 올렸다. 그녀는 맥주 한 캔을 따서 홀짝이며 몇 모금 마시다가, 마침내 빵과 피클 두쪽이 담긴 접시와 맥주캔을 들고 거실로 갔다. 그러고는 의자에 앉아 다리를 올린 뒤 먹기 시작했다. 얼마 후 음식을 다 먹고 맥주 한 캔을 다 비운 그녀는 몸을 일으켜 자동응답기에 남겨진 메시지가 있는지 확인했다. 아버지와 프랑크의 메시지가 있었는데, 둘 다 전화해달라는 말이었다. 그녀는 잠시 망설이다가 프랑크의 전화번호를 먼저 눌렀다.

"나예요, 율리아. 무슨 일이에요?"

"전화해줘서 고마워요. 아까 휴대폰으로도 해봤는데……"

"배터리가 없었나 봐요. 이제 충전하려고요."

"잘 들어요, 반장님한테 전화가 왔었어요. 모르프스가 유디트의 시신을 조사하는 중인데, 살해당하기 전에 성관계한 흔적이 있다는군요. 집 나갔던 율리아의 직감이 돌아온 모양이죠?"

"정말이에요?" 율리아는 믿을 수 없다는 듯 물었다.

"그렇다니까요. 모르프스가 질과 항문 부위에서 정액을 발견했대요. 매춘부에게는 드문 일인데 말이에요, 안 그래요?"

"한편으로는 그렇지만 만일 유디트가 상대 남자를 잘 알았거나, 아니면 상대 남자가 에이즈 검사 결과 음성이라는 증거자료를 보여준 경우라면……."

"말도 안 돼요, 사실은 당신도 그렇게 생각하지 않잖아요. 여기에는 뭔가 다른 게 숨겨져 있어요."

"프랑크, 당신 생각은 어떤데요?"

"어쩌면 율리아와 같을 수도 있어요. 유디트가 오래전부터 알던, 무조건적으로 믿는 사람이 있었던 거예요."

"하지만 그렇다 해도 그는 범인이 아니에요." 율리아는 차분하게 말했다.

"나 참, 왜 아니라는 거예요?"

"다른 사건들과 맞지가 않거든요. 앞선 세 명은 몸을 씻겨놓기까지 했으면서 네 번째 피살자만 그렇게 대놓고 범행을 저질렀을 리는 없어요. 그건 자기 전화번호를 적어놓고 가는 거나 마찬가지인 행동이라고요. 유디트의 전화번호 명단에 있는 사람들을 모두 조사해야 해요. 장담하는데, 그중 한 명이 어제 그녀와 함께 있었어요. 문제는 언제까지 함께 있었느냐는 거지만."

"만일 범인이 그 명단에 올라있지 않다면요? 그 사실을 알고 이번에는 일부러 그렇게 했을 수도 있잖아요? 그놈은 지금 자기가 만들어 놓은 게임판에 우리가 들어오는지 아닌지 지켜보고 있는 거라고요."

"당신 생각이 그렇다면야. 운에 맡겨보기로 하죠. 자, 그럼 미안하지만 난 너무 피곤해서 이만 목욕하러 가봐야겠어요. 일기장도 읽어봐야 하고요. 잘 자고 내일 봐요."

율리아는 전화를 끊고 잠시 생각에 잠겼다가, 곧이어 아버지에게 전화를 걸었다.

"안녕, 아빠, 저예요." 그녀는 피곤한 목소리로 말했다.

"이런, 이런, 목소리가 안 좋구나. 무슨 일 있니?"

"다음에 말씀드릴게요, 괜찮죠? 저한테는 별일 없어요."

"일 때문이냐?" 아버지가 물었다.

"네, 그게 아니면 뭐겠어요. 몇 시간 만에 여자 둘이 죽었어요."

"저런, 난 그냥 네가 잘 있나 해서 전화했었다."

"오늘 아침까지는 모든 게 정상이었죠. 그런데 일이 터지고 만 거예요. 몇 시간 사이에 두 여자가 똑같은 수법으로 살해당했어요. 게다가 작년에도 그와 같은 수법으로 살해당한 여자들이 둘 있었고요. 다만, 작년에는 두 사건 사이에 2주 이상의 간격이 있었는데 이번에는 불과 몇 시간 만에……."

"그러니까, 이번 살인사건과 작년에 일어났다는 그 사건이 같은 범인의 짓이라고 생각하는 거냐?"

"생각만 하는 게 아니라 확실해요. 당시 우리는 모방범죄를 막기 위해 언론에 세부적인 사항을 알리지 않았었거든요. 그런데 그 세부 사항이란 게 꽤 대단해요."

"내가 도와줄 일은 없니?" 아버지가 물었다.

"사실 아빠랑은 이런 얘기를 하고 싶지도 않아요." 율리아는 웃으며 말했다. "하지만 언제나 제가 모든 걸 말하게끔 하시죠. 아빠의 물음에 답을 하자면, 이번에는 도와주실 수 있는 게 없어요. 우리가 더 많은 사실을 수집하고 난 뒤라면 또 모르지만……."

"내 말은 그런 뜻이 아니다. 네가 도움이 필요하냐고?"

"괜찮아요. 저 잘 해나가고 있어요. 정 못 견디겠으면 곧장 집으로 날아갈게요. 아셨죠?"

"내가 듣고 싶었던 말이다. 꼭 그런 상황이 아니어도 언제든 편하게 오렴. 그럼 좋은 저녁 보내고. 가능하다면 말이다."

"안녕히 계세요. 곧 또 연락드릴게요."

율리아는 수화기를 가져와 테이블 위에 내려놓았다. 그리고 욕조에 물을 받고 거품을 푼 뒤 쏟아지는 물줄기 소리를 들으며 거울에 얼굴을 비춰보았다. 그나마 아직은 잘 눈에 띄지 않는 눈가의 잔주름들, 입가에 자리 잡은 불쾌한 표정, 꼭 잿빛처럼 보이는 피부. 이 모든 게 수년간의 경찰 생활이 남긴 흔적이었다. 율리아는 고개를 가로저었다. 점점 더 빨리 흘러가는 세월, 뼈 빠지게 일하느라 잠도 제대로 못 자고 담배만 더 많이 피우고. 삶은 그랬다.

'아무려면 어때.' 그녀는 피곤한 듯 엷은 미소를 지으며 뒤돌았다. 욕조는 반 정도 차있었고 불어난 거품은 벌써 욕조 가장자리를 가득 메우고 있었다. 옷을 벗은 뒤 다시 거실로 간 율리아는 일기장과 가위, 또 맥주 한 캔과 담배를 가지고 욕실로 돌아와 일기장과 가위를 욕조 옆 작은 의자에 놓고 재떨이를 욕조 가장자리에 올려놓았다. 맥주는 따서 두 모금 마신 뒤 바닥에 내려놓았다. 일기장의 가죽으로 된 잠금장치를 자르는 데는 불과 몇 초밖에 걸리지 않았다. 그녀는 담배에 불을 붙이고 일기장을 넘겼다. 올해 쓴 것이었다. 그녀는 첫 장부터 읽기 시작했다.

1월 1일

형편없는 날. 크리스마스 때부터 베른트는 내내 술에 취해 있다. 대체 그이는 왜 그러는 걸까? 왜 아이들에게 그렇게 행동할까? 창피해서 친구들을 집에 초대할 수도 없다. 사실 그이가 나쁜 사람은 아닌데. 예전에 그이가 보여줬던 다정함이 그립지만, 술이 모든 걸 망쳐

버렸다. 심지어 발기도 안 된다. 그이는 아닐지 모르지만 난 그게 필요한데. 어쨌든 행복한 새해가 되길!

율리아는 맥주를 몇 모금 더 마신 뒤 손으로 배와 가슴을 쓰다듬고는, 손을 닦고 다시 일기장을 넘겼다.

1월 2일

잊어버리자! 이제 더 이상은 못 참겠다. 언젠가는(머지않아!) 아이들을 데리고 도망쳐야지. 그이가 나와 아이들의 인생을 망치는 꼴을 보고만 있을 수는 없어. 아픈 건 그이지 내가 아니잖아. 안녕, 여보, 나에게 당신을 사랑하는 마음은 이제 남아있지 않아요, 동정만 있을 뿐. 내가 볼 때 당신은 죽을 때까지 술을 입에 달고 살 거예요. 나는 나를 있는 그대로 사랑해주는 다른 사람을 만날 거예요.

어떤 날에는 한두 줄 적힌 게 전부였고, 또 어떤 날에는 반 쪽 이상 적혀있기도 했다. 그것은 실망스럽고 고통스러운 삶을 살았던 한 여자의 글이었다. 그녀는 그 무엇보다도 남편을 사랑했지만 그가 점차 스스로 파괴하는 모습을 더 이상 견딜 수 없었고, 견디고 싶어 하지도 않았다. 그녀는 모든 게 다시 잘 되리라는 희망을 놓지 않았지만, 그 희망은 매번 물거품처럼 사라지곤 했다. 3월에 그녀의 남편은 열흘간 금주 클리닉에 들어갔다고 적혀있었다.

3월 23일

드디어 그이가 내 청을 들어주었다. 자기가 나서서 금주 클리닉에 가겠다고 한 것이다. 내가 그이를 그곳에 데려다 주었다. 의사는 그이가 8~14일 정도 그곳에서 머물러야 한다고 했다. 또 그것만 가지고는 충분치 않고, 치료도 받아야 한다고 했다. 그 모든 걸 나는 전부터 알고 있었지만 차마 말을 꺼내지 못했을 뿐이었다. 의사 앞에서 내 모든 삶과 고통에 관한 이야기를 떠벌리고 싶지는 않았기 때문이다. 어쨌든 그건 내 일이니까. 부디 베른트가 잘 견디고 치료도 받았으면 좋겠다. 물론 고통스럽겠지만 그래야만 우리가 다시 함께 잘 살아가게 될 테니까. 사랑해요, 여보.

3월 26일

베른트에게서 전화가 왔다. 내게 사랑한다고, 모든 게 전과 같이 되었으면 좋겠다고 했다. 그이의 목소리를 들으니 기분이 좋았고, 그 낭랑한 목소리에서 그이의 진심이 느껴졌다. 진심이 아니었다면 왜 자발적으로 클리닉에 갔겠어? 난 절대로 그이 곁을 떠나지 않을 것이다. 모든 게 잘될 거야.

4월 1일

오늘 낮에 클리닉에 가서 베른트를 데리고 왔다. 그이는 활기차고 자신감 넘쳐 보였다. 차에서 그이는 여름에 치료를 받을 생각이라고 말했다. 그 말이야말로 그이가 이제껏 내게 주었던 것 중에 최고의 선물이었다. 난 그저 그이와 우리 가족이 하는 일이 다 잘 되길 바랄 뿐이다. 그이는 술만 안 마시면 된다. 그리고 내 생각에, 그이는 분명 해낼 것이다.

그 이후에는 그녀의 남편이 2주 동안 물만 마시고도 잘 지내다가, 어느 날 갑자기 다시 술을 마시기 시작했다고 적혀 있었다. 희망과 실망이 끊임없이 반복되었다. 결국 그녀는 다음과 같이 우울한 내용의 일기를 썼다.

4월 17일

이번에는 잘 견뎌주기를 내가 얼마나 바랐는데. 그의 의지를 보고 내가 얼마나 기뻤는데. 왜 또다시 시작된 걸까? 그저께 술 냄새가 난다 했는데, 내 생각이 맞았다. 내가 술 얘기만 꺼내면 그이는 입을 꾹 다물어버린다. 그리고 술만 마신다. 아침에는 출근하고, 맙소사, 대체 그이는 그런 생활을 어떻게 견딜까? 왜 그이 직장동료들은 아무 말 하지 않지? 하느님, 정말 그이를 도와주실 수 없나요? 부디 어디가 아파서 병원에 입원이라도 하게 해주세요, 거기서는 술을 못 마실 테니까. 여전히 그이를 사랑하지만 이런 상황은 더 이상 견딜 수가 없다. 난 말뿐이 아닌 진짜 사랑이 필요해. 그이를, 그이의 몸을 위해. 그이가 술을 마시는 게 혹시 나 때문일까?

몇 쪽에 걸쳐 비난과 자책, 아이들을 데리고 도망치겠다는 남모를 협박, 그리고 다시 어쩌면 이게 운명일지 모른다며 남편의 곁에 남겠다는 말이 이어졌다. 환멸감에 못 이겨 자기 분열적인 모습을 보이는 여자. 오직 남편의 사랑과 보살핌만을 원했던 여자. 그녀의 유일한 탈출구는 매주 자신과 비슷한 운명을 가진 여자들끼리 만나는 그 모임뿐이었다.

그 이후 어느 날에 쓴 일기는 이전과는 너무도 다른 내용이라, 율리아는 화들짝 놀라고 말았다.

8월 16일

변호사를 구해야겠다. 이제 더는 못해, 할 생각도 없고. 처음에는 아빠가 그러더니, 이제 남편까지. 왜 난 이런 남자를 골랐을까? 하필도 알코올중독자를? 그에게서 아빠 모습을 본 걸까? 치료사가 말했듯, 우리 아빠의 모습을? 죽도록 술만 마셔대는데도 나는 그이를 사랑했다. 하지만 이제 다 소용없어. 요즘 그이가 자주 저녁에 집을 비워서 또 어디서 맥주나 마시겠거니 했는데, 알고 보니 딴 여자랑 같이 있던 거였다. 이런 모멸감은 참을 수가 없다. 다른 여자라니, 그것만은 참을 수 없고 참지도 않을 거야. 이제 그이 뒤치다꺼리하고, 속옷을 빨고, 밤마다 술 냄새 풍기며 코 고는 걸 참고 곁에 누워있는 일은 그 여자나 하라지. 그 여자가 누군지 알고 싶은 생각도 없지만, 보나 마나 나보다 나은 구석은 하나도 없는 여자일 거야. 아니면 장님이던가. 더 모욕적인 것은, 그이가 그 여자하고는 그 짓을 할 수도 있다는 거다. 내가 마지막으로 그이와 잠자리를 한 게 정확히 넉 달 전이었지. 10분이나 했나. 고자새끼! 어쨌든 그이는 앞으로 나 없이 제대로 살 수 없을 거야. 이혼소송을 내야지. 끝이야, 끝!

"이야." 율리아는 또다시 담배에 불을 붙이고 급하게 빨아댔다. "세상에, 이런 거였구나! 알코올중독도 모자라 딴 여자라니. 남자들이란 다 똑같다니까." 그녀는 비난조로 입을 삐죽대며 혼자 중얼거렸다. "나쁜 새끼들!"

그녀는 알코올중독은 아니었지만 조금이라도 매력적인 체구를 가진 여자라면 사족을 못 썼던 전 남편을 떠올렸다. 그러자 최근 들어 실망감을 맛보았던 순간들도 함께 떠올랐다. 마지막으로 남자랑 자본 게 언제였더라? 그녀는 일기장을 손에 든 채 눈을 감고 생각에 잠겼다. 11주 전, 8월, 끝없이 내리쬐는 햇볕 때문에 끔찍이도 더웠던 어느 날 그녀는 자주 가는 바에서 그 남자를 만났다. 그에게는 특별한 뭔가가 있었다. 특히 그 눈빛은 그녀의 마음을 송두리째 흔들어 놓았다. 키는 그녀와 비슷했지만, 그녀는 남자의 키 따위에는 관심이 없었고 오히려 눈과 손, 입에 주목했다. 그는 예쁜 눈, 가지런한 손, 길고 날씬한 손가락, 그리고 키스를

133

부르는 입술을 가지고 있었다. 그는 사업차 프랑크푸르트에 잠시 들른 것이라고 했고, 율리아는 그와 이틀 밤을 함께 보냈다. 그는 연락하겠다고 약속했지만 주소도, 전화번호도 남기지 않은 채 사라졌다. 어쩌면 유부남일지도 모를 일이었다. 비록 결혼반지는 끼고 있지 않았지만, 요즘 같은 세상에 그런 걸 끼고 다니는 사람이 얼마나 될까. 율리아는 어깨를 으쓱했다.

그녀는 에리카를 충분히 이해할 수 있었다. 비록 알코올중독자와 얽혀본 일은 없었지만 계속되는 과음이 낳는 부작용들, 즉 간을 비롯한 장기와 신경의 손상은 물론 기억력 감퇴, 그리고 심하게는 성불구까지도 될 수 있는 성욕 감퇴 등에 관해 알고 있었다.

그 순간 율리아의 눈이 시월 어느 날의 일기에 고정되었다. 그녀는 무엇에 홀린 듯 읽어 내려갔다.

10월 15일

오늘 저녁 그이와의 만남은 정말 최고였어. 지난 몇 년간 오늘만큼 웃었던 적이 없고, 특히 I와는 작년과 다름없이 잘 통했다. 우리가 그렇게 우연히(하지만 우연이란 게 정말 있기는 할까?) 다시 만나기까지 1년이나 지났다니, 참 신기하기도 하지. 앞으로 무슨 일이 벌어질지 벌써부터 기대된다. 베른트가 이 글을 읽는다 해도 아무 상관 없어. 아니, 오히려 배신당한 여자의 복수라고나 할까! 어디 한 번 읽어보시지! 우린 다음 주 금요일에 만나기로 했고, 뭘 하게 될지는 아직 모르지만 지난 몇 년간 내가 경험했던 것들보다는 훨씬 나을 거야. 감사합니다, 하느님, 정말, 정말 감사합니다! 이런 기회를 주신 데 대한 은혜는 평생 잊지 않을게요. 인생은 아름다워!

온몸을 전기가 관통하는 느낌이었다. 율리아는 벌떡 일어서서 그 글을 다시 읽었다. 그리고 그다음 주 목요일 일기로 넘어갔다.

10월 21일

평소와 다름없는 날. 하지만 내일이면 실컷 즐길 수 있어. 눈을 꼭 감고 있어야지. 아니, 크게 뜨고 나한테 무슨 일이 벌어지는지 볼까. 어떤 일이 나를 기다리고 있는지 너무 궁금하고 기대돼. 내일 밤에 무슨 일이 벌어질까? 못 기다릴 지경이야. 벌써부터 기쁘다고.

율리아는 일기장을 닫았다. '그러니까 누군가를 만났던 거군.' 그녀는 생각했다. '하지만 에리카 뮐러는 상대방의 이름을 써놓지 않았어. 왜지? 남편이 알게 되면 따지고 들고, 심지어 때릴까 봐 겁이 났나? 작년에는 뭐라고 썼는지 봐야겠군. 얼마나 됐다고? 1년? 그렇다면 레나테 슈바프는 왜 에리카가 사건이 있던 날 전 주에도 모임 중간에 사라졌다는 말을 하지 않았지?'

긴장한 율리아는 담배에 불을 붙이고 일기장을 바닥에 내려놓았다. 작년 9월 말 일기부터 읽기 시작한 그녀는 마침내 찾고자 했던 글을 찾을 수 있었다.

10월 9일

정말 대단한 파티였어! 이렇게 기분 좋은 날이 얼마 만인지. 오늘은 베른트가 아파서 집에 가봐야 한다고 하고 모임 뒤풀이 자리에서 빠져나왔다. 그이는 보나 마나 10시부터 술에 취해 침대에 뻗어 있을 게 뻔했지만 말이야. 어차피 내가 아니라 술이랑 결혼한 사람인데, 뭐. 거짓말한 건 미안하지만 그럴 수밖에 없었어. 언젠가는 나도 이 감옥에서 벗어나야 하고, 게다가 그 초대를 어떻게 거절할 수 있었겠어? 무엇보다도 I는 정말 특별했어. I와 대화를 나눈 것만으로도 오늘 저녁에 거기 간 보람이 있었다니까. 그 얼굴, 머리카락, 입술, 그리고 손! 우리가 다시 만나게 될지는 모르지만, 그리고 다른 사람들이 내 이름을 모르듯이 나도 I의 정확한 이름은 모르지만, 운명이 허락한다면 언젠가 다시 마주칠 날이 있겠지. 기다려보는 수밖에.

율리아는 되풀이해서 읽은 뒤 일기장을 의자 위에 놓고는 두 눈을 감았다. 머릿속에서 여러 가지 생각들이 맴돌았다. 요안나 알베르츠를 비롯한 다른 피살자들도 일기를 쓰지 않았을까 하는 의문이 불현듯 들었다. 그녀는 1년 전, 요안나의 어머니에게 일기장에 대해 물었다가 단호한 대답을 들었던 것을 떠올렸다. '아뇨, 내 딸은 일기 같은 건 쓰지 않았어요. 그런 건 어린 애들이나 쓰는 거지, 다 큰 여자애가 무슨 일기랍니까.' 그 대답은 마치 총알처럼 율리아의 가슴에 꽂혔었다.

율리아는 다시 한 번 요안나의 어머니를 만나 물어볼 생각이었다. 그녀가 뇌졸중으로 아프든, 그 사이에 다 나았든 간에 그 질문에 대답하게 만들 터였다. 율리아는 당시 그녀의 행동에 놀라움을 금치 못했었다. 얼굴이나 말투에서 슬픔이라고는 찾아볼 수 없었고, 그저 미동도 없이 율리아의 맞은편에 앉아 묻는 말에 단답형 대답만 했던 것이었다. 그로부터 거의 1년이 지난 지금, 그런 그녀의 이상한 행동이 율리아의 머릿속에 문득 떠올랐고, 그녀의 목소리가 귓전에 울리는 듯했다.

캔맥주를 다 마신 율리아는 몸을 씻은 뒤 물기를 닦고 욕조의 물을 흘려보냈다. 피부가 건조하고 간지러웠다. 보디로션을 발라 피부에 닿는 로션의 시원한 촉감을 즐기며 천천히 마사지하던 그녀는 지금 곁에 남자가 있으면 좋겠다고 생각했다. 그가 대신 그녀의 몸을 문지르고, 마사지하고, 또……. 그녀는 고개를 가로저으며 흰색 팬티와 흰색 티셔츠를 입고, 이를 닦고, 머리를 빗고, 일기장을 들고 욕실 불을 끈 뒤 침대로 갔다. 무척 피곤했고 내일도 역시 힘든 하루가 되리라는 걸 잘 알고 있었다. 그녀는 침대 머리맡에 있는 등을 켠 뒤 누워서 담배를 피우며 천장을 바라보았다. 이번 건은 어려운 사건이 될 터였다. 어쩌면 그녀가 살인사건 수사반에 들어온 이래로 가장 어려운, 마치 한밤중에 검은 벽을 보는 것마냥 실체가 보이지 않는 사건. 에리카 뮐러는 무슨 파티에 갔던 걸까? 그 I라는 사람은 누굴까? I가 에리카를 죽였을까? 피살자 전부가 I를 알고, I를 신뢰할 만한 사람으로 여기고, 그에 대해 아무 말도 안 했던 걸까? 대체 왜 숨겼을까? 비밀이라도 숨겼거나 아니면 맹세라도 한 걸까? I는 양의 탈을 쓴 늑대, 신의 형상을 한 맹수였나? 아니면 이 사건과 전혀 상관없는 선량한 사람일까? 일개 경찰로서는 대답하기 힘든 의문만 계속 쌓여갔다.

율리아는 담배를 비벼 끈 뒤 이불을 턱까지 덮고 한쪽으로 돌아누워 눈을 감았다. 몸이 천근만근인데도 잠은 오지 않았다. 그녀가 마지막으로 시계를 봤을 때는 이미 12시 50분이었다.

화요일

오전 7시 45분

베르거는 이미 6시 반부터 자기 책상 앞에 앉아있었다. 직원들이 한둘씩 모습을 나타내더니, 8시 15분 전쯤 율리아가 가장 늦게 출근한 동료들과 함께 사무실로 들어왔다.

어제도 그녀는 잠을 설쳤다(그녀는 그 이유를 성생활에 대한 불만족 때문이라고 생각했다). 불안한 마음에 악몽을 꾸며 이리저리 뒤척이다 결국 다섯 시간 반도 못 자고 6시 반에 잠에서 깼던 것이다. 게다가 아침은 바나나 한 개로 때우고 커피 한 잔을 들고 집에서 나왔다. 눈 밑에 드리워진 다크서클을 화장으로 감춰보려 한 흔적이 역력했다. 프랑크와 마주친 그녀는 "안녕"이라고 웅얼거리듯 말했다. 홀로 자기 사무실에 앉아있던 베르거가 고개를 들어 율리아를 흘긋 쳐다보았다. 그는 책상 위에 사진들을 펼쳐놓고 파일을 넘겨보는 중이었다.

"뒤랑 형사, 좋은 아침일세." 그는 이렇게 말하며 앞에 있는 의자를 가리켰다. "여기 앉게. 방금 부검보고서를 받았어." 그는 책상 위로 율리아에게 파일을 건넸다.

보고서의 내용은 다른 피살자들 것과 거의 같았다. 맞은 자국, 바늘에 찔린 것, 물어뜯긴 유두 등. 유일한 차이라면 유디트 카스너만 성관계를 가졌다는 건데, 그건 이미 프랑크에게 들어 알고 있던 터였다. "다른 사람들도 봤나요?" 그녀가 물었다.

"프랑크는 봤네. 요즘은 시체 전문가들이 어찌나 빨리 일들을 처리하는지, 놀라울 따름이야." 베르거는 앞에 놓인 사진들을 들여다보며 대답했다.

"질과 항문에 성기가 삽입된 흔적과 정액이 방출된 흔적이 있다." 율리아는 입술을 거의 움직이지 않으며 나지막이 말했다.

"자네 생각은 어때?" 베르거가 물었고, 그 질문은 마치 '어제 잘 잤어?' 하고 묻는 것처럼 들렸다.

"누가 그녀와 관계를 했든, 그는 범인이 아니에요." 율리아는 확고한 목소리로 대답했다.

"아하. 그런데 어떻게 그렇게 확신하나?"

"제가 아는 한, 영리한 방법으로 범행해온 연쇄살인범이 이렇게 갑자기 방법을 바꾸는 경우는 한 번도 없었거든요. 그런 건 아마추어나 하는 짓이죠."

"그렇지 않은 사건들도 많은……."

"물론 그렇겠죠. 하지만 어쨌든 유디트와 성관계를 했던 사람은 범인이 아니에요."

"그럼 자네 생각에는 일요일에 무슨 일이 벌어졌던 것 같아?"

"어쩌면 손님을 받았을 수도 있겠지만, 그랬다면 콘돔을 썼을 확률이 높기 때문에 저는 손님이었다고는 생각지 않아요. 제 생각엔 고정적으로 만나는 애인이 왔던 것 같아요. 자기한테 성병을 옮기지 않을 거라고 확신할 수 있는 사람이니까요."

"매춘부에게 애인이라?" 베르거는 의심스러운 듯 물으며 두 겹으로 접히는 턱을 쓰다듬었다.

"저도 어제 율리아에게 똑같은 질문을 했었습니다." 어느새 다가와 팔짱을 낀 채 문가에 기대어 서 있던 프랑크가 말했다.

"왜 안 된다는 거죠? 반장님도 어제 유디트의 고객 중에 그녀와 고정적으로 만났던 남자가 있을 수도 있다고 하셨잖아요? 만일 유디트가 하던 일을 포기했었다면요?"

"그렇게 벌이가 좋은 일을?" 베르거는 믿을 수 없다는 눈빛으로 물었다. "절대 아닐걸!"

"유디트가 경제적 능력이 있는 남자를 만났는데 그 남자가 유디트에게 푹 빠져서, 그녀가 몸 파는 일을 하지 못하게 하고 그에 상당하는 돈을 줬다고 가정해보세요. 프랑크푸르트와 그 인근에는 부자가 많기로 유명하잖아요. 게다가 그런 부유층에서 정부 하나쯤 두는 게 유행처럼 번지고 있기도 하고요. 제가 한 말이 옳다면, 그는 콘돔 같은 건 필요 없었을 거예요. 물론 유디트를 죽이지도 않았을 테고요. 보나 마나 그 남자는 40대에서 50대 중반 정도 됐을 거예요. 부인과는 이미 시들해졌고, 젊고 팔팔하고 말이 잘 통하는, 그리고 공식석상에 자랑스럽게 내보일 수 있는 여자가 필요했겠죠. 그런 여자라면 돈이 얼마가 들던 상관없었을 테고요……"

"자네는 그런 일을 부인이 용납했을 거라고 생각하는 건가?"

"왜 이러세요, 반장님. 그런 일은 특정 계층에서는 흔히 있는 일이라는 거, 반장님도 잘 아시잖아요. 그런 집 부인들은 결혼한 지이삼십 년만 지나면 물질적 풍요를 누리는 대신 남편이 다른 여자를 만나도 그러려니 하고 눈감아준다고요. 부인들은 오히려 그런 지루한 파티에 가서 뭘 하나, 하고 생각하고 남편들은 자연스럽게 애인을 데리고 가는 거죠. 요새는 그렇다니까요. 지금은 1950년대가 아니라고요. 유디트 카스너도 앞날을 생각해서 슬슬 그런 일을 그만두려던 찰나 그런 남자를 만나 주저 없이 그 매력적인 제안을 받아들였던 거예요……."

"그건 순전히 추측에 불과하네, 뒤랑 형사." 베르거가 말했다.

"추측이든 아니든, 제 생각은 그래요. 누가 옳은지는 곧 알게 되겠죠. 명단에 적힌 남자들 전부를 조사해서, 유디트와 마지막으로 만난 게 언젠지 알아내야 해요. 오늘부터 60명 규모의 특별수사팀이 꾸려진다고 하셨죠. 그 정도면 심문은 빨리 끝낼 수 있을 거예요. 몇 명에게는 제가 직접 전화할 거고요."

"누굴 마음에 두고 있는 건가?" 베르거가 물었다.

"리히터 박사, 반 다이크, 클라이버와 마이바움이요. 그리고 요안나의 어머니인 알베르츠 부인과, 카롤라 바이트만의 부모도 다시 한 번 심문해볼 거예요."

"특별한 이유라도 있나?"

"부분적으로는요. 하지만 제가 가장 관심을 두고 있는 사람은 리히터와 클라이버예요. 프로파일러로서 리히터의 감각은 확실히 인정하지만, 그 전에 유디트와 어떤 관계인지 알아야겠어요. 그리고 클라이버의 경우는 그냥 궁금해요. 그의 책을 몇 권 읽었었거든요. 요안나의 어머니는 사건 당시에 우리한테 해준 얘기 말고도 더 많은 걸 알고 있을 것 같아요. 당시 저는 그녀가 몸이 아파서 그렇게 뚱하고 냉정하게 행동하는 줄로만 알았는데, 다시 생각해보니 뭔가 숨겼던 게 확실한 것 같거든요. 어쩌면 요안나가 일기를 썼다는 사실을 숨겼을 수도 있겠죠." 율리아는 잠시 말을 멈추었다가 다시 물었다. "근데 페터는 어디 있어요?"

그 말을 들은 프랑크가 바로 옆의 사무실로 잠깐 들어가더니, 곧 페터를 데리고 나왔다.

"무슨 일이에요?" 페터가 물었다.

"곧 특별수사팀 회의가 있을 텐데, 그 전에 말해두고 싶은 게 있어서요. 어젯밤에 에리카 뮐러의 일기장을 읽다가 몇 가지 아주 흥미로운 사실들을 알았거든요. 하나는 그녀의 부부관계가 혼란 그 자체였다는 거예요. 일기 내용 대부분이 남편의 음주에 대한 절망감을 드러낸 거였죠. 하지만 더 주목할 만한 건, 그녀가 일주일 전 금요일에 I라는 사람을 만났다는 거예요. 그녀가 쓴 글에 의하면 I는 굉장히 매력적인 사람 같더군요. 그런데 그녀는 그 만남이 처음이 아니라, 1년 전에 이미 그 I와 무슨 파티에서 만났다고 했어요. 두 번 다 금요일, 그러니까 알코올중독자 가족모임의 정기모임이 있는 날이었고요. 사라지기 전 목요일에 마지막으로 쓴 일기를 보면, 다음 날 있을 그 사람과의 비밀스러운 만남에 대해 온갖 수식어로 기대감을 표현했더군요. 그 사람이 바로 그녀를 죽인 범인이에요. 다른 피살자들의 살해범이기도 하고요. 이제부터는 그녀가 대체 누굴 만났었는지 알아내면 돼요."

"어쩌면 우리가 가진 명단에서 찾을 수 있을지도 모르죠." 페터가 말했다.

"내 생각은 달라요. 범인은 자기가 죽인 여자가 일기를 썼을 확률까지는 계산하지 못했던 것 같아요. 어쨌든 에리카는 그 사람의 얼굴과 머리카락, 입, 손 등에 대해 입이 마르도록 칭찬했어요. 여자들에게 특별한 인상을 남길 만한 사람인 게 분명해요."

"머리에 든 것 없이 겉모습만 번지르르한 기생오라비 같은 놈인가 보죠." 페터가 신랄한 미소를 지으며 말했다.

"아뇨, 페터 형사님. 기생오라비 같을지는 몰라도 절대 바보는 아니에요. 에리카는 그가 지적이라고 썼거든요. 서로 대화가 잘 통해서 그에게 폭 빠졌다고요. 내가 보기에 그녀 역시 머리가 안 좋았던 걸로 보이지는 않아요."

"하지만 남편이 그렇게 술주정뱅이였다면 오르가슴을 경험한 지 한참 됐을 거 아닙니까." 페터가 심각하게 말했다. "서른여섯 살도 안 된 여자라면 때때로 그런 게 필요한데 말이에요. 탈출구가 보이지 않는 자기 인생에 신물이 나서 절망하고 있던 차에 그런 사람을 만났다면, 호르몬이 미쳐 날뛰었을 수도 있다고요."

'그래, 지금 내 호르몬처럼.' 율리아는 생각했다. "술주정뱅이 하니까 생각나서 말인데, 아이들은 다른 곳으로 보내졌나요?"

베르거는 고개를 가로저었다. "담당자가 어제 오후 늦게 갔더니 집에 아무도 없었다더군. 오늘 오전 중에 다시 가본다고 했어."

"제기랄, 애들을 데리고 도망갔으면 안 되는데."

"말도 안 되는 소리! 대체 어딜 가겠어? 그런 놈은 술만 있으면 그뿐, 아무것도 필요 없다고."

잠시 침묵이 흘렀고, 율리아는 담배에 불을 붙였다.

"좋아요, 기다려보죠. 그리고 페터 형사님, 당신이 한 말이 맞을 수도 있지만, 그래도 살해된 여자들 간의 관계를 알아볼 필요가 있어요. 요안나의 어머니도 다시 심문해봐야 하고요. 확신하는 데 우리는 이미 단서를 손에 쥐고 있어요, 그걸 모르고 있을 뿐이죠. 피살자를 무작위로 골라서 유혹했다는 건 말이 안 돼요. 살해당한 여자들에게는 뭔가 공통점이 있었고, 바로 그 점 때문에 그들은 목숨을 잃었던 거예요. 문제는, 그 공통점이 무엇이며 우리가 그것을 찾고 나면 다음 살인을 어떻게 막을 수 있느냐 하는 거라고요." 말을 멈춘 율리아는 자리에서 일어나 창가로 갔다. 구름이 걷힌 하늘은 눈이 편안해지는 푸른색을 띠고 있었고, 햇볕 덕분에 어젯밤부터 계속되던 거리의 냉기는 점차 걷히고 있었으며, 바람은 거의 불지 않았다. 율리아는 출근길 교통정체가 절정에 달한 도로를 바라보며 페터에게 물었다. "그런데 그 속옷에 대한 조사는 어떻게 되었어요?"

"잠깐만요, 금방 가지고 오죠." 얼마 후 메모지를 손에 들고 돌아온 페터는 그것을 읽기 시작했다. "요안나 알베르츠, 라펠라의 검정 테디(브래지어와 팬티가 연결된 속옷 —역주)와 스타킹, 소수 매장에서만 구할 수 있고 가격은 5백 마르크 정도 됩니다. 카롤라 바이트만, 말리치아의 검정 브래지어와 팬티와 스타킹, 역시 정해진 매장에서만 살 수 있고 가격도 비슷합니다. 에리카 밀러, 라펠라의 브래지어, 팬티, 스타킹과 밴드, 그리고 유디트는 르자비의 속옷을 입고 있었어요. 분명한 것은, 앞서 말씀드린 것들이 모두 최상품 속옷이라는 겁니다."

"그런 걸 살 만한 돈이야 있었겠지만," 율리아가 조용히 말했다, "요안나나 카롤라가 그냥 친구를 만나는데 그런 속옷을 입고 갔을 거라는 생각은 안 드네요. 에리카도 그래요. 아무리 살면서 처음 바람을 피우러 나가는 자리라고 해도 굳이 그런 눈에 띄는 속옷까지 따로 사 입어야 했을까요? 오히려 다른 걸 꾸미는 데 쓰지 않고요? 이제 그 속옷을 어디서 샀는지 알아봐야 해요. 어쨌든 이걸로 작은 퍼즐 조각 하나는 찾은 기분인데요. 이제 곧 그 퍼즐을 다 맞춰서 그놈을 잡을 거예요. 두고 보세요."

말보로 한 개비에 불을 붙인 베르거는 연기를 내뿜으며 눈을 가늘게 뜨고 희미한 미소를 지어 보이며 말했다. "자네의 그 추적욕이 다시 발동된 모양이구만. 다행이네."

"앞으로 며칠 간 어떻게 될지 지켜보자고요. 특별수사팀은 준비됐나요?"

"8시 반부터 가동되기 시작할걸세." 베르거가 대답했다.

"좋아요. 그럼 그 이후에 저는 프랑크와 함께 알베르츠 부인에게 갔다가 리히터와 클라이버를 만나보도록 하죠. 사실 리히터의 경우는 당장 전화로 처리할 수도 있는데……."

"왜요?" 프랑크가 이마를 찌푸리며 물었다.

"프로파일러로 그가 필요할지도 모르잖아요. 그럼 유디트에게서 그의 전화번호를 찾았다는 사실을 아직 그가 알아서는 안 되죠." 율리아는 웃으며 말했다. 상자에서 리히터의 주소와 전화번호가 적힌 카드를 꺼낸 그녀는 수화기를 들고 번호를 눌렀다.

"율리아 뒤랑 형사라고 합니다. 리히터 박사님과 통화할 수 있을까요?"

"잠시만요, 남편을 불러오죠." 전화를 받은 젊은 여자가 말했다. 율리아는 기다리며 입술에 담배를 물었다.

"여보세요."

"안녕하세요, 리히터 박사님. 저는 율리아 뒤랑……."

"아, 뒤랑 형사님. 무슨 일로 전화를 다 주셨습니까?"

"문제가 생겨서 도움을 좀 청하려고요. 동료와 함께 오전 중 잠시 댁에 들러도 괜찮을까요?"

"그럼요. 언제든 환영입니다. 언제 오실지만 알려주세요."

"11시에서 12시 사이 어떠세요?" 율리아가 물었다.

"11시에서 12시 사이라." 알프레드 리히터는 잠시 머뭇거렸다.

"흠, 그 시간에는 환자가 오기로 되어있어서요. 10시 이전이나 12시 이후는 괜찮은데요. 12시 반이면 제일 좋고요."

"그럼 12시 반에 찾아뵐게요. 그럼 이따 뵙겠습니다."

율리아는 전화를 끊고 씩 웃으며 베르거를 보았다. "반장님도 들으셨죠, 12시 반까지 리히터의 집으로 갈 거예요. 그 선량한 분이 우리에게 뭐라고 할지 한번 두고 보자고요." 그녀는 시계를 보았다. 8시 반이 되기 5분 전이었다. 자리에서 일어난 그녀는 담배를 끄고 가방을 집어 들었다.

"자, 그럼 이제 특별수사팀원들을 소개해주시죠. 저는 오늘 할 일이 아주 많을 것 같으니까요." 문밖으로 나가기 전 그녀는 다시 돌아서서 말했다. "유디트에 대한 조사는 어떻게 됐죠?"

"자네 책상 위에 올려놨네." 베르거가 대답했다. "그런데 빠진 내용이 꽤 많아. 거기 적힌 건 아마 자네도 다 아는 내용일 걸."

"잠깐 보고 가야겠네요." 그녀는 이렇게 말한 뒤 사무실로 가서 그 자료를 재빨리 읽어 내려갔다. 베르거의 말처럼 전부 아는 내용이었다. 게다가 유디트 부모의 이름도 빠져 있었다.

회의를 마치기까지는 15분이 걸렸다. 특별수사팀에 배정된 사람들은 남자 49명, 여자 11명으로, 각각 살인사건 수사반, 풍기사범 단속반, 마약 수사반, 청소년 전담반, 경제범죄 수사반 등 다양한 부서에서 선발되었고 개중에는 범죄기술 전문가 한 명, 컴퓨터 전문가 한 명, 정복 경찰도 있었다.

율리아와 프랑크는 회의에 모인 사람들에게 수사 진행상황과 앞으로의 방향을 알려주고 심문에 주의를 기할 것을 당부한 뒤 경찰청을 빠져나왔다. 그들의 첫 번째 목적지는 요안나 알베르츠의 어머니 집이었다. 그녀는 요안나 말고 다른 딸네 집에서 손녀와 함께 살고 있었는데, 그 집은 긴하임의 구스타프-프라이탁 가에 있었다. 율리아와 프랑크는 가서 그녀를 만날 수 있기를 절실하게 바랐다.

가는 길에 프랑크가 물었다. "어제 유디트의 룸메이트를 만났던 일은 어떻게 됐어요?"

"생각했던 것보다는 괜찮았어요. 침착하게 참아내더라고요." 율리아는 잠시 말을 멈추고 골루아에 불을 붙인 뒤 다시 입을 열었다. "유디트의 방에서 찾았던 그 장신구 기억하죠? 그중에 몇 개를 내가 가지고 왔어요."

"왜요? 조사해보려고요?" 차가 신호등 앞에 멈춰 섰을 때 프랑크가 물었다.

"아뇨. 이 얘기는 당신에게만 하는 거니까 아무한테도 말 흘리지 않겠다고 약속해요."

"대체 뭔데 그래요……."

"카밀라 혼자 그 집 집세를 감당할 수 없다는 건 당신도 알 거예요. 그래서 그녀를 조금 도와주기로 했어요."

프랑크는 율리아 쪽으로 고개를 돌리고는 눈썹을 치켜뜨며 그녀를 보았다. "무슨 말인지 잘 모르겠군요."

"당신도 그 물건들 봤잖아요. 당신과 나 말고는 아직 아무도 유디트가 어떤 장신구들을 가지고 있었는지 몰라요. 그래서 나는 카밀라한테 그중 일부를 팔아주겠다고 약속했어요."

"정신 나갔어요? 그 사실이 새어 나가면 당신은 소송감이고, 쫓겨나진 않더라도 잘해야 주차딱지나 끊게 될 거라고요."

"당신만 입 다물면 새어 나갈 일 없어요. 고상한 척하지 마요. 세상 사람 전부가 당신 부부처럼 돈이 많은 건 아니라고요."

"그래도 이건 불법이에요. 하기야 그래봤자 당신 문제니, 난 몰라요. 어쩔 때 보면 정말 황당하다니까."

"이렇게 생겨먹은 걸 어쩌겠어요. 미리 걱정하지 말아요, 아무 문제 없을 테니까. 우리는 지금 그보다 더 중요한 일에 집중해야 한다고요."

"당신이 그렇다면 그런 거겠죠." 프랑크는 이렇게 말하며 갑자기 웃었다. "어쩌면 경우에 따라서는 나도 당신처럼 행동할 것 같아요. 당신은 카밀라에게 불의의 소식을 전해야 하는 상황이었으니 더 그랬겠죠. 법에 위배되는 행동이긴 하지만, 높은 자리에 있는 정치인들이 법을 자기 필요에 따라 마음대로 해석하는 걸 보면……."

"이래서 내가 프랑크 당신을 좋아한다니까요." 율리아는 웃으며 말했다.

알베르츠 부인은 초인종 소리에 직접 문으로 나왔다. 한눈에 봐도 지난 1년간 병세가 호전된 것 같았다. 문틈으로 고개를 내민 그녀는 회색 머리를 뒤로 단단히 빗어 넘긴 모습이었고, 두 사람을 본 순간 눈빛이 번뜩였다.

"네, 무슨 일이시죠?"

"저는 프랑크푸르트 경찰청에서 나온 율리아 뒤랑이고 이쪽은 제 동료, 프랑크 헬머입니다. 작년에 한 번 뵀었죠."

"네, 그런데요?"

"잠깐 들어가도 될까요? 이렇게 서서 할 얘기는 아니라서요."

"뭘 원하시죠?" 알베르츠 부인이 말했다.

"그건 안에 들어가서 말씀드리겠습니다."

알베르츠 부인은 마지못해 두 형사를 집 안으로 들였다.

"또다시 옛 상처를 들쑤시려는 건가요?" 그녀는 쌀쌀맞게 물으며 두 형사를 뚫어져라 쳐다보았다. 앞서 거실로 향하는 그녀의 자세는 흔들림 없이 곧았고, 목소리 역시 1년 전처럼 굼뜨거나 약하지 않았다. "이제 겨우 안정이 되나 했는데."

"오래 걸리지는 않을 겁니다." 율리아가 대답했다. "몇 가지 여쭤볼 게 있어서 왔어요. 질문에 대답해주시면 바로 물러가죠."

"뭐, 그렇다면 어쩔 수 없네요." 그녀는 소파를 손으로 가리켰고, 두 형사는 거기에 앉았다. 다른 의자에 앉은 그녀는 몸을 꼿꼿이 세우고 다리를 딱 붙인 뒤 두 손을 무릎 위에 가지런히 올려놓았다. "이 집은 손자 집이에요. 다행히 딸아이와 손자 녀석은 없고, 손녀는 학교에 갔어요. 하지만 부탁인데, 짧게 해주세요. 한 시간 후에 의사를 만나기로 되어있으니까요."

"알베르츠 부인, 따님인 요안나 씨에 관한 일입니다만……."

"죽은 지 1년도 더 된 아이인데 인제 와서 무슨 질문할 게 남았는지 모르겠군요. 아니면 범인이라도 잡으셨어요?" 그녀는 냉정하게 물었다.

"아뇨, 그건 아닙니다." 율리아는 절제된 목소리로 조용히 대답했다. "하지만 부인께서 당시 모든 걸 다 말씀해주시지는 않았던 것 같아서요. 예를 들면, 따님이 일기장을 썼느냐 하는 문제 말인데요."

"내 딸은 일기장을 쓰지 않았습니다. 말씀드렸잖아요."

"따님의 유품들은 지금 어디 있나요?"

"그건 형사님과 상관없는 일이죠."

"아뇨, 상관있습니다. 만일 부인께서 지금 도와주지 않으신다면, 저희는 수색영장을 들고 다시 올 겁니다. 그런 일은 부인도, 가족 분들도 당연히 원치 않으시겠죠, 안 그런가요?"

알베르츠 부인은 화들짝 놀랐고, 자세도 조금 전보다 더 뻣뻣하게 굳었으며 두 눈은 바닥을 내려다보았다.

"대체 뭘 원하시는 건가요? 요안나의 사적인 부분을 그렇게 후벼 파셔야 속이 시원하시겠어요? 그래서 형사님들은 뭘 얻게 되는 데요? 개인적인 명예회복을 위한 건가요?"

"아뇨, 알베르츠 부인. 이건 개인적인 명예회복과는 전혀 관계 없는 일입니다. 지난 주말에 두 명의 여성이 살해당했는데, 그 수법이 따님의 경우와 똑같았어요. 그러니 이건 범인과 네 명의 피살자가 연관된 문제인 거죠. 저희는 그 네 명의 여성들 사이의 연결 고리를 찾고 있습니다. 그러려면 부인의 도움이 절실히 필요하고요. 어떠세요, 협조해주시겠어요?"

"저는 요안나의 삶이 적나라하게 파헤쳐지는 걸 원치 않습니다. 제 딸은 이미 저세상으로 갔고, 그리고, 맙소사, 왜 그 애에게 그런 일이……." 목소리가 순간 이상하게 떨렸다. 그녀는 마음의 평정을 잃지 않으려 노력하는 듯 보였다.

"부인께서도 하루빨리 범인을 붙잡길 바라시잖아요. 그놈은 여자에게 할 수 있는 행동 가운데 가장 끔찍한 짓을 저지른 놈이라고요. 알베르츠 부인, 저희는 따님의 은밀한 사생활 같은 것에는 관심 없습니다. 저와 여기 있는 제 동료 말고는 아무에게도 그에 대해 발설하지 않을 거고요. 언론에 공개될까 봐 두려우신 거라면 안심하세요. 제가 책임지고 일기장에 적힌 그 어떤 내용도 언론의 손에 들어가지 않도록 할 테니까요. 1년 전에도 저희는 언론에 자세한 정보를 주지 않았고, 지금도 마찬가지예요. 언론에 공개되면 수사에 방해될 뿐이니까요. 그러니 다시 한 번 부탁드리는데, 저희를 도와주세요."

알베르츠 부인은 침을 꿀꺽 삼키며 율리아를 찬찬히 뜯어보더니, 고개를 살짝 끄덕이며 말했다. "요안나가 일기를 쓰기는 했는데, 그건 사위에게 애인이 있다는 걸 알고 나서부터였어요. 일기장에다가 심적 고통을 전부 토로했더군요. 학창시절에도 일기를 쓰긴 했는데 그 이후로 한참 안 썼었거든요."

"그 일기를 읽어보셨나요?" 율리아가 물었다.

"조금이요. 도저히 다 읽고 있을 수가 없더군요."

"왜 1년 전에는 말씀을 안 해주셨던 거죠?"

그러자 갑자기 그 나이 든 여자의 눈에 눈물이 맺혔다. 그녀는 마주 잡은 손에 힘을 주며 훌쩍이는 소리로 말했다. "맙소사, 저는 그 애가 무슨 생각을 하고 있었는지 다른 사람들이 다 알게 되는 게 싫었다고요. 일기장에는 그 애가 자기감정에 대해 쓴 것 말고는 아무것도 없단 말입니다."

"그 일기장 좀 저희에게 주시겠어요?"

"두 권이에요. 잠깐만요, 가져올게요."

몇 분 뒤 돌아온 그녀는 율리아에게 일기장들을 건넸다. "자, 여기요. 그때는 사실을 말하지 못해 미안합니다. 정말 외부에는 알리지 않는다고 약속하시는 거죠?"

"그럼요. 한 마디도 발설하지 않겠습니다." 율리아는 잠시 말을 멈추었다가 다시 입을 열었다. "한 가지 질문이 더 있어요. 따님이 혹시 비싼 속옷을 입은 적이 있나요? 특별한 브래지어나 팬티, 밴드로 고정하는 스타킹 같은 거요. 지극히 사적인 질문인 건 알지만, 저희가 수사하는 데 아주 중요한 거라서요."

알베르츠 부인은 고개를 가로저었다. "아뇨. 제 딸은 아주 평범한 속옷만 가지고 있었고, 그렇게 눈에 띄는 속옷은 없었습니다. 그런데 그건 왜 물으세요?"

"발견 당시 따님은 굉장히 화려한 속옷을 입고 있었거든요. 다른 피살자들도 마찬가지였고요. 어쩌면 이 일기장들이 수수께끼를 푸는 데 도움을 줄지도 모르겠네요."

"그냥 아는 사람을 만난다고 했는데……." 알베르츠 부인은 혼란스러운 얼굴로 말했다.

"그건 사실이 아닙니다, 부인. 저희가 따님의 모든 친구와 지인에게 확인했지만 따님과 약속했다는 사람은 없었어요. 그건 부인도 아실 테죠. 저희는 따님이 부인을 포함해 다른 사람이 알아서는 안 되는 누군가를 만났던 것으로 추정하고 있습니다."

알베르츠 부인은 말도 안 된다는 듯 고개를 흔들었다. "그럼 그 애한테 비밀이 있었다는 거잖아요. 항상 저는 그 애가 무슨 말이든 털어놓을 수 있는 좋은 엄마라고 생각했는데……."

"그건 부인의 어머니로서의 자질과는 상관없는 문제예요. 게다가 따님은 다 큰 성인이었으니, 그런 비밀 하나쯤은 충분히 가졌을 수 있죠."

"하지만 그 비밀 때문에 목숨을 잃은 거잖아요." 알베르츠 부인은 가슴이 아프다는 듯 말했다. "한마디만 했다면, 그랬다면 아직 살아있을 수 있었을 텐데! 그럼 지금쯤……."

"부인께서 따님이 그 약속에 못 나가도록 막으실 수 있었을 거라 생각하세요? 자책하지 마세요, 바뀌는 건 아무것도 없습니다." 율리아는 시계를 보았다. 10시 15분이었다. "도와주셔서 감사합니다. 저희는 이만 가볼게요. 더 생각나는 게 있으시면 전화 주세요."

"네. 그리고 일기장은 형사님 두 분 말고는 아무도 안 보는 거 맞죠?" 그녀는 같은 질문을 되풀이했다.

"제가 아까 약속드렸잖아요. 그 약속 꼭 지키겠습니다."

알베르츠 부인은 밖에까지 두 사람을 배웅했고, 그들이 대문을 닫고 나갈 때까지 집 문 앞에 서 있었다. 다시 집 안으로 들어온 그녀는 테라스 창가 앞에 놓인 의자에 앉아 정원을 내다보았다. 그녀의 얼굴에 조용히 눈물이 흘러내렸다.

오전 10시 15분

"정말 안됐어요." 차에 탄 율리아는 프랑크가 시동을 걸 때쯤 그에게 말했다.

"뭐가요? 1년 전에 사실대로 말해줬으면 그 정신 나간 놈을 벌써 잡았을 수도 있는데."

"그렇게 비난하지 마요. 저 여자를 좀 봐요, 보수적인 집안에서 자란 극도로 보수적인 여자잖아요. 저런 사람이 자기 아이에게는 어떻게 했겠어요. 자기가 배운 대로 똑같이 가르쳤을 거라고요. 지저분한 일, 지저분한 생각은 절대 안 되고, 항상 얌전하고 성실해야 하고, 누구에게도 짐이 되어서는 안 되고, 될 수 있으면 남보다 튀지 말고, 다른 사람 입에 오르내리지 않게 그저 조용히 살아가도록 말이에요. 요안나의 이력서 생각나요? 세무공무원, 일주일에 한 번 피트니스센터에 다닐 뿐 누굴 만나러 다닌 적도 없었어요. 편찮으신 어머니와 어린 딸을 돌보는 이혼녀, 그게 다였다고요. 자기 어머니가 원했던 것처럼 남의 눈에 안 띄는 지극히 평범한 여자였겠죠. 그랬던 요안나 알베르츠가 어느 날 매력적인 남자를 만나 그에게서 예쁘다는 칭찬을 들었다고 생각해봐요. 요안나는 소녀처럼 기뻐했을 테죠, 어쩌면 얼굴까지 빨개지면서요. 그리고 지난 30년간 꿈도 못 꿨던 일들을 상상하고, 또 실행에 옮기기 시작했던 거죠. 그 남자는 마치 달팽이집을 깨뜨리듯 그녀에게 더 아름답고 좋은 세상을 보여주겠다고 감언이설로 꼬드겼고요. 그녀는 비싸고 화려한 속옷을 구입했고, 어머니에게는 당연히 비밀로 했어요. 어머니뿐 아니라 그 남자 외에 다른 모든 사람에게 말이에요. 그러고는 어머니한테는 친구를 만나 저녁을 먹는다고 해놓고 몰래 다른 데로 샜던 거예요. 그날 저녁에 자기가 죽게 되리라고는 상상도 못했겠죠. 사는 게 다 이런 거 아니겠어요? 꼭 불쌍한 사람한테 이런 일이 생긴다고요."

"요안나가 자기 삶에 만족하지 못했다는 건 어떻게 알아요?" 프랑크가 물었다.

"그냥 느낌이 그래요. 만약 만족했다면 어머니에게 비밀 같은 건 만들지 않았겠죠. 그리고 나라도 그 나이에 그런 상황에 처했다고 생각하면, 가장 그리운 건 이성과의 교제와 또……."

"또 뭐요?"

"아니에요. 어쨌든 요안나는 자기 삶이 불만족스러웠지만 어머니한테는 말하지 못했던 거예요."

"어머니가 편찮으셔서 그랬겠죠."

"계속 그랬던 것도 아니잖아요. 작은 일탈조차도 양심에 찔리니까 비밀로 했던 거겠죠. 난 알베르츠 부인이 자기 딸이 죽을 때까지 이 일기장의 존재조차 몰랐다고 확신할 수 있어요. 아, 정말이지 토할 것 같아요."

"당신 말이 맞아요." 프랑크는 이렇게 말하며 자유의 다리를 건너 니더라트 방향으로 향했다. "하지만 당신도 나도 바꿀 수 있는 건 아무것도 없어요. 그런다고 요안나가 다시 살아나는 것도 아니고. 그리고 정말 토할 것 같으면 창문은 열고 해요." 그는 씩 웃으며 덧붙였다.

"이상한 소리 마요." 율리아는 가방에서 담배를 꺼내 불을 붙인 뒤 일기장을 휙휙 넘겨보았다. "에리카와 요안나의 일기장을 필적감정가에게 맡기면 그들의 성격을 분석해 볼 수 있겠어요. 어떻게 생각해요?"

프랑크는 어깨를 으쓱했다. "글쎄요, 효과가 있을지 잘 모르겠군요. 그들에 관해 뭘 알고 싶은 건데요?"

"어떤 사람들이었는지, 성격이나 살해당하기 얼마 전의 심리상태 같은 것들, 그러니까 알아낼 수 있는 거면 뭐든지요."

"필적감정이라니, 그거 다 사기예요."

"말도 안 돼요. 내가 아주 용한 사람을 한 명 알고 있어요. 그 사람은 날 만나거나 나에 대해 들은 적도 없었고 심지어 내가 형사라는 것도 몰랐는데, 정말 깜짝 놀랄 만한 감정을 했다니까요. 내현재 상태뿐만 아니라 과거에 대한 것까지 정확히 맞췄고요. 아무한테나 다 맞는 두루뭉술한 소리를 하는 게 아니라, 정말 나한테만 해당되는 말을 하더라고요. 그를 불러봐야겠어요."

"당신이 원하는 대로 해요. 자, 그럼 이제 카롤라 바이트만의 집으로 갈까요?"

"12시까지는 아직 시간이 꽤 있으니, 가능하겠어요. 그 이후에는 리히터를 만나러 가야죠."

오전 10시 45분

"바이트만 씨나 부인과 말씀 좀 나눌 수 있을까요?" 스피커를 통해 어느 젊은 여자 목소리가 들리자, 율리아가 말했다.

"누구시라고 전할까요?"

"율리아 뒤랑과 프랑크 헬머 형사입니다."

"잠깐만 기다리세요."

1분쯤 기다렸을까, 일로나 바이트만이 대문 앞에 모습을 드러냈다. 40대 중반인 그녀는 매력적이며 젊어 보였고, 어두운색 머리카락은 짧게 자른 모습이었다. 율리아는 태닝을 해 까무잡잡한 그녀의 피부를 보고, 적어도 일주일에 한 번씩은 숍에서 관리를 받는 모양이라고 생각했다. 그녀는 수수한 밝은 초록색 원피스를 입고 있었는데, 극도로 수수한 모양새가 오히려 그것이 기성복이 아님을 말해주는 듯했다. 날씬한 몸매에 키가 율리아보다 살짝 더 큰 그녀는 큰 눈에 어두운색 눈동자를 가졌으며, 도톰하고 육감적인 입술에는 립스틱을 칠하고 있었다.

"뒤랑 형사님," 그녀는 문을 열며 말했다, "여긴 어쩐 일이시죠?"

율리아는 악수를 청했다. 율리아는 그녀가 친절한 사람이라는 사실과, 딸의 사망 소식을 들었을 때 어떻게 반응했는지를 잘 기억하고 있었다. 그녀는 이성을 잃거나 울부짖지 않았고, 애통한 마음을 스스로 잘 다스렸었다. 언젠가 그녀는 그건 하느님과 함께였기 때문에 가능했다고 말했었다.

"따님에 관해 다시 말씀 좀 나눌 수 있을까요?"

"그럼요. 들어오세요."

그들은 집 안으로 들어갔다. 그 집은 겉모습뿐만 아니라 내부도 웅장한 느낌을 주었다. 하지만 율리아가 이제껏 방문했던 다른 저택들과는 다르게, 그곳에서는 기분 좋은 편안함과 따뜻함이 느껴졌다.

"자, 앉으세요." 일로나 바이트만은 커다란 창문 맞은편에 있는 소파를 가리키며 말했다. "뭐 마실 것 좀 드릴까요? 차, 아니면 커피?"

"아뇨, 괜찮습니다. 저희는 그러려고 온 게……."

"사양하지 마세요! 잠시만요, 제가 저희 집 오페어로 있는 학생에게 차를 준비해달라고 할게요."

얼마 후 돌아온 그녀는 흰색 가죽 의자 세 개 중 하나에 앉았다.

"자, 제가 뭘 도와드리면 될까요?"

"따님에 관한 몇 가지 사적인 정보가 더 필요해요."

"물어보세요."

그때 차를 끓여 온 오페어가 테이블 위에 찻잔을 내려놓은 뒤 차를 따라주었다.

"고마워, 미셸. 나가면서 문 좀 닫아줘. 잠시 조용히 얘기해야 하니까."

"바이트만 부인, 지난 주말에 두 여성이 또 살해되었는데 그 수법이 따님과 요안나 씨의 경우와 똑같았습니다. 당시에 따님과 요안나 씨 사이에 그 어떤 연관관계도 찾지 못했기에, 저희는 지금 다시 혹시 있을지 모르는 연관관계를 알아내려고……."

"또 두 명이 더 살해를 당했다고요? 세상에! 대체 그 인간은 무슨 생각을 하는 거죠?"

"저희도 한시라도 빨리 알아내고 싶은 심정입니다. 저희가 관심 있는 건 두 가지예요. 하나는, 1년 전에도 여쭤본 것이지만, 따님이 일기를 썼는가 하는 것이고, 다른 하나는 따님이 화려하고 값비싼 속옷을 좋아했는가 하는 겁니다. 혹시 이에 관해 해주실 말씀 있으신가요?"

일로나 바이트만은 잠시 눈을 내리깔고 생각에 잠긴 채 찻잔을 들어 아직 뜨거운 차를 홀짝이며 마셨다. 다시 잔을 내려놓은 그녀는 몸을 뒤로 기대고 다리를 꼬았다.

"첫 번째 질문에 관해서는, 제가 알기로 카롤라는 어렸을 적에는 일기를 썼어요. 그 비극이 있은 후 그 애의 방에 있는 물건을 모두 정리했는데 일기장 같은 건 나오지 않았고요. 낙서와 메모가 적힌 공책 몇 권이 있긴 한데 과연 그게 형사님들께 도움이 될지……. 그리고 속옷 말씀인데요." 그녀의 얼굴에 매력적인 미소가 떠올랐다. "맞아요, 카롤라는 그런 속옷을 좋아했어요. 그걸로 누굴 유혹하려는 게 아니라 그냥 자기만족이었던 거죠. 여자들이 남자 때문에만 그런 속옷을 입는다고 생각하는 건 잘못이에요. 오히려 대부분은 스스로 그게 마음에 들어서 입는 거라고요.

어쩌면 그건 저를 닮아서였을 거예요. 저는 단 한 번도 그냥 면으로 된 속옷을 입은 적이 없는데, 카롤라도 저와 다르지 않았거든요. 일종의 가족력이라고나 할까요. 한번은 카롤라가 속옷 파티에 갔었다는 얘기도 하더라고요. 그런 얘기를 듣는 건 즐거워요. 여자들만 모여서 서로 아름다운⋯⋯." 그녀는 말을 멈추고 당황한 듯 미소 지으며 프랑크를 보고는 다시 입을 열었다. "죄송해요, 이런 말씀까지 드리려던 건 아니었는데."

"괜찮습니다." 율리아는 이렇게 말하고는 웃으며 프랑크를 보았다, "제 동료에게는 굉장히 예쁜 아내가 있어서 분명 그런 데에는 빠삭할 테니까요. 안 그래요, 프랑크?"

프랑크는 살짝 얼굴을 붉히며 마지못해 대답했다. "그럴지도요."

"아주 개인적인 질문 한 가지 더 드려도 될까요?"

"말씀하세요."

"거의 1년이 지난 지금, 부인께서는 따님의 죽음에 대해 어떻게 느끼시나요? 외람된 말씀이지만, 당시 부인은 아주 침착해 보였거든요."

일로나 바이트만은 다시 미소를 지었다. "저도 남들처럼 은둔 생활 같은 걸 할 수도 있었겠지만, 그게 다 무슨 소용인가요? 그런다고 카롤라가 살아 돌아오는 것도 아니고, 산 사람은 살아야죠. 그때 이후로 달라진 유일한 건, 종교와 사후세계에 더 큰 관심이 생겼다는 거예요. 정말 도움이 많이 되었어요. 게다가 저희에게는 열일곱 살 먹은 아들도 있고요. 참 이상하죠, 전에는 죽음이나 종교, 비교 같은 데에는 전혀 관심이 없었는데, 이제는 그때 점성술사가 했던 말이 무슨 뜻인지 이해가 가니 말이에요. 카롤라에게 힘들고 불안한 시기가 찾아올 거라고 했거든요."

"그게 언제였죠?" 율리아는 궁금하다는 듯 물었다.

"그런 일이 있기 서너 달쯤 전이었을 거예요. 카롤라가 별점을 봤는데, 그때 그 애한테 점성술사가 그런 말을 했죠. 하지만 카롤라는 그 얘기를 사업에 관한 거라고 생각했어요. 당시는 그 애가 막 부티크를 오픈했을 때였거든요. 그 힘든 시기라는 게 그 애 신상에 관한 말인 줄은 꿈에도 생각 못했겠죠."

"감사합니다, 바이트만 부인. 정말 많은 도움이 되었어요. 저희는 근처 다른 집에 또 볼일이 있어서 이만 가봐야겠네요. 음……. 따님 방에서 찾으셨다는 그 낙서와 메모가 적힌 공책들 말인데요, 잠시 빌릴 수 있을까요?"

"그럼요. 예전에 카롤라가 쓰던 방에 있어요. 잠깐만 기다리세요, 제가 빨리 가서 가져올게요."

율리아와 프랑크는 차를 다 마시고 자리에서 일어났다. 바이트만 부인은 공책을 넣어둔 파일을 들고 다시 나타났다.

"이 근처 다른 집에 볼 일이 있다고 하셨죠. 궁금해서 그러는데, 실례지만 어느 집에 가시는지 여쭤봐도 될까요?"

"리히터 박사님 집이에요. 가끔 저희와 함께 일하거든요. 범인의 프로파일을 만드는 데 아주 능력 있는 분이세요."

"저도 그분을 잘 알아요. 딸아이가 죽은 뒤에 몇 번 찾아갔었죠. 저 혼자서는 그 상실감을 견디기 어려웠을 거예요. 안부 전해주세요."

"그럴게요. 그럼 안녕히 계세요. 도와주셔서 감사합니다. 이건 이른 시일 내에 돌려드리죠."

"천천히 하세요." 그녀는 미소를 지으며 말했다. "하루빨리 범인이 잡히길 응원할게요. 그런 인간이 더 이상은 나쁜 짓을 저지르지 못하게 해야 해요."

오전 10시 30분

　마리아 반 다이크는 언제나처럼 상담시간에 딱 맞춰 리히터 박사의 집에 도착했다. 세계에서 가장 유명한 독일 출신 영화제작자의 딸인 그녀는 1년 전부터 정기적으로 그를 찾아왔고, 치료는 이제야 작으나마 어느 정도 성과를 보이고 있었다. 리히터는 이것을 단계적 목표라 일컬었다. 열아홉 살인 마리아는 키가 165센티미터가 조금 안 되고 날씬했다. 타고난 풍성한 갈색 곱슬머리는 어깨까지 닿았는데, 햇빛을 받으면 붉은빛으로 빛나는 머리를 항상 풀고 다녔다. 피부는 까무잡잡했고 초록색 눈은 고양이를 연상시켰다. 8년여 전부터 끈질기게 그녀를 따라다녔던 정신적 장애에도 불구하고 그녀는 몇 달 전 대입시험에서 최고점을 받기도 했다.

　오늘 그녀는 청바지와 흰색 블라우스, 청재킷을 입고 흰색 테니스화를 신고 있었다. 진료실로 들어간 그녀는 문을 닫았다. 몇 년 만에 예쁜 숙녀로 성장한 마리아를 보며 리히터는 그녀의 수줍은 성격만 아니었다면 남자들이 줄을 섰으리라 생각했다. 그녀에게서는 전체적으로 부서질 듯한 연약함이 느껴졌고, 우울감에 빠져 있을 때가 아니면 초록색 눈은 에메랄드처럼 빛났다. 리히터는 이 연약하고, 똑똑하고, 외롭고, 불안과 우울함이라는 감옥에 갇혀 사는 소녀를 좋아했다. 그래서 그녀만큼은 꼭 그 상태에서 벗어나게 해주고 싶었다. 그는 처음부터 그녀가 얼마나 특별한 사람인지 알고 있었다. 그녀는 동물과 아이들을 사랑했지만 그녀의 영혼은 제발 이 감옥에서 벗어나게 해달라고, 그래서 살 수 있게, 삶과 사랑을 즐길 수 있게 해달라고 부르짖고 있었다. 열아홉 살밖에 안 된 소녀, 그것도 이처럼 똑똑하고 지혜로운 소녀와 알고 지내는 일은 흔치 않았고, 따라서 그가 그녀의 불안과 우울함을 해결해줄 수 있다면 그녀는 많은 사람에게 하나의 본보기가 될 터였다.

　아직 큰 성과는 없었지만 상담 때마다 리히터는 그녀가 자신이 겪고 있는 고통의 원인에 점차 가까워지고 있다는 기분이 들었다. 그 고통은 부분적으로 그녀의 유년기에 기인했지만, 지배적인 원인은 청소년기에 있었고 바로 이 때문에 그녀는 쾌활한 모습을 잃었던 것이다. 마리아는 항상 심각하고 잘 웃지 않았으며 간혹 웃는다고 해도 그것은 말실수할까 봐 두렵거나 할 때 보이는 당황한 듯한 미소였다. 리히터는 그녀가 남에게 상처를 주거나 남을 때리는 일 같은 건 절대 못하리란 걸 알고 있었다. 그녀의 목소리는 온화하고 조용한 반면, 움직임은 어딘가가 마비된 것 같아 보였다. 어깨는 살짝 구부정했고 눈길은 대개 바닥을 향해 있었다. 자신감이 불안감에 완전히 파묻힌 듯 특히 낯선 사람들 앞에서 큰 불안을 느꼈으며, 그래서 아직까지 단 한 번도 클럽에 가거나 남자친구를 사귄 적도 없었다. 리히터가 알기로 그녀가 가까이하는 사람이라고는 그녀의 부모님과, 오래전부터 친하게 지낸 여자 친구 한 명뿐이었다. 이렇듯 절망적이고 나약한 상태의 마리아를 볼 때마다 리히터는, 그녀가 열 살이던 때부터 그녀의 정신 속에 숨어들어와 지금까지 뾰족한 가시를 곤두세우고 있는 악마를 그녀와 함께 물리치기를 간절히 바랐다.

　리히터는 네 번째 결혼생활을 하고 있는데도 매번 아이를 원치 않는 아내를 만나는 바람에 지금까지도 아이가 없었지만, 만일 아이를 갖게 된다면 그 아이가 마리아 반 다이크와 같은 성격을 가지면 좋겠다고 생각했다.

　"안녕, 마리아." 리히터는 이렇게 말하며 한 손으로 소파를 가리켰다. 비올라 클라이버를 포함한 대다수 환자들은 의자에 앉기를 선호하는 반면, 마리아 반 다이크처럼 소파에 눕는 걸 선호하는 사람도 있었다. 마리아의 심각한 불안증과 우울증의 원인은 아직 베일에 싸여 있었지만, 리히터는 새로 개발된 약과 상담치료를 통해 그 불안과 연관된 정신적 고통을 어느 정도는 손쓸 수 있게 만들었다. 매번 상담을 거치며 그는 그 불안의 원인이 그녀의 가정문제에 있음을 확신하게 되었다. 1년여 전 그녀의 아버지가 마리아를 그에게 보냈을 때, 그녀는 좁은 공간과 사람이 많이 모인 곳이 두려운 나머지 엘리베이터도 타지 않고 백화점 같은 곳에도 들어가지 않았다. 당시 그녀는 삼킴장애와 호흡곤란, 심박동수 증가, 구토, 설사, 어지럼증에 시달렸고 당장이라도 쓰러져 죽을 것 같다는 기분에 고통스러워했다. 그러나 그녀가 무엇보다도 두려워했던 건 바로 물이었다. 그녀가 절대 욕조에 들어가지 않고 샤워만 한다는 말을 처음 들었을 때, 리히터는 그저 의아할 따름이었다.

마리아 반 다이크는 가방을 바닥에 내려놓고 재킷을 벗은 뒤 소파에 누워 두 손을 포개 배 위에 올려놓았다. 극도로 조용하고 내성적인 인상을 주는 그녀는 우울하다 못해 침울해 보였다. 뭔가가 또 그녀를 짓누르고 있다고 느낀 리히터는 치료를 시작하기 전에 이번에는 무슨 일 때문에 그러는지 알고 싶었다.

"오늘 기분은 어떠니, 마리아?" 그는 소파 대각선 방향에 놓인 의자에 앉으며 물었다.

"그냥 그래요."

리히터는 그녀가 다시 입을 열지는 않을까 기대하며 잠시 기다렸다가 마침내 입을 열었다. "무슨 일 있니? 뭐가 널 우울하게 했어?"

"어쩌면요."

"나한테는 털어놓기 싫은 거구나."

"그냥 치료나 시작하세요." 그녀는 천장을 바라보며 말했다.

"좋아, 긴장 풀거라. 지난 두 번의 치료 동안 넌 아주 잘 해줬어. 오늘은 좀 더 깊이 갈 수 있나 보자꾸나."

리히터는 자리에서 일어나 녹음기를 켜고 그녀 앞에 내려놓았다. 그가 조용하고 단조로운 목소리로 몇 마디 하자 곧 마리아 반 다이크는 의식과 무의식 사이를 오가는 상태가 되었다.

몇 가지 의미 없는 질문을 한 뒤 리히터가 말했다. "마리아, 넌 열 살이고, 지금은 여름이야. 휴가 때지. 따스한 햇볕이 느껴지니?"

"너무 뜨거워요." 그녀는 입을 열었다. "친구들이 집에 놀러 왔어요. 이네스, 도리스, 마누엘라 그리고 슈테파니. 우리는 정원에 있는 수영장에서 물장구를 쳐요. 슈테파니가 제일 좋아해요, 걔는 물놀이를 아주 좋아하거든요. 슈테파니네 집에는 수영장이 없어요. 부모님이 우리 부모님처럼 부자가 아니라서요. 우리는 서로 물을 튀기며 장난도 치고, 계속 웃어요. 정말 좋은 날이에요. 리디아 아줌마가 없어서 엄마가 테라스로 간식을 갖다 줘요." 마리아의 눈꺼풀이 파르르 떨렸다. 무의식 속 기억을 끄집어내는 치료를 할 때면 환자들이 흔히 보이는 모습이었다.

마리아가 더 이상 말하지 않자, 리히터가 말했다. "자, 이제 늦은 오후, 6시에서 7시쯤 되었어. 아직 친구들과 함께 있니, 아니면 혼자 있니?"

"아직 있어요. 우린 풀밭에서 공을 가지고 놀아요. 엄마가 나와서 이제 저녁 먹을 시간이니 친구들에게 집으로 돌아가라고 말해요. 아빠는 집에 없고 나는 엄마랑 둘이 있어요." 그녀는 말을 멈추었고, 숨소리가 점차 가빠졌다. 리히터는 그녀의 이마에 땀이 송골송골 맺히는 모습을 주의 깊게 지켜보았다. "오후 내내 수영 장에 있었는데도 엄마는 목욕물을 받아준다고 해요. 난 목욕하기 싫은데, 엄마는 목욕을 안 하면 염소 때문에 피부가 상한대요. 그래서 욕조에 들어갔는데 그때……. 엄마가 들어오더니 내 앞에 서서 날 이상하게 봐요. 왜 저런 눈으로 보는 거죠? 겁이 나요. 엄마가 머리를 감겨주겠다고 해요. 혼자 할 수 있다고 했지만 엄마는 내 말을 듣지 않은 채 샴푸를 들고 나한테 머리카락을 물에 적시라고 해요. 나는 몸을 뒤로 살짝 젖혔고 아직 머리는 충분히 젖지 않았어요. 엄마가 나갔으면 좋겠는데, 나가지 않고 계속 날 이상한 눈으로 보면서 내 머리를 감겨줘요. 욕조에서 나가고 싶은데, 근데 갑자기……. 안 돼, 안 돼, 안 돼, 안 돼!" 그녀는 새된 소리를 지르며 양팔을 버둥거렸다. 그녀의 얼굴은 두려움으로 일그러졌고, 이마에는 굵은 땀방울이 맺혔다.

리히터는 그녀가 다시 진정하는지 잠시 지켜보았지만, 그녀는 계속 소리를 지르며 알아들을 수 없는 말만 해댔다. 그는 그녀를 최면에서 깨운 뒤 그녀의 무의식에서 불러내진 그 기억이 심리적으로든 육체적으로든 그녀에게 해가 되지 않기만을 바랐다. 수년 전, 그가 최면술에 아직 익숙하지 않을 당시 그의 환자 한 명이 치료 도중 숨을 헐떡이며 거의 심장마비에 이를 뻔한 적이 있었다. 리히터는 그 환자에게 만성 심장병이 있다는 것을 미처 몰랐던 것이다.

마리아 반 다이크는 천천히 눈을 떴다. 그녀의 갈색 피부는 부자연스러우리만치 창백했고, 입술에는 핏기가 하나도 없었으며, 숨은 여전히 헐떡이고 있었다. 그녀는 자신의 손을 잡고 진정시키려고 말을 걸고 있는 리히터를 쳐다보았다.

"괜찮아, 괜찮아. 내가 여기 있잖니, 아무 일도 없을 거야. 여기서는 전혀 위험할 일이 없어."

"기분이 안 좋아요." 그녀는 이렇게 말하며 천천히 몸을 일으켰다. "머리도 어지럽고요. 무슨 일이 있었던 거죠?" 그녀는 한 손을 땀에 흠뻑 젖은 이마에 갖다 댔고, 눈빛은 두려움으로 가득 차 있었다.

"일단 정신을 좀 차리거라. 다시 누워서 천천히 고르게 호흡하렴, 눈을 감고 있으면 어지러운 기분이 사라질 거야. 잠시 쉬었다가 다시 이야기하자꾸나."

"비참한 기분이 들어요. 낯선 세계에 혼자 와있는 것 같아요."

"자연스러운 감정이란다. 잠시나마 너는 낯설고 두려운 세계에 다녀온 거야. 하지만 그 덕분에 네 불안증의 원인이 뭔지 알아낼 수 있을 것 같구나."

"제가 뭐라고 했는데요?" 리히터가 아무 대답이 없자, 그녀는 그를 재촉했다. "무슨 일이 있었는지 말씀해주세요."

"자, 일단 앉아서 얘기하자. 마실 것 좀 줄까?"

"물 한 잔만 부탁드려요. 그리고 어서 말씀해 주세요." 그녀는 의자에 앉아 두 다리를 꼭 붙이고 팔을 팔걸이에 올리며 애원했다.

리히터는 물 두 잔을 따라 그와 그녀 사이에 있는 테이블 위에 올려놓았다. 잔을 들어 물을 조금 마신 그녀는 떨리는 두 손으로 잔을 잡은 채 안을 응시했다. 마치 그녀의 기억처럼 수면 위로 보글거리며 올라오는 탄산수의 기포를 보고 있는 듯했다. 리히터는 그녀를 찬찬히 바라보았다. 다소 흥분한 모습의 마리아는 어쩐지 뭔가에 쫓겨 겁을 먹은 노루처럼 보였다.

리히터는 지난 치료 때부터 이미 어떤 의구심을 가졌었다. 사실로 믿고 싶지 않았던 그 의구심은 점점 구체화되어 가고 있었다.

마리아에게 녹음된 내용을 들려주어야 할지 고민이었다. 그러기 전에 그는 먼저, 전에 어느 환자에게 써서 효과를 봤던 한 가지 시도를 해보고 싶었다. 그 환자 역시 마리아와 비슷하게 자기 과거의 주요 부분을 기억하지 못했는데, 스스로 기억을 억누르는 억제작용 때문만이 아니라 특정 사건을 아예 잊어버린 것이었다. 그런데 날씨 좋은 여름날, 어느 초록색 자동차의 뒷자리에 탄 빨간 머리의 주근깨투성이 소녀가 창밖으로 그를 쳐다보았을 때 그는 잊었던 기억을 되찾았고, 결국 리히터에게 그에 관해 털어놓았다. 잊었던 기억을 다시 되살리는 작은 도화선을 찾은 셈이었다. 리히터는 마리아에게도 그와 비슷한 일이 일어날 것이라 예상했다.

"마리아, 아까 네가 이 방에 들어왔을 때 내가 뭘 물어봤었지. 그게 뭐였는지 기억나니?"

"아뇨."

"널 우울하게 한 일이 있느냐고 물었어. 오늘 아침, 아니면 지난 며칠간 널 우울하게 만든 일이 있었니?"

마리아는 침을 꿀꺽 삼키며 허공을 보았다. "그게 제가 욕실에 갔을 때, 욕실 문이 열려있었어요. 엄마가 제 사촌 여동생의 머리를 감겨주고 계셨죠. 숙모가 이틀간 어디 가실 일이 있어서 엄마한테 카롤리네를 좀 봐달라고 하셨거든요. 그런데 엄마가 카롤리네의 머리를 감기는 모습을 본 순간 아주 이상한 장면들이 제 머릿속을 스쳐갔어요. 이상하게 들릴지 모르지만, 정말 그랬어요. 그 장면들이 절 깜짝 놀라게 했고요."

"마리아, 엄마와의 관계는 어떠니?"

마리아는 어깨를 으쓱했다. "저도 모르겠어요. 어떤 때에는 아예 관계가 없는 것 같기도 해요. 엄마가 꼭 낯선 사람처럼 느껴지는 순간이 있거든요. 그러다가도 엄마는 자기가 마치 제 절친한 친구라도 되는 것처럼 행동하세요."

"네가 어렸을 때에는 어떠셨는데? 엄마가 널 많이 사랑해주고, 아껴주고, 자주 쓰다듬어주셨니? 아니면 반대로 널 때리거나 하신 적 있어? 기억할 수 있겠니?"

마리아는 바닥을 내려다보며 고개를 좌우로 살짝 흔들었다.

"못할 것 같아요."

"못할 것 같다고? 그럼 확실치 않다는 거야?"

"녹음기를 틀어주세요, 그럼 알 수도 있잖아요."

"너 스스로 알아낼 수 있어. 이틀 전 욕실 안을 들여다봤을 때 어떤 장면들이 떠올랐니?"

마리아는 두 눈을 감았다. 물을 한 모금 마신 그녀는 잔을 꼭 붙들고 있는 듯했다. "잘 모르겠지만, 머릿속이 빙빙 도는 느낌이었어요. 엄마가……." 순간 말을 멈춘 마리아는 믿을 수 없다는 듯 두 눈을 크게 뜨고 리히터를 보았다. 그녀의 입이 벌어졌고, 입술에는 다시 핏기가 돌았으며 얼굴의 창백한 기운도 사라졌다.

"엄마가……?" 리히터는 몸을 앞으로 숙이며 말을 재촉했다.

"정확히는 모르겠지만……." 그녀는 다시 말을 멈추고 침을 삼켰다.

"너는 네 친구들, 슈테파니, 이네스, 마누엘라, 그리고 도리스와 함께 있었어. 너희는 수영장에 모여 놀다가 풀밭에서 공을 가지고 놀았지. 그리고 얼마 후 너희 어머니가 친구들을 집으로 보내셨어. 그런 다음 너에게 목욕을 해야 한다고 했고. 그 뒤에 무슨 일이 있었지?"

마리아는 이마를 찌푸리며 긴장한 듯 손에 든 잔을 빙빙 돌렸다. 갑자기 그녀는 거의 속삭이는 듯한 목소리로 말했다. "엄마가 머리를 감겨주셨고⋯⋯."

"그리고?"

그녀는 눈에 눈물이 고인 채 말을 이어가려 노력하고 있었다. "엄마가 저를 물속으로 밀어 넣었어요. 제 눈에는 엄마의 얼굴과 증오 어린 눈만 보였고요. 엄마가 저를 죽이려는 것 같았어요. 하지만 당시에 저는 수영을 잘했고 잠수에도 능했죠. 그래서 숨을 참고 내내 엄마를 쳐다봤어요. 곧 죽을 것 같다는 생각이 들던 찰나, 엄마가 저를 물 밖으로 끌어내서 파란색 욕실 깔개 위에 눕혔어요. 그러고는 커다란 흰색 수건으로 제 몸을 싸더니 말도 없이 아래층으로 내려가셨고요. 이제 정확히 기억나네요. 꼭 어제 있었던 일처럼요."

"어머니가 너한테 그런 짓을 한 게 그때뿐이었니?" 리히터는 바쁘게 메모하며 물었다.

마리아의 기억은 한 조각, 한 조각씩 되돌아오고 있었고 그 속도는 리히터가 예상했던 것보다 빨랐다. 마리아는 다시 입을 열었다. "제가 여덟 살인가 아홉 살이었을 때, 엄마와 단둘이 집에 있던 날이었어요. 엄마를 불렀는데 아무 대답이 없었죠. 엄마가 집에 계신 걸 알았기에 온 집 안을 돌아다니며 엄마를 찾았고, 결국 위층에 있는 엄마의 침실까지 가게 되었어요." 그녀의 눈은 불안하게 움직였고, 두 손은 잔을 너무 세게 쥔 나머지 금방이라도 깨뜨릴 것만 같았다. 리히터는 조심스럽게 그녀의 손에서 잔을 빼냈다.

"엄마는 침대에 누워계셨어요. 벌거벗은 채로 그걸⋯⋯. 엄마는⋯⋯ 그러니까 그걸 가지고⋯⋯ 자위를 하고 계셨어요. 제가 방에 들어온 걸 본 엄마는 웃으면서 가까이 오라고 말씀하셨어요. 엄마는 자기 말을 안 듣는 걸 절대 용납하지 않으셨기에 저는 순순히 그 말에 따랐죠. 그랬더니 저를 침대로 잡아끄시더니 옷을 벗으라고 말씀, 아니 명령하셨어요. 제가 옷을 다 벗자 엄마는……." 마리아는 마음의 평정을 지키려 노력하며 두 주먹을 꼭 쥐고 의자 손잡이를 계속 내려쳤다. 그녀는 훌쩍이며 말을 이었다. "엄마는 저한테 다리를 벌리라고 하시더니 그 끔찍한 걸……. 정말이지 너무나 아팠고 침대시트는 피로 다 젖었어요. 그런데도 엄마는 깔깔대고 웃으면서 저더러 이제 여자가 되었다고 하시는 거예요. 그때는 그게 무슨 말인지도 몰랐죠. 그러더니 갑자기 저를 껴안고 쓰다듬으면서 그 일은 더 이상 생각하지 말고 그냥 잊어버리라고 하시더군요. 엄마와 저만의 비밀이라면서요. 또 협박조로 다른 사람한테 그런 얘기를 해봤자 웃음거리만 될 거라고 하셨어요. 아버지한테 말해도 웃으실 거라고요."

"잘하고 있어, 마리아. 다 털어놓으렴. 부모님께는 아무 말 안 할 테니 그런 건 걱정하지 말고."

"엄마가 저한테 왜 그러셨을까요?" 마리아는 눈물을 흘리며 조용히 물었다. "왜죠? 전 그분의 딸이에요! 하긴, 엄마는 아들을 훨씬 더 갖고 싶어 하셨죠. 어렸을 적에 엄마와 둘이 있을 때 엄마가 몇 번 그런 얘기를 하셨던 게 이제야 기억나네요. 분명 저 같은 딸이 아니라 아들을 원하셨기 때문에 그랬겠죠. 아마 엄마한테는 제가 죽는 편이 더 나았을 거예요. 맙소사, 이건 사실일 리가 없어요! 사실이 아니라고요! 어떻게 내 엄마가!"

"다른 거 더 생각나는 일은 없니?"

"글쎄요. 제가 다섯 살인가 여섯 살이었을 때 집에 개가 한 마리 있었어요. 멋지게 생긴 콜리였는데, 정확히 말하면 엄마가 키우시는 개였고, 이름은 프린스 에드워드였죠. 제가 그 개와 함께 정원에서 공을 가지고 놀다가 공 하나가 수영장에 빠졌고, 프린스

에드워드도 덩달아 빠지게 되었어요. 그러자 엄마가 불같이 화를 내시는 거예요. 지한테 막 소리를 지르셨는데, 걔는 절대로 수영장에 들어가면 안 된다, 몇 번을 말해야 알아 듣냐, 뭐 그런 내용이었던 것 같아요. 그러더니 말없이 저를 홱 잡아끄시더니 대형 냉장고가 있는 지하실로 끌고 가서, 그 냉장고 안에 밀어 넣고 문을 잠가버리셨어요. 저는 그보다 더 어렸을 때 그 냉장고 문을 닫으면 불도 저절로 꺼지느냐고 물은 적이 있는데, 그 해답을 그때 알게 되었어요. 그 안은 어둡고 추웠죠. 엄마가 저를 얼마나 오랫동안 그 안에 놔뒀는지는 기억이 안 나지만, 어쨌든 엄마가 꺼내 주셨을 때 적어도 몸이 얼지는 않았어요. 반바지에 얇은 셔츠 차림이었는데도 말이에요."

"그러니까 아버지나 집안일을 도와주는 사람들이 집에 없을 때마다 그랬다는 거구나, 맞지?"

"네, 매번 엄마와 저, 둘뿐이었어요. 하지만 엄마는 절 죽이지는 않고 학대만 했죠. 제가 선생님을 찾아오는 걸 엄마가 왜 그렇게 심하게 반대했는지 이제야 알겠네요. 아빠가 끝까지 고집하신 덕분에 다행히 이렇게 오게 되었지만요. 이제 어떻게 해야 하죠?" 그녀가 물었다.

"앞으로 한참 더 치료를 받아야 해. 최면술도 몇 번 더 쓰고. 그러고 나면 너의 그 불안증을 해결할 수 있을 거야."

"하지만 이제 엄마 얼굴을 어떻게 봐요? 매일 한 지붕 아래 살아야 하는데 기억이 다 되돌아와 버렸으니……."

"아니, 할 수 있어. 지난 세월 동안 그토록 너를 괴롭혔던 것, 그게 뭔지 알았잖니. 불안증은 아무 이유 없이 생기는 게 아냐, 항상 원인이 존재해. 그리고 그 불안증이나 그것의 원인은 네 책임이 아니야, 네 어머니 책임이지. 그걸 항상 염두에 두렴. 그냥 평소에 하던 대로 행동하도록 노력해 봐. 어머니를 괴물로 보지 말고 그저 너랑 같은 집에 사는 여자라고 생각해. 정신적으로 아주 심한 문제가 있는 여자라고."

리히터는 말을 멈추더니 책상으로 가 담뱃갑을 꺼내 한 개비에 불을 붙였다. 지치고 긴장한 그는 창가로 걸어가 밖을 내다보았다. 그러자 마리아도 자리에서 일어나 그의 옆으로 가서 섰다.

"저도 하나 주실래요?" 그녀가 물었다.

"너 담배 피우니?"

"그냥 가끔 친구랑 있을 때만요. 그런데 지금은 정말 피우고 싶네요."

그녀가 담배를 받아들자, 리히터는 불을 붙여주었다.

"내가 너희 아버지와 이야기해보마."

"안 돼요, 제발 말씀하지 마세요!"

"해야만 해. 네가 이야기한 일에 대해서는 말하지 않으마. 그냥 너를 독립시키는 게 나을 것 같다고만 말할 거야. 이미 네 아버지가 납득할 만한 이유도 생각해뒀어."

"전 한 번도 혼자 살아본 적이 없는 걸요. 잘할 수 있을지 모르겠어요." 마리아는 회의적인 표정을 지으며 말했다.

리히터는 한 손으로 턱을 쓰다듬으며 생각에 잠긴 얼굴로 마리아를 보았다. "내가 아는 어느 젊은 여자가 있는데, 큰 집에 혼자 살기 싫다며 룸메이트를 구하고 있어. 거리도 여기서 꽤 가깝고. 원한다면 오늘이라도 전화해서 네가 그 집으로 들어가도 되는지 물어보마. 그럼 혼자 살지 않아도 되잖아."

마리아는 그제야 미소를 지어 보였고, 리히터는 그녀의 에메랄드 빛 눈에서 감사의 마음을 읽을 수 있었다.

"엄마가 왜 그러셨는지는 앞으로도 절대 이해할 수 없을 거예요. 하지만 언젠가는 물어보려고 해요. 마음의 준비가 되면요. 언젠가는." 그녀는 잠시 쉬었다가 다시 창밖을 내다보았다. "선생님은 3년 전부터 부모님과 알고 지내셨죠. 아빠와는 친구지간이시고요. 두 분의 사이는 어떠세요?"

"네가 나한테 한 얘기를 부모님에게 전할까 봐 걱정되니?"

"어쩌면요."

"전에도 여기서 우리가 했던 얘기들을 내가 부모님에게 발설했다는 느낌이 든 적 있었어?"

"네."

"그래, 네가 열일곱 살이었을 때는 아마 그랬겠지. 그때는 너의 상태를 알려야 했으니까. 하지만 이제 너도 성인이니, 난 침묵의 의무를 지게 된단다. 이제 너희 아버지도 어머니도 여기서 한 얘기에 대해서는 한마디도 못 들을 거야. 내 말 믿어도 돼."

다시 침묵. 마리아는 생각에 잠겼다. 그녀는 리히터를 바라보았다. "선생님께서 약속하신다면 괜찮아요. 하지만 만약 선생님께서 부모님에게 그 일에 대해 말씀하신다면 그땐 절 다시는 못 보게 되실 거예요."

"약속하마. 그리고 오늘 6시쯤 전화해주렴. 그때까지 그 집에 대해 좀 더 자세히 알아볼 테니까. 하지만 6시 반부터는 내가 전화를 못 받을 거야."

"감사해요." 마리아는 시계를 보았다. 벌써 12시 반이었다. "시간이 훨씬 지났네요." 그녀는 이렇게 말하며 다시 웃었다. "그럼 저는 가볼게요. 이따 전화드릴게요."

"잠깐만." 리히터는 책상 서랍을 열며 말했다. "자, 진정제다. 가장 약하게 처방한 거지만 그래도 하루에 세 알을 초과해서 먹지는 말아라. 아침, 점심, 저녁에, 될 수 있으면 식사 전에 먹도록 해.

다른 약과 같이 먹어도 상관없고. 자, 그럼 안타깝지만 이제 너를 내보내야겠는걸." 그는 웃으며 말했다. "곧 올 사람이 있거든. 이따 전화하는 거 잊지 말고. 참, 그리고 내일 오후에 시간을 낼 수 있을 것 같은데. 이제부터는 일주일에 한 번 만나는 것 가지고는 모자랄 듯하구나. 내일 3시까지 올 수 있니?"

"네."

"좋아, 그럼 내일 보자."

리히터는 마리아를 문 앞까지 배웅했다. 문 앞에서 그녀가 말했다. "다음 치료도 아주 힘든 시간이 될 것만 같아요."

"넌 견뎌낼 수 있어. 우리 둘 다 네 불안증의 원인을 알았잖니. 이제 모든 게 분명하게 밝혀질 거야. 조심해서 가렴."

다시 방으로 돌아온 리히터는 코냑 한 잔을 따라 단숨에 마셨다. 의자에 앉아 몸을 뒤로 기대고 눈을 감았다. 관자놀이 부근이 쿵쿵 뛰었다. 그리도 찾아 헤맸던 불안증의 원인이 마리아의 어머니였다니, 꿈에도 생각 못했던 일이었다. 그는 인생을 아직 제대로 파악하지 못했고, 아마 앞으로도 영원히 그럴 것이라며 자신의 삶을 저주했다. 그는 3년 넘게 마리아의 어머니와 알고 지냈다, 그것도 아주 잘. 그는 클라우디아 반 다이크의 냉소적인 태도, 도발적인 성격, 그리고 모든 것을 가능하면 완벽하게 하려는 야망에 대해 알고 있었다. 하지만 무엇보다도 은밀히 만나는 애인으로서의 그녀를 가장 잘 알았다. 침대 위에서 그녀는 진정한 악마가 되어 때로는 그의 이성을 송두리째 앗아가곤 했으니까. 그녀는 그 누구보다 진하게 남을 사랑하거나, 증오할 수 있는 여자였다. 하지만 자기 딸을 학대하고 거의 죽일 뻔했다니, 그것만큼은 그도 도무지 이해할 수가 없었다.

두 사람은 오늘 밤 밀회를 위해 따로 마련해둔 집에서 만나기로 약속한 상태였다. 그러나 마리아의 이야기를 들은 이상 그는 클라우디아를 아무렇지 않게 대할 수가 없었다. 그가 다시 코냑 한 잔을 따라 단숨에 비운 찰나, 초인종이 울렸다. 그는 자리에서 일어나 문 쪽으로 걸어갔다.

오후 12시 30분

그들은 20분 정도 차 안에 앉아있었다. 율리아가 담배를 피우며 말했다. "알베르츠 부인과 바이트만 부인, 두 사람이 얼마나 다른지. 게다가 바이트만 부인은 정말 개방적이지 않아요? 그 속옷 얘기만 해도 그래요. 당신도 그런 속옷을 좋아해요?"

"어떤 남자가 안 좋아하겠어요?" 프랑크가 웃으며 대답했다.

"당신도 그런 것에 열광한단 말이에요?"

"하루에 20시간을 일하고 퇴근하는 날만 아니면 그렇죠. 자, 이제 들어가도 될 것 같은데요." 프랑크는 시계를 보며 말했다. 자동차 문을 닫으며 그는 이렇게 덧붙였다. "나딘도 그런 값비싼 속옷을 꽤 많이 가지고 있답니다!"

"나중에 다시 말해줘요, 아니, 오늘 저녁에라도 구경 좀 하고 싶네요. 나딘의 속옷 말이에요. 그런 걸 입으면 나도 남자들에게 인기가 좀 있으려나."

"안 그래도 인기 좋으면서……."

"그럼 왜 지금까지 이렇게 허탕만 치고 있겠어요?"

"내가 알아요? 만약 내가 나딘과 결혼하지 않았다면, 아마 우리 둘이 잘 됐을지도 모르죠."

"당신 별자리가 뭐예요?" 율리아가 물었다.

"산양자리요."

"산양자리와 전갈자리라. 잘은 모르지만 잘 맞았을 수도 있겠네요. 내가 나딘보다 한발 늦었군요. 하지만 난 나딘처럼 당신한테 호화로운 삶을 제공해줄 수 없었을 거예요. 나딘처럼 예쁘고 돈 많은 여자는 당신 인생에서 딱 한 번밖에 못 만날 걸요."

"난 돈을 별로 중요시하지 않는다는 거, 당신도 알잖아요. 돈이란 건 어느 정도 있으면야 좋지만, 거기에만 집착하는 순간 악마로 변해버린다고요. 나딘과 나도 아주 평범하게 살고 있어요. 우리가 가진 돈이 얼만지 다른 사람들에게 알려서 뭐해요?"

리히터의 집까지 천천히 걸어가던 중, 그들은 긴 갈색 머리의 한 젊은 여자와 마주쳤다. 그녀는 다소 당황한 표정으로 그들을 흘긋 보고는 지나쳐 갔다. 프랑크가 초인종을 눌렀고, 얼마 후 문이 열렸다.

"아, 뒤랑 형사님과 헬머 형사님 아니십니까. 들어오세요, 방해할 사람은 아무도 없답니다. 제 환자도 방금 갔고요."

"그 갈색 머리의 젊은 여자 분이요?" 율리아가 물었다.

"네."

"그렇게 젊고 예쁜 여자 분이 무슨 치료를 받나요?"

"죄송하지만 그건 말씀드릴 수 없습니다. 하지만 저처럼 이 분야에서 잔뼈가 굵은 사람도 해결하기 힘든 경우입니다. 이 일을 하다 보면 끊임없이 영혼의 심연에 빠져들게 되죠. 자, 그럼 일단 앉아서 말씀해보시죠."

"저희가 찾아온 이유는 두 가지입니다." 이렇게 말한 율리아는 테이블 위에 재떨이가 놓여있고 방 안에서 담배 냄새가 나는 것을 보고 담배를 꺼내 불을 붙였다. "괜히 빙빙 돌려 말하기 싫으니 바로 말씀드리죠. 유디트 카스너라는 여자를 아시나요?"

율리아는 자신의 눈을 피하지 않고 보는 리히터의 표정을 하나라도 놓칠세라 주의 깊게 관찰했다. "유디트 카스너라." 이마를 찌푸리며 생각에 잠긴 그는 잠시 후 생각난 듯 입을 열었다. "네, 그럼요, 압니다. 하지만 잘 아는 건 아니고요. 그녀에게 무슨 일이 있나요?"

"어떻게 아시는 사이죠?"

"먼저 하나 여쭤보죠. 왜 제가 그녀와 아는 사이일 거라고 생각하시게 됐습니까?"

"유디트 씨의 전화번호부에 박사님의 이니셜과 전화번호, 그리고 휴대폰 번호가 나왔습니다."

리히터는 명상에 잠긴 듯한 미소를 지으며 역시 담배에 불을 붙인 뒤 길게 한 모금 들이마셨다가 코로 연기를 내뱉었다. 순간 그는 진지한 눈빛을 하더니 몸을 앞으로 숙였다.

"잠깐." 그는 눈을 가늘게 뜨며 말했다. "그녀가 이유 없이 자진해서 전화번호부를 보여줬을 리는 없었겠죠, 안 그런가요? 뭔가 다른 이유가 있군요. 그런데 왜 제 번호가 거기 적혀있을까요?"

"모르죠. 유디트 씨가 자진해서 준 게 아니라, 저희가 유디트 씨 컴퓨터에서 찾아낸 겁니다. 그분은 돌아가셨어요."

"뭐라고요?" 리히터가 불쑥 말했다. "어떻게 된 일입니까?"

"살해당하셨어요. 자, 이제 어떻게 유디트 씨를 알게 되셨는지, 그리고 어느 정도 친한 사이인지 말씀해주시겠어요?"

리히터는 어찌할 바를 모르는 얼굴이었다. 오늘은 아침부터 종일 정신이 하나도 없었다. "이제 기억도 가물가물한데, 1년 반인가 2년 전쯤 제 친구 놈이 연 파티에서 알게 됐을 겁니다. 잠깐 대화를 나누고 서로 명함을 교환했던 게 다였어요."

"박사님 명함에 휴대폰 번호도 적혀있나요?"

"네, 직접 보시죠." 그는 명함 한 장을 들고 와 율리아에게 내밀었다. "집과 진료실 전화번호는 지워놨으니, 그녀는 이 번호만 알았을 거예요."

"어떤 친구분 집에서 만나셨나요?"

"콘라트 레벨이요. 아마 누군지 잘 모르시겠죠. 콘라트는 신비로운 현상이나 비교 같은 분야와 관련된 활동을 하는데, 스스로 인생상담가라고 부릅니다. 재미있는 친구죠."

율리아는 담배를 한 모금 피운 뒤 다음 질문을 이어갔다. "유디트 씨와 잠자리를 가지셨나요?"

리히터는 웃음을 터뜨리며 고개를 가로저었다. "아뇨, 안 그랬습니다. 그녀가 어떤 일에 종사하는지 알고 나서 아예 만날 생각도 하지 않았는걸요. 학생이면서 매춘으로 돈을 벌어 호화로운 삶을 살고 있다는 것만 알았죠. 도움이 못 되어 유감입니다."

"말씀하신 내용이 정말 사실인가요?"

"맹세합니다. 이제껏 살면서 제법 많은 여자와 잠자리를 가져왔지만 그 대가로 돈을 낸 적은 없어요. 게다가 제게는 저 같은 연배의 남자라면 누구나 동경할 만한 젊은 아내도 있는 걸요."

"일요일에서 월요일로 넘어가는 새벽에 어디 계셨나요?"

"아내와 함께 집에 있었습니다. 아내에게 물어보셔도 좋아요. 지금은 집에 없지만……."

"알겠습니다." 율리아는 이제 됐다는 듯 손짓했다. "저는 박사님을 믿어요. 유디트 씨와 관계를 갖지 않았다는 말씀도 믿고요."

율리아는 담배를 비벼 끈 뒤 몸을 뒤로 기댔다. "리히터 박사님, 저희가 온 두 번째 이유는 범인의 프로파일이 필요해서예요. 저희 수사에 도움을 주실 수 있으실까요?"

리히터는 고개를 끄덕였다. "물론입니다. 뭐가 필요한지는 형사님도 알고 계실 테죠. 현장 사진들 전부, 과학수사반의 보고서 전부, 부검보고서 등등. 어떤 방식으로 살해당했나요?"

"사실 유디트 씨는 연쇄살인사건의 네 번째 피살자입니다." 이번에는 프랑크가 입을 열었다. "저희는 범인이 어떤 성격을 가진 놈인지 알아야만 합니다."

"유디트가 네 번째라고요?" 리히터는 고개를 갸우뚱하며 눈을 가늘게 떴다. "다른 피살자들은 누구입니까?"

"요안나 알베르츠, 카롤라 바이트만, 그리고 에리카 뮐러입니다. 현재까지는 살해당한 여성들이 서로 아는 사이였다는 단서가 없어요. 나이, 출신, 생활수준, 외모 등등 가지각색입니다."

"카롤라 바이트만." 리히터는 생각에 잠겨 말했다. "저는 몇 년 전부터 그녀의 부모님은 물론 그녀와도 알고 지냈습니다. 죽었다는 소식을 듣고 깜짝 놀랐었지요. 그 일이 있고 나서 그녀의 어머니도 저를 몇 번 찾아오셨고요. 정말 끔찍한 일이에요. 하지만 바이트만 부인은 아주 강한 분입니다…… 그런데 그 네 건이 전부 같은 범인의 소행이라고 확신하십니까?"

"물론 확신합니다. 아무도 그렇게 세세한 부분까지 똑같이 범행을 저지를 수는 없어요. 범인은 한 명입니다."

"그렇다면 제가, 그리고 무엇보다도 형사님들께서 바쁘게 움직여야겠군요. 최선을 다하겠습니다. 말씀드렸다시피, 프로파일을 만들려면 사건과 관련된 모든 자료가 필요합니다. 서류 복사본들과 사진들을 최대한 오늘 안으로 보내주세요. 저도 가능한 한 빨리 결과를 내도록 노력할 테니까요. 하지만 부디 기적을 기대하지는 마십시오."

"잠시 전화기 좀 써도 될까요?" 율리아가 물었다.

"그럼요."

율리아는 베르거에게 전화를 걸었다. "율리아예요. 지금 리히터 박사님 댁에 와있어요. 과학수사반 보고서와 부검보고서를 전부 복사하고, 사진을 현상해서 그것들을 최대한 빨리 박사님 댁으로 보내주세요."

수화기를 내려놓은 율리아는 리히터를 쳐다보았다. "아직 수사는 아무런 진척이 없어요." 그녀가 말했다. "지금까지 범인에 대한 단서가 단 하나도 나오지 않았거든요. 지문은 물론이고 그 어떤 흔적도 남기지 않았어요. 꼭 유령처럼요. 살해당한 여자들 사이의 연관성도 아직 모르는 걸요. 마치 자기 꼬리를 쫓는 개마냥 제자리만 맴돌 뿐이에요. 다만 피살자 중 두 명의 일기장이 있는데, 그중 한 명의 것은 어제 제가 봤고 다른 한 명의 것은 오늘 저녁에 살펴볼 예정이에요. 박사님, 언제쯤 저희가 첫 결과를 받아볼 수 있을까요?"

리히터는 어깨를 으쓱하고는 또다시 담배에 불을 붙이며 대답했다. "사건 규모에 따라 다른데, 네 명이나 죽었다니 사진과 보고서들을 훨씬 더 꼼꼼히 살펴봐야겠죠. 일단 목요일 정도로 생각하고 계세요. 하지만 장담은 못합니다."

"그때까지 아무 일도 안 일어나기를 빌어야겠군요."

"작년에는 각 사건 사이의 시간 간격이 얼마나 됐습니까?" 리히터가 물었다.

"2주 정도 됐어요."

"그런데 이번에는 일주일 안에 다 일어난 거군요." 그는 생각에 잠겨 말했다. "그건 범인의 감정이 격해졌다는 걸 의미합니다."

"아뇨, 일주일도 채 안 갔어요." 율리아가 말했다. "불과 몇 시간 안에 일어난 일인걸요."

"휴, 이거 어렵군요. 범인이 이걸로 범행을 끝낼 확률은 거의 없어 보입니다. 그는 현재 통제 불가능한 상황에 처해있어요. 자기 자신도 멈출 수가 없는 겁니다. 어떤 계획을 세우고 철저하게 그 걸 지키고 있는 것일 수도 있지만 무작위로 피살자를 고르는 것 일 수도 있는데, 후자의 경우 범인을 찾기가 훨씬 어려워요. 그렇 지만 이 사건은 연쇄살인범의 전형적인 행동방식을 보여 주고 있 습니다. 그들 대부분은 처음에는 불규칙적인 시간 간격을 두고 범행을 저지르기 때문에 단서를 찾기가 쉽지 않지만, 뒤로 갈수 록 살기가 올라 그 간격이 짧아지거든요. 첫 살인을 통해 사람을 죽이는 데 대한 망설임을 극복하고 나면, 두 번째 살인부터는 과 감해집니다. 처음 한두 번 정도는 양심의 가책을 느낄 수도 있지 만 그 이후로는 그 양심이란 게 무뎌져서 별 느낌 없이 살인을 계 속하게 되는 거죠. 마지 조명 스위치를 꺼버리는 것처럼요.

범인이 정말 마지막 두 피살자를 몇 시간 안에 모두 살해했다 면, 더 이상 그를 막을 수 있는 건 없습니다. 범인의 양심, 인간의 목숨에 대한 주의가 자리 잡은 그 내면의 방문은 이미 굳게 닫혀 버렸으니까요. 범인 스스로 그 문을 잠그고 열쇠를 던져 버린 겁 니다. 범죄의 역사를 살펴보면, 연쇄살인범들의 경우 살인에 진 정한 흥미를 느끼게 되는 시점이 있습니다. 그중 일부는 심지어 살인을 예술로, 오직 자기만의 예술로 승화시키기도 하죠. 이런 경우 피살자들은 조각가의 돌처럼 범인의 목표를 위한 수단밖에 는 안 되는 겁니다. 범인의 눈에 피살자들은 더 이상 인간이 아닌 사물에 불과한 것이고요. 범인은 주목받고 싶어 하고, 대중들의 눈에 띄고 싶어 하며 살인을 일종의 축제로 여깁니다. 이건 일종 의 망상이지만, 그 정도 되는 사람들은 안타깝게도 정상으로 돌 아오기 힘들죠. 이거, 아직 자세한 내용도 모르면서 마음대로 지 껄였네요." 리히터는 말을 멈추고 두 형사를 바라보았다. 율리아는 미소를 지어 보였다.

"그 예술에 관한 얘기는 맞는 것 같아요. 아주 특이한 사람이라는 것도 확실하고요. 어쩌면 머리가 아주 비상하고, 세심하고, 매력적이고, 사람 만나는 걸 좋아하는……."

"어떻게 그런 추측을 하게 되셨죠?"

"지난 주말에 피살자 중 한 명인 에리카 뮐러의 일기장을 읽었어요. 그녀는 일요일에서 월요일로 넘어가는 새벽에 그뤼네부르크 공원에서 발견됐죠. 그 일기장에서 범인에 대한 단서를 발견했는데, 안타깝게도 이름은 I라는 이니셜로만 적혀있었어요."

"혹시 그 일기장도 좀 보여주실 수 있나요?" 리히터가 물었다.

율리아는 잠시 망설이다가 결국 입을 열었다. "복사는 해드릴 수 있을 것 같아요. 아직 저도 그게 필요해서요."

"좋습니다, 그거야 그리 중요한 일도 아니니까요. 다른 하실 말씀 있으신가요?"

"아뇨, 당장은 이것으로 됐습니다. 그럼 일을 마치시는 대로 연락 주세요. 용의자의 범위라도 줄일 수 있게요. 오후까지는 자료들을 받아보실 수 있을 거예요."

두 형사는 자리에서 일어났고, 율리아는 리히터에게 악수를 청했다. "미리 감사드립니다."

"제가 도움이 되어야 할 텐데요." 그가 말했다. "그런데 피살자들의 나이가 어떻게 됩니까?"

"스물두 살에서 서른여섯 살 사이에요. 그것도 자료에 다 나와 있을 겁니다. 그럼 안녕히 계세요."

율리아와 프랑크를 밖까지 배웅한 리히터는 문가에 서서 상쾌한 공기를 깊이 들이마셨다. 두 손을 바지 주머니에 찔러 넣은 채 잠시 서 있는데, 전화벨이 울려 다시 집으로 들어갔다. 비교도이자, 리히터의 가장 친한 친구 중 한 명인 콘라트 레벨이었다. 그는 오늘 오후 약속을 확인하고자 전화한 것이었다.

오후 1시 45분

율리아와 프랑크는 노점에서 커리 소시지를 사 먹은 뒤 경찰청으로 돌아갔다. 여느 때와 마찬가지로 베르거는 통화 중이었다. 크리스티네 귀틀러와 로베르트 빌헬름은 책상에 앉아 조용히 대화를 나누고 있었다. 율리아는 옷걸이에 가방을 걸며 그들을 흘긋 보았다. 두 사람이 그녀에게 다가왔다.

"그래서," 율리아가 자리에 앉으며 말했다. "유디트에 대해 뭔가 알아냈나요?"

"들어보세요." 크리스티네가 입을 열었다. "유디트 카스너, 1974년 10월 23일 프랑크푸르트 출생. 아버지는 신원 미상, 어머니는 5년 전, 유디트가 대입시험을 최고점으로 통과한 뒤 얼마 안 되어 사망했어요. 이후 몇 달간 유디트는 연방 장학금과, 어머니가 유디트를 수령인으로 해두었던 소액의 생명보험금으로 생활했습니다. 그녀는 형편이 어려운 집안에서 자랐어요. 어머니는 1977년부터 회히스트에 있는 빅토르 골란츠 양로원에서 주방 일을 하며 간호사 기숙사에 있는 자그마한 방에서 그녀와 둘이 살았다고 합니다. 다른 형제자매나 친척은 없고요. 1994년 가을부터 프랑크푸르트 대학교에서 수학과 물리학을 공부했고 시험 성적은 항상 우수했습니다. 켈스터바허 가에 있는 집은 1997년 9월부터 그녀의 명의로 되어있었고, 그녀는 그곳을 매춘업을 하는 장소로 사용했어요. 무슨 돈으로 그 집을 샀는지는 아직 모르지만, 아마도 돈 많은 후원자가 있었던 걸로 추정됩니다. 현재까지 알아낸 바로는 그녀에게 두 개의 은행계좌가 있었는데, 그중 하나인 드레스드너방크에는 10만8천 마르크, 또 프랑크푸르트 저축은행에는 8만7천 마르크가 들어있었어요. 그녀가 죽기 전까지 그 일을 했는지는 아직 알아내지 못했습니다. 현재 그녀와 관계를 맺었을 가능성이 있는 남자들을 조사하는 중이에요. 이웃들은 그녀를 눈에 잘 안 띄고 조용한 여자로 기억하고 있었습니다. 저희가 알아낸 사실은 현재로서는 이게 다예요."

"꽤 많은 걸 알아내셨네요. 잘하셨어요." 율리아는 의자를 빙 돌려 프랑크 쪽을 보고 앉았다. "그러니까 토스카나에 돈 많은 엄마가 있다는 건 순전히 지어낸 얘기였네요. 장담하는데, 유디트는 이미 오래전에 몸 파는 일을 그만뒀을 거예요. 앞으로의 커리어를 생각해서 그만둘 수밖에 없었겠죠. 분명 그 집은 물론이고 그렇게 호화스러운 생활을 가능하게 해주는 후원자가 있었을 거예요, 그렇지 않으면 도저히 말이 안 되잖아요."

"만일 유디트가 돈 많은 후원자로부터가 아니라 다른 방법으로 돈을 얻었다면요?" 프랑크는 책상에 팔꿈치를 받친 채 생각에 잠긴 얼굴로 물었다.

"그게 무슨 말이에요?"

"그러니까, 예를 들면 협박 같은 거 말이에요. 고급 매춘부였으니 만나는 족족 전부 돈 많은 남자들이었을 테고, 경우에 따라서는 권력 있는 남자도 있었겠죠. 그들 중에는 분명 어린 매춘부 하나 때문에 골머리를 앓은 사람이 있을 거예요."

"글쎄요, 하지만 그건 너무 멀리 간 것 같지 않아요? 카밀라 씨에게 들은 이야기도 있고, 그래도 유디트의 생활상에 대해 어느 정도 아는 사람으로서 그녀가 그런 짓을 했을 것 같지는 않네요.

오히려 그녀의 취미가 섹스라, 그 취미로 당당하게 돈까지 벌었던 거라면 모를까. 합리적이고 수학적인 생각이잖아요. 그 정도 외모면 남자들은 줄을 섰을 테죠. 물론 1년 전까지만 말이에요."

프랑크는 고개를 가로저었다. "매번 '1년 전까지'라니! 어떻게 그렇게 확신해요?" 그는 언성을 높이며 물었다.

"그냥 느낌이 그래요. 두고 봐요, 내 예감이 틀리지 않을 테니." 율리아는 씩 웃으며 말했다. "자, 그럼 이제 반장님께 뭐 새로운 소식이 있는지 물어보자고요. 참, 귀틀러 형사님과 빌헬름 형사님께서는 에리카 밀러와 카롤라 바이트만의 사망 전 며칠간의 행적을 다시 한 번 알아봐 주세요. 여기 카롤라의 글이 적인 노트와 메모지가 있으니 참고하시고요. 그런데 에리카 밀러의 남편에 대해서는 알아낸 게 있나요? 아이들이 다른 곳으로 이송됐는지 어쨌는지 아세요?"

귀틀러와 빌헬름은 고개를 가로저었다. "아뇨, 그건 다른 사람들이 알아보고 있습니다."

*

베르거는 여전히 수화기를 귀에 댄 채 안경 너머로 율리아와 프랑크를 쳐다보았다. 율리아는 창가로 가서 한산한 마인처 간선도로를 내려다보았다. 프랑크는 말보로 한 개비에 불을 붙이고 베르거 맞은편에 앉았다. 잠시 후 베르거가 전화를 끊었다.

"자네들의 오전 업무에 관한 보고를 받기 전에, 밀러에 관한 달갑지 않은 소식이 있네. 한 시간 반쯤 전에 보안경찰관 두 명과 아동복지국 직원 한 명이 오늘만 벌써 두 번째로 밀러의 집에 갔는데 또 아무도 없었다네. 결국 강제로 문을 열었다는군." 베르거는 숨을 깊이 들이마시며 어깨를 으쓱했다. "그가 아이들을 데리고 사라졌어. 목적지는커녕 언제 어떻게 집을 빠져나갔는지조차 본 사람이 없어. 그의 자동차 번호를 인근의 모든 경찰서에 알렸네만 아직 소식이 없네."

"제기랄!" 율리아가 툭 내뱉었다. "그렇게 취한 상태이면 책임 능력이 없는 걸로 간주된다고요. 부디 아이들에게 아무 일도 없어야 할 텐데."

"곧 잡힐 거야. 그러면 그놈은 한동안 아이들과 떨어져 있게 되겠지. 그리고 유디트의 전화번호부에 올라있는 남자들 말인데, 3분의 1 정도 조사가 끝났네. 그중 두 명은 휴가, 다섯 명은 출장 중이고 그 외 다른 사람들은 지금으로서는 모두 확실한 알리바이가 있어. 자기 아내가 알길 원하는 사람은 당연히 아무도 없었지만, 일부는 지난 주말에 자기가 뭘 했는지 아내에게 물어봐도 좋다고 했다더군. 하지만 대부분이 유디트와 연락을 끊은 지 1년도 더 됐다고 맹세한다고 했지. 최근까지 그녀의 집을 찾았던 사람이 세 명 있긴 했는데, 그들 모두가 그녀로부터 일을 그만두었다는 말을 들었대. 남은 사람들이 뭐라고 하는지 두고 보자고. 다 조사하려면 하루나 이틀은 더 걸리겠지만." 베르거는 말을 멈추고 담배에 불을 붙였다. "유디트의 컴퓨터도 가져와서 현재 조사 중이네. 담당자가 내일까지 결과를 알려주겠다더군. 자, 그럼 이제 자네들 얘기를 좀 들어볼까?"

창가에 서 있던 율리아는 프랑크 옆에 있는 의자에 앉았다. "요안나의 어머니는 딸에게 일기장이 있다는 걸 실토했고, 일로나 바이트만은 딸의 노트와 메모지를 주더군요. 또 리히터는 유디트를 알긴 하지만 결코 성관계를 가진 적은 없다고 단호하게 말했어요." 율리아는 어깨를 으쓱하며 말을 이었다. "전 그의 말을 믿어요. 그의 말로는, 자기는 일평생 섹스를 위해 돈을 지불한 적이 한 번도 없었고 따라서 유디트 역시 상대하지 않았대요. 그에게 보낼 사진과 보고서들은 어떻게 됐어요?"

"이미 보냈네. 언제쯤 결과를 알려준다고 하던가?"

"빨라야 모레요. 살펴볼 자료가 많으니 재촉하지 않으려고요. 범인 프로파일이 정확할수록 우리에게도 좋잖아요. 말씀드릴 건 이게 다예요. 다른 볼 일 없으시면 저희는 이제 바트 조덴에 있는 클라이버의 집에 갔다가, 가능하면 반 다이크의 집에도 가보려고요. 반 다이크의 경우는 집에 있는지 전화로 먼저 확인해보는 편이 낫겠네요. 헛걸음하기는 싫으니까요."

율리아는 휴대폰으로 반 다이크의 번호를 눌렀고, 1분쯤 지나 그가 전화를 받았다.

"올리버 반 다이크입니다."

"저는 프랑크푸르트 경찰청의 율리아 뒤랑 형사라고 합니다. 반 다이크 씨, 급하게 찾아뵙고 드릴 말씀이 있는데요. 언제가 좋으신가요?"

"무슨 일입니까?" 그는 무뚝뚝하게 물었다.

"전화상으로는 말씀드리기 곤란합니다. 시간과 장소를 말씀해주시면 동료 한 명과 함께 찾아뵙겠습니다."

"아직 스튜디오에 있습니다만, 5시경이면 집에 들어갈 것 같네요. 제 휴대폰 번호를 알고 계신 걸 보면 집 주소도 아시리라 생각됩니다만?"

"네, 알고 있습니다. 그럼 5시까지 댁으로 찾아뵙겠습니다." 율리아는 씩 웃으며 수화기를 내려놓았다. "자, 이제 됐어요. 그럼 이제 클라이버에게로 가죠."

"건투를 비네. 저명한 작가가 살인사건에 휘말린다면 볼 만하겠구먼." 베르거가 말했다.

"그가 유디트와 관계를 했을지는 몰라도 살인까지는⋯⋯." 율리아는 회의적인 표정으로 말했다.

"어떤 책을 쓰는 사람인가?" 베르거가 물었다.

"범죄소설이오. 전부 베스트셀러가 되었죠. 저에게도 그런 능력이 있다면 정말 좋겠어요. 그럼 매일같이 발바닥이 부르트도록 뛰어다니거나 지루하게 책상에 앉아서 일할 필요가 없을 테니까요. 하지만 우린 공상이라곤 전혀 할 줄 모르는 보잘것없는 경찰 나부랭이들일 뿐이죠. 그럼 다녀올게요."

긴 복도를 걸어가고 있었을 때 프랑크가 말했다. "밀러 일은 정말 큰 일이에요. 술에 취해 운전하다가 나무에 차를 들이받는다고 생각해봐요. 아니면 숲 속 어딘가에 들어가 아이들과 다 같이 죽어 버릴지도 모르고."

율리아는 눈썹을 치켜뜨고 프랑크를 홀긋 쳐다보았다. "상상력이 참 대단하시네요. 밀러는 술에 취했을지는 몰라도 자기 아이들을 죽이지는 않아요. 술 취한 사람은 그것과는 다른 행동을 한다고요."

"어떻게 그렇게 잘 알아요? 당신이 알코올중독자들의 기분이나 감정을 알아요? 취하면 모든 게 다 제 기능을 잃게 되어있어요. 나도 알코올중독자가 될 뻔했던 거, 당신도 기억할 거예요. 당시 나는 모든 걸 엉망으로 만들고 다녔다고요."

차에 도착할 때까지 율리아는 아무 말도 없었다. 프랑크와 알코올중독에 관한 길고도 아무 결론 없는 언쟁을 계속하고 싶은 생각이 없었기 때문이다. 그녀의 머릿속에는 밀러와는 아무런 관계가 없는 다른 생각들이 맴돌고 있었다. 비스바덴 방향 A66 고속도로를 달리던 그들은 마인-타우누스-첸트룸에서 고속도로를 빠져나왔다. 율리아는 지도에서 클라이버가 사는 거리를 찾았다.

오후 2시 55분

막스 클라이버의 집은 어느 빌라촌의 한가운데, 언덕배기 위에 자리 잡고 있었다. 프랑크푸르트의 경치가 한눈에 내려다보이는 그곳에서는, 오늘처럼 날씨가 좋고 청명한 날이면 산속에 난 길들까지도 볼 수 있었다. 두 형사는 차에서 내렸고, 율리아는 담배꽁초를 하수구에 던졌다.

"자, 가죠." 그녀가 말했다. 높은 담벼락으로 둘러싼 것도 모자라 외부인의 침입을 막기 위해 벽 위에 유리조각들을 단단히 박아놓은, 마치 요새와 같은 집이었다. 대문과 나무들에는 감시 카메라가 달려있었고, 그 안쪽 덤불 사이에는 일반인의 눈에는 잘 띄지 않을 법한 적외선 동작감지 경보기가 설치되어 있었다.

"이 집은 절대 쉽게 못 들어오겠는 걸요." 율리아는 금속으로 된 초인종을 누르며 말했다.

"어쩌면 클라이버는 집에 없을지도 몰라요." 프랑크가 말했다. "꽤 많은 작가들이 주로 밤에 글을 쓰고 낮에는 나다닌다는 말을 들은 적이 있거든요."

"난 작가들 대부분이 술과 마약, 섹스를 즐긴다고 들었는데요." 율리아는 냉소적으로 말했다. 첫 번째 초인종 소리에 아무 대답이 없자, 그녀는 다시 초인종을 눌렀다. 잠시 후 스피커를 통해 여자 목소리가 들려왔다.

"안녕하세요, 저는 율리아 뒤랑이라고 하고, 제 옆에 있는 분은 프랑크 헬머입니다. 저희는 프랑크푸르트 경찰청 소속 형사들이에요. 클라이버 씨와 이야기를 좀 나누고 싶은데요."

"무슨 일이신데요?"

"그건 클라이버 씨께 직접 말씀드리고 싶습니다."

"잠깐만 기다리세요, 곧 나가죠. 신분증을 준비해주세요."

프랑크는 의미심장한 눈빛으로 율리아를 쳐다보았다. "이런, 어떤 여자일지 무척 궁금해지는 걸요. 어쩌면 고귀하신 작가님을 지키는 용이 나올지도 모르겠군요."

프랑크가 말을 다 마치기도 전에 그 여자가 대문으로 걸어 나왔다. 키는 율리아보다 약간 작았고 찰랑이는 밤색 머리카락은 어깨까지 내려왔으며, 어두운색 눈은 얼음이라도 녹여버릴 듯 이글거렸다. 초록색 블라우스와 청바지를 입은 그녀는 프랑크의 놀란 눈빛을 의식한 양 조롱하는 듯한 미소를 지었다. 프랑크는 그녀가 30대 초중반 정도 됐을 거라 추측했다. 나딘도 아주 예쁘지만 그 여자에게서는 뭔가 특별한 분위기가 풍긴다는 생각이 들었다. 마력과 같은 카리스마라고나 할까.

"경찰청에서 저희한테 무슨 볼일이신지 굉장히 궁금하네요. 제 남편은 지금 일하는 중이라……."

"오래 걸리지는 않을 겁니다. 몇 가지 여쭤볼 게 있어서요. 좀 들어가도 될까요?"

"그럼요." 그녀의 온화하면서도 에로틱한 목소리는 눈빛에서 느껴지는 열정을 더욱 강조하는 듯했다. "따라오세요." 문 앞에 거의 다 왔을 때 그녀가 물었다. "그런데 어떤 부서에서 나오신 거죠?"

"살인사건 수사반이요."

"그이가 살인사건과 무슨 관계가 있어서요? 범죄를 주제로 글만 쓰는 사람인데요." 그녀는 이렇게 말하고는 웃었다. "잠시 기다리시면 제가 그이를 데려올게요."

두 형사는 부분적으로 카펫이 덮인 현관의 반짝반짝한 돌 바닥 위에 멈춰 섰다. 비올라 클라이버가 계단을 오르자 프랑크의 눈길이 그녀를 쫓았다. 율리아는 그 모습을 놓치지 않고 의기양양하게 웃으며 조용히 말했다. "이봐요, 당신은 집에 아름다운 아내가 있잖아요. 저런 '용'이 마음에 든다는 걸 너무 그렇게 티 내지 말라고요."

"하하! 하지만 당신이 보기에도 저 여자에겐 뭔가 매력이 있잖아요."

"당신에게는 나딘이 있어요! 거기에다 멋진 집과 많은 돈, 예쁜 아기도 있으면서. 제발 진정하세요, 카우보이 씨, 아내를 생각하라고요." 그녀가 속삭였다. "아니면 오늘 저녁에 내가 나딘한테 다 이를 거예요."

"보지도 못해요?" 그는 씩 웃으며 대답했다.

잠시 후 비올라 클라이버는 미소 띤 얼굴로 계단을 차분히 걸어 내려왔다. "잠시 거실로 가 계시겠어요? 한 단락만 마저 쓰고 온대요. 편하신 데 앉으세요. 마실 것 좀 드릴까요?"

"아뇨, 괜찮습니다." 율리아는 이렇게 말하며 프랑크와 나란히 소파에 앉았다. 거실은 멋스럽고 고급스럽게 꾸며져 있었고, 높다란 창문 밖으로는 골짜기에 자리 잡은 프랑크푸르트의 환상적인 경치가 내려다보였다. 유리창을 통해 햇볕이 환하게 내리쬐어 그렇지 않아도 밝은 방 안을 더욱 반짝여 보이게 해주었다.

그때 클라이버가 불쑥 거실에 나타났다. 중간 정도 키에 날씬한 몸매, 다소 성긴 어두운 금발머리. 그는 푸른 눈으로 두 형사를 살피듯 보고는 율리아와 프랑크에게 차례로 악수를 청했다. 그의 손아귀 힘은 남자다웠지만 그리 세지는 않았고, 율리아는 그가 호감형에 솔직한 사람일 거란 느낌을 받았다.

"경찰에서 나오셨다고요? 제가 도울 일이라도 있나요?"

"클라이버 씨게만 조용히 말씀드리고 싶은데요."

"여보, 잠깐 우리끼리 얘기 좀 하게 해주겠어? 그리 오래 걸리지는 않을 거야."

"그럼요. 어차피 저도 위층에 가서 할 일이 있어요."

비올라 클라이버가 문을 닫고 나가자, 클라이버가 말했다. "그래, 무슨 일로 오셨습니까?"

율리아는 헛기침을 했다. 그녀는 맞잡은 두 손을 허벅지 위에 올려놓았다. "불편한 이야기일 수도 있는데요, 저희가 현재 몇 가지 어려운 사건을 수사 중인데……."

"제가 뭐 도울 일이라도?" 클라이버는 해맑은 미소를 지으며 몸을 뒤로 기댔다.

"아뇨. 아니, 어쩌면 있을지도요. 혹시 유디트 카스너라는 이름을 들어보셨나요?"

순간 클라이버의 얼굴에서 웃음기가 싹 사라지더니, 눈빛이 심각해졌다. 그는 율리아와 프랑크를 차례로 보고는 잠시 눈을 감았다.

"그녀에게 무슨 일이 있나요?" 그는 마치 곧 안 좋은 대답을 예감이라도 하듯 조용히 물었다.

"유디트 씨를 아신다는 건가요?"

"네, 압니다. 무슨 일이 생긴 거죠?"

"월요일 새벽에 살해당했……."

"뭐라고요? 그녀가 죽었어요? 그럴 수는 없어." 그는 냉정을 잃고 말했다. 긴장한 듯 손으로 얼굴을 쓰다듬는 그의 눈빛은 허공을 응시하고 있었다. "유디트가 죽어요? 맙소사, 누가 그런 짓을 했습니까?"

"그건 저희도 아직 모릅니다. 그래서 여기 온 거고요. 저희는 유디트 씨와 알고 지냈던 사람들을 전부 조사하고 있습니다."

"제가 그녀를 안다는 건 어떻게……?"

"유디트 씨의 직업상 그걸 알아내기란 그리 어려운 일이 아니었습니다. 컴퓨터에 클라이버 씨의 전화번호를 저장해뒀더군요. 다른 수많은 번호들과 함께요."

"저한테 뭘 원하시나요?"

"그저 형식적인 겁니다. 우선 유디트 씨를 언제 마지막으로 만나셨는지 알고 싶은데요?"

클라이버는 잠시 생각하는 듯하더니 자리에서 일어나 홈바로 가서 위스키 한 잔을 따랐다. 그러고는 두 형사에게 등을 돌리고 선 채 잔을 비우고 작은 테이블 위에 올려놓았다.

"정확히 사흘 전에 마지막으로 봤습니다. 지난 토요일이에요. 그날은 그녀의 생일이라 우리는 시내에서 만나 식사하고 그녀의 집으로 갔어요. 그녀가 항상 남아프리카로 가고 싶어 했기에 저는 여행권을 선물했고요. 밤에는 그녀의 본래 집, 실제 사는 집에서 작은 파티가 있다고 해서 5시경에 집으로 돌아왔습니다."

"켈스터바허 가에 있는 집에 가셨다는 말씀이시죠?"

"네. 우리는 항상 그곳에서 만났습니다."

"그 말은, 유디트 씨와 관계를 맺었다는……."

클라이버는 고개를 가로저었다. 미소를 보이려 애쓰고 있었지만 그의 눈빛은 심각하고 침통했다. "아뇨, 우리는 같이 자는 사이가 아닙니다. 전 유디트와 단 한 번도 잠자리한 적이 없어요."

"뭐라고요?" 율리아는 믿을 수 없다는 듯 물었다. "잠자리를 가진 적이 없다고요?"

"네, 믿기 어려우시겠지만 사실입니다. 그녀는 그저 좋은 친구일 뿐이었어요. 이상하다고 생각하시겠지만 남녀 간에도 그런 우정관계가 성립될 수 있습니다. 항상 섹스가 있어야 하는 건 아니죠. 우린 좋은, 아주, 아주 좋은 친구였습니다. 그녀가 더 이상 이 세상 사람이 아니라니, 그 말은 듣기가 정말 고통스럽군요. 형사님들은 공감하지 못하시겠지만, 제게 그녀는 아주 특별한 사람이었는데……."

"선생님께는 아름다운 아내분이 있으시잖아요." 율리아가 끼어들었다.

클라이버는 입을 비죽이며 억지 미소를 지어 보이고는 창밖을 내다보았다. "저도 압니다." 명상에 잠긴 듯한 그의 눈에 눈물이 맺혔지만, 형사들은 눈치채지 못하고 있었다. 잠시 말을 멈추고 마음을 추스른 그는 잠시 후 다시 입을 열었다. "저는 아내를 그 누구보다 더 사랑합니다. 제 인생에서 가장 귀한 사람이죠. 하지만 유디트는 마치 반짝이는 다이아몬드 같은, 제게 있어서는 말하자면 뮤즈, 즉 영감이 되는 존재였습니다. 그녀와는 그 어떤 대화도 자유롭게 할 수 있었어요. 얼굴만 예쁜 게 아니라 영리했거든요. 그리고 다른 사람들은 그녀의 외모에 눈이 멀어 보지 못하는 게 있는데, 바로 그녀 내면의 아름다움이었습니다. 네, 유디트는 영리했어요. 아니, 지혜로웠다는 표현이 더 맞을 겁니다. 제 아내가 영리하지 않다는 건 아니지만, 유디트는 비범할 정도였죠. 형사님들이 유디트를 만나보셨어야 하는 건데. 말로는 표현하기 힘든 여자입니다. 아름답고, 매력적이고, 친절하고, 개방적이고, 지적이고, 독보적인 카리스마를 지닌 여자. 그녀가 몸을 파는 직업을 가졌다는 건 제게는 아무런 상관이 없었고, 저는 그녀가 왜 그러는지 이해할 수 있었습니다. 다른 남자들에게 그녀의 내적, 외적인 아름다움을 경험하게 해주려고 그랬던 거예요. 적어도 제 추측으로는요. 그녀는 다수의 고객과는 섹스를 전혀 하지 않는다고 제게 몇 번 말했었습니다. 그들 중 대부분이 그녀를 찾아와 속내를 털어놓는 이유는 자신들의 삶이 더는 아무 의미 없다고 느끼기 때문이거나 혹은……."

클라이버는 헛기침을 하며 고개를 한쪽으로 돌렸다.

"혹은 뭐요?" 율리아가 물었다.

"그게, 더 이상 그걸 할 수 없는 사람들이 적지 않으니까요. 무슨 말인지 아시겠죠."

"잘 모르겠는데요." 율리아는 이마를 찌푸리며 말했다.

"그녀의 고객 대부분은 마흔에서 예순 살 사이고, 그들 중 일부는 성불구자입니다. 그들이 유디트로부터 바라는 게 뭐든 간에 유디트로서도 기적을 일으킬 수는 없겠죠. 그녀는 그저 최대한의 이해심을 보여주는데, 그런 사람들에게는 이것만으로도 큰 도움이 될 때가 많거든요. 그걸로 유디트는 돈을 벌었고요." 말을 멈춘 그는 옅은 미소를 지으며 말을 이었다. "그녀에게는 다른 여자들에게서는 찾아볼 수 없는 뭔가가 있었습니다. 그건 한 번도 같이 자보지 않고도 느낄 수 있는 거였어요."

그때 갑자기 그의 목소리가 이상하게 울렸다. "유디트가 저를 몇 번 쓰다듬고 손으로 제 몸을 만진 적이 있지만 그건 성욕과는 전혀 관계없이 그저 저를 진정시키기 위한 것이었어요. 저 역시 그녀의 손, 얼굴, 머리카락을 만지거나 그녀의 향기를 들이마시기도 했고……. 그녀는 이제껏 그 어떤 여자도 제게 주지 못했던 것을 준 사람입니다. 제 아내 비올라 역시 제게 줄 수 있는 모든 것을 주지만, 유디트는 그보다 더 많은 것을, 아니, 정확히 말하자면 뭔가 다른 것을 제게 주었죠. 그게 무엇이었는지는 저조차도 결코 알 수 없을 겁니다. 형사님께서 유디트가 죽었다고 말씀하셨을 때부터 세상은, 제 세상은 완전히 황량한 곳으로 변해버렸어요. 아마 조금씩 실감이 나겠지요. 지금으로서는 그저 충격적이고 너무나 슬플 뿐입니다. 저는 유디트를 사랑했고, 유디트도 있는 그대로 절 사랑했어요. 불완전한 인간인 저를 말입니다. 독자들은 저를 보고 감탄하지만, 사실 저는 내면이 불완전하고 상처받기 쉬운 사람이거든요. 유디트는 그런 저를 한 인간으로서 사랑했고, 받아들여 줬습니다."

뒤돌아 두 형사에게 다가온 클라이버는 잠시 그들 앞에 서서 슬픈 눈으로 그들을 바라보다가 다시 자리에 앉았다. 그의 눈에는 다시 눈물이 맺혔지만, 이제는 굳이 숨기려 들지 않았다.

"선생님께서 유디트 씨에게 그 집을 사주셨나요?" 클라이버가 정말 상심하고 있다는 걸 감지한 율리아가 조심스럽게 물었다.

그는 고개를 끄덕이며 눈물을 훔친 뒤 두 손으로 얼굴을 받쳤다. "네, 제가 사줬습니다. 비록 유디트가 금전적인 이득을 따지는 것처럼 보인 적은 없지만요. 만약 그랬다면 아주 능숙하게 그런 면을 숨겼던 거겠죠. 어쨌든 다 지난 일입니다. 사줄 만하니까 사줬던 거예요. 프랑크푸르트에 다른 친구와 함께 사는 집이 있다는 것도 알고 있었지만, 제가 사준 집에서 우리는 원할 때마다 만나서 대화를 나눌 수 있었죠. 이상하게 들리실지 모르지만 저는 그녀가 이따금 다른 남자들을 호텔이 아닌 그 집으로 불러들인다는 걸 알면서도 별 상관하지 않았습니다. 그녀는 그 남자들을 사랑했던 게 아니라 몸의 일부를 내주었을 뿐이니까요. 절대 그녀의 정신, 영혼을 내주었던 게 아닙니다. 언젠가 말하기를 자기는 섹스를 사랑할 뿐 함께 섹스한 남자를 사랑하는 건 아니라고 하더군요. 그리고 매번 남자들을 신중하게 골랐습니다. 제가 아는 한, 그녀는 자기가 보기에 혐오감이 드는 사람과는 만나지 않았어요. 어떤 방식으로든 삶에 실망했거나, 그녀의 다정다감함이 용기가 될 수 있는 사람만 만났죠. 그 남자들은 돈을 아주 후하게 지불했는데, 그녀는 그럴 만한 가치가 있었습니다."

클라이버는 고개를 가로젓고는 율리아의 눈을 똑바로 보며 두 주먹을 불끈 쥐었다.

"유디트는 일반적으로 생각하는 매춘부와는 다릅니다. 그녀는 너저분한 생각은 하지 않고, 깨끗하고 분명한 말만 하는 여자였어요. 형사님들이 그녀를 만나보셨다면 아마 이해하셨을 겁니다. 사랑스럽고, 마음이 열려있고, 친절하고, 그리고 비록 몸 파는 일을 했지만 항상 순수한 분위기를 느낄 수 있는 여자였습니다. 그녀를 만난 이래로 저는 종종 어떻게 한 사람이 그 모든 성격을 다 가질 수 있는지 자문했어요. 아무리 생각에 생각을 거듭해도 그녀를 설명하기란 불가능했으니까요. 하지만 그녀는 정말로 성녀이자 매춘부였습니다." 그는 갑자기 웃으며 말을 멈추더니, 초롱초롱한 눈빛으로 다시 입을 열었다. "고대 그리스에는 헤타이라라 불리는 고급 매춘부들이 있었는데, 그들은 아주 예쁠 뿐 아니라 문화나 정치 등 각종 분야에도 조예가 깊어야 했죠. 저는 몇 번이나 유디트가 헤타이라와 비슷하다는 생각이 들었는데, 왜냐하면 그녀는 평범한 여자들과 다를 뿐 아니라 평범한 매춘부들과도 차이가 있었기 때문입니다. 이에 대한 한 가지 증거는 그녀가 훌륭한 학생이었다는 거죠. 그녀는 신의 은총을 받았다고 할 정도로 똑똑했고, 어쩌면 이런 면이 어려웠던 유년기의 기억과 합쳐져 그녀를 그렇게 성숙하게 만들었는지도 모릅니다. 아실지 모르겠지만 유디트는 가정형편이 별로 좋지 않았음에도 불구하고 어머니와는 평생 친밀한 관계를 유지했어요. 한번은 그녀가 제게, 어머니가 돌아가실 걸 미리 알았다고 하더군요. 그녀는 예전에 종종 어머니와 나란히 누워 밤새 신과 세상에 대해 사색하곤 했는데 어느 날인가 어머니가 그녀에게, 곧 그 두 사람의 인생에 중대한 사건이 일어날 거라고 말씀하셨대요. 그 뒤로 얼마 후 유디트는 어머니의 죽음을 분명히 예견하는 꿈을 꾸었고요. 하지만 그런 상황에 처한 사람 대부분이 자기연민이나 끊임없는 비통함에 빠져 사는 것과는 달리, 그녀에게는 목표의식이 있었습니다. 그녀는 아주 높은 곳까지 올라가고 싶어 했고, 열심히 공부해서 최고가 되고 싶어 했죠. 그러나 다른 사람들처럼 그 어떤 술수나 속임수를 쓰지도 않았어요, 아니, 그럴 필요조차 없었죠. 그녀는 자기가 하는 모든 일에 최선을 다했고, 그래서 최고가 될 수 있었던 겁니다."

클라이버는 말을 멈추고 입술을 꽉 다물며 자리에서 일어나 위스키 한 잔을 더 따랐다. 율리아와 프랑크에게도 한잔하겠느냐고 권했지만, 그들은 괜찮다고 말했다.

"저는 유디트를 영원히 사랑할 겁니다. 다행히 기억이란 게 있어서, 그 속에서만큼은 그녀가 영원히 살아있으니까요." 그는 잔을 모두 비운 뒤 테이블 위에 올려놓았다. 그러고는 셔츠 주머니에서 꺼낸 파이프에다 찬장 서랍에 들어있던 담배를 채운 뒤 불을 붙였다. 그가 몇 번 빨아대자 담배에 불꽃이 일었다.

"언제, 어디서 유디트 씨를 처음 만나셨죠?" 율리아가 물었다.

"그건 정확하게 말씀드릴 수 있습니다. 1997년 9월 6일, 토요일이었어요. 제 지인이 주최한 가든파티에 갔는데, 제 아내는 도착하자마자 그와 이야기를 하러 갔습니다. 레벨이라는 이름을 아실지 모르겠는데, 비교도이자 인생상담가인지 뭔지 하는 사람이죠. 이건 여담인데, 제 아내는 처음 만났을 때부터 그런 데에 관심이 많았어요. 어쨌든 그때 이상하게도 그 많은 사람 중에 유디트가 제 눈에 확 들어오더군요. 비록 제 나이의 반 정도밖에 안 될 거란걸 알았지만 그냥 끌렸어요. 그녀에게서 느껴지는 카리스마는 저를 말 그대로 까무러치게 할 정도였습니다. 그날 밤 우린 파티 내내 대화를 나눴고, 저는 즉시 우리가 잘 통할 뿐만 아니라 둘 사이에 뭔가 특별한 연결고리가 존재한다는 걸 깨닫게 되었죠. 그로부터 이틀 뒤에 우린 어느 호텔에서 다시 만났습니다. 유디트는 제가 그녀와 잠자리를 하기 위해 왔다고 생각했지만, 그날도 역시 우리는 밤새도록 서로 이야기만 나눴어요. 그녀는 제게 그렇게 해도 된다는 걸 아는 듯 매우 개방적이었죠. 우린 점점 더 자주 만나게 되었고, 결국 저는 그녀에게 집을 사줬습니다. 그 이후로는 일주일에 두세 번씩 만났고요. 같이 식사할 때도 있고 극장에 갈 때도 있었지만 사실 뭘 하는지는 중요한 게 아니었어요. 그녀가 제 곁에 있다는 사실 자체가 특별한 일이었으니까요.”

“부인께서도 두 분의 관계를 알고 계신가요?”

“아뇨, 당연히 모르죠.” 클라이버는 소심한 미소를 지으며 대답했다. “아내는 이해하지 못할 겁니다. 여자들은 그런 관계를 절대로 이해 못해요. 아내는 설령 유디트와 제 관계가 순전히 영적인 사랑이라는 걸 알았다고 해도 간통이나 바람피운 것으로 치부했을 겁니다. 제가 자기를 더 이상 사랑하지 않는다고 생각했을 거고요. 하지만 그건 전혀 사실이 아닙니다. 저는 아내를 사랑하고, 결코 잃고 싶지 않거든요. 그런데 저는 유디트 역시 잃고 싶지 않았습니다. 물론 언젠가는 보내줘야 할 순간이 오리라는 건 알고 있었지만요. 언젠가는 자기에게 잘 맞는 남자를 만나 결혼도 하고 아이도 낳았을 테니까 말입니다. 누가 압니까? 어쩌면 저도 더 이상 사실과 허구를 구분하지 못하는 정신 나간 소설가가 되어버린 건지도 모르겠습니다.”

“부인께는 저희와 무슨 얘기를 나눴다고 하실 생각이신데요?”

클라이버는 어깨를 으쓱하며 파이프를 피웠다. “모르겠습니다.

그냥 어느 살인사건의 피살자에게서 제 전화번호가 발견됐는데, 왜 그가 제 번호를 가지고 있는지를 알고 싶어서 오셨다고 해두죠. 이름이야 지어내면 되고요. 명색이 작가인데 그거야 어려운 일도 아니죠. 어쩌면 아내에게 사실대로 말해야 할지도 모르겠습니다. 아내도 유디트를 아니까요."

"잘 대처하셔야겠어요." 율리아는 웃으며 대답했다. "가기 전에 한 가지만 더 여쭤볼게요. 카롤라 바이트만, 요안나 알베르츠, 에리카 밀러, 혹시 이 이름들을 들어보셨나요?"

"아뇨, 왜 그러시죠?" 순간 그는 말을 멈추고 이마를 찌푸리더니 자리에서 일어나 다시 창가로 가서 한 손으로 코를 매만졌다.

"바이트만, 바이트만이라, 물론 그 이름은 압니다. 좀 혼란스럽군요. 바이트만 부부라면 꽤 친한 사이거든요. 그 집 딸은 딱 한 번 본 적이 있고요. 잠깐 마주쳤던 게 다인데, 그것도 바로 그 파티에서였습니다." 그는 머뭇거리며 고개를 갸웃거렸다. "아니, 마이바움의 집에서였을 수도 있겠군요. 어쨌든 그 아이가 죽었다는 소식은 말로만 들었습니다."

"그럼 카롤라 바이트만과 유디트 씨는 아는 사이였나요?"

"그렇게 생각됩니다. 적어도 서로 얼굴은 알았을 거예요. 나이가 거의 같았으니까 알고 지냈을 수도 있고요. 혹시 사진을 갖고 계신가요?"

율리아는 긴장되어 가슴이 터질 지경이었다. 그녀는 사진을 꺼냈다. "정확히 좀 봐주세요. 이들 중 아시는 얼굴이 있나요?"

율리아가 테이블 위에 사진들을 내려놓자, 자세히 들여다보던 클라이버는 곧 고개를 끄덕였다. "네, 물론입니다. 여기 이 사진이 유디트고요, 이 젊은 여자가 바로 레벨 아니면 마이바움의 집에서 봤던 여자예요. 하지만 말씀드렸다시피 대화를 나눴던 것도 아니고 아주 잠깐 마주친 게 다라서, 얼굴은 알아볼 수 있을지 몰라도 다른 세부 사항은 기억이 안 납니다. 다른 두 명은 한 번도 본 적이 없고요. 그런데 그건 왜 물으시죠?"

"곧 말씀드릴게요. 레벨 씨나 마이바움 씨에 대해 아는 바가 있으신가요?"

"그야, 레벨에 관해서라면 별로 말하고 싶지 않습니다. 저는 그런 난봉꾼을 그다지 좋아하지 않거든요, 그나마 좋게 말해서 말입니다. 그는 처녀든 유부녀든 여자라면 가리지를 않습니다. 반대로 마이바움은 괜찮은 사람이에요. 대학 학장을 할 만큼 굉장히 지적이며, 조용하고 겸손하지만 호감형이죠. 저는 그 역시 유디트의 고객이었다고 알고 있지만, 확실한 건 아닙니다. 그가 유디트의 고객이었든 아니든, 그건 별 상관없어요." 클라이버는 잠시 말을 멈추었다가 다시 덧붙였다. "왜냐하면 그녀를 찾아오는 남자들은 전부 어떤 방식으로든 자기 삶에 만족하지 못하는 사람들이니까요. 마이바움 역시 전혀 행복해 보이지 않았습니다. 그는 아주 심각했고……. 그런데 대체 이 여자들에게 무슨 일이 있는 겁니까?"

"말씀드리기 전에 한 가지만 더 여쭤볼게요. 레벨 씨도 유디트 씨의 고객이었나요?"

"모르겠어요. 아니었길 바랄 뿐입니다. 유디트가 그런 인간을 가까이했다고는 상상하기 힘들어요. 그럼 이제 이 여자들에게 무슨 일이 있는 건지 말씀해주시겠습니까?"

"이들 모두가 유디트 씨와 똑같은 방식으로 살해되었습니다."

클라이버는 율리아의 말을 단번에 이해하지 못한 듯 잠시 아무 말도 하지 못했다.

"그 말은, 유디트가 연쇄살인범에게 살해당했다는 건가요?" 그는 눈을 가늘게 뜨며 쉰 듯한 목소리로 물었다.

"맞습니다."

"어떻게 살해당했습니까?"

율리아는 잠시 머뭇거리다가 결국 입을 열었다. "교실이었습니다. 더 자세한 사항은 지금으로서는 말씀드릴 수 없어요. 어쨌든 연쇄살인이라는 점은 확실합니다."

"그녀가 성폭행을……."

"아뇨, 유디트 씨는 발견 당시 옷을 입은 상태였습니다. 부검 결과 성폭행을 당한 흔적은 전혀 찾을 수 없었고요."

"15년 전부터 범죄소설을 썼지만 현실에서 살인과 맞닥뜨리게 될 줄은 전혀 예상치 못했습니다. 그것도 저한테 그렇게 중요한 사람을 대상으로 한 살인 말입니다. 어떻게 이런 끔찍한 일이."

"소설의 소재가 될 수 있겠군요." 이렇게 말한 프랑크는 그 즉시 자기가 클라이버의 성질을 건드렸다는 걸 알아채고는 당황한 듯 고개를 한쪽으로 돌렸다.

"제 동료가 가끔 너무 직설적일 때가 있어서요." 율리아가 말했다. "기분 나쁘시라고 한 말은 아닙니다."

"괜찮습니다." 클라이버는 미소를 지으며 대답했다. "어쩌면 정말로 언젠가 이 일을 소재로 한 책을 쓸 수도 있겠죠. 글을 쓰는 것만큼 영혼을 자유롭게 해주는 일은 없으니까요. 읽어보신 적이 있는지는 모르겠지만, 제가 쓴 책들에는 자전적인 요소가 정말 많이 숨어있습니다."

"그럼요, 충분히 이해합니다." 율리아가 대답했다. "그리고 저는 선생님이 쓰신 책을 몇 권 읽어봤어요. 아주 독특하고 다른 대부분의 범죄소설과는 다르게 현실적인 점이 좋더군요. 사실 저는 미국이나 영국 작가들의 소설에는 이제 그다지 흥미가 없거든요.

그들이 왜 그렇게 추앙받는지 이해가 안 가요. 예전부터 저는 미국의 베스트셀러 소설가들에게 푹 빠져 있는 비보들을 보면 속이 답답했다니까요. 매번 똑같은 얘기만 우려먹잖아요."

"감사합니다, 전문가의 입으로 직접 들으니 정말 기분이 좋군요." 그는 매력적인 미소를 지으며 말했다.

"새로 책을 낼 예정이신가요?"

"1월이나 되어야 출간될 텐데, 견본은 몇 권 가지고 있습니다. 짐깐만 기다리세요, 가서 한 권 가져오죠." 자리를 떠난 그는 잠시 후 책 한 권을 들고 돌아와 율리아에게 건넸다. "여기 있습니다. 재미있게 읽으시면 좋겠네요."

"헌사도 좀 써주시겠어요?"

"그럼요. 전체 성함을 알려주시겠습니까?"

자기 이름을 알려준 율리아는 얼마 후 다시 책을 돌려받은 뒤 클라이버에게 악수를 청했다.

"만나 뵙게 되어 정말 영광이었습니다. 그럼 안녕히 계세요. 혹시 수사에 도움이 될 만한 무언가가 떠오르시면 전화 부탁드립니다. 여기 제 명함이에요."

클라이버는 명함을 흘긋 보고는 셔츠 주머니에 집어넣었다. "그 집은 이제 어떻게 되는 겁니까?" 그가 물었다.

"모르겠어요. 유디트 씨에게는 친척이 없다고 들어서요."

"그렇다면 제가 사겠습니다. 같은 집을 두 번이나 사다니, 미친 짓인 거 압니다. 그리고 집 안에 있는 물건들도 전부 제게 주셨으면 합니다. 가능할까요? 추억이 담긴 것들이라서요."

"한 번 확인해보겠지만, 아마 가능할 거예요."

"밖에까지 모셔다드리죠. 그리고 제 도움이 필요하시면 언제든지 말씀하세요. 제 전화번호는 알고 계시죠?"

"휴대폰 번호만요."

"잠깐만요, 제 명함을 드리죠. 거기에는 전화번호는 물론 이메일 주소까지 적혀있으니까요."

두 형사가 대문을 나선 뒤에도 클라이버는 잠시 그대로 서서 그들이 차에 올라타는 것을 지켜보았다. 프랑크가 시동을 걸고 차를 출발시켰을 때에야 클라이버는 다시 집으로 들어갔다. 마침 계단을 내려오고 있던 그의 아내가 궁금하다는 듯 그를 보았다.

"형사들이 왜 당신을 찾아온 거예요?"

"여자 몇 명이 살해당했다나 봐." 그가 대답했다. "당신도 알지? 유디트 카스너와 카롤라 바이트만 말이야."

"그게 당신하고 무슨 상관인데요?"

"그들과 알고 지냈던 사람들을 전부 조사 중이래. 나, 아니 우리도 그중 하나고. 하지만 안타깝게도 별 도움이 되지 못했어."

"그런데 그렇게 오래 걸렸어요?" 그녀는 의아해하며 물었다.

클라이버는 그녀의 팔을 붙잡고, 엉엉 울고 싶은 마음을 가라앉힌 채 애써 미소를 지으며 말했다. "당신도 알다시피, 경찰도 다 똑같아. 책을 쓰는 게 어떤 건지 알고 싶어 하더라고. 이것저것 물어 보길래 대답해주었고. 그 여자 형사는 심지어 자기도 전부터 책을 쓰고 싶었다고 하더군. 난 한 번 시도해보라고 했지만, 책을 쓰려면 아이디어뿐만 아니라 타고난 재능도 필요하다는 사실까지는 말하지 않았지. 자, 이제 다들 갔으니 난 다시 책상 앞으로 가야겠군."

그는 그녀의 이마에 가볍게 입을 맞추고 그녀의 머리를 한 번 쓰다듬은 뒤 계단을 올라갔다. 서재로 들어가 문을 닫은 그는 창가에 서서 정원을 내다보았다. 잠시 그대로 서 있던 그는 뒤돌아 책상 맨 아래 서랍을 열고 쌓여있는 여러 개의 파일 중 중간쯤에 있는 것 하나를 꺼냈다. 그는 그 파일을 넘겨, 표지 안쪽에 붙어있는 사진을 한참 들여다보았다. 그것은 유디트 카스너의 얼굴이었다. 의자에 털썩 앉은 그는 눈물을 흘렸다.

오후 4시 30분

"저 인간이 그 여자애와 자지 않았다는 말을 믿어요?" 프랑크는 반 다이크의 집으로 향하던 길에 율리아에게 물었다.

"못 믿을 게 뭐예요? 그는 아주 대단한 사람이에요. 어쨌든 난 그가 마음에 들어요. 진정성도, 솔직함도요. 어쩌면 남녀 간에도 우정 같은 게 있을지도 모르죠. 난 아까 계속 영화 <해리가 샐리를 만났을 때>가 생각나더라고요. 거기서 해리가 항상 말하잖아요, 남자와 여자는 섹스라는 문제가 없을 때에만 친구가 될 수 있다고. 그 영화 알아요?"

"아뇨, 하지만 여자랑 단짝 친구로 지내는 동성애자 한 명은 아는데……."

"그런 거랑은 다른 얘기잖아요." 율리아가 말을 끊었다. "클라이버는 아주 감수성이 예민하고 세심한 사람처럼 보였어요. 범죄소설 작가라고는 상상하기 힘들 정도로요. 어쨌든 그런 건 상관없어요. 처음으로 그 두 피살자 간에 일말의 관계가 있다는 걸 알아냈으니. 내 생각에, 카롤라와 유디트는 서로 아는 사이였을 거예요. 얼마나 친했는지는 모르지만 말이에요. 그리고 마이바움도 유디트의 고객이었던 게 틀림없어요. 그 레벨이라는 사람도요. 그들이 뭐라고 말할지 궁금해지는 걸요."

"반 다이크한테 먼저 가는 거 아니었어요?" 프랑크가 물었다.

"맞아요. 하지만 난 마이바움과 레벨 쪽에 훨씬 더 신경이 쓰인다고요. 반 다이크야 최근에 유디트와 잔 적이 있는지만 알아내면 되잖아요."

"만약에 그렇다면요?"

"그럼 그런가 보다 하는 거죠, 뭐. 그 사람 직업이 뭐랬죠?"

"영화제작자요."

"아, 맞다, 아직 스튜디오에 있다고 했었죠. 그새 잊어버렸지 뭐예요. 아무래도 문화생활을 좀 더 해야 할까 봐요."

"클라이버의 범죄소설을 읽잖아요." 프랑크가 웃으며 말했다.

"진짜 문화생활 말이에요. 마지막으로 극장에 갔던 게 언젠지 기억도 안 나네요. 아마 아주 오래전, 아직 어렸을 때였을 걸요."

"세월이 그렇게 유수같이 흐르니 우리는 점점 나이 들고, 활기를 잃고, 한편으로는 지혜로워지기도 하는 거죠. 안 그래요?"

"하하하, 오늘 당신 좀 웃긴 거 알아요?" 율리아는 이렇게 말하고는 담배에 불을 붙였다. "하지만 아까 클라이버의 집에서 소설에 관해 했던 말은 그다지 적절하지 않았어요."

"미안해요, 나도 그렇게 생각해요. 가끔 그렇게 생각 없이 남의 성질을 건드릴 때가 있다니까요. 클라이버가 유머로 받아들여 줬으니 다행이죠."

"흠, 그 사람이 지금 유머나 하고 있을 기분은 아닌 것 같은데요. 세상 다 산 사람처럼 보였다고요. 확실히 눈속임은 아닌 것 같았어요. 내가 볼 때, 작가들이란 우리와는 다른 종류의 사람들 같아요. 그 머릿속에 들어가 무슨 생각을 하는지 보고 싶다니까요."

"자, 다 왔어요." 프랑크는 율리아의 말에 아무 대꾸도 하지 않고 말했다. 반 다이크가 사는 집은 울타리와 여러 그루의 침엽수, 내한성 덤불 등으로 둘러싸여 있었다. 클라이버의 집과 마찬가지로 이곳에도 감시 카메라와 동작감지 경보기가 설치되어 있었다. 초인종을 누르기가 무섭게 문 안쪽에서 검은 도베르만 두 마리가 나타나 날카로운 이빨을 드러냈다.

"난 저런 개들이 정말 싫어요." 프랑크는 짜증스럽게 말했다. "저런 사나운 개들을 키우다니, 내가 볼 때 그리 깨끗한 사람은 아닌 듯 싶군요."

"아니면 조심성이 많던가요." 율리아가 말했다.

그때 청바지와 청남방을 입은 어느 키 큰 남자가 집에서 나오더니 짧고 매서운 소리로 개들을 진정시켰고, 그러자 개들은 유유히 다시 덤불 속으로 사라져버렸다. 40대 후반에서 50대 중반 정도로 보이는 그 남자는 성긴 갈색 머리카락에 입매는 살짝 찡그린 듯 보였고, 이마의 주름과 팔자주름이 깊게 패어 있었다.

"경찰에서 나오셨나요?"

"반 다이크 씨세요?" 율리아가 물었다.

"그렇습니다. 들어오시죠. 두 분께서 제게 해를 가하지 않는 이상, 제우스와 아폴로도 가만히 있을 겁니다."

"제우스와 아폴로라고요?" 프랑크가 말했다. "어디선가 들어본 것 같은데……."

"TV 시리즈물 〈매그넘〉에 나오는 도베르만 두 마리의 이름이오. 그걸 따라서 지은 겁니다. 제 서재로 가시죠. 거기라면 조용할 겁니다."

그들이 집 안에 들어서자, 짧은 금발머리를 한 마흔 살 정도 되어 보이는 여자가 방에서 나오며 두 형사를 미심쩍은 얼굴로 쳐다보았다.

"제 아내 클라우디아입니다. 여보, 경찰청에서 나오신 분들이야. 우린 위층으로 갈 거야."

"안녕하세요." 율리아가 말하자, 클라우디아는 고개를 살짝 끄덕였다. 그녀는 165센티미터가 안 되는 키에 귀여운 인상이었고 초록색 눈동자, 밝은 피부, 입꼬리가 살짝 처진 얇은 입술이 눈에 띄었다. 그녀 역시 청바지에 엉덩이를 덮는 길이의 흰색 스웨트셔츠를 입고 있었다. 얼굴빛이 창백해 보이는 이유는 아마도 민얼굴이었기 때문인 것 같았다. 그러나 아무리 화장을 한다고 해도 비올라 클라이버의 미모에 견주기에는 턱없이 부족해 보였다.

"경찰이 무슨 일이죠?" 그녀가 물었다.

"몰라, 하지만 이제 곧 알게 되겠지." 그는 차가운 말투로 대답했다. 프랑크와 율리아는 짧지만 많은 의미가 담긴 눈빛을 서로 주고받았다.

올리버 반 다이크는 더 이상 아무 말도 하지 않고 그들에 앞서 계단을 올라갔다. 서재 문은 열려 있었다. 밝고 쾌적하게 꾸며진 서재는 비록 치워져 있지는 않았지만 지저분하다기보다는 아늑한 느낌을 주었다. 방 안에는 호두나무로 만든 책상, 양쪽 벽을 가득 메운 책장, 컴퓨터, 값비싼 비디오 장치와 대형 텔레비전, 음향 장치 등이 있었다. 창문 바로 옆에는 의자 두 개가 놓여있었고, 창밖으로는 수영장이 딸린 정원이 내다보였다. 아직 물이 차있는 수영장에는 수면 위로 낙엽이 떠다니고 있었다.

"앉으시죠. 그 의자들을 책상 가까이 가져와도 됩니다." 반 다이크는 이렇게 말한 뒤 소형 시가에 불을 붙이고 의자에 앉았다. 그는 팔꿈치를 책상에 괴고는 두 형사를 쳐다보았다. "그럼 이제 그 급한 일이라는 게 뭔지 말씀해보시죠?"

"반 다이크 씨, 몇 가지 질문에 대답만 해주시면 저희는 금방 돌아가겠습니다. 유디트 카스너 씨에 관한 일이에요."

반 다이크는 눈을 가늘게 뜨고 시가를 피웠다. "그런데요?"

"선생님께서는 유디트 씨를 아신다고 생각됩니다만." 율리아가 말했다.

반 다이크는 고개를 끄덕였다. "네, 압니다. 주소라도 알려드릴까요?"

"주소는 알고 있습니다. 두 분이 어느 정도 친한 사이셨는지 알고 싶은데요."

"무슨 질문이 그렇습니까? 무슨 말을 하고 싶은 거요?" 그는 무뚝뚝하게 대답했다. "난 빙빙 돌려 말하는 데는 익숙하지 않소. 그래, 그녀에게 무슨 문제가 있나요? 아니면 뭘 원하시오?"

"유디트 씨는 사망했습니다." 율리아는 이렇게만 말하고는 반 다이크의 반응을 지켜보았다. 그는 마치 숨을 멈춘 것처럼 보였다. 두 눈을 감은 그는 몸을 뒤로 기대고 다리를 꼬았다.

"유디트가 죽어요? 언제요?" 그는 당황하여 몸을 떨었다.

"이제," 율리아는 시계를 보며 잠시 계산을 했다. "서른여섯, 서른일곱 시간 정도 되었네요."

"맙소사, 왜 하필 그녀가. 이건 말도 안 돼."

"언제 유디트 씨를 마지막으로 보셨나요?"

"일요일에요. 토요일이 유디트의 생일이라 늦게라도 축하해주려고 만났어요. 함께 식사를 하고 그녀 집으로 가서……." 그는 시가를 비벼 끈 뒤 곧바로 새 시가에 불을 붙였다. "정확히 무슨 일이 있었던 겁니까?"

"유디트 씨는 자기 집에서 살해당했어요."

"그런데 제가 그녀와 아는 사이란 건 어떻게……?"

"유디트 씨의 전화번호부에서요. 거기에 모든 고객의 번호가 들어있더군요. 보시다시피 선생님 것도 있었고요. 일요일에 그 집에 얼마나 오래 계셨죠?"

"10시부터 1시경까지는 영화감독과 신작 영화의 몇 가지 장면에 관해 상의하느라 스튜디오에 있었고, 그 이후 곧바로 유디트와 만나기로 한 레스토랑으로 갔다가 그녀 집으로 갔어요. 아마 6시 반쯤 귀가했을 겁니다. 내 아내나 딸아이에게 물어보면 확인해줄 거예요."

"선생님은 유디트 카스너 씨와……?"

"부탁인데, 그냥 유디트라고 불러줘요. 그녀는 유디트였고, 영원히 그렇게 남을 겁니다."

"그러죠. 선생님은 유디트와 일요일에 성관계를 가지셨나요?"

그는 보일 듯 말 듯한 미소를 지으며 고개를 끄덕였다. "네, 그렇습니다."

"콘돔 없이 관계하셨나요?"

반 다이크는 다시 고개를 끄덕였다. "네. 내가 아는 한 그녀와 콘돔 없이 관계할 수 있는 사람은 나밖에 없을 겁니다. 적어도 유디트는 그렇게 말했소. 나 역시 그 말을 의심할 이유가 없고요." 그는 은근히 우쭐대며 말했다.

"혹시 유디트가 그 시간 이후 다른 손님이 올 거라는 말은 안 했나요?"

"네. 자기도 곧장 원래 집으로 갈 거라고 하더군요. 잠깐 집을 좀 치우고 누군가와 통화한 뒤에……. 맞아요, 그게 다였어요. 월요일에 중요한 시험이 있어서 일찍 잠자리에 들 거라고 했소. 내가 아는 건 그게 답니다."

"유디트와는 언제부터 알고 지내셨나요?"

"1년 반은 족히 될 겁니다."

"어떻게 만나셨는데요?"

"친구 집에서 열린 파티에서 만났어요. 나도 모르게 끌리는 매력이 있는 여자였소. 그때부터 한 달에 두세 번씩 만났고요."

"그 친구분 성함을 좀 알 수 있을까요?"

"그럼요. 콘라트 레벨입니다. 인생상담 같은 일을 하는 친구죠." 그는 의미심장한 미소를 지으며 대답했다.

"저희도 이미 들었습니다. 그분의 주소와 전화번호도 좀 알려주시겠어요?"

"잠깐만요, 적어드리죠."

율리아는 그가 적어 준 메모를 보며 중얼거렸다. "크론베르크에 사는군요. 바로 이 근처인데……. 저기, 혹시 리히터 박사님도 아시나요?"

반 다이크는 웃었다. "알다마다요. 우린 자주 어울려요. 그 무리에는 레벨, 리히터, 그리고 다른 몇 명이 더 있습니다. 레벨은 그다지 마음에 들지 않지만."

"다른 몇 명이라니요? 누가 더 있죠?"

"그게 중요합니까?"

"현재로서는 아주 작은 정보 하나도 중요합니다."

"뭐, 좋소. 비밀이랄 것까진 없지만 내가 일하는 분야에서는 부득이하게 유명 인사들과 만날 일이 많습니다. 그런 파티도 다 일에 속해요. 다른 사람들 눈에는 그저 정신없게만 보일 테지만, 사실 그런 모임은 인맥을 넓히고 의견을 나누는 자리입니다. 막스 클라이버는 아실 테죠. 그와 그의 부인은 제 측근에 속합니다. 난 그가 쓴 소설 중 세 개를 영화화했고, 현재 네 번째 작품을 진행 중이에요. 그리고 프랑크푸르트 대학교 학장인 마이바움은 다방면에 관심이 많은 예술애호가이고, 자네트 리버만은……."

"영화배우 말인가요?"

"맞아요. 그녀 말고도 배우 몇 명이 더 있고, 에버하르트 파이거, 마리안네 슈라이버, 헬무트 그라프 같은 예술가들도 자주 오는 사람들입니다. 예술가 에이전시를 운영하는 베라 코슬로브스키도 있는데, 그녀에겐 인맥 관리가 생명이나 마찬가지죠. 시립 극장 총감독 베르너 말찬, 그리고 이미 언급했던 리히터와 콘라트 레벨을 비롯해 몇 명이 더 있는데, 지금 당장 이름을 다 대기는 힘들군요. 어떤 사람들은 한 번 보고는 금방 다시 잊어버리고 마는데, 유디트는 일단 만나면 결코 잊을 수 없는 여자였어요. 어쨌든 그런 사람들끼리 만나서 술도 한잔하고, 대화도 나누고, 경우에 따라서는 새로운 사람을 알게 되기도 했죠. 그게 답니다. 흥청망청 노는 파티를 생각하셨다면, 안타깝지만 잘못 짚으셨습니다. 아주 건전한 행사였으니까요. 우린 말하자면 대가족과 같아요. 중간에 누군가가 나가고, 다른 누군가가 들어오는 일은 있지만. 다음 주에는 베라 코슬로브스키 씨가 생일 파티 겸 에이전시 설립 20주년 파티를 연다더군요. 보나 마나 수많은 저명인사와 부호가 모이는 떠들썩한 행사가 될 겁니다. 생각 있으시면 들러보세요, 베라도 별 신경 쓰지 않을 테니까요. 그때라면 우리……, 가족들을 만나보실 수 있을 겁니다. 원하시면 내가 오늘 베라한테 전화해서 미리 말해두죠."

"물론 가야죠." 율리아는 대답했다. "그게 언제죠?"

"잠깐만요." 반 다이크는 달력을 넘겨 보았다. "11월 6일, 토요일에 열립니다. 말씀드렸다시피 두 분이 오신다면 환영입니다. 베라 역시 나와 친하니 분명 동의할 거예요."

"당신은 어때요?" 율리아는 프랑크를 보았다.

"나딘을 또 혼자 둘 수는 없는데……."

"아내분을 데리고 오셔도 됩니다."

"생각해보겠습니다."

율리아는 수첩에 파티 날짜를 적은 뒤 반 다이크에게 물었다.

"아내분도 유디트에 대해 아시나요?"

반 다이크는 어깨를 으쓱해 보였다. "모르겠어요, 아는지 모르는지. 알아도 상관없고요. 서로 신경 안 쓰고 산 지 꽤 됐습니다. 한 지붕 아래 살고 있을 뿐이지, 사실상 따로 사는 거나 마찬가지예요. 아내는 아내대로 친구들을 만나고, 나도 그렇고요. 아니, 더 정확히 말하자면, 아내는 자기 애인을 만나고 나는 나대로 가끔 다른 여자와 자는 자유를 누리는 거죠."

"그다지 행복한 관계로 보이지는 않는데요……."

"엄밀히 말하면 행복과는 전혀 거리가 먼 관계죠. 딸아이만 아니었어도," 그는 어깨를 으쓱했다. "난 진즉 도망쳤을 겁니다. 하지만 마리아가 신체적으로 불안정한 상태라 아직 아내와 헤어지지 못하고 있어요."

"실례지만, 따님은 몇 살인가요?"

"열아홉 살입니다. 불안증과 우울증 때문에 이미 오래전부터 여러 군데를 전전하며 치료를 받아왔어요. 하지만 아무 소용 없었고, 결국 우리는 리히터 박사에게 그 원인을 알아내 줄 수 있느냐고 부탁했죠. 이제야 치료가 성공 궤도에 오른 듯 보입니다. 마리아의 상태가 좋아지는 대로 이혼 준비에 착수할 거예요." 그는 잠시 눈을 감고 숨을 깊이 들이쉬었다가 내뱉었다. "하지만 매번 이혼해야겠다는 생각만 할 뿐, 한 번도 실행에 옮기지 못했어요. 어쩌면 남은 세월 동안에도 그저 나의 바람 혹은 의도로만 남을지 모르죠. '지옥으로 가는 길은 선한 의도로 포장되어 있다'는 말도 있잖습니까. 우린 지금까지 아주 잘 지내왔고 앞으로도, 어쩌면 수십 년도 더 견딜 수 있을 거예요. 어쨌든 마리아는 유디트에 대해 알았습니다. 둘이 만난 적도 있었고요."

"따님은 뭐라고 하던가요?"

"적어도 내 생각에는 마리아가 그걸 받아들였던 것 같아요. 나를 비난하지도 않았고, 심지어 유디트가 마음에 든다고까지 했으니까요. 마리아가 제 엄마와 서로 긴장 관계에 있다는 말을 해둬야 할 것 같군요."

"아내분과의 일은 유감입니다." 율리아가 대답했다. "그런데……."

"그러실 필요 없습니다. 이건 내 인생이고, 아내와 결혼한 건 내 잘못이니까요. 그때 좀 더 잘 알아봤어야 했는데. 내 생각으로는 유디트를 알게 된 게 하나의 전환점이 됐던 것 같습니다. 난 그 어린 것에게 푹 빠져……. 일일이 말씀 안 드려도 아시겠죠. 몸을 파는 여자라는 건 상관없었어요. 유디트는 특별한 여자였습니다. 굉장히 지적이면서도 감성적인 면 역시 아주 발달되어 있었죠. 그녀와 함께라면 그 어떤 주제에 대해서도 대화를 나눌 수 있었습니다. 모르는 분야가 없을 정도로 박식해서, 나는 그녀의 기억이 마치 눈으로 사진을 찍는 것 같다고 느낄 정도였어요. 한 번 읽고, 보고, 들은 건 절대로 잊어버리지 않았으니까요. 분명 아이큐가 아주 높았을 겁니다. 그렇지 않았다면 완전히 상반된 두 개의 삶을 동시에 살 수도 없었겠죠. 그녀와 잠자리를 가질 때면 매춘부와 한다는 생각이 전혀 들지 않았고, 전에는 한 번도 겪어보지 못했던 기분을 느낄 수 있었어요. 때때로 나는 그녀가 만나는 다른 남자들도 그렇게 느낄지, 아니면 나만 그런 건지 자문했습니다. 이제 그에 대한 해답은 찾을 수 없게 되었군요."

그는 말을 멈추고 또다시 시가에 불을 붙인 뒤 다시 입을 열었다. "난 유디트에게 애인이 있었다고 확신합니다. 그 집과 가구들. 그녀가 아무리 여러 남자를 만났다고 해도 혼자서 그 모든 걸

213

살 수는 없어요. 누군가 아주 풍족하게 돈을 대줬던 게 틀림없는데, 그녀는 그에 대해서는 한마디도 하지 않았죠. 형사님들은 아십니까? 유디트에게 애인이 있었는지 말입니다."

율리아는 고개를 끄덕였다. 클라이버라고 말하고 싶었지만, 그만두었다. "네, 있었어요. 이름은 말씀드릴 수 없는 점, 양해 바랍니다."

"그럼 혹시 그가……?"

"아뇨, 절대로 그럴 가능성은 없습니다. 그러기에는 그가 유디트를 너무 사랑했으니까요."

"어떤 사람들은 바로 그런 이유로 사람을 죽이기도 합니다." 반 다이크가 대답했다. "어쩌면 유디트가 몸을 파는 걸 더는 참을 수가 없어서……."

"그도 그 사실을 알고 있었고, 또 잘 감내했습니다. 심지어 이해했다고까지 말했는걸요. 그는 절대로 범인이 아닙니다."

"그가 유디트에게 그 집을 사준 겁니까?" 반 다이크가 물었다.

"네."

"이상하군요. 내가 유디트의 애인이라는 행복한 자리에 있었다면, 난 무슨 짓을 해서라도 그녀가 다른 남자들과 자지 못하게 막았을 텐데요. 내가 간 뒤에, 어쩌면 곧바로 그녀가 다른 고객을 받을 거라는 생각만으로도 종종 이성을 잃을 지경이었거든요. 하지만 그만큼 그녀는 특별했습니다. 그녀를 알게 된 것만으로도 나에겐 이득이었어요. 지난 1년 반 동안 그녀는, 내 아내가 근 20년 동안 주었던 것보다 더 많은 것을 내게 주었습니다. 내가 할 말은 이게 다예요." 그는 잠시 쉬었다가 말했다. "대체 어떻게 살해당한 겁니까?"

"교살당했습니다."

"오래 고통스러워했나요?"

"아뇨." 율리아는 반 다이크를 똑바로 보며 서릿발을 했다. "순식간에 일어난 일이었을 겁니다."

"그럼 지금 그녀의 전화번호부에 올라있는 사람들을 전부 조사하시는 거군요, 그렇죠?"

"네, 그렇습니다. 혹시 카롤라 바이트만, 요안나 알베르츠, 에리카 밀러라는 이름들을 들어보셨나요?"

반 다이크는 이마를 찌푸리며 연기 너머로 율리아를 쳐다보았다. "물론 바이트만 부부는 압니다. 잠깐, 카롤라는 작년에 죽었잖아요. 그게 이번 사건과 무슨 연관이라도 있는 겁니까?"

"네. 그래서 다시 한 번 여쭤보는 건데, 요안나 알베르츠나 에리카 밀러라는 이름을 혹시 아시나요? 사진도 가져왔어요. 혹시 아는 얼굴은 아닌지 봐주세요."

율리아가 가방에서 사진을 꺼내 테이블 위에 올려놓자, 반 다이크는 그것들을 흘긋 보고는 고개를 갸우뚱하며 말했다. "여기 이 여자는 알 것도 같군요." 그는 요안나 알베르츠의 사진을 손으로 가리켰다. "하지만 확실치는 않습니다. 어쨌든 낯이 익어요. 어쩌면 정말로 만난 적이 있을 수도 있고요."

"그게 아까 말씀하셨던 그런 파티에서였나요?"

"맙소사, 그건 나도 모릅니다. 우리 집에서였을 수도 있고, 다른 집에서였을 수도 있죠. 이 두 여자가 유디트가 살해된 사건과 무슨 관련이 있습니까?"

"어떤 면에서는요. 이 두 사람도 동일범에게 살해됐습니다."

"그 말은, 유디트가 연쇄살인의 희생양이 됐다는 겁니까?" 반 다이크는 눈이 휘둥그레졌다. 클라이버가 했던 것과 거의 같은 질문이었다.

"네."

"그럼 범인은 내가 아는 사람일 수도 있겠군요?" 몸을 앞으로 숙인 그는 고개를 가로저으며 알아들을 수 없는 말을 중얼거렸다.

"그럴 가능성도 배제할 수는 없습니다. 아직은 범인에 대한 아무런 단서도 없으니……."

"아무 단서도 없다고요?"

"아직 계속 수사 중입니다. 저희에게 도움이 될 만한 뭔가가 떠오르시면 전화 부탁드려요. 여기 제 명함입니다."

"그 빌어먹을 놈을 꼭 찾으시길 바랍니다. 내가 먼저 그놈을 잡게 되면 가만두지 않을 겁니다! 정말이에요, 난 그놈을 아주 천천히, 즐기면서 죽여줄 거예요. 두 다리를 찢어 철조망 위에 걸어놔도 시원치 않아요."

"저희가 찾겠습니다, 믿어주세요. 협조해주셔서 다시 한 번 감사드립니다. 그럼 안녕히 계세요, 반 다이크 씨."

"아래층까지 바래다 드리죠. 아까 전화하셨을 때만 해도 이런 소식을 들으리라고는 상상도 못했습니다. 하지만 태어날 때를 마음대로 정할 수 없듯이, 죽음도 마찬가지겠죠."

그들은 아래층으로 내려갔다. 한 젊은 여자가 그들이 있는 쪽으로 다가왔다. "안녕, 아빠." 그녀는 반 다이크에게 웃으며 말했다. 그러더니 잠시 말없이 두 형사를 바라보았다. "우리 오늘 만난 적 있죠?" 그녀가 물었다.

"네, 아까 리히터 박사님 집 앞에서요." 율리아가 대답했다.

"여긴 무슨 일이세요?" 그녀는 궁금하다는 듯 물었다.

"아버님과 할 얘기가 있어서요. 그럼 안녕히 계세요."

반 다이크 부인은 문가에 서서 그들이 가는 걸 묵묵히 지켜보았다. 형사들이 나간 뒤, 그녀는 뒤돌아 남편에게 갔다.

"저 사람들, 왜 온 거예요?"

"그냥 몇 가지 물어보려고 온 거야." 그는 그녀에게 눈길도 주지 않고 대답했다. "당신하고는 상관없는 일이야."

"그걸 당신이 어떻게 알아요?"

"그냥 알아. 그럼 난 이만 할 일이 있어서." 그는 아내에게서 등을 돌려 딸을 보았다. "마리아, 아빠랑 위층에 좀 가지 않을래? 할 얘기가 있어서 말이야."

"오래는 못 있어요. 마인타우누스첸트룸에 가보려고 하거든요."

클라우디아 반 다이크는 두 사람이 계단을 오르는 모습을 뒤에서 지켜보았다. 입술을 꽉 다문 채 거실로 간 그녀는 물 한 잔을 따랐다. 그러고는 핸드백에서 알약 두 알을 꺼내 입에 넣고 물과 함께 꿀꺽 삼켰다. 얼마 후 그녀는 옷을 갈아입고 화장을 한 뒤 커다란 가방을 들고 집을 나섰다. 그녀는 약속이 있었고, 오늘은 긴 밤을 보내게 될 터였다.

오후 6시 10분

대문 밖으로 나온 프랑크는 깊은 한숨을 내쉬고는 믿을 수 없다는 듯 고개를 가로저으며 율리아를 보았다. 차에 시동을 건 뒤 그가 말했다. "아무래도 뭔가 잘못된 것 같군요. 그 유디트라는 여자, 정말 굉장히 특별했나 봐요. 지금까지 두 명의 남자와 그녀에 대해 이야기를 나누었는데, 둘 다 그녀가 매춘부와 성녀, 두 가지 모습을 모두 가졌다고 했잖아요. 유디트가 성적 능력이 부족한 사람들에게는 테레사 수녀와 같은 존재였을까요?"

"그럴 수도 있겠죠. 어쨌든 유디트는 다른 여자들에게는 없는 뭔가를 가지고 있었던 게 틀림없어요. 그녀를 몰랐던 게 아쉽네요. 당신은 더 그렇겠죠." 율리아는 씩 웃으며 말하고는 시계를 보았다. "프랑크, 미안하지만 오늘 저녁 약속은 취소해야 할 것 같아요. 오늘은 할 일이 너무 많아서 쉴 시간도 없을 것 같거든요. 가기 싫어서 그러는 게 절대로 아니니까 다음번으로 미루도록 해요. 우린 지금 경찰청으로 가야 하고, 그 이후에 나는 요안나의 일기를 꼭 읽어봐야 해요. 그녀가 반 다이크나, 아니면 다른 누군가의 파티에 간 적이 있는지 일기장에 적혀있을 수도 있으니까요. 아마 자정 전까지는 사무실에서 못 나올 거예요. 이제 살해된 여자들 간에 불확실하게나마 연관관계가 있었다는 걸 알았잖아요. 그 파티에 대한 이야기가 내 머릿속에서 떠나질 않는다고요. 여자 한 명이 그런 파티에 입장하기란 그리 어려운 일이 아니었을 거예요. 만일 요안나가 그런 파티에 한 번이라도 갔었다면요? 아니면 에리카가요? 적어도 가능성은 고려해봐야 해요."

"하지만 에리카와 요안나는 상류층에 속하지 않았잖아요."

"그래서요? 당신 설마 은행계좌에 적어도 1백만 마르크 이상 가지고 있는 사람들만이 그런 파티에 참석했을 거라고 생각하는 건 아니죠?"

"아니, 그건 아니지만 우리가 지금까지 알아낸 바에 따르면 그 둘은 형편이 그리 좋지 않았잖아요. 특히 요안나는요. 사무실이나 피트니스센터 사람들과도 친하게 지내지 않았던 그녀가 파티에 가는 건 전혀 어울리지 않는다고요. 그리고 에리카는 알코올 중독자 가족모임이 있었어요."

"하지만 반 다이크는 요안나의 얼굴이 낯익다고 했잖아요! 당신 말에 반박해서 미안하지만, 그렇다면 왜 그 두 여자가 그런 값비싼 속옷을 입고 남몰래 누군가를 만났겠어요? 그러니까 분명 사람을 만날 기회가 있었을 거라고요. 내 말이 틀렸어요?"

"아뇨." 프랑크는 신음소리를 내며 불쾌한 듯 눈알을 굴렸다. "그래도 앞뒤가 안 맞아……."

"맞다니까요! 그녀들이 대체 어디서 사람을 만나고, 또 동시에 어느 정도 익명성을 보장받을 수 있었겠어요? 바로 수많은 사람이 모이는 파티나 축제라고요! 그런 곳이라면 모두가 서로를 알 필요는 없으니까요. 그리고 무엇보다도 모두와 대화를 나눌 필요도 없고요. 나도 가봐서 아는데, 몇 명씩 모여서 놀거나 아니면 그냥 서성이는 사람들도 있어요. 누군가는 아는 사람을 데리고 오기도 하죠. 남자가 여자친구를, 여자가 남자친구를 데리고 오는 식으로요. 이렇게 생각하면 모든 게 다 말이 돼요. 클라이버, 반 다이크, 레벨과 마이바움은 이 사건을 해결하는 데 중요한 열쇠가 될 거예요."

"그들 중 한 명이 범인일 수도 있다는 말이에요?"

"말도 안 돼요. 그런 생각까지는 아직 해보지도 않았어요. 게다가 그 레벨이라는 사람에 대해서는 아는 게 전혀 없고요. 물론 곧 만나게 되겠지만. 자, 그럼 이제 나딘에게 전화해서 당신은 좀 늦을 거라고 하고, 나는 오늘 못 간다고 말해줘요. 부디 화내지 말라고 하고, 안부도 전해주고요. 알겠죠?"

"그러죠. 어차피 늦는다고 말할 참이었어요. 나도 8시 반이나 9시 이전에는 집에 못 갈 것 같거든요."

테오도르-호이스 가를 지나고 있었을 때, 프랑크는 나딘에게 전화를 걸었다. 이미 저녁 준비를 다 해두었던 그녀는 다소 실망한 눈치였다. 프랑크가 다정한 말로 그녀를 달랬다. 율리아는 그들의 대화내용에 귀 기울이지 않은 채 창밖을 보며 생각에 잠겨

있었다. 6시 반이 조금 넘어 그들은 경찰청에 도착했다. 날씨는 다시 추워졌고, 하늘의 푸른색은 점차 짙어져 조금씩 검은빛을 띠었다. 일요일에는 보름달이 떴었는데, 오늘은 하현달이 모습을 드러내고 있었다.

오후 6시 40분

경찰청. 상황 보고 회의.

유디트 카스너의 전화번호부에 이름이 올라있는 사람 중 사건 당시 출장이나 휴가를 떠났던 사람들을 제외하고, 대부분이 조사가 완료되었다. 하지만 그들 모두 사건이 일어난 시간에 알리바이가 있었기 때문에 일단은 용의선상에서 제외되었다. 아직 약 서른 개의 이름이 남아있었지만, 율리아는 그중 범인이 있을 거라고는 생각지 않았다. 더욱이 지금까지 조사받은 사람 가운데 50여 명은 유디트 카스너와 적어도 1년 이상 연락하지 않았다고 말했고, 지난 두 달간 그녀의 집이나 호텔에서 그녀와 만났다고 진술한 사람은 열두 명에 불과했다. 또 그 열두 명 중 세 명은 이삼 주 전에 그녀와 마지막으로 만난 게 다였다. 하지만 이들 역시 확실하고도 증명 가능한 알리바이를 제시했기 때문에 범인으로 볼 수는 없었다. 그중 한 명은 주말 내내 가족과 함께 친척들까지 모두 모이는 잔치에 갔었고, 다른 한 명은 독감으로 며칠간 침대에 누워있었으며, 나머지 한 명은 월요일 새벽에 심한 담석산통으로 구급차를 불렀다고 했다.

율리아는 클라이버와 반 다이크를 만나고 온 것에 관해 이야기하고, 콘라트 레벨과 알렉산더 마이바움을 만나보면 뭔가 단서가 나올 것 같다고도 했다. 그녀는 수화기를 들고 레벨의 번호를 눌렀다. 자동응답기가 받자, 그녀는 메시지를 남기지 않고 전화를 끊었다.

"그럼 내일 다시 해보죠." 그녀가 말했다. "그런데 유디트라는 여자, 정말 물건이었나 봐요. 고대 신화에서나 나올 법한 진정한 슈퍼우먼이었던 게 틀림없어요. 훌륭한 몸매, 훌륭한 정신, 남자들이 열망하는 모든 걸 가진 여자 말이에요." 그녀는 말을 멈추고 베르거를 보았다. "뮐러는 어떻게 됐어요? 다시 나타났어요?"

베르거는 고개를 가로저었다. "아직 못 찾았네."

"뭐라고요? 그 자식, 대체 어디 있는 거야? 애를 둘씩이나 데리고 그렇게 흔적도 없이 사라져버릴 수는 없다고요! 호텔이랑 펜션은 전부 찾아본 거예요? 라디오를 통해 실종신고를 내면 잡힐 거예요." 그녀가 마지막 문장을 채 끝맺기도 전에, 작전본부에서 나온 제복을 입은 경찰이 노크도 없이 방 안으로 들어왔다. 그는 아무 말 없이 베르거에게 종이 한 장을 내밀었다. 베르거 역시 말없이 그것을 읽고는, 곧 율리아에게 넘겨주었다.

"제기랄, 이런 망할 놈 같으니!" 율리아는 이를 갈며 말했고, 그 종이를 구겨버렸다. "왜 이런 짓을 했대요? 그럼 아이들은 어디 있죠?"

"무슨 일이에요?" 프랑크가 걱정스러운 얼굴로 물었다.

"뮐러의 차가 프리드리히스도르프 인근의 어느 숲에서 발견됐대요. 배기가스를 마시고 자살한 모양이에요." 율리아는 자리에 앉아 이마에 손을 짚고 고개를 숙였다. "대체 왜 그런 짓을 했을까요? 판단력이 없어졌던 걸까요? 그게 아니면 왜요?"

"알아봐야지." 베르거는 그녀를 진정시키려 애썼다. "너무 의기소침해하지 말게. 어차피 자네가 할 수 있는 일은 없었잖아."

"천만에요! 어제 아동복지국 직원이 나올 때까지 제가 그 집을 떠나지 말았어야 했어요. 의사를 불러 뮐러를 병원으로 보내야 했다고요. 그는 완전히 제정신이 아니었는데 우리가 못 알아봤던 거예요. 우린 그저 그가 술에 취해있다고만 생각했죠. 부디 아이들에게는 아무 일 없어야 할 텐데. 이게 다 그 빌어먹을 술 때문이야!"

그녀는 다시 자리에서 일어나 골루아 한 개비에 불을 붙이고 창가로 갔다. 하늘은 이제 거의 검은빛을 띠고 있었고, 시내 방향으로 가는 차들은 마인처 간선도로 위에 마치 기다란 용처럼 줄지어 있었다.

"그의 딸 이름이 율리아예요. 귀여운 아이죠. 네 살이고요. 그 애 오빠도 여섯 살밖에 안 됐어요. 뮐러는 왜 그런 걸까요? 대체 왜? 유언장이라도 남겼대요?" 율리아는 그 종이를 들고 온 경찰에게 물었다.

"바트 홈부르크 경찰서에서 이 일을 처리하고 있는데, 뮐러의 차를 발견했다는 말만 했습니다." 그가 대답했다.

"전화 좀 해보세요. 어쩌면 그가 유언장을……. 도대체 무엇이 한 인간으로 하여금 그런 짓을 하게 할 수 있죠?"

"절망이죠. 돌파구를 찾지 못했던 거예요. 어쩌면 그는 아내의 사망 소식을 들었을 때 자기와 같은 알코올중독자는 아이들에게 결코 좋은 아버지가 아니었고, 또 그렇게 될 수도 없으리라고 깨달았을 겁니다. 자기가 술을 절대로 못 끊을 거라고 생각했을 수도 있고요. 어쩌면 완전히 다른 이유일 수도 있겠죠." 프랑크는 이렇게 말하며 율리아 곁으로 가서 섰다. "당신도 알다시피, 우린 지금 뮐러가 죽은 일에 집중할 때가 아니에요. 그런다고 그가 살아 돌아오는 것도 아니잖아요. 비극이긴 하지만, 어쩔 수 없는 일이라고요."

"그래요, 하지만 막을 수도 있었을 비극이죠." 그녀는 서둘러 담배를 피우더니 재떨이에 비벼 껐다. 한동안 느끼지 못했던 공허함과 허탈함이 밀려왔다. "커피 한 잔 더 갖다 줄래요?"

그때 크리스티네 귀틀러가 방에 들어와 말했다. "제가 바트 홈부르크에 전화해봤는데요, 밀러가 유언장을 남겼답니다. 곧바로 팩스로 보내준다고 했어요."

"고맙네." 베르거가 말했다. "오늘은 이 정도로 하지. 가서 푹 자고, 내일 다시 힘내서 일해보자고."

율리아는 고개를 가로저었다. "전 더 있다 갈 거예요. 아무래도 뭔가 간과하고 있다는 느낌이 들어요. 혼자서 조용히 사진들을 다시 한 번 보고, 요안나의 일기장도 읽어볼 거예요."

"그건 내일 해도 되잖아."

"오늘 하고 싶어요, 아시겠어요? 어차피 기분 다 망친 하루, 일을 좀 더 하고 안 하고가 무슨 상관이겠어요." 그녀는 자기 말에 토 달면 가만두지 않겠다는 말투로 말했다. "다들 먼저 퇴근하세요. 내일 봐요."

바로 그때 팩스기가 작동하기 시작했다. 밀러의 유언장이었다.

더 이상은 못하겠습니다. 난 아내를 잃었고, 내 아이들은 엄마를 잃었어요. 에리카 없이는 살 수 없습니다. 저는 그녀를 정말로 사랑했어요. 그런데도 그녀에게 쓰더쓴 실망만 안겨주었죠. 유감이지만 다른 방법이 없습니다. 에리카가 너무도 그리워요. 토마스와 율리아는 아직 어리니까 다른 좋은 부모를 만나 잘 자랄 수 있을 겁니다. 아이들은 프리드베르크에 있는 말러 여관에 있습니다.

율리아는 안도의 한숨을 내쉬며 아무 말 없이 팩스를 모두가 볼 수 있도록 책상 위에 올려놓았다. 그녀는 다시 골루아 한 개비에 불을 붙였다.

프랑크는 그녀 곁에서, 베르거를 포함해 다른 사람들이 전부 나갈 때까지 기다렸다. "어떤 때 보면 참 융통성이 없어요, 알아요? 화가 난다, 좋아요. 뮐러 때문에 흥분했다, 그것도 좋아요. 하지만 제발 부탁인데 그것 때문에 다른 걸 못 보는 실수는 하지 말라고요. 우리는 연쇄실인사건을 해결해야 하고, 그건 정신이 맑아야만 할 수 있어요. 어서 집에 가요. 일기장은 가서 읽고."

"싫어요! 하지만 그렇게 나를 돕고 싶다면 당신도 여기 있어요." 율리아는 프랑크를 도전적인 눈빛으로 보며 말했다. "뮐러 일은 잊을게요. 아이들은 보살핌을 잘 받게 될 거예요. 내가 개인적으로라도 그렇게 할 거예요. 나딘한테 전화해서 조금 늦는다고 말해요. 그런 다음에 처음부터 다 다시 검토해보자고요. 피살자들 간의 연관이 없다는 이유로 뭔가를 간과하면서도 알아채지 못하고 있었는지 몰라요. 내 말 듣고 있어요?"

프랑크는 잠시 생각하는 듯하더니 고개를 끄덕였다. "좋아요." 그는 시계를 흘긋 보았다. 8시 15분 전이었다. "하지만 조건이 하나 있어요……"

"뭔데요?"

"늦어도 11시에는 함께 이 성소를 떠나도록 해요."

"약속할게요. 자, 이제 사진들을 보죠. 카롤라 바이트만부터 유디트까지 사망한 순서대로요."

"뭘 기대하는 거예요? 이 사진들은 이미 백 번도 더 봤다고요……"

"그래도 뭔가 못 보고 지나친 게 있을 거예요, 내가 장담해요."

율리아는 책상 위를 싹 치우고 사건 현장 사진들을 두 장씩 붙여 펼쳐놓았다. 그리고 그 앞에 서서 한 손으로 턱을 쓰다듬으며 생각에 잠겼다. 프랑크도 그녀 옆에 섰다. "대체 뭘 찾는 겁니까?"

"내가 그걸 알면 이 사진들이 필요 없겠죠." 그녀는 중얼거렸다. "시체들은 전부 똑같은 자세로 누워있어요. 카롤라 바이트만은 1998년 10월 28일 새벽 2시경, 요안나 알베르츠는 1998년 11월 13일 새벽 1시경, 에리카 뮐러는 10월 25일 새벽 12시 45분에서 1시 사이, 유디트 카스너는 10월 25일 새벽 4시경에 살해되었고요. 일요일에는 보름달이 떴으니까……. 아니, 그건 제외하죠, 달하고는 상관없어요. 보름달이 뜰 때만 돌아버리는 놈은 아니라는 거예요. 이제 어쩐다? 피살자들 파일 좀 갖다 줘요. 그들의 이력과 관련해서 뭔가 찾아낼 수도 있으니까요."

프랑크는 고개를 가로저으며 율리아를 보았다. "이력과 사진들만 보고 무슨 연관관계를 알아낼 수 있겠어요?"

"도와줄 거예요, 말 거예요? 집에 가려면 가요, 나 혼자 할 테니까." 율리아는 냉소적으로 말했다.

"알았어요, 알았어. 갖다 주면 되잖아요."

"카롤라에 대해서 좀 읽어줘요."

"카롤라 바이트만, 1976년 11월 20일 시드니 출생. 1977년부터 프랑크푸르트에서 거주, 아버지는 건설업자. 괴테 가에서 부티크 운영, 약혼한 상태로……."

"그거면 됐어요. 이제 요안나 것을 읽어줘요."

"요안나 알베르츠, 1968년 10월 29일 다름슈타트 출생. 이혼녀, 열 살 먹은 딸이 있고 어머니와 함께 살았음. 아버지는 6년 전에 사망. 세무공무원, 비사교적이며……."

"이번엔 에리카요."

"에리카 뮐러, 1963년 11월 1일 플렌스부르크 출생. 결혼했고 아이가 둘 있음. 가정주부, 부모님은 안 계시고……."

"유디트 카스너요."

"유디트 카스너, 1974년 10월 23일 프랑크푸르트 출생. 학생, 그리고 나머지는 당신도 아는……."

"그것 좀 줘 봐요." 율리아가 말했다. 그녀는 프랑크가 넘겨보던 파일들을 각 사진 옆에 놓았다. "이 여자들은 서로 한 번도 만난 적은 없었을지 몰라도 뭔가 연관이 있어요, 감이 온다고요. 뭔가 있는데……. 대체 그게 뭘까요? 이들을 범인의 손에 죽게 만든 그 공통점이 뭐죠?" 그녀는 손으로 머리를 쓰다듬은 후 담배에 불을 붙이고는 사진들과 파일을 번갈아 들여다보았다. 가슴이 터질 듯 긴장한 상태로, 그녀는 커피 한 잔을 가지고 왔다. 그녀 내면의 모든 것이 진동했고, 생각들은 마치 멈추지 않는 회전목마처럼 머릿속에서 끊임없이 맴돌았다. "이제 뭘 어떻게 해야 하죠?"

"내가 말해 주죠. 난 배가 고파요. 당신도 점심 이후로 아무것도 안 먹었잖아요. 피자를 시킬게요. 꼬르륵거리는 배를 움켜쥐고는 아무 생각도 할 수 없다고요. 어떤 걸로 먹을래요?"

"아무거나 괜찮으니 시켜줘요." 율리아는 여전히 생각에 잠긴 채 말했다.

책상을 빙 돌아가 자리에 앉은 율리아는 몸을 뒤로 기대고 두 손을 머리 뒤에 받쳤다. 그러고는 눈을 감고 하품을 했다. 그녀는 피곤했고, 배고프고, 지칠 대로 지쳐있었다. 프랑크는 피자집에 전화를 걸어 주문을 넣었다. 그가 막 율리아 곁에 와서 앉았을 때 전화벨이 울렸다. 나딘이었다.

"안녕, 나야, 당신 아내. 혹시 당신이 잊어버렸을까 봐······."

"이런, 미안해." 그가 말했다. "그렇지 않아도 전화하려고 했는데, 좀 더 늦을 것 같아. 11시나 11시 반 이전에는 집에 못 들어가. 제발 화내지 말아줘."

나딘은 투정 부리듯 말했다. "처음에는 셋이서 저녁을 먹는다고 해서 좋아했다가, 율리아가 못 온대서 그래도 당신과 둘이 오붓하게 보낼 수 있겠구나 했는데, 인제 와서······? 하지만 물론 당신 일이 우선이겠지. 그런 뼈 빠지게 힘든 일은 안 해도 된다니까······."

"나딘, 제발, 그 얘기는 이미 수천 번도 더 했잖아. 난 내 일을 사랑해······."

"11시?" 그녀는 속삭이는 듯한 목소리로 물었다.

"늦어도 11시 15분까지는 가겠다고 약속할게." 프랑크는 조용한 소리로 덧붙였다. "사랑해. 이따 봐."

율리아는 프랑크를 툭툭 치며 씩 웃었다. "이봐, 이봐, 나딘한테 사랑한다고 하면서 음흉하게 다른 여자에게 한눈을 팔다니. 당신네 남자들은 하나같이 똑같다니까!"

"그게 이거랑 무슨 상관이에요? 식욕이야 뭘 보고 생기든, 식사만 집에서 하면 되는 거 아닙니까?" 그는 이렇게 대답하며 환하게 웃었다.

율리아는 주제를 바꿔 말했다. "그 아이들이 무사해서 내가 얼마나 기쁜지 알아요? 아마 난 평생 이 일에 대해 자책하게 되겠죠. 다시 어제와 같은 상황이 닥치면 아동복지국 직원이 올 때까지 자리를 떠나지 않을 거예요, 아니면 내가 직접 아이들을 데려오든가. 뮐러가 자살한 일만으로도 충분히 끔찍하다고요······."

"이미 지난 일이에요. 누가 알아요? 아이들에게는 오히려 전화

위복이 될지. 그 애들은 아직 어려서 다른 가족에 입양될 기회가 있다고요."

그때 수위실에서 피자배달부가 왔다는 전화가 걸려왔다.

"올려보내 주세요." 프랑크가 말했다.

피자 값을 지불한 그는 자동판매기에서 콜라 두 개를 뽑아왔다. 피자를 씹어 먹으며 책상 위의 사진과 파일을 살펴보던 그가 갑자기 물었다. "근데 당신 생일은 언제예요?"

"뭐라고요?" 율리아는 놀란 얼굴로 또다시 피자 한 입을 베어 물고 있는 그를 곁눈질했다.

"생일이 언제냐고요? 당신 생일도 11월 아니었어요?" 그는 꽉 찬 입을 우물거리며 말했다.

"그래요, 15일이에요. 왜요?"

"나딘도 에리카랑 똑같이 11월 1일생이에요. 별 상관없는 일일 수도 있지만, 피살자들의 생일을 좀 봐요. 이 순서대로요." 그는 유디트, 요안나, 에리카, 카롤라 순으로 파일을 다시 배열했다.

율리아는 그들의 생일을 비교하며 그 파일들을 서너 번 훑어보더니, 당혹스런 표정으로 더듬거리며 말했다. "10월 23일, 10월 29일, 11월 1일, 11월 20일……. 맙소사!" 그녀는 머리를 감싸 쥐며 소리를 질렀다.

마치 한 대 얻어맞은 사람처럼 프랑크를 쳐다보던 율리아는 피자 조각을 접시에 내려놓고 티슈로 입을 닦았다. 담배에 불을 붙인 그녀는 다시금 그 숫자들을 바라보며 입술을 더듬더듬 움직였다. "이럴 수는 없어. 이들은 전부 같은 별자리에 태어났어요. 전갈자리요! 프랑크, 당신이 해냈어요……." 그녀는 자리에서 일어나 기지개를 켠 뒤 방 안을 이리저리 어슬렁거렸다. 급하게 담배를 피운 그녀는 얼마 후 그것을 비벼 끈 뒤 곧장 새 담배에 불을 붙였다. 율리아가 느끼고 있는 긴장감이 마치 온 방 안에 퍼진 듯, 프랑크마저 느낄 수 있을 정도였다.

"우연일지도 몰라요." 프랑크는 조심스럽게 말했다.

"아니에요, 프랑크, 우연이 아니라고요. 전갈자리, 이들은 모두 전갈자리를 별자리로 가지고 태어났어요! 범인은 별자리를 보고 희생양을 고른 거예요. 왜 이걸 진작 알지 못했을까."

"작년에 사망한 요안나와 카롤라는 생일이 각각 10월 29일, 11월 20일이었는데 그것만 보고 어떻게 연관성을 찾을 수 있었 겠어요? 게다가 에리카와 유디트는 사망한 지 몇 시간 되지도 않 았고요. 내가 그랬죠, 빈속으로는 아무 생각도 할 수 없다고. 거 봐요, 먹으니까 이렇게 생각이 나잖아요. 네 명 다 같은 날에 태어 났다면 더 빨리 알 수도 있었겠지만……."

"전갈자리가 정확히 언제부터 언제까지죠?" 율리아는 손짓으로 그의 말을 끊었다.

"점성술사도 아닌데 내가 그걸 어떻게 알겠어요? 난 당신이 알 거라고 생각했는데요. 대부분의 여자가 그 말도 안 되는 것에 관 심을 가지고 있잖아요."

"이상한 소리 마요. 나도 신문에 난 별자리 운세를 보고 아는 것 뿐이니까. 그리고 내가 어릴 적부터 우리 아버지는 전갈자리들은 화가 나거나 짜증이 나면 심술을 부리고 심지어는 남을 찌르기도 한다고 했어요. 그 이상은 나도 잘 몰라요. 이제껏 나도 그런 데에 는 관심 없었다고요. 여기 혹시 신문 있어요?"

"페터의 사무실에 한 번 가볼게요. 그는 매일 아침 신문을 보니 까." 얼마 후 프랑크는 빙긋 웃는 얼굴로 〈빌트〉지를 손에 쥔 채 흔들며 돌아왔다. "쓰레기통에서 찾았어요!"

율리아는 그 신문을 낚아채 별자리 운세가 있는 쪽으로 넘겼다.

"10월 24일부터 11월 22일! 내 연봉을 걸고 말하는데, 이건 우연이 아니에요. 그놈은 전갈자리 여자들만 골라서……." 그녀는 말을 멈추고 뭔가 생각하는 표정으로 프랑크에게 말했다. "잠깐만요, 프랑크. 그런데 유디트는 10월 23일생이잖아요."

"신문에 나와 있다고 해서 다 맞는 건 아니에요."

율리아는 잠시 생각하는 듯하다가 곧 다시 활기찬 얼굴로 말했다. "상관없어요. 내 생각에, 이것으로 범인이 희생양을 무작위로 골랐다는 이론은 이제 신빙성을 잃은 것 같네요. 난 처음부터 믿지 않았지만요. 그는 계획적으로 살인한 거예요. 이 여자들이 언제 태어났는지, 별자리가 뭔지 아는, 즉 이들을 알고 있던 사람이죠. 그런데 어디서 알게 되었을까요? 그 미심쩍은 파티에서?"

"그럴지도 모르죠."

순간 프랑크가 손바닥으로 자기 이마를 탁 쳤다. "바늘! 그 바늘이 바로 찌르는 걸 상징하는 거예요! 그놈은 전갈자리 여자들을 살해하고 바늘을 이용해 마치 그들이 자기 독침으로 스스로 찌른 것마냥 해놓은 거죠."

율리아가 남은 세 쪽의 피자를 그대로 둔 채 생각에 잠겨있는 사이에 프랑크는 마지막 조각을 들고 한 입 베어 물었다. 피자를 씹던 그는 잠시 후 티슈로 입을 닦고 말했다. "그는 이 여자들과 안면을 튼 뒤에 여자들이 점성술, 손금 같은 것에 거부감이 없다는 걸 알고는 그녀들에게 생일을 물어보고 그에 맞는 별자리에 대한 얘기를 늘어놓았겠죠. 이것이 결국 그녀들의 마음을 열게 했고요." 그는 마지막 문장을 말하는 동시에 과장된 몸짓을 취하며 씩 웃다가, 이내 심각한 얼굴로 돌아왔다. "그건 그리 어려운 일은 아니었을 거예요. 혼자된 요안나는 아마 남자를 찾고 있었을 테고, 에리카는 부부관계에서 절망감을 느끼고 있었으

230

니……."

"하지만 그건 유디트나 카롤라하고는 맞지 않는 얘기예요. 유디트는 미래에 대한 뚜렷한 목표가 있었고 많은 사람으로부터 사랑을 받았으니 남자를 찾을 필요도 없었어요. 또 카롤라는 약혼한 데다 결혼 준비를 시작한 상태였다고요."

프랑크는 마지막 남은 조각을 입에 욱여넣은 뒤 콜라 한 모금을 마시고 작게 트림을 했다. 몸을 뒤로 기댄 그는 두 다리를 책상 위에 걸치고 말보로에 불을 붙인 뒤 입을 열었다. "그런 건 아무 의미 없어요. 그 둘의 심리상태가 어땠는지는 모를 일이라고요. 우린 그저 카롤라의 부모님과 약혼자, 친구와 지인 몇 명의 얘기만 들었을 뿐이잖아요. 요안나나 에리카 역시 개인적으로 알았던 것도 아니에요. 이미 죽은 지 한참 지난 뒤에 벌거벗은 채로 누워있는 모습을 보고, 주위 사람들 얘기로만 그들에 대해 추측할 뿐이죠. 어떤 게 사실이고 어떤 게 지어낸 건지 우린 알 수 없다고요. 유일하게 믿을 수 있는 단서는 에리카가 자기 심경을 적어둔 일기장이에요. 그리고 클라이버와 반 다이크의 말처럼 유디트가 정말 그렇게 대단한 여자였는지도 우린 몰라요. 또 카롤라가 이혼했고 곧 결혼할 계획이었다고 해서 딴 남자를 만나지 않았으리라는 법도 없잖아요. 현재 우리가 확실하게 알 수 있는 건 네 명 모두가 같은 별자리를 가지고 태어났다는 것뿐이에요."

"어쩌면 당신 말이 맞을지도." 율리아는 그대로 서서 생각에 잠긴 채 말했다. "그럼 이제 어쩌죠?"

"점성가를 불러야죠. 적어도 전갈자리가 왜 그리 특별한지 알려줄 수 있을 테니까요."

"혹시 아는 사람 있……?"

"아뇨." 프랑크는 고개를 힘차게 가로저으며 대답하고는 담배를 한 모금 길게 빨아들였다. "내가 알 리가 없죠! 직업별 전화번호부에서 찾아봐요."

율리아는 서류장에서 전화번호부를 꺼내와 프랑크 맞은편에 앉았다. 책을 넘기던 그녀가 점성가가 나와 있는 쪽을 찾았다.

"찾았어요. 점성가협회 한 군데와 점성가들의 번호가 있네요. 그런데 여기, 루트 곤잘레스라는 사람이 굵은 글씨로 적혀있어요. 별자리 심리학 상담 전문이래요. 작센하우젠에 사는군요. 어쩌면 이 사람과 연락해야 할 수도 있겠네요."

"여기, 전화기가 있잖아요." 프랑크는 지루하다는 듯 말하며 담배를 비벼 껐다.

"벌써 9시 반이 넘었는걸요."

"그래서요? 자동응답기가 받으면 내일 일찍 다시 걸면 되죠. 내가 보기에 오늘은 우리도 할 만큼 한 것 같네요." 그는 큰 소리로 하품하며 몸을 부르르 떨었다. "게다가 난 너무 피곤하다고요."

율리아는 프랑크의 말에 대답하지 않고, 수화기를 들고 루트 곤잘레스의 번호를 눌렀다. 여섯 번째 신호음이 울리고 전화를 막 끊으려던 찰나, 상대편에서 퉁명스러운 여자 목소리가 들렸다.

"여보세요?"

"곤잘레스 씨이신가요?" 율리아가 물었다.

"그런데요."

"저는 프랑크푸르트 경찰청의 율리아 뒤랑 형사라고 합니다. 이렇게 늦은 시간에 전화드려 죄송합니다만, 급한 일이 있어서요……."

"형사라고요?"

"네. 직업별 전화번호부에서 이 번호를 찾았어요. 혹시 내일 제가 동료 한 명과 함께 댁에 좀 들러도 될까요?"

"실례지만 무슨 일이시죠?"

"전화상으로는 말씀드리기 곤란합니다. 내일 시간 좀 내주실 수 있나요? 곤잘레스 씨의 도움이 필요할 것 같아서요."

"경찰이 내 도움을 필요로 한다고요?" 그녀는 온화하고도 쉰 듯한 목소리로 웃었다. "잠깐만 기다리세요, 일정표를 확인해보죠. 빈 시간이 있나 볼게요."

부스럭거리는 소리가 들리더니 잠시 후 다시 곤잘레스가 전화를 받았다. "내일 오전 9시 15분에서 10시 사이에 시간이 있네요. 그 이후에는 저녁 6시가 넘어야 가능하고요."

"그럼 9시 15분까지 댁으로 찾아뵙겠습니다. 정말 감사드려요. 늦게 전화드려서 죄송하고요. 잠시만요, 한 가지 여쭤볼 게 있어요. 전갈자리가 언제부터 언제까지죠?"

"경우에 따라 다른데, 보통은 10월 23일이나 24일부터 11월 21일이나 22일까지예요."

"감사합니다. 그럼 내일 오전에 뵙죠."

전화를 끊은 율리아는 만족스러운 얼굴로 몸을 뒤로 기대고 두 손을 머리 뒤에 받쳤다.

"10월 23일." 그녀는 마치 대단한 일이라도 해낸 양 의기양양하게 말했다. "유디트는 전갈자리예요. 범인은 전갈자리 여자들을 겨냥한 게 맞았어요."

그녀는 피곤하고 지친 듯 두 눈을 감았다. 오늘 하루는 그녀의 진을 다 빼놓았지만, 이제야 비로소 희망의 빛이 보이는 듯했다. 적어도 범인이 어떤 여자들을 타깃으로 하는지 알게 되었으니까. 전갈자리. 왠지 모르게 수사에 큰 진척이 있으리라는 예감이 들었다. 어쩌면 내일 오전 곤잘레스의 집에서 그런 일이 생길지도 모를 일이었다.

하늘은 구름 한 점 없이 맑고, 공기는 차가웠다. 율리아는 차에 올라타며 몸을 부르르 떨었다. 그녀는 히터 스위치를 최고 온도로 돌리고 라디오도 크게 틀었다. 그러나 낯간지러운 사랑 노래만이 흘러나왔고, 뭔가 더 강한 게 필요했던 그녀는 건즈 앤 로지즈의 카세트테이프를 집어넣었다. 연극전문극장 앞을 지날 때쯤 되자 차 안에서 점차 온기가 느껴졌다. 오늘 하루를 떠올리던 율리아는 문득, 이제껏 그리도 다양한 사람들을 만나왔지만 아직도 인간이란 존재를 잘 모르겠다고 생각했다.

오늘 밤에는 웬일로 집 바로 앞에 주차공간이 한 군데 남아있었다. 차에서 내린 그녀는 문을 잠그고 우편함에 든 우편물을 꺼냈다. 집에 들어와서는 불을 켜고 신발을 벗어 방 한가운데 그대로 놔둔 채 부엌 테이블에 우편물을 던져놓고, 냉장고에서 캔 맥주 하나를 꺼냈다. 캔을 따서는 단숨에 맥주를 다 마셔버렸다. 그러고는 텔레비전 리모컨의 전원 버튼을 눌러 SAT1 채널의 현지 탐방 프로그램을 틀어놓고 재킷을 벗은 뒤 욕실로 갔다. 그녀는 목욕물을 틀고는 잠시 욕조 가장자리에 앉아 깊게 심호흡한 다음 다시 일어나 물에 거품을 조금 풀었다. 자동응답기에는 세 개의 메시지가 있었는데, 하나는 뮌헨 풍기사범 단속반의 동료 겸 친구였고, 하나는 바로 어제 통화해놓고는 또다시 그녀의 안부를 물으려는 아버지였으며, 나머지 하나는 클라이버였다. 그는 아무리 늦어도 좋으니 전화해달라는 말을 남겼다.

율리아는 수화기를 들고 욕조를 흘긋 본 뒤 소파에 앉았다. 클라이버의 번호를 누르자 신호음이 울림과 동시에 그가 전화를 받았다.

"율리아 뒤랑 형사입니다. 하실 말씀이 있으시다고요?"

"오늘 오후에 나눴던 대화에 대해서 말씀드릴 게 있어서요. 지금은 집에 저밖에 없어서 편하게 이야기할 수 있거든요. 뒤랑 형사님, 부디 오해하지 말고 들어주십쇼. 유디트는 제겐 정말 소중한 사람이었습니다. 제삼자가 볼 때는 전혀 이해할 수 없겠지만 저희는 순수한 우정 관계였어요."

"저는 그것에 대해 아무런 이의도……."

"저는 단지 아무런 오해도 없었으면 합니다. 저 같은 놈이 그렇게 젊고 예쁜 여자에게 비싼 집과 그 밖의 모든 걸 사줬으니, 형사님께서 이상하게 생각하시는 것도 당연하죠. 하지만……. 단도직입적으로 말해, 저는 유디트의 죽음과 관련이 없습니다."

율리아는 웃었다. "클라이버 씨, 아무도 그렇게 생각하지 않으니 걱정하지 않으셔도 돼요. 현재로서는 용의선상에 올라있지 않으시니까요."

"죄송합니다. 제가 겁쟁이라 이런 전화까지 드리게 되었군요. 어쩌면 범죄소설을 쓰다 보니, 경찰이 평범하지 않게 행동하는 사람이라면 누구든 감시할 거라고 생각했나 봅니다. 하지만 말씀드렸다시피, 혹시 제 도움이나 기타 정보가 필요하시면 언제든지 연락 주세요. 다만 한 가지만 부탁드리겠습니다. 제 아내만큼은 유디트와 저의 관계에 대해 모르게 해주세요. 알게 되면 크게 상처받을 텐데, 그런 일을 겪을 이유가 없는 사람입니다."

"약속드리죠. 앞으로도 분명 질문드릴 일이 있을 테니 그때 다시 찾아뵙겠습니다. 이왕 통화가 된 김에 여쭤보는 건데요, 혹시 유디트 씨가 점성학에 관심이 있었나요?"

클라이버는 피식 웃었다가 금방 웃음을 거두었다. "왜 물으시는지는 모르겠지만, 관심이 있는 정도가 아니라 말 그대로 미쳐있었습니다. 하지만 형사님이 생각하시는 것과는 달랐습니다. 유디트는 별의 힘을 믿었던 게 아니라, 단순히 수학적인 이유에서 그랬으니까요. 한번은 별점을 보고 그에 관한 전문서적까지 사서는, 그 모든 게 거짓이라는 걸 수학적으로 증명하려고 했어요. 그녀가 성공했는지는 저도 잘 모르지만, 어쨌든 시도했던 건 확실합니다. 그런데 그건 왜 물으시죠?"

"그냥, 궁금해서요. 유디트 씨가 누구한테 별점을 봤는지 아시나요? 그리고 유디트 씨의 별자리가 뭔지도 아세요?"

"첫 번째 질문에 대해서는 정확히는 몰라도, 아마 레벨이었을 겁니다. 그리고 두 번째 질문은 대답하기가 좀 더 쉬운데요. 그녀는 전갈자리였습니다. 10월 23일, 그러니까 사망하기 하루 전이 그녀의 생일이었죠. 하지만 저는 점성학 같은 것에 대해서 이 이상은 잘 모릅니다. 제 관심은 오히려 인간의 영혼, 또 왜 누군가는 그런 행동을 할까, 왜 어떤 인간은 특정한 행동방식을 취할까, 출신과 교육은 인간에게 어느 정도나 영향을 미칠까와 같은 데에 있습니다. 제 소설을 읽어보셨으면 제가 이런 질문들에 얼마나 몰두하고 있는지 아실 겁니다."

"알겠습니다, 클라이버 씨. 그럼 안녕히 주무시고, 말씀드렸듯이 또 뭔가 있으면 연락드리겠습니다."

"안녕히 계세요. 제가 귀찮게 해드린 건 아닌지 모르겠네요."

"전혀 아니에요. 참, 마지막으로 한 가지만 더 여쭤볼게요. 클라이버 씨가 말씀하셨던 그런 파티에는 보통 몇 명이나 오나요?"

"천차만별입니다. 그래도 보통은 백 명에서 2백 명 정도 모여요. 파티에 온 사람 모두와 인사할 수는 없을 정도죠."

"감사합니다, 클라이버 씨. 안녕히 계세요. 앞으로도 좋은 책 많이 써주시고요."

"지금으로서는 그리 쉬운 일이 아니군요. 당장은 손을 놓고 좀 쉬어야 할 것 같습니다. 아내와 며칠 여행을 떠날지도 모르겠어요. 이 상황을 이겨내야죠. 자, 이제 정말 쓸데없는 말은 그만해야겠군요. 안녕히 계세요."

전화를 끊은 율리아는 그 이후로도 한동안 수화기를 손에 들고 있었다. '굉장히 초조한가 보군.' 그녀는 이렇게 생각하며 씩 웃었다. 수화기를 내려놓은 뒤, 요안나 알베르츠의 일기장과 새 캔 맥주를 들고 욕실로 들어갔다. 맥주를 홀짝홀짝 마시며 일기를 몇 줄 읽고 있노라니 눈꺼풀이 점점 무거워졌다. 결국 일기장을 덮은 그녀는 욕조에서 나와 물을 뺐다. 11시 반이 조금 지난 시각, 그녀는 침대로 들어가 옆으로 돌아눕자마자 잠에 빠져들었다.

오후 7시

알프레드 리히터는 BMW 325 차량 옆에 자신의 재규어를 주차했다. 열려있는 문을 통해 건물 안으로 들어간 그는 계단 네 칸을 올라 1층에 있는 그녀의 집으로 갔다. 초인종을 누르자 문 쪽으로 다가오는 발소리가 들리더니, 곧 문이 열렸다. 클라우디아 반 다이크가 미소를 지으며 문을 활짝 열었다.

"와줘서 기뻐요." 그녀는 이렇게 말하고는 그의 뺨에 가볍게 입을 맞추었다. 그녀가 입고 있는 짧은 파란색 벨벳 원피스는 앞이 깊게 파여 풍만한 가슴이 대부분 드러나 보였다. 평소에는 그다지 눈에 띄지 않을 것 같은 인상이었지만, 화장을 제대로 하고 어울리는 옷까지 입고 나니 남자들을 죽이는 뱀파이어가 따로 없었다. 방 안의 흐릿한 조명 속에서 리히터는 잠시 말없이 그녀를 바라보았다. 오전에 마리아를 만난 뒤부터 기분이 다소 불쾌했지만, 그렇다고 마리아의 어머니와 한 약속을 거절할 수는 없었다. 만일 그런다면 그녀가 이유를 물을 테고, 그럼 그는 거짓말을 해야 하니까. 클라우디아 반 다이크는 거짓말을 그 즉시 꿰뚫어보는 여자였다. 그는 딱 두 번, 그녀에게 거짓말한 적이 있었는데 모두 그녀에게 걸리고 말았다. 사실 그는 진작부터 그녀와의 관계를 끝낼 생각이었다. 어떻게 끝내야 하는지를 아직 몰라서 문제지만. 클라우디아는 요염한 자세로 그의 맞은편 벽에 기대어 서있었고, 밝은 피부색과 잘 어울리는 갈색 립스틱을 칠한 입술에는 도발적인 미소가 어렸다.

"자, 기분 좋은 밤을 보낼 준비 됐어요?" 그녀는 애교 섞인 목소리로 물으며 그에게 다가와 그의 목을 껴안았다. 그러고는 그에게 열정적으로 키스하며 허벅지로 그의 다리 사이를 비벼댔다. 어제 같았으면 그를 미치게 만들었을 행동이었지만, 지금 그는 자신의 목을 감고 있는 그녀의 팔을 풀어버렸다. 그녀는 이상하다는 듯 그를 쳐다보았다.

"모르겠소." 그는 이렇게 대답하고는 홈바로 가서 코냑 한 잔을 따랐다. "힘든 하루를 보내고 나니 너무 피곤하군요."

"내가 피로감을 순식간에 가시게 해줄게요." 그녀는 이렇게 말하며 그의 뒤로 다가가 그의 등에 머리를 기대고 두 손으로 그의 가슴과 배를 어루만졌다. "우린 2주 동안이나 못 봤고, 그동안 나는 섹스를 한 번도 안 했다고요. 내 이 행복한 기분을 망쳐버릴 생각은 아니죠? 당신을 두 시간 이상 잡아둘 생각은 없어요, 나도 약속이 있거든요."

리히터는 코냑을 마신 뒤 잔을 테이블 위에 내려놓고 뒤돌아 그녀의 어깨를 붙잡았다. 그는 애써 웃는 얼굴로 그녀를 바라보았다. 그리고 검은색 아이라인 덕분에 더욱 강조되는 초록색 눈동자로 지금 그를 유혹하고 있는 이 여자가 어떻게 자기 딸을 죽이려 했을까 상상했다. 그는 그 어떤 일도 눈 하나 깜짝하지 않고 해낼 수 있을 게 분명한 이 여자에게 혐오감이나 동정보다는, 오히려 애석한 감정이 들었다. 더 나쁜 것은, 그것이 그에게는 그녀의 완벽한 겉모습 뒤에 숨겨진 내면을 진즉 들여다보지 못했던 그의 개인적인 실패로 여겨졌다는 것이다.

리히터는 그녀의 말이라면 전부 믿었었다. 망가진 부부관계, 때로는 공황상태로 이어지는 그녀의 불안증, 이미 수년 전부터 그녀에게 무관심한 남편과 사는 데서 오는 좌절감, 불만족스러운 성생활에 관한 얘기까지. 심지어 그녀는 지금까지 이혼하지 않은 유일한 이유가 마리아라는 말도 했었다. 마리아와 그 아이의 우울증, 이것이 클라우디아 반 다이크가 찾아낸 쉬운 변명거리였던 것이다. 그녀가 그에게 들려주었던 이야기 전부가 하나의 커다란 거짓말이었다는 게 오늘 오전에 밝혀졌다. 이제 그는 그녀를 어떻게 생각해야 할지, 그녀 앞에서 어떻게 행동해야 할지 더 이상 알 수가 없었다. 그가 알아서는 안 될 사실을 알고 있다는 걸 그녀가 알아채게 되었을 때, 어떤 반응을 보일지도 두려웠다.

오후에 리히터는 친구인 콘라트 레벨과 마주 앉아 오전에 있었던 그 이상한 일에 대해 이야기했다. 다만 레벨 역시 반 다이크 가족과 잘 아는 사이였고, 그와 클라우디아 또한 모종의 관계일지 모를 일이었기에 이름은 밝히지 않았다. 리히터는 또 레벨에게, 만일 자기와 같은 상황에 처한다면 어떻게 하겠느냐고 물었다. 레벨은 그저 어깨를 으쓱하며 경찰에 가서 그 사람을 신고하겠노라고 대답했다. 리히터는 침묵의 의무란 게 있어서 그렇게 할 수는 없다고 대답했다. 유일하게 신고할 수 있는 사람은 그 젊은 여자뿐이라고.

그리고 바로 지금 리히터는, 자신이 이 관계의 끝을 고하면 어떤 일이 벌어질지 생각하고 있었다. 마리아에 대한 걱정 때문인지, 아니면 명예를 잃을까 두려워서인지, 좀처럼 용기가 나지 않았다. 클라우디아라면 충분히 대중 앞에서 그 대단한 심리분석가이자 치료사인 리히터가 절친한 친구의 아내와 오랫동안 내연 관계였다고 떠들고 다닐 만한 여자다. 반 다이크 부부의 관계야 이미 산산조각이 나서 각자의 길을 가고 있으니, 그녀로서는 아무런 손해 볼 게 없었다. 아마 그를 조롱하고 비웃기나 하겠지. 그는 그녀를 너무도 잘 알았다. 그녀는 고양이처럼 애교를 부리다가도 호랑이처럼 사나워질 수 있었고, 쉽게 모욕감을 느끼는 반면 포용력을 보일 때도 있었다. 비록 자네트 리버만과 비교할 수는 없어도 클라우디아 역시 섹스에는 일가견이 있었고, 간혹 사랑이 지나칠 때도 있었던 반면 누군가를 증오하는 데도 여느 여자들에게 뒤지지 않았다.

"왜 그렇게 이상하게 봐요?" 그녀는 이렇게 물으며 그에게서 몸을 뗐다.

"내가 어떻게 봤길래?"

"잘은 모르겠지만 여느 때처럼 사랑스러운 눈빛은 아니에요." 그녀는 토라진 체하며 말했다.

그는 아까보다는 좀 더 자연스럽게 웃어 보였다. "클라우디아, 나 오늘 정말 힘든 하루를 보냈어요. 이제 좀 앉아야겠어요."

"나한테 화난 건 아니고요?" 그녀는 침대에 걸터앉은 그의 앞에 도발적인 포즈로 서서 몸을 앞으로 숙였고, 그러자 그녀의 큰 가슴이 더욱 부각되었다. 그녀는 그의 이마, 입술에 차례로 입을 맞춘 뒤 혀를 그의 입속으로 들이밀었다. 그는 자신의 허벅지 사이로 힘차게 밀고 들어오는 그녀의 손길을 느낄 수 있었다. "난 오늘 당신이 필요해요." 그녀는 뜨거운 입김을 불며 속삭였다. "당신이 원하는 건 다 할게요." 그녀는 그를 살짝 밀어 침대 위로 쓰러뜨렸다. 그녀가 그의 바지를 풀고 고환을 부드럽게 마사지하자, 그는 어찌할 바를 모르게 되었다.

좀 전까지만 해도 그녀와 자지 않겠다고 다짐했던 그였지만, 그녀에게 저항할 수가 없었다. 원피스를 벗은 그녀는 이제 남색 속옷 차림이었다. 속이 비치는 브래지어, 역시 속이 비치고 끈이 얇은 팬티, 그리고 실크스타킹. 그녀는 그가 파란색 실크를 얼마나 좋아하는지 잘 알고 있었다.

"내 속옷 마음에 들어요?" 그녀는 이렇게 물으며 그의 오른쪽 귀를 깨물었다. 그녀의 뜨거운 숨이 그의 얼굴에 와 닿았다. "지난주에 산 거예요. 어디서 샀는지 알아요?"

"모르겠소."

그녀는 그의 셔츠 단추를 풀고 가슴에 키스했다. 그녀의 입술은 점점 더 아래로 내려갔고, 이내 그녀는 그의 성기를 쓰다듬으며 말했다. "속옷파티에서요. 여자들만 모이는 파티인데, 별의별 속옷들이 다 있죠. 당신이 이런 걸 좋아하니까 사온 거예요. 또 사온 게 있는데, 오늘은 안 보여줄래요." 그녀는 곤두선 그의 성기를 세게 문지르다가 입속에 집어넣었다. 리히터는 신음했다. 입으로 진정한 기적을 일으키는 여자를 대라고 한다면, 그건 바로 그녀였다. 매번 이제 정말 사정할 것 같다는 생각이 드는 순간, 그녀는 그 사정을 뒤로 미루게 하는 능력이 있었다. 그녀는 갑자기 그의 허벅지 위에 앉더니, 집 안에 딸린 피트니스실에서 열심히 관리한 날씬한 배로 그의 성기를 문지르며 도발적인 눈빛으로 그를 보았다. "자, 이제 이 크고 단단한 놈이 내게 들어오고 싶어 하나요? 이미 애타게 기다리고 있다고요."

두 사람이 관계를 끝마치기까지는 한 시간이 채 안 걸렸다. 리히터는 이마에 땀방울이 맺힌 채 숨을 가쁘게 몰아쉬었다. 그는 그녀에게 키스한 뒤 침대에서 일어나 옷을 입었다. 그녀는 담배에 불을 붙이고 여전히 벌거벗은 채 책상다리 자세로 앉아 그를 쳐다보았다.

"벌써 가려고요?" 그녀는 때로는 그를 미치게 만드는 특유의 조롱 섞인 말투로 물었고, 그는 대꾸 없이 그저 마음을 진정시키려 애썼다. "당신이 전혀 사랑하지 않는 그 팔팔한 어린 부인을 보러 이렇게 일찍 돌아간 적 없었잖아요. 그렇게 끊임없이 싸돌아다니기만 하는 여자를 어떻게 사랑하겠느냐고 당신 입으로 말했었죠. 대체 무슨 일이에요? 더 이상 나한테 아무런 감정도 못 느끼게 된 거예요?"

"아무 감정 없었다면 내가 당신과 잤겠어요? 집에 가봐야 해요. 내일 할 일이 많아서 푹 자둬야 하거든. 당신은 지금도 그렇고, 앞으로도 날 가장 흥분시키는 여자일 거요. 당신과는 관계없는 일이에요." 그는 그녀의 눈을 피하며 거짓말을 했다.

"당신이 할 일이 많다고요?" 그녀는 마치 그의 거짓말을 꿰뚫어보고 있는 양, 의심스럽다는 얼굴로 물었다.

"그렇게 비꼬지 마요, 클라우디아. 오늘부터 난 경찰을 도와 아주 까다로운 사건을 해결해야 하는 몸이니까. 정말이오."

"아, 경찰과 일하신다고요! 그렇다면야 문제가 다르죠. 무슨 사건인데요?"

"미안하지만 그건 말해줄 수 없어요."

"그럼 하지 마요. 하지만 다음번에는 부디 예전 모습으로 돌아와 줘요. 당신, 날 사랑하긴 해요?" 그녀는 그가 예상치도 못했던 질문을 던졌다.

"그런 걸 왜 묻는 거요? 그런 질문은 서로 하지 않겠다고 전에 약속하지 않았던가?"

"그래도 묻고 싶어요. 난 어쩔 수 없이 당신을 사랑하게 되었다고요. 당신은 조금이라도 날 사랑하는 마음이 있나요?"

"난 당신과 함께 있는 게 좋아요."

"그건 내 질문에 대한 대답이 아니잖아요. 하지만 더는 묻지 않을게요. 사랑을 강요할 수는 없는 거니까. 그래도 한 가지는 궁금하네요. 당신 부인을 사랑해요?"

침대 가장자리에 앉은 리히터는 그녀의 매끈한 다리와, 발톱에 빨간색 매니큐어를 바른 날씬한 발을 쓰다듬었다. 역시 매끈하게 면도가 된 그녀의 음부를 보던 그는 문득 누군가가 그녀의 목에 올가미를 걸어 꽉 조이고 음순에 바늘을 꽂는다면 어떨까 상상했다. 비록 오늘 오전부터 그가 클라우디아 반 다이크라는 여자를 이전과는 다른 눈으로 보게 된 건 사실이지만, 그녀를 비롯해 세상 그 어떤 여자도 그의 책상 위에 놓인 사진들에 나와 있는 피살자들처럼 죽어서는 안 되는 일이었다.

"이봐요, 내가 묻고 있잖아요." 그녀는 미소를 지으며 그의 가슴을 살짝 밀었다. "부인을 사랑하느냐고요?"

리히터는 어깨를 으쓱했다. "나도 모르겠소. 난 사랑이 뭔지를 잘 몰라요. 좀 알았으면 좋겠는데. 하지만 아내를 사랑하지는 않는 것 같군요."

"당신은 사랑할 수 있어요." 그녀는 이렇게 대답하며 몸을 숙여 그를 다시 안았다. "그럼요, 할 수 있고 말고요. 아직 적당한 여자를 만나지 못한 것뿐이에요. 하지만 내가 있잖아요. 우리 둘이 해낼 수 있어요. 내 사랑은 당신을 품기에 충분하다고요."

"이제 가봐야 해요." 그는 자리에서 일어나 마지막으로 그녀를 보았다. 그가 밖으로 나가려고 할 때, 그녀가 그를 멈춰 세웠다.

"마리아는 어때요? 차도가 좀 있나요?"

리히터는 그 자리에 우뚝 섰다. 마음 같아서는 오전에 마리아로부터 무슨 얘기를 들었는지에 대해 클라우디아의 면전에 소리라도 질러주고 싶은 심정이었다. '왜 당신 딸을 죽이려고 했지? 왜?' 하지만 그는, 위대한 심리학자인 리히터는, 자기 기분을 제어하고 과도한 질문을 삼가며 주의 깊게 생각해서 대답할 줄 아는 사람이었다. 또 필요할 때는 침묵할 줄도 알았다. 비록 때로는 입을 닫고 있는 게 너무나 힘든 날도 있었지만. '차도가 있느냐고? 그래, 오늘부터 있었지. 나 역시 오늘부터 당신이 무슨 짓을 했는지 알게 되었지만, 당신이 정녕 어떤 사람인지는 오히려 더 모르겠어.' 리히터는 지금 당장이라도 그녀의 과거에 대해 그녀와 대화를 나눠보고 싶었고, 어떤 이유에서 마리아를 공격했는지 묻고 싶었다. 대체 클라우디아 반 다이크의 과거에 무슨 일이 있었기에 그녀가 그런 짓을 했을까? 어쩌면 그는 그 질문에 대한 대답을 영영 못 알아낼지도 몰랐다. 그는 클라우디아의 얼굴에 대고 소리를 지르고 싶은 마음을 억누르며 말했다. "그냥 그래요. 아직 불안증의 원인을 알아내지 못하고 있어요. 과연 내가 그걸 알아낼 수 있을지도 모르겠고." 그는 다시 뒤를 돌아 그녀에게 가볍게 키스한 뒤 말했다. "그럼 다음에 봐요."

"사랑해요, 박사님! 우린 정말 행복한 한 쌍이 될 거예요."

"그런 얘기는 전에도 자주 했잖소." 그가 대답했다.

"당신이 그 사실을 잊지 않았으면 해서요." 그녀의 목소리는 마치 경고 아니면 협박처럼 들렸고, 리히터는 귀를 기울일 수밖에 없었다.

"걱정 말아요, 잊지 않을 테니."

"좋아요. 전화할게요. 또다시 2주나 지나서 보는 일은 없었으면 해요."

그는 말없이 고개만 끄덕이고는 재킷을 입고 8시 15분쯤 그 집을 나섰다. 그가 떠나는 모습을 뒤에서 물끄러미 바라보고 있던 클라우디아는 담배를 비벼 끈 뒤 욕실로 가서 몸을 단정하게 한 뒤 옷을 입었다. 짧은 남색 원피스와 펌프스. 머리를 빗으며 거울을 보는 그녀의 눈빛이 심각했다. 핸드백을 집어 든 그녀는 불을 끄고 집에서 나와 문을 잠갔다. 그러고는 차에 올라타 그 부근을 정처 없이 떠돌다가 어느 바 앞에서 차를 세웠다.

*

집에 돌아오는 길에 리히터는 클라우디아 반 다이크를 그의 삶에서 쫓아낼 가장 좋은 방법이 뭘까 생각해보았다. 그러나 도무지 묘안이 떠오르지 않았다. 그는 1년 전 그 날을 저주했다. 모든 것이 그녀가 도발적인 옷차림으로 진료실에 찾아와 유혹하는 듯 그의 책상 앞에 걸터앉았던, 바로 그 날부터 시작되었다.

사실 두 사람은 그 일이 있기 훨씬 전부터 서로 아는 사이였다. 어느 지루하기 짝이 없는 파티에서 만나 밤새도록 대화를 나눴었던 것이다. 별 의미 없는 수다를. 그러고는 얼마간 그녀의 소식을 듣지 못했는데, 어느 날 아침 별안간 그녀가 눈물을 펑펑 흘리며 그의 집 앞에 나타난 것이었다. 그녀는 무슨 일이 있었는지는 이야기하지 않은 채 그저 불안감 때문에 그에게 치료받고 싶다고만 말했다. 하지만 치료는 고작 몇 회에 그쳤고, 그나마도 도중에 끊기고 말았다.

그리고 한참 지난 어느 날이었다. 그 날은 리히터의 호르몬이 완전히 제 기능을 상실했던 날이었다. 처음에 두 사람은 그저 대화를 나눴을 뿐이었다. 그러나 마치 그를 스캔하듯 바라보는 그녀의 눈빛, 딱 붙는 얇은 풀오버 아래로 보란 듯이 솟아있는 가슴이 그를 흥분시켰다. 그날 밤 그들은 함께 저녁을 먹은 뒤 그녀가 남편 몰래 소유하고 있는 집으로 갔다. 격렬하고도 뜨거운 밤이었다. 그녀는 자기가 사랑에 굶주렸다고 말했지만 그는 그 말에는 아랑곳하지 않고 그저 자기 말대로 따르는 희생양이 또 하나 생겼다는 생각에 기뻐했다. 그러나 그가 간과한 것이 있었으니, 주도권은 그가 아닌 그녀 손에 달려있다는 것이었다. 그녀는 자신의 끔찍한 결혼생활과 섹스도, 애정도 더 이상 존재하지 않는 우울하고 숨 막히는 부부관계에 대해 그에게 전부 이야기했다. 그는 그녀의 말을 믿었고, 그녀와의 관계가 그저 일시적인 것일 뿐이라고 생각했다. 그녀가 1년이 지난 지금까지도 그에게 만남을 요구할 줄은 꿈에도 생각지 못했다. 이제 그는 그녀가 위험한, 어쩌면 치명적일 수도 있는 '놀이 친구'라는 걸 점차 실감하고 있었다.

차고에 차를 세우고 집으로 들어간 그는 자신이야말로 병적인 욕구로 인해 고통을 겪는 가망 없는 남자, 남은 도울 줄 알면서 자기 자신에 대해서는 하나도 모르는 사람이라고 시인했다. 집에는 아무도 없었고, 클라라가 어디서 누구와 있는지도 알 수 없었다. 홈바에서 코냑병과 잔을 가지고 온 그는 책상 위에 그것들을 올려놓고 담배에 불을 붙인 뒤 살해당한 여자들의 사진을 들여다보았다. 그는 파일들을 차례로 열어보며 사진과 보고서들을 비교하고 메모하느라 밤늦게까지 앉아있었다. 새벽 3시가 되자 피곤한 나머지 더는 명확하고 분석적인 사고가 불가능할 지경이었다. 하지만 희미하게나마 범인의 윤곽이 잡혀가고 있었다. 파일을 덮고 메모한 것들을 그 옆에 놔둔 그는 자리에서 일어나 불을 껐다. 아

직 돌아오지 않는 걸 보면 클라라는 오늘도 다른 남자의 침대에
서 자고 올 모양이있나. 그러나 시금 리히터의 머릿속에는 그보
다 더 중요한 생각이 자리 잡고 있었다. 아마 한 다섯 시간 후 그
가 일어날 때쯤에는 아내가 돌아와 그의 옆에 누워있을 테고, 정
오까지 그대로 잠을 잘 터였다.

　오후 9시 30분

　한 시간쯤 전에 마지막 고객을 보낸 콘라트 레벨은 수표를 책상
서랍에 넣고 위층으로 올라갔다. 그리고 샤워한 뒤 머리를 빗었
다. 그의 갈색 머리카락은 관자놀이 부근이 희끗희끗하고 앞부분
이 듬성듬성했다. 다음으로 콧수염을 살짝 자른 뒤 코털 두 개를
뽑고선 거울을 보고 만족한 듯 고개를 끄덕였다. 지방시의 제리
우스 루즈 향수를 살짝 뿌린 뒤 다시 아래층으로 내려간 그는 리
모컨으로 오디오를 켜고 샤니아 트웨인의 신곡 CD를 틀었다.
　그들은 10시에 만나기로 되어있었다. 그녀가 그 전에 다른 약속
이 있었기 때문이다. 보통 그녀는 약속 시각에 딱 맞춰 오곤 했다.
그들은 1년 반쯤 전부터 일주일에 적어도 한 번씩 만나왔고 그는
그녀와 함께하는 시간을 만끽했다. 그는 그녀가 그를 보려고, 혹
은 그를 사랑해서 오는 게 아니라 아직 그가 모르는 다른 이유로
찾아오는 걸 알고 있었지만, 그런 건 아무래도 상관없었다. 중요
한 것은, 모든 남자가 단 한 번만이라도 단둘이 있을 수 있기를 꿈
꾸는 그런 여자와 잘 수 있다는 사실뿐이었다. 대부분의 여자에
게 질투의 대상이 되면서도 절대 자기 자신을 남보다 낫다고 생
각하지 않는 여자. 그녀는 유부녀임에도 불구하고 그와 자기 위

247

해 찾아왔고, 그는 이미 오래전부터 대체 남편이 어떻길래 그녀가 자기를 찾아오는지 자문하곤 했다. 어쩌면 (비록 크지는 않지만) 그녀의 남편과 그의 나이 차이 때문일 수도 있었다. 아니면 그녀의 성적 욕구를 충족해주지 못하기 때문일지도 몰랐다. 레벨은 그녀의 남편과 아주 친한 사이였지만, 그녀와 바람을 피움으로써 친구를 배신한다는 데에는 아무런 양심의 가책도 느끼지 않았다. 이렇듯 그는 아주 비양심적이고 이기적으로 행동할 때가 많았지만, 타고난 천성이 그랬기에 오히려 이런 일을 자랑스럽게 생각하기까지 했다. 그리고 끊임없이 자기 자신, 그리고 세상과 씨름하고, 치료사들을 찾아다니며, 좌절과 고통을 술이나 약으로 이겨내려고 하거나, 별들이 긍정적인 기적을 일으켜주길 기대하며 그를 찾아오는 정신적 불구자들을 멸시했다. 그는 자신의 단점이 뭔지 잘 알았고, 그것을 멋대로 다룰 줄도 알았다. 일정한 시간 동안 향락에 몰두하기 위해 우정 따위는 잊어버리고 마는 바로 이런 경우처럼.

레벨은 키가 175센티미터가 채 안 되는 마흔세 살 미혼남으로, 별자리 운세나 손금을 보러 오는 여자들을 통해 꽤 많은 돈을 벌어들였다. 고객이 원하는 경우에는 카드점을 치거나 최면술을 쓰기도 했으니 사실상 비교 분야에서 그가 다루지 않는 부분은 거의 없었고, 심지어 최근에는 초심리학(초감각적인 현상들을 연구하는 심리학 —역주)에 대해서도 꾸준히 연구 중이었다. 그의 고객들 가운데는 남자도 적지 않았는데, 그중에는 돈이 넘쳐나는 최고경영자, 기업가도 몇 명 있었고, 게다가 중요한 결정을 내리기 전에 그의 조언을 구하려는 정치가들도 있었다. 그는 자신의 직업을 아주 진지하게 생각했으며 고객들에게도 그런 인상을 주었다. 그리고 그러기 위해 고객의 사활이 걸린 문제일 경우, 속으로는 별 신경을 쓰지 않으면서도 겉으로는 심리적 원조를 아끼지 않았다. 지난 10년간 그는 이 일로 적지 않은 부를 축적할 수 있었다. 그는 고객의 재산 상태에 따라 비용을 달리해서 받았는데, 이는 그의 몇 안 되는 장점들 중 하나라고 할 수 있었다.

그는 6년 전 지금 살고 있는 방갈로를 구입했다. 날이 좋을 때면 거실 창문을 통해 골짜기 깊숙이 자리 잡은 프랑크푸르트의 멋진 경치가 한눈에 들어왔다. 일주일에 세 번씩 스페인 출신 청소부가 왔다 가고, 2주마다 한 번씩 정원사가 왔다. 그곳은 그의 왕국이자, 아무도 빼앗을 수 없는 그의 보물이었다. 그곳에서 그는 편안함을 느꼈고, 언제 뭘 하라고 지시하는 사람 없이 그의 뜻대로 고객들을 맞이했다. 그는 자유롭고 행복한 남자였다.

레벨은 시계를 보았다. 10시가 조금 지나있었다. 항상 시간을 어기지 않았던 그녀가 아직 오지 않는 데 그는 다소 놀랐다. 그가 의자에 앉아 파이프를 채우고 있노라니, 문에 달린 종이 울리는 소리가 들렸다. 테이블 위에 파이프를 내려놓은 그는 일어나 문으로 나갔다. 집 앞에 서 있던 그녀는 웃으면서 그를 지나쳐 안으로 들어왔고, 그러자 강렬한 향수 냄새가 그의 코로 밀려들었다. 그는 그녀의 외투를 받아 옷걸이에 걸었다.

그녀는 무릎 위로 올라오는 타이트한 빨간색 민소매 원피스를 입고, 다이아몬드가 박힌 순금 목걸이를 하고 있었다. 소파에 앉은 그녀는 다리를 소파 위로 올렸다.

"와인 한 잔 줄래요?" 그녀가 말했다. "보졸레 있어요?"

"당신을 위해 항상 준비해놓지. 오늘도 정말 매력적이군. 오늘은 시간이 넉넉하지?" 그는 이렇게 물으며 진열장에서 와인병과 잔 두 개를 꺼내왔다.

"안타깝지만 오래 못 있어요. 곧 다시 가봐야 하거든요. 미안해요." 그녀는 상체를 일으켜 잔을 받아 한 모금 마신 다음, 미안하다는 듯 부드러운 미소를 지으며 그를 바라보았다.

"왜?" 그는 실망한 듯 물었다. "나는 당신이 오늘 시간이 될 거라고……"

"나도 그렇게 생각했는데, 엄마가 편찮으셔서 전화해야 해요."

"여기서 해도 되잖아."

"안 돼요, 그러긴 싫어요." 그녀는 갑자기 단호한 말투로 말했다. "밤을 함께 보내기로 한 약속은 다음 주로 미뤄요. 시간이야 앞으로도 많잖아요. 자, 이제 오늘 하루를 어떻게 보냈는지 말해봐요. 오늘도 별자리 운세를 많이 봤어요?"

"세 번 봤어." 그는 불쾌한 표정으로 대답하고는 잔에 든 와인을 단숨에 들이켰다. 하지만 그녀가 쳐다보는 눈빛에 이내 불쾌감이 수그러들었는지, 어깨를 으쓱하며 말을 이었다. "다른 사람들은 거의 다 카드점만 봐달라고 했거든. 당신도 알다시피, 난 무조건 고객이 원하는 대로 하잖아……. 그런데 정말 한 시간도 못 있는 거야?"

"그 사람들은 정말 당신이 하는 말을 다 믿어요?" 그녀는 의미심장한 미소를 지으며 그를 쳐다보다가 와인을 한 모금 마셨고, 그의 질문에는 아무런 대답도 하지 않았다.

"그럼. 당신도 그 위대한 힘을 믿으니까 정기적으로 찾아왔던 거 아냐? 아니면, 혹시 날 속인 거야?"

"모르겠어요. 뭔가 있긴 하겠죠. 하늘과 땅 사이에는 우리가 배워서 아는 것보다 더 많은 게 있다고들 하잖아요. 아마 그 말이 맞을 거예요." 와인을 다 마신 그녀는 잔을 그대로 손에 든 채 심각한 얼굴로 바닥을 응시했다. 레벨은 그녀 옆에 앉아 그녀의 머리카락을 쓰다듬었다. 그는 그녀의 향기, 특히 머리카락에서 나는 향기를 좋아했다. 또 그는 그녀가 쓰다듬어주는 걸 좋아했고, 사랑을 나눌 때, 그리고 그녀의 팔과 다리에 난 솜털이 자극을 받아 곤두설 때 그녀의 모습을 바라보는 게 좋았다.

15분이 채 지나지 않아 그녀는 자리에서 일어나 옷매무새를 가다듬으며 말했다. "오늘 밤에 함께 있기로 한 약속을 못 지켜서 미안해요. 하지만 이제 정말 집에 가봐야 해요."

"안타깝군." 그는 진심으로 대답했지만 다음에 만날 날이 벌써 기대되었다. "내일 전화할 거지?"

"내가 연락할게요." 그녀는 몸을 숙여 그에게 열정적으로 키스했다. 그녀가 막 몸을 돌리려던 찰나, 그가 그녀의 팔을 붙잡았다. "가기 전에 하나만 대답해줘. 왜 남편과 헤어지지 않는 거야?"

그녀는 잠시 머뭇거렸다. "그건 불가능해요."

"왜 안 되는데? 매번 이렇게 날 찾아오면서, 왜 그를 못 떠나는 건데? 그놈한테 묶여있기라도 한 거야?"

"이미 말했잖아요, 당신을 사랑해서 오는 게 아니라고. 다른 이유가 있어요."

"그럼 그놈을 사랑해?"

"모르겠어요. 당신이 어떻게 해석하든, 어쩌면 바로 이게 내 문제인지도 모르죠. 잘 생각해봐요, 예언가님." 그녀는 조롱 섞인 눈빛으로 그를 보며 말했다.

"그 말은, 당신이 사랑을 할 줄 모른다는 거야?" 그는 마치 형편없는 농담을 들은 양 쓴웃음을 지었다. 그의 속이 부글부글 끓어올랐고, 눈빛은 날카로운 칼날처럼 그녀를 겨누고 있었다. "다른 사람도 아니고, 나한테 그런 말을 하면 안 되지! 그래, 내가 예언가로서 말하는데, 당신의 별자리와 손금은 당신이 사랑할 수 있다는 걸, 그것도 아주 대단한 사랑을 할 수 있다는 걸 보여주고 있

251

어……. 참 안타깝군, 내가 당신의 사랑을 받는 사람이 아니라서 말이야." 그는 냉소적으로 덧붙였다. "당신 남편이 뭐가 그렇게 대단하기에 그를 떠나지 못하는 건데? 그놈 거시기가 그렇게 큰가? 아니면……."

"그런 말 하지 마요. 난 그런 걸 중요하게 여긴 적이 단 한 번도 없다고요. 당신네 남자들은 항상 다리 사이에 달린 그 조그만 것에만 온 신경을 집중하고 속으로 '조금만 더 컸으면' 하고 생각하죠. 그러면서 남과 비교할 때는 서로 자기 것이 제일 크다고 우기고요. 하지만 여자들은 그런 건 신경도 안 써요. 다른 게 훨씬 더 중요하니까요."

"이런, 난 정말로 우리가 언젠가는……."

"착각은 누구나 할 수 있죠." 그녀가 그의 말을 끊었다. "바로 지금부터 우리 관계를 끝낼 수도 있고요." 차갑게 말하며 돌아선 그녀는 외투를 집어 팔에 걸었다.

레벨은 소파에 그대로 앉아 와인을 두 잔째 따르고 있었다.

"우울해하지 마요." 그녀는 한결 부드러워진 목소리로 말했다.

"인생은 때로는 불공평하죠, 나도 알아요. 지독할 만큼 불공평한 게 인생이라고요. 어쩌면 당신이 내 별자리 운세를 다시 한 번 봐줘야 할지도 모르겠어요. 그럼 잘 있어요, 내일 연락할게요."

"음, 그래." 그는 자리에서 일어나 그녀를 문 앞까지 배웅했다. 뒤도 돌아보지 않고 걸어간 그녀는 차에 올라타 시동을 걸었고, 그녀의 차는 후진으로 그의 집을 빠져나갔다. 그는 바지 주머니에 손을 넣은 채 문가에 서서 그녀의 차 꼬리등이 시야에서 사라질 때까지 뚫어져라 응시했다.

그는 문을 발로 쾅 차서 닫고는 거실로 돌아와 아직 반쯤 차있는 와인병을 냅다 벽에다 던져버렸다. 레몬을 넣은 보드카 반 잔을 마시고 나자 불과 몇 초만에 통제 불가능할 정도로 치솟았던 분노가 다소 사그라지는 기분이었다. 그는 뭐든 다 부숴버리려는 사람처럼 두 주먹을 꼭 쥐었다. 예전 같았으면 정말 다 때려 부숴 엉망으로 만들었을 테지만, 최근 몇 년간 이런 종류의 분노를 속으로 삭이는 법을 배웠기에 참을 수 있었다.

그렇지만 그는 오늘 같은 날을 증오했다. 그리고 상대가 누구든 퇴짜를 맞거나 기대했던 일이 물거품이 되는 상황을 증오했다. 그는 눈을 가늘게 뜨고 이를 갈았다. 어린 시절부터 그는 계획이 와해되거나, 누군가가 감히 그의 규칙을 무시하고 자기 규칙대로 행동하는 걸 못 견디는 성격이었다. 생각에 잠긴 채 몸을 일으킨 그는 옷걸이에 걸려있던 가죽재킷을 들고 서랍장에서 차 키를 꺼냈다. 그리고 곧장 산 지 얼마 안 된 포르셰에 올라 타 시동을 걸고는 천천히 거리로 나가 가속페달을 힘껏 밟았다. 어디로 가는지는 그 자신도 알 수 없었다. 아직은.

수요일

오전 8시

알람이 울리기 한참 전인 6시에 이미 잠에서 깬 율리아는 30분 정도 더 침대에 누운 채로 음악을 들으며 오늘 할 일들을 머릿속으로 그려보았다. 새벽 3시가 조금 지나 소변이 마려워 한 번 깼지만, 곧 다시 잠들었었다. 6시 반이 조금 넘었을 때 그녀는 침대에서 나와 전기주전자의 전원을 켠 뒤 출근 준비를 하기 위해 욕실로 향했다. 평소와는 다르게 바나나, 우유에 탄 설탕 뿌린 콘플레이크, 커피 두 잔으로 아침식사를 푸짐하게 먹고는 골루아를 피우며 신문을 읽었다. 다음으로 부엌 정리까지 마친 그녀는 7시 반이 되기 조금 전에 집을 나섰다.

율리아는 베르거와 크리스티네 귀틀러 다음으로 경찰청에 도착했다. 그녀는 가방을 의자에 걸고 담배에 불을 붙인 뒤 베르거의 사무실로 향했다.

"좋은 아침, 뒤랑 형사." 베르거는 몸을 뒤로 기댄 채 인사했다.

"안녕하세요." 그녀는 자리에 앉으며 대답했다. "새로운 소식 있어요?"

"웬일로 지난밤은 조용히 지나갔어. 어제 사무실에 몇 시까지 있었나?" 그가 물었다.

"10시 조금 넘어서 집에 나왔어요." 율리아는 의미심장한 미소를 지었고, 베르거는 다소 당황스러운 듯 그 모습을 지켜보았다.

"알아낸 거라도 있나?"

"네, 그런 것 같아요." 율리아는 또다시 웃었다. "하지만 프랑크가 오면 말씀드릴게요."

"나 여기 왔어요." 프랑크는 문을 닫고 들어오며 두 손을 비볐다. "날씨는 화창한데 무슨 바람이 이렇게 찬지. 좀 아까 마시고 오긴 했지만, 뜨거운 커피를 한 잔 더 해야겠어요." 그는 커피머신이 있는 쪽으로 가더니 곧 커피잔을 들고 와 자리에 앉았다. "벌써 반장님한테 말했어요?"

"대체 무슨 말을 하려고?" 베르거는 이렇게 물으며 불뚝한 배 위로 팔짱을 꼈다.

"저희가 피살자들의 공통점을 알아냈어요. 엄밀히 말하자면 프랑크가 해냈죠." 율리아는 잠시 말을 멈추고 담배를 길게 한 모금 빨아들였다. 베르거는 그녀를 계속 쳐다보고 있었다.

"음, 그래서? 그게 뭔가?"

"당신이 말해요." 율리아가 프랑크를 부추겼다.

"그러니까, 저희는 어제 그 사진과 파일들을 다시 꼼꼼히 살펴보다가 배가 고파서 피자를 시켰습니다. 피자를 먹다가 제가 율리아에게 생일이 언제냐고 물었고요." 이렇게 말한 프랑크는 율리아가 그랬듯 베르거를 보며 빙긋 웃었다.

"그래서, 뒤랑 형사 생일이 그 살인사건들과 무슨 관계라도 있다는 건가?" 베르거는 이제 슬슬 불쾌한지 얼굴이 상기된 모습이었다. 술을 하도 많이 마셔서 평소에도 좀 빨개 보이긴 했지만.

"율리아의 생일은 11월 5일입니다. 제 아내도 같은 달 1일이고요……."

"자네 아내 생일이 여기서 왜 나오나!"

"어쨌든 피자를 먹던 저는 피살자 네 명의 생일이 거의 비슷하다는 걸 발견했어요. 10월 23일, 10월 29일, 11월 1일, 11월 20일. 당장은 눈에 안 띄는 사실을 우연히 알게 된 겁니다. 제 아내와 율리아의 별자리는 둘 다 전갈자리인데, 피살자들도 마찬가지였어요. 신문에서도 확인했는데 전갈자리는 10월 24일부터 11월 22일까지라고 나와 있더군요. 그렇게 저희는 피살들 간의 관계를 알아냈……."

"그러니까, 범인이 전갈자리 여자들을 노렸다는 건가?" 베르거는 믿을 수 없다는 듯 고개를 갸우뚱거리며 천천히 몸을 앞으로 숙였다. 그는 팔을 책상에 괴고 두 손을 폈다. "우연이 아닐까?"

"그럴 리 없어요." 율리아는 기다렸다는 듯 대답했다. "지금껏 내내 그 바늘의 의미를 몰랐는데, 이제야 확실해졌잖아요. 그건 전갈의 독침을 상징하는 거라고요."

"축하하네." 베르거는 만족스러운 얼굴로 말했다. "정말 잘했어. 그럼 이제 어떻게 할 건가?"

"어젯밤에 작센하우젠에 사는 루트 곤잘레스라는 점성가와 통화했어요. 유디트 카스너가 10월 23일생이라, 전갈자리가 정확히 언제 시작하는지를 물었죠. 23일이나 24일부터라고 했으니, 유디트도 전갈자리에 속해요. 저희는 좀 이따 그 점성가에게 가볼 거예요. 9시 15분에 시간을 내줄 수 있다고 했거든요. 전갈자리들의 특징에 대해 전문가의 의견을 들어보려고요. 어쩌면 수사에 도움이 될 수도 있을 것 같아요."

다른 사람들도 한둘씩 사무실로 들어왔고, 그중 페터가 율리아의 마지막 말을 듣더니 대화에 끼어들었다. "무슨 일 있습니까?" 그는 껌 하나를 입속에 집어넣으며 물었다.

"친애하는 페터 형사님." 율리아는 씩 웃으며 말했다. "안타깝지만 박사 학위를 박탈해야겠는데요. 형사님이 일을 아주 제대로 하신 건 사실이지만, 프랑크와 내가 어젯밤에 크게 한 건 했거든요. 이리 와서 뭐가 눈에 띄는지 한 번 봐요."

피살자들의 생일을 적어놓은 메모지를 건네받은 페터는 잠시 머뭇거리다가 입을 열었다. "빌어먹을, 다들 며칠 사이에 태어났잖아! 왜 이걸 눈치 못 챘지?"

"그다지 눈에 띄는 단서가 아니고, 게다가 마지막 두 피살자는 고작 며칠 전에 사망했으니까요."

"근데 이게 정확히 뭘 의미합니까?"

"이들의 별자리는 전부 전갈자리예요."

"그럼 바늘이 독침이군!" 그는 불쑥 말을 내뱉었다. "맙소사, 그럴 줄이야. 흠, 그럼 내 새 명함에서 박사라는 호칭은 지워야겠군요. 안타깝네요. 자, 농담은 이만하고, 그래서 어쩔 생각이에요?"

"프랑크와 나는 곧 점성가를 만나러 갈 거예요. 다른 얘기는 갔다 와서 하죠. 더 궁금한 거 있어요?"

다들 고개를 가로저었다.

"좋아요, 다들 자기 할 일이 뭔지는 알고 있을 거예요. 피살자들 간에 또 다른 연관관계는 없는지 알아보고, 심문할 사람들은 다 심문해야겠죠. 특히 마이바움이요. 아 참, 그리고 그 레벨이란 사람한테도 전화해봐야 해요. 프랑크와 저는 점성가를 만난 뒤에 다시 사무실에 들르거나……." 율리아는 잠시 생각하느라 말을 망설였다. "아니, 그 전에 바이트만 부인과, 시간이 되면 알베르츠 부인까지 잠깐 만나고 올게요. 어제 바이트만 부인은 자기 딸이 사망하기 전 언젠가 별자리 운세를 본 적이 있다는 얘기를 했거든요. 어쩌면 카롤라 바이트만이 누구한테 운세를 봤는지 알고 있을지도 몰라요. 그리고 에리카 뮐러의 집을 샅샅이 뒤지고, 특히 별자리에 관한 것이나 그녀의 남편이 우리에게 내주지 않은 뭔가가 있는지 잘 살펴봐야 해요. 이제 그 어떤 것도 우연에 맡기지 말고, 아무리 작은 것이라도 자세히 들여다봐야 합니다. 프랑크와 제가 언제쯤 다시 사무실에 들어올지는 나가서 연락드리도록 하죠. 그리고 이건 요안나 알베르츠의 일기장인데, 제가 직접 읽을 시간이 없네요. 누가 당장 이걸 대신 좀 읽고, 이 사건과 관련해서 뭔가 눈에 띄는 점이 있는지 찾아봐 주세요. 가능하면 귀틀러 형사님이 맡아주시는 게 가장 좋을 것 같아요. 그런 면에서는 여자가 좀 더 꼼꼼할 테니까요. 아 참, 컴퓨터에서는 뭘 좀 찾아냈나요?"

"아무것도 못 찾았네." 베르거가 말했다. "주소록 외에는 학업과 관련된 자료들뿐이었어. 이 잡듯이 뒤져봤지만 편지 한 장도 찾을 수 없었다네."

"그럴 수도 있죠." 율리아는 이렇게 말한 뒤 자기 자리로 가서 가방을 들고 프랑크에게 나가자는 신호를 보냈다.

8시 반이 조금 지난 시각, 두 사람은 경찰청을 나섰다. 약속 시각에 늦느니 차라리 집 앞에서 기다리는 편이 나았다. 가는 길에 그녀는 피살자들 모두가 같은 별자리에 태어났다는 사실을 알려주려고 리히터에게 전화를 걸었다. 하지만 그는 전화를 받지 않았고, 그녀는 하려던 말을 자동응답기에 남겨두었다.

오전 9시 15분

루트 곤잘레스의 집 앞.

두 형사는 10분간 란치아 안에 앉아 대화를 나누었다.

"아까 반장님 거의 폭발 직전이었죠?" 프랑크는 히죽대며 말했다. "우리가 반장님을 조바심 나게 만들긴 했어요."

"혼자일 때면 보나 마나 화를 술로 다스리셨을 거예요." 율리아가 대답했다. "하지만 제대로 생각할 정신만 있다면야, 난 그런 건 별로 상관 안 해요. 반장님 간이 견뎌내느냐가 문제죠." 그녀는 시계를 흘긋 보고는 말했다. "이제 가봐도 될 것 같은데요."

차에서 내린 그들은 예쁜 노란색 집으로 걸어갔다. 반 다이크나 클라이버의 빌라와 같은 규모는 아니었지만 옹골차고 잘 관리된 인상을 주는 집이었다. 프랑크가 초인종을 누르자, 잠시 후 들릴 듯 말 듯한 윙 소리가 울리며 대문이 열렸다. 집 문까지는 약 10미터 거리였다. 스페인 혈통임이 분명한 루트 곤잘레스는 키가 율리아와 거의 비슷했다. 긴 곱슬머리와 눈동자는 양쪽 모두 어두운색을 띠었고, 발목까지 내려오는 흰색 원피스는 남부 유럽 출신의 피부색을 더욱 두드러져 보이게 했다. 프랑크는 그녀의 나이를 30대 중후반 정도로 예상했다. 그녀는 다소 거친 매력이 느껴지는 미인으로, 얼굴은 전체적으로 강한 인상을 주었고 그중 가장 부각되는 큰 눈으로 두 형사를 찬찬히 뜯어보았다.

"기다리고 있었어요." 허스키한 목소리의 그녀는 유창한 독일어로 말하며 율리아와 프랑크에게 차례로 악수를 건넨 뒤 문을 열었다. "제 서재로 가시죠."

집 안에서는 향을 피우는 냄새가 났고, 복도에서부터 바닥에는 두꺼운 파란색 카펫이 깔려있었다. 벽과 천장은 흰색으로 칠해져 있었고, 방 안에는 햇살이 한 가득 내리쬤다. 창턱에는 샤르툭스 고양이 한 마리가 몸을 길게 늘인 채 누워서 일광욕을 즐기고 있었다.

"편한 자리에 앉으세요. 마실 것 좀 드릴까요?" 루트 곤잘레스가 물었다.

"아뇨, 괜찮습니다. 잠시 얘기를 좀 나누고 부탁드리고 싶은 게 있어서 이렇게 왔습니다."

서재 내부는 큼직하고 밝았고, 중간에는 원형 테이블과 의자 네 개가 놓여있었다. 한쪽 벽에는 별자리 지도가 걸려 있고, 다른 쪽 벽에는 책장이 있었는데 책장의 책 중 몇 권은 겹겹이 쌓여있었다. 창문 밑에는 소파가, 그 양쪽으로는 각각 의자 하나씩이 놓여 있었다. 율리아와 프랑크는 각자 그 의자에 앉았고, 루트 곤잘레스는 소파에 앉았다. 그녀는 얌전하게 다리를 꼬고는 길고 날씬한 손을 허벅지 위에 올려놓았다.

"제가 뭘 도와드리면 될까요?" 그녀가 물었다.

"곤잘레스 씨, 우선 부탁드릴 게 있는데, 이 방 안에서 나눈 대화는 혼자만 알고 계셔야 합니다. 즉, 이제부터 나눌 대화가 기밀사항이라는 말씀입니다."

"저는 본래 입이 무거운 사람이랍니다." 그녀는 전혀 당황하는 기색 없이 말했다.

율리아는 몸을 앞으로 숙인 채 두 손을 맞잡고 곤잘레스를 응시했다. "좋습니다. 곧장 본론으로 들어가죠. 지난 1년 동안 프랑크 푸르트에서 네 명의 여성이 살해당하는 사건이 발생했습니다. 안타깝게도 아직 수사에 별다른 진척이 없는 상황이고요. 그런데 어젯밤, 저희가 판단하기에 수사에 굉장한 도움이 될 만한 사실 하나를 발견했고, 바로 그것 때문에 전화를 드렸던 겁니다."

"네 명의 여성이 살해당했다고요? 그런 얘기는 처음 듣는데요." 루트 곤잘레스는 깜짝 놀란 듯 말했다.

"수사를 위해 언론에는 아직 알리지 않았거든요. 아무튼 하던 얘기를 계속 하자면, 저희는 살해당한 네 여자가 모두 전갈자리에 태어났다는 사실을 알게 되었습니다. 그럼 이제 질문을 드릴게요. 점성가로서 전갈자리에 대해 해주실 말씀이 있나요? 긍정적인 것이든 부정적인 것이든 상관없이 어떤 성격을 가졌는지 설명을 좀 해주세요."

루트 곤잘레스는 무슨 말인지 알겠다는 듯 새하얗게 빛나는 이를 드러내며 미소 짓는 동시에, 고개를 살짝 옆으로 기울였다.

"뒤랑 형사님, 점성학은 굉장히 복잡한 분야랍니다. 점성학상 1년은 12궁으로 나뉘는데, 그 첫 번째가 양자리이고 마지막은 물고기자리죠. 물론 각 별자리마다 특징이 있지만, 사람의 성격을 알기 위해서는 생일뿐만 아니라, 무엇보다도 생시와 출생지가 꼭 필요하답니다. 점성가들은 그게 있어야만 별자리 운세를 볼 수가 있어요. 별자리를 통해 한 사람의 능력, 성향, 성격, 그리고 사교적인지 아니면 내성적인지와 같은 본질적 특징까지 모든 걸 다 설명할 수 있죠." 그녀는 양팔을 들고 잠시 눈을 내리깔았다. "이렇게 복잡한 분야이기 때문에 태어난 날짜만 가지고 뭘 설명하기는 힘들어요. 물론 어느 특정한 날 별들의 위치, 또 하늘을 12분한 궁을 감안해 어떤 사람이 중대한 결정을 내려도 될지, 아니면 나중으로 미뤄야 할지는 알아낼 수 있지만요."

"그렇다면 그 네 여자의 정확한 생시와 출생지를 알아야 한다는 말씀인가요?"

"그래요. 보통은 전갈자리가 10월 24일부터 11월 21일까지를 말한다고들 하죠. 신문이나 잡지에도 그렇게 나와 있고요. 하지만 그건 꼭 맞다고 볼 수는 없어요. 전갈자리는 종종 10월 23일에 시작해 11월 21일이나 22일에 끝나기도 하고, 어떤 해에는 11월 23일까지 갈 때도 있거든요. 피살자들의 생일이 언제죠?"

"잠시만요." 율리아는 가방에서 쪽지를 꺼내 읽었다. "10월 23일, 10월 29일, 11월 1일, 11월 20일이요."

"그렇군요. 첫 번째 피살자만 빼고는 전부 전갈자리가 확실하네요. 첫 피살자는 오후 6시 이후에 태어났을 경우에만 전갈자리에 속해요. 좀 더 정확히 말씀드리자면, 생시와 출생지는 상승점(출생시점에 동쪽 지평선에 떠오르고 있던 별자리로 시간과 장소에 따라 특유하기 때문에, 점성학상 한 개인의 환경과 조건 등을 유추하는 자료가 된다. —역주)과 행성, 궁을 결정하는 데 중요한 요소예요. 전갈자리라고 해서 다 같은 전갈자리가 아니며, 상승점과 미디움 코엘리(Medium Coeli), 즉 하늘의 중간지점이 본질적인 영향을 끼친다는 거죠. 예를 들어 상승점이 물고기자리에 걸리는 전갈자리는, 양자리나 염소자리에 걸리는 전갈자리와는 완전히 다른 특징을 지니게 돼요."

"곤잘레스 씨, 저희를 도와주실 수 있으시겠어요?" 첫눈에 곤잘레스가 마음에 들었던 데다, 그녀의 말에 감명을 받은 율리아가 물었다. 곤잘레스는 마치 점성학이 논박할 여지가 없는 학문인 것처럼 확신에 차서 말했기 때문이다.

"저는 한 번도 경찰과 일해본 적이 없어요." 곤잘레스는 매력적인 미소를 지으며 대답했다. "그렇지만 제가 할 수 있는 거라면 도와드려야죠. 정확한 생일과 출생지를 알아다주시면 각 피살자들에 대한 세부 사항을 말씀드릴게요. 출생시간은 출생지의 관할 호적사무소에 가보면 아실 수 있을 거예요."

"그런 정보를 다 알아다 드리면, 별자리 운세를 봐주시는 데 시간이 얼마나 걸리나요?"

"생각보다 빨리 돼요. 얼마 전부터 제가 제작에 참여한 컴퓨터 프로그램을 이용하는데, 그게 시판되는 것 중 가장 성능이 좋은 프로그램이거든요." 그녀는 은근히 자랑하며 말했다. "인쇄까지 다 해도 한 명당 15분 정도면 충분해요."

"그럼 가격은 얼마나 되나요? 대충이라도 말씀해주세요."

루트 곤잘레스는 양손을 들어 올리며 고개를 가로저었다. "살인범을 잡으려는 경찰을 돕는 일인데 당연히 공짜로⋯⋯."

"아닙니다, 그래서는 안 되죠. 가격을 말씀해주시면 저희가 지불하겠습니다."

곤잘레스는 괜찮다는 듯 웃으며 그 어두운색 눈동자로 율리아를 바라보았다. "제 고객 중에는 엄청난 부자들이 적지 않답니다. 제가 그냥 그렇게 해드리고 싶어서 그래요."

"정말 감사합니다. 그럼 자세한 정보들을 최대한 빨리 받아보실 수 있도록 할게요. 수사에 정말 큰 도움이 될 거예요." 율리아는 잠시 말을 멈추고 숨을 들이쉬고는 다시 입을 열었다. "그런데 저와 여기 제 동료의 아내 역시 전갈자리랍니다."

"형사님은 형사님의 생시를 정확히 아시나요?"

"아뇨. 저희 어머니는 제가 늦은 밤 아니면 새벽에 태어났다고만 말씀해주셨어요. 하지만 아버지는 아마 알고 계실 거예요. 제 별자리 운세는 어떨지 궁금하네요."

"제가 봐 드리죠. 그런데 저는 보통 운세를 보기 전에 해당 고객을 따로 만나 심도 있는 대화를 나눈답니다. 그렇지 않고 단순히 생일만 가지고 운세를 보게 되면 틀린 결과를 초래할 수 있거든요. 형사님의 경우에도 그런 대화가 필요할 듯하네요."

"그럼 그건 얼만가요?" 율리아가 물었다.

"상담과 평가까지 350마르크를 받습니다. 더 만나게 될 경우에는 건당 120마르크고요."

"한 번 받아봐야겠네요. 저희가 너무 오래 시간을 빼앗은 것 같군요. 이만 가보겠습니다."

"잠깐만요." 두 여자가 대화하는 사이 고양이를 쓰다듬고 있던 프랑크가 입을 열었다. 고양이는 기분이 좋은 듯 그르렁 소리를 냈다. "그럼 저도 이 김에 저와 제 아내의 별자리 운세를 보고 싶은데요."

"형사님의 별자리는 어떻게 되시는데요?"

"염소자리입니다."

곤잘레스는 입술을 삐죽 내밀며 고개를 끄덕였다. "염소자리이신데 전갈자리 여성과 결혼을 하셨다, 일반적으로는 아주 조화로운 관계라 할 수 있어요. 하지만 우선은 그 사건의 피살자들에게 집중하도록 하죠. 제가 언제쯤 정보를 받아볼 수 있을까요?"

"잘하면 오늘 안에라도 보내드릴 수 있어요."

"그럼 저는 기다리고 있다가 자료가 도착하는 대로 평가를 진행하도록 할게요."

"정말 감사합니다. 이렇게 협조해주신다니 얼마나 다행인지 몰라요. 필요한 자료들은 되는대로 빨리 보내드릴 테니, 일이 다 되면 연락 주세요." 율리아는 자리에서 일어나 루트 곤잘레스에게 손을 내밀었다.

"저를 믿고 이런 일을 맡겨주셔서 오히려 제가 기쁜걸요. 도움이 된다면 좋겠네요. 자, 문 앞까지 모셔다 드릴게요."

차에 탄 율리아는 베르거에게 전화를 걸었다. 루트 곤잘레스와의 대화 내용을 간략하게 전달한 그녀는, 지금 당장 특별수사팀원 중 누군가를 시켜 살해당한 여자들의 정확한 생시를 알아내 곤잘레스에게 전달하도록 해달라고 부탁했다.

"정말 호감이 가는 여자예요." 전화를 끊은 율리아가 말했다. "생긴 것도 썩 괜찮고요."

"흠, 나쁘지 않더군요. 하지만 그 점성학에 관한 얘기는……. 우리 모두의 인생이 행성들의 위치에 영향을 받는다는 건 납득되지 않아요. 달리 말하면 운명이 미리 정해져 있다는 거고, 아무리 바꾸려 해도 바꿀 수 없다는 거잖아요."

"말도 안 돼요! 사람은 누구나 자기 운명을 스스로 결정할 수 있어요. 그건 그 누구보다 당신이 더 잘 알잖아요. 당신이 나딘과 어떻게 다시 만났는지를 생각해봐요. 비록 빙빙 돌아오긴 했지만, 결국에는 성공했잖아요. 다만, 그때 당신이 술을 끊지 않았다면……."

"됐어요, 됐어." 프랑크는 그만하라는 듯 손을 내저으며 그녀의 말을 끊었다. "그랬다면 난 이미 오래전에 뻗어버렸겠죠. 하지만 인제 와서 그런 얘기를 하고 싶진 않다고요. 그럼 이제 바이트만의 집으로 갈까요?"

"잠깐만 들르면 돼요. 두세 가지만 물어보면 되니까." 율리아는 골루아 한 개비에 불을 붙인 뒤 다시 입을 열었다. "그런데요, 프랑크, 왜 매번 내가 얘기를 해야 하죠? 어떤 때에는 꼭 원맨쇼를 하는 기분이에요. 당신은 멀뚱멀뚱 앉아서 아무 말도 안 하니 말이에요."

"당신이 말하는 동안 난 가만있는 줄 알아요? 난 당신과 대화하는 사람을 관찰하고, 집 안을 둘러보며 마치 사진을 찍듯 그 모습을 머릿속에 새겨둔다고요. 아주 간단해요."

"그리고 나만 입이 닳도록 말하고요."

"나 원 참, 당신이 말하기 좋아하는 사람인 건 세상 사람이 다 알걸요. 그래서 내가 당신에게 우선권을 주는 것뿐이라고요. 원한다면 역할을 바꿔줄 수도 있어요."

율리아는 프랑크의 말에 대꾸하지 않고 말했다.

"다음은 바이트만의 집인가요? 어서 가요."

*

일로나 바이트만은 자신의 벤츠에 막 올라타려던 순간, 두 형사를 발견했다. 율리아는 프랑크에게 차 안에 있으라고 한 뒤 재빨리 그녀에게로 걸어갔다.

"바이트만 부인, 또 찾아와서 죄송합니다만, 한 가지 더 여쭤볼게 있어서요. 어제 따님이 별자리 운세를 본 적이 있다고 하셨죠. 혹시 언제 누구한테 봤는지도 아시나요?"

일로나는 고개를 가로저었다. "말씀드렸다시피 그건 카롤라가 죽기 석 달 전쯤이었는데, 누구한테 봤는지는 저도 몰라요."

"혹시 루트 곤잘레스 아닌가요? 아니면 콘라트 레벨은요?"

"정말 모르겠어요. 제 기억으로는 카롤라가 운세 결과를 말해줬을 뿐, 점성가의 이름은 한 번도 언급한 적이 없는 것 같아요. 그런데 그건 왜 물으시죠?"

"지금 말씀드리기에는 너무 긴 얘기예요. 그럼 따님이 태어난 정확한 시각은 알고 계시나요?"

일로나는 미소를 지었다. "그럼요. 당시 뱃속에 있던 카롤라가 저를 꽤나 힘들게 해서, 마침내 세상에 나왔을 때 얼마나 기뻤는지 몰라요. 낮 12시경에 진통이 시작돼서 새벽 1시 반 전, 정확히 말하면 1시 25분에 태어났답니다. 남편이 계속 곁에 있으면서 모든 걸 기록해뒀어요. 카롤라가 죽은 뒤 우리는 그 당시 찍었던 사진들과 출생증명서를 비롯한 기록들을 여러 번 다시 봤답니다." 그녀는 우울함이 깃든 목소리로 말했다. "카롤라는 아주 특별한 아이였어요. 뭐라 설명하기는 힘들지만 어렸을 때부터 사람을 대하는 방법이 굉장히 남달랐죠. 절대로 남의 단점을 지적하는 일이 없었거든요. 사실 카롤라는 2주 일찍 세상에 나왔으니 엄밀히 말하면 전갈자리라고 할 수 없어요." 그녀는 어깨를 으쓱하며 어색한 미소를 지어 보였다. "제가 쓸데없는 얘기를 했네요. 이제 저세상으로 간 아이인데. 어쩌면 지금 우리를 지켜보고 있을지도 모르겠네요."

"네, 그럴지도 모르죠. 그리고 제 기억으로는 따님의 출생지가 시드니라고 하셨던 것 같은데, 맞나요?"

"네, 맞아요. 남편의 사업상 잠시 호주에서 살았어요. 아이는 다시 독일에 돌아오면 가지려고 했는데, 운명이 그렇게 되도록 내버려두지 않더군요."

"이걸로 된 것 같습니다. 감사해요. 좋은 하루 보내세요."

"형사님도요."

율리아는 프랑크가 기다리고 있는 차로 돌아갔다. "1시 25분이라……"

"1시 25분이라뇨?" 프랑크가 눈살을 찌푸리며 물었다.

"카롤라 바이트만이 새벽 1시 25분에 태어났대요. 당장 곤잘레스한테 전화해서 말해줘야겠어요, 이것 먼저 처리할 수 있게요. 일단 다시 경찰청으로 가죠. 오후에는 레벨과 마이바움을 만나봐야겠어요."

"방금 토마스만 가로 순찰차 한 대가 출동했다니, 잠시 기다려 보죠. 오늘 아침에 어떤 여자가 실종됐다는데……."

"또 그러면 안 되는데." 율리아는 한숨을 내쉬었다. "벌써 또 그러면 안 된다고요!"

"율리아, 꼭 이 일이 아니어도 실종자는 매일 생겨요. 그러니 진정하고 담배나 한 대 피운 다음에 반장님께 전화해봐요."

그들은 차 옆에 서서 부드러운 가을 햇살을 맞으며 말없이 담배를 피웠다.

율리아는 긴장하고 있었다. 프랑크는 창문을 내리고 무전기의 볼륨을 높였다. 순찰차가 토마스만 가에 도착했다는 말이 들렸고, 잠시 후 한 경찰관이 어느 젊은 여자가 베라 코슬로브스키라는 사람 집 앞에 서 있는데, 대문이 잠겼고 블라인드가 전부 내려져 있다는 무전을 보냈다.

"가봐야겠어요." 율리아가 담배꽁초를 보도에 던지며 힘찬 목소리로 말했다. 그들이 슈바이처 가를 지날 때쯤 베르거에게서 연락이 왔다. 그의 목소리는 또다시 가라앉아 있었다.

"저희도 이미 들었어요." 율리아는 베르거의 말을 중간에 끊었다. "저희가 갈 때까지 문 열지 말고 기다리라고 해주세요."

그들은 비상등을 차 위에 올리고 사이렌을 켰다. "제기랄, 제기랄!" 율리아는 욕설을 내뱉었다. "내가 그랬잖아요, 그 자식 완전히 살인에 맛을 들였다고. 이제 정말 살기가 극에 달했다고요."

"하지만 아직 그 여자가 죽었는지는 모르는……."

"베라 코슬로브스키라고 했잖아요, 빌어먹을! 그 여자는 다음 주에 생일 파티 겸 에이전시 설립 20주년 파티를 열기로 되어있다고요. 우리도 거기 초대받았고요." 그녀는 혼란스러움과 체념이 뒤섞인 얼굴로 프랑크를 쳐다보았다. "프랑크, 그 여자는 죽었어요, 확실해요. 그리고 이건 우연일 리가 없어요. 제기랄!"

오전 10시 50분

적막감마저 감도는 그 동네에는 똑같이 생긴 말끔한 고층건물들, 저소득층 주택단지가 길 양쪽으로 서 있었다. 슈퍼마켓, 지하주차장들, 놀이터, 도로 위를 가로지르는 보행자 전용 다리, 문이 닫힌 매점, 덤불들과 그 뒤에 떨어져 있는 맥주캔, 술병, 그리고 주차장들. 세차를 하고 있는 나이 든 남자가 호기심 어린 눈빛으로 경찰차들을 끊임없이 흘긋댔다. 그리고 그 고층건물들 사이로 마치 섬 혹은 이물질처럼 자그마한 연립주택들과 방갈로들이 자리 잡고 있었는데, 그곳에서는 변호사사무소와 병원 등을 찾아볼 수 있었다. 거리에는 인적이 드물었고, 지나가는 자동차는 한 대도 없었다.

율리아와 프랑크는 순찰차 바로 뒤에 차를 세웠다. 해는 고층건물 뒤로 숨었고, 바람은 차가웠다. 나이 든 경찰관 한 명이 키가 작고 귀엽게 생긴 젊은 여성과 대화를 나누는 중이었다. 짧은 길이의 밝은 갈색 머리를 한 그녀는 당황스러운 얼굴로 고개를 가로젓고 있었다. 율리아와 프랑크가 가까이 다가가자 발걸음 소리를 들은 그녀가 그들이 있는 쪽으로 몸을 돌렸고, 율리아는 그녀가 20대 후반에서 30대 초반 정도 되리라 예상했다. 입구 옆에는 비쩍 마른 데다 날카로운 인상을 주는 젊은 열쇠공이 손에 담배를 든 채 지루한 듯 벽에 기대 서 있었다. 그의 옆에는 공구상자가 놓여있었는데, 그는 마치 일을 시작하라는 명령이 떨어지기만을 기다리고 있는 듯 보였다.

"살인사건 수사반에서 나온 율리아 뒤랑, 프랑크 헬머 형사입니다." 율리아는 경찰관에게 말한 뒤 젊은 여자를 보았다. "성함이……?"

"페트라 베스트팔이에요. 살인사건 수사반 분들이 여긴 웬일이세요?"

율리아는 그녀의 질문에 대답하지 않았다. "베스트팔 씨, 베라 코스로브스키 씨가 언제부터 실종 상태인지, 또 경찰에 실종 사실을 알린 특별한 이유가 있는지 말씀해주실 수 있나요?"

페트라는 긴장한 기색이 역력했다. 그녀는 불안한 눈으로 경찰관과 두 형사를 번갈아 쳐다보았고, 긴장한 데다 찬 바람까지 더해져 몸을 덜덜 떨었다.

"베라 씨는 제 직장상사예요. 어제저녁 6시 반에 중요한 약속이 있다며 오후 늦게 에이전시를 떠나셨어요. 그러면서 호텔 예약 문제로 다시 전화하겠다고 하셨죠. 앞으로 며칠 간 유명 예술가들과 새로운 계약을 맺기로 되어있거든요. 그런데 전화가 없길래 제가 베라 씨의 휴대폰과 집 전화로 걸어봤지만 아무도 받지 않더라고요. 하지만 그때까지도 별로 이상하게 생각하지는 않았어요."

"어제는 무슨 약속이 있었던 거죠?"

"제가 그걸 알면 좋게요! 보통 때 같으면 제가 모든 걸 준비하기 때문에 저한테 미리 어떤 약속인지 말씀해주시는데, 어제만큼은 아무 말씀이 없으셔서 저도 놀랐어요. 하지만 제 생각으로는 그 호텔 예약과는 아무 상관도 없는 일이에요. 베라 씨는 오늘 아침 7시 반에 저희 에이전시 소속 예술가 한 분과 아주 중요한 약속이 있었는데, 그 자리에 안 나타나셨어요."

"실례지만 그 예술가라는 분은 누군가요?"

"연극배우이신 게오르크 하인들 씨예요. 하인들 씨는 오늘 약속 때문에 일부러 뮌헨에서 여기까지 오셨는데, 한 시간 이상 베라 씨를 기다리셨지 뭐예요. 에이전시로 전화하셨을 땐 이미 단단히 화가 난 상태였고요. 그래서 저는 다시 베라 씨의 휴대폰과 집으로 전화했고, 그 이후는 형사님이 아시는 대로예요. 하인들 씨는 한창 촬영이 진행 중인데도 베라 씨를 만나려고 꼭두새벽부터 먼 길을 오셨어요. 저는 그분이 화내는 걸 충분히 이해해요. 하지만 이제는 베라 씨가 더 걱정이네요."

"그렇군요." 율리아는 이렇게 말한 뒤 열쇠공에게로 갔다. "그럼 이제 일을 시작해주시죠."

기다리는 사이 담배를 두 개째 피우고 있던 그는 반쯤 남은 꽁초를 바닥에 던졌다. 그러고는 공구상자에서 필요한 공구를 꺼내 채 1분도 되지 않아 문을 열어주었다.

율리아는 그에게 고맙다고 말한 뒤 프랑크와 함께 집 안으로 들어갔다. 페트라 베스트팔이 그들을 따라 들어가려 하자, 순찰 경찰관 한 명이 그녀를 저지했다. "죄송합니다만, 들어가실 수 없습니다. 저와 같이 순찰차로 가서서 인적사항을 기록하는 데 협조해주시죠."

율리아가 앞장서서 들어갔고, 프랑크는 문에 기대고 섰다. 율리아는 조명 스위치를 켰다. 그녀의 왼쪽에는 옷걸이가 있었고, 그보다 조금 더 안으로 들어가니 양쪽에 방이 두 개씩 있었으며 정면에는 닫힌 문이 보였다. 그중 어느 한 방에서 유디트 카스너를 발견했을 때와 마찬가지로 사라 브라이트만과 안드레아 보첼리의 노래, 〈타임 투 세이 굿바이〉가 흘러나오고 있었다. 율리아는 의미심장한 눈빛으로 프랑크를 보며 체념한 듯한 손짓을 해 보였다. 그들은 각자 장갑을 꺼내 끼었고, 율리아는 첫 번째 문의 손잡이를 돌렸다. 그곳은 부엌이었는데 청소를 안 한 지 적어도 며칠, 아니 몇 주는 되는 것 같았다. 그 맞은편의 욕실 역시 사정은 마찬가지였다. 세면대와 욕조에 잔뜩 붙어있는 머리카락, 지저분한 거울, 세면대 위 선반에 아무렇게나 놓여있는 립스틱들과 매니큐어를 비롯한 화장품들, 더러운 변기. 거기서 좀 더 안쪽으로 들어가니 앙증맞게 꾸며놓은 손님방이 있었는데, 유일하게 깨끗한 그 방은 사용한 적이 거의 없는 듯했다. 다음으로는 거실이 나왔다. 바닥에는 빈 와인병들이, 테이블 위에는 립스틱 자국이 나 있는 유리잔 두 개가 놓여있었고 카펫 위에는 부스러기들이 널려있었으며, 재떨이는 차고 넘치는 데다 가구 위에는 먼지가 수북했다. 텔레비전에서는 RTL채널의 오전 토크쇼 프로그램이 한창이었고, 낡고 흠집 난 장 안에 들어있는 작은 오디오에서는 바로 그 노래가 흘러나오고 있었다. 유디트 카스너 때와 마찬가지로 이번에도 반복재생 버튼이 눌려져 있었다.

"그 자식, 소름 끼치는 유머 감각은 여전하군." 율리아가 중얼거렸다.

그들의 왼쪽에는 커다란 테라스 창문과, 정원으로 향하는 문이 있었다. 이제껏 그들이 검사했던 다른 방들과 같이 이곳에도 블라인드가 모두 내려져 있어 햇볕이 전혀 들지 않았다. 프랑크는 커다란 테라스 창문의 블라인드를 올리고, 정원을 내다보았다. 폭이 좁고 길쭉한 자그마한 정원은 낙엽들로 뒤덮여있었고, 테라스에 놓인 정원 장식물은 지난 며칠간 잦았던 비바람으로 인해 더럽혀진 채였다. 화단 하나 없는 정원의 양쪽에는 보안용으로 세워둔 높이 2미터 가량의 조밀한 울타리가 있었다. 그리고 정면에는 철조망과, 그 앞에는 키 큰 내한성 관목들이 서 있었다.

"이 냄새 좀 봐요." 프랑크가 속삭였다. "적어도 몇 주는 환기도,

청소도 안 한 것 같아요. 그런 여자의 집이라고 하기에는 아주 이 상해요."

율리아는 어깨를 으쓱했다. "우리 집도 어떤 때에는 별반 다르지 않은데요, 뭐." 그녀는 말을 아꼈다. "아직 방 두 개가 더 남았어요. 마저 보죠."

"이런 곳에서 그런 큰 파티가 열린다고요?" 프랑크는 의아한 듯 물었다.

율리아는 대답 없이 거실과 이어진 문을 열었다. 불이 켜진 스탠드 위에 빨간색 수건이 걸려 있었다. 방 한가운데에는 침대가, 그 앞에는 부드러운 양가죽으로 만든 깔개가 놓여있었고 그밖에는 옷장 하나, 거울장 하나, 그리고 의자 하나가 전부였다. 손님방 다음으로 깨끗한 방이었다. 방 안에는 무겁고도 차가운 장미유의 향기가 배어있었다.

베라 코슬로브스키는 옷을 입은 채로 두 눈을 크게 뜨고 오른팔과 검지를 쭉 펴고 침대에 누워있었다. 율리아와 프랑크는 침대로 다가갔다. 그녀는 짧은 빨간색 원피스와 검정 스타킹을 입고 있었는데, 살짝 벌어진 다리 사이로 속이 비치는 검정 팬티가 보였다. 얇은 끈이 달린 원피스는 앞섶이 깊게 패여 그녀의 큰 가슴을 겨우 가릴 정도였다. 목에는 단순한 디자인의 금목걸이가, 귓불에는 목걸이와 한 세트인 귀걸이가, 그리고 손에는 저렴한 디지털 손목시계와 금반지 여러 개를 한 상태였다. 역시 목에는 올가미로 조른 듯한 짙은 자국이 뚜렷했고, 양쪽 손목에도 세게 눌린 듯한 자국이 선명했다.

"나침반 없이도 이 여자가 남동쪽을 가리키고 있다는 걸 확실히 알겠어요." 프랑크는 함축적으로 말했다. 그러고는 가방에서 휴대폰을 꺼내 베르거에게 전화를 걸었다.

"검시관과 과학수사반을 이리로 보내주세요." 그가 말했다.

"알았네, 내가 알아서 조치하지." 베르거는 이렇게 대답하고는 전화를 끊었다.

"빌어먹을!" 율리아는 격분한 나머지 마치 굳어버린 듯 시체 앞에 서 있었다. 베라 코슬로브스키는 짧은 어두운색 금발이었고, 생명의 빛을 잃고 잔뜩 충혈된 눈은 텅 빈 흰색 천정을 응시하고 있었다. "대체 몇 명이나 더 죽이려는 걸까요? 몇 명이나? 그놈의 계획이 뭘까요?" 그녀는 잠시 쉬었다가 말을 이었다. "그런데 이렇게 성공한 여자가 이런 집에서 살다니요? 매일같이 저명인사들만 만나는 여자가? 이 여자의 직업을 모르고 여기 왔다면 그저 칠칠치 못하고 술만 퍼마시는 지극히 평범한 여자라고 생각했을 거예요."

"알게 뭐예요, 어차피 죽었는데. 혹시 여기 어디서 핸드백 못 봤어요?" 프랑크가 물었다.

"왜요?"

"신분증 같은 게 있나 보게요. 언제 어디서 태어났는지 알아야 하잖아요. 그 점성가한테 알려주려면."

"아뇨, 한 번 찾아봐요. 난 나가서 담배 좀 피우고 와야겠어요."

"하긴, 그런 건 베스트팔에게 물어봐도 되겠군요. 그럼 이 지저분한 곳을 헤집고 찾지 않아도 되겠죠. 나도 같이 가요."

문 앞에 서 있던 페트라 베스트팔은 두 눈을 크게 뜨고 두 형사를 보았다. 그들의 눈빛에서 이미 자신이 생각했던 최악의 시나리오가 맞아떨어졌다는 사실을 확인한 모양이었다.

"베라 씨가 안에 있나요?" 그녀는 눈물을 흘리지 않으려 안간힘을 쓰며 물었다.

"네. 정말 유감입니다." 율리아는 골루아 한 개비를 꺼내 물고 불을 붙인 뒤, 깊게 한 모금 빨아들이고는 물었다. "베라 씨를 마지막으로 본 게 정확히 언제인가요?"

"어제 오후 5시경이었어요. 그 이후에는 저도 몰라요." 그녀는 훌쩍거리기 시작하더니 양손에 얼굴을 파묻었다. 율리아는 그녀의 어깨를 감싸 안고는 함께 계단에 앉았다.

"괜찮을 거예요……."

"하나도 안 괜찮아요! 왜 하필 베라죠?"

"베라 씨와 서로 말을 놓는 사이였나요?"

"저희는 10년 가까이 알고 지냈어요. 저는 그녀의 오른팔이나 마찬가지였고……." 그녀는 갑자기 말을 멈추고 울어서 벌게진 눈으로 율리아를 쳐다보았다.

"그리고요?"

"아무것도 아니에요, 그냥 그랬다고요. 저는 언젠가 이런 일이 생기리란 걸 알고 있었어요."

"그게 무슨 뜻이죠?"

"모르겠어요, 그냥 그런 느낌이 들었어요. 베라처럼 성공한 여자는……."

"성공한 여자라고 해서 다 이런 일을 당하는 건 아니에요. 사실 이런 경우는 거의 없죠. 혹시 베라 씨의 생일과 태어난 곳을 아시나요?"

"11월 5일이면 마흔한 살이 되고, 프랑크푸르트에서 태어났어요. 베라는 어떻게 죽었나요?"

'11월 5일이면 내 생일과 같군.' 율리아는 생각했다. "살해당하셨어요. 이 집이 베라 씨 집인가요?"

"네, 여러 집 중 하나예요. 사실 이 집에는 거의 안 오시지만 비상시를 대비해 제가 전화번호를 가지고 있었죠. 이 집은 미국에 사는 베라의 여동생이 여기 올 때면 머무는 곳이거든요."

"그럼 다른 집들은 어디 있습니까?" 프랑크가 물었다.

"바트 조덴에 베라가 실제로 사는 집이 있고요, 프랑스 코트다쥐르에 하나, 또 마요르카에 하나 있어요."

"베라 씨가 이 집에 있을 거란 건 어떻게 아셨죠?"

"바트 조덴 집에 먼저 가봤거든요. 전화를 여러 번 했는데도 계속 자동응답기로 넘어가고, 휴대폰도 안 받길래." 그녀는 어깨를 으쓱해 보였다, "제가 직접 그 집으로 갔어요. 그런데 가정부 말이 베라가 집에 없는 거예요. 그래서 이리로 왔죠. 주차장에 베라의 차, 저기 저 검정 BMW가 서 있길래 여기 있나 보다, 했어요."

"말씀 감사합니다. 앞으로도 협조 부탁드려요. 인적사항은 기재하셨죠?"

"네, 형사님들이 안에 계시는 동안에요."

"그렇군요. 이제 가보셔도 됩니다."

페트라가 뒤돌아 주차장 쪽으로 몇 발자국 걸어갔을 때, 율리아가 그녀를 향해 달려갔다.

"잠깐만요. 저희 차로 가서 몇 가지 더 여쭤보고 싶은데요."

놀란 얼굴로 율리아를 보며 잠시 망설이던 페트라는 결국 율리아를 따라갔다. 그들은 란치아에 올라탔고, 율리아는 담배에 불을 붙였다.

"베라 씨는 어땠나요? 어떤 사람이었죠? 베스트팔 씨와의 관계처럼 사교적인 분이었나요?"

"어떤 사람이었냐고요?" 베스트팔은 숨을 깊이 들이쉬었다. "저도 담배 하나 주실래요? 보통은 친구들을 만날 때에나 피우는데, 오늘은 별 수 없네요." 율리아가 담뱃갑을 내밀자 베스트팔은 한 개비를 꺼내 불을 붙였다.

"저는 베라와 정말 잘 맞았어요. 베라는 정확하고, 책임감 강하고, 부지런하고, 남의 기분을 헤아릴 줄 알고……."

율리아는 순간 귀가 쫑긋해졌다. "기분을 헤아릴 줄 알다니요? 한 가지만 여쭤보죠. 혹시 두 분의 관계가 직장동료 그 이상이었나요?"

페트라는 고개를 세차게 흔들었다. "그런 쪽으로 생각하시는 거라면, 안타깝지만 틀리셨어요. 베라는 레즈비언이 아니었어요. 적어도 제가 알기에는요. 다만 가끔 남자들을 만나는 건 알고 있었죠. 베라는 11년간 결혼생활을 했는데, 그녀를 이용할 줄만 알았던 치사한 남편을 결국 쫓아냈어요. 그 뒤로 베라는 결혼 같은 건 절대 다시 하지 않을 거고, 잠자리 상대가 필요할 때에만 남자를 만나겠다고 결심했죠. 외모가 괜찮으니 항상 남자가 따르곤 했고요. 하지만 베라가 여자를 만났다는 건 금시초문이고, 제가 아는 그녀를 떠올리면 상상조차 할 수 없는 일이에요. 베라는 남자들, 그것도 가능하면 키가 큰 금발 남자들을 좋아했어요. 또 그녀가 했던 말에 따르면 정력이 좋은 남자들을 선호했죠."

"베라 씨가 그런 얘기를 전부 자기 입으로 하던가요?"

"우린 친구였어요. 그리고 제가 아는 한, 베라가 성생활에 관한 얘기를 할 만한 사람은 저 말고는 아무도 없고요. 덧붙이자면, 저역시 레즈비언이 아니에요. 만나는 남자가 있다고요."

"혹시 베라 씨가 지난밤에 왜 바트 조덴에 있는 집 말고 이 집에 있었는지 아시나요?"

페트라는 처음으로 미소를 보였다. 그녀는 마지막으로 담배를 한 모금 피운 뒤 꽁초를 창밖으로 던졌다. "이 집은 베라가 남자들을 맞이하는 곳이에요."

"왜 하필 이 집에서……?"

"간단해요. 베라는 자기가 만나는 남자들이 바보 같은 생각을 하기를 원하지 않았거든요. 그녀는 원하는 건 뭐든 할 수 있을 정도로 돈이 많았지만, 그런 사실을 누구나 다 알 필요는 없잖아요. 쉽게 말해, 사는 곳은 바트 조덴이지만 사랑을 나누는 장소는 여기였던 거죠. 주위를 한 번 보세요. 작은 방갈로 몇 채 외에는 전부 똑같이 생긴, 누가 사는지 모를 콘크리트 건물뿐이잖아요. 서로가 서로를 전혀 모르는 이런 곳에서라면 베라를 알아볼 사람도 없을 거예요. 아마 옆집 사람조차 그녀의 얼굴을 모를 걸요."

"베라 씨가 어느 정도 오래 관계를 유지했던 남자는 없나요? 최근의 경우라면 더 좋고요."

"아뇨, 그런 얘기는 못 들었어요. 베라의 남자관계는 보통 원나잇스탠드로 끝났거든요. 절대 자신의 이름은 밝히지 않았고, 남자들의 이름도 다 알지는 않았을 거예요. 물론 직업도 밝히지 않았고요. 문패도 없잖아요. 이 이상은 저도 잘 몰라요."

"그럼 그런 남자들과는 주로 어디서 처음 만났나요?"

"바, 술집, 뭐 그런 데 아니겠어요?"

"한 가지만 더 여쭤볼게요. 집 안이 그다지 깨끗해 보이지 않던데, 베라 씨가 원래 좀 늘어놓고 사는 성격이었나요? 제 말을 오해하지 마시고……."

"아뇨, 베라는 어지르는 성격이 아니었어요. 오히려 그 반대였죠."

"일단은 이것으로 된 것 같습니다."

페트라 베스트팔이 막 차에서 내리려던 찰나, 율리아가 그녀를 멈춰 세웠다. "잠깐만요. 혹시 반 다이크, 클라이버, 마이바움, 바이트만, 카스너, 리히터라는 사람들을 아시나요?"

베스트팔은 잠시 생각하더니 고개를 가로저었다. "이름만 들어봤어요. 왜요?"

"그냥 한 번 여쭤봤어요. 감사합니다."

두 사람은 차에서 내렸고, 율리아는 다시 베라의 집으로 향했다.

그 사이 과학수사반, 사진사와 법의학연구소의 복 의사가 도착해서 프랑크와 함께 집 안에 들어가 있었다. 사진사는 현장을 녹화하는 중이었고, 복은 소파에 앉아있었다.

"정말 똥 밟은 꼴이군, 안 그렇소?" 그가 말했다. "이런 종류의 연쇄살인은 또 처음이오. 뭐 단서라도 찾았소?"

율리아는 고개를 가로저었다. "지금까지 알아낸 거라곤, 살해당한 여자들이 전부 전갈자리라는 것뿐이에요."

"뭐라고요?" 복은 율리아의 대답에 당황하며 물었다.

"별자리 말이에요! 피살자들은 전부 다 같은 별자리에 태어났고, 바늘도 그래서 있었던 거예요."

"아하. 그럼 당신들은 지금 아주 특이한 여성혐오자를 상대하고 있는 거군요. 별스러운 일이 다 있군요 그래."

"모르죠, 뭐."

사진사가 녹화를 끝내자, 복은 가방을 들고 침실로 들어갔다. 시체의 사후경직이 완전히 진행된 상태라, 복은 옷을 벗기는 데 진땀을 뺐다. 베라 역시 값비싼 검정 속옷을 입고 있었다. 속이 비치는 브래지어, 역시 비치는 팬티와 실크스타킹, 그리고 고정용 밴드. 복은 직장의 온도를 재고 약 2분 뒤 온도계를 다시 뺀 후, 녹음기를 꺼내 들었다.

"베라 코슬로브스키, 40세, 키 169센티미터, 체중 약 67킬로그램. 시반의 전이는 멈춘 상태이며 체온은 12시 5분 현재 26.2도, 사망추정 시각은 새벽 1시에서 3시 사이. 상완, 손목과 발목, 복부와 가슴에 혈종. 음순에는 금색 바늘이 꽂혀있고 유두가 잘려

나감. 질과 가슴 부위에 수많은 바늘 자국들. 외견상 성폭행의 흔적은 없음. 사망 직전 혹은 직후에 몸이 씻긴 것으로 보임. 부검을 위해 12시 20분에 법의학연구소로 이송.”

복은 녹음기를 끄고 재킷 주머니에 집어넣고는, 가방을 싸며 말했다. “자, 그럼 이 숙녀분의 속을 좀 열어봐야겠군요. 다른 여성들처럼 이번에도 별다른 걸 발견할 것 같진 않지만.” 그는 시계를 보았다. “하지만 난 우선 뭘 좀 먹어야겠소. 아침을 먹는 둥 마는 둥 했거든. 배가 불러야 칼질도 더 잘하는 법이라오.” 그는 씩 웃으며 덧붙였다.

“편하실 대로 하세요.” 율리아는 억지 미소를 지어 보였다. 그녀는 처음으로 부검에 참관했던 때를 떠올렸다. 그것은 형사경찰이 되려면 필수적으로 거쳐야 하는 과정이었는데, 당장 부를 의사가 없을 경우 시체의 시반 상태와 대략적인 사망 시각을 알 수 있어야 했기 때문이다. 당시 그녀는 경찰학교에 재학 중인 학생이었고, 그녀 외에도 서른 명 정도가 더 있었는데 그중 일부는 경험 많고 노련한 경찰들이었다. 그러나 시체의 배가 열리자마자, 이미 부검을 마친 수많은 시체의 냄새가 가득한 그 방은 거의 텅 비어버렸다. 오직 율리아와 다른 네 명의 동료만 끝까지 남아있었다. 율리아는 병리학자가 시체의 위를 끄집어내어 자르며 ‘아하, 이 여성은 사망 전에 꽤나 배불리 드셨나보군요’라고 말했던 장면을 결코 잊지 못할 것이다. 그러더니 병리학자는 지극히 평범한 빵칼처럼 생긴 나무 손잡이 칼을 들어서 위의 내용물 중 일부를 꺼내 자세히 들여다보며 말했다. ‘스파게티 같지 않아요? 뭐, 아닐 수도 있고. 누가 한 번 먹어보고 내 생각이 맞는지 알려줄래요?’ 그 순간에는 율리아 역시 속이 울렁거려서 토하지 않으려고 안간힘을 써야 했다. 하지만 그 이후로는 여러 번의 부검을 봐왔기에 더 이상은 냄새나, 병리학자들의 못된 농담 같은 것에 별 신경을 쓰지 않게 되었다.

"자," 율리아가 말했다. "그럼 저희는 어젯밤에 뭐 수상한 일은 없었는지 이웃들한테 물어보러 가봐야겠어요. 전화번호가 적힌 명함 같은 특별한 것을 발견하시지만 않는다면, 보고서는 천천히 주셔도 돼요." 그녀는 애써 미소 지으며 말했다.

"내일 아침에 형사님 책상에 대령해놓도록 하죠. 그럼 이만." 복은 이렇게 말하고는 가방을 들고 나갔다. 율리아와 프랑크는 과학수사반이 쳐놓은 출입금지선을 지나 이웃집을 하나씩 방문하기 시작했다. 하지만 수상한 것을 보거나 들었다는 사람은 아무도 없었다. 베라 코슬로브스키를 아는 사람 역시 거의 없었다. 단 두 명만이 그녀를 한두 번 봤다고 얘기했지만, 어젯밤에 본 건 아니었다.

두 형사는 실망감을 안고 차로 돌아갔다. "그 자식 이제 정말 살기가 극에 달했다고 내가 말했죠. 사흘 만에 여자 셋이라니." 율리아는 경찰청으로 가는 길에 말했다. 그녀는 베르거에게 전화를 걸어 베라 코슬로브스키의 생일과 출생지를 알려주며, 즉시 호적사무소에 연락해 베라의 생시를 조회해서 루트 곤잘레스에게 전달해달라고 말했다.

"아까 페트라하고는 무슨 얘기를 그리 길게 했어요?"

"그냥 베라에 대해 몇 가지 물어봤죠, 뭐. 덕분에 베라가 여러 남자를 끊임없이 만나왔다는 사실을 알게 됐어요. 아까 그 집은 오로지 남자를 들이는 용도로만 쓰이고, 실제 사는 집은 바트 조덴에 따로 있대요. 그래서 문에 문패도 없고요. 페트라 말로는 그 동네에서는 베라의 이름을 아는 사람이 없을 거래요. 너저분하게 해놓은 것도 일부러 그런 것 같아요. 그러면 거기 들어오는 남자들이 그녀가 돈이 없다고 생각할 거 아니에요. 눈속임인 거죠."

"하지만 범인은 그녀를 지목했어요. 그녀가 전갈자리라는 걸 알고 있었던 거죠. 그리고 어제 그 약속은 아마 범인과 만나기로 한 것이었을 수도 있고요."

"나도 잘 모르겠어요. 더 이상은 모르겠다고요." 율리아가 말했다. "모든 게 미스터리예요, 도무지 꿰뚫어볼 수 없을 만큼. 범인의 대략적인 윤곽조차 못 잡겠다니까요. 클라이버도, 반 다이크도, 아무도 아니에요. DNA분석을 해보고 싶어두 쓸 만한 지문이나 정액조차 없어요, 아무것도 없다고요! 그놈은 자기 자신이 얼마나 교활한지 알아요. 우리가 자기 계획을 알아채지 못했다고 확신하며 범행을 계속할 테죠. 그러다 언젠가는 결정적인 실수를 저지를 거고요. 그런데 그게 언제일까요?"

"모든 연쇄살인범은 언젠가 실수를 저지르게 되어있어요. 자기가 결정적인 실수를 범했다는 걸 확실히 알게 되는 날이 온다고요. 당신도 잘 알잖아요."

"물론 알죠. 그렇지만 범인을 잡을 때까지 프랑크푸르트에 사는 모든 전갈자리 여성들을 안전한 비밀장소에 데려다 놓고 싶은 심정이에요."

"꿈같은 얘기는 그만해요." 프랑크가 경찰청 안으로 자동차 핸들을 돌리며 말했다. "아직 할 일이 많다고요. 당신은 레벨한테 전화한다고 했고, 이따 나랑 같이 마이바움 집에도 들러야죠."

오후 1시 30분

그들은 계단을 올라 베르거가 기다리고 있는 사무실로 향했다.

"정말 거지 같은 일이군, 안 그런가? 방식은 같고?" 베르거가 물었다.

"왜 아니겠어요? 게다가 그 고귀하신 숙녀분께서는 아주 활발한 성생활을, 그것도 꾸준히 남자를 바꿔가며 하고 있었대요. 니더우어젤에 있는 집은 남자를 만나기 위한 집이었고요. 실제 사는 집은 바트 조덴에 있어요. 전 진즉 그럴 줄 알았어요. 성공한 여자한테는 전혀 안 어울리는 집이었거든요."

"그럼 그 남자들의 이름은?"

"몰라요. 그 여자는 바나 술집에서 남자를 데려와서는 통성명도 안 했대요. 어쩌면 스스로 가명을 썼을 수도 있죠. 이웃들도 아무것도 못 봤다고 했고요. 여전히 제자리걸음이에요. 반장님도 잘 아시겠지만, 이제 좀 있으면 기자들이 우릴 들들 볶을 거예요. 뭐, 그건 반장님 문제지만요." 율리아는 이렇게 말한 뒤 커피를 가지고 돌아와 베르거에게 물었다. "그 출생 관련 자료에 대해서는 조회가 진행 중인가요?"

"그럼, 아주 신속하게 처리했네. 15분 만에 전화를 세 통이나 했다니까. 그 곤잘레스라는 여자한테 다 전했고."

"그녀와 통화해보셨어요?"

"아니, 다른 사람이 했어. 자기가 자료를 평가해보고 연락하겠다고 했다더군."

"그렇군요. 저는 알베르츠 부인에게 전화해봐야겠어요."

율리아는 전화번호를 찾아 눌렀다.

"네, 여보세요?" 어린아이의 목소리였다.

"안녕, 뒤랑 형사라고 해. 알베르츠 부인과 통화할 수 있을까?"

"잠깐만요, 할머니를 모셔올게요." 율리아는 커피를 한 모금 마신 뒤 잔을 다시 책상 위에 내려놓았다. 수화기 너머로 발걸음

소리가 들렸다.

"알베르츠입니다."

"안녕하세요, 알베르츠 부인. 뒤랑 형사입니다. 여쭤볼 게 있어서요. 혹시 따님이 별자리 운세 같은 걸 본 적이 있나요?"

"그게 제 딸의 죽음과 무슨 상관이죠?"

"예, 아니오로만 대답해주세요. 그걸 알려주시면 범인을 신속하게 잡는 데 큰 도움이 될 겁니다. 부인께서도 범인이 하루빨리 죗값을 치르기를 바라시잖아요, 그렇죠?" 율리아는 눈알을 굴리며 씩 웃는 얼굴로 프랑크를 쳐다보았다.

"당연히 그렇죠. 네, 맞아요, 요안나가 점성가한테 간 적이 한 번 있었어요. 이름은 기억이 안 나지만, 쾨니히슈타인인가, 크론베르크에 사는 남자라고 했어요."

"확실합니까?"

"네, 확실해요."

"감사합니다, 알베르츠 부인. 정말 큰 도움이 되었어요."

율리아는 수화기를 내려놓았다. "쾨니히슈타인 아니면 크론베르크라." 그녀는 입술을 삐죽 내밀고는 다시 수화기를 들어 레벨의 번호를 눌렀다. 신호음이 다섯 번 울린 뒤 그가 전화를 받았다.

"레벨입니다."

"프랑크푸르트 경찰청의 율리아 뒤랑 형사입니다. 현재 저희가 수사 중인 살인사건과 관련해 개인적으로 만나서 얘기를 좀 나눴으면   ."

"형사라고요? 형사님이 저한테 무슨 볼일이 있으십니까?"

"방금 말씀드렸다시피, 얘기를 좀 나눴으면 합니다. 선생님이 아니라 선생님이 아실 수도 있는 사람에 관한 문제니 걱정은 하지 마시고요. 정확히 말씀드리자면, 저희는 선생님의 도움이 필요합니다. 그래서 오늘 댁으로 잠깐 들렀으면 하는데요. 언제 시간이 괜찮으실까요?"

"오늘이요?" 그는 머뭇거리다가 대답했다. "오늘은 이미 일정이 다 잡혀있어서 힘듭니다만, 시간이 얼마나 걸리는데요?"

"20분 정도면 됩니다."

"아, 그렇군요. 저는 한두 시간은 걸릴 거라고 생각했습니다. 2시 반까지 오실 수 있겠어요?"

"지금이 1시 반이니까……. 네, 한 시간 뒤에 찾아뵙겠습니다. 주소는 알고 있어요."

수화기를 내려놓은 율리아는 몸을 뒤로 기대로 두 눈을 감았다. 관자놀이 부근이 쿵쿵 뛰었고 속이 살짝 메스꺼웠으며 점점 더 소변이 마려웠다. 그녀는 자리에서 일어나며 말했다. "프랑크, 부탁인데 마이바움한테 전화 좀 해줘요. 레벨 집에 들렀다가 가면 될 것 같아요. 난 잠깐 화장실 좀 갔다가 뭘 좀 먹어야겠어요. 뱃가죽이 등에 붙을 지경이거든요." 가방을 들고 화장실로 간 그녀는 손과 얼굴을 씻은 뒤 립스틱을 덧바르고 머리를 빗었다. 피곤하고 배가 고팠다. 그녀는 뭘 좀 먹고 나면 피로와 두통이 사라져주기를 간절히 바랐다.

"마이바움 부인과만 통화했어요. 남편은 아직 학교에 있다는군요. 매주 수요일에는 4시경에 집에 돌아온대요. 여기 주소요."

"바로 이 근처네요. 자, 그럼 이제 뭘 좀 먹어야겠어요. 안 그러면 기분이 더 나빠질 것 같아요."

"어디로 갈까요?" 프랑크가 물었다.

"어디는 어디에요! 난 커리 소시지 하나랑 케첩을 잔뜩 뿌린 감자튀김이면 충분하다고요! 당장 위를 채우는 게 중요해요!"

"와, 정말 못 견디겠나 보군요. 이거, 나한테 총이라도 겨누기 전

285

에 서둘러야겠는데요." 그는 환하게 웃으며 말했다.

"이상한 소리 말고 이제 가요. 시간이 별로 없어요."

"반장님, 그럼 저희는 다시 나가봅니다." 프랑크는 이렇게 말한 뒤 사무실 문을 닫고 나왔다.

오후 2시 30분

식사를 하고 나자 율리아의 기분은 나아졌고, 지긋지긋한 두통도 사라져버렸다. 2시 반이 되기 조금 전, 그들은 레벨의 집에 도착했다. 프랑크는 초록색 BMW 5시리즈 차량 옆에 란치아를 세웠다. 입구 위쪽에는 비디오카메라가 설치되어 있었다. 프랑크가 초인종을 누르자, 레벨이 직접 문을 열어주었다. 그는 밝은색 바지에 남색 셔츠를 맨 윗단추 두 개를 풀어서 입고, 갈색 슬리퍼를 신고 있었다. 목에는 금목걸이, 왼쪽 손목에는 롤렉스 시계, 오른쪽 손목에는 금팔찌를 차고 있었다. 그의 머리는 마치 방금 미용실에 다녀온 듯 잘 손질되어 있었고, 두 눈은 날카로운 인상을 주었다. 율리아는 첫인상만으로도 그에 대한 잠정적 평가를 내릴 수 있었다. 거만하고, 독선적이고, 수상한 사람.

"아까 전화드렸었죠." 율리아가 말했다.

"들어오시죠, 그런데 아직 손님이 한 분 계셔서 잠시 기다리셔야겠습니다. 여기 잠깐 계시죠." 그는 고급 병원의 대기실과 비슷해 보이는 방을 가리켰다. 그가 문을 닫고 그의 방으로 들어가자 율리아가 말했다. "이상한 사람이에요. 저 사람이 하는 말을 곧이곧대로 믿어서는 안 돼요."

"그게 무슨 말이에요?"

"그냥 인상이 그래요. 그리고 나는 내가 느끼는 바를 믿어요."

"심리학자들은 원래 조금 특이하잖아요."

"저 남자는 심리학자가 아니라 비교도인지 뭔지 하는 사람이라고요." 율리아는 이렇게 말하며 주위를 둘러보았다.

프랑크가 말했다. "어쨌든 집 하나는 끝내주네요. 사람들이 이런 집을 살 만한 돈을 버는 걸 보면 항상 놀랍다니까요. 곤잘레스도 별자리 운세나 보면서 그런 괜찮은 집에 사니……."

"당신은 그런 얘기를 할 자격이 없어요! 당신과 나딘이 사는 집에 비하면 여긴 아무것도 아니라고요."

"그건 다른 문제예요. 나딘이 없었다면 난 여전히 바퀴벌레가 득실대는 그 코딱지만 한 집구석에 살고 있을 거라고요. 경찰 일을 해서는 결코 살 수 없는 집이죠. 뇌물을 받지 않는 한 말이에요. 하지만 뇌물 같은 걸 누가 받겠어요?" 그는 씩 웃으며 말했다.

율리아가 뭔가 말하려는 찰나, 문이 열리더니 볼에 홍조를 띤 한 젊은 여자가 나오고 뒤이어 레벨이 나왔다. 그는 허물없는 말투로 그녀에게 작별인사를 하며 다음 주에 다시 오라고 말했다.

"자, 이제 저는 준비됐습니다." 레벨은 냉정하게 말했다. "제 방으로 가세요. 자리에 앉아서 곧장 시작하도록 하죠. 시간이 별로 없어서요." 그는 보란 듯이 시계에 눈길을 던지며 책상 앞에 앉더니 파이프에 담배를 채우고 금색 라이터로 불을 붙였다.

"저희도 담배 좀 피워도 될까요?"

"재떨이는 여기 있습니다." 그는 다리를 꼬았고, 한 손으로는 파이프를 들고 다른 손은 바지 주머니에 집어넣고 있었다. "제가 뭘 해드리면 됩니까?"

"레벨 씨, 어제 저희는 여러 건의 살인사건과 관련하여 몇몇 사람을 만나 심문했습니다. 그러는 동안 레벨 씨 이름이 여러 번

287

언급되어……."

"제 이름이 살인사건과 관련해서요? 별일이 다 있군요……."

"일단 끝까지 들어주시죠." 율리아는 그의 말을 끊었다. "레벨 씨뿐만 아니라, 레벨 씨가 아실만 한 다른 몇몇 사람들의 이름도 언급되었습니다."

레벨은 파이프를 피웠다. "그게 누군지 여쭤봐도 될까요?"

"마이바움 씨, 클라이버 씨, 반 다이크 씨, 그리고 그 외에 몇 명이 더 있습니다. 레벨 씨를 비롯해 방금 말씀드린 분들이 주최하는 파티에 관해 궁금한 게 있는데요. 그런 모임들이 어떤 식으로 열리는지 말씀해주실 수 있나요?"

레벨은 담배연기 너머로 율리아를 바라보았다. 율리아는 그의 날카로운 눈빛이 그녀의 몸을 빠짐없이 훑고 있음을 느꼈다. 그녀는 그런 그의 행동을 머릿속에 든 수많은 작은 기억상자 중 한 곳에 잘 기록해두었다. 그의 도발적인 자세, 딱딱하고도 날 선 눈빛, 살짝 비스듬한 횡선처럼 생긴 얇은 입술은, 그렇지 않아도 안 좋은 그의 인상을 더욱 악화시키는 요인이었다.

그는 상대방을 깔보는 듯한 눈빛과 목소리로 말했다. "형사님, 그 모임에 대해 설명해드리는 건 전혀 어렵지 않습니다. 저는 1년에 한 번, 많아야 두 번, 초대받은 사람만 올 수 있는 파티를 엽니다. 예술가, 기업가, 문화계 인사 등이 주로 오는데, 물론 다른 사람을 동반하는 건 각자 마음이죠. 새로운 인맥을 만들거나 넓히기 위한 만남이며, 뷔페를 차려놓고 술도 마시고 당연히 음악도 듣습니다. 저 외에 아까 언급되었던 다른 사람들이 주최하는 파티 역시 별반 다르지 않고요. 정확히 뭘 알고 싶으신 건지는 잘 모르겠지만 말입니다."

"유디트 카스너라는 이름을 아시나요?" 이 질문을 하며 레벨을 주시하던 율리아는 그가 순간적으로 흠칫 놀라는 모습을 본 것 같았다.

"네, 압니다. 그런데 왜요?"

"얼마나 잘 아시죠? 파티에서 만나셨나요, 아니면 별자리 운세를 봐주셨나요?"

"파티에서 몇 번 보고 잠시 대화했을 뿐입니다. 그게 다예요."

"그럼 카롤라 바이트만은요?"

"알 수도 있고, 모를 수도 있을 겁니다. 지금은 잘 모르겠다고 말하는 게 맞겠군요." 순간 그는 뭔가 생각하는 듯하더니 고개를 끄덕였다. "잠깐만요, 바이트만 부부라면 당연히 압니다. 아주 친한 사이는 아니지만요. 여기저기서 마주친 적이 있고, 제가 연 파티에도 왔었죠. 아까 잘 모르겠다고 해서 미안합니다. 하지만 형사님은 그 부부의 딸아이에 대해 묻고 계신 거죠? 그 아이는 살해당하지 않았습니까?"

"맞습니다. 그럼 에리카 뮐러는요?"

"그 여자는 어떻게 됐는데요?"

"역시 살해당했습니다."

"저는 모르는 이름입니다."

"요안나 알베르츠는요?"

"한 번도 들어본 적 없어요. 그 여자도 살해당했나요?" 그는 지루하다는 듯 물었다.

"그렇습니다. 베라 코슬로브스키는요?"

"베라라면 물론 알죠. 우린 친한 사이였습니다, 형사님이 생각하시는 쪽으로 그랬던 건 아니고요. 설마 베라 역시 살해당했다고 말씀하시려는 건 아니겠죠?"

율리아는 그의 질문에는 아무 대답도 하지 않은 채 몸을 뒤로 기댄 뒤 가방에서 사진들을 꺼내 테이블 위에 펼쳐놓았다. 그러고는 하나씩 손으로 가리켰다.

"카롤라 바이트만, 요안나 알베르츠, 에리카 뮐러, 유디트 카스너입니다. 이 여자들을 보신 적이 있나요?"

레벨은 사진들을 흘긋 보았다. "유디트 씨는 정확히 기억나는군요. 하지만 다른 사람들은 정말 모르겠습니다. 파티를 열면 매번 제가 전혀 모르는 사람들, 제가 초대하지 않은 사람들도 많이 옵니다. 대부분이 초대받은 남자들을 따라온 여성들이죠, 무슨 말인지 아실 겁니다……. 이 사진들 중 유디트 씨 외에 다른 사람도 제 파티에 왔을 수 있지만, 저는 기억이 안 납니다."

"카롤라 바이트만 같은 경우는 이 집에 온 적이 있다는 말을 어제 들었습니다. 정말 기억이 안 나세요?"

율리아가 카롤라를 예로 든 것은 레벨의 반응을 시험하기 위한 것이었다. 순간 레벨의 눈빛이 번뜩였고, 율리아는 자신의 판단이 맞았음을 알 수 있었다.

"말씀드렸다시피 저는 초대장을 보내는 것뿐이지, 누가 이 집에 오느냐는 제 소관만은 아닙니다. 누굴 데리고 오느냐는 초대받은 사람들 마음이라고 말씀드렸잖아요. 이 젊은 여자도 아마 부모와 같이 왔겠죠. 하지만 정확한 건 저도 모릅니다."

"그건 제가 드린 질문에 대한 대답이 아닌데요. 그래서 이 젊은 여성을 아세요?" 율리아는 다시금 카롤라의 사진을 가리키며 레벨을 빤히 보았다.

레벨은 바지 주머니에 넣고 있던 손을 꺼내 코끝을 몇 번 문질렀다. '넌 거짓말을 하고 있어.' 율리아는 생각했다. '하지만 왜지? 뭘 숨기는 거야?'

"정말 우리 집에 왔다면 제가 기억을 못하는 거겠죠."

"어쩔 수 없죠. 그럼 다시 베라 코슬로브스키 일로 돌아가서, 그녀는 오늘 오전에 자신의 집에서 숨진 채 발견되었습니다. 그러니 현재까지 도합 다섯 명의 여자들이 사망했고, 그중 레벨 씨가 아시는 사람이 적어도 두 명이에요. 다른 세 명은 여기 오지 않았었다는 게 정말인가요?"

레벨의 입가에 슬쩍 조롱의 기색이 어렸다. "저한테 정말로 원하는 게 뭡니까? 지금 이 살인사건 중 저와 관련된 게 있다고 의심하시는 건가요? 단지 어쩌다 손님 몇 명을 집에 초대했다는 이유로?"

"레벨 씨, 그런 말씀 드린 적 없습니다. 그저 뭘 좀 여쭤보려는 것뿐이에요. 이 세 여자를 모른다고 하신다면, 저희도 그렇게 생각할 거고요."

"그럼 부탁이니 그렇게 해주시죠. 마이바움이나 클라이버, 아니면 반 다이크에게 가서 물어보세요, 이 여자들과 마주친 적이 있느냐고. 하지만 저는 이 사람들을 모릅니다. 봤는데 기억을 못하는 것일 수도 있고요."

율리아는 레벨이 거짓말을 하고 있다고 확신했지만, 어떻게 해야 그가 사실대로 실토할지 알 수 없었다. 그녀는 사진들을 도로 집어넣고 담배에 불을 붙였다.

"무슨 일을 하시는지 여쭤봐도 될까요?"

그 질문에 레벨은 정말로 자만과 독선이 뒤섞인 미소를 지어 보였다. "인생의 여러 가지 상황에 대해 사람들에게 조언을 해준다고나 할까요. 좌절감에 빠져 더 이상 어떻게 살아가야 하는지 잘 모르는 수많은 사람이 저를 찾아옵니다. 그럼 전 그들이 희망의 끈을 완전히 놓지 않도록 도움을 주고요."

율리아는 과장된 몸짓으로 보란 듯이 거만을 떠는 그의 말에 태연하게 반응했다. 전에도 그와 비슷한 사람들을 만나본 적이 있었기에, 이제 그런 것쯤은 아무렇지도 않았다. "그럼 심리학자이신가요?"

레벨은 긴장을 풀고 심각한 표정을 지으며 말했다. "심리학은 제가 하는 여러 가지 일 중 한 분야라고 하는 게 맞겠군요. 안타깝게도 여전히 심리학은 프로이트나 융에만 너무 집중하고 있어요. 이미 많은 사람이, 심리학적 조언이나 인생상담을 하는 데 있어서 고려할 만한 다른 뛰어난 심리학자와 분석학자도 많다는 사실을 다 알고 있는데 말입니다. 오감으로 설명할 수 없는 모든 것들은 비웃음을 당하고 마는 게 안타까운 현실이죠. 비교 분야도 역시 그렇고요. 설명할 수는 없지만, 우리에게 꼭 필요한 힘을 뿜어내는 것들이 아주 많이 존재합니다."

"그 비교 분야라는 건, 점성학이나 카드점, 손금 같은 건가요?"

"정확히 말씀드리자면, 저는 점성 · 심리학자입니다. 그런데 초심리학적 현상도 함께 다루는 거죠. 점성학은 제가 하는 일의 일부입니다. 형사님의 다음 질문에 미리 답을 드리자면, 제 고객들 대부분은 문화계, 경제계, 정치계 등 각 분야에서 내로라하는 유명인사들입니다. 아인트라흐트 프랑크푸르트(독일 프로축구리그인 분데스리가 소속 팀 —역주)나 프랑크푸르트 라이언스(2010년에 해체된 프랑크푸르트의 아이스하키 클럽 —역주)의 유명 선수들도 저에게 상담을 받기 위해 찾아오고요." 말을 멈춘 그는 파이프를 더 채운 뒤 불을 붙이고 충분히 연기가 날 때까지 파이프를 몇 번 빨았다.

"그럼 별자리 운세도 보신다는 거군요?"

"그렇다고 이미 말씀드린 것 같은데요."

"혹시 아까 언급된 여성들 가운데 레벨 씨에게 별자리 운세를 보려고 찾아왔던 사람은 없었나요?"

"베라 코슬로브스키 말고는 없었습니다. 물론 다른 사람도 왔을 수 있지만, 제가 그 모든 고객의 얼굴과 이름을 일일이 기억하고 있는 건 아니라서요. 단골들도 있지만 한 번 왔다가 다시는 오지 않는 사람들도 많으니까요. 그건 왜 물으십니까?"

"고객 차트 같은 건 없나요?" 율리아는 레벨에게서 눈을 떼지 않은 채 물었고, 레벨은 그녀의 눈빛이 슬슬 견디기 힘든 눈치였다.

"단골고객에 대한 기록은 있습니다만." 그는 재빨리 대답했고, 그런 섣부른 대답 때문에 율리아는 다시금 그가 거짓말을 하고 있거나, 적어도 뭔가를 숨기고 있다고 확신하게 되었다. "한 번 왔다가 6개월 내에 재방문하지 않는 사람은 기록에서 지워버립니다. 그런 사람들은 약속을 잡아놓고 왔다가, 돈만 내고 다시 돌아가는 식이죠. 혹시 몰라 드리는 말씀인데, 세무적으로 숨기는 건 전혀 없습니다. 소득세 신고도 나무랄 데 없이 잘하고 있고요. 그리고 설령 제가 기록하는 장부가 있더라도 그걸 보여드릴 수는 없습니다. 전 공식적으로는 심리학자로 등록되어있기 때문에 침묵의 의무를 지니까요. 아시겠죠?"

"하지만 누가 단골인지는 물론 아시겠죠?"

"그럼요. 여기 그 이름들이 다 담겨 있죠." 그는 이렇게 대답하며 컴퓨터를 가리켰다.

"한 시간 상담에 얼마인가요?" 그동안 내내 레벨을 자세히 관찰하고 있던 프랑크가 물었다.

"그건 고객이 어떤 걸 원하느냐에 따라 다릅니다."

"별자리 운세라면요."

"2백5십에서 4백 마르크 사이입니다. 범위에 따라 다르죠. 심리학적 조언은 별도로 계산되고요. 이제 궁금증이 해소됐나요?"

"아뇨, 아직입니다." 프랑크가 말했다. "제 생각에 우린 또다시 만날 일이 있을 것 같군요. 방금 생각이 났는데, 혹시 리히터 박사를 아십니까?"

레벨은 지루하다는 듯 어깨를 으쓱해 보였다. "네, 서로 아는 사이입니다만, 왜 그러시죠?"

"그냥요. 그럼 이만 일어나보겠습니다. 레벨 씨, 혹시 뭔가 또 생각나는 게 있거나 아까 그 여자들 중 누군가 기억나시면 저희에게 알려주십시오. 여기 제 명함입니다."

"아마 전화드릴 일은 없을 겁니다." 레벨은 경멸 어린 미소를 지으며 대답했고, 프랑크는 그를 한 대 후려갈기고 싶은 심정이었다. "나가는 길은 아시겠죠. 저는 곧 다음 고객이 올 예정이라 준비를 좀 해야 해서 말입니다. 안녕히 가십시오."

"분명 다시 뵐 날이 있을 겁니다, 레벨 씨." 율리아는 이렇게 대답하며 마지막으로 그를 뚫어져라 보았다.

두 형사의 뒷모습을 바라보던 레벨은 창가로 걸어가 그들이 차를 타고 출발하는 모습을 지켜보다가 수화기를 들고 전화번호를 눌렀다.

"이봐, 자네와 얘기를 좀 해야겠어. 그것도 오늘 당장."

"오늘은 도저히 시간이 안 나는데. 무슨 일인데 그래?"

"골치 아픈 문제가 생겼는데, 어떻게 해결해야 좋을지 모르겠어. 30분만 시간 좀 내줘."

"정말 시간이 없는데. 무슨 일인지 대충이라도 말할 수 없나?"

"전화로는 안 돼. 난 자네의 충고가 필요해."

"잠깐만 기다려보게, 금방 다시 전화하지."

레벨은 잠시 그대로 수화기를 손에 든 채 서 있었고, 그의 얼굴에는 사악한 미소가 어렸다. 잠시 후 수화기를 내려놓은 그는 보드카 한 잔을 따랐다. '넌 오게 될 거야.' 그는 이렇게 생각하며

보드카를 단숨에 들이켰다. '안 오면 내가 널 해치워주지.'

그가 보드카를 다 삼키기도 전에 전화벨이 울렸다.

"여보세요?"

"6시쯤에 자네 집으로 갈 수 있을 것 같아. 하지만 정말 딱 30분밖에 못 있네. 아내가 오늘 밤에 나간다고 해서."

"고맙네, 자네는 진정한 친구야." 레벨은 남몰래 사악한 미소를 지으며 말했다. "자네 같은 친구가 곁에 있어서 얼마나 다행인지. 자네가 아니었다면 연락할 사람도 없었을 거야."

"혹시 돈 문제야?"

"에이, 돈이라면 차고 넘치게 있지. 그건 아냐. 말했다시피, 자네 충고가 필요할 뿐이네. 그럼 이따 보자고. 정말 고맙네."

레벨은 상대방의 대답은 듣지도 않고 전화를 끊었다. 미소를 띠었던 그의 표정이 싹 굳어지더니, 그는 한 손으로 책상 위를 무섭게 쓸어버렸다. 종이들이 흩날리며 바닥으로 떨어졌다. 그의 내면은 마치 폭발하기 직전의 화산처럼 부글부글 끓고 있었다. 보드카를 또 한 잔 따른 그는 단숨에 그것을 마셨다. "망할 경찰 놈들!" 그는 씩씩댔다. "내가 본때를 보여주겠어! 그리고 너, 사실대로 말 안 하면 맹세코 가만히 안 둘 거야!"

오후 3시 10분

"그 자식 정말 밥맛이던데요." 프랑크는 프랑크푸르트로 돌아가는 길에 말했다. "클라이버랑 반 다이크는 그놈 집에서 열린 파티에서 카롤라 바이트만을 봤다고 얘기했는데, 어떻게 그놈은 카롤라를 모를 수가 있죠? 뭔가 이상해요. 뒤를 좀 캐봐야겠어요."

"나도 같은 생각이에요. 그 자식 행동하는 거 봤어요?" 율리아가 물었다. "얼굴색 하나 안 변하고 거짓말을 했지만, 몸짓에서 다 티가 났다고요. 이제 그 자식이 대체 어떤 놈인지 자세히 알아봐야겠어요." 그녀는 경찰청으로 전화를 걸었다.

"율리아예요. 방금 콘라트 레벨을 만나고 오는 길인데, 뭔가 수상한 놈이라 조사해봐야 할 것 같아요. 지금 당장 두 사람을 시켜서 그의 전과기록 등, 과거를 조사해주세요. 앞으로 며칠간 그의 집 앞에서 감시할 필요도 있을 것 같고요."

"혐의를 둘 만한 점이 있나?" 베르거가 물었다.

"카롤라 바이트만이 레벨 또는 마이바움의 파티에 나타난 적이 있다고 반 다이크와 클라이버로부터 분명히 들었는데, 레벨은 유디트랑 베라 외에 다른 여자는 모른다더군요. 게다가 제 직감에도 그는 분명히 수상하고요."

"그의 과거를 조사하도록 시키겠네. 뚜렷한 혐의가 없는 한, 감시는 무척 조심해서 해야 할걸세. 아니면 혹시 그가 이 사건들과 어떤 관계가 있다는 기미라도 있는 건가?"

"아뇨, 아직은 없어요. 하지만 프랑크도 저도, 그가 적지 않은 걸 숨기고 있다고 확신해요. 그게 뭔지 반드시 알아낼 거예요. 이 정도로 해두죠, 휴대폰이 울려서요."

율리아는 가방에서 휴대폰을 꺼내 받았다.

"곤잘레스예요. 보내주신 자료를 컴퓨터에 입력해 평가해보았어요. 이거, 정말 흥미로운 결과인걸요. 범인은 전갈자리만 노린 데서 더 나아가, 그중에서도 특정 상승점에 걸리는 사람들만을 대상으로 삼았더군요. 바로 사자자리요."

"잠깐만요, 그러니까 피살자들이 전부 상승점이 사자자리인 전갈자리라는 건가요?"

"네, 그래요."

"혹시 오늘 저녁 6시쯤 경찰청으로 와주실 수 있나요?"

"6시 15분이나 30분쯤까지는 갈 수 있을 것 같은데요. 그래도 괜찮은가요?"

"그럼요, 오실 때 그 평가지를 갖다 주세요. 그럼 이따 봬요."

율리아는 휴대폰을 다시 가방에 집어넣고 프랑크를 보았다. "당신도 들었어요?"

"그럼요. 아주 까다로운 친구군요……."

"열두 가지 별자리, 열두 가지 상승점이 있는데 그놈은 오직 똑같은 상승점을 가진 하나의 별자리만을 선택했어요. 사자자리와 전갈자리요. 무슨 얘기를 더 듣게 될지 벌써 기대되네요. 리히터한테도 빨리 이 소식을 알려야겠어요. 어쩌면 범인의 프로파일을 만드는 데 도움이 될지도 모르니까요." 그녀는 리히터에게 전화를 걸었고, 그는 진료 중이었다. 그녀는 짧게 용건만 말한 뒤 전화를 끊었다.

"그럼 이제 마이바움한테 가는 건가요?" 프랑크가 물었다.

율리아는 시계를 보고는 고개를 끄덕였다. "그래요, 가요."

오후 3시

리히터는 오늘 마리아 반 다이크 외에 다른 환자들의 예약을 취소했다. 그는 지치고 피곤했던 데다 두통까지 있었고, 정오쯤부터는 가벼운 메스꺼움까지 더해졌다. 그는 그 원인을 알고 있었는데, 그건 바로 클라우디아 반 다이크와, 어떻게 하면 그녀를 그의 삶에서 몰아낼 수 있을까 하는 고민이었다. 클라라는 어제 집에 들어오지 않았고, 그는 그녀가 누구의 침대에서 밤을 보냈는지 묻지 않았다. 오후 1시경 전화벨이 울렸지만 일에 몰두하느라 자동응답기가 대신 받도록 내버려두었다. 클라라였다. 그녀는 이자벨이라는 친구와 비스바덴에 놀러 갔다가 저녁때쯤 집에 들어오겠다고 메시지를 남겼다. 리히터는 이자벨이 누군지 전혀 알지 못했고, 그녀의 전화번호나 주소도 당연히 가지고 있지 않았다. 어쩌면 그런 친구는 아예 존재하지 않는지도 몰랐다. 하지만 그런 건 그의 관심 밖이었다.

그리고 지금, 마리아가 그의 앞에 서 있었다. 그녀는 오랜만에 기분이 무척 좋아 보였고, 리히터는 속으로 그 원인이 뭘까 생각했다.

"어제는 어떻게 지냈니?" 마리아가 자리에 앉자 그가 물었다.

"잘 지냈어요. 좀 이상한 일이지만, 예상보다 빨리 충격에서 회복된 것 같아요. 그리고 아빠와도 얘기했어요. 선생님께서 신경 써주시긴 했지만, 전 계속 집에서 살기로 마음먹었어요."

"정말 그러고 싶니?"

"네. 그래야만 제 문제를 확실히 파악할 수 있을 것 같아요. 이제 무슨 일이 있었는지 알았으니 생각도 더 분명하게 할 수 있겠죠. 당분간은 이대로 집에서 살래요."

"아버지는 뭐라고 하시든?"

"아빠는 제가 독립한다면 허락해주시겠대요. 그런데 왜 그런 생각을 하게 되었는지는 알고 싶어 하셨어요. 정확한 이유는 말씀 안 드렸거든요. 그랬다가는 아빠가 엄마를 죽이려고 들 걸요."

리히터는 웃었다. "내가 어제 너희 아버지한테 전화해서 미리 몇 마디 해뒀지. 단어 선택을 아주 신중하게 해서 말이야……"

그때 갑자기 마리아가 주제를 바꿔 심각하게 말했다. "어제 낮에 선생님 집에 경찰들이 왔었죠, 남자 한 명, 여자 한 명이요. 제가 나갈 때 마주쳤거든요. 그 사람들이 어제 오후에 아빠한테도 찾아왔었어요."

"그래서 아버지한테 뭘 물어봤니?"

"아빠가 아주 잘 알던 어떤 여자가 살해당했대요. 저도 알던 사람이에요. 근데 이상한 게, 아빠는 제가 엄마한테 그런 얘기를 할 수도 있다는 걱정은 전혀 안 하시는 거 있죠. 아빠가 그 여자랑 잤다는 것도 알고 있는데 말이에요."

"그래?" 리히터는 깜짝 놀라며 물었다. "그냥 좋은 친구 사이였을 수도 있잖아?"

"아니에요." 마리아는 웃으며 고개를 가로저었다. "그 여자는 아빠랑 그냥 알던 사이가 아니었어요. 겉보기에만 그랬죠."

"그럼 넌 그런 일에 대해 어떻게 생각하니?"

"아빠 인생인데요, 뭐. 게다가 저희 부모님은 몇 년 전부터 대화도 잘 안 하시는 걸요. 아무려면 어때요."

"그래서 아버지를 사랑하는 마음이 좀 덜해졌어?"

"아뇨, 왜요? 그래도 아빠는 아빠고…… 엄마 역시 애인이 여러 명 있는걸요. 하지만 저는 그런 데에 관심 없어요."

리히터는 화들짝 놀랐지만 겉으로 티를 내지는 않았다. '애인이 여러 명?' 클라우디아 반 다이크는 항상, 남편 말고는 그가 유일한 남자라고 말했었다. 그런데 지금 마리아는 자기 엄마가 여러 명과 정사를 벌였다고 말하고 있는 것이었다. 리히터로서는 클라우디아라는 여자를 점점 더 알 수가 없었다. '딴 놈들은 누구지? 내가 아는 사람들인가?' 클라이버, 레벨, 마이바움 등, 여러 명이 고려 대상이었지만 사실 클라이버는 제외해도 무방했다. 집에 그런 아내를 두고서 클라우디아와 굳이 만날 이유가 없지 않은가.

"오늘은 뭘 할까?" 리히터는 한시라도 빨리 주제를 바꾸고 싶은 마음에 마리아에게 물었다.

"사실은 아무것도 하고 싶지 않아요. 지금은 제 과거에 대해 생각하고 싶지 않거든요. 어젯밤에는 정말 많은 생각과 기억이 머릿속을 맴돌았지만, 이제는 그 모든 것이 금방 물러가 버린다는 걸 알아요. 그 악마들은 언젠가 사라질 거예요. 제가 다 몰아낼 거거든요." 마리아는 마지막 말을 하며 매력적인 미소를 지었다. 그녀의 에메랄드 빛 눈동자는 그 어느 때보다도 반짝였다.

"어제 저는 8년 만에 처음으로 다시 욕조에서 목욕을 했어요. 상상이 되세요? 이제 더 이상은 물이 무섭지 않다니까요. 욕조에 앉아서 문을 잠그고 물을 받았어요. 적어도 한 시간은 그 안에 있었던 것 같아요. 엄마는 애인과 즐기러 간 건지 또 나가셨고, 아빠는 친구를 만나러 가셔서 저 혼자 집에 있었어요. 기분이 얼마나 좋았는지 몰라요. 무거운 짐을 내려놓은 것 같다고나 할까요. 상상이나 할 수 있으세요? 제가 물을 무서워하지 않는다니까요!"

"나도 기쁘구나. 정말이야. 그래도 치료를 빼먹으면 안 되지. 유년기나 청소년기에 그렇게 심각한 정신적 외상을 갖게 되어 그것을 무의식 깊숙이 숨겨놓고 있던 환자들은, 대부분 기억이 돌아온 뒤에는 굉장한 불쾌감 또는 해방감을 느끼곤 해. 하지만 그런 해방감은 보통 그 수명이 아주 짧단다. 그러니까 우리는 모든 게 안정될 때까지 앞으로도 계속 같이 노력해야 해. 내 말이 무슨 뜻인지 알겠니?"

"알 것 같아요. 제가 아직 완전히 낫지 않았다는 거잖아요. 이렇게 빨리 끝나는 거였다면 저도 놀랐을 거예요."

"그래, 맞아. 원하는 대로 그렇게 빨리 끝나지는 않는단다. 하지만 이제부터는 지금까지에 비하면 잡무를 처리하는 정도라고 할 수 있지. 네가 말했다시피 우리는 함께 악마를 몰아내는 거야. 지난 수년간 네 정신은 그런 무거운 짐을 지고 있었기 때문에, 이제 무엇보다도 과거를 세세히 되돌아보고, 네가 했던 모든 경험을 네 인생의 일부로 여기고, 차차 평정심을 되찾아가는 게 중요해. 또 한 가지 중요한 건, 스스로 네 과거에 집중하는 거야. 앞으로 최면술을 대여섯 번 더 하고 대화를 통한 치료를 하고 나면, 그땐 진짜 해방되는 거지……."

그때 전화벨이 울렸고, 리히터는 전화를 받았다. 범인의 프로파일을 만드는 데 중요한 정보를 전해주려는 율리아의 전화였다. 리히터는 그녀의 말을 메모해 서류들 사이에 끼워둔 뒤, 다시 마리아 쪽을 보았다. 그녀는 막 자리에서 일어나고 있었다.

"리히터 박사님, 죄송하지만 오늘은 친구 집에 가서 아무것도 하지 않고 수다만 떨고 싶어요. 박사님께 잠깐 들러서 지난 몇 년 간 이런 적이 없을 만큼 기분이 좋다는 걸 말씀드리고 싶었어요. 대신 다음 치료 약속은 잡고 갈게요."

리히터는 미소 띤 얼굴로 고개를 끄덕이며 일정표를 집어 들었다. "오늘이 수요일이지. 월요일 2시에 괜찮니?"

"그럼요."

"잠깐, 처방전을 써주마. 갑자기 기분이 안 좋아지거나 하면 당장 전화하렴. 약 먹는 것 잊지 말고. 당분간은 계속 먹어야 해."

"잊지 않을게요. 다시 한 번 감사해요. 그럼 월요일에 뵐게요. 안녕히 계세요."

리히터는 책상 앞에 앉은 채 몸을 뒤로 기대고 의자를 빙 돌려 창밖을 바라보았다. 두통과 메스꺼움이 그를 괴롭혔다. 범인의 프로파일을 만드는 것이 예상보다 어려웠고, 무엇보다도 클라우디아 반 다이크에 관한 일이 가장 큰 문제였다.

아직도 긴 하루가, 그리고 아마도 그보다 더 긴 밤이 남아있었다. 그는 살해당한 여성들의 사진을 펼쳐놓았다. 그중 셋은 그가 개인적으로 알던 사람들이었다. 예전에 딸이 사망한 뒤 그를 찾아와 자신의 고통과 좌절감을 털어놓았던 일로나 바이트만을 그는 기억했다. 하지만 그녀는 놀라울 정도로 빠르게 슬픔에서 헤어 나와 언제 그랬냐는 듯 본래 모습으로 돌아갔다. 카롤라의 의미 없는 죽음을 되돌릴 수는 없는 일 아니냐고, 그녀는 말했었다. 리히터는 범인이 어떤 성격을 지니고 있는지, 또 무엇이 그로 하여금 그런 행동을 하게 만드는지에 대해 어느 정도 예감은 했지만 아직 정확한 그림을 그리지는 못하고 있었다.

현재 그가 확신할 수 있는 것은, 범인이 상승점이 사자자리인 전갈자리 여성으로부터 어떤 해를 입었으리라는 것뿐이었다.

그때 창밖 테라스로 작은부리울새 한 마리가 휙 날아와 당돌한 눈빛으로 그를 쳐다보는가 싶더니, 곧 다시 휙 하고 날아가 버렸다. 리히터는 마음을 진정시키고, 클라우디아에 대해 생각하지 않으려 애썼다. 그러나 그는 자신이 지금 얼마나 난처한 상황에 처해있는지 잘 알고 있었다. 카드패를 손에 쥐고 있는 것은 그녀였고, 따라서 그녀는 아무 손해도 안 보고 그를 파괴시킬 수 있었다. 하지만 이런 상황에서도 그는 그녀를 자신의 인생에서 몰아낼 방법을 찾아야 했고, 또 반드시 찾을 터였다. 자리에서 일어난 그는 코냑병과 유리잔을 가져와 테이블 위에 놓고는, 담배에 불을 붙여 깊이 들이마신 뒤 연기를 폐 속에 한참 머금고 있다가 다시 코로 내뿜었다. 그런 뒤 잔에 술을 반쯤 채워 단숨에 입안으로 털어 넣었다. 그제야 속이 좀 편안해지는 기분이었다.

오후 4시 5분

마이바움의 집 앞.

마이바움은 프랑크푸르트 대학교에서 얼마 떨어져 있지 않은, 보켄하임에서 가장 좋은 동네에 살고 있었다. 차고 앞에는 파란색 벤츠와 빨간색 오펠 아스트라가 서 있었다. 두 형사가 막 차에서 내리려던 찰나, 베르거에게서 연락이 왔다.

"방금 알베르츠 부인에게서 전화가 왔었네. 아까부터 쭉 그 점성가 얘기가 머릿속을 떠나지 않더니, 결국 이름이 생각났다더군. 누군지 맞춰보겠나?"

"레벨이요?" 율리아는 그다지 놀라지 않고 물었다.

"빙고. 바로 맞췄어. 게다가 그에 대한 놀라운 사실 한 가지도 알게 되었네. 한 젊은 여성을 수차례 성폭행한 죄로 1년간 복역한 적이 있더군."

"그게 언제예요?"

"13년 전이야."

"한참 됐네요."

"그게 무슨 상관이야. 그놈을 불러서……."

"아니, 아직 안 돼요. 일단 좀 기다려보세요. 요안나의 별자리 운세를 봐줬다고 해서 그녀를 죽인 범인이라고 단정 지을 수는 없어요. 게다가 요안나가 그를 딱 한 번 만났을 뿐이라면……. 만일 그가 다른 여자들과도 알던 사이였다면 그때는 족쳐봐야겠지만, 여전히 우리에게는 아무런 증거가 없다고요. 범인은 증거를 남기지 않았으니까요. 그놈이 안전하다고 믿게 만들어야 해요. 우리가 그에게 대항해 아무것도 못 한다고 생각하도록 말이에요."

"지금 어딘가?"

"마이바움의 집 앞이에요. 몇 가지만 물어보고 곧 갈게요. 이따 저녁에 곤잘레스가 피살자들의 별자리 운세 결과를 가지고 온다고 했으니 오늘은 야근해야 할 것 같네요. 페터와 귀틀러, 빌헬름도 남아있어야 해요."

"그렇게 전하지."

마이바움이 직접 대문을 열어주었다. 중간 정도의 키에 마른 체형인 그는 니켈 테 안경을 코 위에 걸치고 있었으며, 머리 양옆을 제외하고는 머리카락이 다 빠진 모습이었다. 율리아는 그가 50대 초중반 정도 되리라고 생각했다. 그는 양복에 흰색 셔츠와 넥타이를 차려입고, 이탈리아산 구두를 신고 있었다. 율리아는 그에게 신분증을 내밀었다.

"율리아 뒤랑 형사입니다. 여긴 제 동료인 프랑크 헬머 형사고요. 마이바움 학장님 되시죠?"

"네, 그렇습니다만?" 그는 체구와 전혀 어울리지 않게 깊고 울림이 큰 목소리로 물었다. 불친절하다기보다는 의심을 갖고 삼가는 모습이었다.

"잠시 들어가도 될까요?" 율리아가 물었다.

"실례지만 무슨 일 때문에 그러시는지요?"

"몇 가지 여쭤보고 싶은 게 있어서요. 가능하면 다른 사람들이 없는 곳에서 말씀드리고 싶은데요."

"경찰에서 무슨 일로 저를 찾아오셨는지 모르겠군요. 일단은 들어오시죠. 제 서재라면 아무도 방해할 사람이 없을 겁니다." 그는 앞장서서 복도를 따라 걸어 들어가, 어두운색의 육중한 가구들로 꾸며진 방으로 들어갔다. 그의 조부에게서 물려받았음직한 고풍스러운 그 방에는 책이 빼곡히 들어차 있었으며, 방 한가운데에는 큼지막한 책상이 살짝 비스듬하게 놓여있었고 작은 테이블 주위에는 의자 세 개가 놓여있었다.

마이바움은 별다른 말도 없이 그들을 찬찬히 훑어보며 책상 앞에 앉았다.

"좀 앉아도 될까요?" 프랑크가 물었다.

"그러시죠." 마이바움은 의자를 가리켰다.

"마이바움 학장님, 당신은 프랑크푸르트 대학의 학장이시죠?"

"그걸 알아내셨다니, 축하합니다. 형사님들께는 그리 어려운 일도 아니었을 테죠, 아닌가요?" 그는 빈정대는 듯한 말투로 말했다. 율리아는 순간 그의 눈빛이 번뜩이는 것을 보았으나, 그의 말에는 아랑곳하지 않고 곧장 다음 질문으로 넘어갔다.

"저희는 연쇄살인사건을 수사 중입니다. 피살자들 가운데 한 명이 유디트 카스너라는 여성이에요. 혹시 그녀를 아시나요?"

마이바움은 안경테 너머로 율리아를 보며 어깨를 으쓱했다. "알아야 하나요?"

"유디트 씨의 컴퓨터에서 학장님의 전화번호를 찾았습니다. 그리고 유디트 씨가 학생 신분으로 학장님이 주최하신 다양한 파티의 손님이었다는 것도 알게 되었고요."

책상 앞에 웅크리고 앉아있던 마이바움은 순간 몸이 얼어붙은 듯 아무 표정도 짓지 않고 있었다. 그는 눈을 몇 번 깜빡거리고는 다소 당황한 듯 대답했다. "그래요, 유디트를 압니다. 아니, 알았다고 하는 편이 맞겠군요."

"얼마나 잘 아는 사이셨나요?"

"내가 그 살인과 관련해서 무슨 혐의라도 받고 있는 겁니까?"

"저는 단지 학장님이 유디트 씨와 얼마나 친한 사이였는지 여쭤본 것뿐입니다. 이제 대답해주시죠."

"유디트와 아는 사이였다고 말씀드렸습니다. 그 이상은 말하지 않겠습니다."

"원하는 대로 하세요. 하지만 그러면 학장님을 경찰청으로 소환해 지금보다 훨씬 더 불편한 환경에서 심문할 수도 있습니다. 그걸 원하시는 건 아니겠죠?"

마이바움은 갑자기 웃음을 보이더니 고개를 가로저으며 말했다. "물론 아닙니다. 좋아요, 유디트는 우리 집에서 파티가 열릴 때면 가끔 오곤 했습니다. 그게 무슨 문제가 되는 건 아니겠죠?"

"그건 아닙니다. 다만 이게 좀 예민한 문제라서요. 저희는 학장님의 전화번호를 어떤 목록에서 찾았는데, 그 목록은 유디트 씨가 매춘부로 일할 당시 고객들을 적어놓은 것이었거든요. 이에 대해 하실 말씀 있으세요?"

순간 마이바움의 얼굴에서 조금 전의 밝은 미소가 싹 사라지더니, 우울한 표정이 어렸다. 그는 아무런 대답도 하지 않았다.

"학장님은 유디트 씨의 고객이셨나요?" 율리아는 아까보다 더 날카로운 말투로 물었다.

"그렇기도 하고 아니기도 합니다." 마이바움은 불안한 듯 의자를 앞뒤로 흔들며 대답했다. "한편으로는 고객이라고 할 수도 있지만, 다른 한편으로는 아니죠."

"학장님, 그렇게 빙 둘러 말씀하시지 마세요. 저희도 이런 말장난으로 허비할 시간은 없으니까요. 유디트 씨와 성관계를 가지셨나요?"

"아뇨. 난 그녀의 고객이긴 했지만 그녀와 관계를 가지지는 않았어요. 나도 원하긴 했지만……."

"잠깐만요, 고객이긴 했지만 관계는 없었다고요? 그게 대체 무슨 말씀이세요? 유디트 씨가 학장님을……?"

마이바움은 잠시 말없이 율리아를 바라보다가 말을 이었다. "형사님, 잠시 동료분과 둘이서만 이야기해도 될까요?"

"그럼요. 그동안 저는 어디 있으면 될까요?"

"거실로 가서서 제 아내와 몇 마디 나누고 계세요. 오래 걸리지는 않을 겁니다. 부탁입니다만, 아내에게는 제가 유디트와 사제지간, 혹은 파티의 주최자와 손님 이상의 관계였다는 사실은 말하지 말아 주십시오."

자리에서 일어난 율리아는 사진이 든 봉투를 프랑크에게 건네며 고개를 한 번 끄덕인 뒤 방에서 나갔다.

"프랑크 형사님, 제가 남자 대 남자로 대화를 청한 데에는 그럴 만한 이유가 있습니다." 마이바움은 양팔을 책상에 괸 채 두 손을 모으고 손가락으로 코를 만지작거렸다. 그러고는 마치 적당한 말을 찾으려는 듯 두 눈을 지그시 감았다. 얼마 후 그는 마침내 입을 열었다. "여자는 몰라도 되는 문제들이 있는 법이죠. 저 형사님에게 나중에 말씀하셔도 상관없습니다. 그때는 제가 옆에 없을 테니까요. 제가 유디트에게 가끔 찾아갔던 건 맞습니다. 다만 성관계를 맺은 적은 한 번도 없었는데……." 그는 다음에 무슨 말을 하는 게 좋을지 곰곰이 재보는 듯 말을 멈추었다.

프랑크가 물었다. "왜 없었죠?"

"제가 성불구자이기 때문입니다." 프랑크를 똑바로 보는 마이바움의 눈빛은 일순간 한없이 슬퍼 보였다. 그는 한숨을 내쉬며 몸을 뒤로 기댔다. 그러고는 자기 손을 바라보며 말을 이었다. "저는 더 이상 남자라고 할 수 없고, 아마 앞으로도 그럴 겁니다. 여자와 잔 지 5년이나 되었죠. 여태껏 아무도 그 원인을 찾을 수 없었습니다. 다들 그게 제 머릿속에서 일어나는 일이라고 말할 뿐이었지만 제가 아무리 노력을 해도……, 발기가 안 되는 겁니다. 정말 슬픈 일이지요. 심지어 유디트 같이 매력적인 여자 앞에서도 말입니다. 저는 물론이고 제 아내까지도 이 일 때문에 얼마나 힘들었는지 모릅니다. 대학에서 매일같이 예쁜 여자들과 마주치는데도 제 아랫도리에는 아무런 감각도 없단 말입니다. 말 그대로 고자죠." 바닥을 응시하는 그의 입가가 씰룩였다. "신체적으로는 아무런 문제가 없다고, 의사들이 그러더군요. 아침에 일어났을 때 발기가 되는 한 신체적 결함 때문이 아니라 정신적인 문제가 있는 거라고요. 그 말이 맞는 게, 저는 아침에 몇 번 아내와 시도를 했었습니다. 번번이 실패하고 말았지만요."

"그런데도 왜 유디트 씨를 찾아가셨던 겁니까?"

"다른 여자들과는 다르게 유디트는 날 존중하고, 배려하고, 이해해주었기 때문입니다. 그것도 아주 뛰어나게요. 그녀 이전에 만났던 다른 여자들은 날 비웃었지만, 그녀만은 그렇지 않았고 날 남자로 봐주었어요. 그녀 외에 나를 남자로 봐주는 사람은 단 한 사람, 제 아내뿐이죠." 그는 고개를 가로저으며 터져 나오려는 눈물과 씨름하고 있었다. "곧 제 아내를 만나면 아시겠지만, 젊고 매력적이라 남자들이 줄을 설 만한 여자예요. 그런데도 그녀는 저밖에, 이 무능한 성불구자밖에 모르죠. 이런데도 아직 제 곁을 떠나지 않고……. 이만 해둡시다. 중요한 일도 아니니." 그는 아랫입술을 깨물며 절망적인 표정을 지었다. "하지만 제 아내는 아무리 남자들이 줄을 선다고 해도, 섹스 없이도 잘 살 수 있다며 제 곁을 끝까지 지킬 겁니다. 저는 아내가 다른 곳에서 육체적 만족을 얻고 있다는 사실을 알지만 그 정도는 제가 눈감아줘야 할 일이죠."

"부인은 나이가 어떻게 되십니까?"

"서른여덟입니다. 그것보다 훨씬 어려 보이지만요. 사람들은 제 아내를 30대 초반 정도로밖에 안 봐요. 친정 식구들이 다 동안이라 그렇죠. 저는 마흔일곱인데도 예순 살은 되어 보이는 데⋯⋯."

"아닙니다, 학장님. 전혀 그렇지 않습니다." 프랑크는 마이바움이 많이 먹어봐야 쉰 살 이하라고 생각하던 터였다. "그런데 한 가지 궁금한 점이 있습니다. 유디트 씨가 학생이면서 매춘부로 일하고 있다는 사실을 처음 아셨을 때 어떤 생각이 드셨나요? 충격받지 않으셨습니까?"

"솔직히 말씀드리면, 그렇지 않았습니다. 이런 제 대답에 놀라실지도 모르지만 저는 전혀 충격받지 않았어요. 오히려 반대로 그녀라면 성공할 수도 있겠다는, 이 빌어먹을 골칫거리를 없애버릴 수 있겠다는 희망에 부풀었었죠. 그녀는 계속해서 시도했지만 문제는 없어지지 않았고요. 결국 저는 그저 대화를 하기 위해 그녀를 찾아갔습니다. 그녀는 저를 비웃지 않고 제 말에 귀 기울여주었죠."

"그 대화를 위해 돈을 지불하셨다고요?" 프랑크는 의심스러운 듯 물었다.

"프랑크 형사님, 형사님은 남자 구실도 제대로 못하면서 욕정을 느낀다는 게 어떤 건지 절대 모르실 겁니다. 제가 그래요. 전 제 아내에게 욕정을 느끼고, 유디트 카스너에게도 그랬습니다. 그녀의 몸속으로 밀고 들어갈 수만 있다면 얼마나 좋을까 항상 상상했어요. 하지만 이 축 늘어진 것 때문에 아무것도 못했죠." 그는 쓴웃음을 지으며 덧붙여 말했다. "그리고 진심으로 말씀드리는데, 유디트와 함께 보낸 시간들은 충분히 돈을 지불할 가치가 있었습니다. 물론 대화만 하기보다는 잠자리를 했다면 더 좋았겠지만요. 하지만 이제는 대화조차 할 수 없게 되어버렸군요." 그는 말을 멈추고 눈물을 훔치며 훌쩍거렸다. "이것 참, 이제 형사님은 제 문제가 뭔지 아셨겠죠."

"학장님, 정말 죄송합니다만 몇 가지 질문을 더 드려야겠습니다. 혹시 카롤라 바이트만이란 이름을 들어보셨습니까?"

마이바움은 고개를 끄덕였다. "그럼요, 바이트만 가족이야 잘 압니다. 그 집 딸한테 그런 일이 일어나다니, 정말 끔찍하지 뭡니까. 바이트만 가족과 저희 가족은 서로 친구 사이입니다. 그런데 그건 왜 물으시죠?"

"또 어떤 친구분들이 계십니까?" 프랑크는 마이바움의 질문에는 아무 대답도 하지 않고 다시 물었다.

"친구라!" 마이바움은 냉소적인 웃음을 터뜨렸다. "아는 사람들은 많지만, 그들을 친구라고 표현하고 싶진 않군요. 방금 바이트만 가족과 저희 가족이 친구 사이라고 한 것도, 속을 다 털어놓을 수 있는 사이라는 말은 아니었습니다. 지인이라는 표현이 더 맞겠군요. 하지만 물어보셨으니 말씀드리죠. 소위 친구인 사람들로는 막스와 비올라 클라이버, 올리버 반 다이크와 그의 아내 클라우디아, 콘라트 레벨, 알프레드 리히터와 그의 젊은 아내 클라라, 베라 코슬로브스키, 자네트 리버만 등이 있습니다. 이게 왜 궁금하십니까?"

"베라 씨도 지난밤에 살해되었습니다……."

"어떻게 그런 일이!" 마이바움이 소리쳤다. "대체 지금 이 도시에서 무슨 일이 일어나고 있는 겁니까?"

"저희도 그걸 알아내려고 노력 중입니다. 에리카 밀러라는 이름도 아십니까?"

마이바움은 잠시 생각하다가 고개를 가로저었다. "모릅니다."

"요안나 알베르츠는요?"

역시 모른다는 대답.

"알겠습니다. 이제 제가 사진 몇 장을 보여드릴 텐데요, 어쩌면 아시는 얼굴이 있을지도 모르겠습니다."

프랑크가 책상 위에 사진들을 펼쳐놓자, 마이바움은 몸을 숙여 그것들을 들여다보았다. 그러고는 카롤라 바이트만과 유디트 카스너를 지목했다.

"이쪽이 유디트입니다. 그리고 이 젊은 여자는 바이트만 집안 딸이고요. 하지만 다른 두 여자는……." 그는 사진들을 보며 고개를 갸웃거리더니, 얼마 후 요안나 알베르츠의 사진을 가리키며 말했다. "한 번쯤 본 것 같긴 한데, 어디서 봤는지는 전혀 모르겠습니다. 그저 제 착각일 수도 있고요. 매일 하도 많은 얼굴들과 마주하는 데다, 그런 파티에서 만난 사람들의 얼굴을 다 기억하기란 거의 불가능하죠. 딱 한 번 본 사람도 있고 몇 번 본 사람도 있지만, 대부분은 이름도 대기 힘들어요."

"그래도 이 여성을 아신다면, 학장님께서 파티를 여셨을 때 만났을 확률이 높겠죠?" 프랑크가 물었다.

마이바움은 한숨을 내쉬었다. "그렇죠. 초대받은 사람과 함께 온 경우라면요. 하지만 정말이지 확실치는 않습니다. 제 착각일 수도 있으니 모른다고 하는 편이 낫겠어요. 이 사진들을 제 아내에게 보여주시죠. 기억력이 정말 좋거든요. 한 번 봤던 얼굴은 절대로 잊지 않아요."

"부인께서도 유디트 씨에 대해 아십니까?"

"맙소사, 당연히 아니죠! 아내 앞에서 안 서던 게 다른 여자 앞에서 섰다면, 그게 아내에게 얼마나 수치스러운 일이겠습니까. 아내가 절대 알아서는 안 됩니다. 부디 여형사님이 아내와 그런 얘기를 안 하셨기를 바랄 뿐입니다."

프랑크는 고개를 가로저었다. "절대 그런 일은 없을 거라고 제가 장담합니다. 저희가 이제까지 심문했던 남성분들 모두가, 자기 아내는 유디트 씨에 대해 모른다고 했거든요. 그리고 중대한 혐의가 없는 한, 저희가 부인에게 그런 사실을 알릴 이유는 없습니다. 그러니 아무 걱정 마십시오."

"다행이군요. 그럼 이 사진들을 보여주실 때, 유디트는 그냥 학생이고 우리 집에서 열렸던 파티에 몇 번 왔었다는 말을 들었다고만 해주세요. 제 아내도 그 정도는 아니까요. 유디트는 우리 집에서 연 파티뿐만 아니라 다른 집에서 연 파티에도 왔었어요. 클라이버, 반 다이크, 리히터, 레벨…… 사실 그녀는 파티 때마다 흔하게 볼 수 있는 손님이었죠. 제 생각에 그녀는 파티에서 다양한 인맥을 쌓았던 것 같아요."

"한 가지만 더 여쭙겠습니다. 레벨 씨는 어떤 분인가요?"

"왜 지금 그런 걸 물어보시는지는 모르겠지만, 그와 관련된 일이라면 부디 저는 빼주십시오. 물론 그가 누군지, 뭐 하는 사람인지는 압니다. 하지만……."

"하지만?"

"그는 정말 괴짜예요. 한편으로는 모르는 게 거의 없을 정도로 아주 지적이고 박식하죠. 오감으로는 느낄 수 없는 모든 분야를 다루는데, 비교와 경계 학문, 점성학, 카드점 등을 두루 섭렵했어요. 사실 저와 제 아내도 그에게 점성학적 조언을 구하곤 했었죠. 제가 그를 마지막으로 본 건 3주 정도 됐고, 아내는 일주일에 한 번씩 조언을 얻으러 크론베르크에 있는 그의 집으로 갑니다." 그는 말을 멈추고 생각에 잠긴 얼굴로 프랑크를 보더니 다시 입을 열었다. "방금 말씀드린 건 레벨의 한 단면이었습니다. 이제 부정적인 측면을 말씀드리죠. 그는 자기 행동을 제어하지 못하는 경향이 있어요. 저도 한 번 봤습니다. 그가 통화하고 있을 때였는데, 평소와는 전혀 다른 모습을 보이더군요. 그리고 누군가가 말하길, 어떤 상황에서는 그가 심지어 신체적 폭력도 불사한다더라고요. 저도 들은 얘기라 맞는 말인지는 모르겠습니다."

"누구에 대한 신체적 폭력 말씀이십니까? 여자들이요?"

마이바움은 머뭇거렸다. "네, 하지만 그건 소문일 뿐입니다. 여자 문제가 있다는, 더 정확히 말하자면 여자에 관한 일로 어떤 문제를 가지고 있다는 소문이요. 부디 그에게는 제가 이런 말을 했다는 얘기는 하지 말아 주십시오."

"그럼요, 이 얘기는 당연히 저희만 알고 있을 겁니다. 이제 부인과 율리아 형사에게로 갈 텐데, 그 전에 한 가지만 더 여쭤보겠습니다. 유디트 씨와는 언제부터 가깝게 지내셨습니까?"

마이바움은 잠시 생각에 잠겼다가 입을 열었다. "작년 8월부터였습니다. 저희 집에서 매년 여는 정원 파티에서 그녀와 친해졌죠. 그때까지는 그녀가 우리 학교 학생인 것조차 몰랐습니다. 학생들 전부를 개인적으로 알 수는 없으니까요. 그래요, 바로 그때부터 모든 게 시작됐어요. 안타깝게도 우리 사이는 일종의 우정이었을 뿐이지만. 하긴 그 이상의 관계로 발전되어서는 안 됐죠. 믿으실지 모르겠지만 아내를 속이는 일은 하고 싶지 않았으니까요. 저는 그저 제가 아직 진정한 남자인지를 알고 싶었을 뿐입니다……. 이제 제 아내에게로 가시죠. 어쩌면 더 많은 걸 알게 되실지도 모르니까요."

그들은 자리에서 일어나 복도를 건너 거실 반대편으로 갔다. 율리아와 카르멘 마이바움이 조용히 대화를 나누는 중이었다. 두 남자가 들어오자 그들은 고개를 들었다. 카르멘 마이바움은 남편의 말대로 정말 동안이었다. 빛나는 파란색 눈과 상냥하고 밝은 표정으로 두 남자를 쳐다보는 그녀는 붉은 기가 도는 풍성한 금발을 풀고 있었다.

"여보." 마이바움은 방 안으로 들어와 문을 닫으며 말했다. "여기 이 형사님이 사진 몇 장을 당신한테 보여주고 혹시 그중 아는 여자가 있는지 물어보고 싶으시대. 당신이 사람 얼굴을 한 번 보면 잊지 않으니 도움이 될 수도 있을 거라고 내가 말씀드렸어."

카르멘 마이바움은 고개를 갸우뚱했다. "율리아 형사님과 이미 얘기 중이었어요. 그렇게 많은 여자가 살해당했다니, 정말 끔찍한 일이에요. 게다가 학생도 있다면서요. 이 세상이 어쩜 이리 타락했을까요. 어디 제가 한번 그 사진들 좀 볼게요."

프랑크가 테이블 위에 사진들을 펼쳐놓자, 카르멘은 찬찬히 그 얼굴들을 살펴보고는 고개를 끄덕이며 말했다. "여기 이 여자는 알아요. 한 번 본 적이 있어요. 반 다이크 씨 댁에서요."

"확실한가요?" 율리아는 온몸이 찌릿한 느낌을 느끼며 물었다.

"네, 그럼요. 잠깐 서로 얘기도 했는 걸요. 어떤 젊은 남자랑 같이 왔던데…… 잠깐만요, 생각날 것 같아요." 그녀는 아무것도 바르지 않은 도톰한 입술 위에 검지를 대고 있다가 다시 한 번 고개를 끄덕였다. "이름이 J로 시작했던 것 같은데…… 율리아 아니면 요안나였어요…… 아무튼 한쪽 구석에 혼자 서 있길래 제가 가서 일이 분 정도 대화를 나눴죠."

"요안나 알베르츠 아닌가요?"

"맞아요, 요안나 알베르츠. 그렇게 자기를 소개하더군요. 그녀도 죽었나요?"

"요안나 씨는 1년 전에 살해당했습니다. 혹시 그녀가 누구와 함께 반 다이크 씨의 파티에 왔었는지도 아세요?"

"아뇨, 그건 몰라요. 워낙 큰 파티라 온 사람들의 이름까지 다 알지는 못했거든요. 사진이 있다면 파티에 왔던 사람인지 정도는 말씀드릴 수 있지만……." 그녀는 미안하다는 듯 어깨를 으쓱해 보였다.

"어쨌든 젊은 남자였다는 거죠?" 율리아가 물었다.

"네. 절대 서른 살을 넘지 않아보였어요."

"어떻게 생겼는지 설명해주실 수 있나요?"

"키는 180센티미터 정도 되어 보였고 날씬한 체구에 어두운색 의 짧은 머리를 하고 있었어요. 눈동자는 파란색 아니면 초록색 이었고요. 운동을 많이 하는 사람이라는 인상을 받았고, 뭔가 심 각해 보였어요. 아 참, 윗입술이 얇았고 귀걸이를 한 데다 이빨이 유난히 하얗더군요. 제가 아는 건 이게 다예요."

"그게 언제인가요?"

"작년 9월 아니면 10월이에요." 그녀는 잘 모르겠다는 듯 남편 을 쳐다보았다. "반 다이크 씨가 그 파티를 언제 열었었죠? 영화 프리미어 파티 아니었어요? 9월 말이나 10월 초쯤이었던 것 같 은데."

"10월 초였어." 마이바움은 이렇게 말하며 아내가 앉아있는 소 파 옆자리에 앉았다. "하지만 반 다이크에게 직접 물어보시는 게 나을 겁니다. 어쩌면 그 당시 손님 명단을 아직 가지고 있을지도 모르니까요. 그 날 저는 일이 있어서 아내 혼자 갔었습니다."

"물론 그렇게 할 겁니다. 협조해주셔서 정말 감사합니다. 제 명 함은 이미 드렸으니, 또 뭔가 기억나시는 게 있으면 연락 주세요. 그럼 안녕히 계세요."

율리아와 프랑크는 아무 말 없이 차로 돌아갔다. 프랑크가 시동 을 걸었을 때 율리아가 말했다. "레벨이 우리한테 해명할 일이 있 을 것 같은데요. 그런데 마이바움은 왜 당신과 둘이서만 말하겠 다고 한 거예요?"

"생식 능력에 문제가 있대요. 성불구라 유디트와 정말 성관계를 안 가졌던 것 같아요."

"당신은 그 말을 믿어요?" 율리아는 의심스러운 듯 물었다.

"못 믿을 건 뭐예요. 자기 입으로 그렇게 말했으니 믿을 수밖에요. 그의 말로는, 아내 외에 자기를 남자로 봐주는 유일한 사람이 유디트였대요. 레벨에 대한 얘기도 했어요. 여자에 관한 문제가 있다나요. 폭력적인 성향이 있는 것 같은데, 마이바움도 그저 들은 얘기일 뿐이라더군요. 어쨌든 레벨에게는 성범죄 전과가 있으니 점점 더 의심이 가요. 당신은 그 부인과 어땠어요?"

"마이바움 부인이요? 별거 없었어요. 뭔가 좀 특이한 사람인데, 뭐가 특이한 건지 잘 모르겠어요. 당신이 마이바움과 들어오기 전까지는 쓸데없는 얘기만 하고 있었다니까요. 극도로 조심하는 눈치였어요. 자, 이제 좀 서둘러요. 곤잘레스가 오기 전에 몇 가지 적어둘 게 있으니까요."

오후 5시 20분

"뮐러의 집을 수색한 일은 어떻게 됐어요?" 율리아는 사무실에 들어서기가 무섭게 베르거에게 물었다.

"아직 안 끝났어. 하지만 담당자들이 곧 돌아올 걸세. 자네들 일은 어땠나?"

"마이바움도 유디트의 고객이긴 했는데, 성관계를 갖지는 않았대요. 자기가 성불구자라나요. 그 외에는 또 똑같은 인물들만 언급되었어요. 반 다이크, 클라이버 등등이요. 그 레벨이라는 놈만 여태 베일에 싸여 있는데, 곧 다 털어놓게 만들 거예요. 다른 새로

316

운 소식 있어요?"

그때 율리아의 사무실에서 나온 크리스티네 귀틀러가 의자 하나를 당겨 앉으며 말했다. "저, 제가 요안나의 일기장을 조사해봤어요. 거기 그녀가 레벨에게 별자리 운세를 봤다고 적혀있더군요. 그것도 사망하기 넉 달쯤 전인 6월 30일에요. 게다가 그녀가 레벨과 깊은 관계였다는 암시를 주는 대목도 있었는데……."

"뭐라고요?" 율리아는 소리쳤다.

"그게, 적어도 몇 번은 레벨과 잔 것 같아요. 자기 어머니한테 숨기기 위해 글을 암호처럼 써놓긴 했지만, 어쨌든 모든 게 레벨을 암시하는 걸로 보여요. 하지만 레벨이 폭력을 쓰기 시작해서 요안나가 먼저 관계를 끝냈고요. 또 한 가지 더 말씀드릴 건, 요안나가 그로부터 얼마 지나지 않아 다른 누군가를 만났다는 거예요. 8월부터요. 안타깝지만 제가 알아낸 건 이게 다예요."

"새로 만난 사람의 이름을 언급했나요?"

"아뇨. 게다가 어떤 사람인지도 정확히 안 적어놨는데……. 형사님이 직접 읽어보세요. 어쩌면 저보다 많은 걸 알아내실 수도 있으니까요. 저는 뭐라고 써놨는지 잘 모르겠더라고요."

"나중에요. 지금 중요한 건, 레벨이 거짓말을 했다는 사실을 알아냈다는 거예요. 그는 요안나와 아는 사이였고, 장담하는데, 카롤라와도 알았던 게 분명해요. 베라와 유디트를 알았다는 건 스스로 고백했고요." 율리아는 골루아 한 개비에 불을 붙이고는 시계를 보았다. "자, 이제 30분 내로 곤잘레스가 올 거예요. 지금까지 우리가 알아낸 사실들이 뭐죠? 첫째, 모든 피살자는 상승점이 사자자리인 전갈자리였어요. 둘째, 에리카와 요안나를 제외한 다른 피살자들은 특정 사교계에서 활동했어요. 바로 클라이버, 반다이크, 마이바움, 레벨, 리히터, 그리고 바이트만이 속해있는 모임 말이에요. 셋째, 레벨은 요안나의 별자리 운세를 봐주었고, 아직 증명은 되지 않았지만 그녀와 관계를 맺었어요. 넷째, 피살자들 전부 눈에 띄게 화려한 속옷을 입고 있었죠. 그리고 넷째…….
더 이상은 떠오르는 게 없네요."

"범인은 그 모임 안에서 찾을 수 있을 거예요." 프랑크가 말했다. "마이바움 부인이 요안나를 안다고 했잖아요. 심지어 이름까지 기억했다고요. 그 말은, 요안나가 우리가 알던 것과는 다르게 사교성이 없지 않았다는 거예요. 그녀가 그다지 눈에 안 띄는 사람이었다고 했죠. 하지만 그런 여자가 그렇게까지 남의 눈에 안 띄고 살았던 걸 보면, 그건 그녀가 일부러 그렇게 행동했을 확률이 높아요. 만일 레벨과의 관계가 사실로 밝혀진다면 이런 제 이론이 맞는 거겠죠. 요안나도 무시할 만한 여자가 아니었던 겁니다. 에리카의 경우도 좀 더 깊이 파보면 뭔가 알아낼 수 있을 걸요. 일단은 우리의 점성가가 뭐라고 하는지 한번 들어보자고요."

오후 6시 15분

루트 곤잘레스는 6시 15분 정각에 경찰청에 도착했다. 베르거, 율리아, 프랑크, 페터, 귀틀러, 빌헬름, 그 밖에 특별수사반 소속 경찰 세 명과 루트 곤잘레스는 모두 회의실에 모였다. 곤잘레스는 청바지에 밝은색 블라우스와 재킷 차림이었다. 페터는 그녀의 흠 잡을 데 없는 몸매에서 눈을 뗄 줄을 몰랐고, 율리아는 그런 그를 보며 속으로 웃었다. 곤잘레스를 제외한 다른 사람들은 자리에 앉았다.

곤잘레스는 마치 이렇게 경찰청에서 경찰들과 함께 일하는 게 익숙한 사람 같아 보였다. "칠판 좀 써도 될까요?"

베르거는 고개를 끄덕였다. "그럼요."

"제게 보내주신 피살자들에 관한 자료들을 전부 평가해보았습니다. 그러던 중에 흥미로운 연관관계를 발견하게 되었어요. 여러분의 이해를 돕기 위해 몇 가지 요점들을 칠판에 적어보자면……."

"그 전에 먼저 전갈자리에 대해 대충 좀 알려주실 수 있습니까?" 몸을 뒤로 기대고 다리를 꼰 채 앉아있던 페터가 말했다.

곤잘레스는 미소를 지었다. "전에 율리아 형사님과 프랑크 형사님께 말씀드렸다시피, 전갈자리라고 다 같은 전갈자리가 아니에요. 별자리 운세를 보려면 정확한 생시와 출생지를 알아야 한답니다. 여러분께서 그 정보를 제게 보내주셨기에 각 여성들의 별자리 운세를 볼 수 있었던 거고요. 이제 주요 사항들을 말씀드리죠. 여러분도 아시다시피, 이 여성들 모두가 전갈자리에 태어났습니다. 그것도 사자자리가 상승점일 때요. 그 밖에 중요한 것은 12궁 및 미디움 코엘리, 즉 중천점에서 각 행성들의 위치예요. 유디트 씨의 경우 중천점이 양자리로 베라 씨와 같았습니다. 요안나 씨와 에리카 씨는 중천점이 황소자리였고, 카롤라 씨는 쌍둥이자리였고요. 개인당 결과물이 50쪽에 달해서, 안타깝지만 모든 궁과 행성의 위치까지는 아직 다 읽지 못했……."

"좀 알아듣기 쉽게 설명해주시겠어요?" 율리아는 조바심을 내며 물었다.

곤잘레스는 숨을 깊게 들이쉬더니 다시 입을 열었다. "그럼 우선 전갈자리에 속하는 사람들의 기본 특징을 설명드리죠. 이건 남자, 여자 모두에게 해당됩니다. 정열적이고, 의지와 추진력이 강하고, 성욕이 평균보다 강하며, 자기주장도 강하죠. 또 아주 정직한 데가 있어서 특히 전갈자리 여성의 경우에는 종종 남의 말이나 눈빛만으로 쉽게 상처를 받기도 하죠……. 하지만 여러분이 궁금하신 건 전갈자리 중에서도 여성들의 성격이겠죠. 전갈자리 여성들은 자기 명예나 자존심에 상처를 쉽게 받고, 파트너가 자신의 때로는 허무맹랑한 소원마저 잘 들어주는 경우에는 그 파트너를 위해 기꺼이 헌신하지만 자기 요구를 들어주지 않으면 순식간에 무자비하게 돌변할 수 있어요. 특징적인 것은 질투인데, 남자가 질투심을 유발하는 행동을 하는 경우 전갈자리 여성들은 말 그대로 남자를 찌를 수 있답니다. 저도 개인적으로 자기 남편이 바람을 피웠거나 그런 낌새가 있다는 걸 눈치채고는, 남편의 짐을 다 싸서 집 밖으로 내던져버리는 여자들을 여럿 봤어요. 그러니 남자들은 전갈자리 여자의 성격을 건드리지 않는 편이 좋아요. 절대 못 당할 테니까요. 전갈자리는 아주 뛰어난 체질을 타고나서, 염소자리를 제외한 다른 대부분의 별자리에 비해 병에 잘 걸리지 않아요. 전갈자리 여성들은 보통 불같은 사랑을 하지만, 상대방에게 배신을 당하면 그 사랑이 순식간에 불타는 증오로 바뀌죠."

곤잘레스는 마지막 문장을 말하며 빙긋 웃더니, 물을 한 모금 마시고 다시 말을 이었다. "자, 지금까지 전갈자리의 부정적인 특징들만 늘어놨는데, 물론 긍정적인 특징도 있답니다. 전갈자리는 평균 이상의 정의감을 지니고 있으며, 육체적으로나 정신적으로 지구력이 강하고 결연한 면이 있어요. 어떤 목표를 세우고 나면 쉬운 길을 찾으려고 애쓰는 게 아니라 정공법을 쓰고, 또한 목표 달성율도 높은 편이죠. 점성학에서는 전갈자리를 가장 강한 별자리로 보는데, 그건 전갈이 삶과 죽음을 다스리는 존재이기 때문이에요. 그리고 전갈자리 여성들에게서 특히 눈에 띄는 점은, 그들이 뭔가 신비롭고 설명하기 힘든 매력을 풍긴다는 거예요. 그들의 우월함과 지배욕 때문에 남자들과 다투게 되거나, 말 그대로 죽음에 이를 수도 있는 거죠."

그녀는 말을 멈추고 요점들을 칠판에 적은 뒤 다시 돌아섰다.

"그럼 이제 전갈자리와 사자자리의 조합을 살펴보기로 하죠. 이 사람들은 될 수 있으면 자기가 중심이 되고 싶어 하고, 남들의 감탄을 얻고 싶어 해요. 야심 있고 자존심이 세며 역동적이지만, 예민하고 화를 잘 내기도 하죠. 다른 사람들의 눈에는 선량하고 정직하게 보이지만, 양보를 잘 안 하고 상대방에게 필요 이상으로 뻣뻣하게 구는 경우도 있고요. 이들은 대부분 운이 아주 좋은 편이며, 한 번 마음먹은 일은 꼭 해내고 마는 성격이에요. 매력적인 외모에, 상대방을 홀리게 하는 눈빛을 가진 사람들이 많고, 활기가 넘치며, 직장이나 사생활 혹은 성생활에서도 자기 외에 다른 사람이 전권을 잡는 꼴을 못 보죠. 이런 점이 어찌나 심한지, 이들은 침실에서 벌어지는 모든 일들에 대해 완전한 통제권을 쥐고 싶어 합니다. 유혹당하는 것이 아니라 유혹하는 식으로요. 이들은 상대방에게 자신이 원하는 바를 기탄없이 밝힐 뿐만 아니라, 상대방이 그것을 존중하고 충족시켜 줄 것을 요구하기까지 해요. 음란한 행위를 요구하는 여자 중 상당수가 전갈자리 태생인 것만 봐도 알 수 있죠. 전갈자리 여성들은 불만족스러운 성생활을 못 견뎌합니다. 염소자리나 게자리처럼 다른 별자리에 태어난 사람들은 성생활에 그다지 큰 의미를 두지 않는데, 전갈자리는 이 점을 전혀 이해하지 못하죠. 전갈자리 남성이나 특히 여성은, 상대방에게 육체적인 친밀함과 우월함을 행사합니다. 제 생각에 여러분께서는 이 점을 흥미롭게 생각하실 것 같은데요. 이제 질문을 받도록 하겠습니다."

한동안 침묵이 흘렀다. 프랑크는 율리아를 곁눈질하며 씩 웃었고, 율리아는 그걸 알고도 모른 척했다. 그녀는 그의 웃음이 뭘 의미하는지 잘 알았지만, 지금은 언제가 마지막이었는지 기억도 나지 않는 그녀 자신의 성생활에 대해 생각하고 싶지 않았다. 요즘 들어서는 처음 만난 남자와 호텔에서 원나잇스탠드 한두 번 한 게 고작이었으니까. 하지만 내심 그녀는 방금 곤잘레스가 한 말이 자신의 경우와 딱 들어맞는다는 걸 인정하고 있었다.

"곤잘레스 씨." 프랑크가 입을 열었다. "방금 성생활에 대해 말씀하셨는데요. 저희는 지금까지 두 명의 피살자가 다소 내성적이고 비사교적인 성격이라고 알고 있었습니다. 이에 대해서는 어떻게 생각하시나요?"

곤잘레스는 여유로운 미소를 짓더니 대답했다. "그런 건 중요하지 않습니다. 일상생활에서 내성적이거나 비사교적이라고 해서, 적당한 남자를 만났을 때 제가 말씀드렸던 그런 성격들이 발현되지 않는 건 아니니까요. 남자와의 성생활을 경험해보지도 못하고 처녀인 상태로 죽는 전갈자리 여성들도 많습니다. 하지만 그렇지 않은 한은 그런 특징이 반드시 적용됩니다. 모든 별자리를 통틀어, 전갈자리만큼 성욕이 강한 건 없어요. 그건 제가 보장하지요. 두 명의 피살자가 내성적이고 비사교적이라고 하셨죠. 결혼은 했나요?"

"네. 요안나 씨는 이혼했고 에리카 씨는 유부녀였는데……."

"제가 장담하는데, 요안나 씨는 이혼 후 절대 독신으로 살지는 않았을 거예요. 서른 살의 전갈자리 여성이라면, 성생활을 한 번이라도 경험했거나 즐길 대로 즐겼거나 상관없이, 다시 말씀드리지만 그 생활을 포기하지 못합니다. 이 점에 관해서는 다시 한 번 조사해보시는 게……."

"이미 조사해봤습니다. 그런데 만약 그들이 남자한테는 질릴 대로 질려서 동성에게 끌리게 되면 어떻게 될까요?"

"그런 경우에도 역시 제가 말씀드렸던 특징이 적용됩니다. 이성애자이든 동성애자이든 역할 분담에는 차이가 없다는 거죠. 상대가 남자든 여자든, 침대에서는 그 전갈자리 여성이 주도권을 쥐게 돼요."

"그럼 에리카 씨는요? 남편이 알코올중독자인 데다……."

"남편이 성교가 불가능할 정도로 취하지만 않는다면……."

"그는 죽었습니다. 자살했어요. 여담이지만요."

"안됐군요. 뮐러 부인에 대해 뭘 알고 계시죠? 그녀가 남자와 침대에 있는 걸 지켜보신 적이 있나요? 그녀의 사생활, 특히 성생활에 대해 아시는 게 있나요?" 침묵. 곤잘레스는 좌중을 둘러보고는 고개를 끄덕였다. "이것 보세요. 자기 성생활에 대해 대놓고 말하는 사람은 거의 없어요. 가장 친한 친구한테나 말할지 모르지만, 그런 경우에도 전부 다 말하지는 않죠. 성생활은 한 사람의 인생에서 가장 큰 비밀이라 할 수 있으니까요. 게다가 전갈자리는 그런 일에 대해 특히 더 침묵하는 경향이 있답니다. 하지만 점성학에서도 무조건적인 일반화는 통하지 않고, 특정 별자리에 귀속되는 성격적 특징이 맞지 않는 경우도 물론 있어요. 다만 경험적으로 증명된 부분이 있는데, 성생활도 바로 여기에 속한답니다. 물고기자리는 행동방식이 황소자리와 다르고, 염소자리는 물고기자리와 다르죠. 하지만 예외가 규칙을 증명한다는 말도 있잖아요. 예를 들어 물고기자리는 침대에서 다소 소극적인 편이지만, 전갈자리를 만나면 그런 소극적인 면이 순식간에 사라져버리곤 해요. 저는 별자리 궁합을 봐달라고 찾아오는 사람들과 마주앉아 세부 사항들, 특히 성생활에 관해 이야기를 나눴던 적이 많

323

은데, 그럴 때 보면 정말 어떤 별자리끼리는 서로 잘 맞는 반면에 서로 상극인 별자리들도 있답니다……."

"그게 어떤 건데요?" 프랑크가 또 물었다.

"전갈자리를 중심으로 말씀드리죠. 전갈자리는 보통 물고기자리, 게자리, 염소자리, 그리고 전갈자리와 잘 맞아요. 반대로 잘 안 어울리는 별자리로는 황소자리, 양자리, 사자자리와 쌍둥이자리가 있죠. 천칭자리, 처녀자리, 사수자리와 물병자리는 그 중간 정도라고 보시면 되는데, 이런 경우에는 당사자들이 어느 정도 상대방에게 양보하느냐에 따라 상황이 달라질 수 있어요. 전갈자리와 전갈자리 커플은 아주 잘 맞지만, 최악의 경우 관계가 살인으로 끝나게 될 수도 있죠. 양자리와 전갈자리는 비슷한 부분이 많아서 오히려 피하게 되는 경우가 대부분이고요."

이번에는 율리아가 입을 열었다. "곤잘레스 씨, 전갈자리와 사자자리 조합에 또 다른 특징이 있나요?"

"제 생각에 지금은 이걸로 충분할 것 같아요. 일단 이 인쇄물을 자세히 읽어봐 주세요. 유익한 정보가 많이 들어있을 테니까요. 어쩌면 여러분이 지금까지 알아내신 사실들과 종합해서 살해된 여성들에 대해 확실히 알게 되실지도 모르죠." 그녀는 잠시 두 눈을 감았다. "처음 말씀드리는 것 같은데, 제가 슥 보기에는 이 여성들의 별자리 운세는 서로 비슷한 점이 많았어요. 특히 성생활 부분이요. 또 다른 질문 있으신가요?"

다들 고개를 가로저었다. 베르거는 펜을 만지작거렸고, 페터는 껌을 씹고 있었으며, 율리아는 담배에 불을 붙인 채 깊은 생각에 잠겨 있었다.

"좋습니다, 그럼 여기 자료를 드리죠. 혹시 또 궁금한 게 있으면 언제든지 연락하세요."

베르거는 자리에서 일어나 곤잘레스에게 악수를 청했다. "수고해주셔서 감사합니다. 우선 이 자료를 검토한 뒤에 다시 연락드릴 일이 있을 겁니다."

"그렇게 하세요. 성과가 있길 빌어요."

곤잘레스는 가방을 들고 회의실을 떠났다. 페터가 그녀를 쫓아갔다. "곤잘레스 씨, 질문 있습니다. 곤잘레스 씨의 별자리는 뭡니까?"

그녀는 조롱하듯 웃으며 페터에게 되물었다. "글쎄요?"

"전갈자리?"

"틀렸어요. 저는 전갈자리를 상승점으로 하는 사자자리랍니다. 그러니까, 말씀하신 것과는 완전히 반대죠. 형사님은요?"

"저는 사수자리라는 것만 압니다. 사자자리랑 사수자리는 서로 잘 맞나요?" 그는 씩 웃으며 물었다.

"네, 사수자리가 너무 치근대지만 않으면요. 안녕히 계세요."

페터는 곤잘레스의 뒷모습을 지켜보았다. 그녀에게는 뭔지 모를 매력이 있어서, 그의 테스토스테론 수치를 치솟게 했다. 반년 전 여자 친구와 헤어진 뒤로 아직 다른 여자를 만나지 못하고 있던 그는 곤잘레스와 좀 더 친해지고 싶었고, 언젠가는 그럴 만한 기회를 잡을 터였다.

곤잘레스가 떠난 뒤 베르거가 말했다. "자, 어떤가? 윤곽이 조금이라도 잡히나?"

"어쩌면요." 율리아는 태연하게 대답하곤 담뱃갑에 마지막 남은 담배를 꺼내 불을 붙였다. "곤잘레스의 말이 맞다면, 범인은 점성학 지식이 있는 사람이에요. 목표물을 정확히 겨냥해 살해했으니까요. 문제는 또 다른 살인을 어떻게 막느냐 하는 거예요."

"절대 못 막을 걸요." 프랑크가 말했다. "그놈은 분명 다음 피살자들을 골라냈을 겁니다. 그 여자들은 아무것도 모른 채 자기 관 속으로 뛰어드는 꼴이고요."

"만약 다음 피살자들이 카롤라, 베라, 유디트 등의 주변 인물들 이라면요?"

"그건 아무 타당성이 없는 가설일 뿐이에요. 에리카와 요안나는 거기 해당되지 않았다고요. 적어도 우리가 아는 한은. 오늘은 이 걸로 할 만큼 했으니 이제 집에 가죠. 머리가 다 지끈거려요."

"이 결과물을 비교하는 작업은 누가 하지?" 베르거가 물었다.

"저희는 빼주세요." 율리아는 이렇게 말하며 자리에서 일어났 다. "저희는 대기 근무인 데다, 저는 지금 피곤하고, 배도 고파서 집에 좀 가고 싶다고요. 내일 아침에 봬요. 좋은 밤 되시고요."

율리아는 회의실을 나섰고, 프랑크가 그 뒤를 따랐다. "레벨 생 각이 머리에서 떠나질 않아요. 그는 유디트, 베라, 카롤라, 요안나 를 다 알았잖아요. 카롤라와 요안나는 모른다고 거짓말했지만. 아직 모르는 건 에리카뿐이에요. 아무래도 레벨을 소환해서 쥐어 짜봐야겠어요. 어떤 변명을 하는지 한번 들어보죠. 특히 요안나 에 관해서 말입니다. 어떻게 생각해요?"

"나도 그 생각 중이었어요." 율리아가 말했다. "그러려면 우선 레벨에 관한 자료들을 손에 넣는 게 가장 중요한 일일 테죠. 살해 된 여성들 모두가 그에게 별자리 운세를 봤다는 걸 증명할 수 있 다면……. 하지만." 그녀는 고개를 가로저었다. "그건 왠지 너무 뻔해요. 레벨 같은 사람은 우리가 자기 계략을 쉽게 눈치채리라 는 걸 잘 알 거란 말이에요. 그런데 그렇게 허술하게 행동할 사람 같지는 않아요."

"그게 아니라면 왜 카롤라와 요안나를 모른다고 했겠어요? 말 이 안 되잖아요."

"어쩌면 우리를 시험해보려는 걸 수도 있죠. 그 인간이 얼마나 교활한지는 당신도 느꼈잖아요. 어쨌든 이 일에 대해서는 다시 생각해봐야겠어요. 성급한 결정은 해가 될 수도 있으니까요."

"그럼 내일 애기할까요?" 프랑크가 말했다.

"우선 생각 좀 해볼게요. 내일이 될 수도 있고요. 하지만 나는 그가 범인이리라고는 생각지 않아요."

프랑크는 어깨를 으쓱했다. "이번에도 당신 뱃속에서 그렇게 말해요?"

"몰라요, 어쩌면요. 예상보다 일이 복잡하네요. 하지만 레벨은 우리와 그런 장난을 칠 사람은 아닌 것 같아요. 비호감이긴 하지만 살인자라뇨……?"

"당신이 그렇다면야……."

"우선 리히터가 무슨 얘기를 하는지 한 번 들어보자고요. 만약 범인의 프로파일이 레벨과 맞는다면, 그때 가서 그를 잡아도 늦지 않아요. 일단은 보류하자고요. 그럼 이제 집에 가죠."

오후 6시

율리아와 프랑크가 다녀간 이후로 레벨은 불안한 듯 방 안을 이리저리 서성이며 초인종이 울리기만을 기다리고 있었다. 6시 3분 전, 드디어 초인종 소리가 들렸다. 그는 침착하고 냉정하게 처신해야 한다고 자신에게 명령했다.

"어서 오게." 그는 심각한 얼굴로 문을 열어주었다. "와줘서 고맙네. 내 방으로 가지."

"맙소사, 콘라트, 대체 무슨 일이야? 뭣 때문에 그렇게 초조해하는 건가?"

"일단 앉게. 마실 깃 좀 줄까? 위스키, 코냑, 아니면 다른 것?"

"스카치 위스키에 얼음을 좀 넣어주게. 이제 말해봐, 대체 무슨 일이야?"

레벨은 유리잔 두 개에 얼음을 넣고 스카치를 반씩 채웠다. 책상 앞에 앉은 그는 고개를 옆으로 갸우뚱했다.

"내가 일을 망쳐버렸어. 아까 형사들이 찾아와 카롤라 바이트만, 유디트 카스너, 요안나 알베르츠에 대해 묻더군. 카롤라와 요안나는 모른다고 했네만, 그들은 곧 내가 거짓말한 사실을 알아낼 거야. 게다가 에리카와 베라에 대해서도 물어보더군."

"왜 사실대로 말하지 않은 거야? 겁낼 게 뭐가 있어? 자네가 그들을 죽인 것도 아니잖아?"

레벨은 극도로 긴장한 듯, 머리를 헝클어트리며 말했다. "나도 내가 왜 그랬는지 모르겠네. 그냥 형사들을 보자마자 머리가 어떻게 됐나 봐. 예전 일이 떠올라서 그랬는지."

"그래서? 자네한테 무슨 일이라도 있을까 봐?"

"자네는 아무것도 몰라! 그놈들은 날 살인범으로 몰아갈 거라고. 게다가 지난 일요일에 난 알리바이도 없어."

"그렇다면 문제가 되겠군. 그래서 어떻게 해결할 생각이야?"

레벨은 위스키를 단숨에 마셔버리고는 자리에서 일어나 다시 잔을 채웠다. 그 손님 쪽으로 몇 발자국 다가간 그는 차가운 눈빛으로 손님을 내려다보았다. "이봐, 나만 그 셋과 그 짓을 한 게 아니잖아. 자네 역시 그들과 즐겼다는 걸 난 알고 있어." 그는 다시 뒤돌아 걸어가더니 장에 몸을 기댔다.

"잠깐, 그게 무슨 말인가? 지금 나까지 끌어들이려고 하는 거야? 경고하는데, 자네가 한 짓을 생각해. 일을 망친 건 내가 아니라 자네라고. 자네를 아는 사람들이라면 누구나 자네가 좀 이상한 사람이란 걸 잘 알지. 나에 대해 한 마디라도 꺼냈다가는 그 목을 비틀어 버리겠어. 그리고 내가 장담하는데, 다른 사람들도 내 편일 거야. 자네 하나쯤이야 단호하게 쳐낼 수 있다고. 내가 누구랑 잤든, 그건 내 문제야."

"좋아." 레벨은 이렇게 말하며 다시 자리로 돌아가 앉았다. "그렇다면 왜 나한테 별자리 운세를 보러 왔던 여자 다섯 명이 살해당했는지 알겠나? 비록 내 과거가 그다지 깨끗하지는 않지만, 살인자는 아닌데……."

"하지만 자네는 유명하고, 왜 그런지는 자네도 알 텐데." 그 손님은 매정하게 말했다. "자네에겐 폭력적인 면이 있잖아, 그것도 여자들한테. 달리 감옥살이를 했겠나. 그런 자네가 남자들을 상대할 때는 대부분 못 이길 걸 알고는 잘 나서지 않지. 자, 이제 어쩔 건가, 친구?"

"그건 이미 오래전 얘기야." 레벨은 손을 내저으며 말했다. "철없을 때 저지른 실수였다고!"

"서른 살이 철없을 나이인가? 관두게! 아무튼 난 자네가 요안나를 몇 번이나 학대했던 걸 알고 있네. 그녀가 직접 내게 말했지. 그 어린 카롤라에게도 그다지 세심하게 대해주지는 않았잖나. 그들이 소문날까 두려워 입을 닫았던 걸 다행으로 여기라고. 하지만 좋아, 어쨌든 친구니까 내가 할 수 있는 한 도와주지. 대신 부탁이니 나는 빼주게. 난 잃을 게 많은 사람이니까. 하지만 내가 뭔가를 잃게 된다면 자네는 그보다 더 많은 걸 잃고 말걸세."

순간 레벨은 악의적인 미소를 지었다. "잃을 게 많다고 했나? 좋아, 그럼 내가 뭘 좀 알려주지. 그 여자들의 별자리를 보다가 놀라운 점을 발견했어. 전부 전갈자리더군. 그리고 난 자네와 나눴던 대화를 잘 기억하고 있네…….” 그는 말을 멈추고 매서운 눈초리로 손님을 쳐다보았다. “자네, 그 살인사건들과 무슨 관계가 있나?” 그가 단호하게 물었다.

“이보게 친구, 살인 혐의나 씌우려고 날 이리로 부른 거라면 자네가 지금 제정신이 아니라고 말해주고 싶구먼. 난 평생 여자에게 손을 대본 일이 없어. 같이 자긴 했지만 때리지는 않았다고. 살인은 더더욱 아니고. 날 이 일에 끌어들이려고 한다면 자네는 내 손에 죽어.”

레벨은 다시 씩 웃었다. 그는 교활한 눈빛으로 조용하지만 분명하게 말했다. “같이 자긴 했다고 했지. 어떤 식으로 했나? 딜도(남성의 성기 모양을 본뜬 성인용품 —역주)라도 집어넣었나? 발기도 잘 안 되는 사람이 어떻게 여자랑 잘 수가 있지?”

“누가 그런 말을 해?” 손님은 눈을 가늘게 뜨며 몸을 앞으로 숙였다. 그의 얼굴은 이제 레벨로부터 50센티미터 정도밖에 떨어져 있지 않았다. “내가 발기가 안 된다고 누가 그랬냐고?”

“정보통이 있지. 이미 오래전부터 자네 거시기가 안 선다는 건 벌써 다들 아는 얘기야. 자, 그럼 이제 진실을 말해보게. 자네 그 살인사건들과 관계가 있나?”

“이거 친구라는 게 사방에 적을 둔 것보다 더 못하구먼. 난 그 일과 정말 아무 관계도 없다고! 그러니 이제 말해봐. 내 얘기를 누가 했어?”

“노 코멘트. 난 입이 아주 무거운 사람이라고. 요안나일 수도 있고, 유디트일 수도 있고, 나도 모르네. 기억이 나질 않아. 참 이상한 일이야, 안 그런가? 언젠가 자네가 내게 과거 얘기를 해준 적이 있었지. 특정 부류의 여자들이 자네에게 못되게 구는데도 마치 마법처럼 그들에게 끌리는 기분이라고. 그들은 자네에게 상처를 주고, 자네의 그 허영심을 손상시켰는데, 그건 주로 전갈자리 여성들이 잘하는 짓이지. 그들은 침대에서는 열정적이라 오럴섹스로 자네를 거의 기절하게 만들지만, 만일 자네가 자기가 원하는 대로 따라주지 않으면 자네를 죽도록 괴롭히곤 하지. 그렇게 시달린 자네는 더 참지 못하고 그들에게 복수를 하게 되고 말이야. 그런 건가?"

"자네는 미쳤어, 완전히 정신이 나갔다고! 그래, 내가 특정 여성들을 선호하는 건 사실이고, 그중 일부는 전갈자리가 맞아. 왜 그런지는 나도 모르지만. 하지만 난 그들을 조금도 해친 적이 없네. 알아듣겠어?"

"아니, 잘 모르겠는데. 아무리 곱씹어 생각해봐도 나는 왠지 자네가……."

"그런 말도 안 되는 생각일랑 집어치워. 나에겐 아주 확실한 알리바이가 있네. 그러는 자네는 어떤데? 아까 알리바이가 없다고 직접 말했잖아. 주말에 어디 있었나? 여기 이 집에? 혼자? 쯧쯧쯧, 한심하군! 이 친구야, 형사들이 참도 자네 말을 믿겠네. 더군다나 자네 과거를 알고 나면 어떻겠나? 자, 이제 어디 있었는지 털어놔 봐. 그 여러 애인 중 한 명한테 거시기라도 빨라고 시키고 있었나? 그래놓고 인제 와서 그 여자 남편이 알까 봐 걱정돼서 이러는 거야?"

"내가 어디서 누구랑 있었는지는 자네가 알 바 아니……."

"난 아내와 함께 있었고, 그녀가 그 사실을 증명해줄 거야. 반나절을 침대 위에서 보냈으니까. 뭘 했는지 묻는다면 우린 잠을 자지도, 텔레비전만 보지도 않았네. 곧 새 매트리스를 사야 할 판이라니까. 아내가 없다는 게 얼마나 한심한 일인지, 안 그런가?" 그 손님은 냉소적으로 말했다.

"형사들도 그렇게 생각할지 궁금한걸. 그들은 분명 다시 찾아올 기야. 궁지에 몰리게 되면 나도 별 수 없지. 자네 역시 그 세 여자와 잤다고, 또 경우에 따라서는 자네가 별자리에 무척 관심이 많았다고 말하는 수밖에. 자네도 알다시피 우정에도 한계가 있잖나. 내가 하지도 않은 일 때문에 감옥에 갈 수는 없지. 그런 생활은 한 번으로 족해."

"콘라트 레벨, 넌 정말 나쁜 놈이야. 마음대로 하게. 난 아무 짓도 안 했으니까. 그럼 이만 가야겠네."

손님은 자리에서 일어나 잔을 테이블 위에 올려놓고는 레벨을 불쌍한 듯 쳐다보았다. "난 우리가 정말 친구라고 생각했는데. 뭐, 착각할 수도 있지. 이 일로 자네는 내 삶에서 완전히 지워지는 거야. 내 말 명심하게."

"걱정 마, 명심할 테니. 하지만 가기 전에 하나만 말해주고 가. 자네가 아니라면 누가 내 자료에 손을 댄 거지? 에리카는 여기 딱 한 번밖에 안 왔었고, 별자리 운세만 보고 바로 돌아갔어. 나 역시 그 여자에게는 그다지 흥미가 없어서 털끝도 건드리지 않았고. 그런데 자네는 그 여자를 안다고 했지."

"나 원 참, 자네가 누구한테 고객 정보를 흘렸는지 내가 어떻게 알아? 나도 에리카는 얼굴만 알 뿐이야. 자네가 나한테 그 여자 얘기를 해준 적도 없고. 어쩌면 이 집에 누군가가 침입해서 컴퓨터에 있는 자료들을 빼갔는지도 모르지. 누가 알겠어? 내가 말했지, 넌 정말 나쁜 놈이라고. 게다가 입단속도 제대로 못하니 부주의하기까지 하지. 나 말고 또 누구한테 이런 일들을 다 떠벌인 건가? 자네의 큰 단점은, 바로 저급하게 허풍이나 떨고 다닌다는 거야. 이번에도 그게 자네의 발목을 잡은 거고. 그리고 자네, 원하는 여자를 손에 넣지 못한지도 오래됐잖아. 난 자네가 내 아내의 꿈

무늬를 쫓아다닌다는 걸 예전부터 알고 있었어. 하지만 그녀는 절대 네 것이 되지 못해. 너 같은 놈을 허락할 여자가 아니니까. 그러니 잊어버리라고, 알겠어? 그녀는 내 아내고, 앞으로도 계속 그럴 거야. 그리고 한 가지 더. 자네를 처음 봤을 때 첫인상이 그리 좋지 않았어. 그 이후 내 착각이었다고 생각을 바꿨지만, 안타깝게도 이제 그 첫인상이 맞았다는 게 여실히 증명됐구먼. 내가 보기에 자네는 그저 불쌍한 인간일 뿐이야. 원하는 대로 하라고. 난 동요하지 않을 테니까. 난 이제 가볼 테니, 원하는 대로 해."

"기다려." 레벨은 후회막심한 얼굴로 말했다. "미안하네, 자네를 화나게 하려던 건 아니었어. 그저 자네의 속을 떠보려고 했던 것뿐이야. 아무래도 긴장해서 제정신이 아니었나 봐. 다 아무 의미 없는 말이었다니까. 자, 내가 사과할 테니까 내가 한 말은 잊어버리게. 무작정 총질을 했다가 표적에서 한참 빗나간 꼴이지 뭔가. 난 그저 누군가 성기능에 문제가 있는 나머지 정신 나간 행동을 했을 수도 있다고 생각했을 뿐이네. 그게 자네가 아니라는 건 이제 잘 알았어. 맹세코 자네 이름을 남에게 발설한 적도 없고 말이야. 방금 내가 정말 황당한 의심을 하긴 했지만 그 일로 우리 우정을 잃고 싶지는 않네."

"이렇게 갑자기 태도가 변하다니?" 손님은 비꼬듯 물었다. "조금 전 자네는 정말 너무했어. 나한테 이런 큰 상처를 줬던 사람은 아무도 없었다고……."

"그러게 미안하다고 하지 않나. 난 정말 어떻게 해야 좋을지 모르겠네. 기댈 곳이 전혀 없어. 맹세하는데, 자네 말고는 아무에게도 그 여자들에 대해 얘기한 적 없거든. 도둑이 든 적도 없고. 곧 형사들이 찾아와 해명을 요구할 텐데, 난 할 말이 없어. 자네라면 어떻게 하겠나?"

손님은 다시 자리에 앉았다. 그는 레벨을 찬찬히 뜯어보았다. "좋아, 일단은 방금 자네가 했던 말을 잇도록 하지. 하지만 또 한 번 이런 일이 있으면 그땐 정말 절교야. 지난 수년간 난 자네가 다 갚을 수도 없을 만큼 큰 호의를 베풀었지만 그에 대해 뭘 바라지도 않았던 사람이라고. 그럼 이제 내가 자네 입장이면 어떻게 할지 말해주지. 나라면 그들에게 사실대로 말할 거야. 진실이 곧 진리니까. 거짓말했다가는 그들도 쉽게 알아챌 테니 결코 옳은 방법이 아니지. 그들이 묻는 말에 대답만 해주면 자네를 건드리지 않을 거야. 내가 장담하네. 그 율리아 뒤랑이라는 형사는 좀 특별해 보이던데. 그녀라면 말이 통할 거야."

"맞아, 그래 보이더군. 얼굴만 예쁜 게 아니라 능력도 있어 보였어. 어쩌면 그녀 역시 전갈자리일지도 모르지. 내 생각에도 그들에게 사실대로 털어놓는 수밖에 없어 보이네. 한 잔 더 하겠나?"

"그래, 한 잔만 더. 그리고 자네가 아까 했던 얘기 있잖아, 내가 더 이상 발기가 안 된다는 말. 어디서 그런 소리를 들었는지는 모르지만 그건 틀린 말이네. 어쩌면 자네 앞에서 우쭐해 보이려고 그 여자들과 잤다고 얘기하긴 했네만, 사실 난 그들과 자지 않았어. 그러니까 그들은 내가 성불구인지 아닌지조차 전혀 알 수 없지. 물론 날 가만히 내버려두게 하려고 나 스스로 그런 척하긴 했지만. 자려고 했으면 충분히 잘 수 있었지만, 그러기에 난 내 아내를 너무 사랑해."

레벨은 잔 두 개에 술을 가득 따라 그중 한 잔을 손님에게 건네며 미소 지었다. "난 모든 여자를 사랑해서 결혼을 못하는 거고. 하긴, 자네가 옳네. 자네 아내 같은 여자는 일생에 한 번 찾을까 말까 하니까. 자, 건배."

그들은 술잔을 비웠고, 손님은 말했다. "그럼 내 이름은 언급하지 않겠다고 약속하는 건가?"

"물론이지. 난 한 번 약속한 건 절대로 어기는 법이 없다고."

"그래, 알겠네. 그럼 다음에 보지."

손님이 가고 난 뒤 레벨은 스카치 한 잔을 더 따라서 창가에 섰다. '병신 같은 놈.' 그는 냉소적인 미소를 지으며 생각했다. '너 같은 게 날 상대로 뭘 하겠다고. 너보다 내가 네 마누라와 더 자주 그 짓을 했는데. 계속 그렇게 혼자 꿈속에서 살아가 보시지, 이 새끼야!'

벤츠의 꼬리등 불빛이 모퉁이를 돌아 사라졌다. 창밖으로 어둠을 응시하던 그는 결국 유리에 비친 자신의 모습을 보게 되었다. 뒤돌아 방을 나선 그는 위층으로 올라가 세수를 하고 머리를 빗었다. 시계를 보니 7시가 조금 넘어 있었다. 그는 단골 이탈리안 레스토랑으로 가서 양이 많은 볼로네즈 스파게티를 먹고 와인을 한두 잔 마셨다. 9시 15분에 다시 집에 돌아온 레벨은 거실로 가서 텔레비전을 켜고 거의 꽉 찬 스카치 병과 잔을 가져와 테이블 위에 올려놓았다. 그러고는 자리에 앉아 다리를 올리고 파이프를 채운 뒤, 거기에 라이터를 갖다 대고 몇 번 뻐끔뻐끔 빨았다. '지금 같은 때에 긴장이 풀리도록 도와줄 여자가 옆에 있어야 하는데.' 그는 생각했다. 허리 부근에 압박감이 느껴졌지만, 지금 당장 그 압박감을 해소해줄 만한 사람은 아무도 없었다. '망할 계집들.' 그는 속으로 욕하며 잔에 스카치를 반쯤 따랐다. 단숨에 마셔버린 그는 잔을 그대로 손에 들고 있었다. 곧이어 그는 다시 술을 따라 한 모금 마신 뒤 의자 손잡이에 잔을 올려놓고, 11시 반, 의자에 앉은 채로 잠이 들었다. 몇 분 전부터 그의 집 앞 길 건너에 자동차 한 대가 서 있었다는 사실을 그가 알 리는 없었다.

율리아는 차에 타 집으로 출발했다. 7시 반이 조금 넘은 시각, 그녀는 슈퍼마켓에 들러 토마토 수프 두 캔, 맥주 다섯 캔, 빵 한 봉지, 살라미, 참치 한 캔, 골루아 두 갑과 바나나 네 개를 샀다. 우편함은 비어있었다. 그녀는 장 봐온 것을 테이블 위에 올리고 맥주 한 캔을 따서 벌컥벌컥 마신 뒤 작은 소리로 트림했다. 그러고는 토마토 수프 한 캔을 따서 가스레인지에 데우고, 빵 두 쪽을 잘라 그중 한쪽에는 살라미를, 다른 한쪽에는 참치를 올리고 접시에 피클 두 쪽을 담았다. 텔레비전을 켜자 뉴스와 일기예보가 나오고 있었다. 앞으로 며칠간은 다시 비바람이 몰아칠 거란 소식이 들렸다. 율리아는 음식을 먹고 맥주를 마신 뒤 빈 접시를 들고 일어나 싱크대에 갖다 집어넣었다. 자동응답기에는 아무 메시지도 없었다. 침실로 간 그녀는 헐렁한 실내복으로 갈아입고 수화기를 들어 아버지에게 전화를 걸었다.

"저예요, 율리아. 뭐 하나 여쭤보려고요. 제가 정확히 언제 태어났는지 아세요?"

"정확히 언제냐는 게 무슨 뜻이냐?"

"태어난 시간 말이에요. 예전에 엄마가 밤에 태어났다고 말씀하셨던 것 같긴 한데. 하지만 정확한 시간을 알아야 해요."

"알려줄 수는 있다만, 기록을 좀 찾아봐야겠는걸. 곧 다시 전화하마."

맥주를 두 캔째 딴 율리아는 한 모금 마신 뒤 캔을 테이블 위에 올려놓고, 고개를 뒤로 젖히며 두 눈을 감았다. 그로부터 10분쯤 뒤에 전화벨이 울렸다. 아버지였다.

"네가 태어난 시간을 알고 싶다고 했지. 정확히 밤 11시 55분이구나. 그런데 이게 왜 필요하니?"

"그 연쇄살인사건 때문이에요. 살해된 여성들이 전부 사자자리를 상승점으로 하는 전갈자리였다는 걸 알아냈거든요. 제 별자리는 어떤지 알아보려고요."

"너 스스로 미끼가 되려고 하는 거냐?" 아버지는 걱정스러운 듯 물었다.

"그건 아니에요. 정말 흥미로운 여자 점성가를 알게 되어서, 그냥 제 별자리는 어떤지 한번 알아보고 싶어서 그래요."

"율리아, 난 그런 걸 별로 믿지 않는단다. 점성술, 손금 보기 같은 것들은 사람들을 미궁에 빠지게 할 뿐……."

"아빠, 누가 목사님 아니랄까 봐 또 그런 말씀 하시는 거예요? 그런 데에 몰두하겠다는 게 아니라, 좀 관심이 있을 뿐이에요. 그러니까 그냥 재미로 그러려니 하고 봐주세요. 아시겠죠?"

"알았다. 네 일이니까 네가 알아서 하겠지……. 수사에 진척은 좀 있니?"

"아뇨. 단서는 몇 가지 있는데, 전부 확실하지가 않아요. 아까 말씀드렸듯이 범인이 상승점이 사자자리인 전갈자리 여성들만 노렸다는 사실밖에는 몰라요. 잘하면 내일은 범인의 프로파일을 얻을 수 있을 테니, 그걸 토대로 다시 봐야죠."

"그래, 알겠다. 네 목소리만 들어도 오늘 그다지 유쾌한 날을 보내지 못했다는 걸 잘 알겠구나. 이 애비가 도울 일이 있으면 전화다오. 잘 자라."

"고마워요, 아빠. 또 전화할게요."

율리아는 전화를 끊었다. 그러고는 이어서 루트 곤잘레스의 번호를 눌렀다.

"곤잘레스 씨, 율리아 뒤랑입니다. 제 별자리에 대해 좀 알아봐

주십사 해서요. 제 출생 정보를 불러드릴게요. 1963년 11월 5일 밤 11시 55분, 출생지는 뮌헨입니다. 이기면 되나요?"

"그럼요. 언제까지 해드리면 될까요?"

"빠르면 빠를수록 좋죠. 제 상승점이 뭔지 아시게 되면 오늘 밤에라도 전화해주셔도 되고요. 가능할까요?"

"문제없어요. 지금 바로 형사님의 출생 정보를 컴퓨터에 입력해보고, 늦어도 15분 후까지는 연락드리죠."

율리아는 맥주를 또 한 모금 들이켰다. 옆에 놓여있던 리모컨으로 텔레비전 채널을 이리저리 돌리던 그녀는 MTV에서 멈춘 뒤 골루아 한 개비에 불을 붙였다. 긴장한 나머지 가슴이 떨리는 것이, 꼭 몸 안에서부터 발생한 냉기가 밖으로 뿜어져 나오는 기분이었다. 집 안은 따뜻한데도 그녀의 손과 발은 차가웠다. 맥주캔을 입에 갖다 댄 그녀는 단숨에 그것을 비워버렸다. 그러자 기분이 조금은 나아졌다. 몸은 피곤했지만 지금 누워봤자 잠은 오지 않을 게 뻔했다. 그녀는 두 눈을 감고 소파 손잡이에 머리를 기댔다. 그리고 생각에 잠겼다.

살해된 여성들은 모두 전갈자리였고, 서로 알고 지냈다는 단서는 없었다. 베라와 카롤라, 유디트가 파티에서 마주쳤을 가능성은 완전히 배제할 수 없었지만. '아냐.' 율리아는 이렇게 생각하며 재떨이에 담뱃재를 털었다. '그들은 서로 아는 사이였던 게 틀림없어! 베라, 카롤라, 유디트는 반 다이크, 클라이버, 마이바움과 레벨을 알고 있었고, 그들은 가끔 서로 얼굴을 보고 지내는 사이였겠지. 요안나는 레벨에게 별자리 운세를 봤고, 카롤라와 베라도 마찬가지였어. 레벨이 범인일까? 그렇다면 동기가 뭐지? 그에게는 전과가 있고, 마이바움은 그가 여자에게 폭력적인 성향을 보인다는 말을 들었다고 했잖아. 하지만 과연 그가 여자들을 잔인하게 죽일 만한 사람일까? 그렇게 알 만한 사람이 보나 마나 혐의를 받게 되리란 것도 모르고 그랬을까? 그렇다고 그가 범인이 아니라면 누구지? 또 누가 피살자들의 출생 정보 같은 걸 알아낼 수 있느냔 말이야? 그 지인들 무리에 속한 사람일까?'

율리아는 고개를 가로저으며 자리에서 일어나 다시 맥주 한 캔을 들고 왔다. 오늘 밤에만 벌써 세 캔째였다. 창가에 선 그녀는 어두운 창밖을 내다보았다. 길 건너 놀이터에는 희미한 가로등 하나만이 불을 밝혔고, 차 한 대가 그녀의 집 앞을 천천히 지나가고 있었다. 그녀는 창문을 열고 상쾌하지만 차가운 밤 공기를 마시며 위를 올려다보았다. 하늘은 구름 한 점 없이 맑았고, 초승달이 은빛으로 반짝였다. 대도시의 불빛에도 물뱀자리와 금성은 눈에 잘 띄었다. 그녀가 서 있는 곳에서 보니, 공항으로 줄지어 향하는 비행기들은 마치 하늘에 멈춰 서 있는 것만 같았다. 그녀는 맥주를 한 모금 마셨다. 잠시 후 추워진 그녀는 다시 창문을 닫고 창턱에 기대어 섰다.

'하지만 레벨의 지인들 가운데 한 명이라 해도,' 그녀는 생각을 이어갔다. '레벨이 아주 비밀스러운 얘기까지 터놓는 사람이어야 해. 그렇다면 그냥 지인이라기보다는 아주 친한 친구겠지. 무조건적으로 믿고, 오래전부터 알고 지냈던 사람. 그런 정보를 그렇게 잔인한 방법으로 자신의 변태적인 목적을 달성하기 위해 이용하리라고는 전혀 예상할 수 없었던 사람. 겉으로는 절대 사람을 죽이리라고는 상상할 수 없는 결백해 보이는 남자. 레벨과 친한 사람이 누가 있지? 리히터, 또 누구? 반 다이크, 클라이버, 마이바움이 있었지. 아니면 우리가 아직 모르는 사람인가? 내일 당장 가서 정보를 좀 캐와야겠군. 내일도 지난번처럼 버틴다면 경찰청으로 끌고 가야지. 만일 그가 범인이라면? 뭔가 알 수 없는 이유로 특정 전갈자리 여성들에 대한 뿌리 깊은 증오를 갖게 된 거라면? 제발 누가 단서를 좀 주면 좋겠는데. 레벨, 레벨, 레벨! 아마도 네가 이 모든 일에 대한 열쇠를 쥐고 있겠지. 네가 아니라면 너와 잘 아는 누군가가. 하지만 적어도 피살자 세 명은 서로 알았을 거야. 카롤라, 유디트, 그리고 베라 말이야. 어쩌면 요안나 알베르츠까지도.'

그때 전화벨이 울렸고, 율리아의 생각은 거기서 멈췄다. 그녀는 맥주캔을 테이블에 올려놓은 뒤 전화를 받았다.

"뒤랑입니다."

"곤잘레스예요." 그녀는 잠시 말을 멈췄고, 율리아는 수화기 너머로 그녀의 숨소리를 들을 수 있었다. "믿기 힘든 결과가 나왔어요. 형사님은 전갈자리고, 상승점이 사자자리예요. 피살자들과 똑같아요."

"피살자들과 똑같다니요? 그럼 제가 위험하다는 말인가요?" 율리아가 물었다.

"죄송해요, 그런 의미는 아니었어요. 저는 형사님의 출생 별자리에 대해 알아본 것뿐이에요. 어쨌든 형사님과 마주 앉아 이 일에 관해 이야기를 나눠보고 싶네요. 가능하시겠죠?"

"네, 그럼요. 하지만 당장은 제가 시간이 별로 없어서요. 제가 숨 좀 돌릴 때까지 미루기로 하죠. 감사해요. 다시 연락드리죠."

"저도 이해해요. 그래도 당분간은 조심하시는 게 좋을 거예요. 범인이 다음번에 누구를 노릴지는 아무도 모르니까요. 아 참, 잊어버리기 전에 말씀드릴 게 하나 있어요. 전갈자리-사자자리 조합이라고 해서 똑같은 별자리를 갖고 있다고 할 수는 없어요. 각 행성이 어떤 궁에 있느냐도 굉장히 중요한 요소거든요. 그런데 범인은 전갈자리-사자자리 조합만 보고 피살자를 선택했고, 따라서 저는 범인이 점성학에 대한 기본 지식은 가지고 있지만 전문가는 아니라고 생각해요. 전문가라면 별자리가 완전히 똑같은 경우는 거의 없다는 사실을 알았겠죠. 사실 그런 경우는 제왕절개로 태어난 쌍둥이나, 같은 장소에서 정확히 같은 시간에 태어난 사람들뿐이에요. 이 말씀을 드리고 싶었어요. 안녕히 계세요."

율리아는 수화기를 내려놓고 소파에 털썩 앉았다. '그러니까, 나 역시 전갈자리―사자자리라는 거지.' 그녀는 이렇게 생각하며 웃었다. 그러고는 자리에서 일어나 욕실로 가서 욕조를 보다가 고개를 가로저었다. 오늘은 샤워만 하고 잠자리에 들 생각이었다. 시계를 보니 10시 15분 전이었다. 그녀는 다시금 머릿속으로 레벨을 떠올리고는 거실로 가서 프랑크에게 전화를 걸었다.

"너무 늦게 전화해서 미안해요." 그녀가 말했다. "방금 곤잘레스에게 전화해서 내 별자리에 대해 알아봐 달라고 했거든요. 근데 나도 전갈자리―사자자리 조합이라지 뭐예요. 또 흥미로운 얘기를 들었는데, 범인은 아마 전문가가 아니라, 그저 점성학에 대한 피상적인 지식만 가진 사람일 거래요."

"당신 생각은 어때요?" 프랑크가 물었다.

"그건 내일 말해줄게요. 그리고 난 레벨에 대해서도 생각해봤어요. 그는 전문가니까 그 여자들 모두가 엄밀히 말하면 서로 다른 별자리였다는 걸 알았을 거예요. 곤잘레스가 그러는데, 쌍둥이나 혹은 같은 장소에서 같은 시간에 태어나지 않는 이상은 똑같은 별자리란 있을 수 없대요. 난 레벨이 이 사건들과 관계가 있다고 생각하지 않아요."

"난 아니에요." 프랑크가 반박했다. "그 자식이 얼마나 교활한지는 당신도 잘 알잖아요. 우리를 잘못된 방향으로 인도하려고 일부러 그랬을지도 몰라요. 그는 모든 상황을 고려해서, 우리가 조만간 별자리에 대해 알아내리란 것도 알고 있었을 거라고요. 하지만……."

"하지만 아직 우린 그에 대해서 아무것도 증명하지 못한다고요! 그가 요안나와 카롤라를 모른다고 하며 우리를 속인 건 사실이지만, 그건 아무런 의미도 없어요. 만약 그의 주변 인물 중에 범인이 있다면요? 어쩌면 그가 고객의 사적인 정보를 비롯해 모든 걸 털어놓는 가장 친한 친구일 수도 있잖아요? 아니면 레벨과는 아예 상관없는 사람일 수도 있고요. 그런 경우에는 완전히 처음부터 다시 시작해야겠죠. 물론 그런 일은 생각조차 하고 싶지 않지만. 어쨌든 내일 아침 일찍 레벨한테 가보기로 해요. 왜 거짓말을 했는지 알아야겠으니까요."

"뜻대로 해요. 아무튼 나는 그놈이 범인이 아니라는 걸 증명하지 않는 이상은 가장 유력한 용의자로 보여요. 주말에 뭘 했는지, 어디 있었는지 등을 알아낼 거예요. 뚜렷한 알리바이가 있어야만 난 그에 대한 의심을 거둘 거라고요. 알겠죠?"

"그럼 내일 아침에 봐요." 율리아가 말했다. "잘 자요."

'프랑크, 당신은 틀렸어요.' 그녀는 옷을 벗고 샤워기 아래 서서 생각했다. '틀려도 한참 틀렸다고요.'

11시 반에 침대에 누운 율리아는 침대 옆 탁자에 놓여있던 책을 집어 들었다. 3주 전부터 읽기 시작했던 책인데 아직은 전개가 지루하기만 했다. 다섯 쪽이나 읽었을까, 그녀의 두 눈이 스르르 감겼다.

오후 8시 25분

리히터는 오후부터 내내 책상에 앉아 경찰에 제출할 보고서를 쓰고 있었다. 모든 사실을 기록한 뒤 막 컴퓨터에 프로파일을 입력하려던 찰나, 방문이 열렸다. 그의 아내 클라라가 방 안으로 들어와 웃으면서 다가오더니, 그의 이마에 살짝 키스했다.

"안녕, 여보. 나 왔어요." 그녀는 미안하다는 표정을 지으며 말했다. "어제 일은 미안해요. 너무 늦어서 이자벨네 집에서 잘 수밖에 없었지 뭐예요. 제발 화내지 마요." 그녀는 속삭였다. 짧은 분홍색 원피스, 검정 스타킹과 펌프스 차림을 한 그녀는 아주 매력적인 모습이었다.

"괜찮아. 나도 할 일이 많았는걸." 리히터는 문서를 저장한 뒤 몸을 뒤로 기대고 담배에 불을 붙이며 그녀의 눈을 바라봤다.

그는 그녀가 이자벨의 집에서 밤을 보내지 않았다는 것을 알고 있었다. 이제 그는 그녀에 대해 너무 잘 알게 된 나머지, 그녀가 그를 속이려 들 때면 곧장 눈치챌 수 있었다. 무엇보다도 그녀의 눈빛에서 그는, 그녀가 거짓말을 하고 있으며 다른 남자의 집에 갔었다는 사실을 읽을 수 있었다. 하지만 그런 건 그에게 아무 상관 없었고 전혀 중요한 일이 아니었다.

어차피 그들의 결혼생활은 그가 의도적으로 선택한 피상적 결혼에 불과했다. 그는 그녀의 매력적인 외모와, 그리 풍족하지 않은 집안에서 태어났음에도 상류사회에 잘 적응하는 성격 때문에 그녀와의 결혼을 결심했다. 그 외의 일에 대해서는 그녀가 원하는 대로 자유로이 행동할 수 있도록 했는데, 이는 그녀가 워낙 집에만 있는 걸 못 견디는 성격이었기 때문이다. 어쩌면 이것이 그녀와 비올라 클라이버의 유일한 공통점일지도 몰랐다.

"무슨 재미있는 걸 하고 놀았기에 시간 가는 줄도 몰랐어?" 그는 마치 실제로 궁금하기라도 한 것처럼 물었다.

"영화 한 편 보고 술 마시러 갔었어요. 그런데 이자벨이 잠깐 자기 집에 들렀다 가라고 해서 갔다가, 시간 가는 줄도 모르고 한참 수다를 떨었지 뭐예요. 그래서 자고 오게 된 거예요." 그녀는 순진무구한 얼굴로 말했지만, 리히터는 이제 더 이상 그 얼굴에 속지 않았다.

"그럼 오늘은 왜 일찍 들어오지 않은 거야?" 그는 계속 물었지만, 그의 말투는 비난과는 거리가 멀었다. "적어도 전화는 할 수 있었잖아."

"아, 여보." 그녀는 담배를 집어 들며 말했다. "오늘 낮에 눈을 떴을 때 우리는 잠깐 비스바덴에 다녀와도 되겠구나 하고 생각했어요. 아까 전화했는데 당신이 안 받더라고요. 가끔은 자동응답기 좀 체크해 봐요. 대신 앞으로 며칠간은 착하게 집에만 있을게요. 약속해요." 리히터는 이것 역시 거짓말임을 잘 알았다. 내일이 되면 아내는 보나 마나 또 남자를 찾으러 밖으로 나갈 게 뻔했다. "근데 지금 뭐하는 거예요?" 그녀는 이렇게 물으며 책상 위에 펼쳐진 파일들을 가리켰다.

"그건 말해줄 수 없어." 리히터는 그녀를 끌어당기며 말했다. 그의 무릎 위에 앉은 그녀에게서 자극적인 향수 냄새가 풍겼다. 그는 그 향기를 좋아했다. 그녀가 만나고 다니는 다른 남자들이 그랬듯이. 클라라와 같이 아름다운 여자가 뿌리면 그 어떤 남자라도 이성을 잃게 만들 만한 향기였다.

"그렇게 비밀스러운 일이에요?" 클라라는 그의 목을 어루만지며 말했다.

"아주 비밀스러운 일이지."

"얼마나 더 걸리는데요?"

"밤 늦게까지 해야 할 거야. 그러니 먼저 가서 자."

"혼자 자기 싫단 말이에요. 당신과 같이 위층으로 가고 싶은데." 그녀는 토라지며 말했다.

"안 돼." 리히터는 단호하게 말했다. "나랑 같이 자봤자 무슨 소용인데? 내가 다른 사람들만 하겠어?"

"무슨 다른 사람들이요?" 그녀는 또다시 순진무구한 눈빛으로 물었다.

"무슨 말인지 잘 알잖아. 자, 이제 가서 자든지 텔레비전을 보든지, 하고 싶은 대로 해. 난 일을 좀 더 할 테니까. 생각보다 빨리 끝나면 나도 따라 올라가지." 그가 엉덩이를 찰싹 때리자 그녀는 모욕이라도 당한 듯 뒤도 돌아보지 않고 방에서 나갔다.

아내가 나간 뒤 리히터는 하던 일을 계속 했다. 그의 머릿속에는 이미 범인의 그림이 그려져 있는 상태였고, 이제 그걸 글로 적기만 하면 되었다. 그는 그 그림의 도움을 받아 경찰이 살인범을 하루빨리 잡을 수 있기를 간절히 바랐다. 그리고 친구인 콘라트 레벨을 만나 몇 가지 정보를 살살 빼내 볼 생각이었다. 오후부터 그의 마음속에서 레벨이 그 살인사건들과 어떤 관련이 있을 거라는 생각이 떠나질 않았기 때문이다. 비록 레벨이 그 정도로 사악한 수법을 썼으리라고는 상상하기 힘들었지만, 상세한 점성학적 지식을 갖고 있고, 감정이입 능력과 직감이 뛰어나면서도 자신을 통제하지 못하고 화를 잘 내는 사람은 레벨뿐이었다. 그리고 피살자 중 적어도 한두 명은 레벨이 알던, 그것도 단순한 고객이상으로 친했던 여자들이었다. 레벨이 예쁜 여자라면 사족을 못쓰고, 마치 속옷을 갈아입듯 여자를 갈아 치웠다는 사실은 알 만한 사람은 다 알았다. 리히터는 매번 시간 간격을 길게 두고 한 여자와 진득하게 만났기 때문에 레벨처럼 그런 쪽으로 유명할 일은 없었다. 레벨의 그러한 관계지속 불능은 그를 용의자 범주에 속하게 만드는 요소였다. 반면에 그의 분노행동을 보면 범인의 그림과 맞지 않는데, 범인은 아주 치밀하고 계획적으로 행동했기 때문이다. 게다가 리히터에게 레벨은 수년간 많은 대화를 나눴던 친한 친구였다. 리히터는 그가 살인을 저지르리라고는 생각할 수 없었다. 흥분해서 한 번 그랬을지는 몰라도, 다섯 번이나 계획적인 살인을? '아냐.' 리히터는 고개를 가로저었다. '레벨은 관계가 없어. 하지만 뭔가 알고 있어. 그리고 난 그게 뭔지 알아낼 거야. 어쩌면 그는 범인과 아는 사이면서도 그 사실을 모르고 있는지 몰라.'

11시가 되기 조금 전, 전화가 왔다. 그는 전화벨이 한 번 울린 뒤 전화를 받았다.

"안녕, 자기. 또 나예요, 자네트. 우리 대가께서는 어떻게 지내시나 해서 전화해봤어요."

"피곤하고 힘들어."

"이를 어쩌나. 난 당신과 오늘 밤 뭔가 할 수 있을 줄 알았는데. 우리 집으로 와요. 어때요? 내가 금방 다시 힘이 나게 해줄게요."

"당신 청을 거절한 적이 한 번도 없었는데, 오늘은 정말 안 될 것 같아. 아직 할 일이 많이 남았거든."

"이 밤중에 무슨 할 일이 아직도 있어요?" 자네트 리버만은 물었다. "이 시간에 환자가 와있을 리는 없을 거고. 아니에요?"

"그럼, 그건 아냐. 경찰의 부탁을 받아서 범인 프로파일을 작성해야 하는데, 시간이 오래 걸리네. 내일까지 해줘야 하거든."

"어쩔 수 없죠." 그녀는 실망한 듯 말했다. "그런데 내 촬영은 다음 주말까지고, 그다음에는 석 달간 마요르카로 가요. 그 전에 당신을 한 번 더 보고 싶은데."

"내일 저녁에는 시간을 비워놓을게. 몇 시에 볼까?"

"9시 어때요?"

"좋아, 그럼 9시에 당신 집으로 갈게."

"기다릴게요. 맛있는 음식도 시켜놓고요. 약속해요……. 그런 다음엔 월요일에 했던 걸 하고요." 그녀는 유혹하는 듯한 목소리로 말했다. "그럼 내일 봐요."

"그래, 내일 보자고."

전화를 끊은 리히터는 기지개를 켰다. 자네트 리버만, 독일에서 가장 잘 나가는 여배우 중 한 명. 5년 전 혜성같이 등장한 이래로 각 매체의 머리기사를 장식하고 있는 여자. 설문조사 결과 독일에서 가장 섹시한 여자로 손꼽히는, 남자들에겐 꿈이자 여자들에게는 감탄과 질투의 대상인 여자.

자정이 조금 넘은 시각, 리히터는 파일을 덮고 컴퓨터를 끈 뒤 몸을 뒤로 기대고 하품을 했다. 일을 모두 마친 그는 속으로 강한 자부심을 느꼈다.

자리에서 일어난 그는 셰리주 한 잔을 마시고 담배에 불을 붙였다. 담배를 다 피운 뒤에는 위층으로 가서 짧게 샤워를 하고 아내가 있는 침대로 갔다. 그녀는 아직 자지 않고 텔레비전을 보는 중이었다. 언제나처럼 벌거벗은 채 누워있었다. 그가 옆에 눕자 그녀는 그의 품으로 파고들었고, 그의 가슴 위로 그녀의 따뜻한 숨결이 느껴졌다. 그녀는 아무 말 없이 그의 배를 쓰다듬다가 점점 손을 아래로 가져갔다. 그는 사실 아내와 관계할 생각이 없었지만 결국 하고 말았다. 이미 오래전부터 그는 그것이 엄청난 모험이란 걸 잘 알고 있었다. 클라라는 수많은 남자를 꾸준히 바꿔가며 만났으니까. 하지만 이제는 그런 생각을 거의 하지 않았다. 쉰 살의 나이에 죽음이나, 그녀와 잠자리를 가져서 생길 수 있는 병에 대해 생각하고 싶진 않았다. 그저 운명에 맡길 뿐.

클라라의 몸은 따뜻하고 부드러웠고, 리히터는 자신을 다정하게 어루만지는 그녀의 손길을 즐겼다. 문득 클라우디아 반 다이크가 자기를 사랑하느냐고 물었던 게 생각났다. 지금 이 순간 그의 몸속에서 편안한 온기가 올라오는 것이 느껴졌고, 그건 아마도 사랑의 감정, 바로 아름다운 아내에 대한 사랑일 터였다. 아내가 사랑한다고 말한다면 그는 정말로 아내를 사랑할 수 있을 것만 같았다. 하지만 그는 음란증에 걸린 사람들은 진정한 사랑을 할 수 없다는 것을 알고 있었다. 그의 아내처럼 음란증 성향이 있는 사람은 오직 자기 자신만을 사랑하게 마련이다. 또 섹스에 대한 생각을 떨쳐버릴 수 없기 때문에 끊임없이 잠자리 상대를 바꾸고 싶은 욕망에 시달리며 그런 순간적 변화, 자유를 사랑했다.

리히터는 아내의 마음속에서 무슨 일이 일어나고 있는지, 무엇 때문에 그녀가 항상 새 남자를 찾아다니는지 알 수가 없었다. 또 그녀가 아픈 건지, 뇌에 문제가 있어서 자신의 욕망을 스스로 다스리지 못하는 건지도 알 수 없었지만 그런 문제에 관해 그녀와 심각하게 대화를 나눠본 적은 없었다. 그가 아는 거라곤 자신이 아내의 아버지뻘 된다는 것과, 따라서 혼자 힘으로는 그녀의 성적 욕구를 충족시켜줄 수 없다는 사실뿐이었다. 그러므로 그들의 관계도 그리 오래가지는 못할 터였다. 새벽 1시 반, 아내는 이미 그의 팔을 베고 잠이 들었지만 그는 여전히 생각에 잠겨있었다.

목요일

오전 6시 45분

율리아는 신경을 거스르는 알람 소리에 잠에서 깨어났다. 몸을 홱 돌려 알람을 끈 그녀는 잠시 그대로 누워 정신을 차리려고 애썼다. 지난밤 그녀는 푹 잤고, 침대 앞에는 책이 떨어져 있었다. 오늘은 어제와 달리 하늘에 먹구름이 잔뜩 끼었고, 살짝 열린 침실 창문으로 바람이 살살 불어 들었다. 일어나 앉은 그녀는 물을 한 모금 마시고는 무릎을 끌어당겨 고개를 숙이더니 양손으로 머리를 쓸어 넘겼다. 어젯밤에도 의미를 알 수 없는 이상한 꿈을 또 꿨던 것이다. 차를 몰고 지하주차장으로 들어갔는데 갑자기 모든 출구가 막혀버리는 꿈. 꿈속에서 그녀는 그곳을 빠져나가려고 안간힘을 썼지만 도저히 빠져나갈 수가 없었다.

그녀는 그 이상한 꿈을 머릿속에서 지워버리려 노력했다. 오늘은 중요한 일들이 예정되어 있었으니까. 우선 경찰청에 들러 잠깐 회의한 뒤에 프랑크와 함께 레벨의 집으로 가서 그를 데려와 심문할 생각이었다. 무엇보다도 범행이 일어난 시각에 그에게 알리바이가 있는지를 알아봐야 했다. 또 그의 고객 차트를 넘겨받아 요안나 알베르츠 외에 다른 네 명의 피살자도 그에게 별자리 운세를 봤었는지 확인해야 했다. 만일 레벨이 계속 입을 닫는다면, 그를 심문하는 데만 몇 시간이 걸릴 수도 있었다. 또 리히터에게 연락해 범인의 프로파일을 작성했는지, 오늘 중으로 알려줄 수 있는지 물어볼 생각이었다.

7시 정각, 그녀는 자리에서 일어나 욕실로 가서 출근 준비를 했다. 우편함에서 〈프랑크푸르터 룬트샤우〉 신문을 가져와 아침을 먹으며 읽는데, 지방소식란에 베라 코슬로브스키 살해 사건에 대한 짧은 기사가 눈에 띄었다. 다행히 다른 살인사건들까지 언급되지는 않았다. 율리아는 신문을 접은 뒤 다 먹은 접시를 싱크대에 넣고 골루아 한 개비를 피우며 집 안을 둘러보았다. 그러다 문득 그녀 역시 사자자리를 상승점으로 하는 전갈자리라는 이상한 우연을 머릿속으로 떠올렸다. 피식 웃으며 담배를 끈 그녀는, 날이 서늘할 거라는 일기예보에 따라 재킷을 입었다. '사실 이런 날은 침대 밖으로 나오지 않는 게 딱인데.' 그녀는 생각했다. 율리아는 어깨를 한 번 으쓱하고는 가방을 들고 밖으로 나왔다.

그녀가 8시 조금 전 경찰청에 도착했을 때, 다른 사람들은 이미 출근한 상태였다. 베르거는 언제나처럼 자기 책상 앞에 앉아 옅은 술 냄새를 풍기며 커다란 배 위에 팔짱을 끼고 앉아있었다. 율리아는 베르거를 보며, 그의 몸이 앞으로 얼마나 더 버틸 수 있을까 생각했다. 5년 전 처음 만났을 때만 해도 그는 풍채 좋게 통통한 체격에, 번뜩이는 두뇌로 분석적인 사고를 하던 사람이었다. 그러나 아내와 아들의 사고사로 순식간에 몸과 마음이 다 망가져버린 그는 술과 과식에 의지해 근근이 살아가고 있었다. 얼굴은 부어 보였고, 몸무게는 전보다 적어도 40킬로그램은 더 늘어 있었다. 그의 주위 사람 대부분이 그의 문제를 알고 있었지만, 30년 베테랑 형사에게 뭐라고 할 수 있는 사람은 실상 아무도 없었다. 만약 다른 젊은 경찰이었다면 알코올중독이 발각됐을 경우 치료와 연계된 금단요법을 무조건 시작하고, 수사와는 관계없는 보직으로 좌천되거나 심하면 해임됐을 것이다.

하지만 육감이 확실하기로 유명하며 오랜 세월 동안 훌륭한 경찰이었던 베르거를, 쉰 살이 넘은 지금 강제로 금단요법과 치료를 받게 할 사람은 없었다. 그는 살인사건 수사반의 반장이었고 끝까지 그렇게 남을 터였다. 그리고 그를 비롯한 부서 사람들은 이제 율리아, 프랑크와 페터가 부서를 이끌다시피 하는 것을 잘 알고 있었다. 때때로 율리아는 베르거가 은퇴하는 날을 기다리고 있는 듯한 느낌을 받기도 했다. 그는 외롭고 내성적인 남자로, 자기 기분을 밖으로 표출하는 법을 몰랐다. 어쩌다 가끔 활기를 띠거나 날카로운 생각을 말할 때도 있지만, 중요한 일은 대개 다른 사람들에게 넘겼다. 집에 혼자 있는 게 싫어서인지, 베르거는 거의 매일, 어떤 때에는 주말에도 사무실에 나오곤 했다. 그런 그가 만약 은퇴한다면 그 많은 시간을 다 어떻게 한단 말인가? 율리아는 베르거가 술을 얼마나 마시는지 알 수 없었고 그저 추측할 뿐이었다. 아내와 아들이 죽은 뒤 그의 유일한 버팀목이 되었던 딸 안드레아도 이제는 별 도움이 안 되었다. 안드레아는 범죄심리학자가 되리라는 목표를 가지고 이제 막 경찰학교를 졸업한 상태였기 때문이다. 베르거를 생각하면 율리아는 어쩐지 불쌍한 마음이 들었지만, 그래도 성숙한 남자이니 자기 앞길을 잘 헤쳐나가리라 생각했다.

프랑크는 잠을 잘 못 잔 듯 불쾌한 표정을 하고 있었고, 페터는 삐딱한 자세로 책상 앞에 앉아 껌을 씹으며 귀찮은 듯 파일을 넘겨보고 있었나.

"좋은 아침. 오늘 뭐 특별히 할 일 있나요?" 그녀가 물었다.

베르거는 고개를 가로저었다. 그의 얼굴은 전체적으로 발그레했고, 눈은 누런빛을 띠었다. "내가 알기엔 없네. 수사야 자네가 알아서 하는 거고."

"좋아요. 저는 오늘 몇 가지 계획이 있어요. 우선 레벨한테 다시 가서 그가 알고 있는 걸 불지 않으면 이리로 데리고 올 생각이에요. 또 리히터에게는 일을 다 끝냈는지 물어보고요."

율리아는 수화기를 들고 리히터의 번호를 눌렀다. 신호음이 울리자마자 그가 전화를 받았다.

"안녕하세요, 리히터 박사님." 그녀가 말했다. "아침부터 전화드려서 죄송하지만……."

"괜찮습니다." 그가 율리아의 말을 끊었다. "급박한 상황이라서 그러시는 거겠죠. 지난밤에 범인의 프로파일을 어느 정도 작성해두었습니다. 제가 언제쯤 들리면 될까요?"

"오늘 오후 어떠세요? 3시 정도요?"

"좋습니다. 하지만 부디 큰 기대는 하지 마세요. 범인의 주소와 전화번호까지는 알아내지 못했으니까 말입니다." 그는 웃으면서 덧붙였다.

"그런 것까지야 기대할 수 있나요. 그럼 이따 뵙죠."

프랑크는 커피를 따라서 커다란 프랑크푸르트 지도가 붙어있는 벽에 기대어 섰다. 그를 흘긋 쳐다보던 율리아의 눈빛이 그 지도로 옮겨갔다. 그녀는 자리에서 일어나 프랑크 옆으로 가서 섰고, 사무실 안에는 페터가 틀어놓은 라디오 소리 외에 아무 소리도 들리지 않았다.

"있잖아요, 프랑크, 피살자들은 전부 남동쪽을 가리키고 있었죠." 그녀는 한 손으로 턱을 만지더니 곧 담배에 불을 붙였다. 그리고 지도를 가리키며 말했다. "여기." 프랑크는 돌아서서 율리아가 지도에 꽂아둔 핀을 쳐다보았다. "하일리겐슈톡 공원묘지가 있고, 여기서 북쪽으로 거의 마주 보는 지점에 토마스만 가가 있어요. 그리고 중간쯤에 그뤼네부르크 공원과 로틀린트 가가 있고, 여기 아래 남쪽에 켈스터바허 가가 있죠. 범인은 혹시 어떤 지리적인 형태에 따라 범행하는 걸까요?"

프랑크는 까칠한 수염을 문지르며 잘 모르겠다는 듯 어깨를 으쓱했다. "글쎄요. 왜 그렇게 생각해요?"

"나도 몰라요, 그냥 느낌이에요. 요안나, 카롤라, 에리카는 집에서는 멀지만 범행장소와는 멀지 않은 바깥에서 발견됐어요. 하지만 베라와 유디트는 각각 자기 집에서 살해당했고, 시체도 거기서 발견됐죠. 왜 그 두 명은 밖에 내다놓지 않았던 걸까요?"

"그게 편했기 때문이겠죠." 어느새 두 사람 뒤로 다가온 페터가 말했다. "밖으로 나오면 누가 볼까 봐 신경 써야 하잖아요. 전보다 더 조심스러워진 거예요."

율리아는 고개를 가로저었다. "아뇨, 난 그렇게 생각하지 않아요. 에리카는 월요일 새벽에 살해당했고 유디트도 그로부터 불과 몇 시간 뒤에 죽었어요. 그 짧은 시간 동안 범행수법을 바꿀 리는 없다고요. 범인은 일정한 전략을 따르고 있어요. 대체 그게 뭘까요? 시체가 발견된 장소들을 선으로 한 번 연결해보죠. 생일 순서대로 죽인 게 아니니까 살인 순서를 따져보면 뭔가 알아낼 수 있을지도 몰라요." 그녀는 이렇게 말한 뒤 볼펜을 들었다. "여기가 1번, 하일리겐슈톡. 아래로 내려가서 2번, 로틀린트 가. 그리고 3번, 그뤼네부르크 공원. 4번, 켈스터바허 가. 5번, 토마스만

가⋯⋯." 율리아는 뒤로 2미터 정도 물러나 지도를 빤히 쳐다보다가, 입술을 내밀고 고개를 갸우뚱거렸다.

"이건 지리적인 형태도 아니고, 어떤 기하학적인 도형도 아닌데. 적어도 내가 아는 한은 말이에요." 프랑크가 말했다. "하지만 수학엔 젬병인 내가 뭘 알겠어요."

"그냥 한 번 시도해본 것뿐이에요. 각 장소간의 거리는 어때요? 직선거리 말이에요." 그녀가 물었다.

"잠깐만요." 페터가 자를 가지고 왔다. "하일리겐슈톡에서 로틀린트까지가 3.5킬로미터, 로틀린트에서 그뤼네부르크까지가 3킬로미터, 그뤼네부르크에서 켈스터바허까지는 거의 4킬로미터, 켈스터바허에서 토마스만까지는 8.5킬로미터 정도 되는데요. 이것 역시도 별 의미 없는 것 같네요." 그는 애써 웃음 지으며 말했다.

율리아는 긴장을 느끼며 아랫입술을 깨물었다. "왜 범인은 처음 세 명의 시체는 밖에다 버리고 다른 둘은 그러지 않았을까요?"

"그 둘은 독신인 데다 자기 집을 소유하고 있었잖아요." 프랑크는 이렇게 말하며 커피를 마셨다. "뭐 당연한 걸 물어요?"

"카롤라에게도 집은 있었어요."

"하지만 그건 약혼자와 같이 사는 집이었죠."

"그래도 카롤라가 살해된 때에 약혼자는 국내에 있지도 않았어요. 당시 그는 미국에 장기 출장을 가 있었죠. 그러니까 범인은 카롤라도 그녀의 집에서 죽이고 시체를 거기 방치할 수도 있었다고요. 하지만 그는 그녀의 집이 아닌 다른 곳에서 그녀를 살해했고, 집에서 12킬로미터나 떨어진 곳에 시체를 유기했죠. 왜 그렇게 멀리까지 갔을까요? 또 에리카의 시체는 왜 그뤼네부르크 공원에 놔뒀을까요? 그다지 안전한 곳도 아닌데 말이에요. 로틀린트가 역시 도심이나 마찬가지예요. 종일 붐비는 프리드베르거 간선 도로와 그리 멀지 않잖아요. 목격당할 위험이 큰 곳이라고요. 범인에게는 온갖 신중을 기해 행동하면서도 포기할 수 없는 게 있었던 거예요. 그렇게 엄청난 위험을 안고도 그런 행동을 한 건 우리에게 뭔가를 보여주려는 거라고요. 난 바로 이 지도상에 범인이 구상한 일정한 틀이 있다고 확신해요."

"어쩌면 범인이 아직 일을 다 끝마치지 않아서 그 틀이 안 보이는 걸지도 몰라요." 페터가 말했다. "정말 어떤 틀이 있을지도 모르지만, 범인은 우리가 손쓸 수 없도록 그 틀을 서로 관계없어 보이는 단편적인 조각들로 나눠 놓았을 겁니다. 난 오히려 그가 다른 세 사람을 어디서 죽였는지가 더 궁금한데요."

"나도 그게 고민이에요." 율리아가 말했다. "에리카, 카롤라와 요안나를 살해한 장소가 있을 텐데, 거긴 시체가 발견된 장소와는 달라요. 수 시간, 아니 수일 동안 그들을 고문하고 결국 살해까지 했던 장소 말이에요. 그럴 만한 곳이 어디 있을까요?"

프랑크는 눈알을 굴리며 잔을 책상 위에 내려놓고 담배에 불을 붙였다. "맙소사, 그럴 만한 데가 어디 한두 군데겠어요? 빈집, 지하실, 오래된 공장, 벙커. 그걸 어떻게 찾아요!"

"공장이나 벙커는 아니에요." 율리아는 열성적으로 말했다. "피살자들은 그를 믿었던 사람들이에요. 오래전부터 그와 아는 사이였고, 그와 만나기 위해 잔뜩 꾸미고 나갔다고요. 그런 모습으로 벙커나 공장에 갈 사람은 없어요. 하지만 집일 수는 있겠죠, 그것도 그의 집. 베라와 유디트도 그 집으로 불러들일 수 있었지만 그들의 집이 그가 설계해놓은 틀에 들어맞기 때문에 굳이 그럴 필요가 없었을 거고요." 그녀는 말을 멈추고 잠시 생각하더니 다시 입을 열었다. "컴퓨터로 이 지도를 다방면으로 연구해보죠. 가능한 한 다양한 기하학 형태들을 적용시켜 보고요. 어쩌면 그러다 하나 얻어걸릴 수도 있잖아요. 베라와 유디트만 자기 집에서 살해된 건 우연일 리가 없어요……." 그녀는 숨을 깊이 들이쉬었다. "좋아요, 일단은 이걸로 끝내죠. 프랑크, 우린 이제 레벨한테 가요. 생각해봤는데, 일단은 좋게 나가고 그래도 계속 그가 입을 닫고 있다면 그때는 이리로 데려와야겠어요. 만일 그가 자발적으로 고객 차트를 넘기지 않으면 수색영장을 받도록 하고요."

율리아는 페터를 쳐다보았다. "그리고 당신은 컴퓨터 전문가와 함께……. 내가 무슨 말 할지 알죠?"

"예, 예, 대장님." 페터는 반듯한 자세로 서서 경례 자세를 취한 뒤, 뒤로 빙그르르 돌아 씩 웃으며 자기 책상으로 돌아갔다.

"레벨이 오늘도 요안나를 모른다고 잡아떼는지 어디 한 번 보자고요." 율리아는 가방을 집어 들며 말했다.

"행운을 비네." 베르거가 사무실을 나서는 그들의 등 뒤에다 대고 소리쳤다.

차로 걸어가는 길에 프랑크가 물었다. "아까 정말 확신이 있어서 그렇게 말한 거예요?"

"물론이에요. 범인이 한 짓은 전부 상징적이에요. 또 시체를 일정한 자세로 눕혀놓는 동시에 특정 방향을 가리키게 했고요. 어쩌면 그놈은 어떤 그림을 완성해가고 있는 건지도 몰라요. 아니면 어떤 형태나. 내 생각이 완전히 틀린 걸지도 모르지만……. 자, 일단 레벨을 혼내주고 나서 얘기하자고요."

"그가 정말 이 일과 무슨 관련이 있다고 생각합니까?"

"모르겠어요. 뭘 숨긴다고 해서 그게 곧 사람을 죽였다는 걸 의미하지는 않으니까요. 착각일 수도 있지만, 난 그가 살인범이라고는 생각지 않아요. 진짜 비호감이긴 하지만요. 다만 그가 어제 왜 그리 입을 닫고 있었는지 궁금할 뿐이에요."

"어쩌면 그냥 경찰이 싫어서 그랬을 수도 있죠. 기억하는지 모르겠는데, 그에겐 이미 전과가 있잖아요." 프랑크가 차 문을 열며 말했다.

"하지만 그건 이미 오래전 일이고 그 이후로 그는 더 이상 죄를 짓지 않았어요. 오히려 아주 돈 많고 명망 있는 사람이 되었다고요. 정화라는 말도 몰라요?" 율리아는 비꼬듯 말했다.

"진짜 정화되었는지는 곧 알게 되겠죠."

프랑크푸르트로 향하는 차량이 꽤 많은 이 시간대에도 크론베르크까지는 20분밖에 걸리지 않았다. 프랑크도 율리아도 아무 말 없이 각자 생각에 잠겨 있었다. 크론베르크 표지판을 지나치고 나서야 프랑크가 입을 열었다. "나딘이 언제 놀러 올지 물어보라더군요."

"일단 이 거지 같은 사건이나 끝내고 얘기하자고 했잖아요. 그때는 마음이 좀 편해질 테니까."

프랑크는 그녀의 말에 아랑곳하지 않고 다시 물었다. "이해는 하는데요, 그래도 오늘 저녁에 잠깐 들리지 그래요? 어차피 우리 둘 다 대기 근무니까 혹시 무슨 일이 생기면……."

율리아는 씩 웃으며 프랑크를 보았다. "정말 포기라고는 모르네요, 그렇죠? 오늘 저녁 몇 시요?"

"8시?"

"좋아요, 8시로 하죠. 근데 저녁 메뉴는 뭐예요? 이 몸이 친히 왕림하시는데   ."

"깜짝 놀랄 걸요. 나딘한테 전화해서 당신이 올 거라고 말해줘야겠군요. 보면 정말 반가워할 거예요. 율리아를 얼마나 좋아하는데요."

그들은 열려있는 레벨의 집 입구를 지나 그의 검정 포르셰 뒤에다 차를 세웠다. 프랑크는 가방에서 휴대폰을 꺼내 아내에게 전화를 걸었고, 통화가 끝난 뒤 두 사람은 차에서 내려 레벨의 집으로 걸어갔다.

오전 9시 25분

프랑크가 초인종을 누르자 집 안에서 먹먹한 딩동 소리가 들렸다. 그들은 잠시 기다렸지만 인기척이 없었고, 프랑크는 다시 한 번 초인종을 누르며 이마를 찌푸렸다.

"이상하네요, 차도 있고 대문도 열려있는데."

문은 이미 살짝 열려있었고, 프랑크는 조심스럽게 문을 밀었다. "안녕하십니까!" 그가 소리쳤다. "레벨 씨, 경찰청에서 나왔습니다!" 하지만 아무런 대답도 들리지 않았다.

그들은 집 안으로 들어갔다. 복도와, 복도 왼편의 거실에는 불이 켜져 있었다. 텔레비전도 켜진 상태였고 테이블 위에는 반쯤 찬 스카치 병이, 의자 오른쪽 옆에는 파이프가 놓여있었으며 카펫 위에는 재가 약간 떨어져 있었다. 의자 왼쪽에 유리잔이 떨어져 있는 것도 보였다. 안으로 좀 더 들어가자, 두 다리를 테이블 위에 올린 채 의자에 앉아있는 레벨의 모습이 보였다.

"레벨 씨?" 율리아는 이렇게 물으며 가까이 다가가 그의 옆에 섰다. 순간 침을 꿀꺽 삼킨 그녀는 프랑크를 심각한 눈빛으로 쳐다보며 이리 와보라고 손짓했다. "제기랄!" 그녀는 조용히 내뱉었다. "대체 여기서 무슨 정신 나간 일이 있었던 거야?"

콧잔등 위쪽에 총알이 뚫고 들어간 자국이 있었고, 뒤통수로 다시 나온 총알은 뇌를 말 그대로 잘게 으깨놓았다. 그 총알은 지금 레벨의 머리 뒤 의자 테두리에 박혀있었다. 소량의 피가 말라붙어있었고, 레벨의 몸은 차가웠다. 두 눈은 감겨있었으며 표정은 잔인하게 죽음에 이르게 된 사람의 그것이라고는 생각할 수 없을 정도로 평온했다. 믿을 수 없다는 놀람이나 경악의 감정 같은 건 전혀 찾아볼 수 없었다.

"누군가 제대로 일을 벌여놨군요." 율리아가 말했다. "이로써 레벨을 용의자 리스트에서 지울 수 있겠네요. 반장님께 전화해서 사람들 좀 보내달라고 해줘요."

프랑크가 통화를 끝내자 율리아가 말했다. "이게 무슨 일이죠? 대체 무슨 일이 일어나고 있는 거냐고요? 나쁜 놈! 왜 어제 그렇게 주둥이를 닫고 있었어! 말 좀 해봐!" 그녀는 분노하여 주먹으로 벽을 쿵쿵 쳐댔다.

프랑크는 힘없이 어깨를 으쓱했다. "어쩌면 정말 나쁜 놈이어서 그랬는지도……. 하지만 이젠 정말 정화됐군요." 그는 살짝 웃으며 덧붙였다.

"당신의 유머감각은 가끔 이렇게 끝내준다니까요. 어쩌면 누가 살인을 저질렀는지 예감한 레벨이 넘어서는 안 될 선을 넘어버렸는지도 몰라요. 어쩌면 범인이 얼마나 무서운 놈인지 모르고 우리에게 그의 정체를 폭로해서 자기가 얼마나 멋진 사람인지 증명해 보이려다가 당한 걸지도요."

"그럼 어제 범인을 만났다는 건데……."

"…… 만나서 우리가 왔었다는 말을 했겠죠. 아마 레벨과 아주 친한 사이일 거예요. 모든 걸 터놓고 얘기할 수 있고, 레벨의 과거사까지 속속들이 알고 있는 절친한 친구일지도 몰라요. 너무 친해서 레벨은 전혀 아무것도 두려워하지 않았겠죠. 그게 그의 불찰이었고요. 레벨의 말이 그 친구에게 위협이 되었을 거예요."

"친구라는 건 어떻게 알아요?" 프랑크가 조용히 물었다.

"여기 어디 싸운 흔적이 보이나요? 그저 평범한 거실의 모습이 잖아요. 게다가 정돈이 잘 되어 있어요. 의자 하나 넘어져 있지 않아요. 유리잔과 파이프가 카펫 위에 떨어져 있을 뿐이죠. 여기 왔던 사람은 레벨과 친한 사람이 틀림없어요. 레벨은 그가 살인과 직접적으로 연관이 있거나, 아니면 적어도 그 배후가 누군지 알고 있다고 의심했겠죠. 하지만 이렇게 바로 당하리라고는 조금도 예감하지 못했기에 상대방을 잡을 생각을 안 했던 거예요."

"그럴 듯하군요. 서재에 한번 가보죠." 프랑크가 말했다.

"내가 장담하는데, 아무것도 못 찾을 거예요. 자료들도, 컴퓨터 파일들도, 수첩도, 일정표도, 아무것도 없을 거라고요." 율리아는 고개를 가로저으며 프랑크를 보았다. "게임은 아직 끝나지 않았어요. 어쩌면 이제 시작인지도요. 그리고 레벨의 숨통을 끊어놓은 사람은 그 여자들을 살해한 범인이 틀림없어요. 지금쯤 살기가 오를 대로 올라 더는 양심의 가책도 못 느낄 거예요." 그녀는 손에 장갑을 끼고 레벨 쪽으로 몸을 굽혀 그의 하악 관절을 만져보고, 어깨 관절과 팔꿈치의 움직임을 체크했다. "죽은 지 적어도 일곱 시간은 된 것 같아요. 자정에서 새벽 3시 사이 정도에 살해된 것으로 보여요. 이미 사후경직이 완전히 이루어졌으니까요."

율리아는 분노와 혼란이 뒤섞인 표정으로 장에 기대어 섰다. 주먹을 불끈 쥔 채 분노와 무력감을 억누르고, 소리를 지르고 싶은 걸 간신히 참고 있었다. "그러게 말을 했으면 좋았잖아! 그럼 우리가 일찌감치 그놈을 잡았을 텐데. 이제 놈은 아무런 방해도 받지 않고 제 일을 계속하겠죠. 짐이 되는 사람을 제거했으니까요. 완전히. 결국 다시 원점으로 돌아왔네요. 보나 마나 대중에게 조롱거리가 될 거예요."

문득 그녀는 어젯밤 꿈을 떠올렸다. 며칠 사이에 두 번씩이나 꾸었던 그 꿈을. 꿈속에서 율리아는 어두컴컴한 지하주차장을 헤맸다. 그러나 출구는 막혀있었고, 유일한 출구였던 천창마저 쇠창살로 가로막혀 밖으로 나갈 수가 없었다. 이제 율리아는 그 이상한 꿈의 의미를 알 듯했다. 이 사건의 그 해답을 찾으러 가는 길목에 쇠창살이 가로막고 있는 것이다. 멀리 불빛은 보이는데, 그저 가만히 있어서는 절대 밖으로 나갈 수 없다. 어떻게 하면 쇠창살을 없앨 수 있을까 생각하던 율리아는 고개를 가로저었다. 머리가 뒤죽박죽되어 아무것도 모르겠다. 이 모든 게 아주 추잡한 일이라는 것 말고는.

"왜 그래요?" 프랑크가 걱정스러운 듯 물었다.

"아, 아무것도 아니에요. 그냥 생각을 좀 했어요." 프랑크를 따라 서재로 간 그녀는 책상 위의 잔들을 목격했다.

"손님이 왔었나 봐요. 잔이 두 개예요."

"고객일 수도요. 레벨은 여기가 아니라 거실에서 죽었으니까."

율리아는 책상을 돌아가 맨 윗 서랍을 열었다. 텅 비어있었다. 그 아래 다른 두 서랍도 마찬가지였다. 컴퓨터 전원을 켜봤지만, 모니터는 켜지지도 않았다.

"예상했던 대로예요." 그녀가 말했다. "전부 삭제됐어요. 포맷 명령어만 입력하면 하드드라이브는 말 그대로 청소가 되거든요. 디스켓도, CD-ROM도, 아무것도 없어요. 대체 왜 레벨은 우리한테 말하지 않았던 걸까요?"

"그럴 만한 이유가 있었나 보죠. 인제 와서 그런 생각 해봤자 아무 도움도 안 돼요. 자, 나가서 사람들을 기다리자고요."

"다른 방도 좀 보고요." 율리아가 말했다. 침실로 가보았는데 침대는 정돈된 그대로였다. 사람이 드나들 수 있는 크기의 옷장 문을 여니 양복, 바지, 셔츠 등이 옷걸이에 가지런히 걸려있고, 속옷은 선을 따라 접은 듯 똑같은 모양으로 놓여있었다.

"여기 좀 봐요, 무슨 신발이 이렇게나 많은지. 적어도 서른 켤레는 되겠어요. 게다가 전부 맞춤구두네요."

"그래서요?" 프랑크는 아무렇지 않은 듯 대답했다. "어차피 지금 그가 가 있는 곳에서는 맞춤구두나 양복 따위는 필요하지도 않다고요. 거기선 우리 모두 벌거벗고 있을 테니까."

"오늘따라 냉소적이군요." 율리아가 말했다.

"그럴 지도요." 문가에 서 있던 프랑크는 잠시 뭔가를 생각하더니 금방 다시 오겠다며 방을 나갔다. 율리아는 침실을 좀 더 둘러보다가 검은색 타일로 장식된 욕실로 들어갔다. 검은색 월풀 욕조와 커다란 거울장이 있었고, 반짝이는 금색 선반에는 적어도 50개는 되어 보이는 각기 다른 향수가 놓여있었다.

그때 프랑크가 숨을 헐떡이며 돌아왔다. "제기랄, 이 빌어먹을 담배를 끊든 해야지. 당신 아까 범인이 레벨의 친구, 그것도 친한 친구일 거라고 했잖아요? 그런데 왜 레벨은 혼자서 술을 마셨을까요? 나딘과 나만 해도 손님이 오면 항상 마실 것을 먼저 권한다고요. 그런데 아까 나는 잔을 하나밖에 못 봤어요."

율리아는 욕실에서 나와 고개를 끄덕이며 프랑크를 보았다. "어디, 다시 한 번 가보죠."

그들은 다시 거실로 가서 안을 빙 둘러보았다.

"당신 말이 맞네요." 율리아가 말했다. "레벨은 혼자 술을 마셨어요. 아니면 상대방이 아무것도 안 마신다고 했거나요."

"그럴 리는 없어요. 우리 집에 왔던 손님 중에 그런 걸 거절한 사람은 한 명도 없다고요. 게다가 친한 친구라면 더더욱이요. 게다가 레벨이 새벽에 총에 맞았을 거라고 했는데, 손님을 맞기에는 너무 늦은 시간이에요. 아무리 친한 친구라도 말이죠." 프랑크는 잠시 말을 멈추고 뒤통수를 긁적였다. "자, 내 생각은 이래요. 레벨은 혼자 있었어요. 혼자 술을 마시고, 혼자 담배를 피우고, 혼자 텔레비전을 봤죠. 저런 의자에 저렇게 앉아있는 것도 혼자 있을 때, 아니면 결혼한 남자들이나 하는 짓이라고요. 그는 편안하게 앉아 텔레비전을 보다가 잠이 들었고……."

"아하, 그다음에 누군가 담을 넘어와 그를 쐈다는 거군요. 그거 정말 멋진 추리군요." 그녀는 조롱하듯 말했다.

"그렇게 비웃지 마요." 프랑크는 태연하게 대답하며 그녀에게서 등을 돌리고 섰다. "아직 끝나지 않았다고요. 당신 같으면." 그는 갑자기 홱 돌아서서 권총을 정확히 율리아의 머리에다 겨누었다. "이렇게 누군가 총을 겨누면 어떻게 하겠어요?"

그녀는 본능적으로 몸을 움츠리며 재빨리 양팔을 들어 올렸다. "정신 나갔어요? 그 총 어서 내려요! 그런 걸로 장난을 치다니!"

"난 그저 당신이 어떻게 반응하는지 보고 싶었을 뿐이에요." 그는 총을 다시 권총집에 넣었다. "대부분 사람이 바로 당신처럼 반응할 거라고요. 보통은 그보다 더 심하게 놀랄 테죠. 내가 사랑해 마지않는 동료를 쏘는 일은 없을 테니 당신이 날 두려워할 필요는 없어요. 하지만 아무리 그래도 무조건적으로 믿고 있던 누군가가 총을 들이대며 정말 죽일 것처럼 행동한다면 그땐 분명 겁을 먹겠죠. 놀란 나머지 두 눈을 크게 뜨고, 몸이 굳어버리거나 두 손에 얼굴을 파묻고 살려달라며 질질 짤 거라고요. 죽고 싶지 않은데 총알보다 빠르게 도망갈 수는 없으니까 말이에요. 그런데 레벨을 봐요. 그가 어디 놀랐거나 공포에 떨었던 것처럼 보이나요? 아니, 그는 아주 편안하게 자기 의자에 앉아있었고, 총을 맞은 순간에는 잠들어 있었어요. 그러니까 저렇게 눈이 감겨있고 표정도 편안한 거라고요." 프랑크는 말을 멈추고 율리아의 표정을 살폈다.

"그래서요? 난 무슨 말인지 잘 이해되지 않네요." 율리아는 솔직하게 말했다.

"그러니까," 프랑크는 창가로 가서 두 손을 가죽재킷 주머니에 집어넣었다. "레벨은 지난밤에 텔레비전을 보려고 여기 앉아있었어요. 파이프도 한두 번 채워 피우고, 위스키도 한두 잔 마시고요. 아주 안락한 밤을 보내고 있었단 말이에요. 그러다가 손에 파이프와 잔을 든 채로 잠이 들었던 거죠. 뭐, 어제는 볼 만한 프로그램이 없었으니 그럴 만도 하죠." 그는 씩 웃으며 말했다. "농담은 이만하고, 중요한 대목을 말할게요. 레벨이 잠들었을 때 누군가 찾아와, 레벨의 얼굴에 총을 들이대고 그대로 쏴버린 거예요. 그러자 유리잔과 파이프는 저절로 바닥에 떨어지고, 레벨은 사망한 거죠. 그는 누가 자기를 쏘는지조차 몰랐기 때문에 이렇게 이상하리만치 느긋한 자세를 취하고 있는 거라고요. 그를 죽인 살인범은 컴퓨터에 든 파일들을 전부 삭제하고 자기와 관련된 자료들을 다 가져갔고요……."

"약삭빠른 놈." 율리아는 거친 말투로 그의 말을 끊었다. "그럼 그놈은 어떻게 여기에 들어왔을까요? 레벨은 자고 있었는데."

"열쇠로요. 혼자 사는 사람들은 친한 친구에게 곧잘 집 열쇠를 맡기곤 하잖아요. 무슨 일이 생겼을 때 와 줄 사람, 혹은 여행을 간 사이에 꽃에 물을 주고 고양이를 돌봐줄 사람이 필요하니까요. 레벨도 혼자 살았어요. 신뢰라는 말, 들어봤어요? 당신한테는 낯선 단어인가요?" 그는 비꼬듯 말하며 씩 웃었다.

"나쁜 사람 같으니! 하지만 당신 추리가 그리 엉터리는 아니네요. 억지로 끼워 맞춘 느낌이 많이 나지만. 난 모르겠어요, 정말 모르겠다고요……. 그럼 문은 왜 열려 있었을까요?"

"오늘 아침에 곧바로 시체가 발견되도록 하기 위해서였겠죠. 누가 발견하든지 간에요. 좀 전에 당신이 침실에 있을 때, 난 문의 잠금장치를 살펴봤어요. 강제로 문을 연 흔적은 전혀 없더군요. 지하실 문과 테라스 문은 다 잠겼었고요. 창문들도 마찬가지예요. 그러니까 범인은 열쇠로 문을 따고 들어온 게 틀림없어요."

"아주, 아주 빈약한 추리예요……."

"나 원 참, 그저 내가 옳다고 인정하기가 싫은 거잖아요. 내 말이 맞다니까요, 확실해요. 내기할래요?"

"난 그런 거 안 해요."

"질까 봐 겁나서 그러는 거 다 알아요. 자, 어서요. 한번 해보자고요. 저녁 식사 내기 어때요? 어디서 먹을지는 이긴 사람이 정하고요. 계산은 당연히 진 사람이 해야겠죠. 할 거예요?"

"좋아요." 율리아는 웃으며 말했다. "난 당신 추리를 믿지 않으니까. 분명 일은 다른 식으로 진행되었어요. 정확히 어떻게 된 건지는 아직 모르지만."

"그렇지 않아요, 아니라고요. 저기 누가 오는지 좀 봐요. 시체 털이꾼과 실험광들, 시체 사진사가 한꺼번에 오는군요."

"입 좀 다물어요!" 율리아는 목소리를 낮춰 말했다. "당신 오늘 정말 말이 심하네요."

"알겠어요. 자, 그럼 저 사람들에게 할 일을 일러주고 집 안을 샅샅이 수색할 수 있게 하자고요. 사진을 다 찍고 나면 우리도 집 안을 좀 더 둘러보고요."

복 박사와 과학수사반 소속 남자 세 명과 여자 두 명은 사진사가 일을 다 마칠 때까지 복도에 서서 기다렸고, 율리아와 프랑크는 밖으로 나와 담배를 피웠다. 하늘은 짙은 구름으로 뒤덮여있었고, 서쪽에서 찬 바람이 불어왔다. 프랑크푸르트 시내는 안개가 낀 탓에 실루엣으로만 보일 뿐이었다.

"이 동네 집들이 서로 얼마나 멀리 떨어져 있는지 봐요." 프랑크는 이렇게 말하고는 코로 담배 연기를 뿜어냈다. "이웃에게 물어봐도 아무 정보도 못 얻을 걸요. 내가 사는 하터스하임과 마찬가지로, 여긴 저녁 8시만 되면 집집이 블라인드가 내려가고, 길에는 아무도 다니지 않는 곳이니까요. 이곳 사람들은 서로 얼굴만 알 뿐이에요. 단조로운 고층 아파트와 다를 게 없죠. 요즘은 다른 사람 일에 엮이는 걸 다들 꺼리니까요. 베라 사건 때도 그 동네 사람들 모두 그녀가 누군지 몰랐잖아요. 개 같은 세상!"

그들은 담배꽁초를 바닥에 버린 뒤 다시 집 안으로 들어갔다. 사진사는 장비를 챙기고 목례한 뒤 집에서 나갔다. 복은 아무 말 없이 이따금 고개를 가로저으며 시체를 살펴보고, 체온을 재고 있었다. 20분 정도 후에 그가 말했다. "새벽 2시경에 총에 맞은 것 같소. 총알은 약 1미터 떨어진 곳에서 발사되었고……."

"잠깐만요, 범인이 그 정도로 가까이서 침착하게 방아쇠를 당겼다는 말인가요?"

복은 고개를 끄덕였다. "아무래도 그렇게 보이는군요. 총알은 아래쪽으로 살짝 비스듬하게 발사되었어요. 콧잔등 위쪽을 뚫고 들어가 전두엽, 측두엽, 두정엽을 지나 뒤통수의 천문 약간 아래쪽으로 사출되었고요. 자세히 보면 총알이 아주 적당한 곳에 박혀있는 것이 보일 거요." 그는 의자 테두리에 난 구멍을 가리켰다. "입사각과 출사각. 범인은 몸을 굽히거나 무릎을 꿇고 목표물을 정확히 맞혔어요. 이 사람은 자다가 순식간에 당한 겁니다. 구리 총알을 사용한 게 분명해 보이나, 그거야 형사님들이 더 잘 아실 테죠. 납 총알이었다면 두개골에 박혀버렸을 거예요. 그런데 이 사건이 여성 연쇄살인사건과 관계가 있소?' 그는 가방을 닫으며 물었다.

"간접적으로는요." 율리아가 대답했다. "말씀드리자면 길어요." 그녀는 과학수사반 쪽을 보며 말했다. "특별히 신경 써서 꼼꼼하게 봐주세요. 지문, 인체조직, 담배꽁초, 전부 다요. 특히 문을 강제로 연 흔적은 없는지 잘 살펴봐 주시고요. 하긴, 뭘 어떻게 해야 하는지는 저희보다 더 잘 아실 테죠. 총알은 전문가에게 조사를 맡겨주세요."

율리아와 프랑크는 30분 정도 더 현장에 머물렀다가, 프랑크푸르트로 돌아가기 위해 차에 올랐다. 이제 율리아는 리히터와 그의 보고서, 즉 범인의 프로파일만을 믿고 있었다. 그나마 어느 정도 정확한 프로파일을 작성할 수 있는 사람은 그밖에 없었으니까. 그녀는 레벨이 사망한 채 발견되리라고는 상상도 못했었다. 오히려 그가 그 연쇄살인사건과 관련이 있을 거라고, 그를 족치면 수사를 빨리 종결할 수도 있으리라 예상했었다. 그런데 지금은……. 프랑크푸르트로 돌아가는 길, 그녀는 창밖을 내다보며 생각에 잠겼다.

오전 10시

겨우 네 시간밖에 못 잔 리히터는 6시 조금 전에 일어나 씻은 뒤 블랙커피 두 잔과 마멀레이드를 바른 토스트 세 쪽을 먹었다. 그러고는 서재로 가서 지난밤에 쓴 보고서를 다시 한 번 훑어보았다. 그는 제법 정확한 프로파일을 완성했다고 확신했다. 혹시

간과한 사실은 없는지 확인차 자료들을 다시 읽었지만, 빠뜨린 것은 없었다. 9시가 조금 넘은 시각, 양손을 바지 주머니에 집어넣은 채 정원으로 걸어나갔다. 아내 클라라는 아직 자고 있었고, 아마 정오까지는 일어나지 않을 터였다. 그는 10분 정도 정원에 서 있다가 레벨에게 전화를 걸었지만, 레벨은 받지 않았다. 그는 이따 경찰청에 가기 전에 다시 전화해보기로 마음먹었다. 비올라 클라이버가 오기로 한 10시까지는 아직 30분 이상 남아있었다. 그는 담배 두 대를 피우고 물을 마신 뒤 서류를 전부 챙겨 가방에 집어넣었다. 10시 15분 전, 전화벨이 울렸다. 클라우디아 반 다이크였다.

"안녕, 나예요, 클라우디아. 그냥 잘 지내고 있나 궁금해서 전화했어요."

"그래요. 하지만⋯⋯."

"보고 싶어요." 그녀는 수화기에 대고 속삭였다. "당신이 정말 그리워요. 오늘 밤에 만날 수 있어요? 오늘 난 아주 특별한 옷을 입고 있다고요. 만나면 후회하지 않을 거예요."

"아니, 오늘은 안 돼요. 2시에 밖에 나가봐야 하고, 아마 아주 늦을 겁니다." 리히터가 대답했다.

"당신 말투가 왠지 퉁명스럽게 들리네요. 무슨 일 있어요? 내가 뭘 잘못했나요?"

"아니, 당신 때문이 아니에요." 그는 거짓말을 했다. "내일 다시 통화하죠, 환자가 오기로 되어있어서. 그럼 잘 있어요."

"잠깐, 아직 끊지 마요. 할 말이 있어요. 내가 당신을 사랑하는 거, 당신도 알죠. 만일 당신이 날 차버린다면 난 못 견딜 거예요. 당신과 만나려고 집까지 새로 장만했다고요."

"사랑에 대한 얘기는 안 하기로 했잖소. 난 당신이 그 약속을 지켜주길 바라요."

"그럴 수 없어요. 그러기에는 너무 늦어버렸어요. 이제 나도 내 감정을 이길 수가 없어요. 그러려면 차라리 날 죽여야 할걸요. 우리는 서로를 위해 태어난 사람들이에요, 아직도 모르겠어요? 우리가 이 세상을 바꿀 수 있다고요!"

"세상을 바꿀 수 있는 사람은 아무도 없어요, 클라우디아. 그건 철없는 공상에 불과해요. 어차피 우리 관계는 얼마 못 가게 되어 있어요. 섹스로만 이루어진 관계는 불안정하기 마련이니까."

"당신은 항상 섹스 중심의 관계만 가져왔고, 그런 관계들은 모두 틀어지고 말았죠. 당신과 클라라의 관계는 얼마나 더 지속될 것 같아요? 한 달, 두 달? 1년? 아니면 그 잘난 여자와 여생을 쭉 함께하기라도 할 건가요?" 그녀는 톡 쏘듯 물었다. "클라라가 얼굴은 반반할지 몰라도 당신한테 잘 맞는 짝은 아니에요. 당신 입으로 그렇게 말했고, 내가 시험해본 결과 역시 뻔했죠. 그러니까 당신과 그녀 역시 섹스 중심의 관계일 뿐이에요. 그런 일을 다 잊을 정도로 그 여자 잠자리 기술이 좋았나 보죠?"

"무슨 말을 그렇게 해요, 클라우디아……."

"아, 박사님, 심기를 건드렸다면 죄송하네요. 하지만 인제 와서 클라라를 사랑한다는 말 같은 건 하지 마요. 그 여자는……." 클라우디아는 말을 멈추었고, 리히터의 귀에는 그녀의 숨소리만이 들려왔다.

"그녀는 뭐요? 어서 말해봐요." 리히터가 재촉했다.

"그녀의 문제가 뭔지, 내가 말 안 해도 잘 알잖아요. 결국 그게 그녀를 파멸시키고 말 거예요. 내 말 새겨들어요. 그리고 당신이 어떤 일을 하던, 내가 당신을 사랑한다는 걸 잊지 마요. 당신은 나의 일부예요. 당신과는 마음을 터놓고 대화할 수 있고, 섹스도 할 수 있고, 뭐든지 할 수 있어요. 당신 곁에 있으면 편안해져요."

'난 이제 그렇지 않아.' 리히터는 생각했지만, 그 생각을 말로 내뱉지는 않았다. "이제 이런 얘기는 그만하는 게 좋겠어요. 내일 통화합시다, 알겠죠?"

"당신, 나한테서 멀어지려 하는군요. 난 느낄 수 있어요. 하지만 난 쉽게 포기하지 않을 거예요. 내 사랑은 아주, 아주 강렬하다고요. 게다가 난 거절당하는 걸 즐기지 않아요. 명심해요." 그녀는 리히터가 대답할 새도 없이 전화를 끊어버렸다.

리히터는 잠시 그대로 수화기를 들고 있었다. 곧 담배에 불을 붙인 그는 책장으로 다가가 유년기의 정신적 외상에 관한 두툼한 책 한 권을 꺼냈다. 그가 책장을 막 넘기려던 찰나, 초인종 소리가 들렸다. 그는 시계를 보았다.

비올라 클라이버였다.

그녀는 속을 알 수 없는 미소를 지어 보이며 특유의 당당하면서도 우아한 요염함을 풍기는 걸음걸이로 그를 지나쳐 의자에 가서 앉았다. 청바지와 흰색 블라우스는 그녀의 까무잡잡한 피부를 더욱 부각했다. 그녀의 맞은편에 앉은 리히터는 수첩을 허벅지 위에 올려놓았다.

"오늘은 기분이 어떠십니까?" 그는 이렇게 묻고는 그녀를 흘긋 보았다.

"항상 똑같은 걸 물어보시네요. 그건 박사님 같은 심리학자들의 버릇인가요, 아니면 그저 예의를 차리시는 건가요? 제가 어떤 대답을 해드려야 하죠? 좋다, 나쁘다, 그저 그렇다? 뭐, 그저 그렇다고 해두죠. 어차피 달라지는 건 아무것도 없으니까요."

"알겠습니다, 원하신다면 앞으로는 그런 질문을 드리지 않겠습니다. 그럼 그동안 어떻게 지내셨는지 말씀해주시죠."

비올라 클라이버는 다시 웃더니 연분홍색 매니큐어를 칠한 자신의 손톱을 응시하며 대답했다. "제 남편은 계속 신작 소설에 몰두하고 있어서, 저는 외출을 많이 했어요. 월요일과 어제는 피트니스센터에 갔었고, 그저께는 경찰들이 남편을 찾아왔었죠. 앞으로 어떻게 살아가야 하는지에 대한 고민은 계속되고 있고요. 이제 서른여섯이니, 앞으로도 한참 더 살 텐데 계속 지금처럼 지내고 싶지는 않거든요."

그녀는 자리에서 일어나 여느 때처럼 창가에 서서 정원을 내다보았다. 가을의 정원은 회색빛 하늘과 왠지 잘 어울렸다. 잎을 한둘씩 떨구며 점점 속살을 드러내 가는 나무들은 곧 앙상한 나뭇가지만 남아, 올해 안에 오지 않을 게 분명한 겨울을 기다릴 터였다. 언젠가는 눈송이가 흩날리는 날이 올 테지만, 비올라는 독일에서 겨울을 보낼 생각이 없었다. 남편이 책을 탈고하는 12월이 되면 포르투갈의 알가르베에 있는 집으로 가 3월쯤 다시 돌아올 예정이었다.

"경찰들이 남편분께는 왜요?" 리히터가 물었다.

"별일 아니에요. 카롤라 바이트만과 유디트가 얼마나 친했는지 물어보러 왔더군요. 그들과 조금이라도 관계가 있을 법한 사람들은 전부 조사하고 있대요. 그이는 제가 유디트라는 여자를 알 거라고 했지만, 도무지 기억나지 않더라고요. 카롤라야 물론 알죠, 박사님도 아시잖아요. 젊은 사람이 갑자기, 그것도 그렇게 황당하게 세상을 떠나버리다니, 정말 안타까운 일이에요. 하긴, 언제 저세상으로 갈지 정할 수 있는 사람이 누가 있겠어요?"

"저도 유디트를 압니다." 리히터가 말했다. 비올라는 이상한 눈빛으로 그를 보았다.

"박사님도 아시다니, 그게 무슨 뜻이죠?"

"부인께서도 아실 겁니다. 제가 사진을 보여드리면 분명 기억하실 수 있을 거예요."

"제가 어디서 만났는데요?"

"마이바움, 반 다이크, 또 부인과 저를 비롯한 몇몇 사람들이 열었던 파티에 여러 번 손님으로 왔었거든요. 잠시만 기다려보세요, 사진을 가져와 보죠." 그는 서류가방이 있는 곳으로 갔다가 잠시 후 돌아왔다. 비올라는 그가 건넨 사진을 손에 들고 한참 들여다보았다.

"아, 이 여자군요. 물론 알아요. 얼굴을 보니 기억나네요. 몇 살이었죠?"

"스물다섯이었어요. 너무 일찍, 그것도 아주 잔인하게 살해당했죠……."

"잘 아시는 사이였나요?" 그녀가 그의 말을 가로막았다.

"아뇨, 그냥 얼굴만 아는 정도였어요. 한 번 짧게 대화를 나누기도 했지만, 그게 다였어요."

비올라는 그에게 사진을 돌려주었고, 그는 그것을 다시 파일에 끼웠다.

"그런데 그 사진은 어떻게 갖고 계신 거예요?" 그녀는 궁금하다는 듯 물었다.

"경찰에서 범인의 프로파일을 작성해달라는 부탁을 받아서 오늘 오후에 발표하기로 되어있습니다. 제가 도움이 될지 한 번 지켜봐야죠."

"범인의 프로파일이라는 게 뭔데요?"

"살인범의 심리학적 프로파일과 같은 겁니다. 법의학자와 과학수사반의 보고서, 현장을 찍은 사진들을 참고해서 범인의 성격을 유추해내는 거죠."

"박사님께서 그런 일까지 하시는 줄은 처음 알았어요. 정말 재미있겠어요, 그렇죠?"

리히터는 웃으며 담배에 불을 붙였다. "기분 전환도 되고, 무엇보다도 일종의 도전이라 할 수 있죠. 제대로 된 범인 프로파일은 천금의 가치가 있어요. 용의자의 수를 현저히 줄일 수 있으니까요. 지난 몇 년 동안 특히 미국에서는 프로파일러들 덕분에 해결된 사건의 수가 점차 늘고 있어요. 스스로 범인이 되어서 생각할 줄 알아야 해요. 현장 사진을 보고 보고서를 읽으며 범인과의 가상 만남을 시도하는 거죠. 이해하실 수 있을지 모르겠지만, 범인의 수법을 실제로 본 것처럼 체험하는 것이 중요합니다. 범인이 다음에 또 누구를 죽일지 알아내려는 목적보다는, 범행을 보고 범인에 대해 알아내는 거예요. 범인의 얼굴을 보지는 못하지만, 성격은 알 수 있죠. 범행수법은 성격을 반영하기 마련이니까요. 그래서 프로파일이 중요한 겁니다."

"그게 정말 가능한 일인가요?" 그녀는 고개를 갸우뚱하고 리히터를 쳐다보며 물었다.

"물론 항상 잘 되는 건 아닙니다. 간혹 경찰의 부주의로 증거가 손상될 때가 있어요. 예를 들면 망자의 품위를 지켜준답시고 옷을 입히거나, 자세를 바꿔 놓거나, 원래는 현장에 없었던 물건이 사진에 찍히거나 한다면 프로파일러의 일은 어려워지죠. 과학수사반을 비롯한 범죄 전문가들이 빈틈없이 일하고 정확한 기록을 남겨줘야만 일을 제대로 할 수 있습니다."

"그럼 이제까지 한 번도 틀린 적이 없으세요?" 비올라가 묻자 리히터는 자세를 고쳐 앉으며 대답했다. "물론 틀린 적도 있죠. 실수 없는 사람이 어디 있나요. 그래도 대체적으로 적중률이 높은 편입니다."

"뭔가 비교와 비슷하게 들려요. 그것도 점성학 같은 건가요?"

"아뇨, 그 둘은 전혀 관계가 없습니다. 점성학은 비교에 속하고, 심리학은 학문에 속하니까요. 이쯤에서 월요일에 저한테 별자리를 믿느냐고 하셨던 질문에 대한 답을 드리죠. 그렇지 않아도 저는 제 친구 레벨과 그 주제에 대해 길게 토론한 적이 있었습니다. 심지어 그에게 별자리 운세를 봐달라고도 했었는데, 정말 놀라울 정도로 잘 맞더군요."

"그럼 그렇죠." 비올라는 조롱 섞인 미소를 보이며 말했다. "처음에는 점성술 같은 데는 관심도 없으신 것처럼 말씀하셔놓고, 이제야 진심을 털어놓으시는군요. 남자들은 겉으로는 점성술이 여자들이나 하는 쓸데없는 짓이라며 비웃으면서, 사실은 그걸 믿는 경우가 많다니까요. 뭐, 어쨌든……. 그럼 박사님께서는 살인 사건과 관련된 결정적인 힌트를 경찰에게 줄 수 있다고 생각하세요?" 그녀가 물었다.

"두고 봐야죠. 이제 그 얘기는 접어두고 부인 얘기나 계속 하죠. 부인께서는 죽음이 두려우신가요? 젊고 매력적인 여자들이 그렇게 허망하게 살해당했다는 소식을 들으면 말입니다." 리히터가 물었다. "외람된 말씀입니다만, 부인께서도 아직 젊고 또 굉장히 매력적이시잖습니까."

비올라는 어깨를 으쓱해 보였다. "솔직히 말씀드리면 아직 그런 것에 대해서는 생각해보지 않았어요. 하지만 제 생각에, 죽음은 새로운 시작 같아요. 인간은 누구나 태어나고, 살고, 죽잖아요. 죽음 뒤에 뭐가 있는지는 모르지만, 두렵지는 않아요. 오히려 오래 앓아눕거나, 통증 또는 중병을 겪게 될까 봐 두렵죠. 제 꿈은 자는 도중에 조용히 저세상으로 가는 거랍니다." 그녀는 뒤돌아 창턱에 걸터앉았다.

"그럼 우울감은 좀 어떠신가요?"

"오락가락해요. 그것 때문에 못 살 정도는 아니에요. 제힘으로 어느 정도 제어할 수 있으니까요. 오히려 마음의 여유를 갖고 대처하고 있답니다. 너무 심하면 발륨과 코냑으로 다스리고요."

"월요일 이후에 발륨과 코냑을 드신 일이 있으세요?"

"아뇨, 참을 만했어요."

"좋습니다. 그럼 이제 부인의 어린 시절에 관한 얘기를 좀 해보면 어떨까요? 여태껏 부인께서는 그에 관해 전혀 말씀을 안 하셨지만, 제가 궁금해서요. 어렸을 적 가정환경에 관해 이야기를 좀 해주세요. 형제자매가 있었나요, 아니면 외동딸이었나요?"

비올라는 무표정한 얼굴로 리히터를 뚫어져라 보았다.

"저에게는 부모님도, 형제자매도 없어요." 그녀는 이렇게 말하며 창턱에서 몸을 일으켰다. "친아버지가 누군지는 모르고, 저의 계부가 되려던 남자는……." 그녀는 말을 멈추고 아랫입술을 깨물며 바닥을 내려다보았다.

그녀가 아무 말이 없자 리히터가 물었다. "그분은 어떻게 되셨습니까?"

"아니에요, 아무것도. 그 남자는 절대 아버지 역할을 할 수 없는 사람이었어요. 나름대로 노력을 하긴 했지만, 그것 가지고는 부족했죠. 사업가라 돈은 많이 벌었지만, 사랑이 없었거든요. 그건 어머니도 마찬가지였어요. 저랑 시간을 보내기보다는 밖으로 나다니는 걸 더 즐기셨으니까요. 지난 얘기고 이제 다 잊었지만요. 덕분에 저는 혼자 살아가는 법을 너무 일찍 배워버렸어요. 이제 제 곁에는 가능한 한 모든 사랑을 주는 남편이 있어요."

"가능한 한 모든 사랑을 준다는 건 무슨 뜻입니까? 뭔가 한계가 있다는 말로 들리는데요."

"그에 대한 판단은 박사님께 맡길게요." 그녀는 다시 알 수 없는 미소를 지으며 마치 장난치듯 행동하기 시작했다. '대체 뭘 원하는 거지?' 리히터는 생각했다.

"전부 말씀해주시지 않으면 저는 그 어떤 판단도 내릴 수가 없습니다."

"박사님은 어느 정도까지 사랑할 수 있으세요? 조건 없는 사랑이란 정말 존재할까요? 그렇다면 그런 사랑은 어디서 시작해서 어디서 끝나는 걸까요? 사랑은 감정일까요, 섹스일까요, 상대방에게 예속되는 것일까요, 아니면 그저 공상일 뿐일까요? 사랑은 젊고 아름다운 여자일까요, 아니면 선량하고 나이 지긋한 남자일까요? 사랑은 도처에 있어서 우리가 그저 붙잡기만 하면 되는 걸까요?" 그녀는 핸드백에서 담뱃갑을 꺼내 담배 한 개비에 불을 붙였다. 리히터는 그녀가 담배 피우는 걸 처음 보았는데, 담배를 손에 들고 있는 그녀의 모습은 왠지 에로틱하고 매력적이었다.

리히터는 다가가기 어려우면서도 매혹적인 그녀를 한 번만이라도 품에 안을 수 있다면 그 대가로 뭘 줘도 아깝지 않을 것 같다고 생각했다. 조금 전 그녀가 의자에 앉으려고 그의 곁을 지날 때 또다시 샤넬 넘버19 향수 냄새가 그의 코끝을 스쳤는데, 이제는 방 안 전체에 그 향기가 퍼져 담배 냄새로도 지워지지 않을 정도였다.

"태곳적부터 인류는 사랑에 대한 정의를 내리기 위해 노력해왔지만, 아직까지 성공한 사람은 없습니다. 안타깝지만 저 역시도 뭐라 말씀드릴 수 없고요. 그런데 부인은 월요일에 제게, 남편분을 사랑하신다고 하셨잖습니까."

"아뇨." 비올라는 고개를 가로저으며 대답했다. "그렇게 말하지 않았어요. 사랑하는 것 같다고 했죠. 수첩에 한 번 찾아보세요, 거기 그렇게 적혀있을 거예요." 그녀는 조롱하듯 그를 바라보며 담배를 한 모금 길게 피웠다. 여느 때 같으면 그는 자신을 조롱하거나 비웃으며 가지고 노는 여자를 두고 보지 못했겠지만, 비올라 클라이버의 경우에는 뭔가 달랐다. 심지어 리히터는 기분이 좋기까지 했다. 그에게 그것은 일종의 도발로 느껴졌으니까. 그녀의 조롱은 공격적이거나 방어적이지 않고, 오히려 다른 방법을 찾을 수 없는 그녀의 유일한 피난처 같은 것이었다. 즉, 그것은 그녀가 벌이고 있는 게임의 일부분이었다. 리히터는 기꺼이 그 게임에 참여할 용의가 있었다. 비록 그 끝에 뭐가 있는지는 몰라도.

"행복한 결혼생활을 하고 계십니까?" 그는 자신의 질문이 최대한 태연하게 들리도록 노력하며 물었다.

"네, 저희 부부는 행복해요." 그녀는 재떨이에 담배를 비벼 끈 뒤 리히터 쪽으로 다가와 그의 앞에 섰다. 딱 붙는 블라우스와 청바지 덕분에 굴곡진 몸매가 잘 드러났다. 그가 손만 뻗으면 그녀를 끌어당겨 품에 안을 수도 있는 거리였다. 그녀는 마치 그의 이런 생각을 읽은 듯, 겉으로는 무관심한 척 자기를 쳐다보는 그에게 엷은 미소를 지어 보였다. 그 순간 그녀의 갈색 눈동자가 반짝이는가 싶더니, 그녀는 한 손으로 갈색 머리카락을 쓸어 넘겼다. 마치 겨울날의 모닥불처럼 에로틱한 불꽃이 튀기는 듯했다.

"남편분도 같은 생각이신가요?" 리히터는 비올라의 눈을 피하며 말했다.

"저도 몰라요. 아마 그렇겠죠. 적어도 제가 보기에는 그가 불행한 것 같지는 않아요."

비올라는 다시 자리에 앉았고, 리히터는 안도의 한숨을 내쉬었다. 그녀가 손에 닿을 정도로 가까이 서 있을 때면 그의 머릿속에서는 이상한 생각이 들곤 했다. 성욕이라기보다는 여신이나 다름

없는 그녀를 만지고 싶은 마음이랄까. 그는 프랑크푸르트에서 멀리 떨어진 어느 곳에 그녀와 단둘이 있는 상상을 했다. 다른 여자들과 만날 때는 한 번도 느껴보지 못했던 욕구였다. 그가 보기에 그녀는 치료를 필요로 하는 환자가 아니었다. 만일 다른 여자가 이처럼 있지도 않은 병을 치료받고자 찾아왔다면 길어야 다섯 번쯤 만나고 그만 와도 된다고 했겠지만, 비올라는 달랐다. 그녀는 그를 흥분시켰고, 그는 그녀의 삶에 큰 흥미를 느꼈다. 또한 그는 그녀가 무슨 생각인지 꼭 알아내고 싶었다. 왜 매번 8백 마르크씩이나 내면서 계속 그를 찾아오는지 말이다. 단지 지루함 때문일까? 아니면 뭔가 다른 이유가 숨겨져 있는 걸까?

"남편분께서 불행하다고 해서 그걸 부인께 티 낼까요?" 그가 물었다.

한참 동안 말이 없던 비올라가 마침내 대답했다. "그이가 불행하다면 전 알 수 있어요. 굳이 그이에게 듣지 않아도 그냥 느낄 수 있죠. 그건 어쩌면 남녀 간의 차이 때문인지도 몰라요. 여자는 불행하면 혼자 있지만, 남자의 경우에는 정반대거든요. 그건 박사님도 경험해보셔서 아실 테죠."

"그건 그다지 옳다고 할 수 없는 일반화입니다. 물론 여자들이 더 직관적이긴 하지만, 그에 대해 설명하려면 얘기가 너무 길어질 거예요. 그럼 부인께서는 불행하면 불행하다고 남편분께 알리시나요?"

"아뇨. 그냥 혼자 삭이려고 애쓰죠. 대부분 그렇게 되고요."

"만일 그렇게 불행한 기간이 길어지면요? 그럼 남편분께서는 그걸 알아채시나요?"

비올라는 마치 그 질문 뒤에 숨겨진 심중을 읽고 있는 양, 그를 빤히 보았다. 그녀는 조롱하듯 웃지도, 눈을 반짝이지도 않고 심각한 표정을 지었다.

"무슨 말씀을 하고 싶으신 거죠?"

"단도직입적으로 말씀드리죠. 유년기나 청소년기에 있었던 일 가운데 여전히 부인을 힘들게 하는 일이 있나요? 계부에 관한 일 외에도요."

"네, 있어요." 그녀는 대답했다. "하지만 전 얼마 전에야 그걸 깨달았어요. 사실 그것 때문에 박사님을 찾아오기도 했고요. 축하해요, 방금 첫 득점을 올리셨네요. 저는 박사님이 언제쯤 그 질문을 하실까 하고 기다리고 있었어요."

"그게 어떤 일입니까?"

비올라는 시계를 보며 말했다. "이제 갈 때가 된 것 같네요. 그 질문에 대한 대답은 박사님께서 직접 알아내 보세요. 그래도 모르시겠다면 그때 도와드릴게요."

"폭행을 당하셨나요?"

비올라는 피식 웃으며 고개를 가로저었고, 그러자 또다시 그녀의 눈에 조롱의 빛이 반짝였다. "성폭행을 말씀하시는 거라면, 안타깝지만 틀리셨어요. 하지만 폭행이나 학대에도 여러 종류가 있죠. 또 어떤 경험은 오랫동안 잊고 있다가 어느 날 갑자기 머릿속에 떠올라 안절부절못하게 하기도 하고요. 점성술을 믿느냐고 제가 여쭤봤죠. 저는 불과 얼마 전에 별자리 운세를 봤었어요. 사실과 들어맞는 게 어찌나 많은지, 깜짝 놀랐죠. 사실 저는 오감으로 느낄 수 있는 것만 믿었지, 점성술 같은 건 미신으로 여기고 절대 믿지 않았거든요. 이제야 제 생각이 틀렸다는 걸 깨달았고요. 그 50쪽짜리 결과물 안에 제 성격이 전부 나와 있더라고요."

"부인은 별자리가 어떻게 되십니까?" 리히터가 물었다.

"게자리요. 박사님은요?"

"전갈자리입니다."

"제 상승궁이 전갈자리예요. 전갈자리인 사람들은 꽤 까다롭다더군요. 이것도 점성술을 심각하게 받아들인 뒤에야 알게 된 얘기지만요. 제 남편은 물고기자리예요. 아마 그래서 굳이 말하지 않아도 서로 잘 이해하는 거겠죠. 자, 그럼 이제 정말 가볼게요. 저도 할 일이 많거든요."

자리에서 일어난 비올라는 재킷을 입고 바닥에 놓여있던 핸드백을 집어 들었다. 리히터도 몸을 일으켰다. "최면술에 대해서는 어떻게 생각하십니까?"

비올라는 웃었다. "그것에 대해서는 아직 생각해보지 않았어요. 저에게 최면을 걸어보고 싶으세요?"

"어쩌면요. 하지만 그것도 부인께서 마음의 준비가 되셔야만 가능한 일입니다."

"한 번 생각해볼게요. 안녕히 계세요. 저를 잊지 마시고요."

"그게 무슨 말씀이십니까?"

"해석은 전적으로 박사님께 맡길게요. 그 정도는 아실 만큼 똑똑하시잖아요, 안 그런가요? 그럼 월요일 10시에 뵙는 건가요?"

"네, 그때 뵙죠."

"좋아요, 그럼 그때까지 최면술을 허락할지 생각해볼게요."

리히터는 문가에 서서 비올라가 자신의 BMW에 올라타는 모습을 지켜보았다. 그녀는 그를 만난 이후 처음으로 그에게 손을 흔들며 작별인사를 했고, 그도 역시 손을 흔들어주었다.

다시 방으로 돌아온 리히터는 코냑 한 잔을 따라서 창가로 갔다. 비올라는 그에게 점점 더 신비하고 알 수 없는 존재가 되어가고 있었다. 그는 오늘 그녀와의 만남에서 기록한 내용을 내일 다시 살펴볼 생각이었다. 그녀가 오늘 했던 말 중에 고민해볼 만한 게 있었기 때문이다. 이제 그는 그녀의 어린 시절에 어떤 문제가 있었을 거라는 자신의 추측이 맞았음을 알게 되었다. 하지만 아직 그녀는 그것에 관해 말할 준비가 되지 않은 게 틀림없었다. 분명 다음번에는 최면술을 거부할 변명거리를 찾아올 터였다.

리히터는 술잔을 비운 뒤 테이블 위에 올려놓고 시계를 보았다. 11시 15분. 휴대폰을 가방에 넣은 그는 클라라가 아직 자고 있는 침실 쪽을 흘긋 본 뒤 집을 나섰다. 경찰청에 가기 전, 단골 이탈리안 레스토랑에 들러 혼자 푸짐한 점심 식사를 할 생각이었다. 비올라 클라이버에 대한 생각은 여전히 그의 머릿속을 떠나지 않았다. 그가 꿈꾸던 이상형을 꼽으라고 한다면, 단연 그녀였으니까. 그녀와 함께 있으면 마치 사랑에 빠진 사춘기 소년처럼 가슴이 떨릴 정도였다. 그러나 그는 쉰 살이나 된 데다 열네 살이나 어린 아내와 행복한 결혼생활을 하고 있었다, 적어도 아내의 말에 의하면. 그 말이 맞는지는 아직 모를 일이었다.

오전 11시 30분

율리아와 프랑크가 돌아왔을 때 베르거는 혼자 사무실을 지키고 있었다. 베르거는 턱을 가슴에 대고 큰 소리로 숨을 쉬며 꾸벅꾸벅 졸다가, 문이 열리는 소리를 듣고 화들짝 놀라 깨어났다. 율리아는 웃음을 참지 못하며, 그가 조는 이유는 다 술 때문이라고 속으로 생각했다.

베르거는 충혈된 눈을 비비며 자세를 바로 했다. "미안하네." 그가 말했다. "어젯밤에 잠을 거의 못 잤거든. 그래, 레벨 일은 어떻게 됐어?"

율리아가 창가에 서 있는 사이, 프랑크는 커피 두 잔을 들고 와서 한 잔을 그녀에게 건넸다.

"지난밤에 머리에 총을 맞았어요. 잠들어 있다가 당했죠. 레벨의 집 열쇠를 가지고 있던 누군가가, 우리가 레벨을 만난 걸 맘에 안 들어 했던 모양이에요. 그 바보 같은 놈, 어제 입만 열었어도 살 수 있었을 텐데. 어쩌면 스스로 범인의 소행을 입증하려 했던 걸지도……."

그때 프랑크가 손짓으로 그녀의 말을 끊었다. "제 생각에는 레벨이 우리를 만나고 난 뒤에 누가 살인을 저질렀는지 알아챘던 것 같습니다. 아마도 친한 친구였을 텐데, 레벨은 그에게 범행 사실을 털어놓도록 종용했겠죠. 하지만 그는 아무 말 하지 않았을 거예요. 그랬다가는 아무리 경찰을 흑사병만큼 혐오하는 레벨이라도 분명 우리에게 전화했을 테니까요. 레벨은 자기 생명이 위험한 것도 모르고 아무 생각 없이 밤에 혼자 집에 있었고, 자정쯤 혹은 그 이후에 그 친구가 열쇠를 가지고 레벨의 집에 들어와 그를 처치해버린 겁니다. 아주 냉정하게……."

"그가 왜 레벨의 집 열쇠를 가지고 있었지?" 그새 잠이 다 깨버린 베르거가 물었다.

"아까 뒤랑 형사한테도 같은 얘기를 했었습니다. 혼자 사는 데다 친척도 없는 사람은 무슨 일이 생기거나 오래 집을 비울 때를 대비해 친한 친구에게 비상 키를 맡겨놓곤 하잖습니까."

"가정부는 없었고?" 베르거가 물었다.

율리아와 프랑크는 아무 말 없이 서로를 볼 뿐이었다.

"있었나, 없었나?"

"모르겠습니다." 프랑크는 당황한 표정으로 말했다. "그건 아직 조사해보지 못했어요. 하지만 아마 있었을 것 같네요. 직접 집을 그렇게 깨끗이 청소했을 리는 없을 테니까요. 알아보겠습니다. 그렇지만 가정부가 있다고 해서 꼭 열쇠를 가지고 있을 거란 보장은 없습니다. 레벨은 집에서 일했으니 가정부는 초인종을 누르고 들어왔겠죠. 제 생각에 가정부에게는 열쇠가 없을 겁니다."

"그래도 한 번 알아봐. 또 다른 내용은?"

"그게 답니다. 우리에게 범인의 정체를 알려줄 뻔했던 남자가 사망했다는 거요. 어제 그렇게 우리에게 태클을 건 걸 보면, 그놈은 악마에 씌었었거나 아니면 경찰을 극도로 혐오했던 거예요. 그는 살해된 여성들을 전부 알았던 게 틀림없고, 어제 우리가 간 뒤에 혼자 생각하다가 누가 범인인지 깨달았던 거죠. 달리 설명이 안 돼요." 프랑크가 말했다.

"그럼 뒤랑 형사, 자네 생각은?" 베르거는 의자를 빙 돌려 율리아를 쳐다보았다.

"프랑크 말대로일 수도 있지만, 레벨이 살해된 건 다른 살인사건들과 아무런 관계가 없을지도 몰라요."

"이러지 맙시다!" 프랑크는 손을 내저으며 말했다. "당신도 속으로는 그렇게 생각 안 하잖아요. 레벨이 갖고 있던 자료들은 물론 컴퓨터의 데이터도 모두 사라졌는데, 도둑이 든 흔적도 없었어요. 그의 손목에는 롤렉스 시계가 그대로 채워져 있었고, 집 안을 뒤진 흔적도 없고요. 다른 동기도 없어요. 레벨은 우릴 도울 수 있었지만, 어떤 이유 때문에 적시에 우리에게 알리지 못했던 겁니다. 그게 사실이에요!"

"알았어요, 알았어, 그렇게 흥분하지 마요." 율리아는 달래듯 말했다. "당신 말이 맞아요. 다만 뭐가 어떻게 돌아가고 있는지 알수 없을 뿐이에요. 아무도 믿지 않겠죠. 프랑크푸르트 경찰이 국가적인 바보들이라니! 우린 아무런 진척도 못 보고 있어요. 한 발

앞으로 나갔다고 생각했는데, 실제로는 두 발짝 퇴보한 꼴이에요." 그녀는 뜨거운 커피를 홀짝이고는 잔을 창턱에 올려놓고 가방에서 담배를 꺼내 입술에 물었다. "제발 좀 리히터가 우리를 도와주면 좋겠네요."

"레벨의 친구라는 놈은 누구인 것 같나?" 베르거가 물었다. "리히터와 레벨도 친구라고 하지 않았어?"

"둘이 얼마나 친한지는 몰라요." 율리아는 어깨를 으쓱해 보였다. "레벨은 리히터를 지인이라고만 했어요. 친구라는 말은 없었고요. 교류는 있을지 몰라도, 그다지 친한 사이는 아닐 수도 있어요. 게다가 리히터는 오늘 아침에 저한테, 어제 새벽까지 프로파일을 작성했다고 했고요. 리히터가 레벨 사건과 무슨 관계가 있다고 생각하시는 것 같은데, 그는 그 시간에 집에 있었다고요. 그는 아니에요. 레벨이 알던 사람 중 분명히 아주 친하게 지낸 사람이 있었을 텐데, 그게 누군지 모르겠어요. 어쩌면 그의 집을 조사하고 있는 사람들이 뭔가 알아낼지도 모르죠." 율리아는 담배를 비벼 끈 뒤 그새 미지근해진 커피를 들이켰다. "어쨌든 범인은 이제 두려울 게 없겠군요. 보나 마나 어딘가에 편안히 앉아 낄낄대고 있을 거예요."

베르거는 몸을 앞으로 숙이고 잔뜩 쌓여있는 파일 중 하나를 꺼내 넘기다가 얼마 후 움직임을 멈췄다.

"마이바움, 클라이버, 반 다이크는 어때? 혹시 그들 중에……."

"아니에요." 율리아가 재빨리 끼어들었다. "그중에는 범인이 없어요……."

"잠깐만요." 프랑크가 입을 열었다. "그걸 어떻게 알아요? 그들이 보였던 눈물이 악어의 눈물이었다면요? 마이바움이 실은 성불구가 아니거나……." 그는 말을 멈추고 턱을 쓰다듬었다. "아니면 마이바움은 실제로 성불구여서 그로 인해 고통스러웠고, 또 조롱과 비웃음을 당했던 겁니다. 아마도 전갈자리 여자에게요. 이제까지 레벨에 대해 좋지 않게 얘기한 사람도 마이바움뿐이었어요. 그런데도 그와 그의 부인은 정기적으로 레벨의 상담을 받는다고 했죠. 혹시 오랜 시간 그러다가 일종의 우정이 생긴 건 아닐까요? 뭔가 앞뒤가 안 맞잖아요."

베르거는 그의 말에 동의하는 듯 고개를 끄덕였고, 율리아는 회의적인 표정을 지었다. "당신이 그와 얘기했었죠." 그녀가 말했다. "당신 눈에는 어때 보였어요?"

"마이바움 말입니까? 꽤 개방적인 사람 같았어요."

"내가 보기에도 그래요. 그는 자기가 성불구라는 말을 하려고 나를 밖으로 내보냈어요. 여자를 다섯 명이나 죽인 냉혈한이라면 자기가 의심받을 걸 알면서 굳이 그런 행동을 했을까요? 아마 안 그랬을 걸요. 범인은 아주 교활해서 의심을 살 행동은 일절 하지 않을 거라고요. 아니, 마이바움은 상처받은 남자고, 그런 짓을 저지를 만한 열정 같은 건 전혀 없어요. 그는 모든 일에 초연해 보였어요. 마음속으로 자기 자신과 씨름할지는 몰라도, 분노나 절망감을 밖으로 표출하거나 누군가를 죽일 정도로 공격적이진 않다고요."

"그런 게 다 눈속임이었다면요?" 프랑크가 물었다. "상처받고 시달린 남자인 척, 파리 한 마리 못 죽이는 순진한 사람인 척했지만, 사실은 약아빠진 인간일 수도 있잖아요."

"과대망상이에요. 하지만 당신 생각이 정 그렇다면, 마이바움의 알리바이를 한 번 확인해보기로 하죠. 클라이버와 반 다이크, 그리고 리히터도요. 만약 걸리는 게 있으면…… 어쩌면 그들 중 누군가가 레벨과 친했던 사람이 누군지 말해줄 수도 있겠네요.

지금 당장 할 수 있는 일은 이것뿐이에요. 자, 그럼 이제 난 뭘 좀 먹어야겠어요. 그다음에는 리히터가 오기 전에 파일을 다시 한 번 훑어보고요." 율리아는 가방을 집어 들며 프랑크를 쳐다보았다. "같이 갈래요?"

"그래요. 하지만 그 전에 컴퓨터부에 잠깐 들리죠. 지도에 관해 뭘 좀 알아냈는지 물어보려고요."

그들은 가는 길에 마침 컴퓨터부에서 오는 페터, 귀틀러와 마주 쳤다. 페터는 어깨를 으쓱하며 말했다. "아무것도 못 알아냈어요. 사건 현장들 간의 거리, 범행시간 등 모든 가능성을 고려했지만 그 어떤 패턴도 찾지 못했습니다. 어쩌면 애초에 그런 건 아예 없는 건지도 모르겠어요. 안타깝네요."

"아니, 분명 있어요." 율리아는 피곤해 보이는 미소를 지으며 말했다. "내 말 믿어요. 범인은 뭔가 방대하고 세심한 계획에 따라 범행을 하고 있다니까요. 없을 리가 없어요. 우린 지금 식사하러 가요. 3시에 리히터가 오기로 한 거, 잊지들 마요."

오후 1시 30분

지난밤을 거의 뜬 눈으로 샌 마리아 반 다이크는 12시가 넘어서야 잠에서 깨어났다. 어린 시절 일이 자꾸만 생각나 마음을 진정시킬 수 없었던 그녀는, 새벽 4시가 지나서야 겨우 잠이 들었다. 매우 피곤하고 속이 메스꺼운 상태로 잠에서 깬 그녀는 욕실로 가서 끈적끈적한 가래를 뱉어냈다. 그녀는 거울에 비친 자신의 얼굴을 보고는 세수하고, 입안에 맴도는 시큼한 맛을 없애기 위해 이를 닦았다. 그러고는 리히터가 주었던 알약을 하나 삼키며 효과가 빨리 나타나기를 기다렸다. 샤워한 뒤 옷을 갈아입자 기분이 차츰 나아졌다. 메스꺼움도 거의 사라져, 뭔가 먹고 싶은 생각마저 들었다.

집에는 마리아밖에 없었다. 그녀는 자기도 모르게 고개를 들어 위층 엄마 방문을 흘긋 쳐다보았다. 수년 전부터 아빠와 엄마는 방을 따로 쓰고 있었다. 육체적 관계는 물론이고 대화도 거의 하지 않는 상태였다. 부엌으로 간 마리아는 식빵 두 쪽을 토스터에 넣고, 찬장에서 파인애플 마멀레이드를 꺼낸 뒤 차를 마시기 위해 전기주전자에 물을 끓였다. 그런 뒤 테이블 위에 있던 신문을 들어 대충 훑어보고는 다시 내려놓았다. 엄마는 아무 메모도 남기지 않고 나가서 어디로 갔는지 알 수 없었다. 아빠의 사무실로 전화한 마리아는 아빠가 스튜디오에 있다는 말에 휴대폰으로 다시 걸었지만, 전화는 음성사서함으로 넘어갔다. 그녀는 메시지를 남기지 않고 그냥 전화를 끊었다. 아빠가 스튜디오에 있다는 건 아주 늦게 귀가한다는 뜻이고, 그녀는 그 전에 집에 올 테니까. 그리고 엄마한테는 어디 가는지 알릴 필요도 없었다.

하늘에는 구름이 끼어 있었고, 온도계는 8도를 가리키고 있었다. 점퍼를 걸쳐 입고 집을 나선 마리아는 열여덟 살이 된 기념으로 아빠가 선물해준 메탈블루 색상의 포드 카(KA)에 올라탔다. 차가 밖으로 나가자 뒤쪽에서 대문이 저절로 닫혔다.

그녀는 수년간 왠지 두려운 마음에 상점에도 가지 못했는데, 이제부터는 그러지 않기로 마음먹었다. 오늘은 바지, 블라우스, 재킷을 비롯해 어쩌면 신발과 CD도 사고, 서점에 들러 연애소설이나 그녀가 푹 빠져 있는 고대 이집트에 대한 책은 없는지 살펴볼 생각이었다. 그녀는 이제부터는 새 삶을 살기로 결심했다. 쉽진 않겠지만 과거의 일은 잊고 미래에 집중할 것이었다. 어쩌면 무엇이 그녀를 그토록 괴롭혔는지 서서히 알게 될 수도, 또 거기서 벗어나는 데 한참이 걸릴 수도 있었다. 하지만 그녀는 결국 그 모든 내적 갈등을 이겨낼 터였다. 그리고 언젠가, 시간이 한참 흘러 충분히 강해지고 나면, 불과 며칠 전에 기억해낸 그 과거에 대해 엄마와 마주 앉아 침착하게 대화할 수 있을 것이다.

마리아는 하우프트바케 주차빌딩에 차를 대고 계단으로 걸어 내려갔다. 프랑크푸르트에는 정말 오랜만에 온 것이었다. 차일 (프랑크푸르트의 유명 상점가 —역주) 거리에는 사람들이 물밀 듯 밀려 들었고 거리의 음악가들은 남미의 민속음악을 연주했으며, 쇼윈도 아래에는 거지 몇몇이 자리를 잡고 앉아있었다. 크레페, 구운 소시지, 생선 등, 걸어가는 곳마다 다른 냄새가 풍겨왔다. 마리아는 방금 아침 식사를 하고 나왔는데도, 먹어본 지 한참 된 감자튀김을 곁들인 커리 소시지를 먹고 싶은 마음이 굴뚝같았다.

마리아는 콘스타블러바케 역까지 걸어 내려 갔다가 다시 돌아오는 길에 헤르티 백화점 앞에 멈춰 서서 안으로 들어갈까 고민하다 곧 마음을 접었다. 좁은 현관으로 밀려드는 수많은 사람을 보며 혹시라도 공황상태에 빠지진 않을까 걱정되었기 때문이다. 그 대신 그녀는 대부분 퇴근 중인 행인들을 관찰하며, 가능하면 그들의 얼굴을 보려고 노력했다.

그녀가 처음으로 들른 곳은 서점이었다. 그녀는 30분 동안 서점 책꽂이를 뒤지다가 고대 이집트에 대한 두꺼운 책 하나와 역사 소설 하나, 또 비록 2년 전 아빠가 생일 선물로 별자리 운세를 봐다 준 적이 있지만 별자리에 대한 책도 하나 사기로 마음먹었다. 그녀는 책을 사랑했고, 막힘없이 글을 읽을 수 있게 된 이후로 책은 항상 그녀의 동반자이자 피난처가 되어주었다. 슬프거나 두려울 때면 그녀는 자기 방 침대에 누워 책 속 세상으로 빠져들었다.

그것만이 두려움과 불안감을 없애는 유일한 길이었으니까.

계속 걸어 괴테 가에 다다른 그녀는 몇몇 부티크를 구경하다가 한참 뒤에 결국 마음에 드는 옷들을 발견하고는 신용카드로 계산했다. 손에 든 쇼핑백들은 갈수록 더 무거워졌지만, 마음만은 가볍고 경쾌한 느낌이었다.

시간은 어느덧 5시 반이 되었고, 주차빌딩으로 돌아온 마리아는 무인정산기에서 요금을 계산하고 차를 세워둔 곳으로 올라갔다. 차 트렁크에 쇼핑백들을 집어넣은 뒤 트렁크를 다시 닫고 운전석 문을 열려던 순간, 동작을 멈춘 그녀는 이마를 찌푸리며 어이가 없다는 듯 고개를 가로저었다. 누군가가 차 앞바퀴에 구멍을 내났다고 말하기 위해 다시 아래층으로 내려가려던 찰나, 남색 벤츠 SLK 한 대가 그녀 옆에 서더니 조수석 창문을 내렸다.

"안녕, 마리아. 이런 우연이 다 있구나."

"안녕하세요." 마리아는 찡그린 얼굴로 대답했다. "어떤 못된 놈이 제 차에 구멍을 냈거나, 아니면 마구 찔러났나 봐요. 트렁크에 짐이 잔뜩 있는데 말이에요. 정말 최악이에요. 이따 저녁에 친구랑 만나기로 했는데."

"내가 데려다 줄게. 어차피 방향도 같으니까."

"그럼 제 차는요?" 마리아가 물었다.

"그건 네 아빠한테 맡기는 게 나을 것 같구나. 내가 잘 아는데, 이런 일에는 변호사가 필요해. 나도 비슷한 일을 당한 적이 있거든. 누가 바퀴 네 개를 전부 찔러났었지. 쓸모없는 소모전을 하느라 보상을 받기까지 한참 걸렸다니까…… 자, 어떻게 할래? 데려다 줄까?"

마리아는 어깨를 으쓱하고는 트렁크에서 쇼핑백들을 꺼내 벤츠에 옮겨 실었다. 그러고는 차에 타서 말했다. "감사해요. 하늘이 절 도우신 게 틀림없네요. 정말 한참 만에 프랑크푸르트에 왔는데 이런 일이 생기다니. 다음번에는 길가에 차를 대는 게 낫겠어요."

"마리아, 우리가 안지도 오래됐는데 나한테 그렇게 예의를 차릴 필요 없어. 알겠지? 그럼 이제 출발하자."

그들은 테아터 터널(프랑크푸르트 도심에 있는 지하차도 —역주)을 통해 구틀로이트 가를 지나 바젤러 광장에 다다랐다. 신호등 앞에 차들이 길게 줄지어 서 있었는데, 자유의 다리 쪽에서 오던 많은 차가 꼬리물기를 하다가 교차로를 가로막았기 때문이었다.

"저런 멍청이들! 저렇게 교차로를 가로막고 있으면 어떡해? 아, 이런, 잊고 있었네. 잠깐 진틀링엔에 있는 우리 집에 좀 들러야겠는걸. 그래도 괜찮니? 약속이 몇 시야?"

"친구가 8시쯤 집으로 오기로 한 거니까 아직 시간 있어요."

"다행이구나, 얼마 안 걸릴 거야. 약속할게. 서류 몇 장만 훑어보면 되니까, 한 30분이면 될 거야. 집을 팔려고 하는데, 몇 가지 자료를 준비해야 해서."

"괜찮아요. 천천히 하세요." 마리아는 이렇게 말하고는 창밖을 바라보았다. 그들은 마인 강을 따라가다가 슈반하임을 지나 고속도로로 진입했다. 땅에는 어둠이 내리기 시작했고, 여기저기 불빛이 켜졌다. 어두운 하늘에서는 비가 몇 방울 떨어지고 있었다.

"올해 대입시험 봤지? 대학에 갈 생각이니?"

"네, 내년부터요."

"전공은?"

"예술하고 독문학이요."

"잘 됐구나. 졸업하면 뭐하려고?"

"모르겠어요. 어떻게 될지 두고 봐야죠. 작가가 되고 싶긴 하지만, 출판사 찾기가 엄청 힘들 거예요."

"너희 아버지가 출판사들과 교류가 많으시잖니. 글만 괜찮으면 출판은 별 문제 없을 것 같은데. 내가 보기에는 걱정 안 해도 될 것 같구나."

6시 반, 그들이 탄 차는 어느 오래된 4층짜리 건물 앞에 도착했다. 차에서 내린 두 사람은 네 칸짜리 계단을 올라 안으로 들어갔다. 1층에 있는 그 집은 세련되고 우아하게 꾸며져 있었다.

"아무 데나 앉으렴. 마실 것 좀 줄까?"

"네, 안 그래도 목이 마르던 참이었어요. 뭐가 있어요?" 마리아는 조심스럽게 물었다.

"원하는 건 다 있지. 오렌지주스, 레모네이드, 콜라, 맥주, 위스키, 코냑……."

"아니, 술은 말고요. 오렌지주스가 좋겠어요." 마리아는 이렇게 말하며 커다란 빨간색 가죽 소파에 앉아 무릎을 딱 붙이고 두 손을 허벅지 위에 올려놓았다. "이 집에는 혼자 사세요?"

"아니, 이 집은 벌써 1년 전부터 비어있었어. 하지만 이걸 팔려면 거쳐야 할 절차가 있는데, 시간이 꽤 걸리는 일이란다. 자, 그럼 난 가서 마실 걸 가져올게."

마리아는 거실 안을 둘러보았다. 세련되면서도 꽉 차 보이는 인테리어가 눈에 띄었고, 전체적으로 따뜻하고 친근한 분위기였다.

"자, 여기, 오렌지주스."

"감사해요. 정말이지 목이 말라 죽을 뻔했지 뭐예요. 근데 이 건물 전체를 소유하고 계신 거예요?" 마리아는 대단하다는 듯 묻고는 잔을 입에 대고 주스를 들이켰다.

"그래, 하지만 지금으로선 이 집이 오히려 짐이야. 겉으로는 멀쩡해 보일지 모르지만, 지하부터 지붕까지 전부 뜯어고쳐야 하거든. 파이프들은 물론이고 전선들도 다 오래되어서 말이야. 계단, 창문, 욕실도 전부 새로 만들어야 하고. 증조부모님이 1890년에 지으신 뒤로 바뀐 게 거의 없으니 말 다했지. 현재로서는 내 소유이긴 하지만, 난 그 개조 비용을 감당할 생각이 전혀 없어."

"그럼 이 가구들은요?"

"다 들어내지. 이 집을 산다는 사람이 한 명 있는데, 그가 제시한 가격도 괜찮긴 하지만 사실 난 좀 더 받기를 기대했거든. 어떻게 될지는 기다려봐야지. 어쨌든 이 집을 꼭 팔 거야."

마리아는 시계를 흘긋 보았다. 7시 15분 전이었다. 잔을 모두 비운 뒤 대리석 테이블에 올려놓은 그녀는 갑자기 피로가 몰려와 몸을 뒤로 기댔다. 눈꺼풀이 점점 무거워지는 느낌이 들었다. 그녀는 좀 움직이면 나아질까 싶어 자리에서 일어섰다. '오늘 너무 무리했나 봐.' 마리아는 생각했다. '게다가 약도 먹었고. 차라리 리브륨(진정제의 일종 ―역주)을 먹을걸.' 그 순간 주위의 모든 것이 빙 도는가 싶더니, 머리가 어지러워진 그녀는 소파에 다시 털썩 주저앉았다.

"왜 그래? 피곤하니?" 마치 먼 곳에서 들리는 것 같은 이상한 목소리가 그녀에게 물었다.

"몰라요." 그녀는 중얼거렸다. "머리가 어지러워요."

"이리 와, 잠깐 침대에 누워보렴. 일어날 수 있겠어?"

"해 볼게요."

"잠깐만, 내가 도와줄게."

침실로 끌려간 마리아는 침대에 누웠다. 잠이 오지는 않았고 단지 머리와 몸이 말을 듣지 않았다. 마치 꿈속에서처럼 전혀 새로운 세계에 와있는 듯한 느낌이었다. 무중력상태. 그때 누군가 그녀의 신발, 블라우스와 청바지, 브래지어와 팬티를 차례로 벗겼다. 이제 그녀는 벌거벗고 있었다. 내면에서는 저항하고 싶은 마음이 꿈틀댔지만, 그럴 수가 없었다. 그녀의 팔과 다리는 움직일 생각을 하지 않고 있었다. 누군가가 또 그녀의 두 팔을 거칠게 움켜쥐더니 위로 끌어당겨 차가운 뭔가를 손목에 채웠고, 얼마 후에는 발목에도 채웠다. 그녀는 잠이 들었다.

영원과도 같은 시간이 지난 뒤 그녀는 아주 서서히 정신을 차리는가 싶었지만, 곧 다시 졸음에 빠져들었다.

"안녕, 마리아, 정신이 드니?" 또다시 그 이상한 목소리가 물었다. "이런, 미안해서 어쩌나. 오늘 약속이 있다고 했었지. 안타깝지만 거긴 못 가겠구나. 하지만 걱정 마, 내가 곁에 있으니. 곧 다시 돌아올게, 그때 좀 놀아보자고. 잠이 확 달아날걸. 하지만 그 전에 잠깐 해야 할 일이 있어. 한 시간쯤 후에 다시 올게."

마리아는 눈을 뜨려 했지만 쉽지 않았다. 시간이 얼마나 흘렀는지는 알 수 없었지만 차츰 팔과 다리의 힘이 돌아오고 있었다. 몸을 일으켜보려 했지만 양팔이 침대에 꽉 묶여있었다. 아래를 내려다본 그녀는 자신이 벌거벗고 있음을 알아차리고는 깜짝 놀라 소리를 지르려 했으나, 뭔가가 입을 막고 있어서 아무 소리도 낼 수 없었다.

"마리아, 이제 깨어났구나." 갑자기 그 목소리가 들려왔다. "좋아, 그럼 이제 시작하지……. 넌 정말, 정말 예뻐, 알고 있니? 물론 알고 있겠지. 분명 남자애들이 줄을 설 거야. 네 눈, 네 머리카락, 네 가슴, 어느 것 하나 아름답지 않은 게 없잖아. 남자와 자본 적 있니? 제대로 된 남자와 말이야."

마리아는 두려움에 떨며, 자기 몸을 훑어보고 있는 그 번득이는 눈을 쳐다보았다. 머리카락, 얼굴, 가슴, 음부를 차례로 쓰다듬는 손길이 느껴졌고, 이어서 그 손은 그녀의 질을 마사지했다.

"너처럼 아름다운 여자는 드물어. 그런데 너, 남자와 자봤느냐는 내 질문에 아직 대답하지 않았어. 너를 거의 까무러치게 할 만큼 큰 성기를 네 몸으로 느껴본 적 있니? 아니면 아직 섹스란 걸 제대로 해본 적이 없는 거야?"

마리아는 고개를 세차게 흔들며 그녀의 몸을 고정하고 있는 수갑을 흔들어댔다. 이 모든 게 그저 끔찍한 악몽이기를, 그래서 부디 빨리 깨어나기를 마음속으로 빌었지만 그것은 꿈이 아니라 잔인한 현실이었다. '지금껏 그렇게 힘들게 살아왔으면 됐잖아? 이제야 사는 게 나아지려고 하는데 왜 이런 일이 생기는 거야?' 어쩌면 결코 대답을 얻지 못할 질문들만 쌓여갔다.

"뭐야, 아직 한 번도 남자랑 자본 적이 없다고? 정말 안됐구나. 하지만 살다 보면 섹스보다 더 중요한 일도 있는 법이니까. 마리아, 네 눈은 내가 이제까지 본 것 중 제일 예쁘구나. 그 눈빛만으로도 충분히 남자를 유혹할 수 있겠어. 하긴 전갈자리 여자들이 본래 그런 데에 소질이 있지. 네 눈도 그렇게 특별해. 무섭고 파괴적이지. 네 눈에 담긴 그 불가사의한 열정에 사람들은 끌리게 되어 있어. 이제 네가 날 볼 수 없게 네 눈을 가리는 게 낫겠구나. 아니면 네가 날 죽일지도 모르니까." 음흉한 웃음소리가 들렸다.

마리아는 실크로 된 스카프 같은 것이 그녀의 머리를 감싸는 것을 느꼈다. 눈앞이 깜깜했고, 추워서 몸이 덜덜 떨렸다. 그 순간 그녀의 배에, 가슴에, 허벅지 사이에 입술이 닿는 게 느껴졌다. 쓰다듬고, 키스하고, 쓰다듬고, 키스하고……. 어쩌면 초현실적인 꿈속에서 쓰다듬기와 키스만이 반복되는 게임을 하고 있는 건지도 모른다고 마리아가 생각했을 때쯤, 복부에 숨이 멎을 듯 고통스러운 충격이 느껴졌다. 그리고 가슴, 팔, 얼굴까지 구타가 이어졌다.

마리아는 울고 신음하며, 이 고통에서 벗어나게 해달라고 하느님께 빌었다. 순간 상대방은 다시 그녀를 쓰다듬고 키스하더니, 조용한 목소리로 말했다. "이제 네 차 바퀴에 구멍을 낸 게 누군지 알았을 거야. 미안하지만 널 이리로 데려오려면 그 방법밖에 없었어. 난 네가 집에서 나올 때부터 시작해 종일 널 지켜봤거든. 난 항상 네 근처에 있었고, 마지막까지 그럴 거야. 그럼 잠깐 어디 좀 갔다가 다시 돌아올게. 우리 게임은 아직 끝나지 않았어. 아마 깜짝 놀랄걸. 넌 다른 애들과 비교해도 제일 예뻐. 유디트나 되어야 너랑 견줄 만하겠어. 2주만 더 늦게 태어나지 그랬어? 그럼 이런 일은 안 겪어도 됐을 텐데. 하지만 그랬다면 과연 네가 이렇게 예뻤을까? 네 눈에서 그런 불가사의한 열정 같은 게 느껴졌을까? 아 참, 가기 전에 한 가지만 충고할게. 어차피 도망치지 못할 테니 괜히 힘쓰지 말라고. 아직 성공한 사람은 아무도 없었으니까. 게다가 이 집은 워낙 동떨어져 있고 집 안에는 우리밖에 없어서 소리 질러봤자 아무도 못 들을 거야. 그럼 잠이라도 청하고 있어. 곧 다시 올 테니까."

마리아의 심장은 흉곽을 뚫고 나올 듯 쿵쾅댔고, 누가 속을 삽으로 파내는 듯 메스꺼웠다. 몸 전체에서 통증이 느껴졌지만 그보다 더 힘든 건 죽을지도 모른다는 두려움이었다. 그 부드러운 목소리가 그녀의 귓가에 맴돌았고, 비록 볼 수는 없었지만 그 모든 걸 태워버릴 듯 불타오르는 두 눈이 사방에서 자신을 바라보는 느낌이었다. '내가 뭘 잘못했기에 이런 벌을 받는 거야? 대체 왜?' 마리아는 조용히 눈물만 흘렸다. 아무도 보지 못하고, 관심 갖지 않는 눈물을.

문을 닫고 열쇠로 잠그는 소리가 들렸다. 혼자 남은 마리아는 계속 눈물을 흘렸다. 통증과 심적 고통 때문에 몸이 덜덜 떨렸다.

그러다가 그녀는 잠이 들었다. 시간관념이 사라져 버린 탓에, 갑자기 따뜻한 두 손이 가슴에 와 닿았을 때, 시간이 얼마나 지났는지 전혀 알 수가 없었다. '혹시 일이 좋게 끝나려나? 이 악몽이 곧 끝나는 걸까?' 마리아가 이렇게 생각하는 찰나, 얼음처럼 차가운 물방울이 그녀의 유두 위에 떨어져 유두가 빳빳하게 섰다. 그리고 곧이어 이제껏 느껴보지 못했던, 모든 감각을 마비시키는 듯한 엄청난 고통이 밀려와 그녀는 거의 의식을 잃을 지경이었다.

"안녕, 마리아! 나 왔어. 이제 눈가리개를 풀어줄게. 이제 네 몸도 더 이상 전처럼 깨끗하지 않아. 물론 저세상에서는 다시 깨끗해지겠지만. 자, 그럼 이제 게임을 끝내볼까."

마리아는 이제 그 어떤 생각도 제대로 할 수 없는 상태였다. 아무 힘없이 다리를 벌리고 있는 그녀는 음순에 바늘이 꽂히는 것도 제대로 느낄 수가 없었다. 그녀는 상대방이 그녀 뒤로 걸어가는 것을 보았다. 그 사람은 그녀의 머리를 살짝 들고 뭔가 차가운 것을 목에 둘렀다. 순간 숨통을 죄는 강한 충격이 느껴졌고, 그녀의 눈은 죽음에 대한 두려움으로 커다래졌다. 사투를 벌인지 3분 뒤, 마리아의 머리가 축 늘어졌다. 그리고 게임은 끝이 났다.

오후 3시

식사를 마친 율리아는 리히터가 오기 전에 파일들을 다시 한 번 훑어보려고 사무실로 돌아왔다. 모든 세부 사항을 머릿속에 새기고 여러 번 메모하는 동안 골루아 세 개비를 피우고 커피 두 잔을 마셨다. 얼마 후 그녀는 드디어 파일을 덮고는 몸을 뒤로 기댔다. 그녀는 마치 일생일대의 시험을 앞둔 학생이 된 기분이었다. 그녀는 두 눈을 감았다. 레벨에 대한 생각이 머릿속을 떠나지 않았다. 이제 마지막 남은 희망은 리히터뿐이었지만, 그녀는 너무 큰 기대는 하지 않기로 마음먹었다. 비록 그가 과거에 경찰을 도와 사건을 해결하는 데 기여하긴 했지만, 결국 그도 신이 아닌 평범한 사람일 뿐이다. 그때 프랑크가 다가와 맞은편에 앉았다.

"어때요, 잘 돼가요?" 그가 물었다.

율리아는 하품을 하며 고개를 가로저었다. "거지 같아요. 이 악몽이 하루 빨리 끝났으면 좋겠어요. 당신은요?"

프랑크는 어깨를 으쓱하고는 셔츠 주머니에서 담배를 꺼내 입에 물고는 불을 붙였다. 그는 바닥을 응시한 채 연기를 빨아들인 뒤 코로 다시 내뿜었다. "별다른 건 없어요. 자다가도 이 빌어먹을 게 생각날 지경이에요. 정액이나 지문이라도 남아있다면! 그 망할 놈이 여자들을 씻겨놓는 바람에! 과학수사반 사람들도 죽을 맛인가 봐요. 범인이 남긴 단서가 전혀 없으니. 어떻게 그럴 수 있는지 모르겠어요."

"있잖아요. 전갈자리 여자들을 증오한다는 사실이요. 그게 다이긴 하지만." 그때 베르거의 사무실 쪽을 흘긋 본 율리아가 프랑크에게 눈짓하며 말했다. "리히터가 왔어요. 가서 인사해요."

리히터는 의자 하나를 가져다가 베르거 가까이에 앉았다. 프랑크와 율리아가 들어오자 리히터는 고개를 들어 그들을 보았다.

"안녕하세요, 뒤랑 형사님, 헬머 형사님." 리히터는 자리에서 일어나 악수를 청했다. "자, 그럼 바로 본론으로 들어가죠."

"잠깐만요, 다른 사람들도 불러오겠습니다." 이렇게 말한 뒤 밖으로 나간 프랑크는 잠시 후 페터, 빌헬름, 귀틀러를 데리고 돌아왔다.

"회의실로 가는 게 좋겠어요." 율리아가 말했다. "여긴 좀 좁네요."

"무슨 새로운 소식이 있나요?" 회의실로 가는 길에 리히터가 물었다.

"네, 있어요." 율리아가 대답했다. "아주 나쁜 소식이에요. 일단 박사님 말씀 먼저 듣고 나서 얘기하기로 하죠."

리히터는 이마를 찌푸리며 율리아를 보았다. "재촉하는 것 같아 미안합니다만, 혹시 또 누가 살해됐나요?"

"네, 그렇긴 한데……. 좀 이따 말씀드릴게요. 이 사건과 직접적인 관계는 없는 거라서요." 율리아가 말했다.

"알겠습니다. 그럼 시작하죠." 리히터는 가방에서 서류 한 뭉치를 꺼내 책상 위에 올려놓았다. 그는 책상 맨 끝에 앉았고, 그 왼쪽으로 베르거, 귀틀러, 빌헬름이, 오른쪽으로 율리아, 프랑크, 페터가 차례로 자리를 잡았다. 리히터는 헛기침을 했다.

"마실 것 좀 드릴까요?" 귀틀러가 물었다.

"아뇨, 지금은 괜찮습니다. 프로파일링이 뭔지에 대해서는 굳이 설명해드릴 필요 없겠죠, 여러분은 전문가이시니까요. 이 사건에서는 현재까지 다섯 명의 피살자가 발생했습니다. 모두 여성이며 그중 두 명은 이혼했고, 한 명은 유부녀였죠. 사망시점에 나이가 가장 적었던 사람은 스물두 살, 가장 많았던 사람은 마흔한 살이었고요. 그들은 사회적 계층이 각기 달랐고 머리카락 색이나 눈동자 색 등이 같지도 않았으며, 직업도 세무공무원, 부티크 운영자, 학생 겸 매춘부, 에이전시 운영자, 주부로 전부 달랐습니다. 즉 눈에 띄는 연관성은 없었죠. 뒤랑 형사님과 헬머 형사님은 아실 텐데, 피살자 중 세 명, 카롤라 바이트만과 유디트 카스너, 베라 코슬로브스키는 저도 알던 사람들입니다. 또 말씀드렸다시피 요안나 알베르츠와 에리카 뮐러는 모르고요. 이 여성들의 유일한 공통점은 전부 상승점이 사자자리인 전갈자리에 태어났다는 것입니다. 두 명은 자기 집에서 살해당한 뒤 그곳에 그대로 유기되었고, 세 명은 살해된 장소와 발견된 장소가 달랐습니다. 이상 주요 기본 사실들이었습니다. 그럼 이제 더 세부적으로 들어가 보도록 하죠. 먼저 피살자들에 대해 말씀드리겠습니다.”

리히터는 몸을 뒤로 기대고 글씨로 꽉 찬 종이 몇 장을 들고는 좌중을 둘러보았다.

“열 장씩 복사해왔는데, 혹시 더 필요하면 복사해서 쓰시기 바랍니다.

피살자 1, 카롤라 바이트만. 부티크 운영자, 약혼한 상태. 가족과 약혼자, 몇몇 지인들의 진술에 따르면 다소 수줍어하는 성격이었음. 부지런하고 꼼꼼하며 주위 사람들과 잘 지냈으나 파티를 즐기거나 위험을 무릅쓰는 성격은 아니었고 과묵했음.

피살자 2, 요안나 알베르츠. 세무공무원, 이혼녀, 조심스럽고 내성적. 카롤라 바이트만과 마찬가지로 모험은 안 하는 성격. 삶에 회의감을 느꼈고 성적으로 불만족스럽게 살았으며 감정이 불안정했고 역시 과묵했음.

피살자 3, 에리카 밀러. 유부녀, 가정주부, 아이가 둘 있으며 남편은 알코올중독자였음. 조심스럽고, 수줍음이 많으며, 모험을 즐기지 않는 성격. 역시 삶에 회의감과 좌절감을 느꼈고 감정이 불안정했으며 자신감과 자존감 결여, 과묵했음.

피살자 4, 유디트 카스너. 독신, 학생이자 매춘부, 친절하고 믿음직하며 과묵했음. 사람 만나는 걸 좋아했으며 개방적이고 직설적인 성격. 의지력이 강하고 쾌활, 새로운 것에 열려있고 다방면에 관심이 많았음. 박식하고 모험적이며 지속적으로 만나는 남자친구는 없었음.

피살자 5, 베라 코슬로브스키. 에이전시 운영자, 이혼녀, 파티에 자주 참석, 여러 남자를 바꿔가며 만남, 추진력이 있고 모험을 즐기며 과묵하고 착실함. 이상 말씀드린 사항들은 범인 프로파일을 작성하는 데 큰 도움이 되었습니다.

범인은 연쇄살인범에 속합니다. 눈에 띄는 점은, 작년에 저지른 처음 두 번의 살인은 약 2주 정도 간격을 두었던 반면 나머지 세 번은 불과 며칠 안에 저질렀다는 것입니다. 이는 범인이 지니고 있던 일말의 도덕적 규범마저 허물어졌음을 의미합니다.

범인의 나이는 서른에서 최대 마흔 살 사이로 추정되는데, 그중에서도 제 추측으로는 30대 중반일 것 같습니다. 이에 관해서는 이따 다시 말씀드리죠.

범행방식은 사디스트적이라 할 수 있는데, 피살자들을 죽이기 전에 고문했기 때문입니다. 특히 주목해볼 것은, 무작위로 희생양을 고르는 대부분의 연쇄살인범들과는 달리 범인은 정확한 목표물을 정해놓고 행동했다는 겁니다. 즉, 그는 미리 희생양들에게 접근해 장기간 알고 지내며 그들의 신뢰를 얻었다는 거죠. 그러니까 겉보기에는 깨끗하고 믿음직해 보이는 데다, 노련하고 매력적이며 매너 좋은 사람일 겁니다."

리히터는 말을 멈추고 담배에 불을 붙였다.

"이제 범행방식으로 넘어가 보죠. 피살자들이 그를 믿을만한 사람으로 여기게 되었을 때쯤, 그는 그들에게 은밀한 교제를 제안합니다. 둘이서만 있고 싶다고 하며, 다른 사람들에게는 비밀로 해야 한다고 말하는 거죠. 그렇게 해서 그 만남은 아무도 모르게 이루어지게 됩니다. 여자들은 그 만남을 위해 특별한 속옷까지 준비하지만, 아무에게도 그 일을 말하지 않습니다. 아마 범인이 그들에게 아주 특별한 경험을 약속했기 때문이었겠죠. 피살자들의 혈액에 마취제 성분은 발견되지 않았던 반면 손목과 발목에는 수갑 자국 같은 것이 남아있는데, 그건 곧 그들이 자기 몸에 수갑이 채워지게 놔뒀다는 걸 의미합니다. 요즘에는 성관계 시 수갑을 이용하는 일이 그리 드문 일은 아니니까요. 하지만 범인은 피살자들과 실제 성관계를 가지지는 않았습니다. 그의 목적은 단지 상대 여성과 단둘이 남아 아주 특별한 밤을 보내는 것이었던 거죠. 범인은 그 여성들이 원했을 성관계 대신, 그들의 사지를 묶어놓고 잔인하게 학대했습니다. 구타하고 유두를 물어뜯고 음순에 금색 바늘을 꽂았죠. 이런 사디스트적인 행동을 모두 끝낸 뒤에는 올가미로 목을 졸라 죽이고, 그들의 몸을 씻겼습니다. 그러고는 처음 상태와 똑같이 옷을 다시 입히고, 오른팔과 오른쪽 검지가 남동쪽을 가리키게 하고 왼팔은 차렷 자세로 몸에 붙여놓았죠. 피살자들이 발견 당시 옷을 입고 있었다는 것은, 범인이 그들의 품위를 어느 정도는 지켜주었다는 것을 의미합니다. 시체를 발견한 사람들로서는 그들이 그렇게 잔인하게 죽었으리라고는 상상도 못하게 말입니다. 또 범인은 피살자가 하고 있던 장신구 같은 것도 전혀 가져가지 않았는데, 여기서 우리는 이것이 금품을 노리고 한 범행은 아니라는 걸 알 수 있습니다.

　주목할 것은 피살자 중 세 명은 다소 수줍음이 많고 모험에 소극적이었다는 사실입니다. 그런 사람들이 범인을 무조건 믿고 일말의 의심을 하지 않기란 쉽지 않죠. 하지만 적어도 그들 중 두 명, 즉 요안나 알베르트와 에리카 뮐러는 삶에 좌절감을 느끼고 성적으로도 불만족스럽게 살고 있었던 게 분명합니다. 범인은 바로 이러한 성적 불만족을 이용해 그들의 신뢰를 얻어낸 거고요. 나머지 둘, 유디트 카스너와 베라 코슬로브스키의 경우에는 일이 좀 더 쉬웠습니다. 모험을 즐기는 데다 매번 새로운 남자를 만나는 데 익숙했던 그들은, 어떤 상황이든지 스스로 제어할 수 있다고 확신했기에 무슨 일이 생기면 어쩌나 하는 두려움 같은 건 없었죠. 수갑 채우기 역시 그들에겐 새로울 것 없는 일이었고, 따라서 범인이 하는 대로 몸을 맡겼을 겁니다. 이제 카롤라 바이트만이 남았는데요. 그녀는 스물두 살인 데다 약혼한 상태로 결혼을 앞두고 있었습니다. 그녀가 성생활에 얼마나 개방적이었는지는 모르지만, 마취제가 발견되지 않은 것으로 보아 그녀도 어느 정도는 모험을 즐겼던 것 같습니다. 이런 면은 특히 그녀처럼 기숙사 학교에 다녔던 사람들에게서 흔히 나타나는데요, 기숙사 학교에서는 문란한 성관계가 빈번하게 일어나기 때문이죠. 또는 그녀가 너무 엄한 가정환경에서 자란 탓에 이제껏 금지되었던 것을 즐겨보려는 심리가 작용했을 수도 있고요. 실제로 카롤라 바이트만의 한 친구는, 그녀가 특정한 성적 환상에 관해 자주 이야기하곤 했다고 진술했습니다. 그 내용까지는 모르지만 말입니다.

　범인의 정확한 그림을 그리기 전에, 그가 치른 의식에 관해 좀 더 설명하죠. 첫째로 여성들을 침대에 묶어놓은 행동을 보세요. 그 여성들은 아무것도 모르고 범인에게 몸을 맡겼고, 그는 그들이 움직일 수 없게 되고 나서야 자신의 의식을 시작하며 본 모습을 드러냈죠. 다정하고 친절했던 사람이 한순간에 교활한 짐승으로 변해버린 겁니다. 그는 여성들의 고함 소리를 듣지 않으려 그들의 입을 막고, 그들을 구타했으며, 유두를 물어뜯고, 마지막으로 음순에 금색 바늘을 꽂았습니다. 여성들이 죽기 전은 물론 죽은 후에도 성관계를 하지는 않았으니 시간증 환자일 가능성은 배제됩니다.

　피살자들 모두 별자리와 상승점이 같은 것으로 볼 때, 범인은 그 조건에 맞는 여성들에 대해 깊은 증오심을 갖고 있다고 생각됩니다. 나이대나 외모와는 상관없이 말이죠. 그에게 중요한 건 오로지 전갈자리-사자자리 조합이냐 하는 거니까요. 그렇다면 유두를 물어뜯는 행위는 어떤 의미를 갖고 있을까요? 유두는 여성성을 상징하는 주요 신체 부위입니다. 아이들은 유두를 통해 나오는 모유를 빨아먹고 자라죠. 어머니의 가슴은 아이들이 가장 편안함을 느끼는 부위입니다. 수유할 때나 성적으로 흥분했을 때 유두는 곤두서고, 이는 추위를 느낄 때도 마찬가지입니다. 피살자들이 성적으로 흥분할 일은 없었으니 범인은 물어뜯기 쉽게 하기 위해 유두에 얼음을 갖다 대거나 찬물을 떨어뜨렸을 겁니다.

이런 행동으로 보아 범인은 어머니의 사랑을 받지 못했거나, 더 심하게는 어머니의 무관심 또는 학대를 경험했을 거라 추측할 수 있습니다. 또한 범인의 어머니가 상승점이 사자자리인 전갈자리에 태어났을 가능성도 있고요. 범인은 아버지로부터는 큰 사랑을 받았을지 모르나 그토록 원했던 어머니의 사랑은 받지 못했고, 당연히 유대감도 전혀 느끼지 못하며 자랐을 것입니다. 어쩌면 그러다가 아버지가 일찍 돌아가시고 그 이후로 자신을 사랑하지 않는 어머니와 둘이 살아야 했는지도 모르지요.

범인은 구타하는 행위를 통해 피살자들이 아닌 자신의 어머니를 벌하고 있다고 할 수 있습니다. 어머니를 거의 우상시하며 사랑을 갈구했던 그가 결국 사랑을 받지 못하자, 그 감정이 증오로 변해버린 거죠…….

범인은 아마 혼자 자라지는 않았을 겁니다. 아마 질투의 대상인 동생이 있었을 거라 생각됩니다.

이제 아주 중요한 사항에 대해 말씀드리겠습니다. 바로 바늘입니다. 범인은 그 바늘을 음순, 정확히 말하면 질구 바로 윗부분에 꽂았습니다. 이로써 그는 질구를 막아버린 것입니다. 범인이 이런 의식을 치른 데에는 두 가지 가능성이 있습니다. 하나는 그가 성불구자일 수도 있다는 것이며, 다른 하나는 그가 한 명 또는 여러 명의 전갈자리 여성들로부터 비웃음을 당했을 가능성입니다. 예를 들면, 그의 성기가 너무 작아서 여자들이 성관계를 거부했다거나 하는 것 말입니다. 바늘은 바로 범인이 그동안 수없이 찔렸던 전갈의 독침을 의미하며, 결국 그 전갈이 자신을 스스로 죽인 꼴이 된 겁니다……."

"잠시만요." 율리아가 끼어들었다. "바늘에 대해서는 알겠어요. 그런데 왜 범인은 피살자들과 성관계를 갖지 않았던 걸까요? 증거를 남기지 않기 위해? 그러니까 제 말은, 만일 그가 성불구자라면 어차피 그건 불가능한……."

리히터는 고개를 가로저었다. "아니, 그런 이유는 절대 아닙니다. 만약 범인이 그 여성들과 성관계를 가지려는 마음만 있었다면 콘돔을 썼을 수도 있으니까요. 피살자들은 완전히 무방비 상태였으니, 범인이 마음만 먹으면 충분히 그런 짓을 할 수 있었습니다. 그가 그러지 않은 데에는 두 가지 가능성이 있겠죠. 앞서 말씀드린 바와 같이 그가 성불구자이기 때문일 수도 있고, 아니면 그가 자기 몸을 더럽히기 싫어서, 즉 오점을 남기기 싫어서였을 수도 있어요. 또 다른 가능성이 하나 더 있는데, 그건 맨 마지막에 말씀드리기로 하죠.

다음으로, 씻기는 의식입니다. 범인이 스스로 정화하려는 심리로 이런 의식을 벌인다고 생각할 수도 있지만, 저는 오히려 반대로 그가 피살자들의 죄를 정화하기 위해 그들을 씻긴 거라고 봅니다. 범인의 눈에 그들은 악하고, 남을 죽일 수 있는 독침을 지니고 있지만, 그들이 죽고 나면 더는 남을 찌를 수 없겠죠. 범인은 그들이 더 많은 죄를 짓지 않도록 살해하고, 또 깨끗하게 정화되어 하늘나라로 갈 수 있도록 몸을 씻긴다고 자신의 행동을 합리화하고 있는 겁니다……."

"그럼 종교적인 광신자일 수도 있습니까?" 프랑크가 물었다.

"아뇨, 절대 아닙니다. 이건 그저 정화와 숙청에 해당될 뿐입니다. 어쨌든 그가 내세를 믿을 확률은 거의 없어 보이니까요.

이제 검은색 속옷에 대해 말씀드리죠. 검은색은 죽음, 지옥, 교회와 죄의 색입니다. 피살자들 모두가 발견 당시 검정 속옷을 입고 있었다는 것은, 범인이 미리 검정 속옷을 선호한다는 사실을 언급했고 피살자들은 그를 만족시키기 위해 그런 속옷을 입고 나왔다는 걸 의미합니다. 하지만 평생 안 그랬던 사람이 그런 속옷을 입었다면 뭔가 도덕적으로 사악하고 부끄러운 짓과 연관이 있을 가능성이 있겠죠. 제 아내의 경우를 말씀드리자면, 이미 어려서부터 그런 비싸고 화려한 검은색 속옷을 입었답니다. 다행히 그녀는 전갈자리가 아니지만요." 리히터는 엉큼한 미소를 지어 보이고는 곧 다시 심각한 얼굴을 했다.

"이제 어려운 사항, 바로 시체의 자세에 대해 말씀드리겠습니다. 피살자들의 시신은 하나같이 일정한 자세를 취한 모습으로 발견되었습니다. 한 손으로 남동쪽을 가리키고 있었죠. 범인이 왜 시신들을 그렇게 해놓았는지는 저도 아직 잘 모르겠습니다. 시체가 발견된 현장의 사진들을 다 살펴봤는데도 그 자세가 뭘 상징하는 건지 전혀 알 수가 없었어요. 아마 제가 모르는 어떤 지점을 가리키고 있는 것일 테죠. 그러나 여기서 눈에 띄는 점은, 피살자들 모두가 새벽 12시부터 4시 사이에 살해되었다는 겁니다." 그는 잠시 말을 멈추고 또다시 담배에 불을 붙인 뒤 말했다. "물 한 잔만 부탁드려도 되겠습니까?"

"커피나 콜라도 있는데요." 귀틀러가 대답했다.

"아뇨, 물이면 충분합니다. 여기까지 질문 있습니까?"

페터가 입을 열었다. "범인은 그 여성들과 어떻게 만났을까요? 요안나 같은 경우는 전혀 사교적이지 못했잖습니까. 피트니스센터나 직장 사람들과도 교류를 안 하고 지냈을 정도니까요."

"페터 형사님, 아주 특이한 방법으로 인맥을 형성하는 사람들도 있습니다. 직장이나 피트니스센터에서는 차갑고 말없이 지냈다고 해도, 그 이후에는요? 요안나가 피트니스센터에 갔다가 뭘 했을 거라고 생각하십니까? 매번 곧장 집으로 갔을까요?"

페터는 어깨를 으쓱해 보였다. "잘 모르겠는데요."

"그것 보십시오. 자신에 대해 잘 드러내지 않는 사람들이 있기 마련인데, 요안나가 바로 그런 타입이었을 수도 있죠."

그때 귀틀러가 돌아와 리히터 앞에 유리잔과 물병을 내려놓았다. 리히터는 물을 따라 한 모금 마셨다. "자, 그럼 이제 가장 중요한 사항, 바로 범인에 대해 알아보기로 하죠. 나이는 서른 살에서 마흔 살 사이. 결혼했고 사회적으로 안정적인 지위에 있으며 아마도 부유하리라 생각됩니다. 서른 살 미만을 제외시킨 이유는, 범인이 삼사십 대 여성들과 아주 긴밀한 관계를 가져왔기 때문입니다. 그는 매력적이고, 예의바르고, 매너가 아주 좋으며, 사람에 대해 잘 알고, 어쩌면 심리학을 배운 사람일지도 모릅니다. 또한 성적 매력이 풍부하며 카리스마 있고, 외향적인 면과 내성적인 면을 두루 갖춘 사람입니다. 사교 모임에서는 외향성을 드러내지만, 자기의 진짜 감정은 절대로 밖으로 내보이지 않는 거죠.

범인은 어느 정도는 유머러스하고 비웃기를 잘하는 성격인데, 이로 인해 때로는 신랄한 냉소주의자가 되기도 합니다. 말재간이 좋고 질서를 잘 지키며 에티켓 지키기를 매우 중요시하죠. 또 머리가 굉장히 좋으며 박학다식하고, 여러 사람 앞서 연설하는 일

같은 것도 거리낌 없이 잘 해내는 성격입니다. 그는 장르를 불문하고 좋은 음악을 즐겨 들으며 품위 있게 차려입고 외출하기를 즐기고, 익숙한 환경에서 편안함을 느낍니다. 어떤 종류의 모임에서든 그는 중심에 서려고 노력하는 것이 아니라, 오히려 조용하지만 정확하게 사람들을 관찰하고, 그들의 말을 듣습니다. 유디트와 베라의 시신이 발견될 당시 〈타임 투 세이 굿바이〉라는 노래가 틀어져 있던 것 역시 범인의 냉소적인 면과 음악에 대한 선호를 보여주는 일례입니다. 그는 믿음직스럽고 매력적인 면을 보이며 아주 신속하게 여성들의 신뢰와 사랑을 얻었습니다. 그는 아주 세련되고 잘 생긴 외모, 즉 폭력이나 살인과는 전혀 관계없어 보이는 외모를 지녔을 겁니다. 여자들은 그의 곁에서 안정감과 보호받는 느낌을 느꼈겠죠. 그는 점성학에 관해 잘 알고 있으며, 그 밖에 비교의 다른 분야에도 관심이 많은 사람입니다. 다방면으로 호기심이 많은 사람이라고 볼 수 있어요. 또 그는 굉장히 감정적이기도 합니다. 즉, 아주 열렬히 사랑할 수 있지만 만약 그 자신 혹은 그가 사랑하는 사람이 상처 입거나 멸시당하면 그 사랑은 일순간에 불타는 증오로 바뀌어버리고 만다는 것이죠.

  범인은 성적 만족을 얻기 위해 범행을 저지르는 것이 아니며, 또 실제로도 성적으로는 소극적인 편입니다. 그는 사실 화려한 속옷을 그다지 선호하지 않으며, 단지 목표물이 된 여성들에게 그런 속옷을 입혀 그들을 매춘부처럼 보이도록 하는 것뿐입니다. 범인은 범행 훨씬 전부터 피살자들과 알고 지내며 일종의 신뢰관계를 쌓아왔습니다. 그 자신은 수년 동안 어머니와의 관계가 깨진 데서 비롯된 크나큰 좌절감 속에서 살았으면서 말입니다.

  여러분께는 생소한 얘기일지 모르지만, 범인은 본성은 착하고 성실하나 심적으로는 아주 불안정한 사람으로 보입니다. 그는 자기가 당한 일뿐만 아니라 자기가 저지른 일에 대해서도 고통스러워하고 있을 겁니다. 오랫동안 그의 무의식에 남아있던 유년기의 정신적 외상이 어떤 사건으로 인해 갑자기 표출되었고, 이제는 이런 극도의 폭력성으로까지 발전한 것이죠. 이제 범인에게서는 수치심을 거의 느끼지 못하는 사이코패스적인 성격이 보이며, 그가 자살할 위험은 전혀 없다고 봐도 됩니다. 그는 전혀 긴장한 기색 없이 냉정하게 계획하고 기다릴 줄 알지만, 경험을 통해 배우는 일 같은 건 잘 못하죠. 사이코패스들의 경우 알아둬야 할 것은, 그들 중 다수가 거짓말을 잘하며 그것은 거짓말탐지기로도 잡아내기 힘들다는 사실입니다.

피살자 중 세 명의 시신이 실외에서 발견되었다는 건, 범인이 집을 소유하고 있다는 걸 의미합니다. 만일 인구밀도가 높은 지역의 셋집 같은 데 사는 사람이라면 시체를 운반하기란 너무 위험한 일이었을 테니까요. 밖에서는 안을 잘 들여다볼 수 없는, 집과 차고가 이어진 집일 확률이 높습니다. 아니면 워낙 외진 데 있어서 밤에는 무슨 짓이든 맘대로 해도 되는 집이거나……."

"잠깐만요." 율리아가 그의 말을 끊었다. "아까 범인이 결혼했을 거라고 하셨잖아요. 그럼 집에 아내가 있을 텐데, 어떻게 집에서 그 여자들을 죽였겠어요?"

"아마 집이 한 채가 아니라 두 채 내지 세 채는 있을 겁니다. 말씀드렸다시피 저는 범인이 돈이 많다고, 어쩌면 굉장한 부호일 거라고 생각합니다. 여러분도 아실 테지만, 저 역시 속해있는 그 무리의 사람들은 가끔 파티를 여는데, 거기에는 아주 영향력 있고 물질적으로도 풍족한 손님들이 주로 오죠. 모두가 대부호는 아니지만 적어도 일부는 그렇습니다. 저는 범인이 그런 파티에 매번 참석해 거기서 아주 조심스럽게 여자들에게 접근하는 거라고 생각합니다. 그의 문제는 이미 말씀드렸듯이 그의 유년기 정신적 외상이 한 명 또는 여러 명의 전갈자리 여성들에 의해 표출되고 악화되어 그에게 정신적인 고통을 주었던 거겠죠.

그런데 범인이 다른 대부분의 연쇄살인범과 극명하게 차이를 보이는 점이 있습니다. 바로 인정을 바라지 않는다는 것이죠. 연쇄살인범들은 보통 주목받길 원하고, 대중에게 자기 능력을 과시하고 싶어 합니다. 신문에 자기가 저지른 살인이 어떻게 보도됐는지 읽는 것을 즐기며, 동시에 자위행위를 하기도 합니다. 그런 기사가 그들의 성적 환상을 자극하기 때문이죠. 이처럼 연쇄살인범들은 주목과 인정을 원하지만, 우리의 범인은 그렇지 않습니다. 그저 묵묵히 자기 일을 할 뿐이죠. 또한 그는 자기 자신을 예술가라 여기는 다른 연쇄살인범들과는 달리, 자신의 감정을 꽤 쉽게 억누르고 있습니다. 그럼 다시 시체들의 자세에 관한 얘기로 돌아가 보죠. 범인은 우리에게 어떤 메시지를 전하기 위해 시체들을 그런 자세로 놔둔 겁니다. 대체 어떤 메시지일까요?" 리히터는 어깨를 으쓱했다. "그 곤잘레스라는 점성가에게 한 번 여쭤보시는 건 어떨까요? 점성학에는 수많은 기호와 상징들이 있으니 말입니다. 어쩌면 이 자세 역시 그중 하나인데 우리가 모르는 것일 수도 있어요. 범인에 관한 모든 사항들은 최대한 자세히 기록해두었으니 한 번 보시죠. 또 질문 있나요?"

"범인을 어디서 찾아야 합니까?" 프랑크가 물었다.

"제가 가장 최근에 주최했던 행사인 지난여름 파티에 온 사람들 목록을 작성해드리겠습니다. 물론 제가 초대했던 사람들 명단 말입니다. 그들이 데려온 사람들은 제가 이름을 알 수가 없고, 아마 여러분도 알아내기 힘드실 겁니다. 하지만 범인은 제가 연 파티뿐만 아니라 마이바움, 반 다이크, 클라이버, 바이트만, 레벨 등등이 연 파티에도 참석했던 사람일 거예요. 제 생각에는 용의자의 수가 그리 많을 것 같진 않은데요. 이제 범인을 찾아내는 건 여러분 손에 달렸습니다."

"그중에 집을 여러 채 가진 사람이 누군지 아시나요?" 율리아가 물었다.

리히터는 너그러운 미소를 지으며 말했다. "저부터가 세 채를 소유하고 있는 걸요. 프랑크푸르트에는 한 채밖에 없지만 말입니다. 방금 제가 언급한 사람들 모두 적어도 두 채 이상은 가지고 있습니다."

담배에 불을 붙인 율리아가 다시 말했다. "아까 범인이 피살자들과 성관계를 갖지 않는 데에는 두 가지 가능성이 있다고 하셨죠. 그가 성불구라서, 혹은 그가 자기 자신을 더럽히고 싶지 않아서라고요. 그러면서 또 하나의 가능성이 더 있는 것처럼 말씀하셨는데, 그게 뭐죠?"

리히터는 심각한 눈빛으로 물을 한 모금 마시고는 잔을 그대로 들고 있었다. 그러고는 입을 다문 채 대답을 망설이다가, 결국 말했다. "저는 지금까지 쭉 범인을 '그'라고 지칭했습니다. 하지만 성관계를 갖지 않는 데에는 또 다른 이유가 있을 수 있죠. 바로 범인이 여자일 경우입니다."

순간 모두가 얼어붙은 듯 리히터를 쳐다보았고, 회의실 안에는 몇 초간 침묵이 흘렀다. 가장 먼저 그 침묵을 깬 사람은 프랑크였다. "뭐라고요? 그건 말이 안 됩니다."

"물론 이 역시 지금까지 제가 말씀드린 내용과 마찬가지로 하나의 가설일 뿐입니다. 아니," 리히터는 머리를 긁적이고는 말을 이었다. "제가 말을 잘못했군요. 제가 범인에 관해 했던 말들은 대부분 맞을 겁니다. 하지만 범인이 여자일 가능성도 완전히 배제할 수는 없다는 겁니다."

"하지만 여자가 연쇄살인을 저지르는 것은 거의 전례가 없는 일이에요. 게다가 이렇게 잔인한 방식으로는요." 율리아는 회의적인 눈빛으로 말했다.

"뒤랑 형사님, 시대가 바뀌었습니다. 인간의 정신과 행동방식 역시 바뀌었고, 그건 제가 지난 수년간 확인한 바입니다. 저는 그어떤 일도 불가능하다고 여기지 않습니다. 그렇지만 우선은 서른 살에서 마흔 살 사이의 남성들을 중심으로 수사하세요. 단지 범인이 여자일 수도 있다는 가능성을 말씀드린 것뿐이니까요."

"잠시만요." 율리아는 눈썹을 치켜뜨며 말했다. "어쩌면 정말 그럴지도 모르겠네요. 박사님께서 말씀하셨던 범인의 특징들이 여자에게도 잘 들어맞거든요. 매력적이고, 상냥하고, 에티켓을 잘 지키고, 음악을 좋아하고, 매너 좋고, 질서를 잘 지키고, 카리스마 있고. 수줍음 많은 여자가 가장 쉽게 마음을 열고 대할 만한 사람이 누구겠어요? 같은 여자예요! 하지만 그 말은……. 아니, 아니에요. 그럴 리가 없어요……. 그들이 완전히 새로운 것을 시도하려던 게 아니라면. 만약 범인이 그토록 카리스마 있고 달변가인 데다 신뢰감을 주는 사람이라면, 그땐 정말 여자일 수도 있지만……."

"뒤랑 형사님, 말씀 중에 죄송합니다만, 그 가설에 대해 그렇게 심각하게 생각하실 필요 없습니다. 여기서 한 가지 질문을 드리자면, 범인이 여자라면 왜 전갈자리 여성들에게 복수하려 했을까요? 일단 이 질문에 만족스러운 해답을 찾으신 뒤에나 그 가설을 고려해보시길 바랍니다."

"박사님 말씀이 맞아요. 하지만 어쩐지 일리 있는 말 같아서요. 물론 피살자를 셋이나 차로 끌고 가 실으려면 꽤나 힘이 센 여자

여야겠지만요."

"피살자들의 체중은 57에서 66킬로그램 사이였어요." 페터가 말했다. "아마 형사님도 그 정도는 끌 수 있을걸요."

"듣고 보니 그렇네요. 그래도 범인이 여자라고는 생각지 않아요. 어떻게 되는지 두고 보자고요. 저는 더 이상 질문 없어요."

"더 이상 질문하실 게 없으시면." 리히터는 이렇게 말하며 가방을 챙겼다. "저는 이만 가보겠습니다. 궁금하신 게 있으면 언제든 연락 주세요. 오늘은 휴대폰으로 전화해주십시오."

"감사합니다, 리히터 박사님." 베르거는 육중한 몸을 힘겹게 일으키며 말했다. "대단히 큰 도움을 주셨습니다. 알려주신 사항을 수사에 잘 반영하도록 하죠."

"별말씀을요, 제가 오히려 영광입니다. 안녕히 계십시오."

리히터는 회의실을 나섰고, 율리아가 그의 뒤를 따랐다. "리히터 박사님, 잠시 제 사무실에 좀 들렀다 가실 수 있나요?"

"아 참, 하실 말씀이 있다고 하셨죠. 깜빡 잊고 있었습니다. 그럼요, 들렀다 가야죠."

율리아는 사무실 문을 닫고 리히터에게 자리를 권했다. 책상 앞에 앉은 율리아는 팔꿈치를 책상에 괴고 두 손을 맞잡은 채 손가락으로 코를 만지작거렸다.

"오늘 아침에 저는 동료와 함께 레벨 씨 댁에 갔었습니다. 레벨 씨를 이곳으로 모시고 와 몇 가지 질문을 하려 했는데……." 그녀는 입술을 삐죽 내밀었고, 리히터는 무슨 말이기에 그러냐는 듯 이마를 찌푸린 채 그녀를 보았다. "단도직입적으로 말씀드리죠. 레벨 씨가 사망했습니다. 지난밤에 집에서 총에 맞았죠."

"뭐라고요?" 리히터는 화들짝 놀라 소리쳤다. 그는 상체를 앞으로 숙이고 고개를 가로저었다. "콘라트가 죽다니요? 그렇다면 이

사건과 분명 관계가 있겠군요, 그렇죠?"

"저희가 보기에는 그렇습니다. 어제도 레벨 씨 댁에 갔었는데, 유디트와 베라는 안다고 시인했지만, 다른 세 명은 모른다더군요. 하지만 저희는 요안나가 레벨 씨한테 별자리 운세를 봤었다는 사실을 알고 있습니다. 그러니까 레벨 씨는 요안나를 알면서도 모른다고 거짓말했던 거예요. 저희는 카롤라 역시 레벨 씨와 만난 적이 있다고 추측하고 있습니다. 박사님은 레벨 씨와 얼마나 친하셨나요?"

"우린 아주 친했습니다. 일주일에 두세 번은 통화하고, 정기적으로 얼굴을 보는 사이였어요. 그와 있으면 아주 즐겁거든요. 그런데 콘라트가 왜 형사님께 거짓말을 했는지 이해할 수가 없네요. 그는 유디트와 카롤라, 베라를 분명히 알고 있었거든요. 게다가 요안나 역시 그에게 별자리 운세를 보았다고 하시니, 정말이지 그의 행동이 이해되지 않습니다."

"저희도 마찬가지예요. 하지만 어쨌든 레벨 씨는 이미 돌아가셨어요. 저는 그 여자들을 죽인 범인이 레벨 씨도 살해했을 거라 확신해요. 레벨 씨는 박사님 외에 또 어떤 분들과 친하게 지냈죠?"

"저에게 너무 많은 걸 물어보시는군요. 저는 지금 정말 충격을 받은 상태입니다."

"혹시 레벨 씨의 과거에 대해 아시는 바가 있나요?"

리히터는 고개를 끄덕였다. "네, 몇 번 이야기를 나눈 적이 있었어요. 형사님은 분명 감옥살이에 대해 말씀하시는 거겠죠."

"네. 실은 잠시나마 레벨 씨를 용의선상에 올렸었어요. 오늘 그분을 경찰청으로 소환하려던 것도 그 때문이었고요. 안타깝게도 이미 늦은 후였지만요."

리히터는 다시 고개를 가로저으며 자기 손을 내려다보았다.

"콘라트는 특이한 놈이었어요. 항상 에너지가 넘쳐서 때로는 그 에너지를 어떻게 다스려야 좋을지 몰랐을 정도라고나 할까요. 그가 그걸 어느 정도 제어할 수 있게 된 건 불과 수년 전부터였습니다. 그 이후로는 전처럼 여자관계에서 심각한 문제를 일으키는 일도 없어졌고요.

그의 어린 시절은 정말 불행했죠. 그는 전형적인 반사회적 가정에서 자랐습니다. 아버지는 번 돈을 술 마시는 데 다 써버렸고, 어머니는 여러 남자를 만나며 그 일로 생활비를 벌었죠. 콘라트로서는 그런 악순환에서 빠져나오기가 쉽지 않았습니다. 그때 도움을 준 유일한 사람이 그의 숙모였어요. 그가 열두 살 때 아버지가 간경변으로 돌아가시고 어머니는 술과 마약 문제로 그를 돌볼 형편이 못 되자 숙모가 그를 자기 집으로 데려갔던 거예요. 그때부터 콘라트의 인생은 상승곡선을 타기 시작했습니다. 그를 괴롭혔던 한 가지 문제는 그의 자제심 없는 성격과 주체할 수 없을 만큼 지나친 성욕이었죠. 하지만 욕구나 강박관념으로부터 완전히 자유로운 사람이 어디 있겠습니까? 그의 문제 역시도 모두 정신적인 영역에서 일어나는 것이었죠.

반면에 콘라트에게는 남들보다 월등히 뛰어난 점이 있었는데, 그건 바로 어떤 상황은 물론이고 사람마저 순간적으로 꿰뚫어보는 직관입니다. 그는 불과 몇 초 만에 사람의 심리를 파악할 수 있는 능력을 지녔죠. 물론 여자관계에서 문제가 생기면 그런 직관도 흐려졌지만요. 그는 스스로를 점성-심리학자라 불렀는데, 저는 그 직함이 잘 어울린다고 생각했습니다. 그는 심리학을 전혀 배운 적이 없으니 공식적인 직함이라고는 할 수 없었지만, 그에게는 심리학자로서의 재능이 충분했어요. 그가 그렇게 빨리 이름을 알리고, 주로 대부호들을 고객으로 둔 데에는 바로 이런 점이 작용했죠. 어떤 사람들이 자기를 찾아오는지 그가 몇 번 말해준 적이 있거든요. 이제는 아무 소용 없게 되었지만 말입니다."

"박사님은 본인이 레벨 씨의 가장 친한 친구라고 생각하세요?" 율리아는 이렇게 물으며 담배에 불을 붙였다.

리히터는 어깨를 으쓱했다. "저는 그렇다고 생각했는데, 다른 사람이 또 있었나 보군요."

"네, 레벨 씨의 집 열쇠까지 가지고 있던 사람이 있었어요. 누군가 침입한 흔적은 없었고, 레벨 씨는 자는 도중에 총에 맞았습니다. 레벨 씨가 맹신할 만한 사람이 있나요?"

"모르겠습니다. 어쨌든 저는 그의 집 열쇠를 가지고 있지 않아요. 저는 제가 생각했던 만큼 콘라트에 대해 잘 알고 있는 게 아니었나 봅니다. 콘라트가 제게 숨겼던 부분이 있는 게 틀림없어요. 도움이 못 되어 죄송합니다."

"뭘요, 제가 말씀드리려던 건 그게 다예요."

리히터는 자리에서 일어나 서류가방을 들고 율리아에게 악수를 청했다. "정말 슬픈 소식이군요. 하지만 아인트라흐트 프랑크푸르트의 전 트레이너였던 스테파노비치의 말처럼 삶은 계속되겠죠. 그럼 행운이 있길 바랍니다. 이미 너무 많은 사람이 목숨을 잃었으니까요."

율리아는 문을 닫고 나가는 리히터의 뒷모습을 바라보았다. 잠시 후 동료들이 하나둘씩 들어와 그녀의 책상 주위에 둘러섰다.

"이제 어디에 초점을 맞추면 되죠? 남자? 여자?"

"범인을 잡는 데 초점을 맞춰야죠. 범인의 성 같은 건 쥐꼬리만큼도 상관없다고요. 난 단지 이 빌어먹을 일이 빨리 좀 끝나서 전갈자리 여성들이 다시 발 뻗고 잘 수 있는 날이 오면 좋겠어요. 자, 그럼 오늘은 할 만큼 했으니 이걸로 마치죠. 내일 다시 활기찬 모습으로 만나자고요."

"아직 5시밖에 안 됐는데." 베르거는 시계를 쳐다보며 불만 섞인 목소리로 말했다.

"그래서요? 전 대기 근무도 서야 한다고요. 게다가 집에 가져가서 해야 할 일도 있고요. 무슨 일 있으면 언제든지 휴대폰으로 연락하세요." 가방을 집어 든 율리아의 뒤를 프랑크가 따랐다. "그럼 오늘 저녁 먹기로 한 건요?"

율리아는 미소를 지었다. "내가 왜 휴대폰으로 전화하라고 강조했을 것 같아요? 내가 당신 집에 간다는 걸 다들 알게 할 필요는 없잖아요. 잠깐 집에 들렀다가 준비하고 갈게요. 이따 봐요."

율리아는 집에 가는 길에 슈퍼마켓에 들러 담배와 바나나 세 개, 우유, 빵, 버터, 콘플레이크, 커피와 맥주 몇 캔을 사고 봉투 두 개에 나눠 담은 뒤 그것을 조수석 위에 올려놓았다. 집에 도착한 그녀는 우편함에 들어있던 광고지 두 장을 곧장 쓰레기통에 던져 버렸다.

집 안에서는 곰팡내가 났다. 율리아는 창문을 열어 환기를 시키고는 봉투에서 맥주 한 캔을 제외한 나머지 것들을 꺼내 차곡차곡 정리했다. 시간은 6시가 조금 넘어있었다. 그녀는 욕조에 물을 튼 뒤 오디오를 켜고 볼륨을 높였다. 이제 오늘 하루 있었던 일들은 잠시 잊고 프랑크, 나딘과 함께 편안한 저녁 시간을 보내고 싶은 마음뿐이었다. 맥주를 단번에 들이켠 그녀는 트림하며 피식 웃었다. 그러고는 욕조에 들어가 거품 속에 몸을 담그며 두 눈을 감았다. 하지만 아무리 생각하지 않으려고 해도 오늘 본 것과 들은 것들이 머릿속에서 계속 맴돌았다.

오후 7시 30분

율리아는 7시 반이 조금 넘어서 오크리프텔에 있는 프랑크의 집에 도착했다. 그녀는 새로 다림질한 청바지와 하늘색 블라우스, 그리고 가죽재킷 차림이었다.

"어서 와, 율리아." 나딘은 율리아를 껴안으며 반갑게 맞았다. "이렇게 다시 보게 되다니, 정말 반가워. 오늘 정말 멋진걸?"

"거짓말. 매일 몇 년씩은 늙어가는 기분이야. 계속 이러다가는 이 일을 그만둬야 할 판이라고. 정말 멋진 건 나딘이지."

"최선을 다해 꾸며봤어." 나딘은 손가락을 입술에 갖다 대며 속삭였다. "프랑크가 날 보고 나태해졌다고 생각하면 안 되잖아. 요즘 예쁜 여자들이 얼마나 많은데."

"프랑크는 한눈 파는 짓 같은 건 절대 안 할걸. 두 사람은 서로가 없으면 못 사는 사람들이고, 프랑크도 그 사실을 잘 아니까."

"그이는 방금 슈테파니를 재우러 갔어. 율리아가 슈테파니를 마지막으로 본 게 태어나서 얼마 안 됐을 때였는데. 정말 착한 딸내미라니까." 나딘은 웃으며 말했다. "살짝 가서 프랑크가 어떻게 하고 있는지 한 번 볼까."

프랑크는 두 여자가 문밖에서 자기를 지켜보는 것도 모른 채 아이 기저귀를 가는 데 열중하고 있었다.

"이런 자상한 아빠가 있나." 율리아가 방으로 들어서며 말했다.

그제야 고개를 든 프랑크가 씩 웃었다. "내가 아니면 누가 하겠어요. 나딘은 온종일 게으름만 피우니까요."

"하하, 당신이 피노키오였다면 지금쯤 당신 코가 1미터는 길어졌을 거예요. 어디, 예쁜이 한 번 봐요." 율리아는 이렇게 말하며 슈테파니에게 다가갔다. 동그란 얼굴, 유난히 커다란 갈색 눈이 그녀를 보고는 호기심에 가득 차 깜빡이고 있었다.

"정말 귀엽네요. 나딘을 많이 닮은 것 같은데…… 아니, 아주 빼다 박았네요. 다행이에요. 아빠를 닮았으면 큰일 날 뻔했는데." 율리아가 놀려댔다.

"하하하! 무슨 말씀을. 슈테파니는 날 많이 닮았어요. 그것도 좋은 점만."

"흠, 어떤 좋은 점 말이야?" 나딘이 물었다.

"그건 당신이 제일 잘 알 텐데. 내가 못된 놈이었다면 나랑 결혼하지도 않았을 테니, 그렇지 않아?" 프랑크는 웃으며 대답했다.

"이이가 결혼하자며 협박했다고 내가 얘기했던가? 결혼 안 해주면 총으로 쏴버리겠다고 겁을 주더라니까. 속이 얼마나 시커먼 사람이면."

"맞아, 내가 보기에도 그래. 아주 잔인하지. 심문할 때도 상대방이 즉시 입을 열지 않으면 그냥 머리에 총을 갖다 대버리지. 난 이미 그런 일에 익숙해졌지만."

프랑크는 빙긋 웃으며 고개를 절레절레 흔들었다. "우리 예쁜 딸, 아빠가 그런 짓 할 사람이 아니라는 건 네가 더 잘 알지? 아빠는 이 세상에서 제일가는 평화주의자란다. 모두가 평화롭게 살기를 바란다고." 그는 딸에게 우주복을 입힌 뒤 안아 들어 침대에 조심스럽게 눕혔다. 그러고는 딸의 얼굴을 쓰다듬고 이마에 살짝 입을 맞추었다. "잘 자요, 공주님. 내일 또 보자. 여기 이 나쁜 아줌마들은 마음대로 말하라고 하고."

"항상 이렇다니까." 나딘은 웃으며 말했다. "자기 말이 무조건 옳대. 남자들이란! 자, 우리 먼저 나가 있자고."

율리아는 재킷을 벗어 옷걸이에 걸고는, 나딘을 따라 거실로 갔다. 벽난로가 타닥타닥 소리를 내며 타올랐고, 저녁상이 차려져 있었다. 촛불들이 켜져 있고 조용한 음악이 흘렀다.

"일단 벽난로 앞에 잠깐 앉을까. 그간 어떻게 지냈어?" 나딘이 물었다.

"엉망이었지, 뭐." 율리아는 가방에서 담배를 꺼내 불을 붙였다. 그러고는 담배를 가리키며 말했다. "여기 이걸로 간신히 버티고 있어. 요즘은 담배를 너무 많이 피우고 술도 많이 마셔. 외로우니까. 가끔은 그 사실이 얼마나 신경을 거슬리게 하는지. 하지만 신세 한탄이나 하려고 여기 온 게 아니니 내 얘기는 그만할게. 두 사람은 어떻게 지냈어?"

"우리야 별문제 없어. 혼자 있는 게 싫으면 언제든지 와. 아예 안 쓰는 방이 네 개가 있거든. 원하면 자고 가도 되고."

"아니야, 그런 뜻으로 한 말은 아니었어." 율리아는 조용히 대답했다. "난 남자가 필요해. 독신 생활은 질리도록 해왔는데, 만날 남자가 없다니까. 좀 괜찮다 싶으면 꼭 유부남이거나 성격이상자들이라고. 어쩌면 그렇게 이상한 남자들만 꼬이는지. 나랑 자고는 싶어 하는데, 진지하게 사귀고 싶지는 않은가 봐. 직업이 경찰이라 그런가."

"율리아의 입장을 완벽히 이해할 수는 없지만, 언젠가는 직업과 상관없이 진지하게 만나자고 하는 사람이 나타날 거야. 우주에다 대고 한 번 주문해봐. 정말 효과가 있을 테니까."

"뭐라고?" 율리아는 눈썹을 치켜뜨며 말했다.

"잠깐만, 내가 책을 한 권 갖다 줄게. 그 안에 다 쓰여있어. 그 방법으로 사실상 모든 소원을 이룰 수 있대. 나도 처음에는 믿지 않았는데, 글쎄 그게 되더라니까." 나딘은 책장으로 가서 작은 책 한 권을 가지고 왔다. "여기. 가져도 돼. 혹시 선물할 일이 있을까 봐 열 권이나 사뒀거든. 하지만 꼭 읽겠다고 약속해줘."

"고마워. 그럼 여기 남자를 어떻게 만나는지도 나와 있단 말이야?" 율리아는 의심스러운 말투로 물었다.

"그뿐만 아니라 거의 모든 소원을 이루는 방법이 나와 있다니까. 일단 그 책을 읽은 뒤에 주문해봐. 그 이상은 말 안 해줄래."

그때 프랑크가 불쑥 다가와 나딘 곁에 앉았다. "그래, 뭐 재미있는 얘기라도 하고 있었어?"

"응, 나쁜 남자들에 대해서." 나딘은 이렇게 대답하며 프랑크의 볼에 입을 맞추었다. "다행히 다 그렇진 않지만."

"내가 바로 안 그런 남자의 표본이라 할 수 있지. 모든 여자가 그걸 경험하지 못하는 게 안타깝긴 하지만."

"이 사람 항상 이래?" 율리아가 웃으며 물었다.

"손님이 올 때 만. 그럴 때는 원래 아이들이 눈에 띄게 활발해지잖아. 안 그래, 여보?" 나딘은 빙긋 웃으며 그의 볼을 쓰다듬었다.

"저녁은 언제 먹어?" 그는 삐친 척하며 물었다. "나 배고픈데."

"바로 먹을 수 있어. 메뉴는 송아지 고기와 은박지에 싸서 구운 감자, 우엉과 샐러드야."

"음, 맛있겠는데." 율리아는 자리에서 일어나며 말했다. "여기 온다고 일부러 아무것도 안 먹고 왔어."

나딘은 접시에 음식을 담고, 프랑크는 와인잔에 레드와인을 따랐다. 음식을 먹느라 대화가 시들해졌을 때쯤, 나딘이 말했다.

"프랑크한테서 그 살인사건에 대해 들었어. 정신이 말짱한 상태에서 유두를 물어뜯긴다면, 그것만으로도 죽을 지경일 거야."

"식사 중에 꼭 그런 얘기를 해야겠어?" 프랑크는 고기 한쪽을 입에 밀어 넣으며 말했다.

"원래 먹을 때도 이런 얘기 잘하잖아." 나딘은 태연하게 대답했다. "어떤 변태 같은 놈이 여자들한테 그런 짓을 한 걸까? 지난 2년간 프랑크한테 여러 가지 얘기를 들어왔지만 이번 사건은······.” 그녀는 몸을 부르르 떨었다.

“언제쯤이나 이 연쇄살인이 끝날는지. 현재로서는 기적이 일어나기만 바라고 있을 뿐이야. 프랑크푸르트와 그 인근에 사는 여성 중 사자자리를 상승점으로 하는 전갈자리에 태어난 사람들에게 밤늦게 돌아다니지 말라고 경고할 수 있겠지만, 사람들이 그 말을 들을 리 만무하지.”

“우리도 둘 다 전갈자리인데.” 나딘이 말했다. “하지만 상승점 같은 건 몰라. 프랑크가 그러던데, 율리아는 상승점도 사자자리라면서? 불안하지 않아?”

“아니, 전혀. 게다가 난 내 몸 정도는 지킬 수 있다고. 화려한 검정 속옷이나 좋아하는 남자를 만나고 있는 것도 아닌데, 뭐가 불안하겠어?”

“범인이 여자일 수도 있다면서. 율리아 생각은 어때? 정말 여자가 같은 여자를, 그것도 그렇게 잔인하게 죽였을까? 나로서는 상상이 안 돼.”

“남자도 남자를 죽이는데, 뭘.” 프랑크가 말했다. “여자가 여자를 죽이는 게 뭐가 이상해? 적어도 가능성은 고려해야지. 나 역시 아직은 여자일 리가 없을 거라고 생각하지만. 그럴듯한 동기가 없잖아.”

“프랑크 말이 맞아.” 율리아가 대답했다. “리히터의 말에 따르면, 범인은 전갈자리 여성과 관련해서 아주 안 좋은 경험을 했던 게 틀림없대. 그때 내 머릿속에는 오직 남자밖에 안 떠올랐다고. 범인이 여자라면 정말 깜짝 놀랄 일이고 말이야. 자, 이제 그 얘기는 그만하기로 해. 잠시만이라도 다 잊고 싶어.”

“충분히 이해해.” 나딘이 말했다. “이제 와인이나 한잔하면서 편하게 수다나 떨자. 알겠지?"

그들은 식사를 마친 뒤 일과 관계없는 것들에 관해 이야기를 나누고, 카드놀이도 했다. 12시 조금 전, 율리아가 시계를 보았다. "이제 난 이만 가봐야겠어. 적어도 여섯 시간은 자야 하니까. 초대해줘서 정말 고마워. 이렇게 기분 좋은 시간을 보낸 건 정말 오랜만인 것 같아. 정말이야. 그럼 난 이만 가볼게."

"내 제안은 언제나 유효해." 나딘이 말했다. "우리 집에서 자고 가도 된다고. 내일 아침에 옷을 갈아입고 싶으면 내 옷 중에 원하는 걸 골라 입으면 되잖아. 어때?"

"글쎄……."

"에이, 집에 가려면 적어도 30분은 걸리잖아. 더 생각할 것 없이 그냥 자고 가."

"알겠어, 그렇게 할게. 사실 지금 정말 피곤하거든."

"좋아. 내가 방으로 안내할게."

율리아가 바닥에 놓인 가방을 집어 들려는 찰나, 그녀의 휴대폰이 울렸다. 그녀는 놀란 눈으로 프랑크를 보고는 전화를 받았다.

"여보세요?"

"반 다이크입니다. 저 기억하시죠?"

"네, 그럼요. 무슨 일이시죠?"

"집으로 전화드렸더니 자동응답기로 넘어가더라고요. 마리아가 사라졌습니다. 제 생각에는, 제가…… 죄송합니다, 동네 경찰서로 연락했어야 하는 건데……." 반 다이크의 목소리는 매우 흥분하고 긴장한 듯 들렸다. 그가 막 다시 전화를 끊으려는데 율리아가 말했다.

"마리아라면, 따님 말인가요?"

"네. 한 번도 이렇게 오래 나가 있던 적이 없던 아이인데. 뭐가 뭔지 모르겠습니다."

"언제부터 실종 상태인가요?"

"저도 잘 모르겠습니다. 15분 전에 집에 와보니 아무도 없었어요. 아내도, 마리아도 없었다고요. 아내가 집을 비우는 거야 흔한 일이지만, 마리아는 항상 제게 어디 가는지, 언제 돌아오는지 얘기하고 다니거든요. 저와 연락이 닿지 않으면 메시지를 남기고요. 휴대폰으로도 전화했지만 받질 않아요. 아내한테 전화했더니 자기도 마리아가 어디 갔는지 모른다고 하고요. 마리아가 자주 만나는 친구 두 명에게도 연락했는데, 역시 아무것도 모른답니다. 그중 한 명은 오늘 밤에 저희 집에서 마리아와 만나기로 했었는데, 약속 시각에 와보니 문이 잠겨있었다고 했어요."

"일단 진정하세요. 따님을 마지막으로 보신 게 언제죠?"

"어젯밤에 마리아가 잠자리에 들 때였어요. 저는 야외촬영이 있어서 오늘 아침에는 새벽같이 집에서 나갔거든요. 제가 나갈 때 마리아는 아직 자는 중이었습니다. 1시쯤 스튜디오에 와보니, 그 사이 마리아가 전화했는지 집 전화번호가 휴대폰 화면에 뜨더군요. 진동으로 해서 재킷 주머니에 넣어두었었거든요. 하지만 음성메시지는 남기지 않았어요."

"아내분이 아니라 마리아가 전화한 게 확실한가요?"

"네, 그렇지 않아도 아내한테 물어봤는데, 전화한 적 없다고 했습니다. 제발, 그 애에게 아무 일 없어야 하는데."

"부디 진정하세요, 반 다이크 씨. 따님이 누굴 만난다는 말 같은 건 안 했나요? 늦을 수도 있다는 말은요?"

"아뇨, 마리아는 오늘 밤에 친구를 집으로 불렀고, 제가 아는 한 마리아가 약속을 어긴 일은 없었어요. 부득이한 사정이 생기면 항상 미리 말했고요. 그리고 보통 외출할 때는 휴대폰으로 연락하는데, 그것도 어쩌다 한 번이었고요."

"제가 금방 다시 전화해도 될까요, 반 다이크 씨?"

"네, 그럼요. 지금 전화기를 손에 쥐고 있습니다."

"2분 내로 다시 연락할게요. 전화번호 좀 다시 알려주시겠어요? 지금 찾기가 어려워서요."

반 다이크는 전화번호를 불렀고, 율리아는 그것을 받아 적었다. 그녀는 통화종료 버튼을 누른 뒤 근심 가득한 얼굴로 프랑크를 보았다. "누군지 들었죠? 제기랄, 이 사람 딸이 없어졌대요. 불길한 예감이 들어요. 이제 어쩌죠?"

"그에게 딸의 생일을 물어봐." 나딘이 역시 걱정스러운 표정으로 말했다. "어쩌면 아닐 수도……."

"분명 10월 23일부터 11월 21일 사이에 태어났을걸? 그럼 문제가 더 커질 테고. 부디 전갈자리가 아니기를 바라야겠지."

"여기요." 프랑크가 율리아에게 무선전화기를 건넸다. "이걸로 해요. 난 본체로 들으면 되니까."

"정말 걱정되네요. 우리도 그 여자애 봤잖아요. 열여덟 살밖에 안 됐는데. 만약 그 애마저 그런 일을 당한 거라면……." 전화번호를 누르는 율리아의 손가락이 떨렸다. 반 다이크는 신호음이 가기도 전에 전화를 받았다. 율리아는 근심과 흥분으로 가득한 속마음을 들키지 않기 위해 애써 마음을 가라앉혔다.

"반 다이크 씨, 따님 생일이 언젠가요?"

"그게 마리아가 실종된 것과 무슨 관계가 있습니까?"

"일단 대답 좀 해주세요. 언제죠?"

"오는 11월 12일이면 열아홉 살이 됩니다. 이제 어떻게 하면 될까요?"

"실종 광고를 내야죠. 따님에게 자가용이 있나요?"

"포드 카(KA)를 탑니다."

"차도 없어졌고요?"

"네."

"색상과 차 번호는요?"

"메탈블루이고 번호는……. 잠시만요. HG-MD 1211입니다."

"따님이 갈 만한 곳이 있나요? 프랑크푸르트에 쇼핑을 하러 갔다던가?"

"아뇨, 프랑크푸르트는 절대 아닐 겁니다. 마리아는 심각한 광장공포증이 있는데다, 사람이 많은 장소를 무서워하거든요. 친구나 제 아내 혹은 저랑 함께라면 몰라도요. 쇼핑할 때는 기껏해야 마인−타우누스−첸트룸에, 그것도 사람이 많이 몰리지 않는 시간대에 가곤 합니다. 하긴, 며칠 전부터 마리아가 이전과는 좀 달라진 것 같더군요. 몇 년 동안 하지 않았던 행동도 하고요."

"광장공포증 때문에 리히터 박사님께 치료를 받는 건가요?"

"그것 때문만은 아닙니다. 다른 정신적 문제들도 있어요."

"실례가 될지 모르지만, 꼭 여쭤볼 게 있습니다. 혹시 최근에 따님이 어떤 방식으로든 자살 의사를 내비친 적이 있나요?"

올리버 반 다이크는 애써 웃었다. "아뇨, 오히려 그 반대였습니다. 리히터 박사의 도움으로 상태가 눈에 띄게 좋아졌거든요. 게다가 요 며칠간은 우울한 기색도 전혀 없었고요. 도대체 뭐가 어떻게 된 건지 하나도 모르겠습니다. 이제 어떻게 되는 거죠?"

"실종 광고를 내는 것 외에는 당장 할 수 있는 건 없을 것 같아요. 혹시 따님 방에는 가보셨어요? 메모 같은 건 없었나요?"

"네, 가봤지만 아무것도 없었습니다. 다시 한 번 강조드리지만, 마리아는 이런 식으로 아무 말 없이 집을 나갈 애가 아니에요. 무슨 일이 생겼을까 봐 정말 걱정입니다."

"최선을 다해 찾아보겠습니다. 만일 그 사이에 따님이 돌아온다면 곧장 연락 주세요."

"그러죠. 늦은 시간에 죄송했습니다."

"괜찮습니다. 어차피 대기 근무 중이었는걸요. 마음을 좀 가라앉히세요. 이제부터는 저희가 힘써볼 테니까요."

"감사합니다. 안녕히 계십시오."

율리아는 수화기를 내려놓았다. 그러고는 자리에서 일어나 담배에 불을 붙이고는 프랑크에게 말했다. "다른 사람들한테 전화 돌려요. 어차피 늦었겠지만. 마리아는 범행대상에 정확히 부합하는 것 같아요. 그놈이 마리아를 데리고 간 거라면 이미 죽었거나, 아니면 바로 지금 인생 최대의 고통을 맛보고 있을지도 몰라요. 그녀가 여섯 번째 피살자가 되겠군요. 어린 것이 불쌍하게도!"

율리아는 긴장한 채로 서둘러 담배를 피워댔다. 나딘이 다가와 한쪽 팔로 그녀의 어깨를 감쌌다. "자, 진정해. 어차피 지금 상황에서 할 수 있는 건 없잖아. 이런 일을 저지르는 놈은 정신병자가 틀림없어. 그래도 곧 그놈을 잡을 거라고. 내가 보장해."

"잡을 수도 있지만, 못 잡을지도 몰라. 범인에겐 계획이 있거든." 율리아가 말했다. "그런데 만약 범인이 그 계획을 다 달성했을 때까지도 우리가 제자리걸음만 하고 있으면 어쩌지? 그땐 어떻게 하느냐고?"

"어떻게든 범인을 잡게 될 거야." 나딘은 용기를 북돋아주려 애썼다. "이제는 언론을 동원해서 시민들에게 경각심을 불러일으켜야 해. 어쩌면 그 일로 범인이 살인을 멈출지도 모르잖아. 맙소사, 그 여자들 사진을 신문에 실어서 그들을 마지막으로 목격한 사람들을 찾아봐야 한다고! 가끔 난 당신들이 이해가 안 가. 시민들이 경찰을 싫어하는 건 이상하게 보면서, 그렇다고 시민들에게 먼저 도움을 구해보려는 행동도 안 하잖아. 언론에 시시콜콜 다 말할 필요는 없지만, 언론을 이용하면 에리카 뮐러를 비롯한 그 여자들이 죽기 전에 그들을 봤던 사람이나, 어쩌면 범인을 목격한 사람을 찾을 수도 있을 거야. 내가 당신들 상사라면 이미 오래전에 그 방법을 썼을 거라고."

"나딘, 그건 당신이 언론이 이런 일에 어떻게 반응하는지 몰라서 하는 소리야." 프랑크가 말했다. "그들은 사건만 던져주면 별의별 이야기를 다 만들어내는 놈들이라고. 게다가 텔레비전에서 사람들의 이목을 끌기 위해 저급한 보도를 해댄다면 수사에 큰 차질이 생길 거고. 최근에는 점점 더 심해지고 있어. 언론이 오히려 히스테리를 퍼뜨리는 근원이 되고 있다고. 뭐, 당신 말도 어느 정도 일리는 있지만. 반장님하고 한 번 얘기해봐야겠군."

"그래. 그럼 이제 자러 가자."

율리아는 한숨을 내쉬며 체념한 듯 고개를 가로저었다. "잠이라! 과연 잠이 올지 모르겠네." 그녀는 담배를 비벼 끈 뒤 다시 자리에 앉았다. 그녀의 눈에서 눈물이 흘러내렸다.

나딘은 율리아 곁에 앉아 그녀를 끌어안았다. "율리아의 탓이 아니야. 이 세상이 병들어서 그렇지. 돈키호테가 풍차랑 싸우듯 착한 사람들만 헛된 싸움을 하고 있는 꼴이네."

"이러다 인간은 선하다는 믿음을 잃게 될까 두려워." 율리아는 훌쩍였다. "보이는 거라곤 증오와 비참함, 폭력뿐이야. 인류애를 외치는 사람들은 조소받기 일쑤고, 팔꿈치로 다른 사람들을 밀치고 비겁한 수단으로 싸우는 사람들이 박수를 받지. 고귀하신 정치가님들께서 먼저 시작했던 이런 일들이 이제는 평범한 사람들에게까지 만연해버렸어. 이런 순간이면 이 세상이 정말 증오스러워. 이제 지겹다고."

"다른 동료들한테는 내가……." 프랑크가 말하려고 하자, 나딘은 손을 들어 그를 제지했다. 프랑크는 먼저 그 자리를 떠났고, 율리아는 나딘의 어깨에 얼굴을 기댄 채 눈물을 흘렸다.

오후 6시 40분

경찰청에서 나와 시내에 잠깐 들러 셔츠 두 장을 산 리히터는 집에 돌아와 자네트 리버만을 만날 준비를 했다. 한 시간쯤 뒤에 클라라가 돌아왔다. 그녀는 지친 듯 보였고 머리는 다 헝클어져 있었다. 아무 말 없이 거실로 간 그녀는 텔레비전을 켜고 액션 스릴러물을 방영 중인 프레미에레 채널을 틀었다. 그러고는 와인 한 잔과 감자칩 한 봉지를 가지고 와서 소파에 누웠다. 리히터는 아내가 일찍 귀가한 데 다소 놀랐지만, 내색하지 않았다. 그는 그녀에게 다가가 입술에 살짝 키스했다. 짠 맛이 났다.

"안녕, 여보, 일찍 왔네. 오늘은 약속 없어?"

"네, 별로 나가고 싶지 않네요. 오늘 밤은 당신과 함께 보내면 어떨까 생각했는데. 나가서 밥도 먹고 또……."

리히터는 손짓으로 그녀의 말을 끊었다. "나도 그러고 싶지만 아쉽게도 나가봐야 해. 좀 많이 늦을 거야. 그러니 기다리지 말고 먼저 자."

클라라는 눈썹을 치켜뜨며 그를 쳐다보았다. "이 시간에 어딜 가는데요? 당신하고 보낼 저녁을 기대하고 있었는데." 그녀는 뽀로통하게 말했다.

"여보, 나 역시 지난 몇 주, 아니 몇 달간 당신과 오붓하게 저녁 시간을 보내길 바랐는데 그럴 때마다 당신은 없더군. 일 때문에

428

나가봐야해서 그래."

"무슨 일인지 물어봐도 돼요?"

"경찰을 도와 일을 하고 있다고 했잖아. 범인 프로파일을 정확히 하려고 오늘 밤에 범행 장소를 시찰하기로 했거든." 그는 거짓말을 했다.

"그럼 나도 같이 가면 안 돼요? 심심하단 말이에요."

그는 고개를 가로저었다. "안 돼, 그럴 수는 없어. 형사 몇 명이랑 같이 가야 해서."

"어떤 형사들인데요?" 그녀는 마치 그가 거짓말하는 걸 다 아는 것처럼 약간의 조롱이 섞인 목소리로 물었다.

"대체 왜 그래? 오늘 하루 당신 없이 외출하는 것 가지고 이렇게 따지고 들다니. 왜 그러는데? 내가 언제 당신이 나만 집에 두고 나갈 때마다 누굴 만나러 가느냐고 물었어?"

"그럼 우리 헤어져요." 그녀는 차분한 목소리로 말했다. "어차피 우리 결혼 자체가 잘못된 거였다고 생각하고 있었어요. 좋아요, 가요. 나도 어떻게든 이 밤을 보내볼 테니까."

"여보, 갑자기 또 왜 이래?" 그는 웃으며 말했다. "난 직업이 있는 사람이고, 또 그 직업에 충실하게 임하고 있어. 이 사건 역시 최선을 다해야 하고. 그러니 헤어지자는 말 같은 건 하지 마. 우린 지난 2년간 함께 잘 살아왔고, 앞으로도 그럴 거라 생각해. 자, 그럼 난 이제 샤워하고 옷 좀 입어야겠어."

"범행 장소만 둘러보고 온다면서요. 샤워는 왜 해요? 예쁜 여자라도 데리고 가나 보죠?"

"그래, 아주 예쁘지." 그가 대답했다. "하지만 걱정 마, 그래도 당신과는 비교가 안 되니까. 이제 만족해?"

"대체 어떤 살인사건인데 그래요?"

"여자들이 살해된 사건."

"몇 명이나요?"

"다섯 명."

"내가 아는 사람도 있어요?"

"응, 세 명이나 있지. 카롤라 바이트만, 유디트 카스너, 그리고 베라 코슬로브스키."

"카롤라 사건은 알고 있었지만, 그 둘도 죽었다고요? 언제요?"

"며칠 안 됐어. 그래서 경찰이 수사에 협조해달라고 한 거고. 이제 궁금증이 좀 풀렸어?"

"어떤 식으로 살해했는데요?"

"자세한 건 말해줄 수 없어. 경찰과 나 말고는 아무도 모르는 일이야."

"왜 그렇게 비밀로 하는 건데요?" 그녀는 이렇게 묻고는 감자칩 하나를 입에 넣었다.

"범인이 한 짓을 개나 소나 알아서는 안 되니까. 언론에도 아주 기본적인 사항만 알렸을 뿐이야. 주요 세부 사항들은 기밀이고. 순전히 전략적인 조치지. 클라라, 이제 난 좀 서둘러야겠어. 아니면 늦을 거야."

"그래요, 알았어요, 그럼 가 봐요. 하지만 한 사람의 기분을 망쳐 놨다는 것만큼은 알아둬요."

"당신은 자주 그러면서. 잘 생각해보라고." 문가에서 리히터는 다시 뒤를 돌아보았다. "다음 주에 쾰른에 가야 하는 것 잊지 마. 그날에는 당신이 특히 더 아름다워 보였으면 좋겠어."

"최선을 다 해보죠, 나의 남편이자 지배자님." 그녀는 그의 뒤에다 대고 조롱조로 외쳤다.

샤워하고 옷을 입은 리히터는 향수를 뿌리고 빗질한 뒤 아래층으로 내려갔다. 클라라가 그의 서류가방 옆에 서서 파일을 넘겨 보고 있었다. 그는 재빨리 그녀에게 다가가 파일을 낚아채며 소리쳤다. "내가 기밀사항이라고 했지! 당신이 뭘 봤는지는 모르겠지만 다른 사람한테 입 뻥긋했다가는 큰일 날 줄 알아!"

"걱정 마요, 입 꾹 닫고 있을 테니. 당신 꼭 내가 무슨 큰 죄라도 지은 것처럼 말하네요."

"한 마디도 안 돼, 알겠어? 아무리 가족이라도 이 여성들이 어떻게 살해당했는지 알아서는 안 돼. 가족들도 그저 교살이었다고만 알고 있단 말이야. 다른 사항들에 대해서는 알게 해서는 안 된다고. 어서 맹세해."

"알았다니까요." 클라라는 짜증 난 기색이 역력한 얼굴로 말했다. "근데 정말 잔인하던걸요. 누가 내 유두를 그렇게 물어뜯는다고 생각만 해도……."

"당신만 조심하면 아무도 당신 유두를 물어뜯지 않아. 적어도 나는." 그는 빈정대는 투를 숨기지 못하고 말했다.

"난 당신 말 못 믿겠는걸요!" 그녀 역시 비꼬듯 말했다.

서류가방을 들고 서재로 간 리히터는 그만이 비밀번호를 아는 금고 속에 가방을 집어넣었다. 숨을 몇 번 깊게 쉰 그는 코냑 한 잔을 따라서 잠시 아내 옆에 앉았다. 자네트 리버만과의 약속 시각까지는 아직 시간이 꽤 남아있었고, 그녀의 집까지는 길어야 20분이면 충분했다. 그는 아내의 허벅지에 손을 올려 쓰다듬었다. 그녀는 살짝 몸을 떨더니 도발적인 표정으로 그를 보았다.

"나가기 전에 잠깐 시간 있어요?" 그녀는 부드러운 목소리로 물었다. "당신이 이렇게 만져주는 거, 내가 얼마나 좋아하는지 알잖아요. 정말 날 미치게 한다니까."

"아니, 바로 나가봐야 해. 하지만 어쩌면 그리 늦지 않을지도 몰

라. 그래도 정 못 견디겠으면, 당신 그 장난감도 있잖아."

"장난감 갖고 놀긴 싫어요. 여기 이게 더 좋단 말이야." 그녀는 이렇게 말하고는 그의 가랑이 사이를 손으로 꽉 쥐었다.

"나중에. 자, 그럼 안타깝지만 당신을 혼자 두고 나가봐야겠군. 아마 생각처럼 그리 심심하지는 않을 거야. 다녀올게, 여보. 참, 그리고 이른 시일 안에 우리 부부관계에 관해 몇 가지 대화를 좀 나눠야겠어."

"무슨 대화요?" 클라라는 순진한 표정을 지어 보이며 물었다.

"뭔지는 당신도 잘 알잖아."

자리에서 일어난 리히터는 더 이상 아무 말도 하지 않고 집을 나섰다. 재규어에 올라탄 그는 차를 집 밖으로 몰았다. 자네트 리버만의 집에 도착하기까지는 20분도 채 걸리지 않았다.

오후 9시

그녀는 긴 붉은색 머리를 하나로 땋고 있었고, 초록색 눈을 반짝이며 그를 보았다. 그의 목을 감싸 안은 그녀는 문가에서부터 그에게 열렬한 키스를 퍼부었다.

"당신이 와서 정말 기뻐요. 당신 아내가 눈치채진 않았어요?"

"몰라, 눈치챘어도 상관없고."

그들은 세련되게 꾸며진 거실로 갔다. 가죽 소파에서부터 벽에 걸린 그림들까지, 거실에 있는 것들은 전부 다 그녀의 예전 남자 친구가 선물했던 것이었다. 리히터가 그녀와 만나기 시작한 건 클라라와 결혼한 지 얼마 되지 않았을 때, 또 자네트가 이 집에 세 들어 살기 시작했을 때부터였다. 자네트는 프랑크푸르트에 일이 있을 때면 이 집에 머물렀고, 그 외에는 테게른제(독일 바이에른 주에 있는 호수. 그 호수가 있는 도시 이름도 이와 동일하다. —역주) 인근의 작은 마을에 있는 집이나 마요르카에 있는 별장에서 지내곤 했다.

"시간은 얼마나 있어요?" 자네트는 언제나처럼 퓨어 몰트 위스키 두 잔을 따르며 그에게 물었다. 그러고는 한 잔은 그에게 건네고, 자기 잔을 단숨에 비웠다.

"당신이 원하는 만큼." 그가 대답했다.

"아주 오래는 내가 안 돼요. 오늘 촬영 스케줄이 바뀌는 바람에 내일 아침 6시까지 다시 세트장에 나가봐야 하거든요. 그러려면 적어도 몇 시간은 자야 하고요. 짜증 나죠?"

리히터는 고개를 가로저었다. "아니. 명색이 배우인데 스케줄이 들쑥날쑥할 수도 있지."

"지당한 말씀이고말고요. 원래는 오늘 밤까지 촬영하자고 하는 걸 내가 나서서 항의한 거예요. 오늘 새벽 5시부터 일했으니 그 정도는 좀 배려해달라고 했죠. 당신들이야 잠을 안 자도 괜찮겠지만, 난 안 된다고요. 다른 사람들까지 불평해대기 시작하니까 반 다이크도 결국 꼬리를 내리더군요. 내일 정오까지만 하고 나면 그다음에는 밤늦게 야외촬영할 때나 가보면 돼요."

"당신이 선택한 직업이니 불평하지 말아. 게다가 당신은 항상 중심에 서는 걸 좋아하잖아."

"불평 아니에요. 그냥 가끔 좀 스트레스를 받을 때가 있을 뿐이죠. 자, 그럼 이제부터는 즐거운 저녁을 보내기로 해요. 중국음식을 시켰는데, 곧 올 거예요. 후식은 저 위층에 가서 줄게요." 그녀는 도발적인 눈짓으로 위층 침실을 가리켰다.

리히터와 자네트는 음식을 먹고 와인을 마신 뒤 두 시간 동안 사랑을 나누었다. 리히터는 자네트의 손길을 즐겼고, 그녀 안에서 거세게 불타오르는 열정은 그에게까지 불똥을 튀겼다. 그녀처럼 거리낌 없는 섹스를 즐기는 여자는 처음이었다. 침대 위에서 규율을 정하는 사람은 항상 그녀였고, 그는 기꺼이 그녀의 말에 복종했다. 두 시간 동안 웬만한 건 다 한 두 사람은 결국 진이 빠져 누워버렸다. 자네트는 등을 대고 누웠고, 리히터는 한 손으로 머리를 받치고 그녀 쪽을 보고 누웠다. 그는 그가 그토록 사랑하는, 운동으로 다져진 흠 잡을 데 없는 그녀의 몸을 바라보았다. 그녀의 가슴은 작고 단단한 편이었고, 유두는 항상 조금은 딱딱하게 선 상태였다. 흥분하면 그녀의 유두는 더 크고 딱딱해졌는데, 그는 그것을 입술로, 손으로 애무하는 느낌이 좋았다. 그는 손가락으로 그녀의 가슴을, 배를, 허벅지를 쓸어내렸다.

"당신은 내 몸이 좋죠?" 그녀는 그의 눈을 응시하며 말했다.

"그래, 당신도 알잖아."

"난 당신의 요 꼬맹이를 좋아해요. 물론 때에 따라서는 엄청 커지기도 하지만. 당신은 쉰 살이라는 나이에 비해서는 굉장히 오래 버티는 편이에요. 젊은 애들도 이렇게 오래는 힘든데. 또 상상력도 부족하고요."

"난 여자가 뭘 원하는지 알지." 그는 웃으며 말했다.

그녀는 반대편으로 돌아눕더니 협탁 서랍을 열어 시가를 꺼냈다. 그러고는 몸을 일으켜 앉아 라이터로 시가에 불을 붙이고 몇 번 세게 빨아댔다. 시가의 향기가 금세 온 방 안에 퍼졌다.

"왜 그리 시가를 피워대는지 좀 말해주겠어?" 그가 물었다.

그녀는 비밀스러운 미소를 지었다. "나도 모르겠어요. 하지만 이걸 피우면 어딘지 모르게 에로틱해 보이잖아요. 난 두꺼운 걸 입에 무는 걸 좋아한다고요."

"그게 다야?"

"아뇨. 맛도 있어요. 특히 '그걸' 한 다음에 피우면 더욱이요. 시가를 피우는 여자가 나만 있는 건 아니에요. 샤론 스톤, 마돈나 같은 여자들도 피운다고요. 우리 여자들은 남자들의 성역으로 점점 더 힘차게 밀고 들어가고 있어요." 그녀는 잠시 말을 멈추고 시가를 피우다가 그에게 물었다. "근데 11월 15일에 뭐해요?"

"글쎄, 아직은 아무것도 없는데."

"잘됐네요, 그럼 이제 당신은 그 날 할 일이 생겼어요. 자그마한 파티를 열 건데, 당신이 꼭 와주면 좋겠어요."

"그렇군, 무슨 파티인데?"

"이것 봐, 기억력이 어떻게 된 거 아니에요? 내 생일이잖아요."

"미안, 사실 생각 못하고 있었어. 장소는 어딘데?"

"마요르카에 있는 별장이요. 손님을 그리 많이 부르지는 않을 거예요. 어때요, 올 거예요?"

"그럼. 하지만 혼자 갈 거야."

"제발요! 부인을 데려왔다가는 당신 목을 비틀어버릴 테니까. 하긴." 그녀는 도발적인 눈빛으로 그를 보며 조롱하듯 입을 삐죽댔다. "스리섬 하는 데는 별 이의 없지만요."

"물론 당신이 가끔 여자와도 즐긴다는 건 알지만, 사랑하는 자네트, 내 아내는 여기 프랑크푸르트에 있을 거야. 그런데 여자랑 자는 게 뭐가 그렇게 좋아?"

"당신도 알면서." 그녀는 씩 웃으며 대답했다.

"내 말은, 여자랑 자면 뭐가 그리 특별하냐고?"

"설명해줄 수는 있지만, 아마 당신은 이해 못할 거예요. 그러니 그 얘긴 관두자고요. 한 가지만 말하자면, 그건 느낌과 관련된 거예요. 여자들은 느끼는 게 다르거든요."

"당신이 정 그렇다면야." 잠시 침묵이 흘렀고, 얼마 후 그가 물었다. "저기, 자네트. 혹시 별자리 운세 본 적 있어?"

"그건 왜요?" 그녀는 놀란 표정으로 되물었다.

"그냥. 본 적 있어, 없어?"

"있어요. 왜요?"

"그럼 당신 상승점은 뭐야?"

"몰라요, 찾아봐야 해요. 친구가 졸라서 그냥 한 번 봤던 거거든요. 아니, 그 친구가 나 대신 봐다 줬다고 하는 편이 더 정확하겠네요. 뒤셀도르프 아니면 마요르카에서 봤을 거예요. 점성학에도 관심이 생긴 거예요?"

"아니, 그런 건 아니고. 그냥 물어본 거야. 당신, 당분간은 좀 조심하도록 해."

"네? 그건 또 무슨 수수께끼 같은 말이에요? 무슨 일 있어요?"

"최근에 프랑크푸르트에서 전갈자리 여성들 몇 명이 살해당하는 사건이 있었어. 대중은 아직 피살자들이 모두 전갈자리였다는 건 모르는데, 내가 경찰을 도와 범인 프로파일링 작업을 하느라 알게 된 거야. 혹시 상승점이 사자자리 아냐?"

"정말 기억이 안 나요. 2년은 지난 일인 데다, 별 관심이 없어서 제대로 읽어보지도 않았거든요. 미리 말해두지만, 난 그런 속임수 같은 건 안 믿어요. 내가 전갈자리라는 이유만으로 날 죽일 사람도 없고요. 또 내가 여기 집을 소유하고 있다는 사실을 아는 사람은 당신 말고 몇 안 돼요."

"그러면 됐고." 그는 시계를 흘긋 보았다. "이제 내가 가봐야 당신이 잠을 좀 잘 수 있겠군. 가기 전에 한 번 더 볼 수 있으면 보자고. 안 되면 11월 15일에 당신 집에서 보고."

"그거 알아요, 박사님? 내가 이렇게 정신없이 돌아다니며 살지만 않았어도 우리는 멋진 한 쌍이 될 수 있었을 거예요."

"자네트, 그렇지 않다는 건 당신도 잘 알잖아. 당신이나 나나 구속 당하기 싫어하는 성격이니까. 그냥 앞으로도 하던 대로 하자고. 내 나이도 있고, 앞으로 얼마나 더 당신의 그런 열정에 맞춰줄 수 있을지도 모르겠으니까. 잘 자, 나올 필요 없어."

리히터는 자네트에게 한 번 더 키스한 뒤 옷을 입고 그녀에게 윙크했다. 그녀는 웃었다. 집으로 돌아가는 길에도 그의 머릿속에서는 그녀에 대한 생각이 떠나지 않았다. '어쩌면 자네트 말대로 우리가 정말 좋은 한 쌍이 될 수 있을지도. 적어도 시도해볼 가치는 있겠어.' 그는 생각했다.

자정이 훨씬 지나 리히터가 집에 도착했을 때, 클라라는 또 나가고 없었다. 그는 리모컨을 눌러 혼자 켜져 있던 텔레비전을 껐다. 그러고는 소파에 털썩 앉아 지난밤을 떠올려보았다. 웃음이 나왔다. 자네트 리버만, 금기라고는 모르는 여자. 그는 브람스 CD를 틀고 온몸에 긴장을 풀었다.

그렇게 눈을 감고 소파에 앉아 있은 지 한 시간 정도 지났을까, 입술에 따뜻한 기운을 느낀 그는 화들짝 놀라 눈을 떴다. 그는 천천히 몸을 일으켰다.

2시 반.

"자, 여보, 위층으로 올라가요." 그녀가 말했다. "나 정말 피곤해요. 어쩌면 내일은 기분 전환이 좀 필요할지도 모르겠어요."

리히터는 말없이 아내를 따라 위층 침실로 올라갔다. 옷을 모두 벗고 침대에 누운 그녀는 이불을 어깨까지 끌어올리고 곧장 잠이 들었다. 리히터는 코냑을 한 잔 마신 뒤 이를 닦고 그녀 곁에 누웠다. 그의 생각은 여전히 자네트 리버만에게 가 있었다.

금요일

오전 4시 30분

율리아는 그 뒤로도 한참을 더 깨어있었다. 프랑크는 먼저 잠자리에 들었고, 나딘은 1시 반까지 율리아 곁에 머물렀다. 깊이 잠들지 못한 율리아는 계속 자다 깨다를 반복했고, 두 번이나 화장실에 가서 세수를 했다. 두 번째로 갔을 때에는 속이 살짝 메스꺼웠다. 결국 살금살금 부엌으로 걸어가 맥주를 가지고 와서 마신 뒤에야 다시 잠자리에 들었다.

하지만 그것도 잠시, 또다시 휴대폰이 울리는 소리에 눈을 떴다. 침대 옆 스탠드를 켠 그녀는 휴대폰을 집어 들었다.

"여보세요?" 그녀는 잠이 덜 깬 목소리로 웅얼거렸다.

"당직 형사 마이어라고 합니다. 뒤랑 형사님이십니까?"

"네, 무슨 일이죠?"

"지금 바로 홀츠하우젠 공원으로 와주십시오. 열여덟 살에서 스무 살 사이로 추정되는 여성의 시체가 발견되었습니다. 외견상 마리아 반 다이크에 대한 묘사와 맞아떨어집니다."

순간 번쩍 정신이 든 율리아는 몸을 일으켜 한 손으로 눈을 비볐다. 관자놀이 부근이 콕콕 찌르는 느낌이었고 심장은 망치질하듯 쿵쿵댔으며, 입이 바짝바짝 말랐다.

"확실한가요?" 그녀는 그게 얼마나 바보 같은 질문인지 알면서도 다시 물었다.

"아까 실종 광고를 받아봤거든요. 산책하던 사람이 시체를 발견했습니다."

"30분 정도 걸릴 거예요. 아무것도 만지지 말아주세요. 다른 사람들에게도 연락하셨나요?"

"네, 다 연락했습니다. 그럼 이따 뵙겠습니다."

율리아는 숨을 몇 번 크게 들이마셨다가 다시 내뱉었다. 속이 다시 메스꺼웠다. 자리에서 일어나 옷을 입은 그녀는 욕실로 가서 머리를 빗으며 거울에다 대고 중얼거렸다. "얼굴 꼴 하곤."

그녀는 찬물로 다시 한 번 세수를 했다. 그러고는 프랑크와 나딘의 침실로 가서 문을 두드린 뒤 대답을 기다리지도 않고 문을 열었다.

"프랑크, 일어나요." 그녀는 이렇게 말하며 그의 어깨를 흔들었다.

"지금 몇 시예요?" 프랑크는 잠이 덜 깬 목소리로 웅얼거렸다.

"4시 반이요. 방금 당직팀에서 전화 왔었어요. 마리아 반 다이크가 홀츠하우젠 공원에서 발견됐대요. 당장 가봐야 해요."

"제기랄! 도심 한가운데서!" 프랑크는 침대에서 벌떡 일어났다. 그러자 나딘도 돌아눕더니 눈을 겨우 뜨고 그와 율리아를 쳐다보았다.

"무슨 일이에요?"

"그 여자애가 죽었어. 방금 시체가 발견됐대. 당신은 계속 자. 이따 전화할게." 그는 몸을 숙여 나딘에게 키스한 뒤 나지막이 말했다. "사랑해. 이 세상 그 무엇보다 더."

그는 재빨리 청바지와 스웨트셔츠를 입고 운동화를 신었다.

"조심해요." 나딘은 이렇게 말하고는 율리아 쪽을 보았다. "율리아도."

"잘 있어, 나딘."

프랑크가 침실 문을 살짝 닫은 뒤 욕실로 들어가려던 찰나, 율리아가 물었다. "나 배고파요. 혹시 바나나 있어요?"

"부엌에 있을 거예요. 뭐든 마음껏 먹어요. 금방 준비하고 나올게요."

부엌으로 가서 바나나 두 개를 챙긴 율리아는 그 자리에서 하나를 먹고 다른 하나는 재킷 안주머니에 집어넣었다. 그러고는 굽지도 않은 식빵에 버터를 바르고 햄을 올린 뒤 우유 한 잔과 함께 먹었다.

"갈까요?" 프랑크는 재킷을 입으며 말했다.

"이 우유만 마저 얼른 마시고요. 아침을 안 먹으면 난 반쪽짜리밖에 안 된다고요."

"하긴 몇 분 늦는 게 인제 와서 무슨 상관이겠어요. 난 담배나 한 대 피워야겠어요. 그 빌어먹을 놈! 얼마나 냉정한 놈이길래 도심 한가운데다 시체를 버려뒀을까요!"

"요안나 때와 비슷해요. 그놈은 아주 뼛속까지 냉혈한이라고요. 어쩌면 시체를 버릴 장소에 미리 가서 차를 대놓고 주위가 조용해질 때까지 기다렸다가 일을 저질렀겠죠. 그게 아니면 설명이 안 돼요. 자, 이제 가요."

"차 한 대로 갈까요, 아니면 두 대로?" 프랑크가 물었다.

"괜찮으면 당신 차로 가죠. 언제가 됐든 다시 여기 돌아왔을 때 날 내려주면 되잖아요. 지금은 아무래도 상관없어요."

"이래서는 안 되는데." 프랑크는 자신의 BMW에 올라타 차고를 빠져나오며 말했다. "더 이상 죽는 여자가 생겨서는 안 된다고요. 나딘 말대로 언론사에 알려 이 뉴스가 라디오와 텔레비전을 타게 해야 해요. 그놈이 계속 저렇게 제멋대로 돌아다니게 놔뒀다가는 더 큰 재앙이 올 수 있어요. 어쩌면 전후 최대의 연쇄살인이 될 수도 있다고요. 그걸 원하는 사람은 아무도 없겠죠."

"당신 말이 맞아요. 반장님은 그리 탐탁지 않게 생각하시겠지만, 이 일을 언론에 알려야 해요. 물론 세부적인 사항들은 빼고요. 주요 목적은 레벨에게 별자리 운세를 본 적이 있는 사람 중 사자자리를 상승점으로 하는 전갈자리 여성들에게 주의를 주는 거니까, 그 외의 정보는 알려줄 필요 없어요."

밖은 아직 칠흑같이 어두웠다. 어제까지만 해도 프랑크푸르트 하늘에 걸려있던 구름은 이제 물러갔고, 지평선에는 별들이 마치 넓은 카펫처럼 펼쳐져 있었다. 프랑크는 라디오를 켰고, 율리아는 골루아를 피웠다.

그들은 A66 도로를 타고 프랑크푸르트 방면으로 달리다가, 에셔스하이머 간선도로에서 오른쪽으로 빠진 뒤 거기서 다시 왼쪽 포크트 가로 들어섰다. 멀리서 빙글빙글 도는 비상등 불빛이 눈에 들어왔다. 프랑크는 전쟁 이후로 한 번도 보수되지 않은 게 분명해 보이는 울퉁불퉁한 하만 가에 차를 세웠다. 차에서 내린 그들은 길을 건너 한 경찰관에게 신분증을 내보인 뒤 접근금지 표시가 되어있는 구역으로 들어갔다.

현장의 분위기는 음산했다. 번쩍이는 불빛, 일에 몰두 중인 사진사, 자기 차례가 오기만을 기다리고 있는 법의학연구소의 모르프스 박사와 과학수사반, 그리고 말없이 상황을 지켜보고 있는 여덟 명의 순찰 경찰들.

"시체를 발견한 사람이 누구죠?" 율리아는 자기에게 전화했던 경찰에게 물었다.

"저기 저 노인이요. 불면증이 있어서 항상 이 시간에 이곳을 산책한다고 합니다. 시체가 운반되는 건 못 봤다고 하고요. 모르프스 박사가 뭐라고 하는지 들어보면 알겠죠."

"고맙습니다."

사진사가 일을 마치자, 그때까지 벤치에 앉아있던 모르프스가 검시를 시작하기 위해 가방을 집어 들었다. 율리아는 촘촘히 서있는 키 작은 전나무들 아래 시체가 누워있는 곳으로 다가가 한동안 미동도 없이 그 죽은 소녀를 응시했다. 이전 경우들과는 다르게 이번만큼은 형언할 수 없는 분노와 깊은 슬픔, 또 무력감마저 느껴졌다. 몸을 숙이고 더 가까이 다가간 그녀는 조명등의 환한 불빛 때문에 부자연스러운 회색빛을 띠고 있는 소녀의 얼굴과, 긴 갈색 머리카락을 들여다보았다. 입술에는 핏기가 전혀 없었고 충혈된 두 눈은 마치 율리아를 쳐다보듯 크게 떠져 있었다. "이렇게 예쁜 아이가." 율리아는 조용히 말했다. 마음 같아서는 소녀의 얼굴을 쓰다듬어 온기를 전해주고 싶은 심정이었다.

그때 모르프스가 그녀가 있는 곳으로 다가와 가방을 내려놓고 손에 장갑을 꼈다. "정말 통탄할 일이에요, 안 그렇소? 이렇게 젊고 예쁜 아이인데." 그가 말했다. 그가 그렇게 착 가라앉은 목소리로 말하는 건 처음이었다. 직업에서 오는 스트레스를 잊기 위해 소름 끼치는 농담이나 냉소적인 말을 주로 했던 그가, 이번만큼은 동정심을 보이고 있었다.

"화요일에 이 아이를 봤어요." 율리아는 한숨을 쉬며 힘없이 고개를 가로저었다. "열여덟 살밖에 안 됐는데! 게다가 며칠 뒤면 열아홉 살이 되었을 거라고요."

모르프스는 어깨를 으쓱하고는 시체 쪽으로 몸을 굽히며 의기소침한 표정을 지었다. "저기 저 사람이나 어서 보내요." 그는 시체를 발견한 노인을 가리키며 말했다.

그는 말없이 마리아 반 다이크의 옷을 벗기기 시작했다. 잠시 후 시체의 다리 사이를 흘긋 본 그는 고개를 끄덕이며 율리아에게 바늘이 있다는 신호를 했다.

"다른 여자들의 경우와 똑같군요. 이제 체온을 재고 법의학연구소로 이송할 겁니다. 새로울 건 없겠지만요." 그가 말했다.

율리아는 프랑크에게 이리 오라는 신호를 보냈다. "이 아이가 불안증에 시달리고 있었다면 낯선 사람을 따라가지는 않았을 거예요, 그렇죠?"

"그래요."

"그럼 아는 사람 차에 탔다는 건데 이 아이한테는 남자친구는 없고 여자 친구들만 있다고 했어요. 어떻게 생각해요?"

"무슨 대답을 원하는 거예요? 좀 구체적으로 말해줄래요?"

"마리아는 자기 차를 몰고 어디론가 갔어요. 그게 어딘지는 아직 모르지만요. 누군가 그녀를 지켜보다 미행했을 수도 있죠."

"그래서요? 자기 차가 있는데 남의 차를 탈 이유는 없죠. 혹시 아직 잠에서 덜 깬 거예요?" 프랑크는 이렇게 물으며 측은하다는 듯 율리아를 보았다.

"제기랄, 그래요!" 율리아는 콧대를 손가락으로 잡으며 생각에 잠겼다. "하지만 분명 납치된 건 아니에요. 범인은 마리아가 잘 알고 신뢰할 만한 사람이라고요. 마리아의 차는 찾았나요?"

"안 그래도 물어봤는데, 아직 못 찾았대요."

"주차빌딩들도 다 찾아봤대요?"

"주차빌딩은 왜요?" 프랑크가 물었다.

"어딘가에는 그 차가 있을 것 아니에요! 당장 모든 주차빌딩들을 뒤져봐야 해요. 차가 공중으로 사라져버릴 리는 없잖아요. 동원 가능한 인력과 순찰차를 전부 투입해서 수색하도록 해요. 차를 찾아야 마리아가 오후에 어디 갔었는지 알 수 있다고요. 당신이 좀 처리해줄래요?"

"그럴게요."

율리아는 모르프스에게로 고개를 돌렸다. "죽은 지는 얼마나 됐어요?"

"정확히 말하긴 힘들지만 네 시간에서 여섯 시간 정도 된 것 같습니다."

"그럼 1시경에는 아직 살아있었다는 거네요?"

"정황상 그래 보이는군요. 정확한 사망 시각은 연구소에 가봐야 알 수 있을 것 같지만. 이곳은 조건이 그리 좋질 않아서요. 어쨌든 대충 어림잡아보면 자정을 기점으로 한 시간 전후에 살해당한 것 같습니다. 그에 비하면 체온이 다소 높은 편인데, 그건 여기 버려진지 한 시간 반에서 두 시간 정도밖에 되지 않았기 때문인 듯 보여요. 하지만 시반이 이미 형성되었어요."

"한 가지 부탁이 있는데요, 혹시 혈액에는 뭐가 없는지 검사 좀 해주세요. 마취제 성분이나, 뭐 그런 거요. 또 처녀였는지도 확인해 주시고요."

"새로운 관점이 필요하다, 이건가요? 무슨 특별한 이유라도 있소?" 모르프스는 가방을 싸며 물었다.

"그냥 추측이에요. 저 비싼 속옷은 이 아이에게 안 어울려요. 저런 건 절대 안 입었을 거라고요. 분명 누군가가 이 아이를 위해 사놓았을 거예요. 그것도 죽기 훨씬 전에. 절대 이 아이의 것일 리가 없어요."

"분부대로 합죠." 모르프스는 이렇게 말한 뒤 냉혈한이라 불리는 시체 운반원들에게 마리아 반 다이크의 시체를 연구소로 이송하라고 지시했다.

"프랑크, 이리 좀 와봐요." 율리아가 소리쳤다. "잠깐 저 뒤로 가죠. 조용히 할 말이 있어요." 그녀는 숨을 깊이 들이쉬었다. "방금 모르프스한테도 말했는데, 마리아가 입은 속옷이 마리아 것 같지가 않아요. 극심한 불안증을 겪고 있는 나이 어린 여자가 그런 걸 찾아 입을 리가 없어요. 마리아는 음탕함과는 거리가 먼 아이라고요. 적어도 그 애의 아버지 말에 따르면 말이에요. 그런 애들은 보통 청바지에 지극히 평범한 속옷을 입게 마련이거든요. 내 생각에, 범인은 이번 살인을 통해 제 무덤을 판 것 같아요. 이번에는 분명 그놈을 잡게 될 거라고요. 우선은 반 다이크의 집으로 함께 가요. 나 혼자 이 소식을 전하기는 싫으니."

건물 안의 블라인드들이 한둘씩 올라가기 시작하고, 조명이 켜지고, 창문이 열리더니, 사람들이 호기심 어린 눈으로 그 오싹한 사건 현장을 지켜보았다. 도로에는 차량이 점점 많아졌고, 불과 몇 미터 떨어진 곳에 있는 에서스하이머 간선도로로부터 트럭들이 달리는 소음이 들려왔다. 프랑크와 차로 돌아가던 중 율리아가 갑자기 제자리에 우뚝 섰다.

"이것 좀 봐요! 여긴 차를 가지고 들어올 수 있는 곳이에요. 그것도 전나무 바로 아래까지 말이에요! 범인은 자동차 트렁크를 열고 시체를 꺼내 버려둔 거예요. 아마 그 전에 한참 길가에 차를 대놓고 주위가 한산해지기를 기다렸겠죠. 포장된 도로라 바퀴 자국도 없고요. 놈은 이 모든 걸 다 계산하고 있었던 거예요."

오전 6시 45분

 그들이 차를 타고 가는 사이, 이미 아침은 밝았고 별들은 점차 모습을 감추었다. 반 다이크의 집에는 불이 환하게 켜져 있었다. 활짝 열려있는 대문은 마치 마리아가 무사히 집으로 돌아와 활짝 웃으며 모든 게 악몽이었다고 말해주길 바라는 부모의 바람을 대변하는 것만 같았다.

 "심호흡해, 율리아." 율리아는 중얼거리며 차에서 내렸다.

 "누가 말하죠?" 프랑크는 운전석 문을 닫으며 물었다.

 "글쎄요. 당신이 하겠다면 기꺼이 양보할게요."

 "하지만 반 다이크와 통화한 사람은 당신이잖아요. 그러니까 나는……."

 율리아는 그만하라는 듯 손짓했다. "알았어요, 알았어. 어차피 나도 이런 일에 어느 정도는 익숙해졌어요."

 그들은 세 칸짜리 계단을 올라 문 쪽으로 걸어갔다. 문은 열려 있었다. 올리버 반 다이크는 그들이 차를 타고 들어오는 소리를 들은 모양이었다. 문을 열고 나온 그의 눈은 잠을 전혀 못 잔 듯 보였다. 그의 의아한 눈빛 속에는 이 세상의 모든 두려움과 근심이 서려 있었다.

 "반 다이크 씨, 좀 들어가도 될까요?" 율리아는 범인, 그 저주받을 인간쓰레기 대한 분노와 증오, 또 자신의 무능함, 비통함, 좌절감을 최대한 드러내지 않으려 애쓰며 말했다.

 "뭘 좀 알아내셨나요?"

 율리아는 반 다이크가 한 것과 똑같은 질문을 지난 수년간 여러 번 들었다. 피살자의 가족이 도저히 직접적으로 물어볼 수 없을 때 하는 질문. 거기에는 그들이 알고는 싶지만 차마 물어볼 수 없는 내용이 담겨 있었다. '우리 아이를 찾으셨나요? 그 아이가 죽었나요? 아직 살아있나요? 우리 애는 지금 어디 있죠? 무슨 일이 생긴 건가요?' 이렇게 묻고 싶지만 차마 대답을 듣기가 두려운 질문.

"부인도 집에 계신가요?" 율리아는 그의 말에는 대답하지 않은 채 다시 물었다.

"아내는 거실에 있습니다. 지난밤에 둘 다 한숨도 못 잤거든요. 들어와 앉으시죠."

반 다이크는 편안하게 생긴 흰색 가죽 의자 세 개 중 하나에, 두 형사는 소파에 앉았다. 클라우디아 반 다이크는 기도하듯 두 손을 모은 채 율리아를 쳐다보았다. 사흘 전에 봤을 때만 해도 프랑크는 클라우디아가 전혀 매력적이지 않다고 생각했는데, 오늘 허벅지가 훤히 드러나는 짧은 빨간색 원피스를 입고 어제 한 화장을 지우지 않은 모습은 그때와는 전혀 딴판이었다. 흘긋 보았을 뿐이지만 그녀의 날씬한 다리, 풍만한 가슴, 잘록한 허리가 눈에 띄었다.

율리아는 헛기침을 하고는 몸을 앞으로 숙인 뒤 두 손을 모으고 잠시 바닥을 보다가, 반 다이크 부부에게로 눈길을 돌렸다. "반 다이크 씨, 그리고 반 다이크 부인. 정말 유감스럽습니다만, 따님이 발견되었습니다." 그녀는 그 이상 아무 말도 하고 싶지 않았다. 특히 마리아가 말 그대로 학살당했다는 사실은. 고문과 죽음. 지상에서 경험했을 지옥. 이 모든 건 단지 마리아의 별자리가 전갈자리이며 상승점이 사자자리라는 이유 때문에, 또 누군가가 그런 별자리를 가진 여자들을 죽도록 증오한 나머지 그들을 마치 짓밟아 죽여야 할 지긋지긋한 바퀴벌레로 여겼기 때문에 생긴 일이었다. 그런 증오가 어디서 비롯됐는지는 모르지만.

"어디서요?" 반 다이크는 얼어붙은 듯 율리아를 응시하며 조용히 물었다. 그의 손이 떨렸고, 입가에 경련이 일었다. "그리고 유감스럽다는 건 무슨 말입니까?"

"홀츠하우젠 공원에서요. 따님은 사망했습니다. 죄송합니다."

자리에서 일어난 클라우디아는 말없이 홈바로 걸어가더니 코냑 한 잔을 따라 단숨에 들이켰다. 그리고 곧장 다시 잔을 채워 또 한 번에 비우고는 고개를 축 늘어뜨리고 훌쩍이기 시작했다.

반면에 올리버 반 다이크는 마치 미라처럼 미동도 없이 의자에 앉아있었다. 그의 두 눈에는 눈물이 차올랐고, 얼마 후 그 눈물은 볼을 타고 흘러내렸다.

"죽어요? 우리 공주님이 죽었다고요? 사실이 아니라고 해줘요! 제발." 그의 목소리가 떨렸다.

"이런 비보를 전해드리게 되어 무척 애통하게 생각합니다."

반 다이크는 평정을 유지하려 애썼지만 잘되지 않았다. 마치 어떤 커다란 것이 그를 내리누르는 듯, 그의 온몸이 부들부들 떨렸다. "맙소사, 마리아! 대체 어딜 갔었던 거니? 왜 아빠한테 말을 안 한 거야?" 그는 눈물이 그렁그렁한 눈으로 두 형사를 보다가 힘겹게 몸을 일으켜 홈바 쪽으로 발걸음을 옮겼다. 고개를 들고 벌게진 눈으로 그를 바라보던 클라우디아가 그의 손을 붙잡더니 그에게 몸을 기댔다.

"왜 마리아죠?" 클라우디아 반 다이크는 더듬거리는 목소리로 물었다. "왜 하필 그 애냐고요?"

"나도 몰라." 그는 이렇게 대답하며 그녀를 자기 몸에서 떼어냈다. "무슨 이유가 있겠지. 모든 건 이유가 있으니까." 그의 목소리는 무뚝뚝하고 쌀쌀맞았다.

그는 위스키 한 잔을 마신 뒤 다시 자리로 돌아와 앉았다. "어떻게 죽었습니까? 유디트 씨와 똑같았나요?" 그는 화요일과는 달리, 유디트가 아닌 유디트 씨라고 말했다.

율리아는 고개를 끄덕였다. "네, 맞습니다. 동일범에게 살해당했습니다."

"그 애를 좀 볼 수 있을까요?"

"아직은 안 됩니다. 법의학연구소로 이송됐기 때문에……."

"그럼 마리아를 부검한다는 건가요?" 반 다이크는 깜짝 놀라 물었다.

"아닙니다. 사망원인은 이미 밝혀졌으니까요. 단지 혈액을 조금 채취하고 보고서를 완성하기 위해서예요. 이삼일 뒤면 보실 수 있을 겁니다."

"감사합니다. 부디 제가 형사님들보다 먼저 그 자식을 잡고 싶군요! 몇 날 며칠 고문하고, 제발 좀 죽여 달라고 애원할 때까지 괴롭히고 싶단 말입니다. 그런 놈에게는 그냥 죽여주는 것도 사치니까요." 그는 단호한 표정으로 말했다.

"반 다이크 씨, 레벨 씨의 사망 소식은 들으셨나요?"

반 다이크는 고개를 갸우뚱했다. "뭐라고요? 레벨도 죽었어요? 무슨 일이 있었던 겁니까?"

"목요일 새벽에 자택에서 살해당했습니다. 레벨 씨와는 얼마나 친한 사이셨죠?"

"전혀 안 친했습니다. 저는 레벨이란 사람을 견딜 수가 없었어요. 거만하고 독단적이고 시건방진 인간이라 상종도 하기 싫었죠. 그 인간에게 친구가 있긴 있었나요? 저는 그가 아무 여자하고나 다 자고 다닌다는 말만 들었을 뿐입니다. 뭐, 어쨌든 우리와 한 패이긴 했지만……."

"한패라뇨?"

"어떻게 말씀을 드리면 좋을지. 저희는 몇몇 사람들과 정기적으로 만나는 모임을 갖고 있습니다. 더 정확히 말하자면, 비정기적인 정기 모임이라고 해야겠죠. 레벨의 집에서 만난 적도 있고요. 제 아내한테 한 번 물어보시죠. 레벨에 관해서라면 아내가 저보다 더 잘 아니까요. 훨씬 더요." 마지막 문장을 말하는 반 다이크의 입가에 냉소적인 표정이 서렸다. 그는 뒤를 흘긋 돌아보았다. 그의 아내는 여전히 홈바에 서서 코냑을 홀짝이고 있었고, 율리아는 곧 그녀가 술에 취해 쓰러질 것 같다고 생각했다. 이미 제대로 서 있지 못할 정도였으니까.

"다음에요. 저희가 도와드릴 일이라도 있을까요?"

반 다이크는 고개를 가로저었다. "인제 와서 뭘 할 수 있겠습니까? 제 딸아이에게 그런 짓을 한 그 저주받을 놈이나 찾아주십시오! 제게 이런 짓을 한 놈을요. 마리아는 저의 하나뿐인 딸이자 제 모든 것이었어요. 제가 유일하게 사랑했던 사람이란 말입니다. 절대로 그렇게 죽어서는 안 될 아이라고요."

"따님에게 남자친구가 있었나요?"

"아뇨. 마리아는 남자친구를 사귀는 것에 대해 일종의 두려움을 갖고 있었습니다. 물론 그 역시 불안증과 공황 발작 때문이었지만요. 화요일에 제가 말씀드리지 않았나요?"

"네, 말씀하셨어요. 리히터 박사님께 치료를 받고 있었다는 것도요."

그때 전화벨이 울렸고, 반 다이크가 받았다. "여보세요? …… 아니, 난 오늘 못 가. 나 없이 촬영들 하라고……. 왜냐고? 내 딸이 살해당했단 말이야!" 그는 소리를 지른 뒤 수화기를 내려놓고는 뒤를 돌아다보았다. "내 딸이 살해당했다고! 이런 말을 하게 될 줄이야. 마리아는 정말 때 묻지 않은 아이였습니다. 독특하게도 순진하면서도 영리했죠. 불안증에 시달리면서도 대입시험을 최고점으로 통과했을 징도로 말입니다. 서는 딸아이가 부적 자랑스러웠어요. 그런데 이젠 어쩌죠? 그게 다 무슨 소용이냐 말입니까? 말 좀 해주실래요?"

"반 다이크 씨, 죄송하지만 저희는 이만 가봐야겠습니다. 할 일이 쌓여있어서요. 부디 몸 조심하시고……. 부인도 좀 챙겨주세요. 다시 연락드리겠습니다."

반 다이크는 율리아와 프랑크를 밖에까지 배웅했고 그들이 BMW에 올라탈 때까지 지켜보았다. 그러고는 결국 문을 닫고 다시 집 안으로 들어갔다. 그의 아내는 손에 코냑 잔을 든 채 마치 홈바 앞에 뿌리를 내린 듯 가만히 서 있었다. 가까이 다가가 그 모습을 쳐다본 반 다이크는 그녀의 손에서 잔을 빼앗았다. 갈색 액체가 카펫 위에 떨어졌다.

"그거 알아?" 그는 조용하지만 위협적인 목소리로 말했다. "당신이 아니었다면 마리아는 아직 살아있었을 거야. 이렇게 취해가지고 내 말을 알아들을지 모르겠지만. 그래도 내가 당신을 얼마나 혐오하는지는 말해둬야겠어. 지옥에나 가버려!"

아무 대답 없이 비틀거리며 그의 곁을 지나친 클라우디아는 벽을 붙잡고 계단을 오르려 애썼다. 그는 그 모습을 바라보며 주먹을 불끈 쥐고 있는 힘껏 벽을 몇 번 쳤다. 그러고는 창가에 서서 마리아가 자주 시간을 보내던 정원을 내다보았다. 은단풍나무 옆에는 마리아의 열한 번째 생일 선물로 세워준 작은 오두막이 있었다. 그곳은 마리아에게는 피난처와 같아서, 지난 수년간 많은 시간을 보냈던 곳이었다.

해는 이미 중천에 떠 있었고 하늘은 다양한 파스텔톤을 띠고 있었다. 마리아는 자연을 사랑했다. 식물, 동물, 하늘, 별, 그리고 바람을. 비가 오는 날에도 그녀는 자주 밖에 나가 일부러 떨어지는 빗방울을 맞곤 했다. 이런 노루처럼 보호받길 원하던 그녀는 신과 우주에 대해서도 종종 이야기했지만, 그건 오직 그녀의 아버지, 올리버 반 다이크와 있을 때만이었다. 실로 특별한 피조물이었던 그녀는 너무 일찍 성숙해버렸고, 마찬가지로 너무 일찍 이 세상을 떠나버렸다.

양손을 호주머니에 집어넣은 채 서 있는 올리버 반 다이크의 얼굴에 눈물이 흘러내렸다. 비록 마리아가 자라며 불안증이 그녀를 점점 더 숨 막히게 할수록 그 횟수는 줄어들었지만, 그는 언제나 마리아의 웃음소리를 듣는 게 좋았다. 또 그녀가 활기찬 망아지마냥 정원을 뛰어다니는 모습을 보는 것도 좋았다. 그저께 마리아가 독립하지 않겠다고 말했을 때 그는 매우 기뻤다. 될 수 있으면 마리아가 결혼하거나 아이를 낳은 후에도 계속해서 집에 데리고 살았으면 하고 생각해왔기 때문이다. 그렇게 그는 마리아를 항상 곁에 두고 싶었다.

반 다이크는 몸을 돌려 수납장으로 걸어가 비디오테이프 몇 개를 꺼내왔다. 그리고 마리아를 맨 처음 촬영했던 테이프를 골라 비디오에 집어넣고는 텔레비전 앞에 앉았다. 2분이나 지났을까, 그는 텔레비전을 꺼버렸다. 터져 나오는 울음을 참지 못하고 소파에 누운 그는 쿠션에 얼굴을 파묻었다. 얼마 후 울음이 어느 정도 멈추자 그는 코를 훌쩍이며 눈물을 훔치고 천장을 응시했다. '지금 어디 있니, 마리아?' 그는 생각했다. '저세상이 있다는 걸 이 아빠에게 보여주렴. 딱 한 번만이라도 좋아.' 그가 진심으로 사랑했던 여자가 둘 있었는데, 그 둘 모두가 불과 며칠 만에 그의 곁을 떠나버렸다. 이제 남은 것은 공허함뿐이었다.

"아까 반 다이크가 어떻게 했는지 봤어요?" 경찰청으로 가는 길에 프랑크가 물었다.

"누구나 자기 방식대로 가족의 죽음을 극복하곤 하죠. 아마 그는 곧 크게 한 번 그 비통함을 터뜨릴 거예요. 그의 아내는 이미 만취했더군요. 그 두 사람은 정말 서로 대화를 잘 안 하나 봐요. 난 그런 삶은 상상할 수도 없어요."

"왜 그에게 마리아에 대해 물어보지 않았어요?" 프랑크가 말했다. "마리아가 비싼 속옷을 입었는지 하는 것들 말이에요?"

"타이밍이 안 좋았잖아요. 딸이 죽은 것만으로도 힘든데, 그런 질문까지 해서 못살게 굴 수는 없죠. 그리고 그 속옷을 입고 있었다고 해서 뭐요? 당신 눈에는 마리아가 카롤라처럼 그런 걸 즐겨 입었을 것 같아요? 어쨌든 한 가지 확실한 건, 반 다이크에게는 딸이 아내보다 더 중요했다는 거예요. 이유야 뭐가 됐든지 말이에요. 클라우디아 반 다이크가 어떤 사람인지는 도무지 종잡을 수가 없어요. 화요일에 봤을 때부터 그다지 마음에 들지는 않았지만. 그들 사이에 무슨 문제가 있는지는 하느님만이 아시겠죠." 율리아는 담배를 깊게 한 모금 피웠다. "경찰청에 도착하면 리히터에게 연락해야겠어요. 마리아는 그의 환자였잖아요."

*

베르거는 다른 형사 몇 명에게 둘러싸여 있었다. 율리아와 프랑크가 사무실에 들어서자 모두가 하던 말을 멈추었다. 율리아는 어느 동료가 앉아있는 의자에 가방을 걸었고, 그러자 앉아있던 사람은 벌떡 일어나 그녀에게 자리를 양보했다.

"내가 언론에 알렸네." 베르거는 율리아가 입을 열기 전에 먼저 말했다. "몇 가지는 던져주겠지만, 너무 자세하게 알려줘서는 안돼. 물론 사진도 보내줄 거니까 대중에게 협조를 구할 수 있겠지. 자네도 별 이의가 없다면 좋겠는데?"

"없어요. 안 그래도 제가 먼저 제안하려 했던 일이에요. 너무 늦지 않았기를 바랄 뿐이죠. 목격자를 찾는다는 글귀를 꼭 넣어달라고 하세요. 특히 지난밤 사건이요. 어쩌면 누군가가 홀츠하우젠 공원에 들어가는 차를 봤을지도 모르니까요."

"수색 광고에 다 포함되어 있네. 마리아의 차도 찾았고……."

"어디서요?" 율리아가 긴장된 표정으로 물었다.

"베를리너 가에서."

"베를리너 가요? 시내 한가운데잖아요! 그럴 순 없어요."

"틀림없어. 그게 왜 이상하다는 건가?" 베르거는 율리아의 반응에 의아해하며 물었다.

"마리아의 아버지는 마리아가 혼자서는 절대 시내에 나가지 않았다고 했단 말이에요. 기껏해야 마인−타우누스−첸트룸이나 간다고요. 광장공포증이 있었다나요. 사람이 많이 모인 곳에 가면 불안감을 느꼈고요."

"그럼 그런 불안감을 그새 다 극복했었나 보지. 피살자가 거기서 뭘 하고 있었는지 자네가 한 번 알아봐."

"자네, 자네, 자네, 왜 항상 저예요! 여긴 저 한 사람밖에 없나요? 60명 규모의 특별수사반이 있는데, 그것 하나 해결할 사람이 없어요?" 율리아는 화가 나서 베르거에게 퍼부어댔다.

"진정하게. 오늘 계획이 뭔지나 말해봐."

"네, 이제 저는 집에 가서 욕조에 몸을 담갔다가 텔레비전이나 보려고요……. 제가 오늘 뭘 할 것 같으세요?" 율리아는 날카롭게 물었다. "일단 리히터한테 전화할 거예요. 마리아 반 다이크가 그에게 치료를 받고 있었으니……." 그때 갑자기 이마를 찌푸리며 자리에서 일어난 그녀는 지도가 있는 곳으로 걸어가 마리아의 시체가 발견된 곳에 핀을 꽂았다. "여기, 그뤼네부르크 공원, 홀츠하우젠 공원, 로틀린트 가. 선 하나로 이어지네. 이 선이 다른 장소들과는 어떻게 연결되지? 우릴 헷갈리게 하려는 건가?"

프랑크를 비롯한 다른 사람들은 어깨만 으쓱할 뿐이었다. 율리아는 2미터 정도 물러서서 고개를 갸우뚱하며 지도를 바라봤다. 혼란스러울 뿐이었다.

"그렇다고 무슨 패턴이 있는 건 아닙니다." 율리아가 이름을 모르는 한 경관이 말했다. "어쩌다 우연히 일직선상에 놓인 거겠죠. 연쇄살인범이 계획을 세우고 범행하는 일은 없습니다. 만일 그렇다면 범죄 역사상 새로운 사건이 될 거예요."

율리아는 화난 얼굴로 그를 보았다. "잘 들어요, 어디서 그런 잘난 지식을 얻었는지는 모르겠지만, 범죄 역사를 논할 때 새로운 것이란 건 없어요. 오늘날 일어나는 모든 일은 언젠가 어디선가 이미 한 번쯤은 일어났던 일이라고요. 알겠어요? 또 연쇄살인범이 미리 머릿속으로 그림을 그리는 경우도 있고……."

"하지만 그 전에 잡혀버리니 그 그림은 결코 완성되지 못합니다." 그 젊은 경관은 율리아의 말에 동요하지 않고 말했다. "연쇄살인범은 절대 멈추지 않습니다. 절대로요! 그놈들은 항상 자기가 바꿀 수 있는 뭔가를 찾는단 말입니다. 제가 범죄 관련 서적들을 상세히 읽어봤는데……."

율리아는 손을 휘휘 내저었다. "그럼 실제로 연쇄살인범과 맞닥뜨린 경험은 있으신가요? 성함이……?"

"프로인트, 요아킴 프로인트 경감입니다. 연쇄살인범과 맞닥뜨린 경험은 없습니다."

"나는 있어요! 그리고 나는 내가 뭘 하고 있는지 잘 알고 있답니다. 그러니 앞으로 의견을 말할 때 먼저 생각 좀 하세요, 알겠어요?" 그녀는 프랑크 쪽으로 고개를 돌렸다. "난 이제 리히터한테 전화하러 가볼게요. 좀 이따 다시 봐요."

그녀는 골루아 한 개비에 불을 붙이고 가방을 집어 들었다. 그러고는 자기 자리로 가서 가방을 서류장 앞 바닥에 내려놓았다. 그녀를 따라온 프랑크가 방문을 닫고 그녀 곁에 앉았다.

"방금 좀 심하지 않았어요?" 그가 물었다.

"오늘은 그런 바보 같은 얘기나 들어줄 기분이 아니라고요. 범인은 언젠가는 범행을 멈출 거예요. 사자자리를 상승점으로 하는 전갈자리 여성이 그렇게 많지는 않을 테니까요. 게다가 피살자들은 레벨에게 별자리 운세를 봤던 사람들이에요. 그러니 나는 범인이 특정 계획을 따라 행동하고 있다고 확신해요."

"당신이 그렇게 말한다면 나도 동조할 수밖에 없군요."

율리아는 수화기를 들고 리히터의 번호를 눌렀다. 그는 곧바로 전화를 받았다.

"안녕하세요, 리히터 박사님. 율리아 뒤랑입니다. 저희가 잠시 댁에 들러도 될까요? 중요한 일이에요."

"11시에 약속이 있으니 서둘러주십시오."

"20분 내로 찾아뵙겠습니다."

율리아는 전화를 끊었다가 이번에는 루트 곤잘레스의 번호를 눌렀다. 그리고 오후에 잠시 경찰청으로 와줄 수 있느냐고, 몇 가지 물어볼 게 있다고 말했다. 루트 곤잘레스는 12시에서 3시 사이에 시간이 난다고 했고, 결국 12시 반에 만나기로 약속했다.

"곤잘레스한테는 왜 전화한 거예요?"

"글쎄요. 나도 잘 모르겠어요. 그냥 그녀와 다시 한 번 조용히 대화를 나눠보고 싶어요. 자, 그럼 출발하죠. 리히터는 아마 깜짝 놀랄 거예요. 뭐, 아닐지도 모르지만. 정신적 파멸에 대해서라면 그는 다른 사람들보다 더 잘 알고 있을 테니까요. 어쨌든 이만큼 청천벽력인 소식은 아마 없을 거예요."

오전 9시 50분

그들이 탄 차가 연극전문극장 앞 신호등에 멈춰서 있을 때, 프랑크가 생각에 잠긴 얼굴로 물었다. "율리아, 리히터는 범인이 성불구일 수도 있다고 했어요. 마이바움은 성불구죠. 또 성기능에 문제가 있었던 사람이 있었는데, 클라이버예요. 왜 그는 같이 자지도 않을 거면서 유디트 같은 젊은 여자에게 그렇게 많은 돈을 썼을까요? 나 같으면 그런 기회를 절대 놓치지 않았을 거예요."

"그래서요?"

"그러니까 난, 그 둘 중 하나가 그런 문제 때문에 완전히 미쳐버린 게 아닐까 생각해봤어요. 가능성이 있잖아요."

"내 생각에는 둘 다 아니에요. 마이바움은 이미 망가져서 더 이상 그런 일을 할 힘조차 없을 거고, 클라이버는 나이만 봐도 용의선상에 이미 벗어나고요."

"이봐요, 리히터는 범인이 서른다섯에서 마흔 살 사이라고 추측했을 뿐이에요. 클라이버는 40대 중반이고 마이바움도 마찬가지죠. 당신이 그 둘의 속을 들여다볼 수 있어요? 그들이 무슨 생각을 하는지 아느냐고요? 만약 클라이버가 유디트는 자신의 뮤즈였다고 말한다면 난 콧방귀를 뀌고 말 거예요. 나한테 그런 뮤즈가 있었다면 난 같이 잘 기회만 노렸을 거라고요. 하지만 그녀는

457

그가 아닌 다른 많은 남자와 잤고, 결국 클라이버는 꼭지가 돌아서 복수한 겁니다."

"그럼 나머지 다섯 명은요? 클라이버가 그들과 무슨 관계죠? 정말 그가 마리아를 죽였을 거라고 생각해요? 절대 아니에요. 그는 살인에 대한 글을 쓸 뿐, 직접 살인을 하지는 않아요. 당신이 잘못 봤어요. 게다가 그가 성불구자라고 생각하지도 않고요."

"또 당신의 그 직감 얘기예요? 아니면 절대 틀리는 일이 없다는 그 사람 보는 안목?" 프랑크는 냉소적인 목소리로 말했고, 율리아는 그것을 단번에 알아챘다.

"어쩌면 둘 다일 걸요. 내가 볼 때는 우리가 클라이버의 집에 갔을 때 당신이 그를 제대로 보지 못했던 것 같군요."

"어쨌든 난 그 두 명과 다시 한 번 얘기해보고 싶어요. 알리바이가 있다면 방금 했던 말은 취소하죠."

*

리히터는 기다렸다는 듯 그들을 맞이했다. 그의 아내는 속이 비치는 잠옷 한 장만 걸친 채 하품하며 계단을 내려오다가, 두 형사를 보고는 곧장 다시 올라갔다. 프랑크는 입이 귀에 걸리도록 미소 지었고, 그 모습을 본 율리아는 그의 옆구리를 쿡 찔렀다.

"무슨 일이길래 이리도 급하게 오셨습니까?" 서재에 들어선 리히터는 두 형사에게 이렇게 물으며 자리를 권했다.

"리히터 박사님, 안 좋은 소식을 전해드리러 왔습니다. 박사님 환자인 마리아 반 다이크에 관한 일이에요."

순간 몸이 경직된 리히터는 고개를 앞으로 내밀며 물었다. "마리아가 왜요?"

"지난밤에 살해당했습니다. 이로써 피살자 수가 늘어……."

"마리아가 죽었다고요?" 깜짝 놀란 리히터는 믿을 수 없다는 듯 물었다. "정말 믿기지가 않는군요. 부디 사실이 아니라고 말해주세요."

"유감이지만 사실입니다. 지난밤에 홀츠하우젠 공원에서 발견되었어요."

"무척 당황스럽군요. 하필이면 마리아, 그 순진한 아이라니. 마리아는 정말 순진했어요. 상처도 잘 받고, 아주 예민한 아이였죠. 이제 막 좋아지려던 참이었는데. 믿으실지 모르겠지만, 가슴에 비수가 꽂힌 기분입니다. 뭘 좀 마셔야겠어요. 형사님들도 드릴까요?"

율리아는 프랑크를 흘긋 보고는 고개를 끄덕였다. "그럼 보드카에 얼음 좀 넣어서 주시겠어요?"

"그러죠. 헬머 형사님은요?"

"아뇨, 괜찮습니다." 그는 율리아에게 속삭였다. "지금은 근무시간이에요."

"알게 뭐예요." 그녀가 속삭였다. "난 좀 마셔야겠어요."

리히터는 율리아에게 잔을 건넸고, 자기는 위스키를 마셨다.

"마리아는 무엇 때문에 박사님께 치료를 받았죠?"

리히터는 잠시 생각하다가 말했다. "그 질문에 대답하는 건 원칙적으로는 침묵의 의무에 어긋나는 일이지만, 인제 와서 그런 것 지켜서 뭘 하겠습니까. 마리아는 열 살 때부터 심각한 불안증에 시달려왔습니다. 밀실공포증, 광장공포증 등 웬만한 공포증은 다 있었죠. 그 때문에 학교에도 다니지 못하고 개인수업을 받았어요. 그런 불안증이 왜 생겼는지는 누구도 알 수가 없었고요. 그런데 지난 화요일에 우린 아주, 아주 큰 돌파구를 찾게 되었습니다. 마리아와 제가 함께 불안증의 원인을 밝혀냈던 겁니다. 세상은 왜 이리 아이러니하고 냉소적이란 말입니까! 더 나은 삶으로 가는 문이 열렸는데, 그 바로 코앞에서 누군가가 나타나 문을 다시 닫아버리다니요."

그는 잔을 비운 뒤 자리에서 일어나 창가에 섰다. 반짝이는 햇살이 정원 전체에 내리쬐고 있었다.

"저는 화요일에 상담을 마친 뒤 마리아에게 제가 아는 사람의 집으로 이사할 것을 권유했지만, 그게게 마리아는 그냥 계속 집에서 살겠다고 했습니다. 하지만 마리아는 그 전과는 완전히 달라진 모습이었어요. 어깨를 내리누르던 무거운 짐을 내려놓은 사람처럼 말입니다. 이제 불안증이 완전히 사라지는 건 시간문제라는 걸 마리아도, 저도 잘 알고 있었죠. 이런 말씀을 드리면 제가 다른 환자들을 경시하는 것 같아서 좀 그렇지만, 저는 마리아를 특히 아꼈습니다. 그 아이가 빼앗겼던 삶을 꼭 다시 돌려주고 싶었어요. 그토록 오랜 기간 그 아이를 괴롭혀 온 끔찍한 불안증을 없애주고 싶었고요. 마리아는 다른 젊은 사람들처럼 살 권리가 있었으니까요. 그런데 어떻게 이런 일이."

"혹시 두 분의 사이가 단순한 치료사와 환자 관계 그 이상이었습니까?" 프랑크가 물었다. 율리아가 그를 질책하듯 날카로운 눈빛을 보냈지만, 그는 눈치채지 못했다.

리히터는 뒤돌았고, 그의 얼굴에는 힘없는 미소가 어렸다. "제가 생각하는 그런 의미의 질문이 맞다면, 틀리셨습니다. 그래도 어떤 면에서는 맞다고 해야겠네요. 저는 마리아를 제 딸처럼 생각했으니까요. 물론 제겐 딸이 없고, 앞으로도 아마 없을 테지만요. 하지만 그 이상은 아니었습니다. 마리아는 저 같은 남자가 반할 만한 그런 여자는 아니었어요. 오히려 품에 꼭 안고 달래주고 싶은 어린아이였다고나 할까요."

"그런데 화요일에는 어떻게 그렇게 큰 변화가 생겼던 건가요?" 율리아는 빈 잔을 손에 든 채로 물었다.

"죄송하지만 그에 관해서는 말씀드릴 수 없습니다. 어쨌든 마리아의 죽음과는 전혀 관련 없는 일이에요, 제가 장담합니다. 마리아가 최면술에 걸린 와중에 몇 가지 좋지 않은 기억을 떠올렸다고만 말씀드리죠."

"반 다이크 씨 말로는, 마리아가 불안증 때문에 절대 혼자서 시내에 나가지 않았었다더군요. 그런데 마리아의 차가 베를리너 가에서 발견되었어요. 이에 대해 설명해주실 수 있나요?"

"마리아가 수요일에 여기 왔을 때, 이제 장래에 대한 확신이 생겼다는 말을 했습니다. 게다가 이미 화요일에 마리아는, 지난 9년간 마치 흑사병처럼 피해왔던 일을 하기도 했고요. 한 번 성공한 이후로 다시 자신의 한계를 시험해보고 싶었는지도 모르죠. 차를 타고 지난 수년간 가지 않았던 프랑크푸르트 시내로 나가는 일 말입니다. 아버지와는 몇 번 간 적이 있을지 몰라도 혼자서는……." 리히터는 고개를 가로저었다. "일주일 전까지만 해도 마리아는 절대로 혼자 프랑크푸르트 시내에 나가는 일은 하지 않았을 거예요. 그런데 불안증이 어느 정도 해소되고 나니까 스스로 그런 용기를 냈던 겁니다. 지난 세월 동안 엄두도 못 냈던 몇 가지는 이미 만회했고요."

"마리아가 박사님께 남자친구가 있다고 말한 적 있나요?"

"남자친구가 있었습니까?" 리히터는 의아한 표정으로 물었다.

"저희도 모르니까 여쭤보는 거예요."

"아뇨, 마리아에게는 남자친구가 없었습니다. 또한 맹세하건대, 남자와 성관계를 가진 적도 없습니다."

"마리아도 사자자리를 상승점으로 하는 전갈자리였다는 걸 아셨나요?"

"아뇨, 그걸 어떻게 알았겠어요? 전 단지 곧 그 애의 생일이 돌아온다는 것만 알고 있었을 뿐입니다."

율리아는 자리에서 일어나 잔을 책상 위에 올려놓고 방 안을 가로질러 걸어갔다. 책장 앞에 멈춰선 그녀는 손가락으로 책등을 쓰다듬었다.

"리히터 박사님, 박사님의 환자들 이름을 알려주실 수 있나요?" 그녀가 갑자기 물었다.

"아뇨, 그건 안 됩니다. 누가 저한테 치료를 받으러 오는지는 아무하고도 상관없는 일입니다. 게다가 그 수도 얼마 안 되고요. 사실 종일 환자를 받는 일은 얼마 전부터 하지 않고 있습니다. 하루에 두 명 이상 받는 일도 흔치 않고, 심지어 한 명도 없는 날도 있을 정도죠. 이제 저는 다른 일들에 더 집중하고 있습니다. 예를 들면 경찰 수사를 돕는 것 같은 일 말입니다."

"그럼 반대로 해보죠. 제가 이름을 말하면 박사님께서 고개를 끄덕이거나 가로저어주세요. 아무 말씀 안 하셔도 돼요. 그건 괜찮을까요?"

"어디 한번 물어보시죠." 리히터는 잠깐 생각하다가 말했다.

"알렉산더 마이바움?"

리히터는 고개를 저었다.

"클라이버?"

리히터는 의미심장한 미소를 지었고, 이에 율리아는 더 구체적으로 물었다.

"막스 클라이버?"

역시 그는 고개는 좌우로 흔들었다.

"올리버 반 다이크?"

절레절레.

"클라우디아 반 다이크?"

이번에는 그가 고개를 끄덕였다. "제 환자라는 뜻입니다. 한참 됐어요."

"레벨?"

"맙소사, 레벨은 남한테 치료를 받는 일은 전혀 하지 않았습니다. 수많은 침대를 돌아다니며 자기 스스로 치료했겠죠."

"더는 생각나는 사람이 없네요." 율리아는 이렇게 말하며 자리로 돌아와 앉았다. "좋습니다, 이 정도로 해두죠. 이제 곧 11시니까 환자가 오겠네요."

"여자 환자예요." 리히터가 말했다. "뭐, 언제 오든 상관없습니다. 형사님들도 분명 아시는 사람일 테니까요."

"그 말이 맞다면 잠시 더 기다려보죠."

"그렇게 하시죠."

*

10분 정도 기다리자 초인종이 울렸고, 세 사람은 다 같이 문 쪽으로 나갔다. 밖에 서 있던 카르멘 마이바움은 놀란 얼굴로 두 형사를 보았다.

"안녕하세요, 마이바움 부인." 율리아는 웃으며 말했다. "저희는 막 가려던 참이었어요. 그럼 안녕히 계세요, 리히터 박사님."

"경찰이 박사님 집에는 웬일로요?" 카르멘 마이바움은 눈썹을 치켜뜨며 묻고는 잠시 뒤돌아 율리아와 프랑크가 BMW에 올라타는 모습을 지켜보았다. "무슨 잘못이라도 하신 거예요?"

"아뇨, 그저 뭘 좀 물어보러 온 겁니다. 안으로 들어오시죠."

카르멘은 노란색 정장을 입고 있었는데, 치마는 무릎길이보다 살짝 더 짧았다. 상담실로 들어온 그들은 자리에 앉았다. 리히터는 책상 앞 자기 자리로 돌아가 담배에 불을 붙이고 의자에 앉았다. 그 모습을 쳐다보던 카르멘의 눈빛이 순간 번득였다.

"한 주 동안 어떻게 지내셨습니까?" 리히터는 가방에서 역시 담배를 꺼내는 카르멘을 보며 물었다.

"그리 나쁘지 않았어요. 물론 생각했던 것과 마찬가지로 좋지도 않았지만요. 하지만 어차피 제 삶은 이미 뭔가가 잘못됐는걸요. 이제는 누군가와 그에 대해 얘기를 좀 하고 싶어요. 때로는 미쳐버릴 것 같다니까요."

"왜요?" 리히터가 물었다.

"말씀드리자면 길어요. 게다가 제가 뭔가 잘못되었다는 확신이 점점 더 크게 들어요. 월요일에 말씀드렸다시피 저는 형편없는 인간인 것 같아요."

"부인, 월요일에 저는 우리가 함께 그런 바보 같은 생각을 떨쳐 버릴 수 있다는 생각을 했답니다. 무슨 일이 있는 겁니까?"

그녀는 담배에 불을 붙이고는 연기 사이로 리히터의 눈을 바라보며 어깨를 으쓱했다. "너무 많아요. 아주 아주 많아요……. 대부분은 결국 제 남편과 관련된 일이지만요. 하지만 박사님께서 절대 비밀로 해주시겠다고 약속하셔야만 말씀드릴 수 있어요."

"마이바움 부인, 아시다시피 그야 당연한 일입니다. 부인의 문제가 뭔가요?"

"제 문제요?" 그녀는 단조로운 목소리로 그의 질문을 되풀이했다. "제 문제는 남편을 사랑한다는 거예요. 저는 제 남편을 아주 많이 사랑해요."

"그게 문제가 될 일인가요?" 리히터는 의아한 듯 물었다.

"저한테는 그래요." 카르멘은 잠시 말을 멈추고 잘 관리된 자신의 손을 내려다보며 다시 말했다. "박사님은 제가 매력적이라고 생각하세요?"

"그럼요, 그런데 그건 왜요?"

"그다지 확실한 대답은 아니군요."

"저한테 어떤 대답을 듣길 원하십니까?"

"진실이요."

"좋습니다. 진실을 말씀드리자면, 저는 부인이 아주 매력적인 여성이라고 생각합니다. 그게 문제입니까?"

"아뇨. 하지만 남편한테는 그래요."

"남편께서 질투하십니까?"

"아뇨, 적어도 제가 보기에는 그렇지 않아요."

"폭력적인 성향을 보이시나요? 남편한테 맞는 부인이 오히려 남편에게 의존하게 되는 현상은 그리 드문 일이 아닙니다. 혹시 그런 겁니까?"

카르멘은 고개를 가로저으며 애써 미소를 지어 보였다. "차라리 그랬으면 좋겠네요! 그게 아니라, 저는 그이가 저를 사랑하지 않을까 봐 두려워요. 저는 그이에게 모든 사랑을 주는데 그이는 그렇지 않거든요."

"그걸 어떻게 아십니까?"

"그이는 더 이상 저와 잠자리를 하지 않아요. 저는 그이에게 신체적으로 아무 문제가 없다는 걸 알아요, 정신적인 문제겠죠. 저희는 5년 넘게 관계를 갖지 않았어요."

"5년이라면 정말 긴 시간이군요. 충분히 걱정할 만합니다."

"제 나이 또래 여자들은 모두 그에 대한 걱정해요. 저는 여전히 남편이 다정다감하게 쓰다듬고 만져주기를 바라는데, 그이는 저와 잠자리를 할 수 없거나, 하기 싫은가 봐요. 그 일 때문에 정말 힘들어요."

"남편께서 그 외의 감정표현은 하십니까? 꽃이나 작은 선물을 하신다거나, 친절하고 상냥하게 대해주신다거나, 꼭 끌어안아 주신다거나요?"

"방금 박사님이 말씀하신 건 다 해줘요. 하지만 저는 그 이상을 원해요. 그걸로 만족하는 여자는 아무도 없을 거예요……." 그녀는 말을 멈추고 검정 실크스타킹을 신은 다리를 꼬고는 창밖으로 눈길을 돌렸다. "최악인 건, 그이에게 여자가 있다는 사실을 제가 알고 있다는 거예요. 그 생각만 하면 숨이 멎어버릴 것만 같아요. 왜 다른 여자랑은 자면서 저와는 그러지 않는 걸까요? 박사님께서 그 이유를 좀 말씀해주시겠어요?"

그녀는 애원하듯 그를 쳐다보았다. 리히터는 뭔가를 적는 척하며 눈에 띄지 않게 그녀의 몸짓을 주시했다. 그녀는 그런 말을 할 때도 전혀 감정적으로 동요하지 않았으며 느긋하고 조곤조곤하게, 입을 삐죽대거나 떨지도 않고 말했다. 그녀는 차분함 그 자체였으며 엉엉 울거나, 남편을 대놓고 비난하거나, 자기 운명에 대해 불평하는 것 같은 행동은 하지 않았다. "그래서 저는 제가 형편없는 인간이라는 생각이 들어요. 이제는 삐뚤어진 생각까지 들고 말도 안 되는 상상을 하는데……."

"월요일에 부인께서는 왜 자신을 형편없는 인간이라고 생각하는지 말씀하지 않으셨습니다. 이제 이야기하시려는 건가요?"

"그건 일종의 기분이에요. 설명하기 힘든. 제 머릿속에 들어있다고요."

"그게 어떻게 표출되나요?"

"몇 년 전에는 꿈도 못 꿨을 일을 하는 거예요. 저는 그이가 저를 힘들게 하는 데 대해서 그이에게 상처를 주고 싶지만, 그건 결국 저 자신에게 상처를 입히는 일이에요. 고행이나 마찬가지죠. 그런데 또 다른 한편으로는 그이를 도와주고 싶어요. 그이가 다시 삶의 기쁨을 느끼도록 해주고 싶다고요. 이건 정신분열 아닌가요? 상처를 주고 싶은 동시에 도와주고 싶은 거요." 그녀는 마치 자기가 방금 재미있는 농담이라도 했다는 양 웃음을 터뜨리며 자리에서 일어나 방을 가로지르며 책장 쪽을 보았다.

리히터는 웃었다. "그래서, 무슨 비난받을 만한 일을 하셨길래요?" 그는 이렇게 물으며 뭔가를 열심히 메모했다.

"그건 지금 말씀드릴 수 없어요."

"말씀해주실 수 없는 겁니까, 아니면 하시기 싫은 겁니까?"

"둘 다예요. 다음에 말씀드리죠, 약속해요. 이번 주말에는 저 자신에 대한 생각을 분명하게 정리해볼 생각이에요. 일요일에 레벨 씨 친구분이 여는 명상 세미나에 참석하기로 했거든요. 하지만 그 전에 오늘 오후에 레벨 씨한테 가서 별자리 운세를 좀 보려고 해요. 지난 번 봤을 때와 그리 많이 다르진 않을 테지만요. 레벨 씨는 이미 한참 전부터 저에게, 결정적인 변화는 올해 말이나 되어야 찾아올 거라고 말씀하셨거든요."

"잠깐, 부인께서는 레벨한테 무슨 일이 생겼는지 아직 모르시는 겁니까?" 리히터가 고개를 들며 물었다.

카르멘 마이바움은 담배를 비벼 끈 뒤 곧장 다시 새 담배에 불을 붙였다. "네, 무슨 일인데요?" 그녀는 조용한 목소리로 물었다.

"레벨은 죽었어요. 어제 그의 집에서 시체가 발견됐습니다. 총에 맞았대요."

"맙소사, 어떻게 그런 일이! 저와는 꽤 가까운 사이였어요."

"콘라트뿐만이 아닙니다. 부인은 반 다이크 부부와도 잘 아는 사이이시죠?"

"네, 그런데요?"

"어젯밤에 마리아 반 다이크도 살해당했습니다. 마리아가 제 환자였던지라 아까 형사들이 다녀갔던 거고요."

"마리아 반 다이크가 죽어요? 아뇨, 전 박사님 말씀을 못 믿겠어요. 그 예쁘고 어린아이가요?! 대체 누가 여자들한테 그런 짓을 하는 거죠? 이래서 저는 제가 형편없다고 생각해요. 제 삶과 인생관에 대해 다시 한 번 심각하게 생각해봐야 할 것 같아요. 어쩌면 그 세미나가 도움이 될지도 모르겠어요."

"뭐, 들어서 손해 볼 건 없겠죠. 다시 본론으로 돌아가죠. 남편분에게 다른 여자가 있다는 걸 어떻게 아셨습니까?"

"여자는 항상 그런 걸 직감해요……. 그이는 다른 여자랑 자는데, 제가 거울을 볼 때면 제 몸은 거의 완벽하거든요. 왜 그이는 다른 여자를 찾는 거죠? 제가 그렇게 싫은 걸까요?" 한숨을 내쉰 그녀는 리히터로부터 1미터밖에 안 떨어진 곳에서 그의 눈을 똑바로 바라보았다. "아니면 남자들은 전부 다 저 같은 여자를 싫어하나요? 제가 불쾌해요?"

그녀의 질문에 대답을 해야 하나 망설이던 리히터는 결국 석낭한 대답을 찾아냈다. "아뇨, 정반대인걸요. 제가 아까 부인은 아주 매력적인 여성이라고 말씀드렸잖습니까."

"매력적이라고 하면서 거부하는 사람들도 있어요. 제 생각에 그 두 가지는 서로 관계가 없는 것 같아요." 그녀는 잠시 말을 멈추더니 혀로 아랫입술을 핥았고, 그 모습은 꽤나 육감적으로 보였다. "박사님 같으면 저랑 잠자리하시겠어요?" 그녀는 너무도 직접적으로 질문했고, 그녀의 푸른 눈동자는 최면을 걸듯 리히터를 응시했다. "물론 이건 순전히 가정적인 질문이에요."

"그건 불가능합니다. 부인은 제 환자이시고, 저는 부인의 치료 사이니까요."

"제가 어느 바나 레스토랑에서 같은 질문을 했다면요?"

"그렇다면 당연히 문제는 달라지겠죠. 하지만 여긴 바나 레스토랑이 아니잖습니까. 그러니 그 질문은 그냥 넘어가도록 하죠. 괜찮으십니까?"

"그럼 저랑 식사하러 가세요. 제가 초대할게요. 장소는 박사님이 정하시고요."

"저는 유부남입니다." 리히터가 말했다. 아직도 그는 그녀가 뭘 원하는 건지 알 수가 없었다. 그저 추측만 할 뿐. 남편에게 버림받고 좌절한 여자가 악에 받쳐 자신의 성적 매력을 검증받으려고 하는 것.

"박사님은 아내분께 완전히 만족하시나요?"

"마이바움 부인, 저한테 원하시는 게 대체 뭡니까?"

"저도 모르겠어요. 그냥 혼란스러워요. 오늘은 제 날이 아닌가 봐요. 죄송해요, 이만 가보는 게 낫겠어요. 레벨 씨가 그렇게 되셨으니 이제 좋든 싫든 다른 점성가를 찾아야겠네요. 혹시 추천해주실 분 있나요?"

"잠깐만요, 너무 그렇게 서두르지 마세요……. 우리 다 털어놓고 얘기해보죠. 모든 문제에는 해결책이 있기 마련입니다."

불현듯 카르멘의 벗은 몸을 머릿속으로 떠올린 리히터는 허리 부근과 머리에 자극이 오는 것을 느꼈지만, 아무런 내색도 하지 않으려 애썼다. 그는 알렉산더 마이바움이 성불구이거나, 그런 척하고 있는 건 아닐까 생각했다. 아니면 혹시 카르멘이 자기 성욕을 충족할 명분을 만들기 위해 거짓말하는 걸까? 왜 그녀는 그에게 자기와 잠자리를 하겠느냐고 물었을까? 그로서는 그녀가 침대 위에서 어떤지 보기 위해서라도 충분히 그럴 마음이 있었다. 위험을 즐기는 모험가 타입인 그에게 그녀는 당연히 해볼 만한 상대였다. 비록 그가 알렉산더 마이바움의 방대한 지식과 친절하고 사교적인 성격을 높이 사긴 했지만. 알렉산더는 거의 모든 분야에 박식한 남자였다. 알렉산더가 부부관계에 문제가 있다는 기색을 내비친 적이 전혀 없기에, 리히터는 카르멘 마이바움의 주장이 과연 진실일지 의심되었다. 오히려 리히터는 이들 부부가 모든 면에서 화목한 부부관계를 유지하고 있다는 인상을 받고 있던 터였다.

"어떤 해결책이 있는데요?" 카르멘은 조소하는 듯 물었다.

"우선 대화를 좀 해보죠. 부인에 관한 모든 걸 말씀해주셔야 합니다. 하나도 빠짐없이요. 어린 시절 이야기부터 시작해 현재로 거슬러 올라오는 겁니다."

"좋아요, 하지만 이제부터는 저를 그냥 카르멘이라고 불러주세요. 마이바움 부인이라고 부르는 건 듣기 싫거든요. 저를 잘 모르는 사람이나 그렇게 부르죠."

"알겠습니다. 카르멘, 그럼 시작해보죠."

"맛있는 걸 먹으면서 이야기할까요? 내일 저녁 어때요? 여기서는 왠지 편안하지가 않아서요. 착하게 모든 걸 다 말씀드리겠다고 약속드릴게요."

리히터는 생각에 잠겼다. 실로 구미가 당기는 제안이었다. 그녀의 눈빛은 마치 그의 영혼까지 꿰뚫어보는 듯했고, 앞에 서서 그를 찬찬히 뜯어보는 그녀의 모습은 육감적이었다. 그녀의 가슴은 어떤 촉감일까⋯⋯?

"내일 언제요?"

"8시 어때요? 장소는 박사님이 정하세요. 조용히 대화를 나눌 수 있는 곳으로요."

"토요일 저녁에 외출하면 남편분이 뭐라고 안 하실까요?"

"그냥 아는 사람 좀 만나러 간다고 하면 뭐라고 하겠어요?" 그녀는 교활한 미소를 지으며 대답했다.

"알겠습니다. 그럼 프레스가스에 있는 중국음식점에서 만나기로 하죠. 어딘지 아십니까?"

"찾을 수 있을 거예요. 그럼 내일 저녁에 봬요." 그녀는 자리에서 일어나며 말했다. "기대할게요."

그녀를 문까지 배웅한 리히터는, 지금까지는 그리 눈여겨보지 않았던 그녀의 다리와 차분한 걸음걸이를 보고 경탄해 마지 않았다. 내일 식사만 하고 헤어지지는 않으리라는 생각이 그의 마음 속에서 점점 더 분명해졌다. '알게 뭐야?' 그는 생각했다.

수화기를 든 리히터는 반 다이크의 번호를 눌렀다. 한참을 기다려도 받지 않아 막 끊으려던 찰나, 어떤 여자가 전화를 받았다.

"여보세요?"

"클라우디아?" 리히터는 그 목소리가 클라우디아인지 가정부인지 확신하지 못한 채 물었다.

"전데요, 누구시죠?"

"나예요, 알프레드. 무슨 일이 있었는지 들었어요. 좀 어때요?"

"어떻긴요." 그녀는 힘겹게 대답했다. 리히터는 그녀가 술에 취했음을 단번에 알아차렸다. "엉망이죠."

"혹시 오늘 잠깐 볼 수 있어요?"

"무슨 일인데요? 지금은 만나고 싶지 않아요. 다음에요."

"남편도 집에 있어요?"

"아뇨, 나갔어요. 어디 갔는지는 몰라요."

"그럼 내가 그리로 갈게요. 당신과 할 얘기가 있어요."

"대체 무슨 얘긴데 그래요?"

"그건 가서 말할게요. 지금 바로 출발할게요."

"그러지 마요. 꼭 봐야 한다면 오늘 밤에 내 집으로 와요. 그때쯤이면 정신이 좀 들 테니까. 7시까지 와요. 하지만 나한테 많은 걸 바라지는 마요."

"그럼 이따 봐요, 클라우디아." 리히터는 이렇게 말한 뒤 전화를 끊었다. 그는 실눈을 뜨고 이를 부득부득 갈았다. 분노와 슬픔이 동시에 밀려왔다. 클라우디아 반 다이크를 처음 알게 된 날이 저주스러웠다. 차라리 마리아를 만나지 않았더라면 좋았을 것을. 아니, 그건 아니었다. 마리아는 그가 유일하게 중요하게, 아주 중요하게 생각했던 사람이었으니까. 오늘 밤 그는 클라우디아에게 따질 생각이었다. 그녀가 친구나 지인들에게 그를 비방한다 해도 이제 아무 상관 없었다.

오후 12시 30분

경찰청으로 가던 길에 율리아와 프랑크는 한 노점에 들러 감자튀김을 곁들인 커리 소시지를 주문했다. 또 프랑크는 콜라를, 율리아는 맥주를 마셨다.

"오늘 웬 술을 그렇게 마셔요?" 프랑크가 물었다.

"많이 안 마셨어요. 이 모든 일이 자꾸 나를 흥분하게 하잖아요. 내가 리히터의 집에서 보드카를 마시고, 여기서 맥주를 마셨다고 사람들한테 시시콜콜 말할 필요 없어요. 이런다고 내 사고력이 흐려지지는 않을 테니까 걱정말고요. 아무리 지치고 힘들어도 생각은 제대로 한다고요."

"알았으니까 진정해요." 프랑크는 소시지 두 쪽을 먹고 난 뒤 그녀에게 슬쩍 물었다. "마이바움 부인이 리히터한테 치료받으러 오는 것에 대해 어떻게 생각해요?"

"뭘 어떻게 생각해요? 남편이 성불구이니까 우울하기도 하겠죠. 나였어도 그랬을 걸요. 마이바움 부인이 거기서 뭘 하던 난 관심 없어요."

그들이 경찰청에 도착했을 때 루트 곤잘레스는 이미 와 있었다. 그녀는 어떻게 해서든지 그녀와 좀 더 가까워지려고 노력 중인 페터와 열띤 대화를 나누는 중이었다. 페터가 최근에 여자 친구와 헤어지고 다른 여자를 물색 중이라는 걸 알고 있던 율리아는 그 모습을 흥미롭게 지켜보았다.

"곤잘레스 씨," 율리아는 사무실에 들어서며 말했다. "이렇게 와 주셔서 감사합니다. 지금 바로 말씀 좀 나눌 수 있을까요? 페터 형사님만 괜찮다면요." 페터는 자신을 비웃듯 쳐다보는 율리아에게 슬쩍 눈을 흘겼다.

"네, 아마 이의 없으실 거예요." 곤잘레스는 웃으며 말했다. "저희는 그저 점성학에 관해 잠시 이야기를 나누고 있었답니다. 그럼 오늘 저녁으로 하는 거 맞죠?"

페터는 얼굴을 붉히며 고개를 끄덕였다. "그럼요. 저는 앞으로 저한테 무슨 일이 있을지 꼭 알고 싶거든요."

"페터 형사에게 무슨 일이 있을지는 저도 알 수 있을 것 같은데요." 율리아는 가소롭다는 듯 웃으며 말했다. "아무튼 제 사무실로 가서 조용히 얘기하시죠."

앞장서서 걸어간 율리아는 자기 책상 앞에 앉았다. 그녀가 의자를 손으로 가리키자, 루트 곤잘레스는 그 의자를 책상 가까이 끌어당겨 앉았다. 다리를 꼬고 몸을 뒤로 기댄 그녀는 두 손을 무릎 위에 올려놓았다.

"제가 뭘 도와드리면 될까요?" 곤잘레스가 물었다.

"이번에도 그 살인사건에 관한 일입니다. 피살자가 한 명 더 늘었어요. 젊은 여성이고, 지난밤에 홀츠하우젠 공원에서 발견되었습니다."

"또 전갈자리—사자자리 조합이겠죠?" 곤잘레스는 차분한 목소리로 말했다.

"아마도요. 그 사이 언론에도 이 사건에 대해 알렸습니다. 이 밖에도 살해된 사람이 또 한 명 있는데, 이름이 콘라트 레벨이에요. 혹시 아시나요?"

곤잘레스는 잠시 머뭇거리다가 결국 입을 열었다. "네, 알아요. 정확히 무슨 일이 있었던 거죠?"

"레벨 씨는 총살당했어요. 그가 가지고 있던 모든 자료가 사라졌고, 컴퓨터 파일들도 모조리 삭제되었더군요. 레벨 씨에 대해 뭘 아시죠?"

곤잘레스는 입술을 꽉 다문 채 눈을 내리깔았다. 잠시 생각을 정리한 그녀는 조용하고 신중하게 말을 꺼냈다.

"콘라트와 저는 한때 일종의 연인관계였어요. 헤어진 지 1년도 더 되었지만요." 그녀는 계속해서 차분한 목소리로 얘기했다. 곤잘레스는 레벨이 죽었다는 소식에도 그다지 놀라거나 충격받지는 않은 듯 보였고, 오히려 침착하고 냉철한 인상을 풍겼다. "언젠가는 그가 그렇게 될 줄 알았어요."

"어떻게 그걸 알고 계셨죠? 점성학적 견해인 건가요?"

"그런 게 아니에요." 곤잘레스는 고개를 가로저으며 대답했다. "콘라트는 아주 까다로운 사람이었어요. 처음에 저는 비록 그와 별자리가 잘 맞지 않아도 어쩌면 잘될 수도 있으리라 생각했었죠. 한 사람 또는 한 쌍의 운명은 결국 별자리가 아니라, 살면서 스스로 무엇을 이루느냐에 달려있는 것이니까요. 별자리 상으로는 서로 전혀 맞지 않는 두 사람이 아주 행복하고 조화로운 관계를 이어갈 수도 있거든요. 하지만 그러기 위해서는 두 사람 모두의 노력이 필요해요. 그런데 콘라트는 완전히 상반되는 두 얼굴을 가진 사람이었어요. 어떤 때에는 감정이입 능력이 놀라울 정도로 뛰어나 영매로서의 자질이 확실한 사람이었던 반면, 저도 나중에서야 알게 된 그의 또 다른 면은 정말이지 보고 싶지 않죠. 그는 자기는 구속당하기 싫어하면서도 저를 구속하려 했어요. 질투도 굉장히 심했고요. 우리가 헤어진 것도 바로 이런 그의 성격 때문이었어요. 저는 남의 지시를 받는 걸 싫어하는 데다, 남자가 손찌검하는 건 절대 용납 못하거든요. 그런데 한 번은 그가 제게 다른 남자가 있다고 생각해서 멍이 들도록 저를 때렸던 거예요. 물론 그건 전적으로 그의 오해였고요. 제 생각에 그는 정신적으로 환자였고, 자기 기분을 통제할 줄을 몰랐어요.

때때로 그는 다른 사람들의 고통을 보며 즐기는 구제불능의 냉소가이기도 했어요. 게다가 수도 없이 많은 여자와 관계 맺었죠. 저와 만나고 있을 때도 그랬지만, 나중에는 그런 일에도 무덤덤해지더군요. 막 사랑에 빠졌을 당시에는 그도 그렇지 않았어요. 사려 깊고, 사랑스럽고, 항상 저에게 최선을 다했죠. 하지만 그건 전부 보여주기 위한 행동일 뿐이었어요.

저는 그의 별자리와 성향도 알았고, 그가 힘든 어린 시절을 보냈던 것도 알았어요. 하지만 그는 단 한 번도 자신의 유소년기에 관해 저와 이야기한 적이 없었죠. 그저 매번 자신은 아무 문제 없다고만 했어요. 그가 그렇다고 하면 저는 받아들여야 했고요. 그래서 지금도 그에 대해 아는 게 아무것도 없네요. 물론 그가 죽었다니까 마음이 안 좋기는 하지만요. 누가 그랬죠, 천재와 미치광이는 한 끗 차이라고. 그는 천재이기도 했지만, 동시에 미치광이였어요. 심한 말로 들릴 수도 있지만, 제가 보기에는 그래요."

"레벨 씨와 연인관계였다는 사실을 왜 미리 말씀해주지 않으셨나요?"

"제 사생활에 대해서는 물어보지 않으셨잖아요. 또 제 앞에서 레벨이라는 이름을 언급하신 적도 없고요."

"죄송합니다, 불쾌하게 하려던 건 아니었어요. 그럼 혹시 레벨 씨의 고객들이 누구였는지 아시나요?"

곤잘레스는 고개를 저었다. "고작 몇 명의 이름만 들어봤을 뿐이에요. 단골 고객만 해도 백오십 명은 됐고, 한 번 왔다가 마는 사람들은 그보다 더 많았죠. 그 사람이 죽은 게 연쇄살인사건과 무슨 관계가 있을 것 같은데, 아닌가요?"

"아마 맞는 것 같아요. 저희가 곤잘레스 씨가 레벨 씨와 그렇게 가까운 사이였다는 걸 알았더라면⋯⋯."

"그럼 뭐요? 어차피 저는 아무 도움도 못 되었을 거예요. 콘라트도 누가 자기 고객이었는지 절대로 말하지 않았을 테고요."

"그렇지 않아도 저희가 몇 번이나 물었지만 입을 꾹 닫더군요. 그러다 갑자기 살해되었고요."

"형사님들께는 안 된 일이네요. 저한테 궁금하신 건 그게 다인가요?" 곤잘레스가 물었다.

"아뇨, 사실 한 가지가 더 있습니다. 현재까지 모두 여섯 명의 여성이 살해되었고, 범행 장소 혹은 발견된 장소도 전부 달랐죠. 저희는 그 장소들을 프랑크푸르트 지도 위에 핀을 꽂아 표시하고, 범인이 그 여성들을 그저 우연히 고른 건 아닐 거라 생각해봤어요. 모든 가능성을 검토하고, 그 장소들을 하나의 선으로 연결해보고, 심지어는 컴퓨터부에도 조언을 구해봤지만 범인이 우리에게 뭘 보여주려고 하는 건지, 과연 보여주려는 게 있긴 한 건지 아직 잘 모르겠어요. 곤잘레스 씨가 그 지도를 한 번 봐주시면⋯⋯.

그러니까, 거기에는 무슨 패턴이 있는 것 같거든요. 어쩌면 그게 점성학과 연관된 걸지도 몰라요."

"그럼요. 지도를 보여주시면 제가 확인해볼게요."

"저기 반장님 방에 걸려있어요."

그들은 자리에서 일어나 베르거의 사무실로 갔다. 그들이 들어오자 베르거는 고개를 들었고, 곧이어 프랑크와 페터도 들어왔다. 그들은 모두 지도로부터 1미터 가량 떨어져서 섰다. 핀이 꽂혔던 자국이 수없이 나 있는 그 지도에 지금은 여섯 개의 핀이 꽂혀있었다.

"어때요? 뭔가 보이시나요?" 율리아가 물었다.

고개를 좌우로 갸우뚱거리던 곤잘레스는 몇 발짝 뒤로 물러나다가 문에 살짝 부딪혔다.

"잠깐 옆으로 좀 가주시겠어요?" 그녀는 형사들에게 부탁했다. 그러고는 손가락을 입술에 대고 머뭇거리다가 눈을 가늘게 뜨더니 입을 열었다. "무늬가 보이네요." 그녀는 의미심장한 눈빛으로 먼저 페터를, 그리고 율리아를 보았다.

"어떤 무늬죠?" 율리아는 잔뜩 긴장한 모습으로 물었다.

"그 분야에 대해 잘 모르는 사람들은 보고도 뭔지 잘 모를 테지만, 범인은 그리스 신화를 이용했어요."

"뭐라고요?" 율리아는 믿을 수 없다는 표정으로 소리쳤다. "이 살인들이 그리스 신화와 무슨 관계가 있는데요?"

"3미터 정도 떨어져서 보시면 아마 쉽게 알아보실 수 있으실 거예요. 저건 오리온자리와 같은 무늬예요. 혹시 오리온자리를 보신 적 있으세요?"

"보기야 했겠지만 별 신경 안 썼죠. 그래도 이름은 익숙하네요. 다들 오리온자리를 알아요?" 율리아는 다른 사람들에게 물었다.

프랑크는 고개를 저었고, 페터는 끄덕였다.

"오리온자리는 겨울철의 가장 특징적인 별자리예요. 직업이 점성가이다 보니, 자연히 천문학에 대해서도 잘 알고 있죠. 알아보시기 어렵지 않을 거예요. 여기." 그녀는 왼쪽 위에 있는 핀을 가리켰다. "이게 알파성이고, 이건 감마성을 의미해요." 그녀는 오른쪽 위에 있는 핀을 가리키며 말했다. "또 여기 중간에 있는 것들은 '오리온의 허리띠'라 불리는 별들이고, 왼쪽 아래에 있는 별은 제가 알기에는 이름이 없어요. 다만 여기서 문제는, 오른쪽 아래에 있어야 할 리겔(Riegel) 혹은 발(足)이라 불리는 별이 없다는 거예요. 오리온자리에서 가장 밝은 별이죠."

"오리온자리와 전갈자리는 서로 무슨 관계가 있습니까?" 페터가 물었다.

"펜 좀 주실래요? 지도 위에다 그려도 되죠?"

"네, 어차피 다시 지울 수 있어요." 율리아는 곤잘레스에게 마커펜을 건넸다.

곤잘레스는 몇 개의 선을 그리더니 뒤로 물러나 만족스러운 듯 고개를 끄덕였다. "이게 오리온자리예요. 하늘의 사냥꾼이라고도 하죠. 그리고 이쪽 어딘가에서." 그녀는 오버라트 지역을 가리켰다. "아마도 마지막이 될 다음 살인이 일어날 거예요. 어쩌면 이게 오리온자리에서 가장 밝은 별이 있는 자리라 범인이 맨 마지막 살인 지점으로 삼았는지도 몰라요."

"그러니까, 프랑크푸르트 남동쪽 어딘가라는 거군요?"

"제 생각에는 그래요."

"이제야 피살자들이 왜 전부 남동쪽을 가리키고 있는지 설명이 되는군요." 율리아가 말했다. "남동쪽이라!"

"잠깐만요." 곤잘레스가 율리아의 말을 끊었다. "제 생각은 달라요. 그 여자들이 언제 살해당했죠? 시간대가 제각각이지 않았나요? 누구는 낮이고, 누구는 밤이고?"

"아뇨, 전부 늦은 밤이나 새벽에 당했어요. 그건 왜 물으시죠?"

"왜냐하면 요즘 같은 시월 말에는 오리온자리가 자정이나 돼서야 남동쪽 하늘에 나타나거든요. 제가 볼 때, 피살자들이 모두 남동쪽을 가리키고 있었다면 그건 범인이 오리온자리가 하늘에 나타났을 때 그들을 죽였거나 아니면 발견된 장소에 갖다놨던 것 같아요. 그 두 가지 가능성밖에는 없어요. 확실한 건, 오리온자리가 남동쪽 지평선에서 나타난다는 거예요."

율리아는 담배에 불을 붙이고 창문에 등을 기대고 섰다. 잔뜩 긴장한 모습이었다.

"오리온자리는 어떤 의미가 있죠?"

곤잘레스는 벽에 기대어 서서 두 다리를 교차시키고 두 손을 등 뒤로 맞잡았다. "그게, 그리스 신화에 따르면 오리온은 크고 용감하고 아주 잘 생긴 사냥꾼이었어요. 오리온에 관해서는 세 가지 서로 다른 전설이 있는데, 이 사건과 관련된 건 하나뿐이네요. 바로 오리온이 사냥 중에 커다란 전갈에게 물려 몸에 독이 퍼져 죽게 되었다는 이야기죠. 그때까지는 밤하늘에서 특별한 위치를 차지했던 전갈자리가 이 일로 벌을 받게 됐죠. 하늘의 사냥꾼이라 불리며 플레이아데스(그리스신화에 나오는 아틀라스와 플레이오네 사이에서 태어난 일곱 자매, 또 이들의 이름을 딴 성단 —역주)를 끊임없이 쫓아다니던 오리온은 가장 화려한 별자리로 알려지게 된 반면, 전갈자리는 오리온자리의 거의 정반대편 자리로 쫓겨나게 된 거예요. 그래서 겨울이 아닌 여름에 보이고, 게다가 오리온자리의 화려함에는 비할 바가 못 되죠. 오늘 밤하늘이 맑다면 자정쯤 창밖으로 남동쪽 방향을 한 번 내다보세요. 11월부터 3월까지가 가장 잘 보인답니다. 1월과 2월에는 어둑어둑해지는 시간만 돼도 볼 수 있고요."

"그럼 범인은 자신을 사냥꾼으로 여기고 있다는 거군요." 프랑크가 말했다. "전갈자리 여성에게 쏘인 적이 있고요, 아, 물론 이건 비유적인 표현입니다. 실제로는 모멸감을 느꼈거나 상처를 받았겠죠. 그러다 1년 전에 복수를 시작하게 된 거고요. 그럼 앞으로 한 번의 살인이 더 일어날 거라고 확신하시는 겁니까?" 그는 곤잘레스에게 물었다.

"범인이 저 그림을 완성하고자 한다면야, 그렇겠죠."

"그놈이 마지막 살인을 저지르기 전에 잡아야 합니다. 그렇지 않으면 상황이 아주 안 좋아질 거예요."

"어떻게 잡으려고요?" 율리아가 물었다. "언제 또다시 범행을 저지를지도 모르는데. 아직 그에겐 20일이나 남아있다고요."

"그놈은 20일 동안 할 일 없이 시간을 보내지 않을 겁니다. 될 수 있으면 빨리 해치우려 할 거예요. 오버라트에 살고 레벨에게 별자리 운세를 본 적이 있는 전갈자리−사자자리 조합의 여성을 찾아야 해요." 그는 목덜미를 만지작거렸다. "라디오를 통해 방송할까요?"

"안 돼. 사람들이 우릴 보고 미쳤다고 할걸세! 다른 방법을 생각해봐." 베르거가 대답했다.

"왜 안 됩니까?" 프랑크는 이렇게 묻고는 책상 가장자리를 받치고 서서 베르거를 보았다. "'오버라트에 사는 전갈자리−사자자리 조합의 여성들의 목숨이 위험하다'는 식으로 말하지 않으면 되잖아요."

"그럼 어떻게 말할 건데?" 베르거가 마음에 안 든다는 듯 되물었다. "'친애하는 오버라트의 전갈자리−사자자리 조합 여성들이여, 문을 굳게 잠그고 집 안에만 계시고 외출을 하려거든 보디가드와 동행하세요. 경보해제는 11월 21일이나 되어야 합니다.' 이렇게? 말도 안 되는 소리!"

"그렇다고 손 놓고 누가 또 죽는 꼴을 보고만 있을 수는 없잖습니까! 리히터, 적어도 리히터한테라도 물어보자고요. 그를 찾아오는 환자 중 오버라트에 사는 전갈자리 여성이 있는지 말입니다. 그 정도는 괜찮잖아요?" 프랑크는 대놓고 빈정대며 말했다.

"그러게." 베르거는 차분하게 대답하며 몸을 뒤로 기댔다. "바로 전화해봐."

프랑크는 리히터에게 전화를 걸었지만 자동응답기가 받았다. "제기랄, 집에 없나 보군. 휴대폰 번호가 어디 있더라?"

"내가 가져올게요." 이렇게 말한 율리아는 자기 사무실로 가서 금방 리히터의 명함을 들고 돌아왔다.

"음성사서함으로 넘어가네! 빌어먹을! 이건 뭐 전부 우릴 엿 먹이자고 짜기라도 한 거야, 뭐야?"

"프랑크, 진정해요. 현재까지 여섯 명의 피살자 중 리히터의 환자는 딱 한 명이었어요. 그건 우연에 불과해요. 요즘은 환자를 거의 안 본다는데, 그 몇 안 되는 사람 가운데 오버라트에 사는 여자가 있을 확률은 거의 없잖아요. 게다가 리히터에게 치료를 받으려면 꽤 많은 돈을 지불해야 할 텐데, 오버라트는 부촌도 아니에요. 우리에게 유일한 희망은 레벨의 고객 차트인데, 그건 지금 범인의 수중에 있고요. 반장님 말씀이 맞아요, 우린 아무것도 할 수 없어요. 범인의 희생양이 오버라트에 살 거라고 누가 그래요? 지금까지 여섯 명 중 두 명만이 자기 집에서 살해당했고, 또 발견됐어요. 그러니까 부디 마지막이길 바라마지 않는 다음 희생자가 오버라트에 살리라는 보장은 전혀 없다고요. 여기를 봐요." 율리아는 이렇게 말하며 손가락으로 오버라트를 가리켰다. "당장 할수 있는 건 저녁부터 새벽까지 이 지역을 순찰하는 인력을 증원하고 검문을 실시하는 것뿐이에요. 특히 여기 이 두 교회와 이 작은 묘지, 또 오버라트 숲 묘지 부근을 말이에요. 카롤라는 묘지에서, 요안나는 교회에서 발견됐으니까요. 제가 볼 땐 이 방법밖에는 없어요. 물론 이 모든 건 절대 눈에 띄지 않게 진행되어야겠죠. 범인이 의심하지 않게요. 더 말씀하실 분 있나요?"

모두가 침묵했다.

이 모든 얘기를 주의 깊게 듣고 있던 곤잘레스는 율리아에게로 다가왔다. "이거 아주 흥미롭네요. 이게 경찰들의 일상인가요?" 그녀는 웃으며 물었다.

"방금 전 일은 예외적이라 할 수 있죠. 보통은 형식적인 문서작업 위주예요. 어쨌든 이렇게 도와주신 데 대해 다른 사람들을 대신해서 감사드립니다. 정말 큰 도움이 되었어요. 별자리와 연관이 있을 거라고는 상상도 못했거든요."

"믿고 불러주셔서 제가 더 감사하죠. 그럼 전 이만 가봐야겠네요. 3시에 다음 약속이 있어서요." 곤잘레스는 페터 쪽으로 고개를 돌렸다. "우린 오늘 저녁 7시에 보는 거죠?"

페터는 사춘기 소년처럼 다시금 얼굴을 붉히며 고개를 끄덕였다. "제가 7시 정각에 찾아뵙죠."

"형사님에 관한 자료를 가져오시는 것 잊지 마세요. 그게 없으면 별자리 운세를 봐 드릴 수 없으니까요. 그것 때문에 오시는 거잖아요, 안 그래요? 그럼 안녕히 계세요."

곤잘레스가 나가자 문을 닫은 율리아가 웃으며 말했다. "페터 형사님, 나한테 딱 걸렸어요. 하긴, 미인이긴 해요. 그렇죠? 당신이 좋아할 만하다고요. 그럼 오늘 밤에 건투를 빌어요."

"정말 그냥 운세 보러 가는 거라니까요." 페터가 대답했다.

"그래, 그렇겠지." 프랑크는 이렇게 말하며 주먹으로 페터의 팔을 툭 쳤다. "별자리 운세를 보고, 저녁을 먹고, 그러고 나면 점점 더 침대에 눕고 싶어지겠지."

"그래서요? 난 그녀가 아주 매력적이라고 생각해요. 남이야 뭘 하든 관심 끄십쇼!" 페터는 자기 사무실로 들어가 문을 쾅 닫았다.

"두 사람이 서로 통하는 데가 있는 것 같군요. 즐기게 내버려두자고요. 그럼 이제 어쩌죠?"

"오늘은 이걸로 마치죠." 율리아는 그 어떤 항의도 용납하지 않겠다는 단호한 목소리로 말했다. "어젯밤에 한숨도 못 자서 이제 집에 가서 좀 쉬어야겠어요. 어차피 지금으로서는 기다리는 수밖에 없잖아요. 오리온, 사냥꾼을 말이에요. 그놈이 누구인지 사냥하나는 끝내주게 하네요."

"뒤랑 형사, 오늘따라 자네 빈정대는 게 좀 심하구먼." 베르거가 말했다.

"이런 거라도 안 하면 이 거지 같은 일들을 어떻게 참고 견디겠어요? 그리고, 제가 아무리 심해도 반장님만 하겠어요? 그럼 프랑크와 저는 이만 물러납니다. 언제든 연락은 되게 해놓을 테니 걱정 마세요. 주말 즐겁게 보내시고요."

오후 3시 45분

율리아는 잠깐 프랑크의 집에 들러 키피를 마시고 케이크를 먹으며 나딘과 담소를 나눈 뒤, 4시 15분 전에 집으로 출발했다. 어서 집에 가서 혼자 있고 싶었다. 목욕하고, 집 안 청소도 하고, 텔레비전을 보고, 어쩌면 아버지와 수잔네 톰린과 전화통화도 하리라. 그런 뒤에는 일찍 잠자리에 들 생각이었다. 부디 그 괴물이 또다른 여자를 죽여 한밤중에 일어나 출동해야 하는 일이 없기를.

집으로 돌아가는 길, 그녀는 금요일 오후 교통난에 시달리면서 슈퍼마켓에서 뭐 사갈 게 없나 생각하다가, 국수와 고기완자가 든 토마토 수프 한 캔과 맥주 몇 캔을 구입했다. 우편함에는 슈타트베르케(전기, 수도 공급 및 각종 공공 서비스를 제공하는 지방 공기업 —역주)에서 온 청구서 한 통과 전단지 두 통, 그리고 모리셔스로 휴가를 떠난 뮌헨의 지인에게서 온 엽서 한 장이 들어있었다. 그녀는 계단을 오르다가 윗집에 사는 이름도 모르는 할머니와 마주쳐 반갑게 인사하고 몇 마디 나눴지만, 할머니의 말이 워낙 빠르고 발음이 분명치 않아서 무슨 말인지는 거의 알아듣지 못했다.

율리아는 피곤하고 뭔가 마음이 뻥 뚫린 기분이었다. 그녀는 여전히 마리아 반 다이크를, 그 어린 나이에 의미 없는 죽음을 맞아야 했던 소녀를 생각하고 있었다. 문을 열고 집으로 들어간 그녀는 발로 문을 쳐서 닫은 뒤, 창문을 열어 부드러운 가을바람이 통하게 하고 방 안을 휙 한 번 둘러보았다. 장 봐온 것을 내려놓은 그녀가 가죽재킷과 신발을 벗고 막 자리에 앉으려던 찰나, 전화벨이 울렸다. 프랑크였다.

"안녕, 나예요, 프랑크. 방금 모르프스가 반장님한테 마리아 반 다이크의 부검 소견서를 보냈다는군요. 잘 들어요. 마리아의 체내에서 약 50밀리그램 정도의 발륨이 발견됐대요. 그리고 역시 진정제인 리브륨과 항우울제인 아포날 성분도 검출됐고요. 게다가 마리아는 처녀가 아니었다고 하네요. 어떻게 생각해요?"

"제기랄! 발륨 50밀리그램을 한꺼번에 먹을 사람은 아무도 없을 거예요. 게다가 리브륨과 아포날과 함께라니. 반장님이 당신한테 전화한 기예요?"

"그래요, 방금요. 왜 매일 그렇게 사무실에 틀어박혀 계신지 모르겠다니까요. 아마 사람들이 다 가고난 뒤에 술을 드시겠죠. 그렇든 말든. 우린 이제 어쩌죠?"

"어쩌긴 뭘 어째요. 리히터한테 전화해서 이 일에 대해 아는 게 있는지 한 번 물어볼게요. 그 외에는 당장 할 일은 없어요. 오늘은 더 이상 힘 빼고 싶지 않네요. 하고 싶은 게 있으면 해요. 단, 나는 빼고요. 이제 리히터한테 전화 한 통 해보고, 그 이후에는 주말 내내 푹 쉴 거예요."

"알겠어요. 뭔가 알게 되면 나한테도 알려줘요. 언제든 마음 내키면 놀러오고요. 그럼 잘 있어요."

자동응답기에는 두 개의 메시지가 있었는데, 하나는 또다시 그녀의 안부를 묻는 아버지가 남긴 것이었고 다른 하나는 그저 길게 삐 소리만 나다가 뚝 끊겼다. 그녀는 어깨를 으쓱하고는 소파에 털썩 앉아 맥주 한 캔을 따서 단숨에 마셨다.

리히터에게 전화를 걸자 그의 부인이 받더니, 휴대폰으로 해보라고 말했다. 마침내 통화가 됐을 때 그는 차 안인 것 같았다.

"율리아 뒤랑이에요. 한 가지 여쭤볼 게 있어서요. 마리아 반 다이크가 진정제와 항우울제를 복용했나요?"

"아포날과 리브륨을 먹긴 했는데, 아주 소량이었어요. 왜 그러시죠?"

"부검 중에 다량의 발륨이 검출됐대요. 어쩐 일인지 설명해주실 수 있나요?"

"아뇨, 마리아는 자의로는 절대 발륨을 먹지 않았을 겁니다. 그건 제가 보증하죠. 양이 얼마나 됐습니까?"

"50밀리그램 정도요."

"세상에, 그 양이면 황소도 잠재울 수 있을 겁니다. 아니, 절대 마리아 짓이 아니에요. 누군가 억지로 먹인 게 틀림없습니다. 액체로 된 발륨도 있는데 음료에 섞으면 아무도 알아볼 수 없죠. 약간 씁싸름한 맛이 나긴 하지만……. 아니, 그 정도 양을 먹었으면 운전도 전혀 할 수 없었을 겁니다. 물어보실 건 이게 다인가요?"

"아뇨, 아직 아니에요. 마리아는 처녀가 아니었다고 합니다. 그런데 박사님은 물론 마리아의 아버지도 마리아가 남자와 잔 적이 없다고 하셨거든요."

"잘 들으세요, 뒤랑 형사님. 마리아는 제 환자였고, 저는 보통 사람들이 들으면 몸서리칠 만한 그 아이의 비밀을 알고 있습니다. 마리아가 그 얘기를 했을 때 저 역시도 충격받았을 정도였죠. 하지만 부디 더 이상 파고들지는 말아주십시오. 어차피 말씀드리지 않을 테니까요. 저에겐 어길 수 없는 침묵의 의무가 있다는 거, 형사님도 잘 아시지 않습니까? 제가 보증하는데, 마리아는 정말로 남자와 성관계를 맺은 경험이 없습니다. 그 이상은 말씀드릴 수 없어요. 그리고 부탁드리는데, 반 다이크 씨에게는 이 얘기를 하지 말아주십시오. 그는 이에 관해 알지도 못할뿐더러 알아서도 안 됩니다. 마리아의 어머니도 마찬가지고요. 형사님께서 혹시 잘못된 생각을 하실까 봐 이렇게 말씀드리는 겁니다."

"잘 알겠습니다. 알려주셔서 감사해요."

수화기를 내려놓은 율리아는 리모컨을 눌러 텔레비전을 켰다. 한스 마이저가 진행하는 일일 토크쇼가 방송 중이었다. 오늘 테마는 '그래요, 나 변태성욕자예요'였는데, 잠시 그것을 보던 그녀는 텔레비전에 나와 제 몸을 파는 사람들을 보며 역겨움을 느꼈다. '더러운 놈들!' 율리아는 이렇게 생각하며 뮤직비디오가 나오고 있는 비바(Viva) 채널로 돌렸다. 다리를 소파에 올리자 혈관에 피가 도는 게 느껴졌고, 왼쪽 관자놀이 부근이 살짝 따끔거렸다. 그제야 그녀는 자신이 얼마나 피곤한지 깨달았다. 텔레비전을 보던 그녀의 눈이 점점 무거워지더니 결국 감겼고, 그녀는 서서히 잠에 빠져들었다.

8시가 되기 조금 전, 도시에 어둠이 내리고 집 안에 냉기가 돌자 그녀는 잠에서 깨어났다. 추위를 느낀 그녀는 창문을 닫고 난방을 켠 뒤 여전히 몽롱한 상태로 욕조에 물을 받았다. 기진맥진해서 거울 앞에 서자, 눈 밑의 다크서클이 또렷이 보였다. 위장은 먹을 것을 달라고 난동을 부리고 있었다. 부엌으로 간 그녀는 냄비에 토마토 수프를 넣어 불 위에 올리고, 빵 두 쪽에 버터를 발라 그 위에 살라미와 치즈를 올린 뒤 수프가 다 데워질 때까지 기다렸다. 몇 분 뒤에는 욕조의 물을 잠그고 온도를 체크했다. 따뜻한 수프를 먹고 따끈하게 목욕하고 텔레비전도 보고, 그 외에는 아무것도, 아무 생각도 하지 말자. 어쩌면 아버지한테 전화해서 잠깐 통화해도 좋을 터였다. 마음 같아서는 당장 차를 타고 며칠만이라도 아버지 집에 가 있고 싶었다. 그곳이라면 모든 긴장을 풀고 마음의 휴식을 취할 수 있었다.

어렸을 적 그녀는 이 세상이 온전한 곳이며 사람들은 모두 선하다고 믿었다. 절대로 사람이 사람을 죽일 수는 없다고 생각했다, 순진하게도. 그리고 우울감이 엄습할 때면 너무 일찍 세상을 떠나버린, 그리운 어머니를 떠올렸다. 어렸을 적 어머니는 그녀가 기대어 울 수 있는 어깨, 그녀의 위안이 되어주었다. 지금 그녀는 누군가로부터 보호받고, 위로받고 싶었지만 그녀의 곁에는 근심을 털어놓을 만한, 슬플 때 함께 울어줄 만한 사람이 아무도 없었다. 그녀는 외로웠다.

준비한 음식을 가지고 거실로 간 율리아는 테이블 위에 수프 잔과 빵 접시를 올려놓고 텔레비전을 보며 천천히 식사를 했다. 뉴스가 방송 중이었다. 일기예보에서는 주말에 맑을 것이며 일요일 밤부터는 비가 올 거라고 했다. 달력을 흘긋 본 그녀는, 토요일에는 평일보다 한 시간 더 잘 수 있게 시곗바늘을 한 시간 늦춰놓으라고 표시해둔 걸 확인했다. '그거야 또 다른 사건이 안 터졌을 때 일이지.' 그녀는 빵을 한 입 베어 물며 생각했다.

식사를 마친 그녀는 몸을 뒤로 기댄 채 담배에 불을 붙였다. 그러자 오늘 하루 있었던 일들이 머릿속에 다시 떠올랐다. 결국 그녀는 가까운 가판대에 가서 <프랑크푸르터 룬트샤우> 신문 주말판을 사 가지고 왔다. 1면과 2면에는 지난 며칠간 일어난 여성 살인사건에 대한 상세한 기사가 피살자의 사진들과 함께 실려 있었다. 대중에 대한 경찰의 협조요청도 함께였다. '이 여성들을 마지막으로 보신 분 계십니까?' 그야말로 실낱같은 희망, 그뿐이었다. 다시 집에 들어온 율리아는 아버지한테 전화를 걸었다. 아버지는 금방 전화를 받았다.

"안녕, 아빠, 저예요. 전화하셨어요?"

"어제저녁에 했었지. 그 시간에도 일했니?"

"프랑크와 나딘 집에 가서 잤는데, 사실은 거의 못 잤어요. 지금 정말 믿기 힘든 연쇄살인사건이 일어나고 있거든요. 이미 지칠 대로 지쳤어요."

"여기 오고 싶으면 오너라." 아버지가 말했다. "이 애비는 언제든 환영이니."

"이 사건만 끝나고 갈게요. 하지만 앞으로 적어도 한 건의 살인이 더 일어날 것 같아요."

"그걸 어떻게 아니?" 아버지는 궁금한 듯 물었다.

"범인이 전갈자리에 태어난 여성들만 골라서 죽인다고 말씀드렸잖아요. 그것도 특정 상승점을 가진 여성들만요. 오늘 낮에 경찰청으로 점성가가 왔는데, 프랑크푸르트 지도를 보더니 범인은 어떤 패턴을 따라 살인하고 있다더라고요. 범행 장소 또는 시체 발견 장소들을 연결하면 오리온자리 모양이 된다고요. 그런데 그중 하나의 별이 빠져 있어요."

"아주 상상력이 풍부한 범인인가 보구나. 전갈자리랑 오리온자리가 무슨 관계인데?"

"말씀드리자면 길어요. 어쨌든 그리스 신화와 관련된 얘기예요. 아빠도 그것과 관련된 사전과 문학서들을 많이 가지고 계시잖아요. 오늘 밤에 한 번 읽어보시든지요. 솔직히는 아빠한테 당장 달려가 엉엉 울고 싶은 심정이었어요. 어젯밤에 정말 어린아이처럼 순진하기 짝이 없는 여학생이 또 살해당했거든요. 그 시체를 직접 보고 부모한테 딸이 죽었다는 소식을 전하는 일은 정말이지……. 제가 지금 뭣 하러 이런 하소연을 하고 있을까요? 어차피 아빠 앞에서 수도 없이 했던 말인데."

"그래, 이래서 나는 네가 그 일을 그만두었으면 하는 거란다. 이번 사건의 범인만 잡고 나면 당장 말이야. 그 일은 너한테 득이 될 게 아무것도 없어."

"아뇨, 그렇지 않아요. 전 이 일을 사랑하고, 절대로 그만두지 않을 거예요. 그저 가끔 너무 힘들어서 그렇죠. 아빠도 안 좋은 일을 몇 번이나 겪으시면서도 목회를 그만두지 않으셨잖아요. 목사와 경찰도 알고 보면 그리 많이 다르지 않다고요."

"네가 볼 때는 전적으로 네 말이 맞을 테지만, 내가 보기엔 네가 점점 더 자주 힘들어하는 것 같아. 그만둘 생각이 없다면 너 지신을 위해서 뭐라도 하렴. 잠시 무급휴가라도 다녀오든지. 지금 네 목소리를 몇 년 전과 비교해보면……. 난 네가 일 때문에 몸을 망치는 걸 보고 싶지는 않다. 그게 다야. 난 너를 많이 사랑하고, 만약 너한테 무슨 일이라도 생긴다면……."

"제발 제 걱정 좀 하지 마세요. 아빠가 생각하시는 정도로 제 상황이 그렇게 나쁘진 않아요. 어제 그 여자애 생각을 하느라 잠을 못 자서 평소 때보다 더 피곤한 걸지도 몰라요. 금세 다시 기운 차리고 건강에 유의할게요."

"그게 지키지 못할 약속이란 건 너도 잘 알잖니. 넌 담배도 너무 많이 피우고 술도 많이 마시잖아. 결국에는 네 인생이다만."

"아빠는 별일 없으세요?" 율리아는 갑자기 주제를 바꿨다. 비록 아버지가 그녀를 나무라지는 않았지만 오늘만큼은 그 어떤 잔소리도 들을 기분이 아니었기 때문이다.

"없어, 매일 똑같단다. 이 동네 사람들이 어떤지 너도 알잖니. 모여서 남의 흉담이나 하고, 각자 자기 살기에 바쁘지. 하긴, 요즘 안 그런 사람이 어디 있겠니. 그래서 조만간 이 숨 막히는 촌구석을 떠날 생각이다. 어디로 갈지는 아직 모르지만. 괜찮은 데 있으면 좀 추천해주련?"

"남프랑스요. 정말 멋진 곳이에요. 특히 제 친구 수잔네가 사는 동네는요."

"글쎄, 거기도 요즘 같은 겨울에는 그리 따뜻하지 않을 텐데. 나이가 드니 따뜻하고 온종일 해가 드는 곳에서 살고 싶구나."

"알겠어요, 아빠. 별일 없으시면 이만 목욕하러 가야겠어요. 받아놓은 물이 다 식게 생겼거든요. 여기 일이 다 마무리되는 대로 연락드리고, 내려갈게요."

"조심해라. 일찍 자고. 그럼 잘 있으렴."

"안녕히 계세요."

율리아는 수화기를 내려놓으며 입을 삐죽 내밀었다. 한편으로는 아버지 말이 맞았지만, 그래도 대체적으로 그녀는 자신의 일에 만족하고 있었다. 그리고 분명 지금의 이 피곤함도 곧 가실 터였다. 욕실로 간 그녀는 물에 손을 넣어본 뒤 그새 미지근해진 물을 반 정도 흘려보내고 뜨거운 물을 더 틀었다. 그러고는 부엌에서 맥주 한 캔과 담배, 재떨이를 가져와 욕조 옆에 있던 작은 의자 위에 올려놓았다. 곧이어 옷을 벗은 그녀는 욕조에 들어가 따뜻한 물속에 기분 좋게 몸을 뉘었다. 맥주를 한 모금 마시고 담배도 한 개비 피우고 나니 피로감이 가시는 것 같았다. 생각 같아서는 멋지게 차려입고 단골 바에 가서 괜찮은 남자를 만나 하룻밤 신나게 놀고 싶은 기분이었다. 그녀 몸속의 호르몬 작용을 정상화시키기 위해서라도.

그녀는 지금쯤 루트 곤잘레스를 찾아가 별자리 운세를 보고 있을 페터를 떠올렸다. 그러나 그녀가 아는 페터는 단순히 운세만 보고 나올 위인이 아니었다. 아까 경찰청에서 그 두 사람이 서로를 보던 눈빛만 해도 많은 것을 시사하고 있었다. 율리아는 다소 뻔뻔스러울 정도로 태연하게 껌이나 씹으며 그런 행동을 하는 페터가 부러울 지경이었다. 얼마 전까지 그는 거의 2년이나 만나온 여자친구가 있었고 모두가 그들이 곧 결혼할 거라 믿었다. 그러던 어느 날 그는 우울하고 낙심한 얼굴로 사무실에 나타났고, 율리아는 프랑크를 통해 그의 여자 친구가 그를 떠났다는 말을 들었다.

어쨌든 페터가 곤잘레스와 뭘 하든 율리아가 알 바 아니었다. 그건 그의 인생이었으니까.

머리를 감고 욕조에서 나온 율리아는 거울 앞에서 옆으로 서서 찬찬히 자신의 몸을 들여다보았다. 그러다 볼록 나온 똥배를 보고는 또다시 화가 치밀어 오르는 걸 느꼈다. 하긴, 당장은 벌거벗은 몸을 봐줄 남자도 없는데 무슨 상관이랴. 새 속옷으로 갈아입은 그녀는 거실로 향했다. 피로감은 어느새 사라지고 없었다. 시계를 보니 10시 15분이었고, 그녀는 NDR 채널의 토크쇼를 틀었다. 그 사이 맥주를 한 캔 더 마시고 담배를 네 개비나 피웠다. 토크쇼가 끝난 뒤에는 부디 오늘 밤에는 악몽을 꾸지 않고 푹 잘 수 있기를 빌며 침대에 누웠다. 스탠드는 켜놓았는데, 그건 그녀가 귀신, 뱀파이어, 늑대인간 등을 무서워했던 어린 시절부터 해오던 버릇이었다. 그녀는 한참을 그렇게 누워있었고, 그녀의 심장은 일정한 간격으로 콩콩 뛰었다. 결국 자정이 훨씬 넘어서야 그녀는 잠이 들었다.

오후 7시

리히터는 클라우디아 반 다이크의 집 앞에 자신의 재규어를 대놓고 15분 전부터 기다리는 중이었다. 곧 클라우디아가 그의 차 옆에 차를 세웠다. 날은 이미 어두워졌는데도 그녀는 선글라스와 두건을 쓰고 있었다. 차에서 내린 리히터는 그녀의 뒤를 따라갔다. 집에 들어간 뒤에야 그녀는 입을 열었다. "그래, 무슨 중요한 일이길래 굳이 오늘 보자고 한 거예요?" 그녀는 차가운 목소리, 그리고 그보다 더 냉정한 눈빛으로 물었다. 선글라스를 벗은 그녀의 눈은 붓고 충혈되어 있었다. 그녀는 떨리는 손으로 홈바 선반에서 코냑을 꺼내 잔에 따랐다.
"당신도 한잔할래요?"
"아니, 지금은 괜찮아요. 당신한테 꼭 할 얘기가 있어서." 리히터는 이렇게 말하며 침대 위에 걸터앉았다. 클라우디아는 잔을 손에 든 채 서서 그를 보았다. "무슨 얘기요? 혹시 마리아에 관한 거예요?"

"여러 가지예요. 우리 둘에 관한 것도 있고. 이젠 이런 일시적 관계는 끝내는 게 좋을 것 같소."

클라우디아는 조롱하듯 웃음을 터뜨렸다. "일시적 관계라! 어떻게 그런 말을! 당신은 시간 계산을 어떤 식으로 하는지 모르겠지만, 내가 보기에 우리 관계는 일시적인 게 아니에요. 그리고 한 가지 말해두겠는데, 언제 끝낼지는 내가 정해요. 설마 당신 집에 있는 그 쪼그만 창녀를 포함한 이 세상 사람 모두가 우리 사이를 알게 되길 바라는 건 아니겠죠?"

"다시는 나한테 그런 식으로 말하지 마시오! 클라라가 뭘 하든, 그녀는 창녀가 아니오. 당신이 당신 자신을 그녀와 동급으로 생각하는 게 아니라면. 이 얘기는 일단 이쯤 해두죠." 자리에서 일어난 그는 잔을 하나 꺼내 위스키를 따라 단숨에 마신 뒤, 계속 그에게서 눈을 떼지 않고 있는 클라우디아를 보았다.

"사실 난 다른 이유로 여기 온 거요." 그는 창가로 걸어가 그녀에게 등을 돌린 채 섰고, 어두운 창밖을 내다보았으나 보이는 거라곤 창문에 비친 자신의 모습뿐이었다. "당신은 마리아가 죽어서 슬픈가요?"

클라우디아는 또다시 조롱하듯 웃었다. "세계적인 심리학자께서 무슨 그런 질문을! 당신 딸이나 아들이 어떤 미친놈 손에 살해당했다면 당신은 슬프지 않을 것 같아요?! 그래요, 슬퍼요. 어떻게 이 슬픔에서 벗어나야 할지 모를 만큼. 답이 됐나요?"

"아니, 난 당신 말을 믿지 않아요. 당신이 그 사이 변한 게 아니라면. 하지만 그랬을 리는 없어 보이는군요."

"내가 변해요? 그게 무슨 말이에요?"

리히터는 숨을 깊이 들이쉬고는 두 눈을 감고 물었다. "당신한 테 마리아는 뭐였소? 진심으로 말해봐요."

"마리아는 내 딸이었어요. 그 이상의 대답이 필요한가요?"

"그런데 그 아이는 끔찍한 불안증에 시달렸소. 불과 며칠 전까 지만 해도 나 역시 그 원인을 몰랐소. 하지만 최면술을 쓰기 시작 한 날, 갑자기 마리아는 내가 상상도 할 수 없었던 일들을 기억해 냈어요. 당신은 내가 무슨 말을 할지 알고 있겠죠?" 그는 뒤돌아 가느다랗게 뜬 그녀의 눈을 바라보았다.

"아뇨, 모르겠어요. 어차피 당신이 곧 말해주겠죠. 자, 어서 말해 봐요."

"당신 역시 마리아에게 그런 짓을 한 이후에 기억억제 현상이 나타났다는 거요?"

"내가 무슨 짓을 했다는 거죠?" 그녀는 강경하게 물었다.

"클라우디아, 나한테도 대처하기 힘든 일이 있다는 걸 알아둬 요. 난 당신이 마리아에게 정신적, 육체적인 학대를 가했다는 걸 알고 있어요. 원한다면 더 상세하게 말해주지. 그러길 원하오?"

"무슨 말인지 모르겠네요." 클라우디아는 이렇게 말하더니 침대 에 앉아 두 다리를 넓게 벌렸다. 그녀의 입가에 냉소적인 미소가 스쳤다.

"전부 다 테이프에 녹음해뒀지만 물론 당신이 날 도발하지 않는 이상은 아무에게도 들려주지 않을 거요. 마리아가 당신한테 무슨 짓을 했길래 그렇게 그 아이를 괴롭혔던 거요? 아들을 원했던 거 예요? 냉장고에는 왜 가뒀소? 왜 익사하기 직전까지 그 아이 머 리를 욕조에 처박았어요? 그렇게 어리고 아무 죄 없는 아이를 대 체 왜 당신의 변태적인 성욕을 충족시키려는 노리개로 이용했느냐고요? 어디 내가 이해할 수 있게 설명 좀 해봐요."

"나한테 원하는 게 뭐죠? 마리아가 수년간 불안증에 시달리다 보니 있지도 않았던 일을 겪었다고 착각한 거겠죠. 내가 최면술 따위를 믿을 것 같아요? 난 그 애한테 아무 짓도 안 했어요. 알겠어요? 아무것도요!" 그녀는 그에게 대고 소리쳤다.

"아니, 당신은 했어요. 마리아에게 히스테리나 망상 같은 증상은 없었으니, 그런 걸 지어냈을 리가 없어요. 다만 무의식 속에 파묻혀있던 기억이 이제야 표면으로 드러난 거요. 마리아는 그 끔찍했던 일들을 털어놓고 나서야 해방된 것 같은 모습이었어요. 그 이후 수요일에 또 한 번 나를 찾아왔는데, 거의 못 알아볼 정도였지. 하루아침에 새 생명을 되찾은 듯 보였단 말이오. 히스테리나 망상에 사로잡힌 사람들은 그렇지 않아요. 다시 말하지만, 마리아에게는 그런 증상이 전혀 보이지 않았소. 단지 불안감만 느낄 뿐, 지극히 평범한 소녀였다고요. 그리고 그 불안은 떨쳐버릴 수 없는 과거로 인한 것이었고. 왜 그 애에게 그런 짓을 한 거요? 어서 말해요."

"난 할 말 없어요. 그게 아니라면 당신이 내 과거에 대해 듣는 마지막 사람이 되겠죠."

"그러니까 내 말이 맞는 거군요." 그의 목소리에서는 체념의 기색이 느껴졌다. "뭔가 숨기려는 사람이 당신처럼 행동하지. 좋아요, 그럼 난 이만 가보죠. 제발 부탁이니 말년에 후회할 일은 하지 마요. 측은하기 짝이 없군요. 나랑 대화라도 자주 했다면 내가 도와줄 수도 있었을 텐데. 하지만 이렇게 되어버렸으니……."

클라우디아는 상체를 벌떡 일으켜 그의 팔을 붙잡았다. "가지 마요." 그녀는 갑자기 애원하듯 말했다. "당신이 필요해요. 미안해요."

"뭐가 미안하단 거요?" 그는 옆에 앉으라는 듯 쳐다보는 그녀의 눈빛에 아랑곳하지 않고 물었다.

"전부 다요, 정말이에요. 그 당시 나한테 무슨 일이 있었는지 다 설명할게요. 그러니까 가지 마요."

순간 그녀의 얼굴은 아주, 아주 슬프고 절망한 듯 보였다. 조롱과 냉소, 경멸의 기색은 찾아볼 수 없었다. 리히터는 그녀의 손을 뿌리치고 의자에 앉았다. 자리에서 일어난 그녀는 진열장에 등을 대고 서서 고개를 숙인 채 말했다.

"마리아가 태어났을 때만 해도 올리버와 난 행복했어요. 아이도 서너 명은 낳고 싶었죠. 올리버는 딸을 원했고, 난 성별은 관계없이 건강하게만 태어나면 좋겠다고 생각했어요. 그로부터 1년 뒤에 나팔관염이 생겼는데, 의사는 별일 아니라고 했지만 결국에는 더 이상 아이를 낳지 못하는 몸이 되었죠. 그 일로 물론 나도 충격을 받았지만, 올리버는 나보다 훨씬 더 좌절하고 말았어요. 그때부터 그는 오로지 마리아만 돌보고 나는 완전히 무시했죠. 항상 마리아, 마리아, 나는 안중에도 없었어요. 그러다 언제부턴가 나와는 잠자리도 하지 않고 다른 여자들과 관계를 맺었어요. 대부분이 열여섯, 열일곱, 열여덟 살이었다니까요! 그보다 나이 많은 여자는 거들떠보지도 않았죠. 배우가 되려고 하는 어린 것들은 배역 하나 따내려고 쉽게 다리를 벌렸고요." 그녀는 한숨을 내쉬며 고개를 가로저었다. "그이가 나한테 어떤 모멸감을 줬는지 당신은 모를 거예요! 그가 그런 짓을 하고 밖으로 돌아다닐 동안 난 집에 남아 집안일을 돌봐야 했죠. 그러다가 어느 날은 도저히 참지 못하고 폭발해버렸어요……."

그녀는 말을 멈추고 리히터를 쳐다보았다. 그 역시 그녀를 바라보며 잠시 입술을 꽉 다물었다가 입을 열었다. "그래서 당신의 좌절감에 대한 화풀이를 마리아한테 했던 거군요. 왜 그랬소? 왜 그 어린아이에게, 그것도 당신 딸한테?"

"난들 그 이유를 알겠어요?" 그녀는 눈물이 그렁그렁한 눈으로 소리쳤다. "나도 그런 짓을 했던 나 자신이 증오스럽다고요."

"남편한테 보복하려던 거요? 그런 거잖아요, 아니에요? 남편이 그 누구보다 사랑했던 딸, 그 딸이 당신 인생에서 사라져야만 그가 당신을 봐줄 테니 말이오. 내 말이 맞죠?"

클라우디아 반 다이크는 어깨만 으쓱할 뿐이었다.

"당신은 모든 책임을 마리아한테 떠넘겼던 거예요. 클라우디아, 대체 무슨 짓을 한 거요? 당신이 그 누구보다 사랑하거나 증오하는 일을 잘하는 건 알고 있었지만, 그런 짓까지 하리라고는 전혀 생각 못했소."

"그래서요!" 그녀는 또다시 소리 지르며 고개를 쳐들었다. "다 없던 일로 되돌리기라도 하라는 건가요? 난 이미 몇 년 전에 내 잘못을 깨닫고 다시 잘해보려 노력했어요. 하지만 마리아는 나를 가까이 오지도 못하게 하더군요. 그 애는 마치 모든 걸 다 잊은 듯 보였어요. 적어도 난 그러기를 바랐고요. 그런데 그때 당신이 나타나 이 모든 일을 그 애에게서 다시 끄집어낸 거예요. 이럴까 봐 난 당신이 마리아를 치료하는 걸 원치 않았어요. 내가 나쁘다는 거, 나도 알아요. 정말 못됐죠. 어떤 때에는 나 스스로가 너무 미워서 거울도 보기 싫을 정도예요. 이제 마리아가 죽었으니 난 아무것도 못해요. 내가 지은 죄를 끝까지 지고 살아가야겠죠. 이러다 언젠가 저세상에서 마리아와 마주하는 날이 오면, 그 애는 나와는 상종도 안 하려 할 거고요." 그녀는 두 손에 얼굴을 파묻고 온몸이 들썩일 정도로 울기 시작했다.

자리에서 일어난 리히터는 그녀에게 다가가 어깨를 감싸 안았고, 그녀는 그에게 몸을 기댔다.

"이제 됐어요, 클라우디아. 자, 저쪽으로 가서 앉죠."

그녀는 그에게 이끌려 소파로 갔다. 그녀의 얼굴은 눈물로 범벅되었고, 마스카라는 다 번져 버렸다. 그는 아무 말 없이 그녀를 품에 안고 울게 내버려두었다. 그렇게 말없이 한참이 지났다. 갑자기 자리에서 일어난 그녀는 욕실로 가서 얼굴을 씻었다. 다시 돌아온 그녀의 얼굴은 창백했고, 눈은 울어서 빨개져 있었다.

"이제 어떻게 하죠?" 그녀는 힘없이 물었다.

"모르겠어요. 생각 좀 해봐야겠소."

"당신은 내가 항상 원했던 남자예요. 하지만 당신도 나를 그저 잠자리 상대로만 원했을 뿐이죠. 난 너무 많은 실수를 저질렀어요. 우리가 처음 만났을 때는 당신이 갓 이혼했을 때였어요, 기억나요? 그때 나도 남편과 헤어졌어야 했는데. 하지만 당신이 날 원하는지에 대한 확신이 없었어요. 지금은 모든 게 너무 늦어버렸네요. 당신은 단 한 번도 나한테 성욕 이상의 감정을 느낀다고 말해준 적이 없었죠. 다른 건 중요치 않아요. 다만 난 언제나 내 편을 들어줄 사람이 필요해요. 나한테 안 좋은 일이 있을 때 이렇게 나를 품에 안아줄 수 있는 사람. 올리버는 내 기분이 나빠도 전혀 눈치채지 못하죠. 우리 관계가 발전할 여지가 있다고 생각하지 않아요?" 그녀는 애원하는 듯한 눈빛으로 물었다.

"아니, 그럴 수 없어요. 난 당신 말이 어디까지가 진실인지도 모르겠소. 당신은 날 사랑한다고 하면서도 다른 남자를 침대로 끌어들이는 사람이잖아요. 그게 앞뒤가 맞다고 생각해요?"

"다른 남자는 없어요, 맹세해요. 내 인생에는 오직 두 남자, 올리버와 당신밖에 없었다고요."

"마리아는 당신한테 애인이 많았다고 하던데요."

클라우디아는 자포자기한 듯 웃었다. "그래요, 마리아가 그렇게 얘기했다면 당연히 그 말이 맞겠죠! 나, 이 못된 클라우디아는 창녀라고요! 그런데 그 정보의 출처가 어딘지 알아요? 바로 친애하는 내 남편이라고요. 그는 항상 내 험담만 하거든요. 뭐 어쨌든, 그 얘긴 그만두죠. 말해봐야 소용없으니까. 다시 한 번 말하지만, 난 당신을 사랑해요. 이런 감정은 처음이에요. 당신도 당신 자신에게 솔직해진다면, 나와 같은 감정을 느낄 거라 생각해요. 지금까지 우리는 아주 잘 맞는 짝이었잖아요. 왜 앞으로도 계속 그렇게 해나가면 안 되는 거죠? 날 사랑하지 않는다면 그렇다고 말해봐요. 지금 여기서 말해보라고요."

리히터는 고개를 가로저었다. "그럴 수는 없어요. 시간을 좀 줘요. 일단은 지금까지 해왔던 것처럼 하고."

"좋아요, 그럼 그렇게 해요. 일주일에 한 번 만나서 섹스만 하는 거예요. 제기랄, 사는 게 뭐 이렇담!" 그녀는 담배에 불을 붙이고 한 손으로 머리를 쓸어 넘겼다. 완전히 절망한 표정이었다. "조금이라도 좋으니 당신이 날 사랑해주기만 한다면! 당신도 사람이라면 나한테 어느 정도는 감정이 있어야 하는 거잖아요! 혹시 부인을 정말 사랑하는 거예요?"

"아니, 난 클라라를 사랑하지 않소. 내가 사랑이란 걸 할 수나 있는 놈인지도 모르겠다고 전에 한 번 말했던 것 같은데요. 어쩌면 이게 내 문제인지도 모르겠소. 이리 와요, 안아줄게요."

클라우디아는 반쯤 피운 담배를 비벼 끈 뒤 그의 곁으로 가서 앉았다. 그는 그녀의 머리와 등을 쓰다듬었다. 그녀에게 동정심을 느낀 그는 지금 이 순간만큼은 타인의 심리를 꿰뚫어보는 능력 따위는 없는 평범한 남자이길 바랐다. 그녀는 그에게 기대어 그의 손길에 몸을 맡겼다. 잠시 후 그녀는 그에게 키스하고는 그를 쳐다보았다.

"사랑해요." 그녀가 말했다. "딩신이 날 떠난디면 난 죽어버릴 거예요. 하긴 오늘 아침에 마리아의 소식을 들었을 때 이미 거의 죽을 뻔했죠. 정말이지 죄책감만 들어요. 제발 날 용서해줘요."

리히터는 마른 침을 삼키며 고개를 끄덕이고는 자리에서 일어났다. "난 가봐야 해요. 내일이나 모레 전화할게요. 괜찮소?"

"네. 부디 날 떠나지만 마요. 당신은 내가 믿고 있는 유일한 사람이니까요."

리히터는 비참한 기분이 들었다. 집에 도착해 차를 몰고 차고로 들어가자 대문이 저절로 닫혔다. 클라라는 또 어디론가 나갔는지, 집은 비어있었다. 자동응답기에 메시지 하나가 있었지만 듣고 싶지 않았다. 그는 코냑 한 잔을 마시며 머릿속의 근심을 몰아내려 애썼다. 한 잔, 또 한 잔. 그는 자신의 인생을 저주했다.

오후 8시 45분

자네트 리버만은 동료 한 명과 식사하는 내내 반 다이크의 딸이 비극적으로 죽은 일에 대해 이야기를 나누었다. 오전 중 이미 한 시간가량 촬영하던 중에 그 소식을 들게 된 감독은 결국 토요일 오전에 촬영을 재개하는 게 좋겠다고 말했다. 무슨 일이 있어도 촬영 스케줄을 엄수해야만 했는데, 그렇지 않으면 일개 영화제작사로서는 감당할 수 없는 비용이 발생할 터였기 때문이다. 원래는 오늘 밤 시내에서 촬영을 진행하기로 되어 있었지만 그 스케줄은 취소되었다. 자네트 리버만과 반 다이크는 아주 친한 사이였지만 그건 일종의 우정 관계일 뿐, 아직 함께 잔 적은 없었다.

15분 만에 집에 돌아온 자네트가 욕조에 물을 받고 있는데 초인종이 울렸다. 시계를 보는 그녀의 얼굴에 미소가 번졌다. 저녁에 만나기로 전화로 약속했던 사람이 도착한 것이었다. 문 열림 버튼을 누르자 곧 조용히 문이 닫히는 소리가 들렸다.

"와줘서 얼마나 기쁜지 몰라. 다시는 못 보는 줄 알았는데. 못 본지 얼마나 됐지? 6개월?"

"그 정도 됐지."

"뭐 좀 마실래? 어디에 뭐가 있는지는 잘 알지? 난 욕조에 물을 받는 중이었어. 어때, 같이 들어가지 않겠어? 욕조가 넓어서 두 명이 들어가도 충분할 텐데." 자네트는 누구든지 한 번 들으면 매료될 만한 특유의 온화하고도 도발적인 목소리로 말했다.

"반대할 이유가 없지. 따끈한 욕조에 들어가면 긴장도 풀리고, 그 안에서 다른 기분 좋은 일들도 할 수 있을 테니까. 마시는 건 나중에 하지, 뭐."

욕조에 몸을 담근 그들은 헌신적으로 키스하고, 입으로 서로의 몸을 애무했다. 그렇게 한 시간 정도 물속에서 시간을 보낸 뒤 수건으로 몸을 닦은 그들은 벌거벗은 채 침실로 향했다. 침대는 지난밤 리히터가 왔다 간 이후 정리가 안 된 채 그대로 있었다.

"미안, 침대 정리할 시간도 없었어. 엉망이지?"

"아니, 뭐 어때? 어차피 금방 또 누울 건데. 근데 마리아 반 다이크 소식 들었어? 정말 끔찍하지 않아?"

"그래, 우리 모두 다 깜짝 놀랐다니까. 올리버가 마리아를 얼마나 끔찍이 생각했는데. 오죽하면 자기 부인보다 딸을 더 사랑했다고 하더라고."

"그럼 그 둘이……"

"아냐, 말도 안 돼! 내가 그를 잘 아는데, 절대 자기 딸하고 그런 짓을 할 사람이 아냐. 이제 뭐 좀 마셔볼까? 진토닉, 맞지?"

"내 취향을 너무 잘 안다니까. 난 누워서 기다리고 있을게."

아래층으로 간 자네트는 잔 두 개에 진토닉과 얼음을 넣은 스카치를 각각 따랐다. 지금부터 보낼 시간이 낮 동안의 우울한 생각들을 다 물리쳐 주리라. 그러나 사실 자네트는 그리 많이 우울하지는 않았고 어떤 면에서는 꽤 태연했다. 인생을 즐기는 타입이었던 그녀는 일찍이 절대로 다른 사람의 불행에 휘둘리지는 않겠다고 결심했던 터였다. 그래서 과도하게 남을 동정하는 일은 그녀의 사전에 없었다.

그녀는 두 개의 술잔을 들고 침실로 돌아갔다. 그들은 술을 마시고, 서로 바라보며 쓰다듬었다.

"누워봐." 자네트가 말했다. "이제 게임을 시작해야지. 이번에는 네가 먼저고, 내가 나중이야. 괜찮지?"

상대방은 고개를 끄덕였다.

자네트는 침대 옆 협탁 서랍에서 수갑을 꺼냈다. 그녀의 움직임과 눈빛은 관능 그 자체였다. 그녀는 상대방의 손목에 수갑을 탁하고 채운 뒤 흰색 실크 스카프로 눈을 가렸다. 그러한 행동 하나하나가 그녀를 흥분시켰고, 긴장으로 온몸이 곤두섰다. 그녀가 일방적인 게임을 마치는 데는 한 시간이 걸렸다. 숨을 헐떡이는 그녀의 이마에서 땀방울이 반짝거렸다.

"자, 이제 내 차례야." 자네트는 이렇게 말하고는 스카프와 수갑을 풀고 혀로 입술을 적셨다.

"넌 나를 완전히 기진맥진하게 만들었어, 알아?"

"난 최고거든, 절대 못 잊을걸." 자네트는 똑바로 누워 양팔을 침대의 철봉으로부터 불과 몇 센티미터 안 떨어진 지점까지 뻗은 뒤, 두 다리를 벌렸다. 그녀가 말을 다 끝마치기도 전에 차가운 수갑이 그녀의 손목을 낚아챘고, 두 눈에는 스카프가 묶였다. 배가, 가슴이, 허벅지 사이가 간지러운 느낌이었다. 그녀는 자신이 상대방 고문자에게 무방비 상태로 내맡겨지는 그 시간이 어서 시작되기만을 바랐다. 아무것도 보지 못한 채 오직 상대방의 손길, 입술과 질 속을 파고드는 그 단단한 물체를 느끼는 것. 그것은 그녀를 금세, 또 점차 빠르게 이루 말할 수 없는 절정에 도달하게끔 만들었다.

긴장을 늦추지 않고 있는 자네트의 입가에 엷은 미소가 어렸고, 흐릿한 촛불의 불빛 속에서 그녀의 도톰한 빨간 입술이 반짝 빛났다. 순간 그녀의 몸을 위에서부터 아래로 훑어 내려오던 상대방의 손가락이 그녀의 배꼽 주위를 맴돌았다. 그녀의 가슴을 가지고 놀던 상대방의 입술은 이제 유두를 빨고 있었다. 가슴이 가장 민감한 성감대였던 그녀는 벌써부터 절정을 느끼고 있었다.

그때 갑자기 상대방의 움직임이 멈췄다. 자네트는 이마를 찌푸렸다. "왜 그래? 왜 멈춘 거야?"

"금방 다시 할 거야. 내가 새롭고 더 재밌는 걸 생각해냈거든. 잠깐만 기다려봐."

가위로 뭔가를 자르는 소리를 들은 자네트는 대체 그게 뭐냐고 물었다. 순간 끈적거리는 뭔가가 그녀의 입을 누르는 것이 느껴졌고, 발목에 철컥 하고 수갑이 채워지는 소리가 들렸다. '새로운 게임이라니, 어쩌면 또 다른 절정을 맛볼 수 있지 않을까?' 그녀는 생각했다.

"자, 사랑하는 자네트. 이제 제대로 시작해보자고. 맹세하는데, 넌 오늘 밤을 결코 잊지 못할 거야. 지금 네가 완전히 무방비 상태라는 거 알고 있어? 지금 이 순간 무슨 생각을 하고 있지? 무방비 상태란 언제나 두려움을 불러일으키게 마련인데. 무방비 상태와 두려움. 두려움과 무방비 상태. 너 지금 두렵니?"

자네트는 고개를 가로저었다. 비록 상대방의 목소리가 이상하리만치 멀게, 왜곡되고 부자연스럽게 들리기는 했지만.

"흠, 이런, 다른 사람들은 전부 엄청 두려워하던데. 내가 누굴 말하고 있는 건지 알기나 해? 순서대로 알려줄게. 카롤라 바이트만, 요안나 알베르츠, 에리카 밀러, 유디트 카스너, 베라 코슬로브스키, 그리고 지난밤에는 마리아 반 다이크. 내 계획을 완수하려면 전부 일곱 명이 되어야 하는데, 한 명이 모자라네. 이제 너도 그 한 명이 누군지 알겠지."

자네트는 숨이 턱 막히는 기분이었다. 어제 리히터가 그녀에게 조심하라고 경고했던 일이 떠올랐다. 그녀는 자신에게 이런 위험이 닥치리라고는 상상도 못했었다. 지금까지 그 모든 상황을 담대하게 넘기며 자신의 앞날엔 장애물이 있을 수 없다고 생각했고, 자신이 태어나서부터 양달 쪽에 속해 있다고 확신했으니까. 그녀 이전의 다른 사람들이 그랬던 것처럼, 그녀도 팔과 다리에 묶인 수갑을 흔들어댔고 고개를 이리저리 돌리며 소리 쳐보려 했지만, 막힌 입에서는 신음소리만 겨우 새어 나올 뿐이었다.

"네가 마지막이야. 왠지 알아? 넌 이 저주받을 세상에서 제일 더러운 쓰레기이니까. 사람들은 널 보고 감탄하면서도 너의 본 모습은 알지 못하지. 넌 아주 비열하고, 악랄하고, 믿을 수 없을 정도로 냉정해. 이제 그 냉정함을 네 자신이 느끼게 해줄게." 상대방은 피식 웃더니 그녀의 배를 쓰다듬고 다리 사이를 꽉 움켜쥐었다. "경찰들이 무슨 생각을 하고 있는지 알아? 오늘 밤 내가 오버라트에서 범행할 거라고 생각한다니까. 도처에서 검문에, 시민 경찰에, 그들은 내가 아무것도 모르는 줄 아나 봐. 난 면허증까지 제시하고도 무사히 통과했는데. 멍청하고 어리석게도 여전히 날 찾고 있겠지. 그러다 내일이나 되어야 널 발견할 거고. 이전의 경우들과 마찬가지로 말이야. 끔찍하지 않아? 그렇게 누워서 아무것도 할 수가 없으니. 네 쪼끄만 보지가 두려움 때문에 말라버리고 넌 아무 생각도 나지 않겠지. 너, 내가 누군지나 알아? 아니, 모르겠지. 한 번도 공식적으로 서로 소개한 적도 없는 데다 내 실명도 모를 테니까. 난 네가 참석하는 모임을 알아냈고, 넌 나한테 홀딱 빠져서는 곧 부끄러운 줄도 모르고 들이댔어. 그게 네 잘못이었지. 너희 유명인들은 다른 일에는 항상 신중하면서, 섹스에 관해서라면 그렇게 비밀스럽게 굴더군. 정말 안됐어, 내가 할 말은 이것뿐이야. 이제 말은 그만하고 슬슬 끝을 내볼까, 이 빌어먹을 창녀야. 리히터 말고 또 누구랑 그 짓을 한 거야? 반 다이크? 하긴 나와는 아무 상관 없는 일이지. 어쨌든 네가 없어도 반 다이크는 촬영을 계속 진행해야 하겠지. 너의 공백을 어떻게 해결할지 궁금한걸. 뭐, 그건 그 사람들 문제지만."

자네트의 심장이 쿵쾅거렸다. 속이 메스꺼웠고, 두려운 나머지 땀이 흘렀다. 순간 배에 숨이 멎을 듯한 엄청난 충격이 가해지더니, 곧 마치 사과라도 하듯 가슴에 부드러운 키스가 이어졌다. 이게 그녀가 그토록 찾아 헤맸던 극도의 절정에 이르는 게임이란 말인가? 이번에는 가슴, 배, 치구에 차례대로 구타가 이어졌다. 엄청난 고통이 느껴졌다.

"네 유두는 항상 이렇게 빳빳하게 서 있더군. 아 참, 잊어버리기 전에 내가 왜 널 죽일 수밖에 없는지 그 이유를 말해줄게. 넌 전갈자리고, 상승점은 사자자리야. 난 너희가 하나같이 전부 다 타락했다고 확신하게 되었지. 너희는 인간 말종이야. 어쩌면 마리아 반 다이크는 예외였는지도 모르지만, 고것 하나 때문에 내 계획을 변경할 수는 없었어. 이제 몇 분만 지나면 넌 오리온의 발이 될 거야, 아니, 그 발에 짓밟힌다고 해야 하나. 미안해, 자네트. 하지만 삶이 다 이런 거 아니겠어? 죽음도 마찬가지고……," 비웃는 소리, 라이터를 켜는 소리, 시가가 타들어 가는 소리가 차례로 들렸다. "시가가 이런 맛이었구나. 나쁘지 않은 걸. 그래도 난 담배가 더 좋아……. 그거 알아? 난 네 가슴이 너무 좋아. 하지만 이제 곧 이 아름다움도 사라지겠지."

또다시 키스와 쓰다듬기. 뒤이은 한쪽 유두가 물어뜯기는 고통은 말로 표현할 수 없을 만큼 엄청났고, 이에 정신을 잃은 자네트는 두 번째 고통은 거의 느끼지도 못할 정도였다.

자네트는 두 개의 상처 위에 차가운 수건이 놓이는 느낌 때문에 다시 깨어났다. 심장은 짧게 쿵쿵 뛰고 있었고, 숨 쉬기가 힘들었다. 악몽과도 같은 상황. 그녀가 주인공이지만 그 누구도 보지 않을 영화. 그녀는 두려웠다. 난생 처음 느껴보는 진정한 두려움이었다. 맡은 배역을 연기하기 위해 두려움과 불안을 표현하기도 했지만, 사실 그녀는 사람들이 우울증이나 두려움을 호소하는 걸 전혀 이해하지 못했었다. 그녀는 죽고 싶지 않았다. 더구나 이렇게는.

'살려 줘.' 그녀는 속으로 애원했다. '뭐든 원하는 대로 해도 되니까 살려만 줘. 아무한테도 말하지 않을게. 맹세해.' 그러나 그녀의 소리 없는 애원은 들리지 않았다. 그녀는 울면서 몸을 덜덜 떨었다. 추웠다. 추위와 가슴의 타는 듯한 통증만이 그녀가 아직 살아있다는 사실을 알려주었다.

"자, 그럼 이제 슬슬 끝내볼까. 아직 바늘 하나가 남았어. 조금 전의 고통에 비하면 이건 아무것도 아닐 거야. 네 독침을 꽂아주려고 해. 피어싱과 별반 다르지 않아. 어쨌든, 나 같으면 절대로 이 아래를 뚫는 짓은 안 할 거야. 난 치과 가는 것도 무서워하거든.

다음 주에 또 가봐야 하지만. 생각만 해도 끔찍한 거 있지! 자, 그럼 이제 미안하지만 이걸 꽂아야겠어…… 다 됐다. 네 예쁜 입술은 이제 완전히 닫혔어. 더는 아무도 못 들어가. 잘 숨어있지 그랬어. 그럼 좀 더 살 수 있었을텐데. 자, 작별 인사할 시간이야. 난 곧 집에 가봐야 하거든.”

자네트는 상대방의 입술이 이마와 목에 닿는 걸 느꼈다. 따뜻한 감촉, 그러나 온몸에 한기를 돋게 하는 키스가 이어지고 곧이어 그녀의 목에 올가미가 씌워졌다. 밤 12시 5분, 영화배우 자네트 리버만의 심장이 멈추었고, 그 이후에는 암흑뿐이었다.

토요일

오전 10시 30분

율리아가 중간에 깨지 않고 그렇게 오래 잔 건 정말 몇 달 만이었다. 전화벨만 울리지 않았어도 충분히 더 잘 수 있었을 터였다. 힘겹게 눈을 뜬 그녀는 손을 더듬어 침대 옆 탁자 위에 놓아둔 전화기를 집었다.

"여보세요?"

"펠트만입니다. 뒤랑 형사님이십니까?" 펠트만은 살인사건 수사반 동료였지만 그녀와는 같이 일한 적은 거의 없었다. 말투가 워낙 거칠고 퉁명스러워 그녀는 그를 그다지 좋아하지 않았다. 3년 전 그는 용의자를 심문하던 도중에 두들겨 팼다는 혐의로 고소당한 적도 있었다. 비록 그는 격렬하게 논쟁했지만, 증거 부족으로 고소가 취하될 때까지 몇 주간 정직 상태로 있어야 했다. 하지만 율리아가 아는 그는 때때로 말보다 주먹이 더 먼저 나가곤하는 사람이었다.

"그런데요, 무슨 일이시죠?"

"대기 근무 중이 아니신 건 알지만, 또 시신이 발견되었습니다. 자네트 리버만이라고, 형사님도 아실 겁니다. 형사님이 맡으시는 게 나을 것 같아서요."

"뭐라고요? 그 영화배우 말이에요?"

"네. 언제쯤 오실 수 있습니까?"

"어디로 가야 하는데요?"

"오펜바흐의 부흐라인 가예요. 오시면 우리가 보이실 겁니다."

"30분 내로 갈게요. 프랑크 형사한테도 연락해주세요." 율리아는 이렇게 말한 뒤 전화를 끊었다.

침대에서 뛰쳐나온 그녀는 볼일을 본 뒤 재빨리 세수하고, 옷을 입었다. 그러고는 바나나 두 개와 초콜릿 바 한 개를 입으로 욱여넣은 뒤 커다란 잔에 우유를 따라 마셨다. 아래층으로 내려가는 길에 그녀는 골루아 한 개비에 불을 붙였고, 우편함에 들어있던 <프랑크푸르터 룬트샤우>를 꺼냈다. 1면에는 여성 살인사건에 대한 짤막한 기사가 실려 있었고, 자세한 내용은 지방소식란에서 찾아볼 수 있었다. 그녀는 인기 여배우가 죽었다고 하면 사람들이 얼마나 난리를 칠지 눈에 선했다. 온 나라가 경악하고, 비통해하고, 혼란에 빠질 터였다.

구름 한 점 없는 하늘에서 햇볕이 쨍쨍 내리쬤고, 기온은 이미 12도를 넘기고 있었다. 차에 올라탄 그녀는 출발한 지 15분도 채안 되어 오펜바흐와 프랑크푸르트의 경계에 인접한 부흐라인 가에 도착했다.

펠트만의 말마따나 그녀는 한눈에 경찰차들을 찾을 수 있었다. 한 순찰차 뒤에 자신의 코르사를 주차한 그녀는 차에서 내려 경관 한 명을 지나쳐 대문 쪽으로 갔다. 열린 대문 앞에는 또 한 명의 경관이 서 있었다. 율리아는 그에게 신분증을 슬쩍 내보이고 는 아무 말 없이 집 안으로 들어갔다. 펠트만은 오펜바흐 경찰서 소속 경관 두 명과 복도에 서서 대화 중이었다. 율리아가 들어서 자, 그들의 대화는 뚝 그쳤다.

"시체는 어디 있어요?" 율리아가 물었다.

"위층 침실에요. 아무것도 손대지 않았습니다. 일단은 형사님이 먼저 보셔야 할 것 같아서요. 사진사도 이미 도착했고요."

"전화해줘서 고마워요. 누가 발견했죠?"

"자네트 리버만은 밀린 촬영 스케줄 때문에 오늘 아침 8시부터 촬영이 잡혀있었다고 합니다. 여러 번 전화했는데도 받지 않자, 촬영장에서 사람을 보냈고요. 그 사람이 와보니 대문은 살짝 열 려있었고, 그 이후는 말하지 않아도 아시겠죠."

"그럼 저는 일단 프랑크 형사가 올 때까지 기다릴게요. 정말 아 무것도 손대지 않은 거 맞죠? 시체를 발견한 사람도요?"

"그렇습니다. 그 사람은 시체를 보자마자 신고했다고 했어요. 평범한 영화사 직원이에요."

율리아는 다시 밖으로 나갔다. 집에서 조금 떨어진 곳에 몇몇 구경꾼이 모여 호기심 어린 눈빛으로 현장을 보고 있었다. 담배 에 불을 붙인 율리아는 계단 위에 앉았다.

얼마 후 프랑크의 BMW가 끽 하는 바퀴 소리를 내며 모퉁이를 돌아 그녀의 코르사 뒤에서 멈췄다. 그녀가 있는 곳으로 달려온 프랑크는 헐떡이는 목소리로 말했다. "이런 날벼락이 어디 있어 요? 오버라트에 집중하고 있었는데 오펜바흐에서 일을 저지르다 니! 이해할 수가 없네요."

"그럼 지도를 한 번 봐요, 헛똑똑이 씨." 율리아는 차분하게 대 답했다. "저 위로 몇 미터만 더 가면 프랑크푸르트잖아요. 그놈은 우릴 철저하게 엿 먹일 생각이었던 거예요. 마지막 희생양으로 자네트 리버만을 고른 것도 그렇고. 텔레비전만 켜면 볼 수 있는 사람 말이에요."

"진짜 헛똑똑이가 누군데 이래요! 그러는 당신은 왜 이런 일이 생길 거라고 생각 못했답니까?"

율리아는 짜증 난다는 듯 손을 내저었다. "이전의 모든 살인이 프랑크푸르트에서 일어났으니까, 당연히 다음번에도 프랑크푸르트 내에서 발생할 거라 예상한 거죠. 하필 리버만이라니! 범인이 우리가 아는 사람들 중에 있다는 게 점점 더 분명해지고 있어요. 어쩌면 우리와 이야기를 나눴던 사람인지도 몰라요. 반 다이크, 클라이버, 마이바움, 리히터에게 누구랑 친하냐고 물어봤을 때 그들이 뭐라고 대답했는지 기억해요? 유디트 카스너, 바이트만 부부, 베라 코슬로브스키, 자네트 리버만은 바로 거기 속해있었어요. 마리아 반 다이크와 레벨은 말할 것도 없고요. 우리가 지금까지 만났던 사람들 중 누가 살인범일 것 같아요? 클라이버? 마이바움?"

프랑크는 어깨를 으쓱했다. "사실 아무도 아니에요. 어쩌면 이제까지 전혀 고려해보지 않은 사람일지도……."

"하지만 난 아무래도 그 성불구에 대한 생각이 머리에서 떠나질 않아요." 율리아는 프랑크의 말을 못 들은 척 말했다. "클라이버가 정말 유디트와 잠자리를 하지 않았는지 확신할 수는 없어요. 마이바움은 자기가 성불구라고 당신한테 대놓고 고백했고요. 두 사람 다 일부러 거짓말을 했을 수도 있어요. 둘 다 아주 영리한 사람들이니까요. 그들의 알리바이를 자세히 조사해봐야 해요. 정말 확실한 알리바이가 있어야만 혐의를 벗을 수 있어요. 하지만 그렇게 되면 우리에겐 문제가 되겠죠."

리포터와 사진기자들, RTL 방송국 팀이 현장에 와있었는데, 그 중 일부는 출입금지선을 넘어 들어오려 하고 있었다. 시간이 지날수록 기자들은 더 많이 몰려들었다. 율리아는 그들에게로 성큼성큼 걸어갔다.

"이번에 그 연쇄살인범에게 살해당한 사람이 정말 자네트 리버만인가요?" 그들 중 한 명이 손에 수첩을 든 채 물었다. 여기저기서 카메라 플래시가 터졌다.

"드릴 말씀 없습니다." 율리아는 단호하게 말했다. "어서 장비들을 챙겨서 돌아가세요. 머지않아 정보를 얻게 되실 테니까요."

하지만 사람들은 현장을 떠날 줄을 몰랐다. 시끄럽게 웅성대는 소리가 들렸다. 모두가 남보다 먼저 특종을 잡으려는 생각뿐이었다. "단서는 찾으셨습니까? 구속된 사람이 있나요?"

"다들 귀가 먹었어요? 드릴 말씀 없다고 했잖아요! 계속 이렇게 신경을 건드리면 여러분들 모두 구속되는 수가 있습니다."

"뒤랑 형사님, RTL 채널 〈엑스플로지프〉 팀입니다. 저희가 범인을 찾는 데 도움이 될 수도 있지 않을까요?" 20대 중반으로 보이는 한 여자가 이렇게 물으며 율리아에게 마이크를 갖다 댔고, 카메라맨도 율리아 쪽으로 카메라를 돌렸다.

"오늘 오후 3시에 프랑크푸르트 경찰청에서 기자회견을 열 겁니다. 자세한 내용은 그때 들으시고, 도와주신다면야 저희는 물론 환영이죠. 일단 좀 기다려주세요, 부탁입니다."

율리아는 다시 프랑크가 있는 곳으로 돌아가 그와 함께 집 안으로 들어갔다. 자기 할 일을 모두 끝마친 사진사는 짧은 목례로 그들에게 작별인사를 했고, 검시관은 이미 시체 곁에 가 있었지만 아직 아무것도 만지지 않고 있었다. 두 형사를 기다리는 모양이었다.

자네트 리버만은 침대에 누워있었다. 그녀가 죽은 뒤에 범인이 머리를 빗겨놓았는지, 그녀의 풍성한 붉은색 머리칼은 단정해 보였다. 한쪽 팔은 몸 옆에, 다른 쪽 팔은 밖으로 뻗어있었고, 충혈된 두 눈은 크게 뜬 상태였으며, 부분적으로 금목걸이에 가려있긴 했지만 목에는 교살의 흔적이 선명했다. 그녀는 짧은 초록색 원피스와 얇은 검정 실크스타킹, 굽 높은 펌프스 차림이었다. 손가락에는 금반지 두 개를 끼고 있었고 오른쪽 손목에는 금팔찌를, 왼쪽에는 불가리 시계를 찬 상태였고, 오른쪽 발목에는 발찌도 있었다. 이 많은 장신구 속에서도 수갑에 눌려 멍이 든 자국들은 뚜렷하게 보였다. 침실에서는 향을 피운 냄새와 함께 냉기가 감돌았다. 침대 옆 협탁 위에는 잔이 하나 놓여있었는데, 잔 바닥에 갈색 액체가 말라붙어 있었다. 율리아는 잔에 코를 갖다 댔다. 술 냄새였다.

손에 장갑을 낀 율리아는 협탁 맨 윗서랍을 열었다. 시가 두 개, 담배 한 갑, 콘돔 한 팩, 손톱깎이, 손톱 줄, 티슈 한 팩, 새 메모지 몇 장, 피아제 손목시계가 들어있었다. 그 아랫서랍에는 오래된 대본들, 그리고 다른 배우들과 찍은 사진 몇 장이 있었다.

화장대 위에는 각종 화장도구들과 헤어브러시, 빗, 손거울, 무선 전화기의 수화기가 놓여있었다. 집에서 그와 똑같은 전화기를 쓰는 율리아는 자네트가 마지막으로 누구에게 전화를 걸었는지 알아보기 위해 재다이얼 버튼을 눌렀다. 액정화면에 뜬 번호를 본 율리아는 이마를 찌푸렸다.

"이것 좀 봐요." 그녀는 프랑크에게 말했다. "이 번호 낯익지 않아요?"

프랑크는 어깨를 으쓱했다. "글쎄요, 무슨 번호인데요?"

"리히터의 번호예요. 죽기 전에 마지막으로 통화한 사람이 리히터네요. 자네트 리버만과 무슨 관계인지 물어봐야겠군요."

"이차피 이 사건과는 별 상관 없지 않겠어요?"

그때 모르프스가 말을 꺼냈다. "이제 내가 좀 봐도 되겠소? 주야 장천 기다리는 건 딱 질색이라니까. 오늘은 주말인데다 대기 근무도 없는 날이란 말이요." 그는 불쾌한 듯 말했다.

"그건 저희도 마찬가지예요." 율리아 역시 화난 얼굴로 대답했다. "지금 시작해서도 돼요." 그녀는 프랑크를 보았다. "정말 기분 나쁜 생각이 들어요. 갑자기 리히터에 대해 생각하기도 싫어지네요. 혹시 그가……?"

프랑크는 손가락으로 이마를 두드렸다. "머리가 어떻게 된 거 아니에요?" 그는 조용한 목소리로 말했다. "리히터는 우리한테 범인 프로파일을 제공해준 사람이에요! 그일 리가 없다고요!"

"그렇다고 불가능한 일은 아니에요. 리히터 본인이 말했듯이 인간의 정신과 행동은 최근 몇 년간 많이 변했다고요. 아무튼 왜 그의 번호가 여기 뜨는지 물어볼 거예요."

"잘못 생각하는 거예요. 말실수나 하지 않게 조심해요."

"지금으로서는 말실수할 거리도 없잖아요. 어쩌면 범인이 이번에는 결정적인 실수를 한 걸지도 몰라요."

"하지만 전화한 건 자네트 리버만이지 리히터가 아니라고요."

"그래서요? 리히터가 다른 건 다 조심했으면서 전화번호 지우는 것만 잊어버린 걸 수도 있어요."

"이런, 내가 보기에 당신은 아무나 무조건 잡고 보자는 거 같은데, 아닙니까? 아무튼 당부하는데, 제발 조심해요. 앞으로 리히터의 도움을 받을 일이 더 있을 수도 있다고요. 당신 원하는 대로 하되, 부디 난 거기서 빼줘요. 리히터는 살인범이 아니에요. 이번에는 내 직감이 확실해요."

"당신이 그렇다면야." 율리아는 전화기를 다시 화장대에 내려놓고 모르프스 곁으로 갔다. "어때요? 죽은 지 얼마나 됐죠?" 그녀는 이제 맨몸으로 누워있는 자네트의 시체를 훑어보며 물었다. 불과 몇 시간 전까지만 해도 유두가 있었을 자리에는 피가 말라붙어 있었다. 가슴과 팔, 배에는 세게 맞아서 생긴 혈종이 뚜렷했다. 하지만 그 모든 것에도 불구하고 자네트의 얼굴은 왠지 편안해 보였다.

"잠깐만요." 모르프스는 이렇게 말하고는 시체의 항문에서 빼낸 체온계를 쳐다보았다. "26.3도. 아직 꽤 따뜻한 걸 보니 사망한 지 열 시간에서 열두 시간 정도 된 것 같소. 사후경직은 완전히 이루어졌고, 시반의 전이도 멈췄어요. 하지만 사후경직은 강직증에 의한 것일 수도 있소. 그러니까, 사망 직후에 이미 몸이 굳어……"

"좀 쉽게 말씀해주시겠어요?" 율리아가 그의 말을 끊었다.

"다른 피살자들과 마찬가지로 이 여자도 죽기 전에 극심한 신체적 고통에 시달리다 보니 사망 전에 이미 지칠 대로 지쳐있었던 거요. 이런 극도의 탈진상태는 ATP(아데노신삼인산의 약자—역주) 결핍을 일으키지. ATP는 간단히 말해 신진대사와 관련 있는 성분이오. 내가 각 보고서에 기록했다시피, 다른 피살자들도 이런 강직증성 사후경직을 보였어요. 뭐, 그렇다고 여기 별다른 의미가 있는 건 아니오. 그저 이들이 죽기 전에 말 그대로 지옥을 경험했다는 사실을 보여주는 것일 뿐."

"별게 다 있군요. 강직증성 사후경직이라, 처음 들어봐요. 다른 건요?"

"그게 다예요. 이제 시체는 연구소로 보낼 거요. 다른 검사도 해봐야 할 테니까."

모르프스는 시체에 대한 사항을 녹음했고, 율리아와 프랑크는 과학수사반이 일할 수 있도록 집 밖으로 나왔다.

"이제 어쩌죠?" 프랑크가 물었다. "정말 리히터를 쪼아 볼 생각이에요?"

"안 될 건 뭐예요? 어쨌든 그는 마리아 반 다이크와 자네트 리버만이 살해당하기 얼마 전에 그들과 연락했던 사람이에요. 난 그에게 해명을 들어야겠어요. 겁이 나면 당신은 안 가도 돼요."

"말도 안 돼요! 당연히 같이 가야죠."

거리에는 그새 사람들이 운집해있었다. 기자들은 차로 향하는 두 형사에게 질문을 퍼부어댔지만, 아무런 대답도 들을 수 없었다. 차에 탄 율리아는 휴대폰으로 리히터의 집에 전화를 걸었다. 전화를 받은 그의 목소리는 피곤하고 힘든 듯 들렸다.

오후 12시 45분

문을 열고 형사들을 맞이한 리히터는 밤새 잠을 이루지 못한 듯 보였고 입에서는 술 냄새가 풍겼다. 그들은 다 함께 리히터의 방으로 들어갔고, 리히터는 문을 닫은 뒤 말없이 손으로 의자를 가리켰다. 그러고는 자기는 호주머니에 손을 넣은 채 그대로 서 있었다.

"제가 뭐 도울 일이라도?" 그는 힘없는 목소리로 물었다.

"리히터 박사님, 자네트 리버만을 아시죠?" 율리아는 이렇게 말하며 리히터의 반응을 주시했다.

그는 고개를 끄덕였다. "네, 그런데요?"

"자네트 씨는 어젯밤 살해당했습니다. 다른 여성들과 마찬가지

516

로요."

그는 눈을 가늘게 뜨며 책상 앞에 앉았다. "지금 무슨 말씀을 하시는 겁니까? 자네트도 죽었다고요? 대체 어떻게 된 일이죠?"

"말씀드린 그대로예요. 저희가 이렇게 온 이유는, 자네트 씨가 마지막으로 통화했던 사람이 박사님이기 때문입니다. 자네트 씨 집 전화기의 재다이얼 버튼을 눌렀더니 박사님 번호가 뜨더군요. 어떻게 된 일인지 설명해주실 수 있나요?"

리히터는 고개를 갸우뚱하며 눈을 감았다. 어젯밤 클라우디아 반 다이크를 만난 이후로 쭉 비참한 기분이었던 데다, 방금 들은 소식은 정말이지 감당하기 힘들었다.

그가 대답하지 않자, 율리아는 좀 더 날카로운 말투로 다시 한 번 물었다. "이 상황을 설명해주시겠어요, 리히터 박사님?"

"네, 설명하죠. 어젯밤에 제가 외출했다 돌아와 보니 자동응답기에 메시지가 하나 와있더군요. 하지만 저는 그걸 아직 듣지 않았습니다. 원하신다면 지금 같이 들어보시죠."

그가 몸을 앞으로 숙여 버튼을 누르자, 자동응답기의 음성이 전화가 온 날짜와 시간을 말해주었다. 오후 8시 32분이었다.

곧이어 자네트 리버만의 목소리가 흘러나왔다.

"안녕, 자기, 직접 만나서 얘기하고 싶었는데, 유감이네요. 너무나 좋았던 그 날 밤에 대해 고맙다고 말하고 싶었어요. 당신은 정말 최고예요. 오기로 한 사람이 있어서 이만 끊어야겠네요. 다시 연락할게요. 그럼 또 만날 때까지 잘 있어요. 안녕."

율리아는 의아한 얼굴로 리히터를 보았다. "실례되는 질문일 수도 있지만, 박사님은 자네트 씨와 연인관계였나요?"

리히터는 어깨를 으쓱해 보였다. "설령 그랬다고 해도, 인제 와서 그게 무슨 상관입니까? 저는 그저께 자네트의 집에 가서……."

뭐, 그런 일이 있었습니다. 제가 그 살인사건과 무슨 관계가 있을 거라고 의심하고 계신 기 아닌가요? 충분히 이해합니다. 에리카와 요안나를 제외한 다른 여성들과 다 아는 사이였으니까요. 무슨 이런 저주받은 인생이 다 있답니까!"

"어젯밤 8시부터 새벽 1시 사이에 어디 계셨죠?" 율리아는 계속 물었다.

"어젯밤에는 시내에 쇼핑하러 갔었습니다," 그는 거짓말을 했다. "9시쯤 집에 돌아왔고요. 혹시 제 아내한테 물어보실 생각이라면, 안타깝지만 그럴 수 없으실 겁니다. 제가 귀가했을 때 아내는 집에 없었거든요. 지난밤 내내 말입니다."

"그러니까 자네트 씨와 만나지는 않으셨다는 말이군요?"

리히터는 웃음을 터뜨렸다. "뭐랑 형사님, 아까 메시지 못 들으셨나요? 자네트는 어젯밤 8시 반이 조금 넘어 저한테 전화해서는 올 사람이 있다고 했습니다. 그 올 사람이 저였다면 자네트가 그런 메시지를 남겼을 리는 없겠죠, 안 그런가요? 제가 그녀의 집에 갔던 건 그저께였지, 어제가 아니었단 말입니다!"

율리아는 두 눈을 감고 엄지와 검지로 콧등을 쥐었다. 점점 집중력이 흐트러지는 데다 기분도 엉망이었다. 사건은 자꾸만 감당하기 힘든 방향으로 진행되고 있었다.

"죄송해요, 박사님. 제가 좀 혼란스러워서요."

"괜찮습니다. 이해할 수 있어요. 자네트가 그렇게 된 게 가슴 아프긴 하지만, 마리아가 죽은 일만큼은 아니에요. 자네트와 저는 그녀가 프랑크푸르트에 올 일이 있을 때만 가끔 만나는 사이였습니다. 다행히 그럴 일은 자주 있지 않았고요."

형사들도 리히터도, 리히터의 아내인 클라라가 문밖에 서서 그들의 대화를 내내 엿듣고 있었다는 사실을 알지 못했다. 클라라는 노크한 뒤 대답을 기다리지 않고 안으로 들어왔다. 그녀가 무슨 생각을 하고 있는지는 표정으로 다 드러났다. 그녀의 입가에 비웃는 듯한 미소가 어렸다.

"당신이 웬일이야?" 리히터가 퉁명스럽게 물었다. "손님들 오신 거 안 보여?"

"이런, 당신 자네트의 집에 갔었군요. 나한테는 경찰을 도우러 간다고 했으면서. 날 속인 대가는 톡톡히 치르게 해줄게요. 두고 봐요. 마침 증인들도 계시네요. 당장 변호사를 불러야겠어요."

율리아는 웃으면서 클라라를 쳐다보았다. "어떤 증인인지는 모르겠지만, 만일 저희를 염두에 두고 하시는 말씀이라면 안타깝지만 저희는 거절해야겠네요. 한 가지 여쭤보고 싶은 게 있는데, 어젯밤에 어디 계셨나요? 목요일 밤에는요? 아, 그리고 화요일 밤에는요? 혹시 기억이 나신다면 지난 주말에 뭐하셨는지도 말씀해주시면 좋고요. 금, 토, 일요일 전부 다요."

"지금 뭐하시는 거죠?" 클라라는 빨갛게 달아오른 얼굴을 하고 검지로 엄지의 굳은살을 긁어대며 물었다.

"제 질문에 대답해주세요. 그리 어려운 질문은 아닐 텐데요."

"목요일에는 집에 있었어요. 그건 이이가 증명해줄 거예요."

"박사님?"

"네, 여기 있었습니다."

율리아는 그의 목소리에 확신이 없다고 느꼈다.

"종일 집에만 계셨다고요?" 율리아는 계속 물었다.

"아뇨, 7시에서 7시 반쯤 집에 돌아왔어요. 왜요?"

"그냥요. 그럼 박사님께서는 얼마나 오래 나가 계셨죠?"

"9시 15분 전부터 새벽 1시 정도까지요."

"그럼 그 시간 동안에는 부인 혼자 집에 계셨나요?" 율리아는 의

기양양한 미소를 띤 얼굴로 클라라를 보며 물었다.

"네, 텔레비전 앞에서 졸고 있었죠. 무슨 문제라도 있나요?"

"아뇨, 아닙니다. 저도 종종 텔레비전을 보다가 잠들곤 하죠. 부인 혼자 집에 계셨을 때 전화한 사람은 없었나요?"

"없었어요."

"그럼 어제는 어디 계셨어요?"

"친구를 만나러 나갔어요."

"친구분 성함은요?"

"이자벨이요. 대체 저한테 뭘 원하시는 거죠?" 그녀는 흥분하여 언성을 높였다.

"이자벨이라, 성은요?"

"더는 이런 말도 안 되는 퀴즈 놀이에 끼고 싶지 않네요. 이만 올라가겠어요. 잡아가려거든 어디 해보시죠. 만약 제가 그 살인사건과 무슨 관계가 있다고 의심하는 거라면 크게 잘못 생각하시는 거예요. 그럼 우리 얘기는 나중에 해요." 그녀는 차가운 눈빛으로 리히터를 향해 말했다.

클라라가 문을 닫고 나가자 리히터가 씩 웃으며 말했다. "정말 저 사람을 의심하시는 겁니까?"

"그저 살짝 겁나게 해드린 것뿐이에요. 부인께서는 목요일 밤에 정말 집에 계셨나요?"

리히터는 자리에서 일어나 창가로 가서 섰다. 정원에는 따스한 가을 햇살이 쏟아지고 있었고, 어떤 나무들은 잎이 곱게 물들어가는 중이었다. 그런 광경은 그가 몇 번인가 늦여름에 미국의 북동부 지역을 방문했을 때 인디안 서머 기간 동안에나 볼 수 있었던 것이었다.

"제가 자네트를 만나고 돌아왔을 때 아내는 집에 없었습니다.

그러다 새벽 2시 반쯤 들어와 저를 깨웠고요. 어디 갔었는지는 저도 모릅니다. 그 날뿐만이 아니라 항상 모르죠. 하지만 그녀가 이 사건과 관련이 없다는 것만큼은 보증할 수 있습니다. 다른 일로 싸돌아다니는 거예요. 부디 무슨 일인지는 묻지 마십시오. 사실 저도 별 관심 없어요. 아내를 가둬놓으려고 결혼한 것도 아닌데요. 그럼 이만 저를 좀 혼자 있게 해주시죠. 저도 인간입니다. 저한테 큰 의미가 있었던 사람이 며칠 만에 둘이나 살해당했다는 사실은 정말이지 감당하기 힘들군요."

"그렇지 않아도 가보려고 합니다. 부탁드리는데, 아내분과 말씀 좀 해봐주세요. 주말과 또 다른 요일에 어디 계셨는지 알아야 합니다. 박사님이 안 하시겠다면 저희가 대신해야 해요."

"아뇨, 제가 얘기해보죠. 어차피 물어볼 때가 된 것 같으니."

"그럼 안녕히 계세요, 박사님. 기운 내시고요. 곧 다 괜찮아질 거예요."

형사들이 떠난 뒤, 리히터는 코냑 한 잔을 따라서 담배를 피우며 위층에 있는 아내의 방으로 갔다. 그녀는 한쪽 팔로 머리를 괴고 소파에 누워있었다. 의자를 당겨 그녀 곁에 앉은 리히터는 말없이 슬픈 눈으로 그녀를 바라보았다.

오후 3시

경찰청. 기자회견.

방 안은 남는 자리 없이 꽉 찼다. 경찰청 대변인인 솅크는 수많은 마이크가 설치된 연단에 서 있었고, 그 주위에는 베르거와 동료들이 서 있었다. 살인사건에 관한 짧은 성명이 있은 뒤 기자들의 질문이 이어졌다.

"왜 그런 사건을 이렇게 늦게 발표하는 겁니까?" 〈빌트〉지의 기자가 물었다.

"늦게 발표하는 게 아닙니다." 셍크가 말했다. "수사가 어려워질까 봐 세부적인 사항들을 공개하지 않았던 것뿐입니다."

"이제 그 세부 사항을 말씀해주실 수 있나요?"

"아주 세세한 부분까지 말씀드리지는 못하는 점, 이해하시리라 믿습니다. 하지만 범인은 특정 여성들을 노리고 있습니다. 바로 사자자리를 상승점으로 하는 전갈자리에 태어난 여성들이죠."

"이 사건은 연쇄살인이 맞죠?" 〈엑스플로지프〉에서 나온 여성이 확인 차 물었다.

"그렇게 보고 있습니다."

"그럼 이제 프랑크푸르트에 거주하고 그런 별자리에 태어난 여성들은 모두 생명의 위협을 받는 겁니까?"

"아뇨, 그렇지는 않습니다. 저희는 더 이상 살인은 일어나지 않을 것으로 예상하고 있습니다."

"어떻게 그렇게 확신하시죠?"

시간이 갈수록 더 긴장하는 듯 보였던 율리아가 입을 열었다. "범인은 어떤 계획대로 움직이는데, 저희는 어제 한 점성가의 도움으로 그 계획이 무엇인지 알게 되었습니다. 그리고 그 계획은 이제 완수된 것으로 보입니다."

"범인에 대한 단서가 있나요? 성함이……?"

"율리아 뒤랑 형사입니다. 이번 수사를 이끌고 있죠. 현재 여러 방면으로 수사하는 중입니다."

"그럼 단서가 있다는 건가요?"

"수사가 빠르게 진행 중이며, 범인을 잡는 건 시간문제라는 말입니다.”

“단서가 있습니까?” 어느 기자가 다시 한 번 물었다.

“현재 분석 중인 여러 단서가 있습니다. 말씀드릴 수 없는 사항들이 있으니 양해 부탁드립니다.”

“이유가 뭡니까?”

“유족들이 더 큰 고통을 받지 않게 하려는 겁니다. 저희와 법의학연구소의 관계자들 외에는 아무도 정확한 범행방식을 알지 못합니다.”

“피살자들은 서로 아는 사이였나요?”

“지금까지 알아낸 바에 따르면, 일부는 서로 아는 사이였습니다. 하지만 그에 관해서도 더는 말씀드릴 수 없습니다.”

“범인이 경찰을 멋대로 주무르고 있는 것 아닌가요?”

“저희와 일종의 게임을 하려 한다고 말할 수 있죠. 하지만 저희는 그의 게임 신청에 응했습니다. 단, 규칙을 좀 바꿔서요. 며칠 전 그의 범행방식과 출신, 사회적 지위에 대해 알아냈거든요. 셍크 대변인이 말했듯이, 더 이상의 살인은 없을 것이라 확신하고 있습니다.”

“경찰이 무능한 겁니까, 아니면 범인이 너무 영리한 겁니까?”

“이 사건과 관련 없는 질문이니 대답하지 않겠습니다.”

“우리가 내는 세금이 경찰 봉급으로 쓰이는데, 시민들이 안전할 권리는 있잖습니까. 앞으로 안전을 어떻게 보장하실 겁니까?”

“안전은 보장할 수 있는 게 아닙니다. 차를 사면 최대 3년간 품질을 보장해주죠. 하지만 사이코패스에 관한 일에서 보장이란 건 없습니다. 사이코패스들은 외모로는 구분하기 힘들죠. 어쩌면 이 안에도 몇 명 있을지 몰라요.” 그녀는 씩 웃으며 말했다.

여기저기서 웃음소리가 들렸다.

"하지만 경찰청에는 최고의 장비란 장비들은 다 갖춰져 있잖아요. 그런데도 범인 한 명을 계속 못 잡고 있는 거고요. 오늘 회견은 실패를 인정하기 위한 건가요?"

"어느 신문사에서 나온 누구신가요?"

"<마인 타우누스 쿠리어>의 커스틴 발락입니다."

"좋아요, 발락 씨. 그런 부적절한 질문을 하시기 전에 우선 다른 기자회견에도 두루 다녀보셔야 할 것 같군요. 어쨌든 질문하셨으니 대답해드리죠. 첫 번째로, 저희는 최고의 장비를 갖추고 있지 않습니다. 그럴 만한 돈이 없거든요. 그 문제에 대해서는 예산 할당을 책임지고 있는 내무부에 문의해보시죠. 그리고 두 번째로, 저희는 수사를 최대한 빨리 진행시키려고 최선의 노력을 다하고 있습니다. 그렇기 때문에 저희가 무능하다는 식의 발언은 적절치 않다고 생각합니다. 미국을 비롯한 다른 나라들도 50명, 1백 명, 심지어 그보다 더 많은 사람을 살해한 연쇄살인범을 최신식 수사방법과 기술을 동원해서도 수년간 못 잡았던 경우가 있었어요. 기술이나 설비 면에서 미국이 우리보다 훨씬 낫다는 건 굳이 말씀 안 드려도 아실 테고요."

"콘라트 레벨이 살해된 것도 이 사건과 관련이 있습니까?"

"그런 것 같습니다."

"정확한 결과는 언제쯤 알려주실 수 있을까요?"

"결과가 나오는 대로 곧장 알려드리겠습니다. 그럼 이제 다시 셍크 대변인에게 발언권을 넘기도록 하죠."

"다른 질문 있으십니까?"

"피살자들이 성폭행 혹은 고문을 당했거나, 아니면 사지가 훼손됐나요?"

"폭력의 흔적은 확인되었으나, 성폭행당하지는 않았습니다."

"저희 언론사들이 어떻게 하면 수사에 도움이 되겠습니까?"

"저희는 여러분께서 공표해주셨으면 하는 사항들의 목록을 작성했습니다. 형식은 여러분이 알아서 해주십시오. 신문이든 텔레비전이든 많이 보도되면 될수록 범인을 잡을 가능성은 높아질 겁니다."

기자회견은 45분 정도 걸렸다. 기자들이 대부분 떠났을 때, 도미니크 쿤이라는 이름표를 단 〈빌트〉지의 기자가 율리아에게 다가왔다.

"한 가지만 여쭤 봐도 될까요?" 그는 서글서글한 호감형 외모에 편안한 목소리를 갖고 있었다. 율리아는 그가 30대 초중반 정도일 거라 추측했다.

"말씀하세요."

"형사님이 생각하시기에, 범인은 어떤 사회적 환경에 있는 사람인가요?"

율리아는 웃으면서 대답했다. "그걸 지금 말씀드리면 진행 중인 수사에 차질이 생길 가능성이 커요. 그 질문에 대해서는 아무 대답도 해드릴 수 없어요. 양해해주세요."

"그 말씀은, 이미 범인에게 어느 정도 접근하셨다는 겁니까?"

"더 이상은 말씀 못 드립니다. 하지만 기자님께서 도와주시면 가능할 수도 있겠죠. 이 목록을 읽어보시고 최대한 상세한 기사를 써주세요. 피살자들의 사진도 실어서 최후 목격자 등을 찾을 수 있게요. 모든 관련 정보는 그 파일 안에 있습니다."

"혹시 독점 기삿거리를 얻을 수 있을까요?" 그가 물었다.

율리아는 고개를 가로저었다. "여긴 미국이 아니에요. 범인을 잡으면 오늘처럼 소집할 겁니다."

"작은 힌트라도 먼저 주시면 안 됩니까?"

율리아는 잠시 망설이며 주위를 둘러보았다. "그럼 전화번호나 줘보세요." 그녀는 조용히 말했다. "제가 뭘 할 수 있는지 한 번 보죠. 하지만 그땐 저한테 빚을 지시는 거예요."

"그럼 그 빚을 어떻게 갚죠?" 그는 다른 사람의 눈을 피해 율리아에게 명함을 건네며 물었다.

"기자들은 상상력이 풍부한 걸로 아는데요." 율리아는 의미심장한 미소를 지으며 자기 명함을 그에게 몰래 건넸다. "잘 생각해보세요. 자, 그럼 실례지만 이만 가봐야겠어요."

"잠깐만요." 쿤이 말했다. "저는 반 다이크 씨와 잘 아는 사이입니다. 그분 딸과도 알고 지냈고요. 어쩌면 제가 더 도울 일이 있을지도 모르겠군요."

"저쪽으로 가시죠." 율리아는 창문 쪽을 가리켰다. "반 다이크 씨 댁과 얼마나 친하신데요?"

"전에 그분의 영화제작사 홍보실에서 일했습니다. 그러다 보니 가깝게 지낼 수밖에 없었죠."

"그럼 반 다이크 씨에 대해 제게 해줄 말씀이 있나요? 아니면 마리아 반 다이크에 대해 아시는 건요?"

"아주 조용하고 내성적이었습니다. 하지만 당시에는 열세 살, 열네 살 정도밖에 안 됐어요. 그간 어떻게 자랐는지는 저도 알 수 없죠."

"여전히 극도로 내성적이었대요."

"이 파일 안에 정말 관련 자료가 다 들어있습니까?"

"그럴 거예요. 어디 지금 같이 한 번 보시죠."

말없이 읽어 내려가던 그가 얼마 후 물었다. "마리아가 시내에서 뭘 하고 있었죠?"

"그건 아직 모르지만, 아마 쇼핑을 하러 갔던 것 같아요. 현재 그 부근의 모든 상점을 샅샅이 조사 중입니다. 신용카드를 사용했다면 마리아가 언제 어디에 있었는지 비교적 빨리 알아낼 수 있겠죠. 이제 정말 가봐야겠어요."

율리아는 가방을 챙겨 프랑크와 함께 회의실에서 나왔다.

"무슨 얘기 한 거예요?" 프랑크가 수상쩍은 듯 물었다.

"별것 아니에요. 착하고 매너도 좋던 걸요. 내 생각에 그 사람이 좋은 기사를 써줄 것 같아요."

그들은 베르거의 사무실로 갔고, 그곳에서 방금 마친 기자회견에 대해 30분 정도 더 얘기했다. 마침내 베르거가 물었다. "범인이 정말 살인을 멈췄다고 생각하나?"

"그거야 앞으로 며칠 동안 더 이상 살인이 일어나지 않는다면 알게 되겠죠. 하지만 제 느낌으로는 얼마 안 있어 사건을 해결할 수 있을 것 같아요. 왜 그런 느낌이 드는지는 묻지 말아 주세요. 이유 같은 건 없으니까. 범인은 비교적 접근하기 쉬운 무리에 속해있고, 게다가 저는 그가 우리와 이미 만났었거나 아니면 적어도 우리가 본 적이 있는 사람이라고 확신해요. 앞으로 며칠간은 그 무리를 집중 조사해야 해요."

"그럼 자네 생각에 그 무리에는 누가 속해있는 것 같나?"

"리히터와 그의 아내, 클라이버 부부, 마이바움 부부, 반 다이크 부부, 그리고 루트 곤잘레스요."

"뭐라고요?" 페터는 깜짝 놀라 소리쳤다. "정신 나간 소리! 곤잘레스는 연쇄살인범일 리가 없다고요!"

율리아는 능글맞은 미소를 지으며 그에게 말했다. "어제저녁에 그녀와 좋은 시간 보냈나요?"

"노 코멘트입니다."

"얼마나 오래 같이 있었죠?"

"7시부터 9시까지요." 그는 퉁명스럽게 대답했다.

"그럼 그 이후에 그녀는 뭘 했대요? 그런 말은 안 하던가요?"

"그걸 내가 어떻게 알아요? 오늘 저녁에 또 만나자고 약속했을 뿐입니다."

"좋아요, 페터 형사님, 당신에게 해줄 말이 있어요. 방금 내가 언급한 사람들은 내가 생각하는 용의자들이에요. 당신은 받아들이고 싶지 않겠지만, 거기엔 루트 곤잘레스도 포함되어 있어요. 잊어버렸는지 모르겠지만 곤잘레스는 레벨과 오래 사귀었던 사이예요. 그러니까 그의 집 열쇠를 가지고 있을 가능성이 충분하죠. 게다가 그들의 관계가 정말 오래전에 끝난 것인지도 아직 확신할 수 없고요. 사실상 우린 곤잘레스에 대해 아는 바가 거의 없다고요. 그래서 난 당신이 그녀와 만나는 걸 뜯어말리고 싶은 심정이에요. 다 당신을 위해서 하는 얘기예요."

페터는 침을 꿀꺽 삼키며 뭔가 결심한 듯한 얼굴로 율리아를 보았다. "내가 누굴 만나는 그건 내 마음이지만……. 좋습니다, 그럼 이렇게 하죠. 그녀를 만나되, 슬쩍 그녀의 속을 떠보겠습니다. 멍청한 짓은 안 할 테니 걱정하지 마시고요."

"멍청한 짓이라뇨?"

"저에 대해 뭔가 알아내려고 하면 틀린 정보를 주거나 아예 말을 안 하겠다고요. 그럴 리는 없다고 생각됩니다만, 만약 정말 그녀가 이 사건과 관계가 있다면 증거를 가지고 오겠습니다. 그런 경우에는 제가 비장의 카드가 되겠죠."

"그렇다면 좋아요. 하지만 조심해요. 나 역시 내 생각이 잘못되었기를 바라고 있답니다. 그럼 당신을 믿을게요."

"감사합니다. 친애하는 뒤랑 형사님, 정말 영광입니다. 제가 얼마나 황송하게 생각하는지 상상도 못하실 걸요." 그는 빈정대며 대답했다. "월요일에 보고하죠. 그럼 좋은 하루 보내십시오." 그는 휙 뒤돌아 성큼성큼 사무실을 나가서는 문을 쾅 닫았다.

"꼭 그렇게 해야 하나?" 의자에 몸을 기댄 채 두 사람의 대화를 흥미진진하게 듣고 있던 베르거가 물었다. 그의 손에는 담배가 들려있었다.

"네, 그래야만 해요. 우리의 친애하는 페터 형사는 성욕이 발동하면 사고력이 흐트러질 때가 간혹 있거든요. 그가 여성 살인범과 정사를 벌이는 바람에 일을 그만둘 뻔했던 거, 반장님도 잘 아시잖아요. 저는 그저 그가 큰 실수를 할까 봐 이러는 거예요."

"다 큰 어른인데 알아서 조심하겠죠." 팔짱을 낀 채 서류장에 느긋하게 기대고 서 있던 프랑크가 말했다.

"다 큰 어른이고 뭐고, 난 상관 안 해요! 우리에겐 시간이 없다고요! 난 오늘 마이바움과 클라이버의 집에 가서 그들의 알리바이를 조사해볼 거예요. 반장님은 다른 사람들을 시켜서 주말 동안 반 다이크 부부, 클라이버 부부, 마이바움 부부, 그리고 리히터 부부의 이력을 조사하도록 해주세요. 저는 특히 클라라 리히터의 이력이 궁금해요. 참, 루트 곤잘레스도요. 또 과거 2년간 열렸던 파티들, 잔치들, 그 이름이 뭐든 간에 거기 참석했던 손님 명단도 꼭 확보해야 해요. 명단이 없으면 주최자에게 생각나는 이름을 전부 알려달라고 하고요. 클라이버와 마이바움은 저희가 지금 바로 만나 볼 거고, 다른 사람들은 월요일에……."

"잠깐만요." 프랑크가 끼어들었다. "반 다이크 부부의 이력은 왜요? 설마 그들 중 한 명이 자기 딸을 죽였을까 봐서요?"

"세상에 불가능한 일은 없어요. 나는 상상조차 못했던 일이 현실로 일어나는 경우를 이미 수없이 경험했다고요. 이제 진짜 제대로 한번 해볼 때가 됐어요. 반장님, 그럼 저흰 이만 가볼게요.

프랑크, 가요."

프랑크는 입을 삐죽 내밀며 어쩔 수 없다는 듯 베르거를 보았다. 율리아와 프랑크가 방을 나가자 베르거는 책상 맨 아랫서랍을 열어 코냑병을 꺼냈다. 그는 커피잔에 코냑을 반 정도 따른 뒤 병을 다시 집어넣고, 크게 한 모금 들이켰다.

오후 5시 30분

마이바움의 집.

대문을 열어준 스무 살 정도 되는 젊은 여자는 프랑스 억양이 많이 섞인 말투로 말했고, 그들에 앞서 집으로 들어갔다. 현관에 서 있던 마이바움은 그들을 거실로 안내했다. 그는 베이지색 코듀로이 팬츠와 파란색 셔츠 차림이었는데, 셔츠의 맨 윗단추 두 개는 풀고 있었다.

"마이바움 학장님, 학장님과 아내분께 몇 가지 더 여쭤볼 게 있는데요……."

"잠깐만 기다리세요, 가서 아내를 데리고 오죠. 아마 위층 자기 방에서 책을 읽고 있을 겁니다."

율리아와 프랑크는 소파에 앉았고, 얼마 지나지 않아 마이바움은 아내인 카르멘을 데리고 돌아왔다. 카르멘은 헐렁한 노란색 실내복을 입고 있었고 로마(라우라비아조티의 향수 이름 —역주)의 향기를 풍겼다. 붉은색이 감도는 금발머리를 하나로 묶은 그녀가 두 형사를 바라보았을 때 그녀의 푸른 눈이 순간 번뜩였다.

"뭘 도와드릴까요?" 마이바움은 아내와 마찬가지로 의자에 앉으며 물었다.

"불편하게 느끼실지 모르겠지만, 저희 수사에 정말 중요한 일이라서요." 율리아가 말했다. "저희는 현재 지난 2년 동안 바이트만 부부, 반 다이크 부부, 베라 코슬로브스키, 그리고 자네트 리버만과 교류했던 모든 사람을 조사 중입니다. 두 분은 어젯밤 8시부터 새벽 1시 사이에 어디 계셨나요?"

마이바움은 이마를 찌푸리며 두 형사와 아내를 차례로 보았다.

"설마 그 말은 제 아내나 제가 그 끔찍한 살인과 무슨 관련이 있다고 의심하신다는 건가요? 불과 30분 전에 뉴스에서 자네트 씨가 사망했다는 소식을 들었는데……."

"지금으로서는 아무도 용의자가 아닐 수도 있고, 또 누구든 용의자가 될 수도 있어요. 그러니 어제 그 시간에 어디 계셨는지 말씀해주시면 용의선상에서 제외되실 수 있습니다."

마이바움은 어깨를 으쓱해 보였다. "저는 집에 있었습니다. 그건 가정부가 증명해줄 거예요. 그리고 제 아내는……."

"여보, 내가 직접 말할게요. 전 어제 오후 3시부터 5시까지 미용실에 갔다가 잠시 시내에 들러 뭘 좀 사고 6시 반쯤 집에 왔어요. 역시 리디가 증명해줄 거고요."

"그럼 그 이후로는 밤새 함께 계셨나요?"

"아뇨." 카르멘 마이바움이 말했다. "그러지 않았어요. 함께 저녁을 먹고 나서 이 사람은 먼저 들어갔고 저는 제 방에서 비디오를 봤거든요. 아마 저는 11시 반쯤 불을 껐을 거예요."

"저는 머리가 아파서 좀 쉬려고 8시부터 누워있었습니다. 평소에도 일찍 잠자리에 드는 편이라 새벽 4시나 4시 반이면 일어나죠. 하지만 아내는 저와는 정반대로, 늦게 자고 늦게 일어납니다. 어차피 저희한테는 애도 없으니까요."

"알겠습니다, 충분한 대답이 되었어요. 한 가지만 더요. 지난

2년간 집에 초대하셨던 손님 명단을 받을 수 있을까요? 두 분께서는 간혹 집에서 파티를 여셨으니 초대장을 보내셨을 테죠."

"우리한테 명단이 있던가?" 마이바움이 아내에게 물었다.

"분명히 있을 텐데, 어디다 뒀는지 모르겠네요. 찾아보겠지만, 시간이 좀 걸릴지도 몰라요."

"파티 때마다 매번 왔던 사람들의 이름이라도 좀 알려주실 수 있을까요? 부인은 사람 이름을 아주 잘 기억하시는 걸로 아는데요." 율리아는 웃으면서 물었다.

"그래요, 한번 해보죠. 적으실 것 가지고 오셨나요?"

프랑크는 재킷 주머니에서 수첩과 볼펜을 꺼내 카르멘이 부르는 이름들을 적었다. 전부 다 해서 서른네 명이었다. 자리에서 일어난 카르멘은 자신의 전화번호부를 가져와 그 서른네 명의 전화번호와 주소도 알려주었다.

율리아와 프랑크는 감사 인사를 한 뒤 그 집에서 나왔다.

"서른네 명이라니! 세상에. 이 중에 아는 이름 있어요?" 프랑크가 물었다.

"몇 명 있어요. 유명인들도 있잖아요. 이제 클라이버한테 갔다가 우리도 집에 가자고요."

오후 7시 10분

클라이버의 집.

비올라 클라이버가 직접 대문을 열어주러 나왔다. 육감적인 몸매를 지닌 그녀는 딱 붙는 청바지와 흰색 티셔츠를 입고, 흰색 리넨 소재로 된 신발을 신고 있었다.

"다 늦은 시간에 이게 무슨 영광이죠?" 비올라는 눈을 깜빡거리며 비꼬듯 물었다. "남편을 만나러 오신 거겠죠, 아닌가요?"

"아뇨, 부인과도 잠시 할 얘기가 있어서 왔습니다. 오래 걸리지는 않을 거예요, 약속하죠."

"어차피 밤에 저는 텔레비전이나 보고, 그이는 신작 소설을 써내느라 컴퓨터 앞에만 앉아있는 걸요. 거실이 어딘지는 아시죠? 저는 얼른 가서 그이를 불러올게요."

잠시 후, 클라이버가 미소를 지으며 다가와 그들에게 악수를 청했다. 비올라는 담배에 불을 붙이고 자리에 앉았고, 홈바로 걸어간 클라이버는 형사들에게 뭘 좀 마시겠느냐고 물었다.

"실례가 안 된다면 물 한 잔만 부탁드려요." 율리아가 말했다. 프랑크는 괜찮다며 사양했다. 클라이버는 작은 페리에 탄산수 두 병과 잔 두 개를 들고 돌아와 테이블 위에 올려놓았다.

"저희가 뭘 도와드리면 될까요?" 그는 병을 따서 물을 따르며 물었다.

"실례지만 몇 가지 더 여쭤볼 게 있어서 왔습니다. 마리아 반 다이크와 자네트 리버만이 살해됐다는 소식은 들으셨겠죠?" 율리아가 말했다.

클라이버는 고개를 가로저었다. "마리아에 관한 소식은 오늘 아침에 들었습니다만, 자네트 리버만 얘기는 처음 듣는데요. 정말 충격적이군요. 뭐가 궁금하십니까?"

"어젯밤 8시부터 새벽 1시 사이에 어디 계셨는지 말씀해주시면 도움이 될 것 같은……."

"잠깐, 그건 우리 중 한 명을 의심하고 계신다는……."

"아뇨." 율리아는 그의 말을 끊었다. "그런 뜻이 아닙니다. 현재 저희는 피살자들과 최근까지 교류했던 모든 사람을 조사 중이에요. 저희가 원하든 원치 않든, 용의자의 범위를 줄여야 하는 상황입니다. 지금으로서는 범인이 클라이버 씨와 부인께서 친하게 지냈던 사람 중에 있는 걸로 보이고요. 물론 숨길 게 없으시다면 겁내실 필요도 전혀 없습니다."

"저는 집에 있었습니다." 클라이버가 말했다. "요즘 새로운 소설을 쓰느라 몇 주간은 거의 집 밖에 못 나가고 있어요."

"부인은요?" 율리아는 비올라에게 물었다.

"저는 극장에 갔었어요. 혼자서요. 원래 친구 한 명을 만나기로 했었는데 오지 않았거든요. 그래서 결국 혼자 영화를 봤죠. 하지만 물론 그 친구의 주소와 전화번호는 알려드릴 수 있어요. 오늘 통화했는데, 의사소통에 문제가 있었나 봐요. 제 친구는 약속이 오늘인 줄 알았다지 뭐예요."

"어떤 극장에 가셨는데요? 무슨 영화를 보셨죠?"

"마인-타우누스-첸트룸에 있는 키노폴리스요. 리차드 기어와 줄리아 로버츠가 나오는 〈런어웨이 브라이드〉라는 영화였고요. 티켓도 보여드릴 수 있어요. 그리고 11시경 집에 왔어요."

"목요일 밤에는요? 어디 계셨나요?"

"집에요. 혼자서는 외출을 잘 안 하거든요." 비올라는 웃으며 대답했다. "목요일에는 할 일도 없고 해서 10시쯤 일찌감치 잠자리에 들었어요."

"그 사실을 증명하실 수 있나요?" 율리아는 클라이버 쪽으로 고개를 돌리며 물었다.

"그럼요. 차를 타고 나가면 제 방에서 소리가 다 들리거든요. 이걸로 용의선상에서 제외될 수 있으면 좋겠군요."

"한 가지만 더요. 혹시 지난 2년간 이 집에서 열린 파티에 초대됐던 손님 명단을 갖고 계신가요? 저희한테 정말 중요하거든요.

그중에 매번 왔던 사람을 찾아야 해서요."

클라이버는 어리둥절한 얼굴로 아내를 보았다. 말없이 자리에서 일어난 그녀는 진열장에 들어있던 파일 하나를 꺼내 와 넘겨보았다.

"여기요, 최근 네 번의 파티에 왔었던 손님 명단이에요. 도움이 됐으면 좋겠네요." 비올라는 종이 한 장을 테이블 위에 올려놓았고, 율리아는 그것을 집어 들었다.

"저희가 잠시 가지고 있어도 될까요?"

"그럼요. 사실 이제 필요도 없는 걸요. 그냥 자료를 정리해두는 게 좋아서 가지고 있던 것뿐이에요."

"협조해주셔서 감사합니다. 늦은 시간에 죄송해요."

"괜찮습니다." 클라이버는 이렇게 말하며 몸을 일으켰다. "요즘 얼마나 힘드실지 잘 아는 걸요. 하루빨리 그 나쁜 놈을 잡으시기를 바랍니다. 잠깐만요, 밖까지 모셔다드리죠."

*

클라이버의 집에서 나온 프랑크와 율리아는 잠시 차 앞에 서서 이야기했다.

"이제 이 두 명단에 있는 이름들을 비교해봐야 해요. 다른 사람들한테도 명단을 받을 수 있으면 받고요. 하지만 이 일은 딴 사람에게 맡기자고요. 난 집에 가서 뜨끈하게 씻고 텔레비전이나 볼래요."

"우리 집에 오지 그래요." 프랑크가 말했다. "오늘은 아무 일도 없을 게 분명한데."

율리아는 고개를 저었다. "다음에요. 오늘은 너무 피곤해요. 나딘한테 안부나 전해줘요. 우린 범인을 잡고 말 거예요. 이제 얼마 안 남았어요."

율리아는 프랑크에게 윙크한 뒤 차에 올라탔다. 집에 도착하자 갑자기 비섯을 듬뿍 올리고 살라미와 페퍼로니를 추가한 피자를 먹고 싶은 생각이 간절해졌다. 결국 피자 가게에 전화를 걸어 피자를 주문한 그녀는 냉장고에서 맥주 한 캔을 꺼내 가지고 창가에 서서 어둠을 바라보았다. 하늘은 구름으로 뒤덮여있었고 돌풍이 불었다. 텔레비전을 켠 그녀는 두 다리를 감싸 안은 채 소파에 앉아 생각에 잠겼다.

오후 8시

오후에 아내와 긴 대화를 나눈 리히터는 마음속으로 이혼을 결심했다. 그의 이런 심중을 알 턱이 없는 클라라는 다시 처음부터 시작하자고 말했다. 앞으로는 자기가 정말 달라질 거라고 하면서. 그녀는 아직 젊으니까 그럴 가능성이 있을 수도 있지만, 리히터는 변화하기에 나이가 너무 많았다. 그는 이전의 세 아내 때와 마찬가지로 클라라에게도 적지 않은 위자료를 줄 것이고, 그 돈으로 그녀는 인생을 맘껏 즐길 수 있을 터였다. 또한 그는 이제 다시는 결혼 같은 건 하지 않으리라 마음먹었다.

놀라울 정도로 차분하게 진행된 대화를 마치고 나서 자기 방으로 돌아온 리히터는 두 다리를 책상 위에 올린 채 담배를 반 갑이나 피웠다. 휴대폰이 몇 번 울렸지만 그는 매번 액정화면만 흘긋 보고는 받지 않았다. 클라우디아 반 다이크였다. 마지막에 건 전화에서 그녀는 음성메시지를 남겼는데, 외로우니 당장 집으로 전화 좀 해달라는 내용이었다. 하지만 오늘만큼은 그녀와 통화할 기분이 아니었다. 어쩌면 내일도, 나아가 앞으로 계속 그럴지 몰랐다. 아니, 언젠가 생각이 다 정리되고 나면 통화할 수도 있겠지. 지금은 수많은 생각이 그를 짓누르고 있었고, 그중에는 클라우디아 반 다이크에 대한 것도 없지 않았다.

6시가 조금 넘어 그는 씻으려고 욕실로 들어갔다. 그리 많은 기대는 하지 않았지만, 어쩌면 카르멘 마이바움과의 저녁 약속이 우울한 기분을 조금이나마 밝게 해줄지도 모를 일이었다. 부디 그녀가 자기 문제에 관해 열변을 토하는 일은 하지 말기를, 그는 간절히 바랐다. 사실 그는 지금 약속이고 뭐고 혼자 아무 술집에나 가서 얼굴도 모르는 사람과 수다나 떨다가, 혼자 잠자리에 들고 싶은 기분이었다.

샤워와 면도를 마친 그는 향수를 조금 뿌렸다. 그러고는 남색 바지와 하늘색 셔츠를 입고 셔츠 윗단추는 풀어두었다. 양복 재킷과 가죽재킷 중에 고민하던 그는 결국 양복 재킷을 선택했다. 카르멘은 외모에 무척 신경을 쓰는 여자였고, 그건 그가 그녀를 처음 만났을 때부터 알았던 사실이었다.

클라라는 아까 그와 대화를 끝낸 뒤 얼마 되지 않아 또 나갔는데 어디로 갔는지는 알 수 없었다. 나가던 길에 그녀는 그에게 키스하고, 그로서는 의미를 알 수 없는 짠한 눈빛으로 그를 바라보았다. 자기 행동을 용서해달라는 의미였을까, 아니면 나이 든 남편에 대한 동정의 의미였을까?

그는 7시 반에 집을 나섰다. 약속 시각에 늦고 싶지 않았고, 될 수 있으면 카르멘보다 몇 분 먼저 약속한 음식점에 도착하고 싶었다. 그 중국음식점의 단골이었던 그는 미리 가장 조용한 자리를 예약해두었다. 그는 음식점에서 몇 미터 안 떨어진 괴테 가에 차를 세웠다. 시계를 보니 8시 6분 전이었다. 오후부터 구름이 끼기 시작한 하늘에서는 이제 빗방울이 조금씩 떨어지고 있었다.

그는 입구에서 기다릴지, 아니면 곧장 안으로 들어갈지 고민했다. 하지만 그가 결정을 내리기도 전에 저쪽에서 종종걸음으로 걸어오는 카르멘의 모습이 보였다. 그녀는 밝은색 긴 외투를 입고, 검은색 펌프스를 신고, 숄더백을 메고 있었다.

"안녕하세요." 그녀는 마치 오랜 친구를 만난 듯, 상대방을 무장해제시키는 특유의 미소를 지으며 말했다. "와주셔서 기뻐요."

"저는 한번 한 약속은 잘 지키는 편입니다." 리히터도 웃는 얼굴로 대답했다. "조용한 자리로 예약해뒀습니다."

음식점 안 테이블은 4분의 3 정도가 차 있었다. 리히터를 잘 아는 중국인 직원이 그들을 자리로 안내했다. 리히터는 카르멘이 외투 벗는 걸 도와주었다. 그녀는 몸매 구석구석이 잘 드러나는 짧은 검붉은색 원피스를 입고, 그가 가장 좋아하는 샤넬 넘버5 향수를 뿌리고 왔다. 음식점 안에서는 기분 좋은 이국적인 음식 냄새가 풍겼고 여기저기서 조용히 대화를 나누는 소리가 들렸다. 리히터는 와인 한 병을 먼저 주문했고, 그들은 잠시 말없이 메뉴판을 넘겨보았다. 얼마 후 카르멘이 메뉴판을 덮더니 말했다. "뭘 시켜야 할지 모르겠어요. 박사님이 골라주세요. 전 박사님의 취향을 믿으니까요." 그녀는 담배에 불을 붙이고 몸을 뒤로 기댔다.

"좋습니다, 그럼 87번으로 하시죠. 입맛에 맞으실 겁니다."

그때 웨이터가 와인과 잔 두 개를 가져와 리히터에게 먼저 따라주었다. 리히터는 맛을 보더니 고개를 끄덕였다.

"오늘 하루는 잘 지내셨나요?" 리히터는 팔꿈치를 테이블에 받치고 두 손을 모으며 물었다.

"다른 날과 똑같았죠. 특별한 일은 없었어요. 박사님은요?"

"사실대로 말하자면, 예전이 더 좋았죠. 하지만 어쩌겠습니까, 인생이 다 그런 걸. 그런데 제게 하실 말씀이 있으시다고요."

"그 얘기는 나중에 하기로 해요. 박사님은 그 이상한 살인사건에 대해 어떻게 생각하세요? 이번에는 자네트까지 죽었잖아요. 저랑 제법 친했었는데. 같이 있으면 즐거운 사람이었거든요."

리히터는 어깨를 으쓱했다. "글쎄요. 모든 게 너무도 황당하고 혼란스러워서요. 오늘은 형사들이 또 집에 와서 저와 제 아내한테까지 어젯밤에 어디 있었느냐고 묻더군요. 제가 범인의 프로파일을 작성해준 당사자인데 말입니다. 하지만 그들도 하루빨리 살인범을 잡아야 한다는 압박감 때문에 그러는 거겠죠. 그렇지 않으면 사람들이 더욱 긴장하게 될 테니까요."

"그래서, 어젯밤에는 어디 계셨는데요?" 카르멘은 자기 집에도 형사들이 왔다는 말은 하지 않은 채 물었다.

"집에 있었지 어디 있었겠습니까? 부인은요?"

"저도 집에 있었어요. 매일 밤이 지긋지긋할 만큼 지루해요."

그때 음식이 나왔다. 고기와 채소가 담긴 접시는 보온 접시 위에 얹혀 나왔고, 그 옆에는 쌀 요리가 놓였다. 두 사람은 각자 접시에 음식을 조금씩 덜어 식사를 시작했다.

"정말 맛있네요." 카르멘은 맘에 든다는 듯 말했다. "박사님 취향을 믿어도 될 줄 알았다니까요."

별 중요치 않은 일들을 주제로 한 그들의 대화는 계속되었다. 리히터는 디저트로 아이스크림을 주문했고, 카르멘은 사양했다.

"저와 좀 더 같이 계실 의향이 있으세요?" 그녀는 단도직입적으로 물었다.

리히터는 그녀의 말이 어떤 의미인지 짐작할 수 있을 것 같았다. 그는 길게 생각하지 않고 대답했다. "그러죠. 이번에는 어디로 갈지 부인께서 정하시죠."

"작센하우젠에 편안한 분위기의 작은 바가 있어요. 가슴이 답답할 때면 자주 가는 곳이죠."

"좋습니다. 그런데 오늘 부인에 관한 이야기를 하려고 만난 거 아닌가요?" 그는 웃으면서 덧붙였다.

"그 얘긴 언제든 할 수 있잖아요. 오늘은 그냥 재밌게 놀고 싶지, 제 문제에 대해 얘기하고 싶은 기분이 아니네요. 그래서 저한테 화나셨어요?" 그녀는 이렇게 묻고는 또다시 그 꼼짝 못하게 만드는 미소를 지어 보였다.

"제가 어떻게 그럴 수 있겠습니까. 그럼 가시죠."

카르멘은 신용카드로 음식 값을 계산했다. 그들이 거리로 나왔을 때는 비가 억수로 퍼붓고 있었다. 이럴 줄 알고 우산을 미리 챙겨온 리히터가 우산을 펼쳤다. "부인 차로 갈까요, 아니면 제 차로 갈까요?"

"박사님 차로 가죠." 카르멘이 대답했다.

바에는 사람들이 꽤 많았고, 자그마한 스피커에서는 조용한 음악이 흘러나왔다. 그들은 위스키를 마시며 대화를 나눴고, 가끔 상대방의 손을 어루만지기도 했다. 자정이 되기 조금 전, 카르멘이 말했다. "이제 우리 서로 존칭을 쓰는 건 그만두기로 해요. 박사님은 저를 카르멘이라고 부르시고, 저도 박사님을 프레드라고 부를게요. 괜찮죠?"

"그러죠, 카르멘."

"오늘 제가 왜 만나자고 했는지는 아시죠?" 이렇게 묻는 그녀의 눈빛이 순간 번뜩였다.

"대충 짐작은 하고 있습니다."

"그럼 이제 가요. 저한테 정말 멋진 집이 있는데, 안타깝게도 자주 가보지 못했거든요." 그녀는 얼마 후 다시 말했다. "그런데 부인이 찾진 않겠어요?"

"절대 그럴 일 없어요." 오늘 밤은 아무도 만나지 않고 혼자 보내고 싶다는 처음 마음은 사라지고, 이제 그는 카르멘과 자고 싶은 생각뿐이었다. 지난 며칠간의 근심이 한순간에 사라진 기분이었고, 지금만큼은 알렉산더 마이바움과의 우정도 중요치 않았다. "제 집은 바로 이 근처에 있어요. 알렉산더는 몇 년에 한 번 들릴까 말까 하고, 들린다고 해도 아주 잠깐이죠. 그러니 우릴 방해할 사람은 아무도 없어요. 이 밤을 맘껏 즐기자고요. 비록 오늘 한 번뿐이라고 해도 말이에요."

그들은 사랑을 나누었고, 카르멘은 리히터가 전혀 예상치 못했던 열정을 보여주었다. 마치 오랜 시간 활동을 멈추고 있던 화산이 폭발하며 마그마를 분출하는 것 같았다. 그 전까지 리히터는 비올라 클라이버, 자네트 리버만이나 클라우디아 반 다이크와는 다르게 카르멘에게는 별다른 주의를 기울인 적이 없었다.

비올라 클라이버는 지나가기만 해도 사람들의 시선을 멈추게 하는 미인이었고, 자네트 리버만과 클라우디아 반 다이크는 각자의 육체적 매력을 이용해 교태 부리기를 서슴지 않는 여자들이었지만, 카르멘 마이바움은 달랐다. 물론 그녀는 부드럽고 편안한 목소리를 지닌 매력적인 여자였지만 단번에 눈에 띄지는 않았다. 오히려 잘 보이지 않는 곳에서 주위를 찬찬히 살피고 충분히 탐지한 뒤에야 앞으로 나서는 듯한 타입이었다. 리히터는 그녀와 함께 여러 번의 오르가슴을 경험한 뒤에야, 땀을 비 오듯 흘리며 탈진한 채 그녀와 나란히 누워있는 지금에야, 그녀를 파악할 수 있게 된 것이었다.

카르멘은 담뱃갑에서 담배 두 개비를 꺼내 입에 물고 불을 붙였다. 그녀가 그중 하나를 리히터에게 건네자, 그는 그것을 깊게 한 모금 빨았다.

얼마 후 그녀가 물었다. "어때요, 나랑 오늘 밤을 보내기로 한 게 후회되나요?"

그는 그녀 쪽으로 몸을 돌렸다. "단 1초도 그런 생각 안 했어요. 처음 예상했던 것과는 일이 전혀 다르게 진행되긴 했지만."

"그 얘기는 나중에 해도 돼요. 월요일에 상담 시간을 잡아줄 수 있어요?"

"아직까지는 10시에 한 명 오기로 한 것 말고는 비어있어요. 1시 반 어때요?"

"그때 갈게요. 그리고 한 가지 더요. 난 당신 같은 남자와는 처음 자 봐요. 이건 칭찬이에요."

"그 칭찬 감사히 받아들이죠." 그는 웃으며 대답했다. "앞으로 더 자주 만날 수도 있잖아요. 적어도 일주일에 한 번씩은요." 그는 손가락을 들어 그녀의 코끝에서부터, 가슴골과 배를 지나 발가락까지 쓸어내렸다. "난 당신이 그렇게 음란할 수 있다고는 상상도 못했어요."

"수년간 사실상 독신 생활을 하다 보면 어쩌다 한 번쯤은 기분 좋은 섹스가 필요해요. 우린 바로 그걸 한 거고요. 하지만 난 절대 사랑 타령은 하지 않을 거예요. 당신 입에서 그런 얘기가 나오는 것도 싫고요. 섹스는 좋지만, 사랑은 안 돼요." 그녀의 목소리에는 그가 경청하게끔 만드는 뭔가가 있었다. 그 말은 한때 그가 클라우디아 반 다이크에게 했던 것과 비슷했다. 그의 말이 좀 더 과격하긴 했지만.

"섹스는 뭔가 대단한 것일 수 있지만, 사랑은 좀 달라요. 섹스는 육체적 노력, 자제력을 잃을 정도의 흥분이고 일시적인 것이지만, 사랑은 정신과 영혼으로부터 나오는 거잖아요."

카르멘은 몸을 일으켜 벌거벗은 채 화장대로 걸어가 머리를 빗었다. 곧 뒤돌아선 그녀는 몸을 살짝 뒤로 기댄 채 다리를 조금 벌렸다. "지금 한 번 더 할래요?" 그녀가 물었다.

리히터는 씩 웃으며 고개를 저었다. "힘을 회복할 수 있게 두 시간만 주면 또 모르죠. 잊었나 본데, 난 피 끓는 청춘이 아니라고요. 내 생물학적 시계는 속도가 점점 느려지고 있어요."

"걱정 마요, 나도 오늘은 이걸로 충분하니까. 자고 갈래요?"

"당신도 여기 있을 거라면, 그렇게 하죠."

"나도 갈 생각 없었어요."

그들은 와인을 한 잔씩 더 마신 뒤 침대에 누웠다. 아침 9시, 리히터는 얼굴이 간지러운 느낌이 들어 잠에서 깨어났다. 카르멘의 얼굴이 그의 얼굴에 가까이 붙어있어, 그녀의 머리카락 때문에 간지러운 것이었다. 그가 머리를 쓰다듬자, 그녀는 낮은 신음 소리를 내더니 반대쪽으로 돌아누웠다. 자리에서 일어난 그는 욕실로 가서 몸을 씻었다. 그가 나왔을 때, 카르멘은 침대에 앉아 의미심장한 눈빛으로 그를 쳐다보았다.

"이제 이만 가보셔야죠." 그녀가 말했다. "내일 만나요. 정말 즐거운 밤이었어요."

리히터는 옷을 입은 뒤 몸을 기울여 그녀에게 키스했다.

"어서 가세요. 당신이 곤란한 상황에 처하는 건 싫어요."

"내 걱정은 마요. 나이도 먹을 만큼 먹었고, 이 정도는 내 재량껏 처리할 수 있으니. 그럼 내일 봐요."

카르멘은 그가 문을 닫고 나갈 때까지 바라보았다. 그러고는 샤워한 뒤 택시를 불렀다. 정오경 그녀가 집에 도착했을 때, 그녀의 남편은 텔레비전 앞에 앉아있었다. 슬쩍 고개를 돌린 그는 그녀를 보고 미소 지었다. 그녀 역시 웃으며 몸을 굽혀 그에게 열정적으로 키스하고, 그의 얼굴을 쓰다듬으며 사랑스럽게 바라보았다.

율리아는 뜨거운 상태로 배달된 피자를 맛있게 먹고 맥주를 마시며 프로지벤 채널에서 하는 영화를 보다가, 음소거 버튼을 눌렀다. 오늘 열렸던 기자회견과 첫눈에 마음에 들었던 그 젊은 기자가 떠올랐기 때문이다. 기회가 된다면 기꺼이 그를 만나고 싶은 심정이었다. 그녀가 가방에서 그의 명함을 꺼내 전화기 옆에 내려놓는 순간, 전화벨이 울렸다.

"〈빌트〉지의 쿤 기자입니다. 뒤랑 형사님, 제가 그 파일을 자세히 살펴보았는데요, 한 가지가 걸려서요. 여기 보면 마리아 반 다이크의 차가 베를리너 가에서 발견됐다고 적혀있는데요. 혹시 마리아가 언제쯤 프랑크푸르트에 갔는지 아십니까?"

"아마 오후였을 거예요. 왜 그러시죠?"

"엉뚱한 생각인지도 모르지만, 혹시 그 차를 베를리너 가에 세운 게 마리아가 아닐 수도 있다는 걸 고려해보셨나요?"

"무슨 말씀인지 잘 모르겠어요."

"그게, 제가 시내에 자주 나가봐서 아는데 거기서 주차공간을 찾기란 하늘의 별 따기입니다, 특히 낮에는 더욱이요. 그래서 저도 대개는 주차빌딩을 이용하죠. 물론 밤에는 길가에서 차 세울 곳을 쉽게 찾을 수 있고 주차권도 필요 없지만, 낮에는 주차권 없이 15분 넘게 길가에 주차해두었다가는 무조건 딱지를 떼게 되어 있어요. 다 제 경험에서 말씀드리는 겁니다."

"그럼 기자님은 어떤 추리를 하고 계시는데요?"

"추리는 형사님께 맡기겠습니다. 다만 시내 주차빌딩들의 입구와 출구에는 비디오카메라가 달려있는데, 그 기록들은 며칠간 보관되는 걸로 알고 있습니다. 얼마나 오래 보관되는지는 저도 모르지만⋯⋯."

"쿤 기자님, 제가 기자님께 큰 빚을 진 것 같네요. 전화해주셔서 정말 감사합니다. 다시 연락드리죠."

"별말씀을요."

율리아는 수화기를 손에 들고 눈을 감은 채 잠시 생각에 잠겼다가 베르거에게 전화를 걸었다. "반장님, 율리아예요. 한 가지 질문이 있어요. 마리아의 차에서 주차권이 발견됐나요? 아니면 앞 유리에 벌금 고지서가 끼워져 있었어요?"

"왜 그런 걸 묻는지는 모르겠지만, 내 기억으로는 과학수사반이 그런 걸 찾았다는 말은 안 했던 것 같은데."

"알겠어요, 감사해요. 그 보고서는 반장님 사무실에 있나요?"

"그럼, 당연하지."

"그럼 저는 당직 형사팀에 전화해봐야겠어요. 과학수사반 사람들이 일을 제대로 했기를 바랄 뿐이에요. 잘 자요."

율리아는 베르거가 뭐라고 대꾸할 시간도 주지 않고 전화를 끊었다. 이어서 당직 형사팀에 전화를 건 그녀는 과학수사반의 보고서를 읽어달라고 한 뒤 고맙다는 말을 전했다. 전화를 끊은 그녀는 결연한 얼굴로 이번에는 프랑크의 집에 전화했다. "안녕, 나딘, 프랑크 집에 있어?"

"잠깐만, 불러올게."

그녀는 조바심을 내며 기다렸고, 곧 누군가 다가오는 소리가 들렸다.

"율리아, 설마 또 사건이 일어난 건⋯⋯."

"프랑크, 잘 들어요. 그 〈빌트〉지 기자가 방금 나한테 전화해서 한 가지 추리를 제시하더군요. 그래서 난 당직 형사팀에 전화해 과학수사반의 보고서 중 마리아에 관한 부분을 좀 읽어달라고 했어요. 마리아의 차는 베를리너 가에서 발견되었잖아요. 거기 주차권이 있어야 하는 시간이 몇 시부터 몇 시까지인지 알아요?"

"몰라요, 그런 건 왜 물어요?"

"시내에서는 보통 8시부터 저녁 6시까지, 일부 거리에서는 심지어 7시까지 주차권이 있어야 주차할 수 있어요. 그런데 마리아의 차에는 주차권이 없었어요."

"그래서요? 난 잘 이해가 안 되는데……."

"내가 설명해줄 테니 잘 들어요. 이건 순전히 추리일 뿐이에요. 주차권도 없이 그곳에 온종일 차를 세워두었다가는 딱지를 뗐을 게 분명해요. 하지만 마리아 반 다이크는 굉장히 우직하면서도 동시에 걱정 많은 소녀였어요. 절대로 주차권도 없이 차를 베를리너 가에 세워두었을 리가 없다고요. 게다가 거긴 낮에는 주차 공간을 찾기가 힘든 곳이기도 하고요. 내 말 이해하겠어요?"

"다는 아니지만……."

"좋아요, 그럼 마리아가 베를리너 가에는 간 적도 없었고 차를 어느 주차빌딩에 세워두었다고 생각해보죠. 이런 경우에는 하우프트바케, 융호프 가, 콘스타블러바케 등의 주차빌딩들이나, 경우에 따라서는 프랑크푸르터 호프 호텔 맞은편에 있는 주차빌딩까지도 논의의 대상이 될 수 있어요. 마리아를 종일 감시하던 누군가가, 즉 범인이 마리아의 차에 손을 대서 그녀가 주차빌딩을 빠져나가지 못하게 했다고 가정해보자고요. 마리아가 고장 난 차를 들여다보고 있을 때 범인은 마치 우연인 양 그곳에 나타나 집까지 태워다 주겠다고 한 거예요. 마리아는 잘 알던 사람이 그렇게 말하니까 의심 없이 그의 차에 탔고요. 범인은 이런저런 핑계를 대며 마리아를 외진 집으로 데려가 발륨을 탄 음료를 그녀에게 주었고, 그걸 마신 그녀는 곧 쓰러졌을 테죠. 이어서 마리아에게 수갑을 채우고 입을 틀어막은 범인은 다시 주차빌딩으로 돌아가 마리아의 차를 원상복구 시켜서 베를리너 가에다 갖다 세워뒀어요. 그러고는 다시 집으로 갔고요."

"그럼 범인은 마리아의 차에 어떤 조작을 해뒀을까요?" 프랑크가 물었다.

"제일 간단한 방법은 타이어의 공기를 빼는 거죠. 타이어 공기 주입기는 웬만한 자동차용품점에 가면 다 파니까, 그걸로 다시 공기를 채워 넣었을 거고요. 그런데 대형 주차빌딩의 입구와 출구에는 보통 감시 카메라가 설치되어 있잖아요. 내 말이 무슨 뜻인지 알죠?"

"알 것 같아요."

"좋아요. 그럼 하우프트바케, 융호프 가, 콘스타블러바케의 주차빌딩들과, 프랑크푸르터 호프 호텔 맞은편 주차빌딩의 감시 카메라 영상을 확보해야 해요. 지금 당장이요."

"토요일 이 시간에요? 글쎄요, 아직 열었을지 모르겠군요."

"걱정 마요, 내가 그 비디오를 얻어올 테니까. 마리아가 주차빌딩으로 들어가는 영상을 찾기만 하면 내가 한턱 낼게요. 범인은 그녀를 따라 들어갔을 게 분명하니, 영상만 확보한다면 우린 그 자식의 급소를 쥐게 되는 거예요."

율리아는 베르거에게 전화를 걸어 상황을 간략하게 보고한 뒤 가죽재킷을 입고 차를 타고 출발했다. 가는 길에 그녀는 딥 퍼플의 카세트테이프를 꽂고 볼륨을 크게 높였다. 그녀의 추리가 맞다면 이번에야말로 범인은 중대한 실수를 저지른 것이었다.

*

12시 반, 율리아가 집에 돌아왔을 때 아까의 환희는 좌절로 바뀌어있었다. 잔뜩 화가 나서 재킷을 바닥에 벗어 던져버린 그녀는 냉장고에서 꺼내온 캔맥주를 단숨에 들이켜고는 캔을 구겨 쓰레기통에 던졌다. 속이 부글부글 끓고 있었다. 열린 창문 옆에 서서 심호흡을 몇 번 크게 하며 마음을 진정시키려 애썼지만 뜻대로 되지 않았다. 그녀는 방 안을 이리저리 돌아다니며 손으로 머리를 쓸어 넘겼고, 연신 골루아를 피워댔다. 다행히 비디오테이프들이 있어 압류하긴 했지만, 일반 비디오로는 재생할 수 없는 터라 그걸 보려면 월요일까지 기다려야만 했다. 영상이 모자이크처럼 깨져 있어서라 전문가만이 제대로 된 영상을 재생할 수 있는데, 주말 동안은 그 전문가와 연락이 닿지 않았기 때문이다.

"꼭 이렇게 필요할 때만 없다니까!" 율리아는 씩씩거렸다.

짧게 샤워를 하고 침대에 누운 그녀는 이불을 머리끝까지 덮었다. 조바심 내지 말자고 속으로 여러 번 되뇌고 나니 좀 전의 분노가 서서히 사라지는 기분이었다. 그녀는 꿈도 꾸지 않고 깊이 잠들었다.

*

일요일 낮에 율리아는 반 다이크에게 전화를 걸어 지난 2년간 열렸던 파티의 손님 명단을 가지고 있느냐고 물었다. 그는 명단이 있긴 한데, 비서가 작성하고 초대장을 보냈던 터라 사무실에 있다고 대답했다. 이어서 율리아는 그의 안부를 물었다. 그는 조금은 나아졌다고 말했지만, 그의 목소리는 그가 여전히 비통해하고 있음을 여실히 드러냈다. 사랑하는 가족을 그런 잔인하고 무의미한 방식으로 잃어야만 했던 다른 모든 사람처럼. 율리아는 안녕히 있으라는 말을 차마 하지 못했다. 어차피 그러지 못하리란 걸 너무도 잘 알았기 때문이다.

월요일

오전 7시 45분

율리아가 출근했을 때 사무실에는 아직 베르거와 귀틀러밖에 없었다. 율리아는 가방을 의자에 건 뒤 베르거를 쳐다보며 말했다. "여기, 목요일부터 금요일 사이에 시내에 있는 거의 모든 주차빌딩에서 찍은 감시 카메라 테이프예요. 이따 무조건 이 테이프들을 보러 가야 해요. 이 모자이크처럼 보이는 영상을 제대로 재생할 수 있는 사람은 주차빌딩 운영본부에 딱 한 명밖에 없대요. 토요일 밤에 가보지 않았으면 이 영상들도 다 지워질 뻔했지 뭐예요."

"좋은 아침이군, 뒤랑 형사." 베르거는 차분하게 말했다. "주말은 잘 보냈나?"

"사실대로 말씀드리자면, 엉망진창이었어요! 어제 이걸 볼 수도 있었는데　."

"그만 진정해. 첫째로, 마리아 반 다이크가 주차빌딩에 차를 세웠다는 건 단지 자네의 가설에 불과하지 않나. 그리고 둘째로, 대부분은 주말엔 놀아. 또 셋째로, 더 이상 살인이 보고될 일도 없으니 차분하게 원하는 대로 진행하게."

"차분하게라니요!" 율리아는 냉소 섞인 웃음을 터뜨린 뒤 골루아 한 개비를 입에 물었다. 그때 프랑크와 페터가 함께 사무실에 들어왔는데, 페터는 밤을 새운 듯한 얼굴이었다.

"좋은 아침." 페터는 언짢은 듯 중얼거리며 의자에 털썩 주저앉았다. "새로운 소식 있어요?"

"아뇨." 율리아는 날카롭게 대답했다. "당신은요? 잠을 별로 못 잔 것 같아 보이는데요. 특별한 이유라도 있나요? 어쩌면 곤잘레스 씨 때문에?"

"이것 봐요, 제발 날 귀찮게 좀 하지 마요. 내가 누구랑 뭘 하든, 그건 아무와도, 물론 당신과도 상관없어요. 하지만 굳이 알고 싶다면, 곤잘레스 씨는 당신의 그 리스트에서 지워주시죠. 그녀는 살인을 저지를 수 없었으니까요."

"그건 왜죠?"

"그녀는 마리아 반 다이크가 살해된 목요일에 자정까지 열린 점성학 세미나에 참석했거든요. 그녀가 욕실에 있을 때 자료도 몰래 살펴봤고, 또 조심스럽게 몇 가지 물어보기도 했습니다. 그녀는 이 살인사건과는 전혀, 아무런 관계도 없어요. 내 말이 충분한 대답이 됐기를 바랍니다."

"물론 난 당신을 믿어요." 율리아는 거만한 태도로 대답했다. "하지만 중요한 건, 당신이 곤잘레스 씨와 좋은 시간을 보냈다는……."

"형사님 말씀이 맞습니다. 그러니까 이제 내 사생활에 대한 얘기는 그만하고 싶군요. 자, 무슨 소식 있나요?"

베르거는 그에게 모든 걸 설명해주었고, 마이바움과 클라이버에게서 받은 손님 명단을 비교해 전화를 돌려봐야 한다는 말도 했다. 여러 번 나오는 이름들은 특히 더 주의해서 봐야 하며, 반 다이크의 명단을 받는 대로 또 한 번 비교해봐야 한다고.

"제기랄, 또 종일 전화나 돌리게 생겼군!" 페터는 구시렁댔다.

"그리 나쁘게만 생각하지 마요." 율리아가 했다. "이 말이 위안이 될지 모르겠지만, 나도 만만치 않게 하기 싫은 일을 해야 한다고요. 원한다면 이따 나랑 같이 가서 비디오를 봐도 되고요. 어때요, 괜찮지 않아요?"

페터는 짜증스러운 듯 손을 휘휘 내저었고, 그의 뒤에 서 있던 프랑크는 조용히 웃을 뿐이었다.

"그럼 이제 일을 시작하죠. 우린 이번 주 내로 그 망할 놈을 잡을 거예요, 내가 장담해요. 그땐 정말 천벌을 받게 되겠죠!"

"그놈은 종신형을 받거나 정신병원에 수감될 거예요. 그러니 천벌은 나중에 생각해요." 프랑크가 말했다.

"상관 마요." 율리아는 그에게 툭 내뱉고는 금세 다시 씩 웃으며 말했다. "내가 그놈한테 벌을 내리는 신 역할이라도 할 테니까. 아니면 경찰서의 여신이 되던가요."

"그런 건 카니발 때나 해요. 자, 이제 뭘 해야 하는지 말해줘요."

율리아는 임무를 할당한 뒤 자리에서 일어나 가방을 들고 말했다. "프랑크와 저는 잠깐 반 다이크의 사무실에 다녀올게요. 어제 그는 자기 비서가 파티의 손님 명단을 작성했고 초대장도 보냈다고 했거든요. 오늘 아침에 와서 가져가라고 하더군요. 갔다 오면 아마 11시쯤 될 거예요. 그런 다음에는 프랑크, 페터와 함께 그 주차빌딩 운영본부에 가서 비디오테이프를 볼 거고요."

그들이 막 사무실을 나서려는데 전화벨이 울렸다. 베르거가 전화를 받았고, 율리아와 프랑크는 문 앞에 멈춰 섰다. 그들에게 눈짓한 베르거는 뭔가 반아적더니 말했다. "전화해주셔서 감사합니다, 나중에 뵙죠." 그는 전화를 끊었다.

"드레히슬러라는 변호사 겸 공증인이었네. 지난 주말이 되어서야 유디트가 사망했다는 소식을 들었는데, 그녀가 자기한테 유언장을 남겼다고…….."

"뭐라고요?" 율리아가 소리쳤다. "스물다섯 살밖에 안 됐었잖아요! 그런데 이미 유언장을 써놨다고요?"

"그랬다나 봐. 11시경에 유언장을 가지고 이리로 오기로 했네. 그의 말에 따르면, 유디트는 자기한테 무슨 일이 생기면 유언장을 경찰에 넘겨달라고 했었대. 그 안에 뭐라고 적혀있는지는, 기다려보면 알겠지."

"정말 궁금한데요. 잠깐, 지금이 8시 반이니까……. 그 안에 올 수 있겠네요. 자, 프랑크, 서두르자고요."

오전 10시

비올라 클라이버는 10시 정각에 문 앞에 도착했다. 8시부터 자기 방에서 새 책을 집필 중이었던 리히터는 자리에서 일어나 문을 열었다. 그녀는 그가 이제껏 만났던 여자들 가운데 가장 아름다운 여자였다. 오늘 아침 그녀는 유독 더 아름다웠고, 그녀의 움직임은 더 우아했으며, 그녀의 미소는 더 비밀스러웠다. 그녀의 어두운 머리칼은 비단처럼 반짝였고, 향수 냄새는 보이지 않는 물결처럼 온 방 안에 퍼져 나갔다. 그녀는 무릎 위로 올라오는 남색 치마와 앞이 깊게 파인 하늘색 블라우스를 입고 있었다. 핸드백에서 담배를 꺼내려고 상체를 숙이자, 예쁜 가슴의 형태가 뚜렷이 드러났다. 그녀는 다리를 꼬고 금색 라이터로 담배에 불을 붙였다. 얼굴에는 우울한 기색이 엿보였다.

"저 왔어요, 박사님. 바로 시작하시죠. 할 얘기가 많아요."

"그 전에 먼저 마실 것 좀 드릴까요?"

"아뇨, 괜찮아요. 곧장 본론으로 들어가요, 빨리 끝내버리고 싶어요." 그녀는 말을 멈추고 담배를 피우다가 순간 긴장한 듯 자리에서 일어나더니, 여느 때처럼 창가로 가서 정원을 내다보았다. 정원은 11월 초에 걸맞은 우울한 회색빛을 띠고 있었다.

"우수 어린 달 11월이었다." 그녀는 조용히 말했다. "저는 하이네의 시와 산문을 좋아해요. 이제 11월이네요, 우울한 달이죠. 그렇지 않나요?" 그녀는 뒤돌아보지 않고 물었다.

"어떤 사람한테는 그렇겠죠. 부인은 그런가요?"

"사실 다른 달들과 별반 다르지 않아요. 그럭저럭 잘 지내고 있죠. 오늘 제가 제 문제에 대해 말씀드리겠다고 했었죠. 주말 내내 말해야 할지 말지 고민했는데, 결국 하기로 결심했어요. 어차피 언젠가는 해야 하니까요. 다만 어떻게 시작해야 좋을지 모르겠어요. 좀 도와주시지 않겠어요?"

"부부관계에 대한 문제라는 건 이제 알고 있습니다. 하지만 정확히 어떤 문제인지는 모르겠군요."

비올라 클라이버는 돌아서서 담배를 비벼 끈 뒤 곧바로 또 한 개비를 입에 물었다. 그녀는 고개를 살짝 갸우뚱하며 리히터를 뚫어져라 쳐다보았다.

"제 안에서 뭔가가 끊임없이 부글대고 있어요. 가끔은 다 들리도록 크게 소리치고 싶을 때도 있었지만 한 번도 그러지 못했죠. 그럴 때면 차를 타고 정처 없이 동네를 돌아다니는데, 그냥 막 소리치고 싶어도 도무지 그럴 수가 없어요."

"왜 소리를 치고 싶으십니까?" 리히터가 조심스럽게 물었다.

비올라는 피식 웃었다가 다시 무표정한 얼굴로 씁쓸한 듯 말했다. "글쎄, 왜 그럴까요?"

그녀는 아까보다 좀 더 슬프고 우울해 보였고, 그녀의 눈빛 역시 더 허무해 보였다. 그녀는 머릿속으로 생각을 정리하는 듯, 한참 아무 말이 없었다.

"부부관계 때문이에요. 박사님은 오로지 책 쓰는 데에만 관심이 있는 남자와 결혼생활을 한다는 게 어떤 건지 모르실 거예요. 저는 그이를 사랑했고 그이 역시 저를 사랑한다는 생각에 결혼했어요. 그이는 처음으로 저를 있는 그대로 받아들여 준 남자였거든요. 하지만 시간이 지날수록 우리 관계가 저의 일방적인 사랑에 불과하다는 생각이 들어요. 그이에게 애인이 있다는, 정확히 말해 애인이 있어왔다는 사실을 알고 나니까 그런 생각을 더는 견딜 수 없겠더군요. 그게 바로 제 문제예요."

"부인께서는 남편분을 '사랑했다'고 말씀하시는군요. 그럼 이제는 사랑하지 않는다는 건가요?"

그녀는 한숨을 내쉬었다. "아뇨, 아직도 사랑해요. 하지만 제가 이런 상황을 얼마나 더 견딜 수 있을지 모르겠어요. 그이는 곁에 있어도 있는 게 아니에요. 제가 꼭 필요로 하는 순간에는 그이가 저를 멀리하거든요. 그건 마치 손으로 물고기를 잡으려 할 때와 비슷해요. 그러다 보니 그이가 저를 사랑하지 않는다고 생각하게 되었죠. 그이가 저를 간절히 원하고 있다는 느낌 같은 건 단 한 번도 못 느껴봤어요. 우린 서로 대화하고, 식사도 하고, 가끔 영화를 보러 가거나 외식을 하고, 휴가도 가지만, 그이가 진심으로 저를 원한다는 느낌은 전혀 없었죠. 그게 저를 힘들게 했고요. 어떤 날은 그냥 제 방에 틀어박혀 엉엉 울기만 해요." 그녀는 말을 멈추었고, 그녀의 몸이 살짝 떨렸다.

"남편분게 애인이 있다고 하셨죠. 그걸 어떻게 아셨습니까?"

비올라는 또다시 한숨지었다. "1년 반 전까지, 저는 항상 그이를 믿어왔어요. 그이는 외출하는 거의 일이 없었고, 한다고 해도 대부분 저와 함께였죠. 그런데 그랬던 사람이 갑자기 정기적으로 외출을 하는 거예요. 뭘 사러 간다, 친구를 만난다, 출판사 직원을 만난다, 항상 구실이 있었죠. 그러던 어느 날 제가 그를 미행했고요. 그리고 결국 제 두 눈으로 똑똑히 보고 말았어요." 그녀는 천장을 쳐다보았고, 눈물이 뺨을 타고 흘러내렸다. "심지어 그 여자한테 집까지 사줬더군요. 하지만 그 여자는 이제 죽었어요. 제가 말씀드렸죠, 화요일에 형사들이 저희 집에 와서 그이에게 유디트 카스너에 대해 물어봤다고요." 그녀는 입을 삐죽 내밀었다. "박사님께는 그 여자를 모른다고 했지만, 사실 알고 있었어요. 그 여자가 바로 제 남편의 애인이었으니까요. 거짓말해서 죄송해요. 하지만 화요일에는 이런 얘기를 다른 사람에게 할 마음의 준비가 안 되어 있었어요. 우선 저 스스로 생각을 정리해야 했거든요."

리히터는 충격으로 온몸이 찌릿한 느낌이었다. '그렇다면 설마……. 아냐, 그럴 리가 없어.' 그는 생각했다. '이 여자는 아니야, 절대 그래서는 안 돼.'

"유디트 씨와는 가까운 사이였나요?" 리히터가 물었다.

"아뇨, 두세 번 봤을 뿐이에요. 굉장한 미인이었죠. 게다가 저보다 훨씬 더 어렸고요. 그녀와 대화해보고 싶었지만 그럴 용기가 없었어요. 전 정말 한심한 겁쟁이예요."

"유디트 씨의 직업이 뭔지 알고 계셨습니까?" 리히터는 자신의 질문이 최대한 평범하게 들리도록 노력하며 물었다. 사실 그는 비올라가 유디트 카스너에 관해 뭘 얼마나 알고 있는지 알아내고 싶었다.

"학생이었어요." 비올라가 대답했다. "하지만 전공이 뭐였는지까지는 묻지 마세요. 그런 건 아무 상관 없어요. 중요한 건 제 남편이 그녀와……."

"클라이버 부인, 뭔가 오해가 있으신 것 같군요. 유디트 씨는 성적이 뛰어난 학생이기도 했지만, 매춘을 해서 돈을 벌었습니다. 그녀의 고객들은 전부 부유한……."

"그럼 제 남편이 매춘부를 만났다는 건가요?" 비올라는 어안이 벙벙한 얼굴로 리히터를 보았다.

"그 질문에 답을 드릴 수 있는 사람은 남편분뿐이겠죠. 남편분께서 그녀에게 집을 사줬다는 게 사실인가요?"

"제 생각에는 그래요."

"이 일에 대해 남편분과 대화해보신 적 있습니까? 부인께서 알고 계신 이런 사실, 혹은 추측을 말씀하신 적 있나요?"

비올라는 고개를 가로저었다. "아뇨, 이 얘기를 꺼낼 용기가 도무지 안 나더군요. 저는 두려웠어요. 말씀드렸다시피, 저는 한심한 겁쟁이라니까요. 하지만 할 수 있는 게 아무것도 없어요."

그녀는 두 주먹을 불끈 쥐었다. 그녀의 얼굴에 분노와 슬픔의 감정이 동시에 어렸다. "어쩌면 제가 엄마한테 '넌 못생겼어' '넌 아무짝에도 쓸모없는 애야' 같은 나쁜 말을 수없이 듣고 자랐기 때문인지도 몰라요. 남편이 나타나 제가 세상에서 가장 아름다운 여자라고 말해주기 전까지……. 하지만 그건 그저 아무 의미 없는 말일 뿐이었죠! 제가 못생기지 않았다는 건 이제 알지만, 그래도 그 유디트 카스너를 보고 난 이후부터는 자꾸 그이의 말을 의심하게 돼요. 그녀는 정말이지 너무 예뻤거든요. 남자들이 원하는 모든 걸 다 갖췄죠. 몸매도 좋고, 얼굴도 예쁘고, 어쩌면 침대에서도 끝내줬을 테니까요. 저 같은 건 따라갈 수도 없을 만큼 말이에요."

"클라이버 부인, 부인이 제가 만났던 여자 중 가장 아름다운 여자라고 말씀드린다면 믿으시겠습니까?"

"그건 질문인가요, 아니면 정말 그렇다는 건가요?" 비올라는 의아한 듯 물었고, 그녀의 입가에는 당혹감을 드러내는 엷은 미소가 어렸다.

"진심입니다. 저는 부인의 이런 생각을 남편분께 말씀드려보시라고 권해드리고 싶군요. 유디트 씨에 대해 대화를 나눠보세요. 아마 분명 상황이 나아질 겁니다."

'내가 대체 뭘 하는 거지?' 리히터는 속으로 혼잣말을 하며 눈에 띄지 않게 고개를 가로저었다. '비올라는 지금 남편과의 관계가 좋지 않고, 그렇다면 나에게도 기회가……. 그 기회를 잡지 않고 그녀를 도우려고 하다니. 하지만 이 모든 게 다 장난이라면?'

"부인의 어머니에 대해 말씀해보시죠. 어머니께서는 왜 부인을 보고 못생겼다고 하셨나요? 언제 그런 말을 하셨죠?"

비올라는 어깨를 으쓱했다. "이제는 기억이 흐릿해요. 아무튼 무슨 일로든 화가 날 때면 항상 그런 말을 하셨어요."

"어머니께서 아직 살아계신가요?"

"네."

"외모는 고우신 편인가요?"

"어렸을 때는 누구나 자기 엄마가 예쁘다고 생각하잖아요. 되돌아보면 저희 엄마는 과거에도 지금도 평범하셨던 것 같아요. 하지만 이제 나이도 드셨고, 게다가 몸도 편찮으세요. 저는 엄마에 대한 증오심도, 악감정도 없어요. 어쨌든 엄마는 엄마니까요. 증오한다는 건 말이 안 되죠. 엄마도 힘든 삶을 사셨어요."

"혹시 어머니께서 부인을 질투하셨던 건 아닌가요?"

"왜요? 그럴 만한 이유는 전혀 없었는걸요. 전 어린아이였고 엄마는 성인이었으니까요."

"지금도 어머니와 연락하십니까?"

"아주 가끔요. 1년에 두 번 정도 만나고, 종종 통화하는 정도예요. 하지만 한 번도 엄마와 살갑게 지냈던 적은 없어요. 엄마는 언니만 예뻐하셨거든요. 예전에는 엄마가 언니한테 쏟는 사랑의 일부라도 받았으면 했었죠."

"그럼 아버지는요?"

"아버지는 자기만의 삶을 사셨어요. 5년 전에 돌아가셨죠. 아버지의 임종을 지킨 건 저뿐이었어요. 돌아가시기 직전에 아버지는 저를 더 이상 돌봐주지 못해 미안하다고 말씀하셨죠. 저희 아버지는 굉장히 과묵한 분이셨는데, 저는 제가 아버지의 그런 점을 닮았을까 봐 두려워요."

리히터는 자리에서 일어나 창가에 서 있는 비올라 곁으로 갔다. 그녀가 고개를 돌려 그를 보았다. "이제 저는 어떻게 하면 좋을까요? 더 이상 이렇게는 살 수 없어요."

"혹시 어머니의 별자리가 뭔지 여쭤봐도 될까요?"

비올라는 놀란 표정을 지었다. "전갈자리요." 그녀는 이렇게 말하고는 심술궂게 입을 삐죽댔다. "여러 개의 독침을 가진 전갈이죠."

리히터는 침을 꿀꺽 삼켰다. 떨리는 손으로 담배에 불을 붙인 그는 책상 앞에 앉았다. "그럼 부인은요?"

"뭐가요?"

"별자리 말입니다."

"물고기자리요."

"저한테 하실 말씀이 더 있으신가요? 부인의 마음에 짐이 되는 일이 또 있나요? 너무도 큰일이라 저 말고는 아무한테도 말씀 못 하시는 일 말입니다. 저에겐 침묵의 의무가 있다는 거, 알고 계시죠? 제아무리 경찰이라도 그 의무를 깨지는 못합니다."

비올라는 책상을 빙 돌아와 리히터 앞에 서서 위험한 눈빛으로 그를 보았다. 그녀의 입가에 예상치 못했던 냉혹한 기색이 어렸다. 그녀는 두 손으로 책상을 받치고 섰다.

"무슨 말을 듣기 원하시는지 모르겠네요. 박사님께서 좀 설명해 주시겠어요?"

"저는 부인께서 제 질문의 의미를 충분히 알아들으셨을 거라 생각하는데요. 아닌가요?" 그는 태연하게 대답했다.

"리히터 박사님, 제가 말을 너무 많이 한 것 같네요. 이만 가봐야 겠어요. 안 그랬다가는 박사님께서 심각한 양심의 갈등을 느끼실 만한 일을 제 입으로 말하게 될 테니까요. 그건 우리 둘 다 원치 않잖아요, 그렇죠?" 그녀의 목소리에서 숨길 수 없는 신랄함이 느껴졌다. 그녀는 뒤로 빙 돌아 재킷을 입고 핸드백을 들었다.

"안녕히 계세요, 박사님. 제 생각은 너무 많이 하지 마시고요. 전 괜찮을 거예요."

"기다려요!" 리히터는 벌떡 일어섰다. "나에 대해 어떻게 생각 해요?"

"그건 저 혼자만 알고 있는 게 나을 것 같네요. 전 상처를 입힐 수 있는 존재거든요. 비록 기본 심성은 온순하지만 누군가 건드리면 아주 치명적인 상처를 입힐 수도 있어요." 그녀는 말을 멈추고 혀를 쏙 내밀었다. "혹시라도 제 남편이나 다른 누군가에게 오늘 저와 나눴던 얘기를 하신다면, 박사님은 이제껏 상상도 못하셨을 저의 또 다른 면을 보게 되실 거예요."

비올라는 빠른 걸음으로 그 집을 나섰고, 리히터는 매우 혼란스러운 표정으로 그녀의 뒷모습을 바라보았다. 그녀의 마지막 말은 그에게 대단한 충격이었고, 그가 몰랐던, 또 알고 싶지도 않았던 그녀의 단면을 보여주었다. 그는 코냑 한 잔을 따라 단숨에 들이켰다. 막 잔을 다시 진열장에 넣고 있는데 초인종이 울렸다.

카르멘 마이바움이었다.

"안녕하세요." 그녀가 말했다. "너무 일찍 왔죠, 기다려야 하면 기다릴게요. 비올라가 당신한테 치료를 받는 줄은 몰랐네요."

"당신이 모르는 일이 많아요. 바로 들어와요."

카르멘이 앞서 방으로 들어갔고, 리히터도 들어와 문을 닫았다. 카르멘은 책상 가장자리에 걸터앉아 다리를 흔들었다. 몇 초간 그녀는 그를 바라만 보고 있었다. 슬프고도 어딘가 모르게 낯선 눈빛으로.

"시작할까요?" 리히터가 물었다.

카르멘은 고개만 끄덕일 뿐이었다.

오전 11시

율리아와 프랑크는 지난 2년간 반 다이크의 집에 초대되었던 손님 명단을 그의 비서로부터 건네받아 경찰청으로 돌아왔다. 페터와 다른 동료 세 명은 통화 중이었다. 프랑크가 그 명단을 페터의 책상 위에 내려놓자, 페터는 얼굴을 붉히며 프랑크를 째려보았다. 프랑크는 커피 두 잔을 가져와 한 잔은 율리아에게 건넸다. 그들이 베르거와 이야기를 나누고 있을 때, 누군가 노크를 했다.

머리가 희끗희끗한 남자 한 명이 안으로 들어왔다. 그는 자그마한 체구에 회색 양복을 입고 있었고, 손에는 서류가방을 들고 있었다.

"드레히슬러입니다." 그가 말했다. "아까 통화했죠. 유디트 유디트 씨의 유언장 문제로요."

"아 네, 앉으시죠." 베르거는 의자를 가리키며 말했다.

의자에 앉은 드레히슬러는 가방에서 파일 하나를 꺼내 책상에 올려놓았다. 그는 헛기침하고 안경테를 밀어 올리고는 말했다. "제가 시간이 별로 없어서 바로 본론을 말씀드리겠습니다. 아까 말씀드렸듯이 유디트 씨는 약 4주 전에 저에게 유언장을 남기셨습니다. 제가 그것을 검사하고, 공증했고요. 규정대로 유디트 씨 본인이 직접 손으로 쓴 것입니다. 유디트 씨는 자기가 죽으면 저더러 직접 이 유언장을 경찰에 전해달라고 했습니다. 저는 두 장의 복사본을 가지고 있으며, 원본은 카밀라 파운 씨에게 드릴 겁니다."

그는 유언장 복사본을 베르거와 율리아에게 한 장씩 건넸다. 율리아는 프랑크와 함께 읽었다.

유언장

1974년 10월 23일 프랑크푸르트 암 마인에서 태어난 본인, 유디트 카스너는 본인의 통장잔고 전부, 보석, 옷, 전기기기는 물론 프랑크푸르트-니더라트의 켈스터바허 가에 있는 본인 소유의 집을 포함한 모든 재산을 본인의 하나뿐인 가장 친한 친구이자 룸메이트인 카밀라 파운에게 양도한다.

이 유언장의 효력은 본인이 스물여섯 번째 생일이 되기 전에 자연사가 아닌 강제적인 죽임을 당했을 경우에 발생한다. 본인은 스물두 살 때부터 학업 이외에 콜걸이란 직업을 가지고 일을 해왔으므로 본인이 부자연스러운, 강제적인 죽임을 당한다면 본인의 고객들이 용의자가 되는 바, 그들의 전화번호가 적힌 명단을 프랑크푸르트 그래프 가에 있는 본인의 집 컴퓨터에 저장해두었다.

본인이 스물여섯 번째 생일까지 살아있다면 이 유언장은 효력을 잃는다.

1999년 10월 5일, 프랑크푸르트에서

유디트 카스너

추신: 후회하지 않는 것이 지혜의 시작이다. 그리고 난 아무것도 후회하지 않는다.

율리아와 프랑크는 의미심장한 눈빛을 교환했다.

"유디트 씨가 유언장을 작성한 이유를 말했습니까? 살해 협박이라도 있었나요?" 베르거가 물었다.

드레히슬러는 어색한 미소를 지었고 아리송한 태도를 취했다.

"아뇨. 하지만 제가 궁금해서 물었습니다. 왜 아직 젊은 사람이 유언장 같은 걸 쓰느냐고 말이죠. 유디트 씨는 잠시 망설이더니 깜짝 놀랄 만한 꿈을 꿨다고 하더군요. 분명히 죽음을 예견하는 꿈이었답니다. 언제가 될지는 몰랐지만요. 그 밖에는 저도 드릴 말씀이 없군요. 다만 유디트 씨는 대단한 여자였습니다."

"말씀 감사합니다." 베르거가 말했다. "카밀라 씨도 이 사실을 알고 있습니까?"

"네, 이따 12시에 만나기로 했습니다."

"카밀라 씨가 앞을 못 본다는 건 아시나요?" 율리아가 물었다.

"네, 유디트 씨한테 들었습니다. 그럼 전 이만 가봐야겠군요."

율리아는 드레히슬러가 떠나는 뒷모습을 흘긋 보았다. "그 유디트란 여자를 만나봤어야 하는 건데. 칭찬 일색이라니까요." 시계는 어느덧 11시 35분을 가리키고 있었다. "저희는 일단 나가서 뭘 좀 먹고, 그 비디오테이프를 보러 가봐야겠어요."

"토이, 토이, 토이(Toi, toi, toi, '행운을 빈다'는 뜻 —역주)" 베르거는 이렇게 말하며 박자에 맞춰 책상을 톡톡 두드렸다.

프랑크는 막 재킷을 입고 있던 페터를 불러왔다. 그들은 어느 간이음식점에 앉아 커리 소시지를 먹고 맥주도 조금 마셨다. 율리아가 커리 소시지와 감자튀김을 먹은 건 이번 주에만 벌써 다섯 번째였다. 12시가 조금 지나 차에 탄 그들은 주차빌딩 운영본부로 향했다. 키가 작고 통통한 남자가 다가와 자신의 이름을 자일러라고 소개하더니 친절하게 인사하며 따라오라고 말했다. 그들은 수많은 전기 기기가 있는 방으로 안내됐다.

"어떤 테이프부터 시작할까요?"

"테이프를 하나씩밖에 못 본단 말입니까?" 프랑크는 눈동자를 굴리며 물었다.

"유감스럽지만 그렇습니다. 분실되었을 때 아무나 볼 수 없도록 영상이 모자이크 되어 있거든요. 이걸 다룰 수 있는 사람은 저 하나뿐입니다. 그러니까 인내심을 가지고 좀 기다려주세요. 경우에 따라서는 며칠이 걸릴 수도 있습니다."

"뭐 그렇다면야! 그런데 이 영상에서 뭘 확인할 수 있습니까? 자동차 번호판, 아니면 그 안에 탄 사람의 얼굴도 볼 수 있나요?"

"번호판은 당연히 확인 가능하고요, 얼굴은 녹화 당시 앞 유리에 성에가 끼었거나, 너무 어둡게 선팅한 차라면 안 보일 수도 있습니다."

"어떤 테이프부터 시작할까요?" 율리아는 다른 두 형사를 보며 물었다.

"베를리너 가 어디쯤에서 마리아의 차가 발견됐죠?" 페터가 물었다.

"파울 교회 맞은편에서요."

"그럼 하우프트바케 주차빌딩 것부터 시작하죠. 제비뽑기로 결정할 수도 있지만……."

"아니, 하우프크바케로 해요. 그럼 시작하시죠, 자일러 씨."

"언제부터 볼까요?"

"목요일 오전 10시부터요."

자일러는 테이프를 집어넣고 화면에 표시된 시간이 10시가 될 때까지 뒤로 감았다. 그가 버튼 몇 개를 누르자, 뒤죽박죽 조각나 있던 영상이 하나의 완전한, 선명한 영상으로 바뀌었다. 형사들은 각자 의자 하나씩을 차지하고 모니터 앞에 앉았다. 오늘은 온종일, 아니, 어쩌면 밤새도록 이 일에 매달려야 할지도 몰랐다.

오전 11시 10분

카르멘 마이바움은 여전히 책상에 걸터앉아 있었다. 그녀의 눈빛은 마치 리히터를 감시하는 듯, 또 그를 긴장시키려는 듯 리히터에게 고정되어 있었다.

"종일 거기 앉아서 그렇게 날 쳐다보고만 있을 작정입니까?" 결국 리히터가 먼저 물었다. "이러려고 온 거라면……."

"아뇨, 그래서 온 게 아니에요." 그녀는 태도를 바꾸지 않고 말했다. "지금 우리 대화가 녹음되고 있나요?"

"아뇨. 하지만 당신이 원한다면…….."

"아니에요, 녹음은 싫어요. 당신이 받아 적으면 되죠. 지금부터 내가 아주 흥미로운 얘기를 할 거거든요. 난 당신이 정직하고 입이 아주 무거운 사람이고, 앞으로도 그럴 거란 걸 알아요. 당신은 마치 사람들의 고해성사를 묵묵히 듣고 어떤 경우에도, 심지어 경찰 앞에서도 비밀을 지켜주는 신부님 같아요. 난 그 분야에 대해 잘 알거든요. 난 바로 당신의 그런 점만 보고 당신을 찾아왔던 거예요. 또 한 가지 잊지 말아야 할 건, 당신이 애인으로서도 정말 훌륭하다는 거죠." 그녀는 말을 멈추고 담배에 불을 붙였고, 갑자기 아주 차분하고 태연한 태도로 돌변했다. 그러고는 책상에서 몸을 떼더니 리히터의 의자에 앉아서 두 다리를 책상 위에 올렸다. 그러자 그녀의 치마가 밀려 올라갔고, 마실 것을 가지러 가려고 일어나 있던 리히터는 그녀가 팬티를 입지 않은 것을 알 수 있었다. 검정 스타킹은 그녀의 음부로부터 약 5센티미터 아래까지만 올라와 있었다. 리히터의 눈빛을 느낀 그녀는 다리를 살짝 벌리고 음탕한 미소를 지으며 말했다. "지금 나랑 하고 싶어요?"

"그렇기도 하고, 아니기도 해요." 그는 이렇게 대답하고는 잔을 그녀 앞 책상에 올려놓았다. "클라라는 지금 없어요. 하지만 다음에 하죠."

"누가 클라라 얘기 물어봤어요? 당신도 알다시피, 그 여자는 당신과 어울리지 않아요. 게다가 아무하고나 자고 다니잖아요. 하지만 난 그렇지 않아요, 남자를 아주 신중하게 고르죠. 그렇다 보니 지난 몇 년간 만났던 남자가 한 손에 꼽을 정도밖에 안 돼요. 어쨌든 다시 앉아요, 나 때문에 당신이 긴장하는 건 싫어요." 카르멘은 진토닉 한 모금을 마시고는 차가운 느낌이 나는 잔을 손에 그대로 들고 있었다. 눈을 내리깐 그녀는 입술을 삐죽대더니 다시 입을 열었다. "내가 우리 부부에 대해 했던 얘기 있잖아요. 그건 다 거짓말이었어요. 남편을 사랑한다는 말만 빼고요. 이 세상에 내가 남편보다 더 사랑하는 사람은 없어요. 벼랑 끝에 내몰린 나를 구해줬던 사람이 바로 그이였으니까요. 그이는 내게 힘을 북돋아 주었고, 지금도 여전히 그래요. 항상 내 옆에 있어줬죠. 우리는 많은 말을 할 필요도 없이 서로의 마음을 읽을 수 있었어요. 그이는 나의 휴식처이자, 내가 기댈 수 있는 어깨가 되어주었어요. 그이를 알게 된 것만으로도 이 세상은 살 만한 가치가 있어요. 그이는 내게 사랑이 뭔지 알려주었고, 난 내가 줄 수 있는 모든 사랑을 그이에게 주려고 노력했죠……."

"그렇지만……."

카르멘은 손을 들어 그의 말을 막았다. "내 말을 끊지 말아 주세요. 그저 내 말에 귀 기울여 줘요. 우리는 18년 전에 결혼했고, 그로부터 얼마 후 두 아이를 얻었죠. 이건 아무도 모르는 사실인데, 우리 쌍둥이는 12주나 일찍 태어나는 바람에 태어난 직후에 세상을 떠나고 말았어요. 둘이 합해도 7백 그램도 안 나갔죠. 그 일은 우리 부부에게 크나큰 불행이었지만, 우리는 사랑으로 견뎌낼 수 있었어요. 성경에도 나와 있듯이, 사랑은 모든 것을 덮어 주고 모든 것을 믿고 모든 것을 바라고 모든 것을 견디잖아요. 우리 사랑은 지금도 변함이 없어요. 정신적으로나 육체적으로나 우린 하나, 완벽한 단일체나 마찬가지였어요. 그런데 5년 전 어느 날 그이는 육체의 힘을 잃고 말았어요. 무슨 일이 있었는지는 지금까지도 모르지만, 어느 날부턴가 갑자기 그이는 나와 관계를 갖지 못했죠. 여기서 당신이 알아야 할 게 있는데, 우리는 절대 저급한 섹스가 아니라, 그저 서로를 느끼는 의식을 치렀던 거예요. 처음에는 그냥 스트레스와 과로 때문에 생긴 일시적인 일이려니 생각했는데, 아무리 노력해도 더 이상은 안 되더라고요. 그래서 5년 전부터 난 그이가 내 안으로 밀고 들어오는 그 황홀한 기분을 더는 느끼지 못하고 있어요. 나한테 그건 못 견딜 정도로 심한 일은 아니에요. 정말 사랑한다면, 섹스도 포기할 수 있거든요. 하지만 그이는 그 일 때문에 망가져 버렸어요. 관계에 실패할 때면 그이는 어린아이처럼 침대에 누워 울며 왜 이런 일이 생겼느냐고 소리치곤 했죠. 수많은 의사와 심리학자들을 만나보고, 그러느라 미국과 호주까지 갔다 왔고, 심지어 신앙 요법까지 써봤지만 소용없었어요. 그이는 신체적으로는 아무런 이상이 없어요. 아침에 일어나기 직전에 보면 이불 아래로 그이의 그곳이 우뚝 서 있는 게 보인다니까요. 하지만 그이가 내 몸속으로 들어오기만 하면 도로 주저앉아버리는 거예요. 그렇다고 내 문제도 아니에요. 난 그이가 전과 마찬가지로 날 원한다는 걸 알고 있어요. 그이의 마음에 뭔가 문제가 있는 거라고요. 언젠가 한 번은 그이에게 직업여성한테 한 번 가보라고, 그러면 될지도 모른다고 말했더니 그이는 그저 웃기만 했죠. 절대 그런 짓은 안 한다고 하면서요.

  그러던 그이는 어떤 여자를 알게 되었고, 그 여자라면 자신의 정력을 회복시켜줄 수 있을 거라 기대하게 됐죠. 예쁘고 유명한 여자였어요. 그이는 그 여자에게 집도 사줬지만, 그녀는 그이를 이용하기만 했어요. 난 둘의 관계를 알았지만, 그이가 그녀를 사랑하지 않는다는 것도 알았죠. 아내들은 남편이 속이면 단번에 알아채는 법이거든요. 거짓말은 절대로 성공할 수 없죠. 그이는 그저 자기가 아직 건재하다는 걸 증명하고 싶었던 거예요. 나에게 그이는 여전히 사랑스럽고 다정한 남편이었죠. 지금까지도 마찬가지고요. 하지만 그 여자는 창녀였어요, 더럽고 가련한 창녀! 그이를 이용하고 조롱했고, 또 그이에게 모욕감을 줬다고요. 그 여자는 마음속 깊이 악하고, 아주 냉정하고, 자기밖에 모르는 이기적인 인간이었어요. 자기가 준 모욕감이 비수가 되어 그이의 가슴을 찌르고, 그이가 아무리 힘들어해도 눈도 깜짝 안 했다고요. 그이는 그런 괴로움을 숨기려 했지만, 그이의 고통은 곧 내 고통이나 마찬가지였어요. 그 여자는 그이의 얼마 남지 않은 자존심마저 앗아가 버렸어요. 이제 그이는 마흔일곱 살밖에 안 됐으면서 내적으로는 다 망가진 남자가 되어버렸다고요. 그이가 그 모든 모욕감을 견뎌낸 게 놀라울 뿐이에요."

그녀는 말을 멈추고 단숨에 잔을 비운 뒤 리히터에게 한 잔 더 달라고 부탁했다. 아무 말 없이 술을 더 따라준 그는 다시 자리에 앉았다. 그녀는 담배에 불을 붙이고 연기를 빨아들였다가 코로 다시 내뿜었다.

"그 후에 남편은 다른 여자를 만나 다시 시도했어요. 아주 섹시한 여자였는데, 역시 아무 소용 없었어요. 그리고 난 내 성욕을 억누르려 애썼지만 실패했죠. 지난 몇 년 동안 몇몇 남자를 만났는데, 기억에 남는 사람은 단 한 명도 없네요. 우린 섹스를 했고, 그러다 내가 먼저 그들을 차버렸어요. 아까 말했듯이, 그랬던 적은 한 손으로 꼽을 정도밖에 안 돼요. 알렉산더도 그 사실을 다 알고 있고요." 웃으면서 자리에서 일어난 카르멘은 도발적인 포즈로 리히터 앞에 섰다가, 다리를 넓게 벌린 채 그의 무릎 위에 앉았다.

"난 지금 당신과 하고 싶어요. 그런 다음에 더 얘기해줄게요. 아직 못 한 얘기가 아주 많아요."

심각한 표정으로 그녀를 쳐다보던 리히터는 수첩을 한쪽으로 치우고 그녀의 치마 속을 움켜쥐었다. 그들은 마치 기계처럼 움직였다. 그녀가 그의 바지 단추를 풀고 그에게 키스하자, 두 사람의 혀가 엉켰다. 그는 그녀 속으로 밀고 들어갔고, 그녀는 그가 하체를 움직이는 동안 그에게서 눈을 떼지 않았다. 그가 사정하기까지는 20분이 걸렸다. 그녀는 얼마간 더 그의 위에 앉아서 그의 고환을 쓰다듬으며 그에게 키스했다. 결국 몸을 일으킨 그녀는 핸드백에서 손수건을 꺼내 다리 사이에 끼웠다.

"오늘 시간 있어요?" 그녀가 물었다. "뭐 좀 먹으러 갈래요? 나 배고파요."

"시간이야 많죠. 여기서 5분 거리에 이탈리안 레스토랑이 있어요." 리히터가 말했다. "배달도 해줘요."

"그럼 시켜먹어요. 메뉴는 당신이 정하고요. 내가 당신 믿는 거 알죠? 모든 면에서."

리히터는 전화를 걸어 볼로네즈 스파게티 2인분, 샐러드 2인분과 레드와인 한 병을 주문했다. 그새 카르멘은 다시 창가로 걸어가 흠 잡을 데 없는 다리를 딱 붙이고 서서 담배를 피웠다.

"나한테 그런 얘기를 왜 한 거죠?" 리히터는 그녀 뒤로 걸어가 유두가 딱딱하게 선 그녀의 가슴을 감싸 쥐며 물었다.

"그건 곧 알게 될 거예요." 그녀는 비밀스러운 미소를 지으며 말했다.

30분 뒤에 음식이 배달되었다. 리히터와 카르멘은 음식을 먹으며 날씨와, 그 밖에 별로 중요치 않은 주제에 대해 대화를 나누었다. 시계는 1시 15분 전을 가리키고 있었다.

"제기랄!" 율리아는 담배에 불을 붙이며 말했다. "이런 속도로는 며칠은 걸리겠어요. 좀 더 빨리 안 돼요?"

"숙녀분께서 참을성이 없으시군요." 자일러가 대답했다. "이제 목요일 12시까지 봤고, 포드 카 차종을 찾고 계시죠. 원하시면 테이프를 좀 더 빨리 돌릴 수는 있지만, 그러면 더 집중하셔야 할 겁니다. 번호판이 좀 뭉개져 보일 테니까요."

"아뇨, 절대 안 돼요. 그냥 하던 대로 하죠. 여기 뭐 마실 것 좀 없나요?"

"복도에 나가시면 음료수를 파는 자동판매기가 있습니다."

"당신들도 마실래요?"

콜라 네 병을 들고 돌아온 율리아는 다시 자리에 앉았다. 한 시간, 또 한 시간이 지났다. 모니터를 하도 뚫어져라 봤더니 눈에 불이 날 지경이라, 그녀는 손으로 눈을 비볐다. 그 순간 프랑크가 잔뜩 흥분하여 소리쳤다. "스톱! 여기, 마리아가 있어요. 다시 조금만 앞으로 돌려봐요. 거기요, HG-MD 1211. 마리아는 오후 2시 36분에 하우프트바케 주차빌딩에 들어갔군. 빙고! 핸들을 잡고 있는 여자는 마리아 반 다이크가 틀림없어요."

"맙소사, 그 남자 말이 맞았잖아." 율리아는 어안이 벙벙한 듯 말했다. "정말 한턱내야겠네." 그녀는 중얼거렸다.

"뭐라고요?" 프랑크는 무슨 말인지 모르겠다는 듯 물었다.

"아무것도 아니에요. 마리아는 정말 차를 주차빌딩에 세웠었군요. 이제 이 차가 언제 다시 이 빌딩을 빠져나갔는지 알아봐야 해요. 그리고 그때는 누가 운전을 했는지도요. 프랑크, 우린 곧 놈을 잡을 거예요."

"기다려 봐요, 어쩌면 우리가 아는 사람이 따라 들어갔을 수도 있잖아요. 이제부터는 더 주의해서 봐야 해요."

또 한 시간이 지났지만, 그들이 아는 얼굴은 나타나지 않았다. 율리아가 시계를 보니 5시 15분 전이었다. 지금 상황에서는 계속 지켜보는 수밖에 없었다.

오후 1시 10분

리히터와 카르멘이 식사를 마친 뒤, 카르멘은 욕실로 가서 샤워를 했다. 다시 돌아왔을 때 그녀에게서는 샤넬 넘버5의 향기가 풍겼다. 다시 책상 앞에 앉은 그녀는 다리를 올리고 펜을 들어 손으로 빙빙 돌렸다.

"아까 어디까지 얘기했죠? 맞다, 알렉산더가 냉정하리만치 침착하게 모욕감을 극복한 얘기까지 했었죠. 나라면 그렇게 못했을 거예요. 완전히 주저앉아버리거나 돌아버리거나, 둘 중 하나였겠죠. 나한테 그런 모욕감을 준 사람들한테 전부 복수했을 거예요. 하지만 그이는 다른 사람에게 신체적인 해를 입히는 행동은 절대 못하는 성격이에요. 누군가에게 상처 주는 대신에 자기가 참아버리고 말죠. 그가 자존감을 가질 수 있는 유일한 곳은 대학인데, 거기 있는 시간은 기껏해야 하루에 여덟, 아홉 시간밖에 안 되잖아요. 그럼 열다섯, 열여섯 시간이나 남고요. 이 모든 상황은 그이보다 날 더 힘들게 했어요, 적어도 내 생각에는 말이죠."

말을 멈춘 그녀는 명상에 잠긴 듯한 눈빛으로 리히터를 보더니, 창가로 걸어가 정원을 내다보았다.

"내가 어린 시절에 대해서는 한 번도 말 안 했었죠. 내 얘기를 이해하는 데 도움이 되려면, 내 어린 시절을 먼저 알아야 할 거예요. 난 소박한 가정 출신이에요. 아버지는 회계사셨고, 엄마는 집안 일을 하며 날 돌보셨죠. 아버지는 아주 조용하고, 사랑스러운 분 이셨어요. 정말 보기 힘든, 아버지다운 아버지셨죠. 항상 내 말에 귀 기울여주시고, 단 한 번도 날 때리거나 소리를 지르신 적도 없 었어요. 아버지의 목소리는 항상 조용하고 차분했죠. 아침 7시 반 에 출근하셨다가 오후 5시 반에 귀가하셨고요. 부모님의 관계가 어땠는지 잘은 몰라요. 다만 엄마는 아버지가 집에 없을 때면 자 주 다른 남자들을 집에 들였죠. 하지만 그땐 아직 어려서 엄마가 그 남자들과 뭘 하는지도 몰랐어요."

그녀는 뒤돌아 창턱에 걸터앉았다.

"내가 일곱 살 때, 엄마한테는 지속적으로 만나는 애인이 있었 어요. 물론 한참이 지나서야 알게 된 일이지만. 그 남자가 집에 오 면 엄마는 나를 복도 반대편에 있던 내 방에 가뒀죠. 그 남자가 있 을 때 내가 방에서 나오려고 하면 엄마는 불같이 화를 냈어요. 그 래서 난 시키는 대로 내 방에 틀어박혀 인형을 가지고 놀았죠.

그러던 어느 여름날, 내가 항상 그림자만 봐왔던 그 남자가 또 다시 우리 엄마를 찾아왔어요. 난 그 날을 어제 일처럼 생생하게 기억해요. 두 사람의 웃음소리가 들렸지만, 아무리 문에 귀를 대 고 엿들으려고 해도 둘이 뭐라고 얘기하는지는 들리지 않더군요. 얼마 후 두 사람은 침실로 들어가 문을 잠갔어요. 당시 난 그들이 거기서 뭘 하는지 알지 못했죠, 지금이야 물론 잘 알지만. 그들은 그 짓을 했던 거예요. 전력을 다해서 그 짓을 했다고요! 내 엄마 가 창녀라니! 그리고 아버지는 아무것도 몰랐어요.

그러다 그 날이 왔어요. 내가 뭘 입고 있었는지까지 기억나요. 날이 너무 더워서 나는 수영복을 입고 하루 종일 놀이터에 있는 아이들을 바라보며 나도 같이 놀고 싶다는 생각만 하고 있었죠. 하지만 엄마는 그 아이들을 '반사회적인 하층민'이라 부르며 그들과 어울리지 못하게 했고, 아침에 날 학교에 데려다 주고, 오후에 다시 데리러 왔어요. 당시 우린 고층 아파트에 살았는데, 그때만 해도 그렇게 시내가 다 내려다보이는 곳에 산다는 건 특별한 일이었어요. 9층이었죠, 정확히 기억해요. 어쨌든, 그 날은 아버지가 무슨 이유에선가 다른 때보다 훨씬 일찍 퇴근하셨어요. 아버지는 내 방에 와서 나한테 입을 맞추고 엄마는 어디 갔느냐고 물으셨죠. 난 그냥 침실에 있다고만 했고요. 밖으로 나간 아버지가 침실 문을 열려는데, 순간 그 문이 안에서 다시 쾅 닫히는 거였어요. 그때 아버지는 안에서 누군가의 목소리를 들으셨죠. 아버지는 문을 쾅쾅 두드리며 빨리 열라고 소리쳤어요. 내가 내 인형 라우라를 품에 꼭 안고 내 방문 앞에 서서, 열쇠 돌리는 소리를 다 듣고 있다는 건 아무도 알아채지 못했죠.

엄마는 옷을 다 벗은 채, 팬티만 입고 있었어요. 아버지는 이게 뭐하는 짓이냐고 물었지만, 엄마는 비웃기만 했고요. 그때 그 남자가 나타나 엄마 뒤에 가서 서더군요. 엄마와 몇 마디 옥신각신하던 아버지는 어안이 벙벙한 얼굴로 서 있었고, 엄마 뒤에 서 있던 그 역겨운 놈도 실실 웃는 거였어요. 그 둘이서 아버지를 앞에 두고 비웃었다고요. 웃고, 웃고, 또 웃었죠. 난 그때를 결코 잊을 수가 없어요. 그 엄청난 조롱과 비웃음이란!

그때 아버지가 갑자기 치욕스러워서 도저히 못 참겠다며, 엄마한테 그 남자와 자기 중에 결정하라고 했어요. 그러자 엄마는 또다시 웃으며 아버지를 조롱했어요. 엄마는 당시 나로서는 이해할 수 없었던, 아니면 이해하고 싶지 않았던 어떤 말을 했는데, 아무튼 아주 나쁜 말이었다는 건 확실해요. 아버지는 더 이상 이런 장난에 놀아나지 않겠다며 엄마의 어깨를 붙들고는 '내가 당신을 얼마나 사랑했는데, 당신이 어떻게 나를 속일 수가 있어?' 같은 말을 하셨죠. 그랬더니 엄마와 그 저주받을 놈은 그저 웃고, 웃고, 또 웃기만 했고요! 그 두 사람의 역겨운 웃음소리가 지금도 귀에 생생해요. 그 빌어먹을 웃음소리.

그러자 아버지는 아주 차분한 목소리로, 당장 그 남자를 내보내지 않으면 발코니에서 뛰어내리겠다고 하셨어요. 그랬더니 엄마가 뭐라고 대답했는지 알아요? 이상하게 난 그것까지도 기억이 나요. 엄마는 이렇게 말했어요. '당신은 겁쟁이야. 불쌍하기 짝이 없는 겁쟁이. 그럴 용기도 없으면서. 항상 말만 번지르르했지, 남자로서는 실패작이라니까. 그렇게 원하면 어디 뛰어내려 보시지. 누가 말려.'

무슨 막장 드라마 얘기를 하는 것 같지만, 아버지는 마치 슬로 모션처럼 거실로 걸어가 발코니 문을 열었고, 그런 뒤에는 누군가의 외침과 뭔가 퍽 하고 떨어지는 소리만이 들렸어요. 놀이터에서 놀던 아이들이 소리를 질렀고, 엄마도 갑자기 소리를 질러댔죠. 난 마비된 듯 그 자리에 서 있었어요. 도무지 움직일 수가 없었거든요. 울음도 안 나왔던 것 같아요. 그냥 악몽 같았으니까요. 마치 한 치 앞도 안 보이는 숲 속을 걸어가는데 여기저기서 어두운 형체들과 야생동물들이 도사리고 있고 내가 숨을 곳은 아무 데도 없는, 그런 꿈 말이에요.

내가 의식이 있는 상태로 마지막으로 본 장면은 그 남자가 쏜살 같이 옷을 입고 내빼는 장면이었어요. 그 이후로는 어떻게 되었는지 몰라요.

1년 뒤 엄마는 엄청난 부자와 재혼했고, 그 남자는 심지어 나를 입양하기까지 했어요. 나는 기숙학교에 다니게 되었고, 열여덟 살이 되어 대입시험을 치르고 나자 그는 자기가 소유한 대여섯 채의 집들 가운데 세 채를 나한테 선물로 줬어요. 정말 대단한 부자죠. 하지만 엄마는 내가 스무 살이었을 때 그 사람과 이혼했어요. 지금은 아주 풍족하게 잘 살고 계시죠. 이상하게도 난 엄마보다 엄마의 전남편과 더 자주 연락하고 지내요. 사실 엄마와는 이제 연락이 끊긴 거나 마찬가지예요. 하고 싶지도 않고요. 자, 이게 내 어린 시절에 관한 얘기예요. 이제 당신은 나에 대해 거의 다 아는 거나 다름없어요. 그리고 바로 그게 내 문제고요. 내가 세상에서 가장 사랑했던 우리 아빠가 수치심과 좌절감 때문에 자살하셨어요. 그리고 지금은 내가 그 누구보다 더 사랑하는 내 남편이, 마찬가지로 좌절하고 있고요. 하지만 난 그이가 우리 아빠처럼 되지 않도록 그이에게 내가 할 수 있는 한 많은 사랑을 주고 있어요. 그이가 고통스러워하는 모습을 참을 수가 없어요. 그이의 고통은 내 고통이기도 하니까. 그런데 어떻게 해야 그 고통을 덜어줄 수 있는지 모르겠어요. 당신이 조언 좀 해줄 수 있겠어요?"

리히터는 눈을 들어 그녀를 보며 고개를 가로저었다. 목이 바짝 마르는 느낌이었다. "아뇨. 정말 엄청난 일을 겪었군요. 당신이 정말 대단하다는 말밖에 못하겠군요. 당신의 그 참을성이 놀라울 따름이에요."

"알렉산더가 이혼하자고 말한 걸 깜빡할 뻔했네요. 그이는 날 보고 아직 젊으니 내 삶을 살라고, 자기는 혼자 잘 헤쳐갈 수 있다고 하더군요. 하지만 그이는 마치 바위에 내던져진 값비싼 도자기 같아서, 혼자가 되면 정말 산산조각이 나버릴 거예요. 그 꼴은 못 보겠어요. 무슨 일이 있어도 난 그이 곁에 머물 거예요. 나에게서 벗어나려면 날 죽여야 할걸요. 우린 함께 있어야만 강해질 수 있어요." 그녀는 기지개를 켜며 하품했다. "이제 피곤해서 집에 가고 싶어요. 내 얘기가 적어둘 만한 가치가 있었나요?"

"왜 나한데 이런 얘기를 한 겁니까?" 리히터가 물었다.

"그냥 당신이 흥미로워할 것 같아서요. 어쩌면 내가 착각한 걸 수도 있지만요. 그럼 다음에 봐요. 장소가 어디가 됐든."

카르멘은 재킷을 입고 핸드백을 들고는 리히터의 이마에 살짝 키스했다. 그는 문까지 그녀를 배웅했다. 그때 갑자기 그가 물었다. "혹시 어머니 별자리가 뭐예요?"

카르멘은 그의 코끝을 톡톡 치더니 웃으면서 말했다. "점성학에 관심 있어요?"

"그래요."

"별자리는 열두 개죠. 우리 엄마가 그중에 무엇일지 당신이 한 번 맞혀 봐요."

"전갈자리?"

"당신은 방금 99점을 획득하셨습니다."

"그럼 당신 남편에게 모욕감을 주는, 혹은 주었던 여자들은 누구였나요?" 그가 물었다.

"이름이 뭐가 중요해요, 어차피 가련한 존재들인데. 이만 갈게요."

"하나만 더요. 당신은 사람을 죽일 수 있어요?"

"아까 말하지 않았나요? 수첩을 한 번 뒤져봐요. 그리고 침묵의 의무, 잊지 말고요. 우리가 밤새 한 침대에 있었다는 걸 누군가 알게 된다면 당신은 나한테 점수를 많이 잃게 될 거예요."

그녀는 차에 올라탔다. 리히터는 그녀가 차를 뺄 때까지 기다렸고, 그녀는 마지막으로 그에게 윙크를 했다. 리히터는 다시 집으로 들어왔다. 그는 혼란스러웠다. 진열장에서 코냑병을 꺼낸 그는 잔에 한가득 따랐다. 그제야 그녀가 했던 모든 말이 하나둘씩 머릿속에 떠올랐다. 담배에 불을 붙이는 그의 손이 떨려왔다. 침묵의 의무라.

오후 6시 13분

"잠깐, 스톱, 아주 천천히 뒤로 돌려봐 주시죠." 페터가 말했다.
"HG-MD 1211. 근데 운전석에 앉아있는 사람은 누구죠?"
"글쎄, 잘 모르겠는데." 프랑크가 대답했다. "뿌옇게 보여. 좀 선명하게 할 수 없습니까?" 그는 자일러에게 물었다.
"시도는 해보겠지만, 사실 그러기 위해서는 어떤 장비가 필요합니다. 아마 연방범죄수사국에는 그 장비가 있을 거예요. 제가 할 수 있는 건 색 대비와 선명도를 조절하고 흐림 효과를 없애는 것뿐이에요."
"밤 8시 47분." 율리아가 중얼거렸다. "8시 47분에 누군가가 주차빌딩에서 마리아 반 다이크의 차를 타고 나왔어요. 하지만 마리아 본인일 리는 절대 없어요. 그 시간에 왜 주차빌딩을 빠져나와 바로 근처 베를리너 가에 차를 세워뒀겠어요? 테이프를 다시 한 번 뒤로 돌려봐야 해요. 마리아가 주차빌딩으로 들어간 시각은 2시 36분이었죠. 그녀가 시내에서 얼마나 오래 머물렀을까요? 두 시간? 4시 30분부터 주차빌딩을 빠져나간 차량들을 한 번 확인해보죠. 두 사람이 타고 있는 차를 집중해서 봐줘요."
프랑크는 콜라 네 병을 더 사왔고, 잔뜩 긴장한 율리아는 줄담배를 피워댔다. 그들이 뭔가에 홀린 사람처럼 모니터를 응시하는 사이에 또다시 30분, 45분이 지나갔다. 몇 번은 영상을 빠르게 넘기기도 했다.

그러다 갑자기 율리아가 화들짝 놀라며 검지를 모니터에 갖다 댔다. "여기요! 봐요, 마리아예요! 그리고 그녀 옆에는……. 맙소사, 이럴 수가!" 율리아의 얼굴이 새하얗게 질렸고, 온몸이 덜덜 떨렸다. "프랑크, 당신도 보여요? 이 사람은……. 말도 안 돼. 이건 정말 말도 안 돼요. 설마 이 여자였을 줄이야. 진짜 꿈에도 몰랐다고요……. 자일러 씨, 이 세 영상을 각각 인쇄해주실 수 있나요? 2시 36분, 5시 44분, 8시 47분이요."

자일러는 고개를 끄덕이고는 버튼 몇 개를 눌렀다. 그 인쇄물은 확실한 증거가 될 수 있을 만큼 충분히 선명했다. 율리아는 자일러에게 오랜 시간 수고해줘서 고맙다는 말을 전했다. 그리고 경찰청에서 그에 대한 보답을 해줄 거라고 약속했다.

"세상에, 추호도 의심하지 않았던 사람인데." 놀란 기색이 역력한 율리아가 밖으로 나오며 말했다. "그럼 이제 출발하죠."

오후 8시 17분

마이바움의 집 앞.

집 안에는 불이 켜져 있었고, 대문은 잠겨있었다.

"나랑 프랑크만 들어갔다 올게요." 율리아는 페터에게 말하고는 다 피운 담배를 길 위에 던졌다. "우리와는 만난 적이 있으니까요. 이제야 그 여자의 기억력이 왜 그리 좋았는지 설명이 되네요. 자기가 죽인 사람이었기 때문에 요안나 알베르츠도 기억하고 있었던 거예요. 또 그 여자는 매력적이고, 친절하고, 사교성도 좋은데다 똑똑해요. 리히터가 범인에 관해 예측했던 특징들과 맞아떨어진다고요."

프랑크가 초인종을 누르자, 잠시 후 스피커에서 여자 목소리가 들렸다. 카르멘 마이바움이었다.

"마이바움 부인, 경찰청에서 또 나왔습니다. 몇 가지 더 여쭤볼게 있어서요."

"잠깐 기다리세요."

얼마 후 집 문이 열리더니, 흰색 블라우스와 짧은 회색 치마를 입고 검은색 스타킹과 펌프스를 신은 카르멘 마이바움이 걸어 나왔다.

"이렇게 늦은 시간에 웬일들이세요?" 그녀는 매력적인 미소를 지으며 말하고는 문을 열어주었다. "들어오세요."

"감사합니다." 율리아는 심각한 얼굴로 대답했다.

그들은 함께 거실로 들어갔다. 마이바움은 조깅복을 입고 다리를 소파에 올린 채 텔레비전을 보고 있었다. 그들이 들어서자, 마이바움은 자리에서 일어나 형사들에게 악수를 건넸다.

"마이바움 부인, 저희와 조용히 얘기 좀 하실까요?"

"그러죠. 옆방으로 가시죠, 거긴 조용해요."

방으로 들어온 카르멘은 문을 닫더니 문에 기대어 섰다. 비록 입가에는 엷은 미소를 띠고 있었지만, 무슨 얘기가 나올지 짐작하는 듯 보였다.

"마이바움 부인, 저희는 부인을 일곱 명의 여성과 레벨 씨를 살해한 혐의로 체포하러 왔습니다. 당신은 묵비권을 행사할 권리가 있으며 당신이 지금부터 하는 모든 말은 법정에서 당신한테 불리하게 작용할 수 있습니다."

카르멘은 여전히 웃는 얼굴을 하고는 혀로 입술을 살짝 핥았다.

"그건 어떻게 아셨어요? 리히터, 그 사이코패스가 떠들어대던가요?" 그녀는 비웃듯 물었다.

"아뇨, 저희가 직접 알아낸 겁니다. 여기 증거가 있어요." 율리아는 인쇄해 온 사진들을 내밀었고, 카르멘은 그것들을 본 뒤 아무 말 없이 다시 율리아에게 돌려주었다.

"이런, 명백한 저의 실수네요. 저는 감시 카메라 녹화분이 당일에 삭제되는 줄 알았거든요. 어떤 직원이 그렇게 말해줬는데, 거짓말이었나 보군요. 더 잘 알아볼 걸 그랬어요. 정말 믿을 사람 없다니까요. 이 세상은 악함과 거짓으로 가득 차 있어요. 그래도 가기 전에 남편과 작별인사 정도는 해도 되겠죠?"

"그럼요. 하지만 저희도 곁에 있을 겁니다."

남편한테 간 카르멘은 그를 껴안았다. "여보, 난 가봐야 해요."

"어딜?" 그는 고개를 갸우뚱하며 물었다.

"당신이 원하면 날 보러 올 수 있어요. 게임은 끝났어요. 다 당신을 위해서 한 일이에요. 당신을 위해, 또 어느 정도는 나 자신을 위해서."

"날 위해 뭘 했다는 거야, 여보?" 마이바움은 벌떡 일어나 카르멘의 어깨를 붙잡았다. 그녀는 그의 목을 감싸 안고는 눈물을 흘리며 그에게 키스했다.

"난 이제 가요, 잘 살아야 해요. 난 당신을 사랑하고, 앞으로도 영원히 당신을 생각할 거예요. 당신은 내가 항상 원했던 바로 그 남자예요. 아마도 당신을 너무 많이 사랑한 게 내 잘못이었겠죠. 부디 나에 대해서는 좋은 기억만 남겨줘요. 당신은 할 수 있어요……."

"카르멘! 무슨 일인데 이러는 거야?"

"난 아주 큰 잘못을 저질렀어요. 이제 죗값을 받으러 가야 해요. 하지만 이건 전적으로 내 잘못이지, 당신 잘못이 아니에요. 당신은 또다시 자책하겠지만 그럴 필요 없어요. 다 내가 나빠서 그런 거니까. 정말 보고 싶을 거예요. 당신도 잘 알잖아요, 내가 얼마나 충동적이고 참을성이 없었는지. 특히……. 아니, 이런 얘긴 이제 그만둬요. 사랑해요."

"마이바움 부인, 이제 가셔야 합니다. 오늘 밤 할 일이 많아요."

"입을 것 좀 챙겨가도 될까요?"

"아뇨, 지금은 안 됩니다. 남편께서 내일 가져다주시면 되겠네요. 담배 한 대 피우시겠어요?"

"전 여기 이 담배 한 상자를 가지고 갈 거예요. 앞으로 한동안 피울 일이 많을 테니까요. 어쩌면 이것 덕분에 빨리 죽을 수 있을지도 모르죠."

"카르멘, 사실이 아니라고 말해줘! 제발 부탁이야!" 마이바움은 아내의 손을 꼭 붙들었다. "당신이 사람을 죽인 게 아니라고 말해 달라고!" 그는 어린아이처럼 울었고, 그의 몸은 가장 사랑하는 사람을 잃어야 하는 고통 때문에 덜덜 떨렸다.

율리아는 카르멘의 손을 붙잡아 그녀를 밖으로 데리고 나갔다.

"내가 최고의 변호사를 구해줄게!" 마이바움은 뒤에서 소리쳤다. "세상에서 제일가는 변호사로! 알겠지?!"

란치아의 꼬리등이 모퉁이를 돌아 사라지자, 마이바움은 그 자리에 주저앉아 엉엉 울었다.

오후 8시 35분

리히터가 막 빵 한 쪽을 먹으려던 찰나, 초인종이 울렸다.

비올라 클라이버였다.

"부인? 이 시간에 웬일이십니까?" 리히터는 깜짝 놀라 말했다.

"좀 들어가도 될까요?" 비올라는 그가 거절할 수 없게 만드는 눈빛을 하고 물었다.

"그럼요."

그를 지나쳐 집 안으로 들어온 그녀는 특유의 알 수 없는 눈빛으로 리히터를 보았다. 언제나처럼 우울해 보이는 얼굴이었다.

"오늘 오전에 제가 했던 행동에 대해 사과드리려고 왔어요. 저도 무슨 생각으로 그랬는지 모르지만 갑자기 하늘이 무너져 내리는 것만 같았어요. 박사님께서는 아마 제가 그 살인사건을 저질렀다고 생각하셨겠죠. 하지만 저는 단 한 번도 다른 사람에게 상처를 입힌 적이 없어요, 믿어주세요."

"잠깐은 그런 추측을 했던 게 사실입니다……. 하지만 다시 생각해보니 그건 불가능한 일이더군요. 클라이버 부인 같은 여자가 사람을 죽이다니요, 말도 안 됩니다."

"아까 그렇게 못되게 말했던 거, 정말 죄송해요. 기분 많이 상하셨죠? 부디 제 사과를 받아주시겠어요?"

리히터는 너그러운 표정으로 비올라를 쳐다보았다. "부인, 사람이라면 누구나 살면서 한 번쯤은 하늘이 무너져 내리는 것 같은 경험을 하게 됩니다. 저도 오늘 오후에 그랬고요. 분명 날씨 탓일 겁니다. 부인 말씀마따나, 11월은 우수 어린 달 아닙니까? 잠시 이쪽으로 앉으셔서 제 말동무나 되어주시겠어요? 오늘은 왠지 비참한 기분이 들어서요."

"왜 그러신지 여쭤 봐도 될까요?" 비올라는 아까 카르멘이 앉았던 책상 앞 의자에 앉았다.

"어떤 질문이든 하셔도 되지만, 안타깝게도 저는 모든 질문에 대답해드릴 수는 없습니다. 오늘이 제 인생에서 가장 비참한 날 중 하루였다고만 해두죠. 생각 같아서는 어디 숨어버리거나, 아

582

무도 모르는 곳에 가서 새로운 삶을 시작하고 싶은 심정입니다. 제 마음 이해하시죠?"

"그럼요, 박사님, 너무 잘 알죠. 우리 뭐 기분 전환이라도 할까요? 노이-이젠부르크에 분위기 좋은 바가 있는데. 한잔 하러 가면 어때요? 박사님께 사과드릴 일도 있으니 제가 살게요."

"술만 마시는 겁니까?"

"네, 오늘은 그래요. 그리고 이제부터는 저를 그냥 비올라라고 불러주세요."

"남편께서 뭐라고 안 하실까요?"

"왜요? 우리 둘이 술 마시러 간다고요? 그이는 아무것도 몰라요. 아마 제가 집에 없다는 것도 모를 걸요. 오늘 오후 저는 제 삶을 되찾기로 결심했어요. 그동안 너무 남편한테만 매달려 있었다는 걸 이제야 깨달았거든요. 저는 자유를 꿈꾸는 한 마리 새와 같다고, 전에 한 번 말했었죠? 이제부터는 그 자유를 즐기려고요. 그럼 가실까요?"

"저는 아까 부인을 다시는 못 볼 줄 알았습니다. 저만의 착각이었군요."

"인생은 놀라움의 연속이잖아요. 저도 방심하면 안 되는 여자라고요." 그녀는 장난기 어린 미소를 지으며 말했고, 리히터가 재킷을 입는 동안 자리에서 일어났다.

"박사님 차로 갈까요, 아니면 제 차로 갈까요?"

"제 차로 가죠, 비올라. 옆에서 길을 알려줘요."

리히터는 그날 밤 그들이 정말 술만 마시고 얘기나 하다가 각자집으로 돌아가리라는 걸 알고 있었다. 하지만 아쉬워하기에는 일렀다. 아직 그들에겐 수많은 낮과 밤이 남아있으니까.

오후 9시 10분

경찰청. 취조실.

카르멘 마이바움은 탁자 앞에 앉았고, 그녀 앞에는 마이크가 설치되어 있었다. 율리아, 프랑크와 페터는 취조실 안에 있었고, 연락을 받은 베르거도 곧 올 터였다.

"왜 그 여자들을 살해했나요?" 율리아는 벌써 열 번, 스무 번째 같은 질문을 하고 있었다.

카르멘의 대답은 한결같았다. "리히터 박사한테 물어보시죠. 그는 이유를 알고 있으니까. 저는 그와 한참 동안 그 일에 대해 얘기했어요. 그러니 당분간 다른 말은 하지 않겠습니다."

"리히터 박사님은 침묵의 의무를 지고 있어요."

"그렇다면 이번만큼은 제가 그 의무에서 벗어나게 해드리죠."

카르멘은 담배를 다섯 개비째 피웠다. 태연자약한 모습이었다.

"좋아요, 그럼 리히터 박사를 이리로 데려오죠."

율리아가 프랑크에게 눈짓하자, 프랑크는 옆방으로 가서 리히터에게 전화를 걸었다. 그러나 자동응답기가 받았다. 프랑크가 다시 그의 휴대폰으로 걸어봤지만, 이번에도 음성사서함으로 넘어갔다. 양쪽 모두 메시지를 남긴 프랑크는 속히 그에게서 연락이 오기를 바랐다.

9시 반, 알렉산더 마이바움이 보낸 변호사가 카르멘과 만나기 위해 경찰청에 들렀다. 두 사람의 대화는 15분간 지속되었고, 변호사는 마이바움 부인이 피곤하니 감방으로 보내달라고 말했다. 형사들은 그에 동의했고, 오늘은 이것으로 일을 마치기로 했다. 한 여자 경찰이 카르멘의 몸을 수색한 뒤 그녀를 감방에 들여보냈다. 감방 문이 쾅 하고 닫히자, 카르멘은 좁고 딱딱한 나무 침대에 누워 눈을 감았다.

형사들이 막 경찰청을 빠져나가려는데 베르거가 다가왔다. 프랑크는 그에게 상황을 간략하게 보고한 뒤, 내일 아침 8시에 심문을 재개할 거라고 말했다. 곧이어 그들은 각자 차에 타고 집으로 향했다.

오후 10시 20분

율리아는 광고지 일색인 우편물을 꺼내 가지고 지친 걸음을 이끌고 집으로 올라갔다. 문을 열고 들어가자 평소와 다름없이 숨막힐 듯 탁한 집 안 공기가 콧속으로 밀려들었다. 그녀는 신발과 재킷을 벗어 바닥에 아무렇게나 던졌다. 그리고 냉장고에서 맥주두 캔을 꺼낸 뒤, 방금 주유소 슈퍼마켓에서 사온 여섯 개들이 맥주를 그 자리에 집어넣었다. 욕실로 간 그녀는 손을 씻고 세수를 했다. 눈은 부어있었고, 온몸이 부들부들 떨렸다. 전화기를 집어든 그녀는 도미니크 쿤의 전화번호를 눌렀다. 집 전화로 연결되지 않자, 이번에는 회사 번호로 해보았다. 야근 중이었던 쿤이 곧바로 전화를 받았다.

"쿤입니다."

"율리아 뒤랑이에요. 주차빌딩에 관해 힌트를 주셔서 고맙다는 말을 하려고 전화했어요. 보답의 의미로, 저희가 범인을 잡았다는 소식을 제일 먼저 알려드려요. 기자님의 공이 아주 컸어요."

"이거 축하합니다! 범인은 누굽니까?"

"아직 이름은 말씀드릴 수 없어요. 카르멘 M. 이라고만 해두죠. 사진도, 기타 세부 사항도 아직은 알려드릴 수 없고요. 이걸로 좋은, 진실된 기사를 써주세요. 기자님 도움이 아니었다면 아마 절대 그 여자를 잡을 수 없었을 거예요. 주차빌딩을 생각해내다니, 정말 대단해요. 감사합니다."

"동기가 뭐였습니까?" 쿤이 캐물었다.

"저희도 몰라요. 겉보기에는 물론 전갈자리−사자자리 조합 여성들에 대한 증오심 때문으로 보이지만요. 아직 본인 입으로는 왜 그랬는지 말을 안 하고 있거든요. 또 뭔가 알게 되면 연락하죠. 그럼 기사 잘 쓰시고요."

"잠깐, 잠깐만요! 우리 식사는 언제 합니까?"

"내일 저녁에 다시 전화 주시겠어요? 오늘은 더 이상 아무 생각도 못하겠거든요. 괜찮죠?"

"그렇게 하죠. 그럼 좋은 밤 보내세요."

율리아는 전화를 끊고 짧게 샤워한 뒤 살라미를 얹은 빵 한쪽을 먹으며 음악을 들었다. 11시 15분에 잠자리에 든 그녀는 곧바로 잠에 빠져들었다.

화요일

오전 1시 45분

리히터는 비올라 클라이버와 즐거운 저녁 시간을 보내고 있었다. 그들은 여러 가지 주제에 관해 대화 나누며 함께 웃었고, 몇 번은 우연히 손이 맞닿기도 했다. 바에서 나온 그들은 다시 리히터의 집으로 돌아왔고, 비올라는 그에게 손을 내밀며 뺨에 가볍게 키스했다.

"이렇게 기분 좋은 저녁을 보낼 수 있게 해주셔서 감사해요. 정말 즐거웠어요."

"제가 감사하죠. 비올라, 당신은 정말 멋진 여자예요."

"정말 오랜만에 들어보는 말이네요. 당신한테 그런 말을 들으니 기뻐요. 우리 앞으로 허물없이 지내요."

"좋습니다. 그럼 또 언제 만나죠?"

"제가 전화할게요. 이른 시일 안에 또 만나고 싶어요. 말씀드렸듯이 전 제 인생을 살 거예요. 이제 정말 가봐야겠어요, 안 그랬다가는 바보 같은 생각을 하게 될 것 같네요."

"네, 그러시는 게 좋겠습니다. 그 바보 같은 생각은 다음번으로 미루도록 하죠. 오늘 정말 즐거웠습니다. 그리고 당신 남편에게는 아무 인사도 전하지 않는 편이 좋겠군요."

리히터는 비올라가 차를 차고 출발할 때까지 기다렸다. 집 안은 어두웠다. 그는 옷걸이에 재킷을 걸고 자기 방으로 갔다. 자동응답기에는 두 개의 메시지가 있었다. 잠시 듣지 말까 고민하던 그는 결국 버튼을 눌렀다. 첫 번째는 또다시 전화해달라고 부탁하는 클라우디아 반 다이크의 메시지였다. 아니, 그것은 부탁이라기보다는 구걸에 가까웠다. 리히터는 그녀에게 전화할 생각이 없었다. 기분 좋은 저녁을 보내고 났으니 더더욱.

곧이어 그는 10시 조금 전에 녹음된 두 번째 메시지를 들었다.

"프랑크 헬머 형사입니다. 리히터 박사님, 이걸 들으시면 바로 경찰청으로 전화해주시거나, 아니면 늦어도 내일 아침 8시까지는 꼭 연락 주십시오. 아주 급한 일입니다."

리히터는 시계를 보며 잠시 생각에 잠겼다가 곧 고개를 가로저었다. 이 시간에는 경찰청에 전화해봤자 아무도 없을 터였다. 그는 피곤하고 지쳐있었지만, 한편으로는 안도감도 들었다. 비올라와 함께한 저녁 시간은 엉망이었던 그의 하루를 보상해주고도 남았다. 위층으로 간 그는 샤워하고 침대에 누웠다. 잠이 들기까지는 시간이 꽤 오래 걸렸다. 학창 시절 이후로 이렇게 설레는 기분은 처음이었다. 그건 기분 좋은 느낌이었다.

오전 7시 15분

새벽 4시가 조금 넘어 잠에서 깬 율리아는 거친 욕설을 내뱉고는 잠시 그대로 누워 뒤척거렸지만 아무리 노력해보고 욕해봐도 다시 잠이 올 기미는 보이지 않았다. 곧 다가올 하루에 대한 생각이 그녀의 머릿속을 떠나지 않았다. 결국 5시 반에 일어난 그녀는 뜨거운 물로 샤워하고 옷을 입고 아침도 거하게 먹었다. 곧이어 그녀는 담배를 피우며 테이블을 치웠고, 침실과 거실의 창문을 열고, 넘치기 일보직전인 재떨이를 비웠다.

6시 반에 집을 나선 율리아는 가판대에 들러 〈빌트〉지를 샀다. 1면에는 '프랑크푸르트의 살인마는 여자였다!' 라고 대서특필되어 있었다. 그녀는 눈길을 확 잡아끄는 그 제목을 보고 자기도 모르게 씩 웃고는, 코르사에 타서 기사를 읽었다. 7시 2분 전 그녀는 사무실에 도착했고, 그곳에는 아무도 없었다. 그녀는 오늘 누가 무슨 일을 해야 하는지 쭉 적어 하나의 목록으로 만들었다. 7시 15분이 되었지만 웬일인지 베르거는 나타나지 않았고, 먼저 도착한 사람 몇 명은 카르멘 마이바움 소유의 집들을 살펴보러 출발했다.

얼마 후 출근한 베르거는 시뻘게진 얼굴로 〈빌트〉지를 책상 위에 내동댕이치며 으르렁댔다. "이 더러운 자식, 어떻게 여자인 걸 알았지? 우리가 범인을 잡았다는 걸 어떻게 알았느냐고?"

율리아는 모르겠다는 듯 어깨를 으쓱하며 골루아 한 개비에 불을 붙였다. "전혀 모르겠는데요. 하지만 반장님도 기자란 놈들이 어떤지 잘 아시잖아요. 꼭 사냥개마냥 어떤 상황에서도 뭔가를 알아낸다니까요. 어쩌면 우릴 몰래 감시했던 걸 수도 있죠, 누가 알겠어요?"

"만일 이런 정보를 흘려준 게 자네나 프랑크나 기타 우리 쪽 사람이라면 내가 가만두지 않겠어! 내 말 알아듣겠나?"

"네, 반장님." 그녀는 이렇게 대답하고는 책상 가장자리에 기대어 서서 순진한 눈빛을 하고 베르거를 바라보았다. "언론에 정보를 공개하는 건 홍보실에서만 할 수 있는 일이라는 거, 저도 다 알아요. 다른 사람이 흘린 것 같지도 않고요. 어쨌든 인제 와서 되돌릴 수는 없는 일이잖아요."

"에이, 아무렴 어때." 그는 손을 휘휘 내저으며 말하고는 육중한 몸을 움직여 의자에 털썩 주저앉았다. "어디 마음대로들 써보라고 해." 그는 율리아를 올려다보며 의미심장한 미소를 지은 채 물었다. "그럼 자네는 정말 아니라 이거지?"

"제가 언론사들하고 무슨 상관이에요?" 그녀는 아무것도 모른다는 표정을 지으며 대답했다.

"상관이 있을 수도 있지. 그나저나 심문은 언제 시작할 건가?"

"약속한 대로 8시 정각에요."

율리아는 씩 웃으며 자기 자리로 돌아왔다. 그녀는 알았다. 그녀가 쿤에게 정보를 넘겨주었다는 사실을 베르거가 알고 있다는 것을. 베르거는 이따금 성난 황소처럼 행동할 때가 있지만, 이럴 때 보면 정말 괜찮은 사람이었다.

오전 8시

프랑크푸르트 경찰청. 취조실.

율리아와 프랑크는 카르멘 마이바움과 함께 있었다. 벽 한가운데에 끼워진 커다란 거울 뒤에는 베르거, 페터, 귀틀러가 앉아서 심문을 듣고 있었다. 카르멘은 편안하고 자부심 넘치는 표정이었다. 그녀는 창가에 서서 거리와, 소리에 꼬리를 물고 지나가는 차들을 내려다보았다. 마이크와 녹음기, 또 방 안 공간의 4분의 3을 지켜볼 수 있는 비디오카메라가 켜져 있었다.

카르멘은 가지고 온 담배 세 갑을 탁자 위에 올려놓았다. 벤슨 앤 헤지스(영국의 담배 브랜드 —역주)였다.

"마이바움 부인, 오늘은 기분이 어떠신가요?" 율리아가 물었다.

"그럭저럭 괜찮아요, 고맙습니다. 리히터 박사님과 얘기해보셨나요?"

그때 문이 열리더니, 페터가 율리아에게 이리 오라고 손짓했다. 그가 속삭였다. "리히터 전화예요. 받아보세요."

"금방 다시 올게요." 율리아는 프랑크에게 말한 뒤 옆방으로 갔다. 그녀는 수화기를 들었다.

"리히터 박사님이세요?"

"네. 어젯밤에 연락을 못 받았고 자동응답기의 메시지는 조금 아까 들었습니다. 무슨 일인데 그리 급하십니까?"

"전화상으로는 말씀드리기가 곤란해요. 가능한 한 빨리 경찰청으로 와주시길 부탁드립니다. 저희 사무실이 어딘지는 아시죠? 복도를 따라 좀 더 아래쪽으로 오시다 보면 거의 끝 부분 오른쪽에 취조실이 보일 거예요. 언제쯤 오실 수 있나요?"

"20분 내로 가겠습니다."

"알겠습니다."

율리아는 취조실로 돌아왔다. 카르멘은 여전히 창가에 서서 시선을 창밖으로 향하고 있었다. 프랑크는 탁자 앞에 앉아 그녀를 주의 깊게 지켜보았다. 그녀의 차분함과 태연함이 그의 신경을 거슬렀다. 그가 보기에 그녀가 그렇게 차분한 데에는 두 가지 가능성밖에 없었다. 그녀가 이 살인사건들과 아무런 관련이 없거나, 혹은 그 어떤 죄의식도 가지고 있지 않은 것. 둘 중 하나였다.

"마이바움 부인, 몇 분 뒤에 리히터 박사님이 이리로 오신다고 하네요. 일단 우리 먼저 시작할까요?"

카르멘은 지루한 듯 어깨를 으쓱했다. "저는 상관없어요." 이렇게 대답한 그녀는 뒤돌아 창턱에 몸을 기대고 서서 팔짱을 꼈다. 그러고는 율리아를 도발적으로 바라보았다.

"마이바움 부인, 어젯밤에 했던 질문을 다시 한 번 드리려고 합니다. 부인은 왜 카롤라, 요안나, 에리카, 유디트, 베라, 마리아, 자네트와 레벨 씨를 살해하셨죠?"

"리히터 박사한테 물어보라고 이미 말씀드렸잖아요. 그는 대단한 심리학자죠. 섹스도 아주 잘해요. 형사님도 한번 해보세요. 아마 그 밤을 못 잊게 되실 테니까." 그녀의 눈빛은 율리아를 조롱했고, 그녀의 말에는 단 하나의 목적, 즉 율리아에게 상처를 주겠다는 목적만이 담겨있었다.

율리아는 대꾸하지 않은 채 말했다. "하지만 전 부인께 직접 듣고 싶은데요. 왜 그러셨죠?"

카르멘은 사악한 미소를 짓더니 입을 삐죽 내밀며 대답했다. "내가 그런 게 아니라고 한다면 어쩌시게요? 그 사진들이 뭘 증명할 수 있죠? 내가 마리아와 함께 주차빌딩을 빠져나온 건 맞아요. 그래서요? 나는 마리아를 집에 내려주었고 그 이후에 마리아가 뭘 했는지는 몰라요. 누가 마리아의 차를 주차빌딩에서 몰고 나온 거죠? 누군지 전혀 알아볼 수가 없던걸요. 참 안됐어요, 그렇죠? 확고한 사실이 없으면 게임은 엉망이 되어버리니까요……."

"이것 보세요, 마이바움 부인, 게임은 끝났어요. 종료 휘슬은 벌써 울렸다고요. 왜 그 여자들을 살해했는지 이만 말해주시죠?"

"무슨 증거가 있는데요? 지문, 발자국, 머리카락, 손톱 아래 피부 조직…… . 그 얼굴도 알아볼 수 없는 황당한 사진 말고 뭘 증거로 댈 수 있냐고요?"

"현재 저희는 부인의 집들을 수색 중입니다. 잠깐, 여기 있군요, 작센하우젠에 한 채, 팔켄슈타인에 한 채, 그리고 진틀링엔에 한 채. 그중에서 진틀링엔에 있는 집이 가장 궁금하네요. 한참 전부터 비어있는 다세대주택이니까요. 몇 분 전에 저희 동료가 전화로 확인해준 바에 따르면, 1층에 있는 집 한 채만 부인이 아직 사용하신다고요. 그리고 그곳에 수갑들을 숨겨두셨고요. 상황이 이러하니 솔직하게 다 털어놓으시는 편이 부인을 위해서도 좋을 거예요. 부인이 마리아 반 다이크를 기절시키기 위해 썼던 발륨이라도 발견하면 어쩌시려고 이러세요."

"어디 한 번 찾아보시죠, 뭘 찾으면 저한테도 좀 알려주시고요. 저는 시간 많아요. 그리고 사도마조히즘은 요새 유행이에요. 알고 계시는 게 좋을 걸요." 그녀는 냉소적인 미소를 지었다.

"이제 더 이상 빠져나갈 구멍은 없어요, 아직도 모르시겠어요? 뭣 때문에 그렇게 전갈자리 여성들을 증오하게 된 건가요? 왜 그들을 죽여야만 했죠? 복수하려면 다른 식으로 했어도 됐잖아요? 사람들을 해치지 않는 선에서 말이에요."

카르멘은 가늘게 뜬 눈으로 율리아를 흘겨보며 또다시 담배를 입에 물고 불을 붙인 뒤 연기를 율리아 쪽으로 내뿜었다.

"때로는 누군가가 죽어야만 다른 누군가가 살 수 있는 경우도 있어요." 그녀는 이 말을 끝으로 다시 입을 꾹 닫아버렸다.

그렇게 아무 말도 없이 한참이 지났다. 결국 율리아가 몸을 뒤로 기대며 먼저 말을 꺼냈다. "제가 연쇄살인범을 만난 건 이번이 처음이 아닙니다. 그들은 두 가지 타입으로 나뉘더군요. 하나는 사이코패스, 다른 하나는 그냥 정신병자. 부인의 경우 그냥 정신병자라고 하기에는 머리가 좋으니, 사이코패스에 속한다고 할 수 있어요. 그리고 연쇄살인범 대부분은 자기 어머니와의 관계에 문제가 있더군요. 제 생각에는 부인도 그랬을 것 같고요. 어머니가 부인을 때리거나 학대했나요? 하긴, 리히터 박사님이 오시면 그에 관해 들을 수 있겠군요. 부인 말처럼 잠자리까지 한 사이라면 분명 부인에 대해 많은 걸 알고 계실 테니까요. 만약 박사님이 저희한테 아무 말 못하도록 손을 쓸 수 있을 거라 생각한다면, 큰 오판입니다. 어젯밤에 부인 스스로 박사님이 침묵의 의무를 벗어나도 좋다고 말씀하신 걸 잘 녹음해뒀으니까요. 그럼 부인의 어머니 이야기로 돌아가 보죠. 제 추측에는 어머니께서 사자자리를 상승점으로 하는 전갈자리이신 것 같은데요. 아니면 과거형으로 해야 하나요? 어머니께서 아직 살아 계신지 저는 모르니까요. 어쨌든 제 추측이 맞죠?"

카르멘은 짜증 섞인 미소를 지어 보였다. "그렇다고 해도 그게 뭘 증명한다는 거죠? 그와 같은 별자리를 가진 여자는 독일에만도 십만 명은 될 거예요. 그리고 저희 엄마는 아직 살아 계세요, 유감스럽게도. 제 앞에서 연쇄살인범에 대해 강의하실 필요는 없어요. 예전에 몇 학기 동안 심리학 수업을 들은 적이 있어서 그 주제에 대해서는 자세히 알고 있으니까요. 게다가 난 사이코패스도 아니에요. 현실주의자일 뿐이죠. 하지만 당신의 그 작은 뇌 속에 그런 지식까지 들어있을 턱이 없겠죠. 때로는 규범에서 벗어나는 일도 해야 할 때가 있는 법이에요."

"아, 심리학을 공부하셨다고요. 그렇다면 유년기의 정신적 외상에 대해서도 아시겠군요."

"형사님 생각보다 더 많은 걸 알고 있죠. 그러니 형사님은 저를 못 이기실 거예요."

"아뇨, 이길 수 있어요. 부인을 잡는 데도 얼마 안 걸렸으니……."

"여덟 명이나 죽었는데 얼마 안 걸렸다니!" 카르멘은 음흉하게 웃었다. "형사님은 내가 계획을 완수하고 나서야 날 잡았어요. 그것도 내가 바보같이 그 멍청한 직원 말을 믿고 실수하는 바람에 말이에요."

"하긴, 부인 같은 부류의 여자들은 아주 바보 같고, 남의 말을 쉽게 믿어버리는 경향이 있죠! 남들이 하는 말을 다 들어서는 안 돼요. 다시 별자리에 관한 얘기로 돌아가서, 사실 저도 사자자리를 상승점으로 하는 전갈자리예요. 부인이 범인인 줄 미리 알았더라면, 저 자신을 미끼로 쓸 수도 있었겠죠. 그럼 정말 흥미진진한 경험을 했을 텐데 말이에요. 아직 침대 위에서 나한테 수갑을 채우거나 재갈을 물린 사람은 한 명도 없었거든요. 유두를 물어뜯는 건 물론이고……. 같은 여자로서 다른 여자의 유두를 물어뜯으면 대체 무슨 기분이 드나요? 그 상상할 수 없는 고통이 느껴지지 않나요?"

카르멘은 담배를 피우며 율리아를 조롱하듯 쳐다보았다. 침묵.

결국 카르멘은 입을 열었다. "블라우스를 입은 모습만 봐도 형사님은 크고 예쁜 가슴을 가졌군요. 그게 어떤 기분인지, 언제 저랑 같이 경험해보시죠." 그녀는 도발적으로 율리아를 쳐다보며 입맛을 다시듯 혀로 입술을 핥았다.

율리아는 그녀의 노골적인 도발에 응수하지 않고 자리에서 일어나 창가로 가서 거리를 내려다보았다. 그리고 바다, 해, 해변, 휴가, 숲, 새와 고양이 등, 그녀가 사랑하는 아름다운 것들을 생각하려 애썼다. 얼마 후 그녀는 골루아 한 개비에 불을 붙이고 탁자로 돌아왔다. 율리아는 차분한 목소리로 말했다. "잠깐이라도 부인이 살해한 사람들에게 미안했던 적 있나요? 마리아는 어때요? 그녀는 아무것도 모르는 소녀에 불과했어요. 그 누구에게도 해를 가하지 않았고, 정말 말 그대로 순수한 소녀였다고요."

"그 여자들 중 잘못이 없는 사람은 없어요." 카르멘은 차갑게 대답했다. "내 말은, 죄 없는 인간은 없다는 거예요. 갓 태어난 아기라면 모를까."

문이 열리고, 페터가 율리아에게 나와 보라고 손짓했다. 율리아가 나가자 리히터가 와있었다.

"뭐가 그리 급하시길래 저를 부르신 겁니까?" 그가 숨을 헐떡이며 물었다. 그의 이마에는 땀방울이 맺혀있었다.

"잠시 제 사무실로 가시죠, 거기가 조용해요." 율리아는 책상 앞에 앉아 그에게도 자리를 권했다.

"범인을 잡았어요. 여자였어요. 카르멘 마이바움."

리히터는 눈을 내리깔고 심호흡을 크게 했다. "정말 다행이군요." 그는 중얼거렸다.

"자기가 왜 살인을 저질렀는지 알고 싶으면 박사님과 얘기해보라더군요. 그녀가 박사님께 무슨 말을 했죠? 언제 말한 거예요?"

리히터는 몸을 숙여 팔꿈치를 허벅지에 받친 채 두 손을 모으고 바닥을 보았다. "어제 저를 찾아왔더군요. 아직도 극복하지 못한 유년기의 정신적 외상 때문이었어요. 그녀 말로는 그녀가 일곱 살 때, 어머니가 다른 남자와 침대에 있는 현장을 아버지가 잡았답니다. 서로 옥신각신하다가 아버지가 자살하겠다고 위협을 했는데, 어머니는 그런 아버지를 비웃고 조롱했고요. 그러다 잠시 후 아버지는 어린 딸, 마이바움 부인이 보는 앞에서 발코니에서

투신했어요. 그 후 어머니는 어느 돈 많은 남자와 결혼했고, 그는 카르멘, 그러니까 마이바움 부인을 입양했답니다. 집도 몇 채 물려주었고요. 부인은 그와는 비교적 좋은 관계를 유지하고 있지만 어머니와는 연락이 끊긴 거나 마찬가지라고 했어요.

마이바움 부인은 스무 살이 채 안 되었을 때 알렉산더 마이바움을 만나 결혼했어요. 두 사람은 정말 많이 사랑하는 사이인 것 같았습니다. 부인 말로는, 자기가 알렉산더만큼 사랑했던 사람은 결코 없었고 앞으로도 죽을 때까지 그럴 거라더군요. 그런데 문제는, 알렉산더가 몇 년 전부터 알 수 없는 이유로 성불구가 되었다는 겁니다. 부인은 오히려 자기는 괜찮은데 남편이 더 많이 걱정한다고 했죠. 심지어 그에게 매춘부를 만나보라고까지 했지만, 그는 거절했고요. 그러다 얼마 후 알렉산더에게 애인이 생겼는데 그녀와도 역시 성관계는 할 수 없었다더군요. 그 여자는 알렉산더의 돈을 보고 그를 이용했을 뿐만 아니라 그에게 엄청난 모욕감을 줬답니다. 마이바움 부인이 했던 말을 종합해보면, 그 여자는 아마 자네트 리버만이었던 것 같아요."

리히터는 또다시 크게 심호흡을 하고 나서 말을 이었다.

"그 후에 알렉산더는 또 다른 여자를 만나 시도하게 되었는데, 그 여자는 유디트 카스너였던 것 같습니다. 하지만 이번에도 시도만 했을 뿐, 성공은 못했죠. 알렉산더는 이런 문제 때문에 망가져 갔고, 남편이 그 여자들에게 모욕당하는 걸 지켜보던 마이바움 부인의 마음속에서 아버지의 죽음 이후 차곡차곡 쌓여왔던 분노가 도저히 제어할 수 없는 증오로 발전되었습니다. 그녀는 아직도 전갈자리-사자자리 조합 태생 여성들은 다 나쁘다고 생각하고 있어요. 어제 부인이 다녀간 뒤, 저는 혼자서 많이 고민했습니다. 침묵의 의무를 깨지 않으면서 경찰에게 단서를 제공하려면 어떻게 해야 할지에 대해서요. 다행히 이제 그런 고민은 그만해도 되겠군요."

"부인이 레벨에 대해서도 언급했나요?"

"아뇨, 그에 대한 얘기는 없었습니다. 다만 지난 몇 년간 네댓 명 정도의 남자를 만났다고 했는데, 저는 레벨이 그중 한 명일 거라 짐작하고 있습니다." 리히터는 몸을 뒤로 기대고 창가 쪽으로 고개를 돌리더니, 재킷 주머니에서 담배를 꺼내 불을 붙였다.

"박사님도 부인과 잠자리를 가지셨죠, 아닌가요?" 율리아가 말했다.

"이미 부인이 형사님께 말했겠죠. 제가 왜 거짓말을 하겠습니까. 네, 맞습니다. 하지만 그땐 그녀의 그 추악한 비밀을 전혀 알지 못했어요. 저는 모든 사람, 심지어 비올라 클라이버까지도 의심했지만 카르멘이라니, 생각도 못했습니다. 이게 바로 사이코패스들에 관한 풀 수 없는 수수께끼예요. 절대 자기 패를 드러내지 않죠. 그들이 하는 말은 신실일 수도, 거짓일 수도 있어요. 그들은 진실과 거짓을 아주 교묘하게 섞는 경향이 있어서, 결국에는 자기 자신도 더 이상 뭐가 진실이고 뭐가 거짓인지 알 수 없게 됩니다. 이건 모든 심리학자가 해결해야 할 과제죠. 그리고 또 한 가지, 사이코패스는 절대로 자기가 사이코패스라고 시인하지 않습니다. 자기가 미쳤다는 걸 인정하기 싫은 거죠. 하지만 그들은 바로 이 점을 이용할 수도 있어요……."

"그게 무슨 뜻이죠?" 율리아는 이마를 찌푸리며 말했다.

"아주 간단해요. 사이코패스들은 마치 자기가 평범한 사람인 양 행동하면서도, 법정에서 유리한 위치에 서기 위해 다양한 정신 감정을 받아둔다는 말입니다. 그게 형량에 영향을 미치니까요. 세 명의 전문가에게 마이바움 부인의 정신감정을 의뢰한다고 가정했을 때, 그중 두 명이 그녀의 책임능력을 제한적으로만 인정한다면……. 그 이후에 어떻게 될지 형사님도 잘 아시겠죠. 게다가 마이바움 부인은 아주 닳고 닳은 사람입니다."

"나중에 법정에서 벌어질 일은 제가 알 바 아니에요, 정말로……."

"뒤랑 형사님, 한 가지 더요. 어제 마이바움 부인이 오기 전에 저는 클라이버 부인을 만났습니다. 사실 클라이버 부인을 만난 뒤에 저는 그녀가 그 살인사건들의 배후에 있을 거라고 거의 확신했죠. 제 예감이 틀렸기를 얼마나 바라고 원했는지 모릅니다. 맙소사, 그녀가 범인이 아니라니, 정말 기쁘군요."

"리히터 박사님, 박사님의 사생활을 캐묻는 것 같아 죄송하지만, 자네트 리버만과도 성관계를 가지셨다고요."

리히터는 고개를 끄덕였다. "네, 몇 년 전부터 그랬습니다. 하지만 자네트가 프랑크푸르트에 오는 게 자주 있는 일은 아니라서 어쩌다 한 번 만나는 정도였죠. 그건 토요일부터 이미 알고 계셨잖습니까."

"어떤 여자였죠?"

"정열적이고, 그 무엇에도 구속받지 않고, 유별난, 그리고 남에게 상처 주는 일도 서슴지 않는 여자였습니다. 제 앞에서는 그나마 항상 착하게 행동했지만, 다른 사람들 말로는 그녀가 언제 어떻게 터질지 모르는 폭탄 같았다더군요. 그녀가 죽은 건 자업자득이라고요. 제가 궁금한 건, 마이바움 부인이 어떻게 자네트에게 접근했느냐는 겁니다. 자네트와 알렉산더 마이바움이 그렇게 가까운 사이였는데 말이에요. 대체 어떻게 그 모든 여자의 신뢰를 얻을 수 있었을까요?"

"저희도 이제부터 그걸 알아낼 참입니다. 한 가지만 더 여쭤볼게요. 어떻게 하면 마이바움 부인의 입을 열게 할 수 있을까요? 지금은 거의 침묵을 고수하고 있거든요."

리히터는 어깨를 으쓱했다. "글쎄요. 그건 사이코패스의 성격에 관한 문제겠죠. 그들은 자신이 한 행동을 자랑하듯 폭포수처럼 애기를 쏟아내기도 하지만, 자신의 힘을 드러내거나 경찰이 주도권을 잃게 하려고 완전히 입을 닫아버리기도 합니다. 어떤 경우에도 조바심내거나 감정의 변화를 드러내지 않죠. 제가 그녀와 한번 대화해볼까요? 어떻게 생각하십니까?"

"무슨 말씀을 하시려고요?"

"저에게 생각이 있습니다. 한번 해볼까요?"

"그럼 부탁드려요."

취조실로 가는 길에 리히터가 물었다. "대체 어떻게 그녀가 범인인 줄 아시게 된 겁니까? 단서를 남겼을 것 같지는 않은데요."

율리아는 걸음을 멈추더니 조용히 말했다. "말하자면 길어요. 하지만 마이바움 부인은 실수를 했어요. 한 기자가 힌트를 줬고요. 이 일이 끝나고 나면 다 말씀드릴게요."

"저 혼자 들어가도 될까요?" 리히터가 물었다. "형사님은 옆방에서 들으시고요."

"그럼요. 일단 같이 들어갔다가, 제가 프랑크를 데리고 사라져드릴게요. 마이바움 부인이 박사님에게는 마음을 좀 더 열 수도 있겠네요."

"안녕, 카르멘." 리히터는 이렇게 말하며 그녀에게 다가갔다. 프랑크와 율리아는 방에서 나와 문을 닫았다.

"당신이 여기서 뭐 해요?" 카르멘은 냉정하게 말했다.

"그냥 당신이 보고 싶어서요. 당신은 어제 내가 엄청난 양심의 갈등을 하게 만들었소. 경찰이 어떻게 당신을 잡은 거요?"

"실수하지 않는 사람은 없어요."

"살인을 저지른 이유를 왜 말하지 않는 거요?" 리히터는 한 손을 그녀의 어깨에 올리고 그녀를 안으려 했다. 그러나 그녀는 그의 손을 뿌리쳤다.

"지금 나랑 하고 싶어요? 카메라가 돌아가고 있는데? 경찰청에서의 포르노라, 신선하군요." 어제와 똑같은 옷을 입고 있던 그녀는 치마를 올리고 두 다리를 살짝 벌렸다. 입가에는 조롱하는 듯한 미소가 어렸다. "어이, 거기 계시는 형사님들, 궁금하실까 봐 말씀드리는데 우린 지난 토요일에 섹스를 했답니다. 밤새도록 말이에요. 위대한 심리학자 리히터가 연쇄살인범하고 섹스했다고요!" 그녀는 큰 소리로 웃어댔다. "자기 부인하고 하는 것과 살인범하고 하는 건 아무래도 차이가 있겠죠?"

"카르멘, 제발 그만해요. 당신은 더 이상 잃을 것도 없어요. 그런 저급한 비난 공세나 침묵은 당신에게도, 경찰에게도 아무 도움 안 된다고요. 저분들도 자기 할 일을 하고 있는 것뿐이잖아요."

"계속 그렇게 떠들어보시죠! 저들이 자기 일을 하든 말든, 그건 나랑은 아무 상관 없으니까. 내가 무슨 말을 해야 하는데요? 내가 그 저주받을 전갈자리 여성들을 증오했다고 할까요? 저 여자 형사도 그 별자리에 속한다는 걸 미리 알았다면 난 이미 오래전에 저 여자를 죽였을 거예요. 정말이에요. 듣고 있죠, 뒤랑 형사님? 내가 당신을 죽였을 거라고요!" 그녀는 목에 손을 갖다 대더니 씩 웃으며, 마치 목을 베는 모습을 상징하듯 손을 한쪽 귀부터 다른 쪽 귀까지 슥 움직였다.

"하지만 왜죠? 단지 당신 아버지 때문에……."

"단지 우리 아버지 때문이라고요?" 카르멘은 리히터에게 소리쳤다. "가장 사랑하는 두 사람이 망가지는 모습을 보는 게 어떤 건지, 당신이 알 턱이 없죠! 당신은 사랑이 뭔지도 모르는 사람이니까! 난 당신을 잘 알아요. 당신도 콘라트와 다를 게 하나 없어……." 그녀는 카메라를 쳐다보았다. "어이, 거기 형사님들, 녹음 잘하고 있나요? 난 두 번 말하지 않을 거예요!" 말을 멈춘 그녀는 차가운 눈빛으로 리히터를 보았다. "콘라트는 당신과 마찬가지로 그저 섹스밖에 모르는 남자였어요. 당신도 사랑이 뭔지 모르지만, 콘라트는 더 몰랐죠. 당신들에게는 그저 섹스, 섹스, 섹스만이 중요했어요! 우리가 처음 만났을 때 당신이 날 어떤 눈으로 쳐다봤는지, 내가 눈치 못 챈 줄 알아요? 그래요, 내가 보기에 당신은 경험이 풍부한 남자예요. 단지 섹스 경험만. 그것 말고는 꽝이라니까. 아무 특징도 없다고 해야 하나? 뭐라도 상관없어요. 어쨌든 내 다리 사이로는 이제 아무 남자도 못 들어올 테니까." 그녀는 냉소적인 말을 내뱉었다.

"당신은 마리아의 인생사를 알고 있습니까? 지난 세월 동안 무슨 일을 겪었는지 알아요? 마리아에게는 유년기와 청소년기라는 게 존재하지 않았어요. 엄청난 불안감 때문에 고통받아서 사는 게 곧 고문이라고 느낄 정도였으니까……."

"그렇다면 내가 아주 옳은 일을 한 거네요. 그 애를 그런 고통으로부터 해방시켜주었으니까."

"카르멘, 방금 마리아의 과거 얘기를 하고 있었잖아요! 목요일에 마리아는 난생처음 혼자 시내에 나간 거였어요. 난 그 애와 같은 딸이 있으면 좋겠다고 생각한 적도 있습니다."

"그래서, 지금 무슨 말을 하려는 건데요? 양심의 가책이라도 느끼라는 건가요? 미안하지만, 그렇게는 못할 것 같네요. 다른 사람의 인생사 같은 건 전혀 관심 없어요. 알겠어요?"

"카르멘, 당신은 정말 불쌍한 여자군요. 내가 뭔가 도울 수 있을 줄 알았는데."

"흥, 꺼져버려요! 당신의 그 역겨운 낯짝을 더 이상 봐 줄 수가 없군요! 아까 있던 사람들보고 다시 들어오라고 해요, 얘기 끝내 버리게. 정말 그들이 내 입을 열게 하려고 당신을 보낸 건지 알고 싶네요." 그녀는 그를 보며 씩 웃었다. "거만 떨 생각일랑 하지 마요. 어차피 난 모든 걸 다 얘기하려던 참이었으니까. 그럼 이제 제 발 내 눈앞에서 사라져주시죠. 참, 그 사랑스러운 여자 형사님한 테도 한번 시도해 봐요. 내 말 무슨 말인지 알죠?"

"어쨌든 다 잘 되길 바랍니다, 카르멘. 도움이 필요하면 말 해요."

"그러려면 한참 기다려야 할걸요. 콘라트에게 했던 것처럼, 난 당신을 이용했던 것뿐이에요. 당신들은 목적을 위한 수단이었을 뿐, 그 이상도 이하도 아니니까. 하지만 이런 얘기는 내가 저 사람 들한테 직접 할 생각이에요. 내가 말했듯이, 내가 사는 동안 사랑 한 남자는 단 한 명, 알렉산더뿐이에요."

리히터는 뒤돌아 문을 똑똑 두드린 뒤 밖으로 나갔다. 그는 어 깨를 으쓱하며 율리아를 보았다. "다 들으셨죠. 카르멘이 말했듯 이, 곧 자기 입으로 얘기할 겁니다. 다른 쓸데없는 얘기들은 신경 쓰지 마시고요."

"감사합니다, 박사님. 연락드릴게요."

카르멘은 탁자에 팔을 괴고 두 손을 맞댄 채 앉아있었다. 율리 아는 그녀 맞은편에 앉았고, 프랑크는 벽에 기대어 섰다.

"그럼 시작할까요?" 율리아가 물었다.

"그러시죠. 하지만 짧게 해주세요."

"살인의 이유는 이제 알았습니다. 제가 궁금한 건, 어떻게 그 여 성들의 신뢰를 얻었느냐는 건데요?"

카르멘은 생각에 잠겨 미소 지었다. 그건 마치 과거 일을 떠올리며 즐거워하는 것 같았다. "그게 얼마나 쉬운 일이었는지, 형사님은 상상도 못하실 걸요. 카롤라 바이트만과는 이미 오래전부터 알던 사이였어요. 한때는 그 애의 엄마와 친구 사이기도 했고요. 아시다시피 카롤라는 약혼했지만, 전혀 행복하지 않았어요. 기숙학교 시절부터 갇혀 지내는 걸 싫어했고요. 카롤라는 결혼을 원치 않았지만, 아버지가 자꾸만 하라고 강요했대요. 적어도 그애 말로는 그랬어요. 그리고 전갈자리들은 진실만을 말해요, 내가 생각하는 그들의 유일한 장점이죠. 어쨌든 카롤라의 아버지는 부티크를 사주는 대가로 결혼하라고 했던 거예요. 무슨 일에 대해서든 항상 대가를 요구하던 분이었죠. 이 말을 어떻게 해석하는지는 형사님 마음이에요.

그런 일이 있고난 후에 우리는 시내에서 정말 우연히 마주쳤어요. 섹스에 관해 수다를 떨다가, 나는 카롤라에게 여자랑 자본적 있느냐고 물었죠. 처음에는 깜짝 놀라더니 곧 궁금해하더군요. 아무에게도 얘기하지 않은 건 당연하고요. 뭐, 카롤라의 경우는 그렇게 되었던 거예요. 요안나도 비슷했어요. 그녀는 반 다이크가 주최한 파티에 왔었는데, 사실 그건 내가 손을 써놓은 거였어요. 그 파티에 초대받은 내 지인에게 그녀를 파트너로 데려오라고 한 거였죠. 그는 요안나가 다니던 피트니스센터에서 그녀에게 접근했고, 정말 그녀를 데리고 왔더라고요. 그녀에게 슬쩍 다가가 얘기를 나눠보니 이혼한 뒤 싱글로 지내고 있다더군요. 그녀의 삶은 요즘 날씨만큼이나 우울했어요. 그 뒤로 우린 몇 번 만났고, 그녀 역시 카롤라의 경우와 별반 다르지 않았죠. 남자라면 지긋지긋해했던 그녀라 새로운 모험에 대한 반감은 없었어요. 그 모험이 돌아오지 못할 여행이 되리라고는 상상도 못했겠죠."

카르멘은 자기가 한 말이 우습다는 듯 웃음을 터뜨렸지만, 곧 다시 심각한 표정을 지었다.

"에리카 뮐러와는 어느 속옷 파티에서 만났어요. 우리 둘 다 거의 마지막에 파티장에서 나온 터라, 문 앞에서 잠시 수다를 떨다가 만날 약속을 잡았고요. 남편이 술고래라 사는 게 지겨워 죽겠다더군요. 나머지는 굳이 말씀 안 드려도 아시겠죠. 난 내가 에리카를 해방시켜준 거라 생각해요. 더 살아서 뭐하겠어요? 어차피 얼마 안 가 망가질 게 뻔했는걸요."

그녀는 말을 멈추고 담배에 불을 붙이며 몸을 뒤로 기댔다. 그러고는 지금까지와 마찬가지로 차분하고 태연하게 말했다.

"유디트 카스너와 베라 코슬로브스키가 가장 쉬웠어요. 둘 다 잘 알던 사람들인 데다, 새로운 것에 대해 열린 태도를 보였거든요. 난 일요일 밤에 반 다이크가 유디트의 집에서 나올 때까지 기다렸다가, 가서 초인종을 눌렀죠. 물론 유디트는 문을 열어주었고요. 그리고 우린 일종의 게임을 했어요. 유디트는 자기 몸에 수갑을 채우게끔 했고, 그다음엔……. 베라도 별로 다르지 않았어요. 그녀가 꽤 취해있었다는 것만 빼면요. 자기는 항상 취한 상태로 섹스한다고, 그녀가 내게 말했었죠. 그날 밤에도 많이 취해있었고요. 아마 자기가 어떻게 죽는지도 잘 몰랐을 거예요. 뭐, 아닐 수도 있고요. 상관없어요." 카르멘은 어깨를 으쓱해 보였다.

"상관없다고요? 뭐가 상관없어요?" 율리아는 벌떡 일어나며 그녀에게 소리쳤다. "상관없는 건 없어요, 알겠어요? 그 여자들이 당신한테 해를 끼친 것도 아닌데 당신은 그 어떤 마음의 동요나 주저함도 없이 그들을 냉정하게 살해했어요! 그러면서 상관없다는 헛소리나 지껄이다니! 정말 역겹군요!" 리히터로부터 감정을 조절하라는 충고를 들었음에도 불구하고, 율리아는 화가 부글부글 끓어오르는 것을 참을 수 없었다. 그녀는 자제력을 잃지 않으려 애썼다.

미동도 없이 앉아있던 카르멘은 율리아의 눈을 똑바로 보며 이마를 찌푸렸다. "말씀 다 끝나셨나요? 좋아요, 그럼 계속하죠. 이번에는 마리아예요. 내가 유일하게 미안하게 생각하는 아이죠, 정말로요. 사실 그리 많이 미안한 건 아니지만, 어쨌든 다른 쓰레기 같은 년들에 비하면 그렇다는 거예요. 하지만 나도 선택의 여지가 없었어요. 사자자리를 상승점으로 하는 전갈자리 여성이 그리 흔하지는 않거든요. 형사님 말마따나 마리아는 정말 순진한 아이였지만, 그래도 난 그 애가 자신의 치명적인 무기를 사용하는 데 아주 빨리 익숙해지리란 걸 알고 있었답니다. 2주만 늦게 태어났어도 그런 일은 당하지 않았을 거라고 그 애한테 말했던 게 생각나네요. 너무 일찍, 혹은 너무 늦게 태어나는 아이들이 어찌나 많은지! 내 아이들은 12주 일찍 태어났죠. 마리아도 2주만 늦게 태어났다면 좋았을 텐데. 모든 일이 그 애한테 안 좋게 돌아갔던 거예요."

그녀는 말을 멈추고 새 담뱃갑을 뜯었다. 율리아는 그 담뱃갑을 손으로 쳐내버리고 싶었다. 그 냉정하고 잔인한 여자를 넘어뜨리고, 손으로 목을 서서히 조르고 싶었다. 어쩌면 그것이 바로 카르멘이 원하는 바일지도 몰랐다. 율리아가 이성을 잃는 것. 하지만 율리아는 그녀의 바람대로 해줄 생각은 추호도 없었다. 그 순간 율리아의 머릿속에는 리히터의 충고뿐만 아니라 심리학 세미나에서 들었던 말, 즉 어떤 범인들은 형사를 도발하려는 생각밖에 하지 않는다는 말이 떠올랐다. 결국 율리아는 다시 자리에 앉아 역시 담배에 불을 붙인 뒤 화를 내색하지 않으려 애썼다.

"이제 영예로운 마지막, 자네트 리버만이 남았군요. 그녀에게 접근하는 일이 가장 힘들었어요. 엄청난 인내심과 노력이 필요했는데, 그래도 그럴 만한 가치가 있었죠. 일단 자네트는 프랑크푸르트에 있을 때가 별로 없었어요. 예를 들어 작년에, 카롤라와 요안나를 죽였을 때 자네트는 외국에 있었죠. 그래서 남은 다섯 명을 올해 가을로 미뤄두기로 결정했던 거예요. 자네트는 내가 알렉산더의 부인이라는 사실조차 몰랐을 뿐만 아니라, 그와 연관지어서 생각한 적도 없었어요.

자네트와 난 1년 반 전쯤 어느 파티에서 만나 얘기를 나누었고, 난 한눈에 그녀가 닳고 닳은 못된 여자라는 걸 알아챘어요. 개중에 제일 타락한 여자였죠. 돈, 명성, 그리고 섹스가 인생의 전부인 여자. 그리고 바로 내 남편에게 치명타를 날렸던 장본인이었죠. 아주 뼛속까지 나쁜 년. 이제껏 그렇게 자기 자랑을 많이 하는 사람은 만나본 적이 없어요. 무대 위에서, 영화 속에서도 모자라 공공장소에서도 보란 듯이 고개를 쳐들고 다녔죠. '나 자네트 리버만이야! 나 정말 예쁘지 않아? 여신 같지 않아? 세상에서 내가 제일 예쁘고, 멋지고, 훌륭해! 내가 마음만 먹으면 너희 다 한 방에 끝나. 날 이길 수 있는 사람은 아무도 없다고!'"

카르멘은 고개를 가로저으며 경멸스럽다는 듯 식식거렸다. "자네트는 아주 거만하고 자만심에 가득 차 있었죠, 더러운 년. 자네트에게 섹스는 일종의 스포츠였어요. 사람들이 매일 피트니스센터에 다니는 것처럼, 자네트는 매일 섹스를 해야 했으니까요. 나를 알기 전까지는 남자하고만 했었대요. 하지만 여자끼리 하는 섹스가 얼마나 좋은지 말해주자, 섹스에 관해서라면 그 어떤 새로운 시도도 두려워하지 않던 그녀는 바로 오케이 했던 거예요. 금요일에 자네트의 집에 갔을 때 난 새로운 게임을 제안했고, 그녀는 그 즉시 좋아 죽더군요. 어차피 알던 사이였으니 두려워할 필요 없다고 생각했겠죠. 게다가 내가 먼저 수갑을 차고 누워있는 역할을 맡은 뒤였으니까요. 요약하자면 이게 다예요. 이제 질문하시죠." 그녀는 깔보는 듯한 미소를 지으며 말했다.

율리아는 아주 차분한 태도로 돌변하여 물었다. "에리카 밀러의 일기장에서 I라는 이니셜을 찾았는데요, 그게 부인과 무슨 연관이 있죠?"

카르멘은 웃었다. "내 중간 이름이 이네스(Ines)예요. 에리카와 자네트한테는 내 이름을 이네스 마종(Majong)이라고 소개했거든요. 그랬더니 자네트는 게임 이름과 철자가 똑같냐고 묻더군요 (어떤 나라에서는 마작을 마종이라 부르기도 한다. —역주). 난 그저 그런 게임은 모른다고 했고요."

"시체들은 어떻게 눈에 띄지 않게 갖다놓았나요?"

"여보세요, 형사님, 요즘 같은 때에 시체 처리하는 일만큼 쉬운 건 없답니다. 그냥 주위가 조용해질 때까지 차 안에서 기다리다가 버리면 그만이에요. 오리온자리에 대한 건 알고 계셨나요?"

"우리가 바보인 줄 아세요?"

"그래도 그게 정말 기발한 생각이었다는 건 인정하셔야 할걸요. 오리온자리, 하늘의 사냥꾼. 오리온자리와 전갈자리에 관한 얘기는 이미 알고 계시겠죠. 시체가 발견된 장소들이 별자리를 이룬다는 건 언제 아신 거예요? 다섯 번째, 아니면 여섯 번째 살인 후에? 내 생각에는 여섯 번째 살인이 일어난 다음이었을 것 같은데. 아니면 누군가에게 도움을 받았나요? 혹시 바늘을 발견했을 때부터 의심했던 거예요? 난 정말 천재인 것 같아요. 하긴 아이큐가 143이니까."

"네, 그건 정말 천재적인 발상이었어요. 하지만 미친 사람들은 항상 일말의 천재성을 지니고 있죠. 심리학을 공부하셨다니 잘 아시겠네요."

"원하시는 대로 생각하세요. 어차피 난……, 아무 상관 안 하니까요."

"그럼 레벨 씨는 부인에 대해 너무 많은 걸 알고 있었기 때문에 살해한 건가요?" 율리아가 물었다.

"아뇨. 하지만 그는 내 남편을 압박했어요. 그는 알렉산더가 그 살인사건들과 관계가 있다고 생각했거든요. 세상에, 알렉산더를 보고 살인자라니! 난 콘라트가 알렉산더에게 자기 집으로 오라고 전화했다는 걸 알고 있었어요. 물론 알렉산더는 그와 만났던 일, 그리고 그의 말도 안 되는 의심에 대해 나한테 얘기했고, 그때 난 내가 나서야겠다고 생각했죠. 난 콘라트의 집 열쇠를 하나 가지고 있었어요. 1년 넘게 정기적으로 만나서 관계를 가졌던 사이였으니까요. 전에 그는 침대에 완전히 뻗어서는, 원하면 언제든 자기 집에 오라며 내 손에 열쇠를 쥐여주었죠. 수요일에 난 한참 동안 차에서 기다리다가 자정쯤 그의 집에 몰래 들어갔어요. 그가 의자에 앉아 잠들어있는 걸 보고는 가까이 다가갔죠. 그는 날 알아채지도 못하더군요."

"레벨 씨는 평소에 블라인드를 내려놓지 않았나요?"

"거의 안 그랬어요. 도둑이 들 거라는 걱정은 전혀 안 했거든요. 매일같이 자기 운세를 자기가 보는데, 무슨 걱정이 있었겠어요. 한 번은 자기가 언제 죽을지 정확히 안다고 말하더군요. 그는 운명론자였어요. 어쩌면 수요일에 죽으리란 걸 알았을 수도 있겠죠. 보나 마나 그 날 아침에도 별자리 운세를 봤을 테니까."

"부인은 그 여성들에 대한 모든 자료를 레벨 씨한테 얻었습니다. 레벨 씨가 순순히 그 자료를 내주던가요? 아니면……."

"콘라트는 멍청이였어요. 남자는 몸으로 생각한다는 말이 있죠.

그는 성적 욕구만 충족시켜주면 모든 걸 다 얘기했어요. 한 달에 서너 번 정도 입으로 해주기만 해도 꼭두각시처럼 움직였죠. 주도권은 나한테 있었고 그는 내가 원하는 대로 했다니까요. 아주 쉬운 일이었어요. 굳이 자료를 얻어내려고 크게 노력하지 않아도, 특정인에 대한 사소한 질문만 던져도 알아서 주절주절 말했어요. 하지만 그는 내가 그런 일을 할 수 있으리라곤 전혀 생각 못 했을 거예요. 이렇게 치명적인 여자일 거라고는 말이에요. 그가 크게 잘못 생각했던 거죠."

"앞으로 평생을 감옥에서 보내야 한다는 건 아시나요?"

"그건 봐야 알겠죠." 카르멘은 의미심장한 미소를 지으며 대답했고, 율리아는 또다시 리히터가 당부했던 말을 곱씹었다.

"부인이 살해한 사람들이나 그 가족들에게 조금이라도 미안한 감정이 있나요?"

"아뇨, 마리아만 빼고는요. 아까 다 말씀드렸잖아요. 형사님의 별자리를 미리 알았다면, 마리아는 아직 살아있을 수도 있겠죠. 형사님의 성생활은 어떤가요? 매일 섹스를 즐기시나요? 전갈자리들은 그걸 자주 하지 않으면 불쾌함을 느낀다고 하던데요."

율리아는 카르멘의 말 속에 담긴 조롱과 모멸, 도발을 모두 무시했다.

"남편분이 이제 어떻게 하실 것 같으세요?"

"글쎄요. 어쩌면 계획했던 대로 이민을 갈 수도 있겠죠. 이제 나 없이 가야 하겠지만. 그이는 잘 극복해낼 거예요, 지금까지도 그랬으니까요. 하지만 나만큼 무조건 그의 편이 되어주는 여자는 못 만나겠죠. 그래도 섹스를 중요하게 생각하지 않는 여자를 만날 수는 있을 거예요. 그런 여자들도 있으니까."

율리아는 담배에 불을 붙였다. 두통이 밀려왔다. 과로하거나 긴장할 때면 항상 그렇듯, 왼쪽 관자놀이를 콕콕 찌르는 느낌.

"잠깐 쉬었다 할게요. 감방으로 돌아가 계세요. 오후에 이어서 하죠."

"한 가지만 더요." 카르멘이 말했다. "리히터는 심리학자로서는 뛰어날지 모르지만, 아주 지저분한 사람이에요. 내가 아주, 아주 착한 사람을 딱 한 명 알고 있는데, 그건 바로 내 남편이죠. 내가 한 일은 모두 그이를 위해 한 거예요."

"아뇨, 마이바움 부인." 율리아는 냉소적으로 대답했다. "부인이 한 일은 부인 자신만을 위해 한 일이에요. 부인의 지극히 개인적인 복수를 한 거고, 그건 전부 다 부인 책임이에요. 오로지 부인 혼자만의 책임이요! 부인의 남편은 아무 관계도 없……."

"입 다물어요! 당신이 진정한 사랑에 대해 뭘 안다고. 내가 말해 주죠. 진정한 사랑이란, 상대방이 스스로 도울 수 없을 때 그를 위해 모든 걸 해주는 거예요."

"그럼 남편께서 그 여성들이 죽기를 바라셨다는 건가요? 그래서 대신 좀 죽여 달라고 부탁이라도 하셨나요?"

웃음. 침묵.

"그것 봐요, 그럴 줄 알았어요. 내가 생각하는 진정한 사랑은 좋을 때나 나쁠 때나 함께 견뎌내는 거예요. 사람을 죽일 필요는 전혀 없다고요. 부인은 사악한 계획을 세웠고, 그 계획을 실현하는 데에만 모든 초점을 맞추었어요. 안타깝게도 결국 그 계획은 성공하고 말았죠. 거의 완벽하게 말이에요."

"그건 칭찬인가요?" 카르멘은 씩 웃으며 물었다.

"부인을 칭찬할 일은 절대 없을 겁니다. 마음 같아서는 그 얼굴에 침이라도 뱉고 싶은데, 그럴 수가 없어서 안타깝네요. 그 대신 여생을 감옥에서 썩도록 해드리죠."

카르멘은 생각에 잠겨 율리아를 보다가 결국 눈을 내리깔고 부드러운 목소리로 말했다. "형사님이 뭘 하든 난 상관없어요. 다만 한 가지는 말씀드릴 수 있어요. 알렉산더는 아주 힘든 삶을 살았어요. 그의 부모님은 20여 년 전에 끔찍한 사고로 돌아가셨는데, 내 생각에 그는 아직도 그 일을 극복하지 못하고 있는 것 같아요. 그분들은 불이 난 차 안에서 빠져나오지 못하셨거든요. 알렉산더는 평생 풀이 죽어 살았어요. 파리 한 마리도 못 죽이는 그인데. 그런 그가 이용당하고, 또 이용당하고……. 난 그이를 사랑하고, 앞으로도 영원히 사랑할 거예요. 정말 그이를 위해 한 일이라고요. 조금은 나를 위한 것도 없지 않았겠죠, 모르겠어요. 하지만 이제 그런 건 중요하지 않아요. 우리 두 사람이 서로에게 가지고 있는, 혹은 가지고 있었던 그 모든 사랑의 감정에도 불구하고, 우리 관계는 불행했어요. 우리가 서로 만나지 않았다면 내가 이런 일을 하지도 않았겠죠. 난 그이가 정말 행복해지기만을 간절히 바랄 뿐이에요."

문이 열리고, 페터가 들어와 율리아의 귀에 속삭였다. 율리아는 고개를 끄덕였고, 페터는 다시 밖으로 나갔다. 율리아는 심술궂은 미소를 차마 억누르지 못한 채 카르멘에게 다가갔다.

"남편께서 오셨어요. 입을 옷을 가지고 오셨다네요."

"알렉산더가 왔어요? 왜 들어오지 않고요?"

"부인을 만나고 싶지 않으시대요. 당연한 일 아닌가요? 부인이 살인범이란 걸 안 이상, 더는 얽히고 싶지 않은 거겠죠. 충분히 이해돼요."

"안 돼, 이럴 수는 없어!" 카르멘은 소리쳤다. 그녀의 얼굴이 부자연스럽게 일그러졌다. "그이가 뭐라고 했는데요?"

"더 이상 부인을 보고 싶지 않다는 말만 하셨답니다."

"이 더러운 년! 그럴 리 없어, 거짓말하지 마! 알렉산더는 날 사랑해, 자기 자신보다 날 더 사랑한다고! 알렉산더!" 그녀는 소리쳤다. "알렉산더!"

그녀는 몸을 부들부들 떨며 흐느껴 울었고, 이마를 탁자에 쿵쿵 박았다. "알렉산더, 다 당신을 위해서 그런 건데! 당신만을 위해서! 제발, 날 떠나지 마! 제발, 제발, 제발!" 그녀는 훌쩍였다.

율리아는 프랑크에게 눈짓했다. 카르멘은 감방으로 보내졌고 율리아와 다른 형사들은 사무실로 돌아갔다.

"정말 기가 센 여자야." 베르거가 말했다. "지독할 정도로 기가 세군."

"겉보기에만 그런 거예요." 프랑크가 말했다. "제가 죽 지켜봤는데, 어떻게 말해야 좋을지 모르겠네요. 잔인하게 사람을 죽인 여자이긴 하지만, 어린 시절부터 삶 자체가 엉망이었잖아요. 특히 맨 마지막에 했던 말은……."

"그 여자가 어떤 삶을 살았든 난 상관 안 해요!" 율리아는 경멸조로 말했다. "누구나 마음의 짐 하나쯤은 안고 살아가지만, 좌절감 때문에 다른 사람을 죽이는 일은 안 한다고요! 마리아 반 다이크만 해도 그래요. 두 눈만 봐도 파리 한 마리 못 죽일 착한 아이라는 걸 알았을 거라고요. 저 여자는 사랑이 뭔지 알 리가 없어요. 진정한 사랑을 하는 사람은 다른 사람을 죽일 수 없죠. 저 여자가 어두운 감방 안에서 뒈진다고 해도 난 눈 하나 깜짝 안 할 거예요. 오히려 남편이 더 걱정이지." 율리아는 담배에 불을 붙였다. "보나 마나 심리적으로 불안정한 상태일 텐데……. 그 여자 아까 거의 이성을 잃으려고 하더라고요……. 근데 마이바움 씨는 부인을 만나보겠대요?" 율리아는 씩 웃으면서 이마를 찌푸린 채 페터에게 물었다.

그는 어깨를 으쓱했다. "그냥 그 물건만 건네줬을 뿐이에요. 이 따 오후에 다시 연락하겠다는군요."

"눈에 띄는 점은 없었어요? 자살할 것 같다든가."

페터는 고개를 가로저었다. "아뇨, 아주 침착하던데요." 그는 갑자기 머리를 감싸 쥐더니 미안한 듯 웃으며 말을 이었다. "참, 여기요, 형사님한테 전해주라고 이 봉투를 주고 갔어요." 그는 재킷 주머니에서 봉투를 꺼내 율리아에게 건넸다.

율리아는 안에 든 편지를 꺼내 읽었다.

친애하는 뒤랑 형사님

제 아내가 저지른 일은 그 무엇으로도 용서받을 수 없다는 거, 잘 압니다. 그래도 저는 앞으로도 언제나 그녀 편에 서겠다는 걸 말씀드리고 싶습니다. 그녀는 제 아내이고, 저는 그녀를 사랑하니까요. 뒤랑 형사님, 저는 형사님께서 제 이런 사랑을 이해 못하시리라는 것도 압니다. 그건 당사자들만이 이해할 수 있는 감정이니까요. 저는 카르멘을 아주 많이 사랑하기 때문에 독일 최고의 변호사를 구해주려고 합니다. 제 아내의 운명을 저보다 더 잘 아는 사람은 아무도 없으며(물론 그녀 자신은 제외하고요), 아내 역시 저에 대한 모든 걸 알고 있습니다.

이런 말씀을 드리면 놀라실지 모르지만 사실 저는 자네트 리버만을 죽이고 싶다는 생각을 여러 번 했었습니다. 하지만 그럴 만한 용기가 없었죠. 제 아내는 많은 부분에서 저보다 훨씬 나은데, 특히 아내는 저 같은 겁쟁이가 아닙니다. 그녀의 살인동기를 전적으로 이해할 수 있는 사람이 있다면, 그건 바로 저일 겁니다. 한편으로는 아내가 감탄스럽기도 하고요. 사실 저는 얼마 전부터 카르멘이 그 일을 저질렀을지 모른다는 예감을 하고 있었습니다. 아니, 확신하고 있었는지도 모르죠. 그러니 저까지 법정에 세우시려면, 그렇게 하십시오.

이 편지를 읽고 어떤 결론을 내리느냐는 형사님께 달려있습니다. 혹시 저도 이 사건과 관련있지는 아닐까요? 겉으로는 우직하고, 겁이 많아 보이는 남자지만 그 머릿속을 누가 들여다볼 수 있겠습니까? 카르멘에게 안부 전해주시고, 이 세상 그 누구보다 더 사랑한다고 말해주세요. 가능한 한 빨리 그녀를 보러 가겠습니다.

그럼 안녕히 계십시오.

알렉산더 마이바움

율리아는 프랑크에게 편지를 건네주고 자리에 앉았다. 담배를 비벼 끈 그녀는 떨리는 손으로 또다시 골루아 한 개비에 불을 붙이고는, 프랑크와 페터가 다 읽을 때까지 기다렸다.

잠시 후 프랑크는 편지를 책상에 내려놓으며 말했다. "아주 천생연분 나셨네. 누가 생각이나 했겠어요? 마이바움은 알고 있었을까요, 몰랐을까요? 만약 알았다면 공모 죄로 체포해야죠."

"빌어먹을, 아니, 그렇게는 할 수 없어요. 하지만 나 역시 그 둘이 그렇게 죽고 못 사는 사이리라고는 생각 못했어요." 율리아가 대답했다. "정말 사람 속은 모른다니까요."

"아무도 모르죠. 그래도 아까 율리아가 평정을 유지한 건 정말 잘한 일이에요. 아까처럼 그 여자가 약을 올리는 상황에서, 나 같으면 어떻게 대처해야 할지 몰라 당황했을 거예요." 프랑크가 말했다.

"언제 말이에요? 그런 대목이 워낙 많아서 어느 부분을 말하는지도 모르겠네요."

"왜 그때 말이에요, 그 여자가 당신 거기를……." 그는 율리아의 블라우스를 흘긋 보며 말했다.

"아, 그거요. 그 여자, 나사가 좀 풀린 것 같아요. 난 괜찮아요. 내가 이성을 잃고 날뛰게 하려면 그보다 훨씬 더한 무기를 꺼내 들어야 할걸요. 하지만 쉬운 상대가 아닌 것만은 확실해요. 자, 그럼 이제 좀 쉬죠."

"이따 다시 보자고." 베르거는 재킷을 입으며 말했다. "난 뭐 좀 먹고 올 테니까, 알아서들 하고 있어."

율리아는 그 이후로도 한동안 프랑크와 함께 사무실에 앉아있었다. 그들은 겉모습은 차분하고 신중한 여자이지만 실상은 냉정하기 짝이 없는 살인마, 카르멘 마이바움에 대해 대화를 나눴다. 그녀의 아름다운 외모 뒤에는 추악한 본모습이 숨겨져 있었던 것이다. 그럼 알렉산더 마이바움은? 아마도 그는 그녀보다 더 큰 수수께끼로 남을 터였다.

그들은 근처 자그마한 이탈리안 음식점에 가서 식사하고, 심문을 계속하기로 마음먹었다.

오후 6시

경찰청 건물을 빠져나온 율리아는 슈퍼마켓에 들러 생필품 몇 가지와 담배를 샀다. 우편함에 들어있던 청구서 두 통을 들고 들어온 그녀는 그것을 뜯어보지도 않고 거실 테이블 위에 올려놓았다. 그러고는 재킷을 벗어 옷걸이에 걸었다. 자동응답기에 녹음된 메시지 한 개는 나중에 들어볼 생각이었다. 그녀는 몸이 더러워진 것 같이 느껴져 당장 뜨거운 물로 목욕을 하고 싶었다. 오늘 하루는 그녀에게 좋지 않은 기억을 남겼고, 오후에 있었던 심문은 카르멘 마이바움의 인상을 더욱 굳히는 계기가 되었다. 그녀는 그 어떤 후회나 동정의 감정도 보이지 않았으며, 자기가 저지른 모든 일은 정당하다고 말했던 것이다.

목욕을 마친 율리아는 팬티와 민소매 속옷만 입은 채 자동응답기를 확인했다. 전화 달라는 도미니크 쿤의 메시지였다.

전화기를 들고 소파에 앉아 다리를 올린 그녀는 그의 번호를 눌렀다.

"율리아 뒤랑이에요. 아까 전화하셨죠?" 그녀가 말했다.

"안녕하세요, 뒤랑 형사님. 전화 주셔서 감사합니다. 오늘 하루 어떻게 보내셨는지 궁금해서요."

"정말 제가 어떻게 지냈는지가 궁금하신 거예요, 아니면 범인이 뭐라고 말했는지 알고 싶으신 거예요?"

"기자라고 나쁘게만 보지 마세요. 저는 그저 연쇄살인범을 잡은 형사의 기분이 어떨지 알고 싶은 것뿐입니다. 정말이에요."

"감사합니다, 그럭저럭 괜찮아요. 기자님 기사도 좋았고요. 제목은 좀 더 순화했어도 좋을 뻔했지만요."

"저희는 <룬트샤우>나 <알게마이넨>이 아니지 않습니까. 저희 스타일 아시잖아요. 거기서 벗어나면 저희 독자들이 용납하지 않을 겁니다. 혹시 내일 식사나 같이 하시겠어요? 당장은 시간이 없으시려나요?"

"언제 어디서요?"

"제가 조용한 식당 한 군데를 알거든요. 괜찮으시면 제가 모시러 가겠습니다. 8시 반 어떠세요?"

율리아는 빙긋 웃었다. "항상 그렇게 급하세요?"

"직업병입니다. 한 번 놓친 기회는 다시 오지 않으니, 언제나 정신을 바짝 차리고 있어야죠."

"무슨 기회요?"

"예를 들면 아름다운 여형사님과 식사하는 것이죠. 저는 형사님에 대해 더 알아보고 싶습니다."

"저 별로 특별할 것 없는 여자예요. 아무튼 좋아요, 그럼 8시 반까지 오세요. 혹시 정장이라도 입어야 하거나……."

"편하신 대로 하십시오. 다만 미리 말씀드리는데, 저는 넥타이 같은 건 안 맬 겁니다."

"알겠어요. 그럼 내일 저녁에 봬요."

율리아는 전화기의 종료 버튼을 누른 뒤 고개를 젖히고 웃었다. 엉망이었던 하루가 이렇게 기분 좋게 끝나다니. 그녀는 아버지에게도 전화를 걸어 범인을 잡았다는 사실을 알렸다. 그러고는 요기를 좀 하고 소파에 누워 텔레비전을 켰다. 얼마 후 그녀의 눈이 스르르 감겼다. 다시 깨어났을 때는 다음 날 아침이었다.

수요일

오전 8시

율리아는 맨 마지막으로 사무실에 도착했다. 베르거는 그녀를 흘긋 보며 "좋은 아침"이라고 웅얼거렸다. 프랑크와 페터는 나란히 앉아 웃으며 얘기하고 있었다.

가방을 의자에 건 율리아는 담배를 꺼내 가지고 다리를 꼬고 앉았다. 잠시 후 그녀가 말했다. "얼마간 휴가를 내려고 해요."

베르거는 눈을 들어 그녀를 보며 고개를 저었다. "어떻게 그런 생각을 하나? 지난여름에도 5주나 자리를 비웠으면서. 당장은 안되네."

"아뇨, 갈 거예요. 무급이라도 상관없어요. 얼마나 오래 걸릴지는 아직 몰라요. 반 년, 1년, 어쩌면 더 길어질 수도 있고요. 숨 좀 돌리고 와야지, 안 그랬다가는 심신이 다 망가질 거예요."

"하지만 자네는 내 오른팔이잖나! 자네가 없으면 일이 어떻게 돌아가겠어? 그건 생각해봤나?"

"여기 저만 있는 것도 아니잖아요. 프랑크와 페터도 있고, 또 다른 유능한 직원들도 많은데요, 뭘. 엽서는 꾸준히 보낼게요. 남프랑스에서요."

"남프랑스에 가서 대체 뭘 하려고?"

"잊어버리셨나 본데, 저와 가장 친한 친구가 거기 살잖아요. 제가 돌아오고 싶을 때 돌아올 거예요. 새 경찰청 건물이 완공되는 2001년 가을이 좋겠네요. 이 곰팡내 나는 사무실은 더 이상 못 견디겠어요."

"자네, 진심으로 하는 말이구먼. 어떤 일이 있어도 그 결심은 되돌리지 않을 거고?"

"네. 하지만 말씀드렸다시피 반 년 만에 다시 돌아올지도 몰라요. 그냥 요양을 좀 길게 하고 오는 거라고 생각해주세요."

"돌아오긴 하는 거지?"

"그럼요. 여기 이 정신 나간 동료들 없이는 살 수 없는 걸요." 그녀는 씩 웃으며 말했다.

"그게 다 무슨 말이에요?" 어느새 문가에 서 있던 프랑크가 말했다. 페터도 그 뒤에 와있었다. "우릴 떠난다고요?"

"잠깐 동안만이요. 금방 다시 올 테니까 걱정 마요. 휴, 드디어 말했네. 생각한지는 한참 됐는데, 어제 비로소 결심을 굳혔거든요. 사실 오늘도 이 말 하려고 온 거예요."

"잠깐, 지금 바로 가려는 건 아니지? 아직 할 일이 한참 남았는데." 베르거는 놀란 얼굴로 말했다.

"특별수사팀에는 사람이 60명이나 있잖아요. 한 명 더 있고 없고가 뭐가 중요해요. 그러니 저는 이제 다시 집에 가볼게요."

"잠깐만, 신청서는 내고 가야지."

율리아는 가방에서 종이 한 장을 꺼내 베르거에게 내밀었다.

"여기, 신청서예요."

"그럼 그동안은 뭐 먹고 살려고?" 율리아가 건넨 종이를 살펴본 베르거가 말했다.

"저축해놓은 게 좀 있어요. 숙식은 수잔네 집에서 해결하면 되고요. 제 경제적 상황까지 걱정 안 해주셔도 돼요. 그럭저럭 잘 해나갈 테니까요. 그럼 건투를 빌어요. 안녕."

율리아가 복도를 걸어가는데 프랑크가 뒤에서 쫓아왔다. "당신, 혹시 머리가 어떻게 된 거예요? 제발 다시 생각해봐요."

"다시 생각할 일 없어요. 이미 결정된 일이니까. 나 없이도 다들 잘 해낼 거예요. 남프랑스는 그리 먼 곳도 아닌 걸요."

프랑크는 율리아를 껴안았다. "맙소사, 율리아. 정말 갑작스럽군요. 당신이 없으면 정말 심심할 거예요. 꼭 연락해야 해요."

"그럼요. 가끔 와서 아무 이상 없는지 체크도 할 거예요. 늦어도 2년 안에는 다시 이 사냥터로 복귀할 거고요. 약속해요."

"잘 지내요. 보고 싶을 거예요."

율리아는 경찰청을 나섰다. 건물 밖으로 나온 그녀는 다시 한 번 뒤를 돌아보았다. 집에 가면 청소를 싹 한 번 할 생각이었다. 수잔네에게 전화도 하고. 그다음에는 예쁘게 꾸미고 저녁 약속에 나가 맛있는 저녁을 먹을 테고, 어쩌면 그보다 더 좋은 밤을 보내게 될지도 모를 일이었다. 쿤은 이제껏 그녀가 알던 다른 남자들과는 다를 지도 몰랐다. 정말 그렇다면 잠시 떠나기로 한 결정을 재고해봐야 할 수도 있겠지. 집으로 가는 길에 그녀는 라디오를 켰다. 브라이언 아담스의 노래, 〈69년 여름〉이 흘러나왔다. 그녀는 볼륨을 높이고 따라 부르기 시작했다. '손에서 피가 나도록 연주했어, 그때가 1969년 여름이었지……'

독일 미스터리 스릴러의 거장, 안드레아스 프란츠의

율리아 뒤랑 시리즈

신데렐라 카니발 /기출간

세 명의 여학생이 연 여름날의 파티. 이튿날 한 여학생이 시신으로 발견되고, 강간 살해된 여성의 전형적인 태아자세가 아닌 마치 구원받은 듯 평화로이 죽은 모습에 율리아는 의문을 느낀다.

영 블론드 데드 /기출간

프랑크푸르트에서 십 대 금발 소녀들을 대상으로 한 연쇄살인이 일어난다. 범인은 소녀들의 금발을 양 갈래로 땋아 붉은 리본으로 매듭지어 놓고 유령처럼 사라지는데…. 이 기막힌 범죄를 해결하기 위해 여형사 율리아 뒤랑이 프랑크푸르트 경찰청으로 파견된다. 율리아 뒤랑 시리즈 제 1편!

12송이 백합과 13일간의 살인 /기출간

한 달 전 초경을 시작한 열두 살 카를라, 낯선 남자의 파티에 초대된 이후 그녀의 삶은 완전히 달라지는데   . 그로부터 8년 후 율리아에게 12송이 백합과 함께 살인 예고장이 배달되기 시작한다. 율리아 뒤랑 시리즈 제 2편.

치사량 /기출간

프랑크푸르트의 저명한 사업가이자 인자한 가장이었던 로젠츠바이크, 그가 온몸에서 피를 흘리며 사망한 채로 발견된 후 남자들을 겨냥한 의문의 살인사건이 이어진다. 왜 그들은 인슐린 대신 뱀독을 자신의 몸에 주사하였을까? 율리아 뒤랑 시리즈 제 3편.

거미여인 /가제

무더운 여름날, 프랑크푸르트의 한 아파트에서 고급매춘부와 그녀의 남자친구가 살해된 채 발견된다. 남자가 여자를 죽이고 자살했다는 결론에 이르려는 찰나, 율리아는 이것이 계획된 범죄임을 감지한다.

차가운 피 /가제
놀러 나갔던 열다섯 살의 소녀가 살해당했다. 사건을 수사하던 중, 소녀가 임신 중이었다는 사실이 밝혀지며 사건은 새로운 국면을 맞이한다.

지하감옥 /가제
유명 자동차 딜러가 어느 날 흔적도 없이 사라진다. 그의 아내와, 그녀와 불륜관계인 딜러의 친구가 수사 선상에 오른다.

악마의 약속 /가제
두 명의 세르비안 버스기사가 그들의 아파트에서 흰색 고리를 찬 채 살해당했다. 그리고 2년 후, 몰디비아 출신 젊은 여성이 프랑크푸르트의 어느 아파트에서 성 노예로 발견된다.

치명적 웃음 /가제
살해된 듯 보이는 희생자의 사진이 율리아에게 배달되고, 곧이어 시신이 발견된다. '창녀는 외롭게 죽는다'는 글과 함께 연쇄살인이 시작되는데….

치명적 나날 /가제
네 건의 납치사건을 조사하던 율리아는 누군가에 의해 지하감옥으로 끌려간다. 정신을 차린 율리아의 귀에 다른 여인의 비명 소리가 들려오고, 범인은 스무 개의 방에 갇힌 희생자들을 한 명 한 명 살해하기 시작한다.

옮긴이 _서지희

한국 외대 독일어과를 졸업하였으며, 독어책의 전문 리뷰를 통한 경력으로 인해
인문, 실용, 동화책 등 다양한 여러 분야에서의 번역이 가능하다. 현재 번역 에이
전시 (주)엔터스코리아에서 출판기획 및 전문 번역가로 활동하고 있다.
주요 역서로는 《영 블론드 데드》, 《12송이 백합과 13일간의 살인》, 《자비를 구
하지 않는 여자》, 《진주색 물감》, 《알면 무릎을 탁 치게 만드는 똑똑한 심리학》
등이 있다.

예쁘고 빨간 심장을 둘로 잘라버린

초판 1쇄 인쇄일 2014년 6월 20일 • 초판 1쇄 발행일 2014년 6월 27일
지은이 안드레아스 프란츠 • 옮긴이 서지희
펴낸곳 (주)도서출판 예문 • 펴낸이 이주현
편집 김유진 · 홍대욱 • 디자인 김지은 • 관리 윤영조 · 문혜경
표지일러스트 클로이(박용웅)
등록번호 제307-2009-48호 • 등록일 1995년 3월 22일 • 전화 02-765-2306
팩스 02-765-9306 • 홈페이지 www.yemun.co.kr
주소 서울시 강북구 미아동 374-43 무송빌딩 4층

ISBN 978-89-5659-229-9 (03850)